Texte dégradé – reliure défectueuse
NF Z 43-120-11

illisibilité partielle

Couverture intérieure manquante

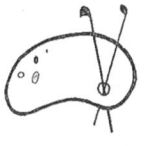

défaut d'une série de documents
en couleur

VALABLE POUR TOUT OU PARTIE DU
DOCUMENT REPRODUIT

Le Siècle

ÉTIENNE ÉNAULT.

LES DRAMES DE L'HONNEUR

L'ENFANT TROUVÉ

PARIS

BUREAUX DU SIÈCLE

RUE CHAUCHAT, 11.

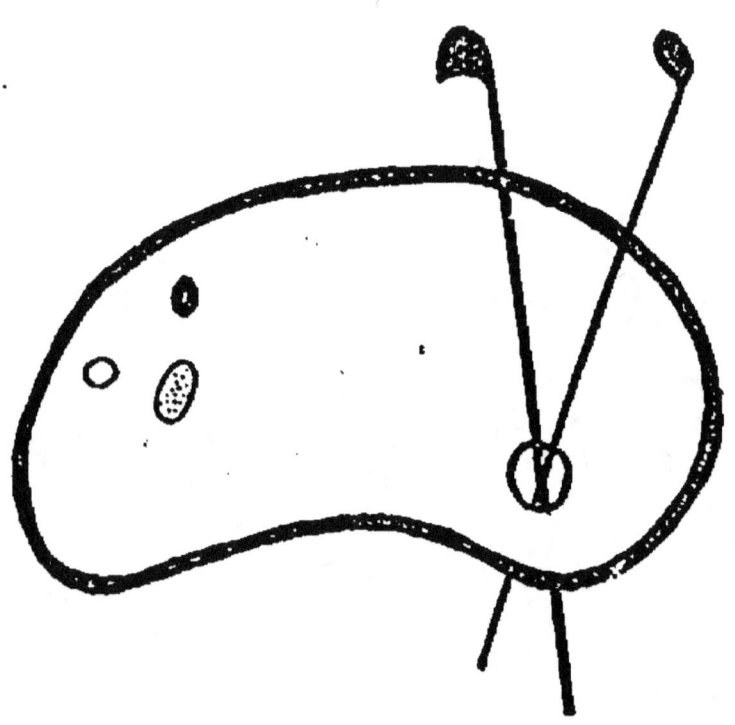

FIN D'UNE SERIE DE DOCUMENTS
EN COULEUR

Etienne Enault.

LES DRAMES DE L'HONNEUR

L'ENFANT TROUVÉ

PROLOGUE.

LE LAC DE GRAND-LIEU.

I

La soirée était profondément calme. Pas une feuille ne remuait aux arbres. Les oiseaux s'endormaient dans le silence. L'immense lac, comme une glace à reflets de nacre, reposait immobile, sans une ride, sous les derniers rayons du soleil couchant. Une chaleur intense alourdissait l'atmosphère. Aucun souffle ne se jouait dans l'espace, aucune rosée ne s'élevait du sol tari, la verdure était languissante, et les fleurs, à peine écloses, jonchaient l'herbe de leurs pétales desséchés. Il y avait dans l'air comme un embrasement invisible qui semblait tout consumer sans bruit.

En ce moment un homme arrivait sur le bord oriental du lac de Grand-Lieu. Il marchait à pas lents, et pourtant son visage était trempé de sueur. Il s'étendit sur un tertre couvert de mousse épaisse, à l'ombre d'un quinconce de chênes haut lancés. Après s'être essuyé le front et les joues, il resta sans mouvement, l'œil sombre, la lèvre crispée, l'âme en proie aux tortures d'une âpre rêverie. Cet homme était jeune, grand, robuste. Sous une forêt de cheveux noirs, son visage, d'une pâleur nerveuse, se dessinait avec une régularité sculpturale. Il avait une tête d'Antinoüs sur un corps de Milon de Crotone. Malheureusement sa physionomie offrait une expression étrange et fatale. Elle révélait toutes les violences de la pensée, toutes les ardeurs de la passion. Aussi frappait-elle le regard sans le charmer. Ce qu'elle inspirait, c'était plutôt de l'effroi que de l'admiration. Du reste, on devinait aisément qu'une véritable intelligence s'agitait sous le galbe marmoréen de cette figure, où rien n'était vulgaire, où tout était saisissant.

A plusieurs reprises, comme pour échapper à une sérieuse préoccupation, Gérard Keller,— il se nommait ainsi,—ouvrit un livre qu'il tenait à la main : c'était un ouvrage sur la chimie, cette science toute moderne qui commençait alors à sortir des ténèbres de l'ancienne alchimie. Il essayait d'y attacher son esprit, mais en vain. A peine avait-il parcouru du regard quelques lignes, l'impatience s'emparait de lui. Il rejetait brusquement le volume et reprenait son immobilité. Alors ses yeux mornes, sinistres, embrassaient, sans y rien distinguer, la perspective du lac, dont les rives verdoyantes, formant une circonférence de sept lieues environ, se fondaient dans un lointain bleuâtre, qui laissait à peine entrevoir les villages et les domaines d'alentour : Pacé, Port-Saint-Père, Sainte-Lumine, Saint-Philibert, les châteaux d'Estrées, de Morsanges et de Saint-Agnan.

Tout à coup le lugubre rêveur se redressa. En un bond il fut debout. Les battements de son cœur faisaient sauter sa poitrine, agitant les dentelles qui retombaient sur le revers de son habit à la française, comme en portait la bourgeoisie du dix-huitième siècle. Attentif, le cou penché sur les boucles abondantes de sa chevelure sans poudre, la jambe tendue et se modelant énergiquement sous les mailles transparentes d'un bas de soie, il fixait un regard étincelant sur une jeune fille qui venait de paraître dans la direction de Morsanges, au milieu d'un de ces sentiers herbeux qui glissent entre deux haies et vont se perdre à travers le bocage inextricable de l'ancien comté nantais.

— C'est elle ! — murmurait-il tout frémissant. — Ah ! pauvre fou ! comme je l'aime !... J'ai le pressentiment que cet amour insensé me tuera !

Celle qui s'emparait ainsi de toute son attention montait un alezan fougueux. Un grand lévrier l'accompagnait en courant autour d'elle avec de gracieux soubresauts. A travers les arbres, dans les demi-teintes vaporeuses du soir, ce groupe offrait un tableau charmant.

L'amazone était admirablement b e. Une toque en paille d'Italie, sur laquelle ondulait une longue plume blanche, était posée sur sa chevelure blonde dont les touffes, soyeuses et légères comme les fils de la Vierge, encadraient un visage ravissant d'harmonie et de pureté. Sous un corsage en basin blanc, soutaché de bleu, sa taille élancée s'arrondissait fine et souple ; sa poitrine accusait des lignes superbes au milieu desquelles s'épanouissait coquettement un bouquet d'anémones aux pétales d'azur. Une ample jupe, de la même étoffe que le corsage, retombait presque à terre, composant une draperie élégante qui accentuait des formes d'une rare perfection. Jamais pied plus effilé, plus aristocratique, ne s'était appuyé sur un étrier d'argent. Jamais main plus délicate, plus diaphane, n'avait tenu une cravache à pomme d'or ciselé. Il n'était guère possible de voir cette féerique personne sans être ébloui, tant la jeunesse lui prodiguait de lumière, de fraîcheur et de magie. Ce qui surtout paraissait irrésistible en elle, c'était le rayonnement angélique de deux grands yeux bleus comme l'anémone, et l'éclat emperlé de deux lèvres entr'ouvertes comme pour exhaler des parfums de rose et de lis. Il y avait de la bonté dans son regard, de la douceur dans son sourire. On devinait cependant que son âme contenait les germes de la fierté de caste, et que, dans les circonstances impérieuses, et par exception, elle pouvait trouver en elle une certaine puissance d'orgueil, d'ironie et de dédain.

Elle se dirigeait, sans l'apercevoir, du côté de Gérard Keller, qui, le corps penché, la respiration haletante, dévorait d'un regard ardent la blanche apparition. Elle ne remarqua sa présence sur le bord du lac que lorsqu'elle fut à quelques pas de lui. Par un mouvement irréfléchi, elle roidit la main qui tenait les guides, et son cheval se mit au pas. Gérard s'était redressé. Il la salua avec une sorte d'humilité pleine d'émotion. Elle lui rendit à peine son salut et toucha du bout de la cravache son cheval, qui bondit. Mais presque aussitôt des doigts de fer saisirent les naseaux de l'animal et le forcèrent à s'arrêter.

— Que signifie cela ? — demanda la jeune fille avec une expression d'anxiété.—Allez-vous encore m'adresser quelque sotte déclaration ? Prenez garde ! Je suis indignée de votre insolence, et je vous ferai châtier.

— On ne châtie que les laquais, mademoiselle, — répondit Keller avec un calme contraint. — Vous savez bien que je ne suis pas un laquais. Aussi j'exige que vous soyez plus polie à mon égard.

— Il ne me plaît pas de l'être davantage ! - repartit la belle enfant qui s'anima. — Avez-vous donc oublié ce que vous avez osé me dire en face, à moi, fille noble, vous un...

— Un manant ! achevez donc ! Un jour viendra, mademoiselle, et ce jour n'est pas éloigné peut-être où les gens de ma sorte seront les égaux des plus grands seigneurs, où l'intelligence déterminera la supériorité sociale, où tout gentilhomme, si vaniteux qu'il puisse être, ne pèsera pas plus dans la balance des droits et des devoirs que le dernier des vilains.

L'amazone laissa tomber de ses lèvres émues un petit rire railleur aussi musical qu'une cadence de rossignol.

—Eh ! monsieur, que m'importe tout cela ! — répondit-elle.— Quoi qu'il advienne dans l'avenir, je vous déclare, quant à présent, que vos importunités me blessent, que vos prétentions me semblent insupportables, et que je vous eusse déjà fait renvoyer du château de Morsanges, si je n'avais craint de priver mon père d'un secrétaire dont il vante, sans doute outre mesure, le savoir et le talent. Je vous déclare enfin que ma patience est à bout, que je vous défends de m'adresser désormais la parole, et qu'aucune considération ne saurait plus m'arrêter, dans le cas où votre audace vous ferait encore franchir les bornes du respect qui m'est dû... Et maintenant, monsieur, retirez-vous et laissez-moi passer.

— Pas avant que vous m'ayez entendu.

— Je ne veux pas vous entendre.

— Par grâce, ne m'accablez pas ! J'ai besoin d'être traité avec douceur. Est-ce ma faute à moi si mon âme tressaille à votre vue ? Est-ce ma faute à moi si mon esprit s'exalte à votre pensée, si mon cœur éclate dans la contemplation irrésistible de toutes les beautés, de toutes les splendeurs dont la nature vous a formée ? Hélas ! vous voyez bien que je n'ai plus ma raison, que je ne suis plus le maître de mes sentiments. Ayez pitié ! on ne maltraite pas les fous, on les plaint...

— Et on les enferme, — répliqua vivement la jeune fille dont la joue s'empourpra. - - Je prierai le docteur de vous faire conduire dans une maison de santé... Encore une fois, éloignez-vous, ou sinon...

— Ou sinon ?...

— Ou sinon je croirai que vous êtes beaucoup plus méchant que fou, et je vous...

Elle n'acheva pas, mais elle agita la cravache qu'elle tenait à la main.

Gérard Keller tressaillit. Il eut dans le regard un éclair foudroyant. Cet éclair s'éteignit, une sombre tristesse lui succéda.

— Quoi ! vous me frapperiez ?...

— Oui, si j'y suis contrainte !

— Ah ! ne faites jamais cela, mademoiselle !

— Alors écartez-vous de mon chemin sans retard. Je vous le conseille très-sérieusement.

— Soit ! Je vais vous obéir ; car si vous me frappiez, je ne répondrais plus de moi.

— Et que feriez-vous, monsieur !

— Je ne sais pas... je ne veux pas le savoir... mais il y aurait, à coup sûr, quelque catastrophe dans l'air que nous respirons.

— Je ne crains pas vos menaces, monsieur, et...

Elle voulut cravacher son cheval, mais l'émotion fit dévier le coup, qui alla cingler le visage de Gérard. Celui-ci venait de lâcher prise. Le cheval se sentant libre, partit au galop, et l'amazone, émue, tremblante, disparut au fond d'un sentier sinueux.

Sous le coup de cette insulte apparente, Keller resta comme brisé. Puis, par une subite réaction, tous les muscles de son visage s'agitèrent violemment. Il voulut s'élancer à la poursuite de la fugitive, mais il comprit sans doute l'inutilité d'une telle résolution, car il s'arrêta presque aussitôt et revint sur ses pas. Alors ses yeux s'enflammèrent, sa bouche écuma, ses poings se tordirent, et sa colère fit explosion.

— Ah ! l'impitoyable ! elle m'a frappé ! — s'écria-t-il.

— Ah ! la malheureuse ! elle n'a pas craint d'infliger à mon front une flétrissure ! Mille démons ! je me vengerai, j'en fais le serment ! Oui, je sens que mon amour pour cette insolente patricienne vient de se changer en aversion ! Qu'elle tremble, car je veux qu'elle sache combien sont robustes et terribles les sentiments qui remuent dans la vaste poitrine d'un manant tel que moi ! Qu'elle tremble ! car je ne serai heureux désormais que le jour où je l'aurai vue palpitante, humiliée, vaincue, sous l'étreinte de ma haine ! — Sa voix était haletante, suffoquée. Il se tut, retomba sur la mousse et plongea sa pensée dans les replis ténébreux d'une médilatation pleine de menace. Le soleil avait disparu sous l'horizon. Le ciel, tout embrasé de lueurs rougeâtres, éclairait seul de ses reflets ardents les profondeurs du lac de Grand-Lieu. La chaleur était plus accablante qu'elle ne l'avait été jusque-là. Quelques nuages noirs avaient mis leur tache sur le bleu du firmament. Il était facile de pressentir l'imminence d'un orage. Ce qu'on respirait en ce moment, c'était de l'électricité. — J'étouffe! — reprit avec effort Gérard, qui, d'une main frémissante, dénoua sa cravate... — Est-ce que la tempête ne se déchaînera pas enfin dans la nature comme elle l'est déjà dans mon cœur ?... Rafales de l'air, soufflez donc vite, et passez sur mon visage pour le rafraîchir !... Et vous, cataractes des nuées, ouvrez donc vos flancs, et versez-moi votre déluge pour éteindre le feu qui me dévore le sein !... Hâtez-vous de combattre les fiévreuses inspirations qui bouillonnent dans mon cerveau !... Oui, je vous appelle à mon secours ! J'ai peur de moi-même! J'ai peur de la voix secrète, inflexible, qui me crie dans l'âme : « Venge-toi ! venge-toi sans hésitation et sans miséricorde !... » — Après une pause, il poursuivit avec une sorte de découragement : — Mais que dis-je?... Ô faiblesse! Ô lâcheté! Je sens encore la déchirure du coup de cravache que j'ai reçu... Et cependant il me semble que j'aime la méprisante et superbe créature cent fois plus que je ne la hais !... Qu'importe! J'ai juré. Je la dompterai, s'il le faut, les révoltes de mon cœur !— Comme il achevait ces mots, il entendit un piétinement sourd sur l'herbe du chemin où la jeune fille avait lancé son cheval. Il pensa qu'elle revenait et parut concevoir une terrible résolution. Il se cacha derrière une haie, puis, dans une calme effrayant, il attendit. La jeune fille parut, mais elle n'était pas seule. Un cavalier l'accompagnait. — Partie remise ! — murmura Gérard avec une âpreté qui décelait la pensée d'une méchante action, d'un crime peut-être. Car cet homme était de ceux qui, une fois engagés dans la voie du mal, ne reculent pas, quand même ils ont la certitude que l'abîme est au bout.

Il reconnut le cavalier qui s'avançait à côté de l'amazone. C'était le comte Hector de Flavigny, lieutenant de frégate, et l'un des plus brillants officiers de la marine française. Le comte avait à peine trente ans. Vêtu de l'habit carré de velours noir, du tricorne de feutre galonné, portant la botte molle à l'écuyère, l'épée au côté, il était d'une élégance remarquable, d'une distinction parfaite. Ses traits avaient de la grandeur, sa physionomie de la grâce, son sourire de la franchise et de l'esprit. Une fine moustache accentuait délicatement sa joue brunie par le hâle des mers. Une chevelure abondante et légèrement poudrée encadrait son front large, que l'intelligence avait bombé. Il y avait dans toute sa personne une noblesse de manières, une cordialité d'allure, admirablement faites pour émouvoir et charmer.

L'amazone et le cavalier s'arrêtèrent : ils allaient se séparer, celle-là pour regagner le château de Morsanges, celui-ci pour retourner au château de Saint-Aguan.

— Adieu, mademoiselle Valérie, — dit le comte d'une voix qui tremblait un peu. — Je remercie le ciel qui m'a permis de vous revoir une fois encore avant mon départ. J'emporterai au loin, croyez-moi, le souvenir le plus radieux et le plus ineffaçable que mon cœur ait jamais contenu. Désormais ma pensée et mes rêves seront abrités sous l'aile d'un ange, et cet ange, mademoiselle, est-il besoin de vous le nommer?

Valérie de Morsanges l'interrompit avec douceur. Elle s'efforçait visiblement de maîtriser son trouble.

— Ainsi, — dit-elle, — vous partez demain?

— Demain matin, hélas! il le faut. Ma frégate a l'ordre d'appareiller; sous peu de jours elle aura quitté Rochefort.

— Eh bien! je l'avoue, monsieur de Flavigny, j'espérais vaguement que votre départ serait ajourné. Il y a si peu de temps que vous êtes revenu de votre croisière

dans les mers du Nord! En vérité, le ministre est impitoyable de vous renvoyer si vite aux océans, où fourmillent de si grands dangers! Vous en voudrait-il qu'il vous épargne si peu?

— Au contraire, — répondit en souriant le jeune officier. — Le ministre m'aime et il s'empresse de multiplier mes services pour rendre plus rapide mon avancement.

— A la bonne heure!... Mais c'est égal, je trouve, moi, qu'il abuse de votre courage et de votre légitime ambition... Puissiez-vous du moins, l'année prochaine, après votre station dans les parages du Mexique, nous revenir capitaine de vaisseau!

— Merci de vos bons souhaits, mademoiselle Valérie, — répondit le comte en s'animant. — Ils me porteront bonheur, j'en suis convaincu, surtout si vous daignez ne pas oublier tout à fait, tandis qu'il sera là-bas, sous d'autres cieux, celui qui attendra si impatiemment l'heure bénie de son retour au pays natal, où son âme va rester.

— Je vous promets, monsieur Hector, que mon père et moi nous parlerons souvent de vous. Nous vous suivrons par la pensée sur les flots que vous allez parcourir.

En s'exprimant ainsi, mademoiselle de Morsanges avait la joue animée d'un vif incarnat. Elle s'efforçait de cacher sous sa paupière une larme qui mouillait son regard. Pour détourner l'attention du comte, elle lui tendit sa main mignonne, une main modelée à ravir, une main de fée. Mais le comte était si ému, qu'il avait à peine la force de s'emparer.

Au même instant, un éclat de foudre, immédiatement suivi d'une effroyable coup de tonnerre, retentit sur la vallée. Saisi d'épouvante, le cheval de Valérie fit un bondissant un écart si violent, si démesuré, qu'il alla tomber dans le lac en désarçonnant la jeune fille, qui elle-même disparut à l'endroit le plus profond. Le lac était calme, aucune herbe serpentine n'étendait en cet endroit son réseau perfide sous l'onde transparente comme un cristal. Lorsque mademoiselle de Morsanges revint à la surface de l'eau, elle aperçut d'abord son lévrier qui nageait en allongeant vers elle son museau effaré. Puis elle distingua une main robuste qui la sollicitait impatiemment. Elle était sur le point de la saisir, mais elle reconnut celui qui la secourait, c'était Gérard Keller. Avec une subite expression de dédain, elle se rejeta en arrière, et déjà elle commençait à disparaître de nouveau, lorsqu'elle sentit une étreinte sympathique lui remuer le cœur. Elle n'eut pas besoin de voir le comte de Flavigny pour comprendre que cette fois celui-là devait son salut.

En effet, quelques minutes plus tard elle était sur la rive où venait d'aborder son cheval et son lévrier, l'un gambadant de joie comme un fou, l'autre arrivant la tête basse et la mine honteuse vers sa maîtresse, qui le caressa pour le rassurer. Lorsqu'elle fut en selle, elle adressa un dernier remerciement à son sauveur. Détachant alors les fleurs que l'eau du lac avait respectées sur sa poitrine.

— Prenez ces anémones, — dit-elle. — Ma chute ne les a pas endommagées; elle semble au contraire avoir ravivé leur fraîcheur... Puisque je vous dois la vie, monsieur Hector, il est juste que je cherche un peu à m'acquitter envers vous... Et maintenant, adieu ! — reprit-elle avec un sourire divin... — Je me trompe : au revoir... dans un an!

— Oui, au revoir, ange! — murmura le comte en posant tout bas sur ses lèvres toutes frémissantes d'enthousiasme et de bonheur.

Il accompagna d'un long regard la belle amazone, qui s'éloignait au galop à travers l'ombre croissante du soir. Bientôt il ne l'entrevit plus qu'au rayonnement rougeâtre des éclairs se succédant à de courts intervalles. Car l'orage, si foudroyant au début, se développait avec moins de fracas, mais avec une intensité soutenue. Il pleuvait à torrents.

Le comte se disposait à regagner au plus vite le château de Saint-Agnan, lorsque, dans une demi-volte rapide, il laissa tomber son bouquet d'anémones. Un homme passait en ce moment.

— Mon garçon, — lui dit-il de ce ton d'autorité qui caractérise les gentilshommes de tous les temps, — veuillez me ramasser ces fleurs qui sont là, près de mon cheval.

— Interpellé de la sorte, Gérard Keller, car c'était lui, toisa le grand seigneur d'un regard haineux. Il semblait prêt à répondre par un refus brutal, mais il changea subitement de résolution. Il fit quelques pas en avant et mit, comme par mégarde, le pied sur le bouquet. — Ah ! coquin ! — s'écria le comte furieux.

Et il leva, lui aussi, la cravache sur Gérard ; mais il le reconnut aussitôt et se contint.

— Quoi ! c'est vous, monsieur le secrétaire ! — reprit-il toujours irrité, mais ne menaçant plus. — Il est heureux, ma foi, que ce soit vous. J'allais frapper sans pitié... C'est égal, — ajouta-t-il d'un ton sec, — vous n'en êtes pas moins un insupportable et fieffé maladroit.

Disant cela, il sautait à terre, ramassait les anémones écrasées, salies, remontait à cheval, et sans ajouter un mot, s'élançait dans la direction du château de Saint-Agnan.

— Va, insolent aristocrate ! — dit en ricanant Gérard Keller. — Tu n'emportes de ton amour qu'une image flétrie... Ma vengeance a commencé.

II

Le château de Morsanges était une jolie habitation dans le goût de la Renaissance. Le chevalier de Morsanges l'avait récemment fait construire à l'endroit même où s'élevait un vieux manoir en ruine, son bien héréditaire et patrimonial. Un pareil bijou d'architecture était assurément une rareté au milieu du comté nantais, dont les moindres gentilhommières affectaient alors des allures d'antiquité féodale. C'était à mademoiselle Valérie de Morsanges qu'appartenait l'idée de cette fantaisie quasi-florentine. Elle avait exprimé le désir que la nouvelle demeure de la famille n'eût point la mine renfrognée des citadelles du moyen âge, et l'excellent père, avait accepté un plan tracé d'après l'inspiration toute gracieuse de l'enfant qu'il adorait. Rien de coquet, de charmant comme cette villa sculptée au milieu d'un parc aux vastes pelouses, aux luxuriantes corbeilles de fleurs, aux superbes massifs de haute futaie. Le lac de Grand-Lieu caressait de ses ondes une élégante flottille de canots amarrés dans un repli de la rive du parc. Un îlot artificiel, formé de terres rapportées, s'élevait à peu de distance, ombragé de saules, de trembles et de peupliers, à grands frais transplantés là. Cet îlot, fantaisie pittoresque de la jeune châtelaine, égayait à merveille, du côté de Morsanges, l'étendue mélancolique et monotone de la grande nappe d'eau, dont il était le seul accident.

Lorsque Valérie rentra au château, elle trouva son père qui l'attendait et la reçut dans ses bras. Il fallait que le digne gentilhomme eût été bien vivement tourmenté par la pensée de sa fille exposée aux violences de l'orage, car, pour s'informer si elle était de retour, il avait brusquement quitté un laboratoire de chimie et de physique, où il passait presque toutes les journées au milieu des fourneaux, des creusets, des cornues, des alambics, et d'où l'on avait toujours beaucoup de peine à l'arracher, mêmes aux heures des repas et du sommeil.

Quand il vit son enfant toute trempée, il l'entraîna, sans vouloir écouter aucune explication, vers l'appartement qu'elle occupait, et la remit entre les mains de sa servante.

— Petite folle, — s'écriait-il en l'embrassant avec une effusion passionnée. — Tu tomberas malade, c'est sûr, et je m'en fâcherai, je t'en préviens. Aie bien soin de toi-même, car moi je suis trop occupé pour avoir le loisir de te soigner.

— Un savant n'est donc qu'un égoïste, — répliqua Valérie en riant. — Fi! que c'est laid la science! et je la déteste, mon père, puisqu'elle me dispute votre cœur !

Elle voulut embrasser monsieur de Morsanges, mais il la repoussa doucement, regagna son laboratoire en remerciant Dieu de lui avoir donné une si aimable enfant, et se remit au travail.

Monsieur de Morsanges avait soixante ans environ. Sa taille était moyenne, ses traits largement accentués, sa physionomie aristocratique. L'intelligence se révélait sous le galbe saillant de son front; la bonté apparaissait dans la rondeur écarlate de ses lèvres et dans la vivacité souriante de ses yeux ombragés de longs cils blancs. C'était un de ces gentilshommes, comme on en comptait un certain nombre au dix-huitième siècle, animés de l'esprit philosophique et libéral. Son passé expliquait d'ailleurs la hardiesse de ses idées et de ses sentiments. Issu d'une famille très-ancienne et très-noble, mais ruinée par les folies prodigalités de deux ou trois générations, le chevalier s'était vu tout jeune encore sans patrimoine et presque sans ressource. Il avait alors imposé silence à ses préjugés de caste, et il était entré commis chez des négociants de Nantes. Dix ans plus tard il faisait fortune comme armateur. Puis, avec l'or amassé dans le négoce, il relevait le domaine de ses pères ; il rachetait les terres aliénées par le désordre de quelques-uns d'entre eux ; et grâce à son courage, à son énergie, il vivait en millionnaire dans le fief de sa famille qu'il n'avait pas craint de reconquérir en dérogeant, c'est-à-dire en travaillant.

Cependant, habitué désormais aux spéculations de l'esprit, il s'était bien vite ennuyé au milieu des nonchalances de l'oisiveté opulente. Pour se distraire il s'était livré avec ardeur à l'étude des sciences, vers lesquelles le portait un irrésistible instinct. La physique et la chimie commençaient à prendre en ce temps-là un essor puissant. Les Lavoisier, les Berzelius, les Priestley, les Cavendish, les émergeaient des ombres qui les avaient enveloppées jusqu'alors et leur communiquaient comme par enchantement un magnifique éclat. Monsieur de Morsanges étudia la physique et surtout la chimie. Il fit des progrès rapides sous la direction de Gérard Keller, devenu à la fois son secrétaire et son professeur. Gérard Keller avait reçu les leçons de Lavoi lui-même, dont il avait été pendant deux ou trois ans l'aide préparateur. Il possédait, en réalité, une instruction solide qui imposait au chevalier et le rendait très-indulgent aux rudesses de ce caractère sombre et tourmenté. Le vieux gentilhomme était d'ailleurs trop assidu, trop appliqué pour s'apercevoir beaucoup de ce qu'il y avait de sentiments farouches, d'intraitables passions peut-être, dans l'âme du jeune savant. Valérie, elle, avait plus d'une fois essayé de prévenir son père, mais il l'avait à peine écoutée. La sollicitude paternelle fléchissait devant l'égoïsme intellectuel du vieillard.

Lorsque la jeune fille eut changé d'habit, elle entra résolûment dans le laboratoire du chevalier. Il était bien rare qu'elle visitât ce sanctuaire de la science, qu'elle appelait en riant l'officine du diable. Elle s'attendait sans doute à rencontrer là une autre personne en compagnie de son père, car, après avoir promené son regard autour d'elle, elle parut désappointée.

— Ah! ah! c'est toi, Valérie? — dit le vieux gentilhomme, sans perdre de vue une curieuse expérience qu'il tentait. — Comment te sens-tu, imprudente?

— Bien, tout à fait bien, — répondit-elle en parvenant cette fois à l'embrasser au front.

— Tant mieux... mais, je t'en prie, ne me trouble pas... Je crois avoir résolu un problème chimique de la plus haute importance... Encore quelques minutes, et j'ai fini... chut !... — Valério s'assit en silence et demeura immobile. Elle était visiblement préoccupée ; on eût dit qu'elle méditait un coup d'Etat. Bientôt monsieur de Morsanges exhala un profond soupir. Sa physionomie exprima la tristesse et le découragement. — Je n'ai pas réussi ! — murmura-t-il en s'éloignant d'une pile de Volta et d'un système d'éprouvettes qui servaient à son expérience... — Qu'importe ! — reprit-il en s'animant, — Keller doit avoir raison. Oui, l'eau, considérée jusqu'à ce jour comme un élément, c'est-à-dire comme un corps indécomposable, doit être la combinaison de plusieurs gaz : par exemple, de l'hydrogène et de l'oxygène, récemment découverts... Il faut que Gérard renouvelle lui-même l'essai dans lequel j'ai échoué... Peut-être sera-t-il plus heureux que moi... Quel immense service rendu à la science, si nous parvenions, au moyen de l'analyse et de la synthèse, à déterminer les éléments dont l'eau se compose et la proportion exacte dans laquelle se combinent ces mêmes éléments !... Allons, ne désespérons pas encore !... La patience et l'observation font parfois des miracles, surtout dans l'étude des lois de la nature.

Et, avec cette ténacité qui est une vertu de l'intelligence, il réagit contre son abattement, il reprit confiance dans le résultat de ses recherches et de ses travaux. Mais, disons-le tout de suite, il était réservé à de plus grands esprits de résoudre, vingt ans plus tard, le problème entrevu. Lavoisier et Laplace, ces deux génies du monde savant, devaient les premiers fixer la proportion de l'hydrogène et de l'oxygène dans la composition de l'eau. Le chevalier de Morsanges et son secrétaire, sous l'étreinte du crime et du malheur, laissèrent cette importante découverte à l'état de conjecture et de présomption.

. . . .

Le vieux gentilhomme s'aperçut bientôt que sa fille l'écoutait sans oser l'interrompre, un peu stupéfaite d'ailleurs de ce qu'elle entendait.

— Ah ! chère enfant, je t'oubliais ! — reprit-il. — Que veux-tu ? C'est si absorbant l'étude des mystères scientifiques ! c'est si attachant la lutte qu'on engage contre les obstacles qui résistent aux investigations de notre esprit avide de pénétrer les secrets de Dieu !... Mais, bah ! tout cela t'est bien indifférent, n'est-il pas vrai ? — ajouta-t-il avec un sourire. — Car je suppose que tu n'es pas venue ici pour savoir si l'eau, si l'air, sont des corps simples ou composés... Tu bois l'eau, tu respires l'air, et tu n'en demandes pas davantage. C'est peut-être ce qu'il y a de mieux à faire en ce monde... Et cependant il y a utilité évidente à connaître les propriétés de ce qui est indispensable à notre existence... Enfin laissons cela. Parle, je t'écoute, car je vois bien que tu as quelque chose à me dire.

— En effet, — répondit la jeune fille, — j'ai à vous dire ce qui m'est arrivé.

Et elle raconta sa chute de cheval, ainsi que le danger qu'elle avait couru de se noyer dans le lac de Grand-Lieu. Le chevalier poussa un cri, comme si le péril menaçait encore.

— Rassurez-vous, mon père, — se hâta de reprendre Valério avec une velléité de malice. — Il y avait là, près de moi, un ami, un sauveur... Et me voici !

— Qui donc t'a sauvée ? — demanda l'excellent monsieur de Morsanges toujours anxieux.

— Le comte Hector de Flavigny.

— Ah ! le brave ! ah ! le digne jeune homme ! — reprit le chevalier avec explosion. — J'irai le voir ! j'irai l'embrasser !... Ce que tu m'apprends me réjouit au dernier point ! J'aime ce charmant garçon-là, moi ! et je l'inviterai à nous rendre visite plus souvent qu'il ne l'a fait jusqu'ici ; surtout si cette invitation ne te déplaît pas trop, ma chère enfant.

— Vous oubliez, mon père, qu'il vous a fait hier ses adieux et qu'il part demain, de grand matin, pour Rochefort, où sa frégate est sur le point de mettre à la voile.

Monsieur de Morsanges parut vivement contrarié.

— C'est vrai, je ne m'en souvenais plus, — reprit-il. — Il est trop tard pour me présenter au château de Saint-Agnan. J'écrirai donc à monsieur de Flavigny. Je lui exprimerai toute ma reconnaissance, et je l'engagerai à venir, dès son retour, recevoir ici les témoignages de gratitude et d'amitié que le temps n'aura pas si affaiblis... Cela te convient-il ma fille ?

— Parfaitement, mon père. C'est bien senti et bien rendu.

— Sais-tu, mon enfant, — poursuivit le chevalier avec une bonhomie un peu sournoise, — que ce comte Hector ferait un mari parfait ? Il est noble, beau, riche, spirituel. Il a mille qualités peintes sur le visage, particulièrement la bonté. S'il te demandait un jour en mariage, faudrait-il lui accorder ta main ?... Voyons, réponds-moi franchement.

La jeune fille rougit.

— A quoi bon ? — murmura-t-elle en étouffant un soupir. — Dois-je prévoir la possibilité d'une union qui ne saurait avoir lieu, pour le moins, avant un an ? Dans un an, monsieur de Flavigny ne pensera peut-être plus à moi. Loin des yeux, loin du cœur, dit un proverbe impitoyable. Attendons que le comte soit de retour ; s'il manifeste alors le vœu de m'épouser, j'interrogerai mes sentiments, et, — ajouta-t-elle avec un sourire pensif, — ma réponse ne se fera pas attendre, je vous le promets.

Le chevalier soupçonnait que Valério éprouvait pour le comte Hector un commencement d'inclination. Il s'était plu à caresser dans le cœur de sa fille la naissante chimère qui lui convenait de tous points, et qu'il espérait transformer plus tard en une réalité de tendresse et de bonheur pour les deux jeunes gens.

Comme il achevait de parler, Gérard Keller entra dans le laboratoire. Mouillé jusqu'aux os, il avait, lui aussi, changé de vêtements. Il se présenta avec calme et gravité. A le voir ainsi, on pouvait croire qu'il avait pris son parti des affronts qu'il croyait avoir reçus en reconnaissant qu'il les avait mérités. Cependant un observateur très-attentif eût sans doute aperçu, au fond de son regard apaisé, le reflet sinistre d'une implacable résolution.

A son aspect, mademoiselle de Morsanges se leva toute droite. Une sensation pénible tendit les lignes de sa taille si souple et de ses traits si harmonieux. Le chevalier ne remarqua pas cette attitude étrange de son enfant. Il adressa la parole à Gérard.

— Je n'ai pu mener à bonne fin l'expérience que vous m'avez conseillée, — dit-il. — J'ai manqué, je crois, d'habileté. Je suis convaincu que vous aurez plus d'adresse, plus de précision. Il faudra donc que demain ou après-demain vous tentiez vous-même l'effet de l'électricité pour la solution du problème qui nous préoccupe si vivement.

Keller allait répondre. Mademoiselle de Morsanges l'en empêcha.

— Monsieur Gérard ne vous a donc pas encore annoncé, mon père, — dit-elle, — qu'il devait sous très-peu de jours, quitter Morsanges et retourner à Paris ? Il m'a déjà fait part, à moi, de cette détermination, qui m'a semblé naturelle, légitime. Aussi n'ai-je pas craint de donner à votre secrétaire le conseil de hâter son départ. Ce n'est pas, en effet, dans la solitude où nous vivons que monsieur Keller trouvera le chemin brillant qu'il est si digne de parcourir, assure-t-on. Il lui faut sans doute un milieu plus propice, et il n'y a que la capitale où il puisse tirer un bon parti des talents qui le distinguent. En venant ici, il s'est détourné de sa voie. Il importe enfin qu'il y rentre et qu'il aille se retremper aux sources fécondes de l'intelligence, de l'activité, de la réputation.

Ne comptez donc plus sur lui, mon père, car il a décidé qu'il se mettrait en route... dès demain.

Elle accentua cette dernière phrase avec fermeté. En outre, elle communiqua à son regard, qu'elle fixa sur celui de Keller, une expression hautaine et résolue dont le sens n'était pas douteux : elle ne voulait pas être démentie.

Monsieur de Morsanges avait écouté sa fille d'un air surpris; évidemment il refusait de croire au prochain départ de son secrétaire, auquel il tenait beaucoup, dont les connaissances spéciales étaient si utiles à la satisfaction de son goût favori. Cependant, le doute s'empara de lui, quand il vit que Gérard ne protestait point contre le projet qui lui était attribué.

— Ah ! çà, — dit-il avec un étonnement inquiet, — serait-ce vrai ? ce que Valério vient de me déclarer ? Quoi ! vous songeriez à m'abandonner au milieu de nos expériences ? Est-ce que l'existence vous déplaît parmi nous ? Ne vous accorde-t-on pas tous les égards que vous méritez ? Qu'est-ce à dire ? L'ambition vous tourmente-t-elle si fort ? Eh ! mon Dieu ! croyez-moi, le moyen le plus prompt pour parvenir à la renommée, c'est de concentrer ses études dans le silence et dans l'isolement. Encore quelques efforts, et bientôt, j'en ai la certitude, nous enverrons aux facultés savantes de l'Europe, un de ces mémoires qui attireront l'attention sur ceux qui les ont signés. Je ne tiens pas à la gloire, moi : l'amour de la science me suffit. Aussi vous céderai-je de grand cœur ma petite part de bruit et d'éclat dans le succès de notre travail en commun. Allons, mon ami, dites-moi que vous n'avez pas formé le projet de me quitter. Ou, si cette pensée vous est venue, donnez-moi bien vite l'assurance que vous y renoncé.

Tandis qu'il écoutait le vieux gentilhomme, Keller était secrètement agité. Il se sentait combattu entre le désir de braver Valério en affirmant qu'il n'avait jamais dû partir, et la crainte que, poussée à bout, elle ne révélât à son père les obsessions hardies dont il avait osé la persécuter. Il connaissait assez monsieur de Morsanges pour savoir qu'aucune considération ne retiendrait alors le vieillard idolâtre de son enfant. Le chevalier l'accablerait de reproches et le chasserait peut-être sans miséricorde comme un laquais insolent. Cependant Keller hésitait encore sur le parti qu'il allait prendre, lorsqu'un geste impérieux de la jeune fille lui apprit qu'elle était sur le point de renoncer à tout ménagement. Sous cette contrainte morale, Keller eut un mouvement de rage qu'il parvint à comprimer aussitôt. Après quoi, d'un ton légèrement contracté, il remercia monsieur de Morsanges des bontés qu'il avait eues pour lui, de l'intérêt qu'il voulait bien lui témoigner en l'engageant si instamment à rester. Mais il ajouta qu'il ressentait comme une atteinte de nostalgie à la suite d'un séjour de deux ans loin de Paris, où s'était écoulée sa jeunesse; qu'il était tourmenté du désir de revoir la grande ville, et qu'il ne pouvait contenir plus longtemps la force mystérieuse qui l'obligeait à retourner vers cet irrésistible centre d'attraction.

— Veuillez excuser, monsieur, ce que ma détermination a d'imprévu et peut-être de désobligeant, — reprit-il. — J'ai vainement combattu. Je me sens maîtrisé, et c'est à regret, comme malgré moi, que je vais m'éloigner de vous... Il y a des fatalités plus puissantes que notre raison !

L'emphase de ces derniers mots cachait sans doute un sens détourné, car ils furent accompagnés d'une crispation de visage qui surprit monsieur de Morsanges. Le chevalier n'y prêta qu'une légère attention. Il s'efforça de dissuader Gérard de mettre à exécution le projet de retourner à Paris. Son insistance n'eut d'autre succès qu'une promesse faite par Keller de rester quelques jours encore pour renouveler lui-même l'expérience de la décomposition de l'eau par l'électricité.

Valérie se tint pour satisfaite du résultat de sa dé-

marche intrépide. Elle n'essaya pas d'exiger un départ immédiat. Après avoir serré son père entre ses bras charmants, elle se retira. En sortant, elle lança pour adieu un coup d'œil ironique et glacé à l'ennemi qu'elle croyait avoir vaincu. Gérard Keller, lui, s'inclina avec toutes les apparences du calme et de la soumission. Lorsqu'il redressa sa haute taille, il porta la main sur une des tablettes étagées autour du laboratoire. Là se pressaient, rangées symétriquement dans des bocaux et dans des fioles, les substances nécessaires aux spéculations de la chimie. Il y prit furtivement un flacon, qu'il cacha dans une poche de son habit.

Le lendemain, après le dîner, vers deux heures, mademoiselle de Morsanges monta dans un canot qu'elle conduisit elle-même à la rame. Elle se rendit à l'île, qui était une création de son esprit poétique, et qu'elle appelait l'île aux Mouettes, parce que bien souvent ces oiseaux de mer, venus des rivages de Pornic ou de Machecoul, s'y reposaient et y séjournaient même avec une visible prédilection. C'était la coutume de la noble jeune fille, quand la journée était belle et tiède, d'aller respirer et faire la sieste au milieu de ce bouquet de verdure et de fleurs. Il y avait là beaucoup d'oiseaux qu'elle avait apprivoisés et qui venaient se poser sur elle dès qu'elle les appelait de sa voix plus mélodieuse encore que la leur.

Ce jour-là, une fatigue extraordinaire l'accablait. Elle l'attribuait à l'influence énervante du temps, qui était très-chaud. Après avoir contemplé un instant le vol élégant de deux mouettes et joué avec les fauvettes, les mésanges et les pinsons, dont elle aimait la joyeuse familiarité, elle entra dans un kiosque, sorte de minaret chinois, tout brodé de lianes grimpantes, dont l'intérieur était meublé comme un salon oriental. Elle s'assit d'abord sur une natte de jonc. Elle était sans force. Ses paupières palpitantes comme deux ailes alourdies qui ne peuvent rester étendues. Elle voulut résister à cette faiblesse soudaine, mais elle tenta vainement de se relever. Peu à peu sa tête se renversa sur des coussins, et elle s'endormit, le sourire aux lèvres, en murmurant le nom du comte Hector de Flavigny.

Quelques minutes après, Gérard Keller pénétrait dans le kiosque. Il était pâle et frémissant. En apercevant la jeune fille immobile et gracieuse comme un ange du sommeil, il ne put s'empêcher de la découvrir avec une émotion pleine de respect.

— O ma haine ! — murmura-t-il, — fléchiras-tu devant mon amour ?... Et toi, ma vengeance, te laisseras-tu dompter, parce que cette patricienne est radieuse comme la lumière du soleil ? — Après une pause, il poursuivit avec une sourde véhémence : — Ainsi la voilà... inerte et désarmée... sous mon regard... sous ma main !... Quelques gouttes d'opium ont suffi pour réduire son arrogance ! Quelle misère que l'orgueil de race, puisqu'il faut si peu pour l'anéantir !... Ah ! Valérie de Morsanges, la belle méprisante ! je te vois donc enfin plus inoffensive, plus débile que les fleurs délicates qui parfument ton sommeil !... Que n'as-tu conscience de l'inévitable danger qui plane sur toi !... cela doublerait l'élan de ma colère et l'énergie de mon implacable volonté.

Absorbé par la violence de ses sensations, Keller ne remarquait pas que des yeux effarés le regardaient avec épouvante à travers les réseaux de capucines et de convolvulus qui formaient un rideau de verdure à l'une des fenêtres du kiosque. Roch Duhoux, le jardinier de Morsanges, occupé dans l'île depuis le matin, avait vu Gérard débarquer. La curiosité l'avait poussé à savoir le motif qui amenait le secrétaire, qu'on rencontrait rarement de ce côté. Il l'avait surpris à l'instant où il s'arrêtait la menace à la bouche, l'incendie aux yeux, en face de la jeune fille qui dormait. Roch Duhoux était lâche. Il avait surtout peur de Gérard, qu'il considérait comme

un mécréant, comme un sorcier. Il s'esquiva sans bruit
et courut prévenir monsieur de Morsanges de ce qui se
passait.

Monsieur de Morsanges ne comprit rien d'abord à ce
que Duhoux lui disait. Mais celui-ci répéta si exactement
ce qu'il avait entendu, que le chevalier eut une soudaine
et terrible révélation. Il poussa un rugissement de lion,
saisit des armes, et s'élança dans un canot qui toucha
l'île en quelques coups d'aviron.

Comme il allait entrer dans le kiosque, il se heurta
contre Gérard, qui en sortait. Le misérable était tout
haletant, tout bouleversé :

— Ah! l'infâme! — s'écria le chevalier en se ruant
sur lui.

Un coup de feu se fit entendre. Une balle mal dirigée
siffla dans l'air. Le vieux gentilhomme ajustait un second pistolet chargé. Par un geste rapide, Keller s'en
empara.

— Oui! je suis un infâme, et je me fais horreur! —
s'écria-t-il. — Mais ta main tremblerait encore, vieillard!
la mienne saura tenir plus ferme l'arme du châtiment!

Il se jeta dans une barque qu'il poussa brusquement
au large...

Un second coup de feu retentit.

Gérard Keller tomba dans le lac, où se forma aussitôt
une grande tâche de sang. Son corps s'engagea sous des
herbes longues, et ne reparut pas.

Le cœur brisé, monsieur de Morsanges se pencha sur
son enfant, qui dormait toujours, mais qui, par une
contraction effrayante, avait les yeux ouverts, fixes et
pleins de larmes.

III

Moins d'une année après ces événements, une nuit,
monsieur de Morsanges s'enferma dans son laboratoire
avec une femme depuis longtemps à son service. C'était
une mulâtresse qu'il avait achetée à la Guadeloupe au
temps où il était armateur. Comme elle faisait preuve
d'une certaine vivacité d'intelligence, il l'avait prise en
affection et l'avait amenée en France. L'esclave était devenue libre en touchant cette terre de liberté. Mais elle
n'avait profité de son indépendance que pour s'attacher
davantage à son maître et à le servir avec plus de zèle
et de dévouement.

Elle se nommait Sylvia. La franchise et la loyauté se
peignaient dans sa physionomie ouverte, dans son allure
à la fois modeste et ferme. Jeune, elle avait dû être
belle, car ses traits expressifs offraient une rare correction, et son teint olivâtre se distinguait par une harmonieuse pureté. A quarante ans, elle n'avait pas trop
vieilli en apparence, contrairement à la précoce décrépi-
tude des femmes de sa race. On la citait encore pour sa
bonne mine et l'élégance de sa démarche souple et nerveuse.

Le chevalier la fit asseoir près de lui.

Le vieux gentilhomme était bien changé. Quelques
mois avaient suffi pour creuser son visage, courber sa
taille, amortir sa voix, infliger à ses mouvements une
sorte de trépidation. Le temps s'était décuplé pour lui.
Le doigt de l'infortune et du désespoir avait précipité
l'aiguille de la vieillesse sur le cadran de sa vie. Il semblait n'avoir plus dans sa poitrine qu'un souffle près de
s'éteindre dans une dernière larme et dans un dernier
soupir.

Il y avait longtemps qu'il n'était entré dans son laboratoire. C'était la troisième ou quatrième fois peut-être
depuis la mort de Gérard Keller. Non qu'il eût rendu la
science solidaire de l'infamie de l'un de ses adeptes et
qu'il l'eût associée dans la réprobation dont il accablait
le souvenir d'un misérable. Il était trop juste, trop éclairé

pour méconnaître que l'étude élève l'âme et moralise le
cœur, qu'elle est la grande inspiratrice des nobles pensées et des généreux sentiments. Mais, hélas! sous le
poids de ses lourds ennuis, comment eût-il conservé le
goût suprême, l'intrépide curiosité du savant? Il avait
perdu l'énergie du travail. Quelques tentatives faites
pour la rappeler en lui avaient complètement échoué.
Il n'était revenu dans son laboratoire que pour assurer
plus de solitude et de sécurité au mystérieux entretien
qu'il allait avoir avec Sylvia.

— Ai-je été pour toi un bon maître, Sylvia? — lui demanda-t-il. — As-tu quelque chose à me reprocher?

— Non-seulement je n'ai rien à vous reprocher, monsieur le chevalier, — répondit la mulâtresse avec émotion, — mais encore j'ai à vous aimer et à vous bénir
pour tout le bien que vous m'avez fait.

— Je n'avais pas besoin d'entendre ces excellentes paroles, mon enfant, pour être convaincu que tu es une
créature privilégiée et que ton cœur ressemble à ces
terres fertiles où la bonne semence donne toujours de
belles moissons. J'ai semé dans ta vie quelques procédés
généreux : tu me les rends au centuple par la libéralité
de la reconnaissance. Merci, Sylvia. Aujourd'hui, je viens
t'offrir l'occasion de me rendre un signalé service : je
suis sûr que tu n'hésiteras pas à le saisir.

— Parlez, maître. Je suis prête à faire votre volonté.

— J'ai eu confiance en ta discrétion, Sylvia. Je ne t'ai
rien caché du malheur qui m'a frappé dans ma fille; tu
as partagé mes chagrins, tu as contribué à dérober ma
honte à tous les regards. Il faut maintenant, noble
femme, que tu consacres ton existence à réaliser le projet que j'ai conçu, ou plutôt à exécuter l'arrêt que ma
conscience a prononcé.

— Puisque cet arrêt émane de vous, il doit être équitable et modéré. Vous avez bien fait de compter sur moi
pour son exécution.

— Voici ce dont il s'agit, — reprit monsieur de Morsanges avec effort. — J'ai décidé, irrévocablement décidé, que le pauvre être né cette nuit du crime et de
l'opprobre serait emmené loin de la France. Il ne saura
jamais qui lui a donné le jour. Il grandira dans la pensée
qu'il est un fils du hasard recueilli par la pitié.

— C'est bien, maître. Vous serez obéi.

— Tu partiras cette nuit même. Tout est prévu, tout
est prêt. Une voiture attend dans la cour. Roch Duhoux
te conduira à Nantes. Là, tu t'embarqueras sur le brick
le Goéland, en partance pour la Guadeloupe. Tu t'établi-
ras ta résidence en ce pays ; tu y vivras dans la liberté
et le bien-être, occupée exclusivement du soin d'élever
ton enfant d'adoption.

— J'étais heureuse à Morsanges,— dit Sylvia, dont les
yeux se mouillaient. J'espérais y passer le reste de mes
jours. Puisqu'il n'en peut être ainsi, je vous remercie,
maître, de me renvoyer à ma terre natale.

— C'est avec regret que je t'éloigne, bonne Sylvia. Mais
ton départ est indispensable. Résignons-nous.— Le vieux
gentilhomme prit sur une table un portefeuille et une
ceinture de voyage, qu'il tendit à la mulâtresse. — J'ai
mis dans ce portefeuille un acte de libération en bonne
forme. Ton indépendance est donc inattaquable sous le
ciel de l'esclavage. En outre, ton existence est assurée,
car je te donne cinquante mille livres en bons royaux,
produisant un revenu qui, là-bas, sera presque une fortune pour toi, et... pour lui!... Dans la ceinture que
voici,— ajouta-t-il après une pause nécessitée par l'oppression de sa voix,— il y a deux cents pièces d'or destinées à l'achat d'une case pour le loger. Choisis-la entourée d'un jardin, sous l'ombrage des palmiers, au
bord d'un ruisseau murmurant, afin que la vie s'y développe avec force, avec éclat. Que ton intelligence et la
sollicitude fassent du bonheur au proscrit! Car je veux
être rigide, Sylvia, mais non cruel!

— Je serai la mère de l'orphelin,— répondit la mulâtresse avec une touchante solennité.

Monsieur de Morsanges étreignit les mains de Sylvia. Il lui adressa encore quelques recommandations empreintes d'une exquise bonté d'âme. Puis il se leva en la priant de hâter ses préparatifs.

— Avant une heure, je vous ferai mes adieux, — répondit-elle en s'efforçant de contenir les battements de son cœur... — Mais j'y songe! Quand je serai là-bas, à la Guadeloupe, devrai-je vous écrire et vous donner des nouvelles de... mon enfant?

Le chevalier hésita.

— Non! — dit-il enfin avec une sombre résolution. — Il ne faut pas m'écrire, Sylvia. Il ne faut pas me parler surtout du malheureux dont je veux ignorer l'existence. Mon devoir est accompli, ma dette est payée. Désormais plus une pensée, plus un souvenir, mais l'indifférence et l'oubli!...

— Maître, — répondit la mulâtresse, — je garderai le silence, je vous le jure. Un jour, je l'espère, vous pourrez croire que le passé n'était qu'un rêve, un mauvais rêve évanoui.

— Je l'espère aussi... Mais ma fille, ma pauvre Valérie, prendra-t-elle jamais le sentiment de la morne réalité?... Si elle allait en mourir!...

— Il n'y a que le remords qui tue! Ayez confiance, monsieur le chevalier. Le criminel a péri, l'innocente vivra!

La gravité silencieuse de ces paroles impressionna favorablement monsieur de Morsanges. Il ouvrit les bras et serra la mulâtresse contre sa poitrine. Le maître et l'esclave confondirent leurs larmes dans une mutuelle effusion, car il existe entre les hommes une égalité, celle de l'infortune, et un niveau, celui de la douleur.

Tous deux sortirent du laboratoire. Presque aussitôt Roch Duhoux s'en échappa. Il s'y était caché, après avoir surpris l'ordre donné par le chevalier à Sylvia de se rendre dans cette pièce écartée. Il avait entendu leur entretien. Sa physionomie décelait une étrange préoccupation.

Roch Duhoux était un gars d'une vingtaine d'années environ, grand, difforme, avec des traits pointus, des bras longs, des jambes arquées. Son torse était énorme. Il écrasait en quelque sorte le reste de son corps, qui était grêle et mal venu. Il avait les cheveux jaunes, le teint blafard. Sans être repoussante, sa laideur était désagréable à voir, quoiqu'il eût coutume de rire pour montrer ses dents blanches et aiguës, des dents de loup; ce tic d'hilarité lui eût donné l'air d'un idiot, si ses deux yeux, percés à la vrille et brillants comme des escarboucles, n'eussent protesté contre une telle appréciation. De méchants instincts dormaient dans l'âme de cet être bizarre, presque monstrueux. Ils devaient s'éveiller en sursaut dès que l'heure serait venue pour eux de prendre leur violent essor.

C'était par hasard que Roch Duhoux était entré au service du chevalier. L'ancien jardinier du château étant mort subitement, le jeune gars, simple journalier, s'était trouvé seul capable de le remplacer. Il avait obtenu provisoirement l'emploi disponible, et peu à peu, comme il arrive souvent, le provisoire était devenu définitif. Monsieur de Morsanges toutefois n'avait jamais agréé d'une manière formelle le nouveau serviteur, qui lui déplaisait. Sans avoir précisément entrevu ce qu'il y avait de perversité en germe sous la rude écorce du jeune jardinier, il avait toujours éprouvé à son aspect une singulière répulsion. Il souffrait de savoir son terrible secret à la disposition d'un homme dont il suspectait la loyauté et la discrétion. Aussi avait-il résolu de l'éloigner de Morsanges. Il n'attendait que le départ de Sylvia pour déterminer, par l'offre d'une somme d'argent, Roch Duhoux à quitter le pays.

Il était deux heures du matin quand la mulâtresse monta en voiture. Un berceau se dessinait vaguement dans l'ombre de la berline, où rien ne manquait pour les soins à donner au petit paria durant le chemin. Tous les domestiques ayant été congédiés depuis quelques mois, aucune curiosité n'était à craindre. Seul le vieux gentilhomme était là, immobile, muet, navré.

Roch Duhoux fouetta les chevaux, la voiture s'ébranla. Monsieur de Morsanges, tout agité, s'élança à la portière.

— Adieu, Sylvia! — murmura-t-il. — Aime-le de toutes les forces de ton cœur!

— Adieu, maître! — répondit l'excellente femme. — Je l'aime déjà comme s'il était mon fils!

La nuit était tiède et brillante. Les mille constellations de l'infini rayonnaient comme des gerbes de diamants. La lune se levait, elle commençait à décrire une ellipse rapide sur l'horizon. Des senteurs d'une suavité enivrante s'échappaient de la terre toute verte et toute fleurie. C'était une de ces nuits heureuses, si bien faites pour les nobles rêveries, pour les touchantes inspirations. Et cependant, insensible aux séductions de la nature rajeunie par le printemps, Roch Duhoux était sombre et taciturne. Il ne stimulait que rarement de la voix ses chevaux, qui s'avançaient péniblement dans des sentiers étroits, encaissés, tortueux, dont les ornières profondes n'avaient pas encore été séchées par la chaleur renaissante du soleil de mai. De temps en temps il se retournait, se penchait, et lançait dans la berline, à travers les vitres latérales, un coup d'œil furtif et anxieux. Il arriva ainsi à proximité de la route de Sainte-Hermine à Nantes, la seule grande route qui existait alors dans le comté nantais et la province du Poitou.

La lune avait déjà disparu. L'aube commençait à poindre, une sorte de reflet blanchâtre rayait à peine l'obscurité qui enveloppait la campagne. Tout à coup Roch Duhoux poussa un léger cri de satisfaction et se mit à rire sourdement.

— Bah! — murmura-t-il. — L'occasion est bonne. J'en profiterai.

Au lieu de continuer à suivre la direction aboutissant à la grande route, il engagea son attelage dans un chemin de traverse. Une demi-heure plus tard, il parvenait près d'un bouquet de bois et faisait halte au plus épais du taillis. Là, il descendit de son siège, ouvrit une porte de la berline, et se trouva en face de la mulâtresse qui le regardait avec étonnement.

— Pourquoi nous arrêtons-nous, Roch? — lui demanda-t-elle. — Que me veux-tu?

— Je veux ton or et tes bons royaux! — répliqua le gars en ricanant.

Et, prompt comme l'éclair, Duhoux jetait un nœud coulant autour du cou de la mulâtresse. En une seconde, il la renversait sur le sol. Mais, avec une énergie désespérée, elle se releva d'un seul bond. Alors une lutte s'engagea, lutte affreuse et qui ne devait pas être longue. Après des efforts inouïs, surhumains, Sylvia tomba étranglée, sans mouvement. L'assassin haletait.

Il lui fallut quelques minutes de repos pour se remettre d'aplomb. Bientôt il se pencha sur sa victime pour se convaincre qu'elle était morte. Puis il s'empara des valeurs données par monsieur de Morsanges et les plongea dans la poche de sa grande veste de paysan poitevin. Il se demanda ensuite comment il cacherait le cadavre. Alors il se rappela, car il connaissait les moindres replis de cette partie du Bocage, qu'à peu de distance, dans un champ de genêts et d'ajoncs, se trouvait une marnière abandonnée. Il y traîna le corps de la mulâtresse, et le laissa glisser dans le trou creusé en forme de puits. La chute se prolongea, elle produisit au fond de l'abîme un bruit lugubre comme un gémissement. Duhoux eut peur, et il s'enfuit.

De retour à la voiture, où l'enfant dormait encore dans son berceau, il se mit à réfléchir sur ce qu'il allait faire du pauvre petit. En ce moment il entendit, car il avait l'ouïe fine, le roulement imperceptible d'une charrette au lointain. À la manière des sauvages, il colla son oreille contre terre et comprit que cette charrette allait longer la lisière du bois en suivant un sentier parallèle au chemin où il stationnait. Son parti fut pris en un instant. Il s'empara du berceau d'osier enveloppé d'un rideau de serge, sans aucune marque distinctive qui éveillât les soupçons. Il courut le poser sur un tertre, au pied d'une croix. Le jour grandissait, ses premiers rayons accusaient assez nettement les formes et les couleurs des objets en saillie. Bien éclairé, le berceau ne pouvait manquer de frapper les regards. Satisfait de lui-même, Duhoux s'éloignait déjà, mais il revint sur ses pas en remarquant que le roulement de la charrette résonnait à proximité. Il distinguait, au milieu du silence, le timbre accentué de deux voix qui causaient. Il voulut savoir si les passants emporteraient le berceau et se cacha dans un massif. Au bout de dix minutes, il entendit qu'on s'arrêtait, qu'on poussait des exclamations de surprise et de pitié. Puis, bientôt, le lourd véhicule se remit en mouvement et disparut au détour du sentier. Il n'y avait plus de berceau sur le tertre au pied de la croix.

Roch Duhoux avait reconnu ceux qui recueillaient ainsi le nouveau-né : c'étaient deux paysans du haut Poitou, Mathurin Cazeaux et sa femme, fermiers à la Bernardière, près Montaigu. Il était du même village qu'eux et quelque peu leur parent. Comme il connaissait leur excellent cœur, il trouva que l'orphelin avait de la chance d'être tombé en de si bonnes mains. Il s'en réjouit presque, tant il est vrai que, si vicieux que soit un homme, il n'est jamais complètement dépravé. Il rejoignit de nouveau la berline et gagna cette fois la route de Nantes, où il se rendit et où il se débarrassa, en les vendant, de tous les effets destinés au voyage à la Guadeloupe. Après quoi il revint à Morsanges, et, d'un air imperturbable, il annonça au chevalier l'embarquement de la mulâtresse à bord du *Goëland* par une belle brise de nord-est.

Quelques jours plus tard, monsieur de Morsanges se promenait seul dans son parc. Une pensée le préoccupait vivement : il voulait décider Roch Duhoux à quitter le pays. Mais comment devait-il s'y prendre pour ne pas l'irriter et en même temps pour ne point paraître, plus qu'il ne convenait, tenir à son prompt éloignement ? Il était encore indécis sur la tournure qu'il donnerait à sa négociation, lorsqu'il rencontra son jardinier. Celui-ci l'avait aperçu et venait au-devant de lui d'un pas délibéré. Il salua son maître d'un air sournois, et, tournant son chapeau rond dans ses mains, il lui annonça qu'il avait formé le projet de se rendre à Paris pour se perfectionner dans la science du jardinage. Il ajouta qu'il désirait se mettre en route sans retard. A cette déclaration qui le tirait si bien d'embarras, monsieur de Morsanges faillit laisser deviner sa joie. Il se contint cependant. Il employa même la ruse et feignit une légère contrariété. Mais Duhoux tint bon, et le vieux gentilhomme parut se résigner, tandis qu'il se félicitait d'avoir si inopinément atteint son but. Une semaine s'était à peine écoulée : par une singulière ironie des choses de ce monde, l'assassin de Sylvia se rendait à Paris, riche de ce qu'il avait commis et chargé, en outre, des bienfaits du chevalier de Morsanges.

La perte de ce serviteur mit un peu de satisfaction dans l'âme du vieillard. Il réforma le personnel de ses domestiques, et l'existence sembla reprendre au château son train accoutumé. Cette existence, hélas ! cachait bien des tristesses mornes, bien des désespoirs muets. Mais il eût été difficile, tant était digne l'attitude des maîtres, de découvrir, sous le calme des apparences, les angoisses de la réalité. Monsieur de Morsanges avait puisé une nouvelle force, une nouvelle vitalité à la source de l'amour paternel. Il avait voulu donner à sa fille l'exemple du courage et de la fierté au milieu du malheur. Par l'énergie de son ardente tendresse et l'empire de ses nobles consolations, il était parvenu, en

effet, à produire un peu d'apaisement et de résignation dans le cœur exalté de son enfant qui voulait mourir. Pour effacer autant que possible jusqu'au souvenir de l'infortune, il avait fait détruire l'île aux Mouettes, et le lac de Grand-Lieu avait repris son vaste et monotone aspect d'autrefois, varié seulement par sa puissante végétation de joncs et de nénuphars.

Vers l'automne, un jour que le ciel était voilé par de légers nuages et que le soleil invisible tamisait une blanche et tiède lumière sur la campagne, mademoiselle de Morsanges, diaphane et vaporeuse comme un doux fantôme, était assise dans un grand fauteuil sur une pelouse au pied du château. Une vaste corbeille de fleurs embaumait l'air autour d'elle, et le parc, dont le feuillage commençait à se teinter de reflets jaunissants, ouvrait devant son regard de lointaines et charmantes perspectives. Mais les touffes de roses, de marguerites et de dahlias, les horizons de verdure où se profilaient de belles statues de marbre, n'avaient pas en ce moment la puissance d'attirer l'attention de Valérie. Elle se montrait tour à tour impatiente et rêveuse, écoutant avec anxiété les moindres bruits extérieurs ou s'absorbant d'un air découragé et une mélancolie toute humide de pleurs qui s'échappaient en silence. Tout à coup elle entendit résonner le galop d'un cheval dans la direction de l'avenue. Elle tressaillit. Son visage toujours admirable, mais étrangement pâli par la souffrance, se colora d'un effluve de sang vermeil. Elle essuya ses larmes, maîtrisa son émotion, se replia dans son fauteuil et attendit.

Hector de Flavigny parut sur le perron. Il descendit les degrés et s'avança vers elle. Elle lui tendit une main qu'il porta à ses lèvres en étouffant un soupir.

— Daignerez-vous m'apprendre aujourd'hui, — lui demanda-t-il, — pourquoi vous hésitez à m'accorder sans réserve cette main divine que vous laissez un instant dans la mienne sans répugnance et sans effort ?

Mademoiselle de Morsanges fut saisie d'un tremblement nerveux. Une pâleur bleuâtre envahit ses joues. Après une minute de cette sensation violente, le calme se fit en elle, et elle répondit avec une douceur endolorie :

— Ne m'interrogez pas, monsieur de Flavigny. Mais adressez-vous à mon père. Lui seul sait quelle réponse doit vous être faite... Que vous dirais-je, moi ? sinon que j'ai renoncé aux espérances souriantes de la jeunesse, aux rêves enchantés de l'avenir !... Et cependant, — reprit-elle après une pause, en levant vers le ciel ses grands yeux chargés de tristesse, — je crois que Dieu m'avait mis dans l'âme d'ineffables aspirations ! Il me semble qu'il m'avait créé pour bien comprendre et bien sentir ce bonheur suprême d'aimer et d'être aimée avec une tendresse et un dévouement éternels !

A ces mots, son visage se pencha sur sa poitrine comme un lis étiolé s'incline sur une tige lasse elle-même de son propre effort. Le comte Hector, stupéfait, l'esprit perdu en un dédale de conjectures, demeurait immobile, muet. Un domestique vint le prévenir que monsieur de Morsanges l'attendait au salon. Il se hâta de se rendre auprès de lui, car il avait deviné qu'une explication décisive allait avoir lieu.

Une demi-heure s'était à peine écoulée. Monsieur de Flavigny, suivi du chevalier, reparut. Le visage du comte rayonnait d'un enthousiasme pour ainsi dire religieux. Sa mâle et belle physionomie montrait une résolution exaltée et réfléchie à la fois. Lorsqu'il fut près de Valérie, il se découvrit la tête, et, pliant le genou jusqu'à terre :

— Mademoiselle de Morsanges, — dit-il avec une indicible expression d'amour et de respect, — votre père m'a permis de mettre mon cœur à vos pieds, et je viens vous adresser une ardente prière : je vous supplie de m'accepter pour époux ! Ah ! ne me refusez pas ce bonheur, ou, j'en fais le serment ! je ne me marierai jamais !

Valérie, toujours repliée sur elle-même, avait le front caché dans ses deux mains. A travers ses doigts blancs filtraient de grosses larmes qu'aucun spasme, qu'aucun soupir n'accompagnait. Assurément, ce n'était point là le signe funeste de la douleur et du désespoir : c'était le langage le plus émouvant de la reconnaissance et de l'admiration.

Quand elle eut épanché cette source limpide de son âme, elle se leva, dégagea son visage radieux comme un reflet de soleil après l'orage, et répondit avec une angélique solennité :

— Dieu est bon, et vous êtes le meilleur des hommes, monsieur de Flavigny ! Aussi est-ce avec joie que je vous confie mon existence, car je vous aime, je vous vénère et je vous bénis !

. . . .

Par une étrange coïncidence, le jour même où l'on célébrait le mariage du conte Hector et de Valérie, monsieur de Morsanges reçut la nouvelle que le *Goëlands* était perdu corps et biens, dans une tempête à l'entrée de la mer des Antilles.

PREMIÈRE PARTIE.

LE PÂTRE DU BOCAGE.

I

Le château d'Apremont s'élevait au sommet d'une colline sur la lisière du haut Poitou, entre Clisson et Montaigu. C'était un vrai castel féodal demi-circulaire, avec tourelles, courtines, mâchicoulis et créneaux. Le donjon avait presque entièrement disparu, il n'en restait qu'un débris sous une épaisse courtine de lierre, de scolopendre et de vigne vierge, dans la cour intérieure de l'antique manoir. La porte d'entrée était défendue par un pont-levis ; elle se fermait à deux battants au moyen d'une herse qui glissait entre deux rainures parallèles. Des fossés profonds et pleins d'eau entouraient cette architecture menaçante et s'étendaient jusque devant le parc, où l'on arrivait en traversant une chaussée construite sur pilotis. Des girouettes ou panonceaux grinçaient sur le toit conique des parapets crénelés, signe de noblesse dont tous les seigneurs n'avaient pas le droit de se parer.

Au commencement de l'automne de 1788, vingt ans environ après les événements qui nous sont connus, la marquise douairière d'Apremont avait fait mander le marquis Gaëtan d'Apremont, son fils. Elle l'attendait dans un vaste salon tendu de tapisseries de haute lisse et décoré de portraits représentant dix générations d'aïeux.

La marquise était une femme de cinquante ans, à la taille élevée, aux grands traits bourboniens, à la physionomie sévère et triste. On remarquait dans toute sa personne une dignité pour ainsi dire héraldique. Il y avait du blason jusque dans son regard calme et hautain, jusque dans la dédaigneuse expression de ses lèvres dont la commissure se repliait vers le menton. Son costume était sombre et rigide. Aucune poudre dans ses cheveux grisonnants, relevés sans effort et sans art. A peine une teinte de carmin sur ses joues naturellement pâles. Elle portait une robe de moire antique, d'un violet foncé, dont l'ampleur n'était point arrondie par l'exagération des paniers. Sa main, une main royale ornée d'un simple anneau, était posée sans affectation sur le bras du fauteuil sculpté dans lequel elle était assise. Ses pieds, d'une cambrure tout aristocratique, frappaient avec un peu d'impatience le tabouret de chêne écussonné où ils s'appuyaient. Tout à coup elle se leva, interrogea d'un coup d'œil la pendule de bronze incrustée de cuivre que portait un socle de marbre pendu aux lambris, et fit résonner un timbre posé sur un guéridon à côté d'une tabatière d'or et d'un missel.

Un domestique à livrée entra.

— Pourquoi monsieur le marquis ne s'est-il pas encore rendu à mon invitation ! — demanda-t-elle. — Veuillez vous en informer, et redites à mon fils que j'ai hâte de le voir et de l'entretenir. — Lorsque le valet eut disparu, la marquise d'Apremont se mit à marcher autour de la salle qu'un soleil du matin dorait çà et là de rayons pâles glissant à travers de grandes fenêtres dont l'ogive se dessinait sur un ciel immense et brumeux. La marquise s'avançait lentement, le front haut, avec cette majesté empreinte de roideur qui semblait la caractériser. Il y avait cependant, tout au fond de ses grands yeux noirs, comme un reflet de honte et de découragement, surtout lorsque son regard rencontrait le mâle visage de quelque ancêtre tout rayonnant de loyauté et d'honneur.

— Hélas ! — murmura-t-elle, — le chêne s'est appauvri ! Le rejeton est dégénéré !

Elle achevait à peine d'exhaler cette parole dans un soupir, lorsque la portière se souleva à l'entrée du salon. Un homme parut ; c'était le marquis Gaëtan d'Apremont.

Le marquis pouvait avoir trente ans, mais les apparences le vieillissaient. L'élégance de son costume en velours bleu de ciel tout brodé de paillettes et les coquetteries de la poudre et du fard, ne dissimulaient qu'à moitié les flétrissures empreintes sur son visage par une vie de débauche. Avec une mise moins irréprochable, on l'eût pris pour un des derniers roués de la Régence, tant il y avait de hardiesse dans son regard, de sensualité sur ses lèvres, de cynisme railleur dans sa physionomie. Il n'était point laid, ses traits avaient même une certaine pureté aquiline. Mais sa tête offrait un développement énorme, et ses épaules avaient une rondeur herculéenne qui contrastait avec les proportions de sa taille au-dessous de la moyenne et avec la ténuité de ses jambes qui décrivaient, en cherchant à se rejoindre, un arc un peu tendu. En résumé, ses allures affectaient cette nonchalance rusée qui rappelle assez bien la lente souplesse des fauves de la race féline. Il se dirigea en silence et d'un pas balancé vers la marquise. Puis il s'inclina devant elle d'un air ironique et sournois.

— Vous m'avez fait mander, ma mère, — dit-il. — Me voici, que désirez-vous ?

— M'entretenir un moment avec mon fils, avant que les hôtes que nous attendons soient arrivés.

— Je devine. Vous allez encore m'adresser des reproches, me faire des remontrances, me tracer une ligne de conduite pour l'avenir. Bah ! madame la marquise, je sais par cœur le sermon que votre indulgence me prépare. Si vous le permettez, je vais vous le psalmodier sans commettre une erreur de rédaction, et sans intervertir l'ordre des trois points consacrés.

La douairière d'Apremont fronça le sourcil. Après avoir repris sa place habituelle dans le grand fauteuil de chêne écussonné, elle arrêta sur son fils un regard à la fois impérieux et pénétré de tristesse, puis, d'un ton empreint d'amertume :

— Trêve de raillerie, — reprit-elle. — Je ne suis pas d'humeur, aujourd'hui, à supporter vos sarcasmes douceureux. Les projets que j'ai formés en ce qui concerne votre avenir m'inquiètent sérieusement. Je crains d'avoir trop compté sur vous, sur votre conversion au bien. Je crains surtout que vous ne soyez pas sincèrement résolu à envisager le mariage comme un abri, comme un port. Après les agitations de votre jeunesse... déréglée...

vous avez cependant besoin de calme, de repos, et peut-être d'oubli. L'union que je médite de vous faire contracter vous assurerait tout cela, j'en suis convaincue, si vous étiez résolûment prêt à vous réfugier dans une vie d'ordre, de quiétude et de réparation.

La gravité de ces paroles n'eut d'autre effet que d'amener un sourire légèrement sardonique sur les lèvres sinueuses de Gaëtan.

— Décidément, — répondit-il, — vous me traitez avec une rigueur qui m'afflige. Vous vous montrez même injuste à mon égard. Qu'ai-je fait, après tout, qu'on ne puisse reprocher à toute la jeunesse aristocratique de ce temps-ci, que le hasard ou la curiosité a lancée sur les flots de cet océan plein de récifs et de tempêtes qu'on nomme Paris? Eh! palsambleu! je l'avoue, je me suis, comme tant d'autres, un peu trop laissé surprendre par l'imprévu des orages et la violence des courants. Aussi bien je n'ai pas suffisamment retenu entre mes mains l'opulence qui m'avait été léguée par mon père, le marquis d'Apremont, en sorte qu'elle a sombré et qu'il ne m'en reste plus que des épaves. Que voulez-vous? on n'est pas criminel pour cela! on est imprudent et malheureux, voilà tout.

Ce disant, il fit claquer ses doigts et pirouetta sur ses talons rouges avec élégance et légèreté. La marquise laissa échapper un cri sourd d'indignation. Par un geste impérieux, elle fit signe au marquis de s'asseoir sur un siége en face d'elle. Il obéit, mais avec une sorte de dédain.

— Si vous n'aviez fait que dissiper votre fortune, monsieur, — lui dit-elle en appuyant sur les mots, — je vous épargnerais peut-être mes sévérités. À coup sûr, j'aurais dans l'âme moins d'inquiétude, moins de tourment. Presque toujours, en effet, il y a au fond de la prodigalité une ardeur généreuse qui révèle de nobles instincts. L'expérience peut faire un homme d'ordre d'un dissipateur; mais qu'attendre d'un débauché, d'un méchant, qui ne respecte rien, pas même le nom qu'il porte, pas même l'honneur séculaire de l'illustre famille dont il est le représentant?

La douairière d'Apremont venait de s'animer. Une rougeur subite avait couvert son front rigide et altier.

— Ah! vive Dieu! voilà qui est un peu fort! — repartit Gaëtan d'un ton railleur. — Pourquoi ne déclarez-vous pas tout de suite que j'ai mérité les galères, voire l'échafaud! Ce serait plus accablant et plus expéditif. Allons, cessez de vous contenir. S'il est vrai que je sois un joueur, un débauché, un méchant, j'ai piqué du moins d'être un bon fils, et je ne me formaliserai pas trop de vos injures, de vos condamnations, si exagérées, si iniques qu'elles soient, en réalité.

— Hélas! — murmura la marquise, — plût à Dieu que vous fussiez sensible aux éclats de ma colère! Plût à Dieu que votre orgueil s'émût des coups que je lui porte! Mais non! votre âme s'est faite à l'humiliation, et votre amour-propre ne se révolte plus. D'ailleurs vous craignez qu'on ne vous rappelle les forfaits commis par vous naguère. Vous redoutez surtout qu'on ne place sous vos yeux certaine preuve évidente d'une nouvelle infamie dont vous êtes accusé.

Et la noble dame, sombre et navrée, froissait dans l'une de ses mains un papier qui s'en échappait à demi.

Le marquis, cette fois, devint sérieux. Une secrète anxiété contracta imperceptiblement les muscles de son visage, qui s'assombrit.

— Je ne vous comprends pas, — balbutia-t-il. — Expliquez-vous.

— Vous le voulez?

— Sans doute... De quoi s'agit-il?

— Je le répète : il s'agit d'une nouvelle infamie, — répliqua la marquise avec une lugubre âpreté. — Il y a deux jours, — reprit-elle, vous êtes allé à Tiffauges, chez le baron de Verne, un gentilhomme d'une réputation suspecte. Là, malgré le serment que vous m'aviez

fait de ne plus jouer, vous avez perdu une somme énorme au lansquenet. Comme vous ne pouviez payer, vous avez souscrit un engagement. Mais bientôt vous vous êtes pris de querelle avec votre créancier, et vous vous êtes battu avec lui sous un réverbère de la ville... Dispute et duel, tout cela avait-il été prémédité par vous? Hélas! Dieu seul le sait... Ce qu'il y a de certain, c'est que votre adversaire était dans un demi-état d'ivresse, et votre épée a eu facilement raison de la sienne.

— Ah! ma mère!...

— Ne niez pas, monsieur! À quoi bon, d'ailleurs? Je vais vous accuser de pire que cela. En effet, vous vous êtes penché sur votre victime frappée à mort, et vous avez dérobé l'engagement que vous lui aviez souscrit. Est-ce assez horrible!... Est-ce assez odieux!

À ces mots, la marquise s'était redressée de toute sa hauteur. Elle appuyait sur son fils un regard écrasant de mépris.

— Mais qui donc a pu vous dire cela, madame? — demanda Gaëtan demi-abattu, demi-furieux.

— Un proche parent de votre adversaire, le baron de Verne lui-même, qui est venu chez moi ce matin.

— Le baron en a menti, et je l'en ferai repentir! — s'écria le marquis en bondissant. — Quoi! vous avez cru à cette imposture?

— Quand vous voudrez que je n'ajoute aucune foi à vos honteuses actions, vous aurez soin désormais d'en mieux cacher la preuve. Tenez, reprenez votre engagement. Le voici... mais acquitté. — Et, par un geste violemment indigné, la marquise tendit à son fils le papier qu'elle froissait dans ses mains. La tête de Méduse, apparaissant tout à coup devant le marquis, ne l'eût pas saisi de plus de stupeur. Le cou roide, l'œil fixe, il envisageait, immobile, pétrifié, la pièce de conviction que sa mère lui présentait. Il n'avait pas la force de s'en emparer. — Eh! prenez donc, monsieur! — ajouta la marquise avec impatience, — et ne me taxez plus de crédulité!

D'une main convulsive, Gaëtan saisit cette fois le papier.

— Je m'étonne, — dit le marquis d'une voix hésitante, suffoquée, — que cet engagement soit en votre possession. Qui donc vous l'a donné? Ce ne peut être le baron de Verne.

— Ce n'est pas lui, non; c'est le hasard.

— Le hasard?...

— Oui, le hasard, ou plutôt la Providence, qui a voulu que, dans la précipitation de votre retour au château d'Apremont, ce papier tombât sur le chemin. Un de nos paysans l'a ramassé hier et me l'a remis... Aussi n'ai-je été surprise ni de la visite du baron de Verne, ni de la déclaration qu'il m'a faite.

— Maladroit que je suis! — se contenta de penser Gaëtan. — Pourquoi n'ai-je pas détruit sur-le-champ cette misérable preuve qui m'accable et me confond!

Cependant, comme il restait silencieux et semblait vaincu par l'évidence, la marquise s'adoucit, et, sorte de commisération, qui décelait une certaine faiblesse maternelle cachée sous une expression rigide, fléchit visiblement la dureté de son regard. Elle reprit d'un ton presque indulgent :

— Allons, monsieur, relevez la tête et rassurez-vous! Votre mère n'a pas voulu vous laisser sous le poids de la honte; elle vous a sauvé du déshonneur. J'ai déclaré, en effet, que si vous aviez repris votre engagement, c'était pour échapper aux commentaires de la malignité publique, mais que vous étiez prêt à en acquitter le montant... et j'ai payé.

La physionomie de Gaëtan s'anima d'un reflet joyeux, Il déchira soigneusement le billet accusateur, ouvrit une fenêtre, et jeta les menus morceaux, qui se dispersèrent au vent.

Après quoi, il alla s'incliner devant sa mère, lui baisa la main du bout des lèvres, et reprenant son allure délibérée, narquoise, lui dit effrontément :

— Vous avez bien traduit ma pensée, madame la marquise. En conscience, mon intention, quand je me suis emparé du chiffon que je viens de détruire, était de le soustraire à la curiosité des malintentionnés et des sots. Naturellement je me serais fait un devoir scrupuleux de remplir tôt ou tard, l'obligation qu'il contenait. Ma loyauté...

La douairière d'Apremont interrompit brusquement son fils.

— Ah! pour Dieu! — s'écria-t-elle, — ne me parlez pas de votre loyauté!

— Et pourquoi, madame? — demanda le marquis avec une ironie mêlée d'étonnement.

— Parce que je la connais trop bien, votre loyauté, monsieur! Ne m'obligez pas à m'en souvenir!

Gaëtan parut d'abord interdit; mais, faisant un effort, il essaya de payer d'audace, et reprit d'un air à la fois doucereux et goguenard :

— Que voulez-vous dire? Je ne vous comprends pas.

— Ah! vous ne me comprenez pas! — répliqua sèchement madame d'Apremont. — Croyez-vous que j'ignore votre conduite avec le juif Abraham? Faut-il que je vous rappelle comment, il y a deux ans, vous lui avez remboursé les sommes qu'il vous avait prêtées? Lors de mon dernier voyage à Paris, la rumeur publique a pris soin de m'en instruire.

Gaëtan ne répondit pas.

La marquise poursuivit :

— Vous avez obtenu, je ne sais comment, une lettre de cachet, un blanc seing. Puis vous en avez menacé votre créancier, qui a eu peur et vous a donné quittance. Mais il n'en a pas moins été arrêté par vos ordres et conduit à la Bastille, où il est mort. Voilà comment vous êtes loyal!

— Bah! un juif, un usurier! il m'avait rançonné.

— Eh! monsieur, vous avait-elle rançonné, elle aussi, la jeune fille que vous avez, il y a six ans environ, séduite, enlevée, maltraitée, puis renvoyée à sa famille au désespoir? La pauvre enfant! elle avait des scrupules de vertu. Pour les vaincre, vous aviez feint de l'épouser en la menant devant un faux prêtre. Ne niez pas, un de vos amis, votre complice, m'a tout dit. Quand vous avez abandonné la malheureuse, vous lui avez appris votre fraude. Elle en est devenue folle de honte et de douleur. Peu de temps après, elle avait cessé de vivre. Voilà encore comme vous êtes loyal!

Ce lugubre souvenir assombrit un peu le visage de Gaëtan. Un léger frisson courut même sous l'épiderme de son visage fardé. Mais cette impression se dissipa bientôt. Il fit de nouveau claquer ses doigts et décrivit une seconde pirouette, qui ne le cédait à la première ni en grâce, ni en précision.

— Peuh! — dit-il, — une amourette comme il y en a mille au siècle où nous vivons. Pouvais-je prévoir qu'elle tournerait au tragique? Ces petites bourgeoises prennent tout au sérieux. Elles n'ont pas le sens commun, ma parole d'honneur!

Malgré la sévérité de ses sentiments, la marquise ne trouva presque rien à reprendre à cette pétition de principe. Ses préjugés de caste, il est vrai, la disposaient à partager l'opinion dédaigneuse que venait d'exprimer son fils. Assurément, elle réprouvait la fourberie employée par Gaëtan dans la séduction qu'elle venait de lui rappeler, mais, en réalité, elle n'éprouvait qu'une médiocre commisération à la pensée qu'une petite fille de rien avait conçu l'espoir d'épouser un marquis, et qu'elle était morte pour avoir été déçue dans sa vaniteuse prétention.

— Laissons là toutes ces laides choses, — dit-elle, — et revenons à notre point de départ. Je vous l'ai déjà dit : j'ai formé un projet qui, s'il venait à se réaliser, ferait je le crois fermement, votre bonheur en même temps que votre salut. Vous comprenez qu'il s'agirait pour vous d'épouser mademoiselle Blanche de Flavigny, nièce du comte Hector de Flavigny, ancien ami de notre famille et même un peu notre allié. J'ai déjà pressenti les dispositions du comte, qui est le tuteur de Blanche, et j'ai lieu de penser qu'elles ne sont point défavorables à l'union dont je souhaite l'accomplissement. Le comte ignore vos folies... vos détestables folies! Tout au plus soupçonne-t-il que vous avez eu une jeunesse évaporée et que vous avez jeté une partie de votre fortune au vent de la dissipation. Mais, comme il est bienveillant, cela ne semble pas l'effrayer. Il croit même que les jeunes gens, dont la première ardeur s'est exhalée dans le tourbillon de la vie orageuse, deviennent presque toujours d'excellents maris.

— Parbleu! il a raison de croire cela! — dit Gaëtan d'un air infatué. — Aussi serai-je un époux modèle, n'en doutez pas.

— Je voudrais n'en pas douter, — répliqua la douairière d'Apremont en refoulant un soupir; — mais je me sens inquiète, soucieuse. J'ai peur de devenir la cause du malheur de cette Blanche de Flavigny.

— Vive Dieu! ma mère, rassurez-vous! Si cette jeune fille, que je n'ai pas encore vue, est aussi charmante qu'on le prétend, je vous promets que rien ne manquera à sa félicité.

— Blanche est la plus jolie et la plus gracieuse personne que je connaisse. C'est une fleur animée. Elle est adorable, tout simplement.

— Alors je l'adorerai, croyez-le bien! Je lui élèverai un autel dans mon cœur, et sur cet autel je sacrifierai ce que vous appelez mes mauvais instincts.

Disant cela, Gaëtan s'était exalté, mais il y avait dans son exaltation comme un reflet d'impertinence railleuse qui choqua madame d'Apremont.

— Il faut que je vous donne deux conseils, monsieur, — dit-elle... — Et d'abord, si vous voulez plaire à mademoiselle Blanche de Flavigny, défaites-vous, croyez-moi, de vos airs ironiques et vainqueurs. Je n'ai causé qu'un instant avec cette jeune fille, et, je vous en préviens, sous la vive allure de ses dix-sept ans, paraissent se cacher beaucoup de bon sens et d'esprit. Méfiez-vous.

— Soit, je me méfierai... Le second conseil, quel est-il?

— Le voici... monsieur le comte de Flavigny est l'honneur même. Si vous commettiez encore quelque méchante action, votre mère ne pût réparer, et que ce noble gentilhomme en fût instruit, il refuserait net de vous unir à sa pupille et romprait toute relation avec vous. Prenez garde!...

— Je prendrai garde, madame, et désormais ma conduite aura lieu de vous édifier.

Cette assurance fut donnée par Gaëtan avec une inflexion de voix si sérieuse que la marquise s'en montra satisfaite. Sa tendresse de mère réagit soudain contre ses sévérités. Toute émue, elle supplia son fils de rentrer dans la voie du juste et du bien. Elle protesta qu'elle oublierait le passé s'il voulait honorer l'avenir. Elle ajouta qu'il la trouverait toujours prête à le soutenir dans ses efforts pour se vaincre et s'amender.

— Vous avez perdu votre patrimoine, — reprit-elle, — et les revenus de votre majorat sont aliénés pour longtemps. Eh bien! si vous épousez mademoiselle Blanche de Flavigny, je partagerai avec vous ma fortune, qui, Dieu merci, est considérable. De la sorte, on ne vous accusera pas d'être mû par l'intérêt, et vous pourrez faire un mariage d'inclination, tout en vous unissant à l'une des plus riches héritières de ce pays. — Le marquis ne s'attendait pas, sans doute, à cette libéralité maternelle. Il en fut d'abord comme étourdi; puis son œil étincela, et ses lèvres frémissantes balbutièrent des remercîments où perçait une certaine cupidité. Il fut interrompu par le son du cor qui se fit entendre devant le pont-levis du château. — Voici nos hôtes! — dit la douairière d'Apremont. — Allez au-devant d'eux, mon fils, et souvenez-vous de mes conseils.

II

Le pont-levis s'étant abaissé, une calèche, suivie de plusieurs cavaliers, pénétra dans la résidence seigneuriale d'Apremont, où se tenaient déjà, rangés sur deux files, vêtus de la grande livrée, tous les domestiques du château.

Le marquis parut sur le haut perron en spirale, à balustres de pierre, qui dominait la cour d'honneur. Il en descendit les degrés et alla s'incliner profondément devant la comtesse de Flavigny et sa nièce qu'il aida à mettre pied à terre. Puis il serra la main du comte qui lui tendait la sienne avec un cordial empressement. Il salua ensuite d'un léger mouvement de tête une quatrième personne, laquelle venait de descendre de cheval et se tenait à l'écart, timide, soucieuse, presque farouche : c'était le jeune Raoul, fils unique du comte et de la comtesse de Flavigny.

La douairière d'Apremont attendait ses hôtes au seuil même de la salle de réception. Elle les reçut avec son grand air, tempéré par une franche expression de contentement.

— Ah! monsieur le comte, et vous, madame la comtesse, vous êtes vraiment les bienvenus dans mon vieux castel féodal —dit-elle avec un sourire plein de cordialité. — Je vous remercie de toute mon âme pour l'empressement avec lequel vous vous rendez à mon invitation.—Embrassant ensuite au front Blanche de Flavigny, elle reprit avec une admiration tout affectueuse : — Chère enfant, mon antique demeure est bien sombre et bien grave; mais vous voici, et, grâce à vous elle va s'animer d'un reflet de jeunesse, de lumière et de gaieté. Je serai heureuse si vous prenez plaisir à nos fêtes d'Apremont, que votre présence doit embellir à miracle, car vous en serez la reine, sans contredit.— Puis, apercevant Raoul qui, toujours silencieux et réservé, restait en arrière, la marquise alla vers lui et lui adressa quelques mots charmants. — Je sais que vous aimez la chasse à courre, —ajouta-t-elle; — et, comme je désire que vous vous plaisiez ici, nous chasserons le cerf et le sanglier dans mes bois, qui sont très-giboyeux.— A ces amabilités de la marquise, le comte et la comtesse de Flavigny avaient répondu avec cette bonne grâce et cet esprit d'à-propos que donne l'habitude du grand monde. Blanche, comme il convient à une jeune fille qu'on complimente, avait rougi et baissé les yeux, de grands yeux noirs à la fois rayonnants et doux. Quant à Raoul, il avait balbutié un remerciement, sans se départir de sa froide gravité. Au salon, où chacun s'assit en attendant le dîner, la marquise renouvela ses protestations d'amitié avec une effusion qui lui fit oublier un peu les solennités ordinaires de son attitude et sa parole; à plusieurs reprises même, elle combla de caresses Blanche de Flavigny qu'elle appelait son chérubin. Pour qu'elle abandonnât ainsi les formes cérémonieuses de l'étiquette, il fallait qu'elle fût animée d'un bien vif désir de captiver la belle enfant. — A propos, — lui dit-elle, — il faut que je vous présente officiellement mon fils, le marquis Gaëtan d'Apremont. Il a eu le regret de ne point vous rencontrer à Montaigu lors de la visite qu'il a récemment faite à votre famille. Vous veniez, je crois, de partir pour le château de Morsanges, dont vous aimez beaucoup la situation romantique au bord de la Grand-Lieu. Je dois vous déclarer que Gaëtan est revenu un peu triste de n'avoir pu vous faire sa cour. Mais il va être bien dédommagé de ce contre-temps, puisque nous aurons le bonheur de vous posséder au moins pendant quelques beaux jours... Allons, mon fils, — reprit-elle en souriant,—ne restez pas ainsi immobile, comme en extase, devant mademoiselle Blanche, et mettez-vous en devoir de lui prodiguer vos soins.

Le marquis semblait, en effet, vivement impressionné à l'aspect de la radieuse jeune fille. Il attachait sur elle un regard où se peignait, trop hardiment peut-être, l'admiration qu'il ressentait. Il y avait même, dans l'imperceptible frémissement de ses lèvres, une expression bizarre qui eût blessé les délicatesses de la noble enfant, si elle avait pu en comprendre le sens mystérieux.

— La divine créature! — se disait-il avec un âpre enthousiasme. — Déjà je me sens amoureux comme un fou! Elle sera ma femme! Il le faut.

Sur l'invitation de la marquise, il s'approcha de Blanche et lui adressa quelques compliments qui ne manquaient ni d'éloquence ni d'esprit. Blanche les écouta sans émotion apparente et y répondit le plus tranquillement du monde. Ses yeux calmes et rayonnants se fixèrent bientôt sur lui avec une certaine curiosité, comme pour étudier la physionomie et les allures du marquis. Cette première investigation lui était-elle favorable? C'est ce qu'il eût été difficile de déterminer, car aucun indice de sympathie ou de répulsion ne se montrait spontanément sur le visage de mademoiselle de Flavigny. Tout au plus y remarquait-on un peu d'étonnement à la vue de la jeunesse douteuse, même sous le fard, de celui qu'on songeait à lui offrir pour époux, car sa perspicacité féminine n'avait pas eu grand'peine à deviner que c'était là le but du séjour que sa famille allait faire au château d'Apremont.

Gaëtan, nous l'avons dit, était tombé de prime abord sous le charme de Blanche. Il avait été frappé, en quelque sorte électriquement, par les perfections qui étaient en elle. Son vieux cœur, rendu dédaigneux et blasé au contact des amours faciles et vulgaires, s'était ému soudain d'un sentiment nouveau, profond, inconnu, sous le stimulant de cette fleur embaumée de la jeunesse de cette lumière veloutée du printemps.

Blanche de Flavigny était, en effet, une rose par sa fraîcheur, un rayon par son éclat. Il était impossible d'unir une plus harmonieuse délicatesse de lignes à une plus suave pureté de carnation. L'âme, une âme tendre et loyale, l'esprit, un esprit vif et gracieux, se reflétaient merveilleusement dans la transparence de ses traits de vierge qu'aucun souffle intérieur n'était encore venu altérer; sa taille, un peu au-dessous de la moyenne, avait des flexibilités et des ondulations délicieuses que dessinaient à ravir les élégances de la soie, de la dentelle et du velours. Elle portait une adorable toilette lilas qui la faisait ressembler à un épanouissement du mois de mai. La poudre odorante dont couvrait ses longs cheveux noirs, qu'on eût encore mieux aimés sans cette grâce d'ornement, donnait, à sa tête des airs d'arbuste fleuri sous la tiède haleine des premiers beaux jours. Du reste, pas une perle, pas un diamant, pas un bijou. Elle avait toutes les distinctions de la parure et toutes les richesses de la simplicité. Comment le marquis n'eût-il pas été comme ébloui! Pour la première fois peut-être il se sentait irrésistiblement séduit, maîtrisé, vaincu.

La douairière d'Apremont devina l'effet produit sur son fils par Blanche de Flavigny. Elle s'en réjouit, espérant qu'un noble amour agirait puissamment sur l'âme du débauché, qu'il modifierait son caractère et corrigerait ses mœurs. Sous la sévérité des dehors, la marquise cachait une sollicitude maternelle toujours inquiète et toujours en éveil.

— Mes chers hôtes, — dit-elle d'un air heureux, — c'est aujourd'hui que commencent les fêtes patronales d'Apremont. Nous assisterons dans la journée d'aujourd'hui, aux luttes et aux danses qui se préparent au milieu de mes bois, sur le bord de la Sèvre-Nantaise, à un quart de lieue d'ici. Ces réjouissances rustiques n'auront sans doute pas grand attrait pour vous; mais vous serez dédommagés demain, je l'espère, car nous aurons chassé au cerf dans la matinée et grand bal le soir. Toute la noblesse d'alentour est invitée ; elle sera exacte, j'ai lieu de le croire, à ce rendez-vous du plaisir.

— Nous aimons les réunions champêtres, — répondit la comtesse de Flavigny. — Nous nous plaisons à voir la franche et vive gaieté des bonnes gens de la campagne. Le spectacle de leurs divertissements nous sera donc agréable aujourd'hui, madame la marquise. Au besoin même, ma chère Blanche y prendra part, car je vous prévenais qu'elle ne dédaigne pas de se mêler aux rondes villageoises : elle est restée enfant sous ce rapport.

— Vraiment ! — dit la douairière surprise et charmée à la fois. Toute hautaine qu'elle fut, elle considérait comme un devoir de bienséance féodale que les seigneurs eussent de certains égards familiers pour les vassaux. Elle avait même plus d'une fois ouvert la danse avec quelqu'un de ses fermiers. Elle reprit en s'adressant à la jeune fille : — Si vous dansez avec nos paysans, ma belle amie, vous allez vous faire adorer d'eux.

— Voilà qui ne me déplairait pas du tout ! — repartit gaiement Blanche en laissant échapper de ses lèvres roses un trille mélodieux comme une cadence de fauvette. — Je ne suis jamais si heureuse, — ajouta-t-elle, — que quand je me sens aimée des humbles ou des malheureux.

— Un tel bonheur vous arrive souvent sans doute, mademoiselle, — reprit Gaëtan d'un ton de madrigal légèrement moqueur. — Il y a tant d'humbles, tant de malheureux qui doivent vous aimer ! Mais votre cœur serait-il donc exclusif ? N'aurait-il que de l'indifférence pour la tendresse et l'admiration que vous inspirez à vos égaux ? Ah ! je repousse cette pensée, car elle m'affligerait.

— Au contraire, il ne faut pas la repousser, monsieur, — répliqua Blanche avec une fine accentuation.

— Et pourquoi, mademoiselle ?

— Parce que je m'intéresse aux malheureux.

Cette saillie et le ton gracieusement délibéré qui l'accompagnait égayèrent le comte, la comtesse et la marquise. Raoul même, qui jusque-là ne s'était pas départi de sa gravité, eut un de ces sourires qui éclairent la physionomie d'un rayonnement.

— Espiègle ! — murmura madame de Flavigny en attirant Blanche vers elle et en l'embrassant au front.

— A propos, monsieur le marquis, — dit le comte, — il faut que je vous prémunisse contre l'esprit de ma nièce. C'est une enfant gâtée, qui a la repartie prompte. Elle est très-franche, mais légèrement taquine. Elle dit tout ce qu'elle pense, même quand elle pense un peu mal des gens. Au demeurant, elle aime à rire et elle a le meilleur cœur du monde. Vous êtes prévenu, soyez sur vos gardes.

— Ah ! parbleu ! monsieur de Flavigny, — dit Gaëtan, — le caractère que vous me dépeignez m'enchante au delà de toute expression !

— Il n'est pas pourtant pas très-flatté, — répliqua Blanche. — Mon oncle est un peintre exact, mais ses portraits sont trop ressemblants : ils manquent d'idéal.

Ce qu'il y avait de ravissant dans le langage de mademoiselle de Flavigny, c'était la mélodie qui l'accentuait. Sa voix avait des vibrations de harpe, et elle était vive comme un chant d'oiseau. En parlant, d'ailleurs, Blanche laissait entrevoir, d'une façon discrète, deux admirables guirlandes de dents fines et pures, qui eussent suffi à communiquer beaucoup d'harmonie et d'éclat à tout ce qu'elle disait.

Comme elle achevait sa réplique, un valet annonça que le dîner était servi.

Monsieur de Flavigny prit la main de la douairière d'Apremont, Gaëtan se fit le cavalier de la comtesse, et Raoul s'empara du bras de sa cousine. Ceux-ci se tinrent en arrière, ils échangèrent ces mots à mi-voix :

— Dis-moi, Raoul, comment le trouves-tu ?

— Qui ?

— Ce Gaëtan d'Apremont ?

Le jeune homme eut un éclair de tendresse et d'effroi dans le regard. Il pressa nerveusement le bras de la jeune fille.

— Je le trouve... mal ! — répondit-il d'un ton ferme.

— Est-ce que tu le connais ?

— A peine... seulement par ouï-dire.

— Et que dit-on de lui ?

— Peu de bien.

— Ah !... Donc, il te déplaît ?

— D'instinct, je le déteste !

— Alors, si on me le propose pour mari, que me conseilles-tu ?

Cette fois Raoul pâlit. Sur ses lèvres courut un frisson.

— Refuse, — dit-il.

— Soit. Je refuserai.

— O ma Blanche ! —murmura l'enfant avec un suprême accent de sollicitude et d'amour fraternel, — je veux que tu sois heureuse, et tout mon cœur te crie que tu ne le serais pas avec cet homme-là.

Blanche sourit à Raoul. Il y avait dans ce sourire d'ange un radieux remerciement.

On se mit à table dans une salle immense, comme en ont encore les antiques demeures, où châtelains et valets faisaient jadis les repas en commun. Cent personnes y eussent aisément pris place. Cette pièce renfermait un mobilier sévère en vieux chêne noir, des bahuts, des vaisseliers, des consoles qui dataient de plusieurs siècles. Elle était pavée de carreaux multicolores formant une mosaïque dans laquelle on remarquait des fleurs de lis. Les murailles étaient divisées en panneaux où se déroulaient, peints à l'huile par quelque Oudry inconnu, les divers épisodes de la chasse à courre depuis la quête jusqu'à la curée, depuis le lancer jusqu'à l'hallali.

Le dîner se prolongea.

Gaëtan s'efforçait d'être spirituel, de captiver Blanche par ses prévenances et son amabilité. Mais, si présomptueux qu'il fût, il n'avait pas lieu d'être satisfait de sa réussite, car, tout en se maintenant dans les limites de la plus stricte politesse, mademoiselle de Flavigny se montrait souvent indifférente et distraite aux marques d'obséquiosité qu'il lui prodiguait. Le plus ordinairement elle se tournait vers Raoul et s'entretenait avec lui. Il était évident qu'elle aimait à s'occuper de ce jeune homme, à dissiper, par la douceur de ses regards et l'attrait de ses saillies, la teinte mélancolique dont il avait l'esprit naturellement empreint.

Qu'on ne s'y méprenne pas, cependant : dans ces deux jeunes cœurs il ne se manifestait d'autre penchant qu'une amitié instinctive, une affection d'habitude, créée et fortifiée par dix ans d'une existence de famille. Blanche de Flavigny était restée orpheline dès l'enfance ; elle avait été recueillie chez son oncle, devenu son tuteur. Là, elle avait grandi, alerte et rieuse, à côté de Raoul, pensif et sérieux. Nés presque le même jour, la similitude de leur âge jointe à la diversité de leur caractère avait produit en eux cette sympathie vivace et charmante qu'un frère et une sœur doivent d'ordinaire aux affinités mystérieuses du sang. Il n'y avait pas autre chose au fond de leurs âmes. Du moins, si dans le cœur de l'un ou de l'autre quelque sentiment plus robuste, plus passionné, se trouvait en germe, ni Blanche ni Raoul ne s'en doutait, et pas un indice n'était encore venu troubler l'innocence de leur gracieuse intimité.

C'était vraiment un très-joli garçon que ce Raoul de Flavigny, élancé, mince et frêle, avec de grands yeux d'un bleu velouté, de beaux cheveux blonds qui ondulaient naturellement et une physionomie dont la douceur songeuse, un peu sauvage même, intéressait le regard et s'imposait au souvenir. Il suffisait de le voir une fois pour que l'esprit gardât l'empreinte de sa pâleur expressive, de ses traits délicats. Évidemment il ressemblait à sa mère la comtesse de Flavigny.

La comtesse était belle encore à trente-six ans révolus.

Le temps avait épargné en elle presque toutes les perfections de la jeunesse, les grâces du visage, les fines proportions de la taille. La fraîcheur et l'éclat avaient naturellement disparu de sa personne, mais elle avait conservé l'élégance des lignes, la pureté des contours, qu'une blancheur mate accusait délicieusement. Une particularité frappait en elle, c'était une certaine attitude penchée, languissante, qu'elle prenait souvent à son insu, et qui communiquait à sa beauté je ne sais quoi de triste et de touchant: alors son regard devenait vague et songeur, ses lèvres se faisaient immobiles et sérieuses; une ombre glissait lentement sur son front comme un nuage sur le soleil d'automne incliné vers l'horizon. A quoi pensait-elle ainsi? Se souvenait-elle parfois de la fatalité qui, vingt ans auparavant, avait cruellement atteint sa jeunesse? Son âme, noble et fière, n'avait-elle pu trouver encore l'oubli de ce sombre drame de l'honneur dont elle avait été la victime! Quoi qu'il en soit, il suffisait qu'elle entendît la voix affectueuse du comte de Flavigny, qu'elle rencontrât le regard inquiet de Raoul ou le sourire enchanté de Blanche pour qu'aussitôt sa rêverie se dissipât et qu'elle se remît soudain en présence de la réalité. Or la réalité, c'était pour elle la constante sollicitude de ces trois êtres qu'elle chérissait et dont elle était adorée.

Le comte, lui, avait sensiblement vieilli. Ses cheveux grisonnaient, des rides creusaient ses tempes, un embonpoint prononcé alourdi son corps. Ce n'était plus le svelte cavalier d'autrefois, mais c'était toujours le bon et loyal gentilhomme qui avait ployé le genou devant mademoiselle de Morsanges et l'avait suppliée de l'accepter pour époux. Il était impossible d'avoir une physionomie plus ouverte et plus franche, des yeux plus clairs et plus animés des reflets d'une belle âme. Quand ces yeux-là envisageaient la comtesse, il semblait que tout le cœur de monsieur de Flavigny se fondît en une flamme de tendresse dont s'illuminait électriquement son regard. Pour se vouer tout entier à elle, l'excellent homme avait donné sa démission d'officier de marine quelque temps après la mort du baron de Morsanges, qui n'avait vécu que peu d'années à la suite des terribles événements dont l'existence paisible et studieuse du vieillard avait été si violemment troublée. Le comte de Flavigny s'était toujours montré envers sa femme le plus chevaleresque et le meilleur des époux. Jamais il n'avait hasardé la plus légère allusion à la catastrophe du lac de Grand-Lieu. Il eût donné son sang pour que la comtesse eût pu oublier cette heure néfaste et navrante du passé. Mais, hélas! il doutait parfois que l'âpre souvenir eût perdu en elle son douloureux ressentiment.

Vers la fin du dîner, un domestique vint annoncer à la marquise qu'on n'attendait plus que sa présence pour commencer les joutes et les luttes sur le préau.

— C'est bien, — se hâta de répondre dédaigneusement le marquis. — Cela n'est pas pressé.

— Il ne faut point retarder les plaisirs du peuple, — reprit madame d'Apremont d'un ton sentencieux, en lançant à son fils un regard sévère. Puis, s'adressant au valet, elle reprit : — Un messager est venu sans doute pour me prévenir?

— Oui, madame la marquise. Il est là, dans la cour d'honneur.

— Qui est-ce?

— Bénédict, le pâtre de votre ferme de la Bénardière.

— Faites-le entrer. Je lui répondrai moi-même.

— Que d'égards pour un manant! — murmura le marquis en haussant les épaules.

— Ne méprisons jamais les humbles! — repartit Blanche, dont le beau sourcil noir se plissa imperceptiblement.

Le domestique venait de sortir. Il reparut, suivi d'un grand jeune homme d'une beauté si frappante, sous le costume poitevin, qu'elle causa parmi les convives un mouvement spontané de surprise et d'admiration.

III

A l'aspect de la brillante réunion le pâtre rougit. Il s'arrêta intimidé, après avoir fait quelques pas dans l'immense salle. Mais son émotion se calma rapidement d'elle-même; la teinte pourprée de ses joues disparut; il reprit avec fermeté sa marche vers la table, guidé par le valet qui l'avait introduit. Tous les regards étaient fixés sur lui; il les soutint avec modestie et dignité.

— Madame la marquise est attendue à la fête, —dit-il d'un ton posé, en s'inclinant devant la châtelaine. —Tout le pays est rassemblé dans le bois et compte sur la présence de madame la marquise qui, chaque année, daigne donner elle-même le signal des divertissements.

Ces paroles furent prononcées avec cet accent mâle et cependant harmonieux qui semble révéler une âme à la fois douce et virile. Il y avait tant de distinction naturelle dans l'attitude du jeune paysan et dans son langage qu'une expression d'intérêt et de curiosité se peignit sur le visage des nobles convives qui l'écoutaient.

Madame d'Apremont devina sans doute ce sentiment général que, d'ailleurs, elle éprouvait elle-même, car, après avoir répondu au pâtre qu'elle assisterait comme toujours à l'ouverture des fêtes d'Apremont, elle le retint en l'interrogeant :

— Si je me souviens bien, —lui demanda-t-elle, —vous êtes chez les Cazeaux?

— Oui, madame la marquise.

— Êtes-vous leur parent?

— Je n'ai point de famille, madame, je n'ai que des bienfaiteurs. Les Cazeaux m'ont élevé par bonté d'âme, par charité.

— Oui, je me rappelle, on m'a déjà parlé de cela. A peine au monde, vous avez été abandonné sur le chemin. Les Cazeaux vous ont recueilli, et, comme ce sont de bonnes gens, ils se sont chargés de vous?

— Et je les aime, madame la marquise, autant que s'ils m'eussent donné le jour: plus encore peut-être, car ils ne me devaient rien; et ils ont fait pour moi tout ce qu'ils ont pu.

— Je ne pense pas qu'ils aient lieu de s'en repentir. On dit même que c'est grâce à vous s'ils n'ont pas été complètement ruinés lors de l'incendie qui, l'an dernier, a détruit la plus grande partie de leurs récoltes. Vous avez fait preuve alors de beaucoup de courage et de présence d'esprit.

— Pour tout sauver, madame, j'aurais de grand cœur donné ma vie. Hélas! ce désastre a pris à mes bienfaiteurs des ressources sur lesquelles ils comptaient pour faire honneur à plus d'un engagement.

— En effet, — dit Gaëtan d'un ton ambigu, — ils n'ont pas encore, je crois, acquitté le montant de leur fermage, cette année.

— C'est la première fois que les Cazeaux sont en retard, — répliqua la marquise, que parut contrarier l'observation désobligeante de son fils. — Ils peuvent être bien tranquilles, ce n'est pas moi qui les tourmenterai.

— Merci pour eux, madame! — murmura le pâtre ému. —Vous leur avez déjà fait remise de la moitié de ce qu'ils vous devaient; vous leur avez même accordé des secours. Aussi l'on vous bénit à la Bénardière, et vos bienfaits n'y seront jamais oubliés.

Ces paroles, prononcées avec une simplicité touchante, plurent à la grande dame. Elle retint encore le jeune paysan, qui saluait pour se retirer.

— Dites-moi, mon ami, — reprit la marquise en fixant sur lui un regard bienveillant, —vous semblez avoir reçu quelque instruction. Ce ne sont pas les Cazeaux, je pense, qui ont été vos instituteurs? Ils savent à peine lire et écrire : qui donc a pris soin de vous cultiver l'esprit?

— Un bon vieillard, madame la marquise, le solitaire de la Gorge-aux-Loups.

— Ah! ah! celui qu'on appelle le sorcier!

Et la douairière d'Apremont plissa ses lèvres en signe de dédain.

— Je ne crois pas que ce soit un sorcier,—répondit le pâtre avec gravité, — mais je crois bien que c'est un savant. Je ne lui ai jamais vu faire de sortiléges, mais je lui ai parfois entendu dire des choses bien belles, qui m'ont frappé.

— Et de quoi parlait-il ainsi?

— De la nature que nous contemplions tous deux; de la nature dont il s'efforçait de m'expliquer l'immensité et l'harmonie, qui révèlent Dieu.

— Bon! c'est un philosophe! — s'écria le marquis en ricanant. — Sotto espèce, qui n'a pas de sens commun.

Le jeune paysan eut un léger froncement de sourcils, mais il ne répliqua pas. Il se mit à tourner lentement son chapeau de feutre rond entre ses mains. Dans cette attitude embarrassée; il attendait que la marquise le congédiât.

Madame d'Apremont reprit :

— Pourquoi cet homme est-il seul et dans le sombre replis de la Gorge-aux-Loups?

— Je l'ignore, madame.

— Vous ne le lui avez jamais demandé?

— Jamais. J'aurais eu peur de lui déplaire. S'il y a là un secret, je ne dois point chercher à le connaître, puisqu'on ne me le confie pas.

— Cet être si mystérieux est sans doute un malfaiteur qui se cache! — reprit Gaëtan d'un ton goguenard.

Cette fois le pâtre adressa au marquis un regard calme et froid, et répondit d'une voix ferme, sans baisser les yeux :

— Je crois plutôt que c'est un honnête homme qui a eu à se plaindre des méchants dans le monde, et qui préfère désormais la retraite et l'isolement.

Il y avait dans la tournure et l'expression de cette phrase un sentiment qui devait de plus en plus surprendre les auditeurs. Le comte, la comtesse, Blanche et Raoul considéraient Bénédict avec une bonté visible. Seul, le marquis avait de l'impertinence et même de l'irritation dans les yeux. La marquise ne tint compte que de l'impression produite sur ses hôtes par la singularité du jeune paysan. Elle lui demanda le récit de ses relations avec le solitaire, avec le sorcier, qui, disait-on, ne semblait guère d'humeur à se familiariser aisément.

— Mes rapports avec lui peuvent se raconter en quelques mots, — répondit Bénédict. — Le hasard les a noués, l'amitié les conserve. Un jour, il y a deux ans environ, je gravissais le coteau des Fougères, à peu de distance de la Gorge-aux-Loups, quand mes deux chiens, qui venaient de rassembler les moutons, se trouvaient en tête du troupeau, tombèrent comme en arrêt, puis se mirent à aboyer. Ils aboient rarement, mes braves chiens. Je dus croire qu'ils me signalaient un sérieux danger, ou pour le moins une rencontre inattendue. Je me dirigeai vers eux, prêt à tout événement. Leur attitude m'indiquait la direction que mon regard devait suivre, et j'aperçus bientôt, au milieu de quelques roches faisant saillie dans l'herbe, un homme étendu, la tête dans une mare de sang. En une minute, je fus près du malheureux. Je le croyais mort, je me trompais, il n'était qu'évanoui. Mes soins le ranimèrent. Le pauvre homme, en descendant le coteau, où j'ai su depuis qu'il herborisait, avait glissé sur une pente de gazon ras. Il était tombé, et son front avait rudement porté contre une de ces pierres de granit qui accident le sol. Je le reconduisis jusqu'à sa demeure. Là, il me serra la main avec effusion, et nous nous séparâmes en promettant de nous revoir. À partir de ce jour, — poursuivit le pâtre encouragé par

l'attention qu'on lui accordait,—le solitaire de la Gorge-aux-Loups et moi nous nous sommes souvent rencontrés dans la campagne. Tantôt nous cheminions côte à côte, tandis que mon troupeau broutait la lisière des chemins; tantôt nous nous tenions assis à l'ombre des haies, tandis que mes moutons paissaient ou ruminaient dans les prés. Le vieillard, reconnaissant du secours que le hasard m'avait permis de lui porter, m'avait pris en amitié. Il cherchait à m'être agréable et bientôt il parvint à m'être utile. En effet, il me trouva un matin considérant avec tristesse un petit livre qu'un colporteur venait de me vendre pour quelques sous : c'était un *abécédaire*. J'essayais vainement d'en comprendre les signes qui m'étaient inconnus, et mon instinct m'avertissait que l'intelligence de ces signes donnait une satisfaction et une supériorité.« Le savoir, c'est la lumière; l'ignorance, c'est la nuit, » murmurai-je, pensif; « l'homme doit s'éclairer. » Comme j'achevais ces mots, je vis le bon vieillard penché sur mon épaule. Il me regardait d'un air étonné et heureux. Puis son doigt se posa sur une page du livre ouvert, et me dit : « Bien pensé, mon enfant. Écoute et profite. » Et monsieur Matthieu, on le nomme ainsi, me donna ma première leçon... Je mentirais,—ajouta Bénédict en terminant, — si j'osais dire que je fis de rapides progrès, mais la patience du maître était plus grande que les dispositions de l'élève. Depuis deux ans, il s'est rarement passé un jour sans que le vieux savant m'enseignât quelque chose : un peu de mathématique, un peu d'astronomie, un peu d'histoire. Et voilà comment, madame la marquise, je ne suis pas tout à fait aussi ignorant que la plupart des bergers qui poussent leur troupeau devant eux, sans se soucier de rien comprendre aux choses mystérieuses et sublimes de la terre et du ciel.

Il se tut, et parut tout honteux de s'être fait écouter si longtemps par le noble auditoire. Son attitude inquiète, sa rougeur subite, sa poitrine visiblement agitée, demandaient grâce pour l'esprit naturel et le tranquille aplomb qu'il venait de déployer.

— Ah! ça, mais c'est un savant, ce rustre-là! — dit le marquis à Blanche du ton doucereux et goguenard dont il avait pris l'habitude. — Il faudra l'envoyer à l'Académie : sa place est parmi les pédants.

— Vous avez tort de railler ce brave garçon,—répondit la jeune fille avec vivacité. — Il fait bien de s'instruire, puisqu'il le peut. Il n'y a que les sots qui ne profitent pas de l'occasion qu'on leur offre de rehausser leur intelligence par l'étude et la réflexion. Rappelez-vous que Sixte-Quint a gardé les troupeaux.

Gaëtan ne répliqua pas. La recommandation de sa mère lui revenait en mémoire, et il craignait de déplaire à la belle enfant dont il avait résolu la conquête. Il ne put cependant retenir l'éclair furtif d'un coup d'œil qui renfermait une menace pour Bénédict. Le pâtre vit l'éclair, mais il ne prit pas garde à la menace. Il avait entendu les paroles échangées entre le marquis d'Apremont et mademoiselle de Flavigny. Toute son attention venait de se concentrer sur la bonne et radieuse jeune fille, et son âme lui adressait en silence un timide tribut de reconnaissance et d'admiration.

La marquise complimenta Bénédict.

— Votre histoire,—reprit-elle, — modifie en bien mon opinion sur ce Matthieu, qu'on surnomme le sorcier. Toutefois, le bruit court qu'il a la prétention de guérir, avec des paroles, les malades, hommes et bestiaux, de prédire le temps, de tirer des horoscopes, que sais-je! et cela pour se faire donner de l'argent par nos paysans crédules. Qu'y a-t-il de vrai?

— Il y a de vrai, madame, que monsieur Matthieu a beaucoup étudié les plantes et qu'il compose avec les simples des remèdes souverains. Il en donne à qui lui en demande ou s'en trouve bien. On se trompe donc quand on dit qu'il prétend guérir avec des paroles. Il ne croit qu'à la science et à Dieu. Quant à prédire le temps, non s'il pleuvra aujourd'hui ou s'il fera beau demain, mais si l'année sera généralement froide ou chaude, humide ou sèche, c'est ce qu'il a fait parfois avec succès. Ses prédictions sont fondées, assure-t-il, sur des observations météorologiques, qui, mieux étudiées, auront tôt ou tard le caractère de la certitude... Enfin, je ne crains pas d'affirmer que jamais il n'a tiré l'horoscope de personne. Tout au plus a-t-il dénoncé à quelques-uns leurs goûts, leurs penchants, leurs qualités ou leurs défauts, leurs vertus ou leurs vices, en s'appuyant sur les particularités de la physionomie ou sur la forme des traits, ces révélateurs physiques de l'âme, selon son expression... A ceux qui lui ont offert de l'argent, quoiqu'il ne vive guère qu'en mangeant des racines et en buvant de l'eau, il a toujours dit : « Faites l'aumône à mon intention quand vous rencontrerez un malheureux. » Tel est l'homme que la malignité publique appelle le sorcier.

— Cet homme est un sage! — dit avec animation monsieur de Flavigny, dont la surprise était au comble en entendant un simple pâtre s'exprimer en de si bons termes et défendre un accusé avec de si bonnes raisons.

La douairière d'Apremont elle-même était dans un grand étonnement. Il lui paraissait invraisemblable qu'un paysan, « un vrai serf de la glèbe, » montrât tant d'intelligence, et qu'il eût, en deux années, si facilement acquis, à l'école bohémienne d'un vieux savant, l'art de si bien dire et de si bien penser. Dans son orgueil aristocratique, elle n'admettait guère que l'esprit du peuple fût susceptible à ce point de culture intellectuelle. En dépit de l'histoire, en dépit de la foule des grands hommes de rien, elle ne croyait qu'avec peine à ces facultés puissantes que Dieu sème également dans l'humanité entière, et qui n'attendent pour se développer que la chaleur féconde des circonstances et des événements.

— Je vous félicite, jeune homme, d'avoir si bien répondu à mes questions, — dit-elle. — Vous êtes un charmant garçon... Mais il me semble, — reprit-elle, — que ce n'est pas une position convenable pour vous que la place de berger, de gardeur de moutons. Vous valez mieux que cela. Aussi je vous propose d'entrer à mon service. Comme vous êtes intelligent et sans doute le zèle ne vous manquera pas, vous ferez promptement votre chemin dans ma domesticité.

Le pâtre resta silencieux, comme stupéfait. On pouvait croire qu'il n'avait pas bien compris. La marquise répéta son offre en l'appuyant cette fois sur l'importance des gages qu'elle lui accorderait. Cette proposition, qui paraissait toute naturelle, adressée à un paysan, causa cependant une certaine sensation parmi les personnes présentes. D'instinct, chacun comprenait qu'il y avait là une sorte d'humiliation infligée à un de ces êtres admirablement doués, qui peuvent rester pâtres toute leur vie, mais qui ne sauraient devenir valets.

Après un instant de réflexion, pendant lequel il pesait la valeur des mots qu'il allait employer, Bénédict répondit avec une extrême douceur mêlée toutefois d'une légère teinte d'ironie :

— Je remercie madame la marquise de la bienveillance qu'elle me témoigne. Mais il m'est impossible de mettre à profit ses bontés. Je suis à la ferme de la Bénardière comme l'enfant de la maison. Ce serait me rendre coupable d'ingratitude que d'abandonner ceux qui m'aiment d'un si grand cœur. Plusieurs fois déjà j'ai pu leur être très-utile; l'occasion s'en présentera peut-être encore. Il faut que je sois là, sous leur main, à leur disposition... D'ailleurs, madame la marquise, — reprit-il, — j'ai contracté des habitudes auxquelles il me serait pénible de renoncer sans des motifs très-sérieux. En conduisant mes troupeaux au pâturage, je vais devant moi, à mon gré, librement; et, je l'avoue, cette existence indépendante me rend heureux.

— C'est le bonheur de l'insouciance et de la paresse, — dit le marquis en ricanant.

— Non, monsieur, — répondit Bénédict de son ton calme et doux; — c'est le bonheur de l'âme qui se recueille et de l'esprit qui cherche à penser... Grâce à la vie qui m'est permise, il m'a été facile de m'instruire un peu et de m'initier ainsi aux joies mystérieuses de l'intelligence. Je ne crois pas qu'il y en ait de plus nobles et de plus pures, et je tiens à rester le maître de me les procurer, au sein de la solitude, dans les savantes leçons du sage de la Gorge-aux-Loups ou dans l'enseignement profond du créateur de l'univers.

— Soit; restez libre tant qu'il vous plaira, — dit la douairière d'Apremont tout ébahie, mais visiblement piquée du refus.— A propos, — poursuivit-elle, — vous devez être bien distrait au milieu de vos études et de vos méditations? Est-ce que les moutons confiés à votre garde n'en souffrent pas? Un berger, ce me semble, doit toujours avoir l'œil et la pensée sur son troupeau?

— On ne se plaint pas de moi, madame, — répondit Bénédict en souriant. — Il y a temps pour tout dans mes longues journées qui commencent au lever du soleil. Et puis j'ai trois choses avec lesquelles tout marche assez bien en ce qui me concerne : le sentiment du devoir, l'habitude de mon état, et deux excellents chiens qui rendent la plus souvent ma surveillance inutile.

Il n'y avait rien à reprendre à cette réponse pleine de modestie et de dignité.

— Voilà qui est à merveille, — dit la marquise, dont le visage rembruni s'éclaira d'un reflet de bonté. — C'est égal, jeune homme, vous ne me semblez pas fait pour rester berger.

— Je deviendrai ce qu'il plaira à Dieu. N'ayant point d'ambition, je laisse agir la destinée. Elle seule sait bien tracer la route que nous devons parcourir. — En ce moment trois heures sonnaient à l'horloge du château. Bénédict reprit vivement : — Pardon, madame la marquise. Je m'aperçois que j'accomplis lentement la mission dont je suis chargé. Ceux qui m'ont envoyé doivent m'attendre avec impatience. Permettez-moi de retourner vers eux.

— Allez, monsieur, — répondit madame d'Apremont en accompagnant ces paroles d'un geste souverain. — Dans un instant, nous nous rendrons à la fête. Annoncez-le. — Le pâtre salua et quitta la salle, toujours précédé du domestique qui l'avait introduit. A peine avait-il disparu qu'autour de la table retentit un concert d'exclamations.— Il est vraiment remarquable, ce garçon-là, — dit la marquise.

— Oui, quelle admirable figure! quelle rare pureté de traits!— ajouta le comte de Flavigny.— Il serait blanc et rose comme une jeune fille si le grand air n'avait un peu hâlé son teint.

— Je n'ai jamais vu de plus charmants yeux bleus, ni des dents plus éclatantes de blancheur, — reprit la comtesse, s'animant soudain.

— Et quelle taille élégante sous le modeste costume du paysan de nos campagnes! — hasarda Blanche d'un ton malicieux en regardant le marquis qui se taisait.— C'est la grâce unie à la force. Il a plutôt la mine d'un grand seigneur déguisé que d'un simple pâtre du Bocage.

— Et puis, — dit timidement Raoul, — conçoit-on un langage si choisi, une intelligence si élevée dans une si rustique enveloppe? C'est vraiment inouï. J'y crois à peine, et cependant rien n'est plus réel.

— Il faut, certes, que ce garçon soit bien exceptionnellement doué, — reprit monsieur de Flavigny, — pour que deux années d'études en plein air, à la façon des péripatéticiens, aient fait de lui une personnalité si distinguée. En conscience, on ne peut méconnaître que le souverain dispensateur des choses ne tient pas toujours compte des priviléges sociaux quand il répand dans le monde les aptitudes et les facultés.

3

— Propos voltairien! — exclama la marquise dédaigneusement. — Mais vous n'y croyez pas, cher comte. Il n'y a, sans contredit, d'esprits supérieurs que parmi nos égaux. Quant à ce Bénédict, n'en doutez point, il n'a que juste ce qu'il faut pour faire un magister de village, rien de plus.

— Parbleu! — ajouta le marquis d'un ton péremptoire. — C'est la bêtise et l'ignorance de ses pareils qui lui donnent les apparences du bon sens et du savoir. Il nous a semblé qu'il s'exprimait bien, parce que nous nous attendions à ce qu'il parlerait patois.

— Est-ce aussi parce que nous songions à la laideur ordinaire des paysans du Poitou que nous l'avons trouvé si beau? — demanda Blanche en riant. — Eh bien! franchement, telle n'est pas la comparaison que je faisais en le regardant. Je me disais, au contraire, que bien des gentilshommes gagneraient beaucoup à lui ressembler. Si infatué de lui-même qu'il fût, Gaëtan se sentit atteint dans son amour-propre. Il sut cependant n'en rien laisser paraître, mais ses lèvres frémirent imperceptiblement.

— L'impertinente! — murmura-t-il. — Elle me payera cela quand je serai son époux, son maître!...

On se levait de table. Quelques minutes après, calèche et chevaux de selle emportaient vers la fête la marquise douairière, le marquis et les hôtes d'Apremont.

La fête avait lieu dans une grande clairière entourée d'arbres de haute futaie sur les bords de la Sèvre-Nantaise, qui coulait large et profonde en cet endroit. Ce repli du bois était ravissant de grâce et de fraîcheur. Le soleil, tamisé par un transparent de nuages vaporeux, ajoutait encore à la séduction du tableau. Là s'agitaient des centaines de paysans et de paysannes dans leurs plus riches habits, avec leur plus bruyante gaieté. Ils couvraient les deux rives que reliait un bac toujours en mouvement. Ils causaient, ils riaient, ils chantaient, fatiguant l'herbe et la mousse, moelleux tapis de velours étendus de toutes parts sous leurs pieds. Du reste, rien n'annonçait là une réjouissance pastorale ordinaire, un chômage en l'honneur de quelque saint du calendrier. Point de baraques, point de tréteaux, point de cabarets en plein vent. C'était une institution seigneuriale qui avait pour origine la chronique que voici:

« Un sire Hugues d'Apremont, revenant des croisades, exténué de fatigue et mourant de faim, était tombé évanoui au milieu de la clairière. Comme il allait rendre l'âme, vint à passer une noce du village voisin qui s'esjouissait dans le bois. On aperçut le moribond, on se hâta de lui porter secours, tant et si bien qu'il reprit des forces et se remit debout. Alors, quoiqu'il fût couvert de haillons et que personne ne le reconnût en cet état misérable, on l'invita à la fête et on lui donna la meilleure place au festin. Le châtelain fut si touché de la charité de ses vassaux qu'il pleura en se faisant reconnaître. Puis il décida qu'à l'avenir lui et ses descendants seraient tenus de festoyer les dignes gens du pays, à pareille époque, dans la clairière même où il avait failli passer de vie à trépas, ajoutant que des tables seraient dressées durant trois jours consécutivement, qu'il y aurait luttes, joutes, jeux publics, danses aux sons des hautbois et des cornemuses, le tout pour perpétuer le souvenir d'une bonne action. Et les descendants du sire Hugues d'Apremont observaient religieusement, depuis des siècles, cette touchante tradition consacrée en l'honneur du paysan. »

Quand la marquise, son fils et ses hôtes arrivèrent à l'endroit de la fête, on commençait à s'impatienter. Ils prirent place sur une estrade tout enguirlandée de feuilles et de fleurs, tandis que les anciens du pays, choisis pour juges des jeux et des joutes qui allaient avoir lieu, s'asseyaient sur des bancs au bas de la tribune seigneuriale. Les jeux commencèrent: combats corps à corps, courses en sac, tir à l'arc et au fusil, ascensions au mât de cocagne, se succédèrent pendant deux heures au bruit des aubades de l'orchestre rustique, aux applaudissements de la foule émerveillée. Cependant les nobles spectateurs s'étonnaient de ne pas apercevoir, parmi les jeunes paysans qui se disputaient les prix, celui qu'ils avaient vu au château. Blanche et Raoul, surtout, le cherchaient du regard et regrettaient de ne point le rencontrer. Tout à coup la jeune fille laissa échapper une légère exclamation: elle venait de reconnaître Bénédict. Il était sur le bord de la Sèvre-Nantaise, debout, immobile, adossé contre un chêne. Un rayon de soleil, glissant à travers un interstice de feuillage, entourait sa belle tête blonde d'un nimbe lumineux. D'un geste, Blanche le montra à Raoul.

— Le voilà! — dit-elle avec une satisfaction enfantine.

— Oui, je l'aperçois, — répondit le jeune homme. — Mais pourquoi se tient-il ainsi à l'écart? Est-ce qu'il dédaignerait les divertissements de la campagne?

Le comte et la comtesse de Flavigny avaient entendu l'échange de ces paroles. Ils avaient suivi du regard la direction indiquée, et ils avaient compris ce dont il s'agissait.

— J'ai peine à croire, — répondit le comte, — que ce Bénédict ne soit pas un garçon modeste et bon, malgré la culture de son esprit. Son abstention doit avoir un tout autre motif que le dédain.

— C'est ce que je pense aussi, — ajouta la comtesse, dont les grands yeux bleus s'étaient fixés sur le jeune paysan.

La marquise d'Apremont demandait en ce moment de quoi il était question. Pour complaire à ses hôtes, elle s'informa. On répondit que Bénédict, était hors de concours, ayant, deux années de suite, remporté les prix aux fêtes patronales des bourgs voisins. On affirmait en outre que personne, à dix lieues à la ronde, n'était capable de lutter victorieusement avec un gars si leste, si adroit et si fort. Une telle réputation devait contribuer encore à lui concilier l'intérêt et l'estime des hauts personnages qui s'occupaient de lui. L'adresse et la force ont un prestige comme le savoir et le talent. Le pâtre devint le point de mire d'une attention plus sympathique qu'elle ne l'avait été le matin même. Il s'en aperçut sans doute, car il parut se troubler, se mit en marche et s'enfonça dans un taillis.

En cet instant les hautbois et les cornemuses donnaient le signal de la danse. Les paysans prirent place et le branle-bas commença. Blanche de Flavigny ayant manifesté le désir de se mêler à la ronde villageoise, Gaëtan lui proposa d'être son cavalier; mais il y mit tant de lenteur et si peu de bonne grâce que la belle enfant, impatientée, fit signe à Raoul et s'élança avec lui au milieu des danseurs. Ils furent accueillis par de joyeuses acclamations, tant les humbles gens de la campagne sont flattés de voir que le noble ou le riche ne dédaigne pas de prendre part à leurs rustiques plaisirs.

Cependant les tables se dressaient à l'ombre des arbres qui bordent la clairière. Les domestiques du château apparaissaient, portant de larges plats d'argile chargés de viandes rôties et de grands brocs de petit vin qui pétillait. Tout en se livrant aux évolutions de plus en plus animées de la ronde, danseurs et danseuses lançaient des regards joyeux et affamés aux préparatifs du festin. Cette bucolique était vraiment riante. La fraîche perspective du bois, de la rivière et de quelques coteaux lointains, la blanche lumière du soleil adoucie par un transparent de nuages floconneux, le bariolage des costumes poitevins, la vigueur de l'orchestre champêtre, l'entrain de la chorégraphique autochtone, et jusqu'à l'aspect du couvert homérique dressé comme par enchantement sous les chênes, tout contribuait à faire de cette réjouissance commémorative un tableau pittoresque et charmant.

Soudain un cri violent, un cri de terreur se fit entendre dans la direction d'un chemin qui reliait le bois aux pâturages d'Aprémont. Malgré les rumeurs de la danse, malgré les bruissements de la foule, ce cri jeta l'inquiétude et l'effroi dans les esprits et les cœurs. Les ménétriers se turent, la danse cessa. Tous les yeux se tournèrent vers l'endroit d'où ce signal d'alarme était parti. Presque aussitôt une paysanne, effarée, haletante, arrivait dans la clairière en courant. Elle appelait à son secours. On s'élança vers elle en lui demandant la cause de son épouvante. Elle répondit d'une voix étranglée, presque inintelligible. Mais ceux qui l'interrogeaient furent aussitôt saisis comme d'une panique; ils prirent eux-mêmes la fuite, entraînant sur leur passage tous ceux qu'ils rencontraient. En un instant la foule se dispersa sous la futaie, tandis qu'une clameur retentissait de tous côtés :

— Un taureau! un taureau furieux!

En effet, quelques minutes s'étaient à peine écoulées, lorsqu'un énorme taureau se rua dans la clairière. Il avait la tête baissée, les cornes menaçantes, les naseaux fumants, l'œil en feu. Il était effrayant de force et de colère. Tout le monde le reconnut : c'était une bête terrible et magnifique, appartenant aux fermiers d'Aprémont. Le jour même on l'avait vu pâturant dans un herbage voisin. Ce qu'on ignorait en ce moment, c'est qu'un chien hargneux l'avait irrité, qu'il avait troué une haie et s'était précipité sur le chien, mais celui-ci avait disparu dans le bois. Alors le taureau, ayant aperçu au loin une paysanne vêtue d'une jupe rouge, s'était mis à sa poursuite. Et c'est ainsi qu'il venait de pénétrer dans la clairière, où, ne voyant plus celle qu'il s'était efforcé d'atteindre, il s'arrêta. Son regard sinistre et sanglant se promenait çà et là. Puis, brusquement, il se fixa sur un point : sur l'estrade seigneuriale où siégeaient les d'Aprémont et les Flavigny. Le comte, Gaëtan et Raoul avaient tiré l'épée; ils s'étaient placés sur la première marche, disposés tous trois à attaquer le taureau qui s'élançait de leur côté.

L'animal hésita d'abord, puis il fit quelques pas en concentrant toute son attention sur les trois épées dont la pointe se dirigeait contre lui. Bientôt on le vit bondir. Une rumeur d'épouvante s'échappa de cent poitrines, semblable au frémissement des arbres secoués par un souffle d'orage. Tout à coup l'animal se sentit frappé, non par les trois gentilshommes, mais par un ennemi imprévu. Cet ennemi venait de lui asséner un coup robuste avec la crosse d'une carabine. Le taureau resta immobile, comme étourdi, le cou allongé, le jarret tendu, lançant des flammes par les yeux, attendant sans doute un nouvel assaut pour éventrer l'assaillant. Celui-ci n'était autre que Bénédict. Il avait vu l'imminence du danger, s'était armé à la hâte et avait attaqué le taureau, dont il voulait attirer sur lui toute la fureur.

Au moment où le pâtre allait le frapper de nouveau, l'animal, à l'improviste, se rua sur lui. Le choc semblait inévitable, et cependant, avec une agilité merveilleuse, Bénédict l'évita, et, en même temps qu'il asséna un second coup de crosse de fusil sur le crâne du taureau. Alors s'engagea entre l'homme et la bête une de ces luttes où le sang-froid le dispute à la fureur, où l'adresse se mesure avec la force, où l'intelligence généreuse affronte audacieusement l'instinct brutal. Le taureau, exaspéré de ne pouvoir atteindre son ennemi, revenait sans relâche à la charge, mais ses cornes ne frappaient que le vide. Avec une facilité calme et superbe, Bénédict parvenait à échapper au péril. Il paraissait se jouer dans ce combat effrayant. Les gentilshommes et quelques gens du pays avaient voulu lui porter secours, il leur avait crié de s'abstenir, et on lui avait obéi. Un instant après, il se plaçait sur le bord de la Sèvre-Nantaise. Là, les bras croisés, le regard tranquille et souriant, il attendit le taureau. L'animal semblait harassé. Il reprenait haleine, sans cesser d'attacher ses gros yeux hébétés et féroces sur son insaisissable ennemi. Après deux ou trois minutes de repos, il se replia sur lui-même, puis il fon-

dit sur Bénédict, que peut-être il ne croyait plus sur ses gardes. Mais le pâtre fit un bond et plongea dans la rivière. Entraîné par la violence de son propre élan, l'animal alla se précipiter dans l'eau.

Cet incident redoubla les émotions et les anxiétés de la foule, qui s'élança vers la berge pour assister aux dernières péripéties de ce drame émouvant. Du haut de l'estrade qui dominait la Sèvre-Nantaise, les d'Aprémont et les Flavigny purent suivre du regard, avec un poignant intérêt, la scène étrange qui se déroula dans la rivière. Bénédict et le taureau reparurent au milieu d'un tourbillon causé par leur chute. Ils étaient à peu de distance l'un de l'autre. L'eau était profonde, le courant rapide. Le pâtre s'éloigna, le taureau le poursuivit. Il devint évident que l'animal nageait plus vite que l'homme. Les assistants se mirent à trembler, on entendit des cris d'épouvante poussés par des femmes et des enfants. C'en était fait, pensait-on, Bénédict allait être atteint, sa mort était certaine! Soudain on le vit se retourner et faire face à l'ennemi. Au moment où le taureau baissait la tête pour le frapper, il lui saisit les cornes et les plongea sous l'eau. Ce fut un spectacle inouï! L'animal se débattit avec violence, mais, n'ayant aucun point d'appui pour faire prévaloir sa vigueur, il était maîtrisé par la pression robuste des mains de Bénédict, et sa tête ne parvenait point à sortir de l'eau. Ses reins seuls, contractés par l'effort, se soulevaient et apparaissaient dans un bouillonnement énorme. Un enthousiasme indicible éclata sur la berge : on battit des mains, on cria bravo! Peu à peu l'animal s'affaissa, il ne donna plus signe de vie que par de faibles soubresauts! La rivière reprit son cours rapide et calme : le taureau était asphyxié, le flot l'emporta et l'échoua à la pointe d'une île où on le trouva immobile, mais respirant encore. Lorsqu'il eut la force de se lever et de marcher, il était comme dompté. On l'emmena sans peine à l'étable.

Bénédict s'était laissé dériver. Il avait abordé, dans un endroit désert, près d'un taillis. Puis il était entré sous bois et y avait disparu. On voulut le ramener en triomphe à la fête, mais personne ne réussit à le rencontrer.

IV

Le lendemain, vers dix heures du matin, le château de la marquise était rempli de gentilshommes et de dames venus des environs pour prendre part à la chasse à courre qui allait avoir lieu dans les bois d'Aprémont.

Les chasseurs, pour la plupart, portaient l'habit bleu droit galonné en or, avec collet et parements de velours rouge, la veste et la culotte chamois, le chapeau retapé à la française et bordé d'une ganse éclatante, le couteau de chasse en métal précieux, avec ceinturon de buffle jaune galonné comme l'habit, les bottes à l'écuyère et les éperons d'argent. Les dames qui devaient suivre la chasse avaient un costume de cheval assez semblable à celui des hommes, n'en différant guère que par la longue jupe en soie qui s'échappait flottante des basques de l'habit, et par la bottine en cuir de Russie, à talons rouges, qui accentuait merveilleusement les cambrures du pied féminin. Au milieu des plus brillantes amazones, Blanche de Flavigny paraissait admirable d'élégance, de grâce et de fraîcheur. Elle rayonnait.

A midi seulement, on devait se mettre en chasse. Dès l'aube, les valets étaient partis au son des trompes, ils étaient allés conduire les limiers en quête et disposer les relais.

Un splendide déjeuner réunit les nobles hôtes d'Aprémont. La vaste salle de gala ne comptait pas moins de cent personnes. L'assemblée était magnifique; elle était jeune surtout, et joyeuse par conséquent. Il y avait là plus d'un gentilhomme auquel l'avenir préparait un grand rôle dans les annales du pays, et qui, sans aucun doute, n'en avait pas encore le pressentiment. Deux d'entre ces prédestinés mystérieux se tenaient graves et modestes au milieu de la foule rieuse et bruyante ; l'un avait à peine vingt et un ans ; il était de taille moyenne, sa physionomie avait des reflets sombres, la méditation semblait dominer en lui : on le nommait Louis-Marie, marquis de Lescure ; il était capitaine *à la suite* dans le régiment Royal-Piémont. L'autre, grand et blond, n'avait pas quinze ans révolus ; il sortait de l'école militaire de Sorrèze pour entrer dans le régiment Royal-Pologne-Cavalerie. Son regard, quoique timide, lançait parfois des éclairs. On remarquait en lui comme une vivacité naturelle qui se contenait encore, mais qui devait un jour faire explosion. Ce jeune homme, cet enfant, était le cousin du marquis de Lescure : on l'appelait Henri Duvergier, comte de La Rochejaquelein.

Les voix s'étaient animées. Les causeries multiples et diverses se confondaient en une mélopée d'ensemble, où pas une note, pas un mot ne dominait. La rumeur des entretiens particuliers ressemblait à ces clapotements tumultueux des vagues qui se mêlent confusément dans une retentissante et profonde harmonie. Soudain le silence se fit parmi tous les causeurs, et l'on put entendre monsieur de Flavigny raconter la scène émouvante de la veille, l'irruption du taureau furieux, et l'intervention courageuse du pâtre Bénédict.

— Ce jeune gars nous a certainement sauvé la vie à tous, — ajouta le comte. — Je doute fort que l'épée du marquis, la mienne et celle de mon fils nous eussent aussi bien tiré d'affaire.

— C'est un vrai toréador. Il faut l'envoyer en Espagne, — dit Gaëtan d'un ton railleur.

— Ne plaisantons pas avec le service rendu, — répliqua vivement la douairière d'Apremont. — Ce Bénédict mérite une récompense, et je me charge de la lui donner.

— Vous nous permettrez, madame la marquise, — reprit vivement la comtesse de Flavigny, — d'être de moitié dans vos généreuses intentions. J'aurai d'ailleurs grand plaisir à revoir ce jeune homme, qui m'intéresse sérieusement.

— Il est aussi modeste que brave, — dit Raoul. — Après avoir vaincu le taureau, il s'est hâté de se soustraire à nos félicitations et à nos remercîments.

— Il s'est montré magnifique d'audace, de ruse et de sang-froid pendant la lutte, — murmura Blanche. — Je n'ai jamais vu spectacle plus terrible ni plus beau.

Les convives voulurent connaître, avec toutes ses péripéties, la scène dont on leur parlait. Monsieur de Flavigny s'empressa de la retracer dans ses plus minutieux détails. Son récit, plein de force, de couleur et d'émotion, impressionna au plus haut point les auditeurs.

— Mon avis serait qu'on nommât ce Bénédict garde-chasse sur une de nos terres, — hasarda le marquis de Lescure. — Si personne ne me le dispute, je le prends à mon service.

— Il est pâtre, — reprit la douairière d'Apremont, — et il veut rester pâtre. C'est un garçon instruit et fort original.

— Peut-être, — dit timidement le jeune comte de La Rochejaquelein, — le service du roi lui conviendrait-il mieux. Je me chargerais volontiers de le faire entrer dans le régiment de Royal-Pologne-Cavalerie et de lui faire bientôt obtenir de l'avancement.

— Nos paysans n'aiment guère le métier des armes, — répondit monsieur de Flavigny. — Je doute que celui dont nous parlons consentît à revêtir l'uniforme. Il me paraît fier d'ailleurs ; il refusera sans doute qu'on le récompense ou qu'on le protège à cause de sa valeureuse action.

— En dépit de sa bravoure, — insinua Gaëtan, — c'est un assez insipide personnage, et vraiment nous nous occupons un peu trop de lui.

— Voilà qui n'est guère bienveillant, — murmura Blanche. — Est-ce que monsieur le marquis serait jaloux de ce digne garçon ?

Ces derniers mots arrivèrent à l'oreille de Gaëtan ; ils parurent le piquer au vif.

— Jaloux de ce rustre, moi ! Allons donc ! — répondit-il d'un ton sec, — vous ne le pensez pas. Il me déplaît, voilà tout.

— Eh bien ! franchement, nous ne sentons pas de même, monsieur le marquis, car ce Bénédict me plaît beaucoup. J'aime les gens de cœur, à quelque rang social qu'ils appartiennent.

Cette réplique, entendue de quelques-uns des nobles convives, obtint leur approbation. Gaëtan se mordit les lèvres. Cependant, quoiqu'une sombre colère l'agitât, il parvint à sourire. Bientôt même, avec une astucieuse courtoisie, il s'excusa d'être en désaccord avec Blanche, et promit de se montrer plus circonspect et plus indulgent à l'avenir.

Le boute-selle sonnait. C'était le signal du départ pour la chasse. La marquise douairière d'Apremont se leva de table. Tout le monde l'imita, et la joyeuse réunion parut dans la cour d'honneur, pleine de mouvement et de bruit. Là, les chevaux piaffaient, les chiens aboyaient, les trompes faisaient entendre un dernier appel. Lorsque dames et cavaliers furent en selle, le chef des piqueurs prit les devants et donna le trot avec solennité, en faisant décrire à la colonne un déploiement majestueux. Ce chef des piqueurs était un homme de haute taille, au teint brun, aux yeux et aux cheveux noirs, à l'air dur, à la parole brève. Il se nommait Nicolas Stofflet. Il était garde-chasso au château de Maulévrier. Il avait accompagné le comte de Colbert, son maître, aux fêtes données par la marquise, et venait de prendre, grâce à l'ascendant de sa supériorité naturelle, la direction des piqueurs d'Apremont. Ce Nicolas Stofflet était aussi un des élus de l'avenir. Par son audace, son intelligence et son activité, il était destiné à faire un jour de son humble baudrier aux armes d'un grand seigneur une écharpe de commandant. La guerre civile, au milieu des désastres de la patrie, devait donner un retentissement à son nom.

La brillante cavalcade traversa le parc à grand bruit. Elle entra bientôt sous bois. Emportée par l'ardeur de la chasse, elle ne tarda pas à se diviser. Les chevaux se mirent à dévorer l'espace, tandis que les chiens étaient découplés sur les voies et qu'un cerf, détourné, bondissait à travers les taillis. En un instant les hautes futaies et les buissons furent remplis de tumulte et de rumeurs. Les échos répétaient la voix des meutes et la fanfare des cors, le galop des montures et le cri des valets de limier. C'était un tapage étrange, ondoyant, profond, que les plus indifférents aux émotions de l'art cynégétique n'eussent pas entendu de sang-froid. Le cerf poursuivi, à en juger par les *foulées* et les *portées*, c'est-à-dire par l'impression du pied sur l'herbe et sur les mousses, ainsi que par les traces que son bois laissait en passant sous les branches, était un dix-cors haut de corsage, robuste, de grande et rapide allure, qui semblait devoir exercer longtemps la fougue et la persévérance des chasseurs. En effet, les chiens, bien lancés, chassèrent d'abord avec vigueur. Ils tinrent longtemps la voie sans prendre le change, sans se laisser dérouter par les habiles manœuvres de l'animal. Peu à peu leur ardeur se ralentit. Les relais se succédèrent alors et ranimèrent la poursuite. Mais il arriva un instant où le cerf fit un retour si rusé, si adroit, il se rembûcha si bien que sa voie sembla perdue. Meutes et veneurs demeurèrent irrésolus, muets, et durant un quart d'heure un silence solennel s'étendit dans les bois d'Aprémont. On eût pu croire que la chasse avait cessé.

Les chasseurs étaient éparpillés dans toutes les directions. Les groupes de cavaliers avaient suivi les allées d'abord parallèles, ensuite divergentes, dans l'espérance de voir passer le cerf. N'entendant plus l'aboyement des chiens ni la fanfare des cors, plus d'un groupe s'arrêta pour écouter attentivement. Blanche, qui s'était livrée à l'entraînement de la chasse, et Gaëtan, qui l'avait suivie pour ainsi dire malgré elle dans la rapidité de son élan, se trouvaient seuls. Ils firent halte dans un carrefour.

— Qu'y a-t-il? — demanda Blanche. — Est-ce qu'on s'est endormi sous la futaie?

— C'est possible, — répondit Gaëtan — la chaleur est si accablante aujourd'hui!

— Le fait est que je me sens lasse, — reprit la jeune fille. — En attendant que l'on se réveille dans le taillis et que le tapage recommence, je vais mettre pied à terre et m'asseoir sur l'herbe à l'ombre d'un arbre.

— Justement voici, au milieu du rond-point, un beau chêne dont le pied est entouré d'un banc de gazon. Vous serez parfaitement là.

— Comment se nomme l'endroit où nous sommes?

— L'Étoile du Berger, je crois.

— Est-ce en l'honneur de ce charmant Bénédict? — demanda Blanche avec un sourire malicieux, tandis qu'elle sautait lestement à bas de son cheval.

Le marquis fit une grimace dédaigneuse. Il répondit toutefois d'un air aimable.

— Bah! il s'agit bien ici de ce rustre! C'est à monsieur de Florian que nous devons cette dénomination. Ce monsieur de Florian a mis, vous le savez, les bergers à la mode... des, bergers ridicules à force d'être langoureux et mignons. Madame la marquise, ma mère, aime beaucoup les pastorales, même les pastorales impossibles, et c'est elle qui a baptisé de la sorte ce carrefour de nos bois.

— Je vois que nous pensons de même sur la fade littérature de monsieur de Florian, — reprit Blanche: — C'est le premier point de contact que je remarque entre nos deux esprits.

— Laissez-moi croire que ce n'est pas le seul, — répliqua Gaëtan avec un certain air de fatuité. — Laissez-moi croire surtout qu'il en existera bientôt de plus intimes, de plus doux, entre... nos deux cœurs.

Il balbutia ces mots avec une apparence de maladresse qui ne manquait pas d'habileté.

Mademoiselle de Flavigny venait de prendre place sur le banc de gazon. Elle leva la tête; aucun mécontentement, aucun embarras ne se reflétait dans son regard, qu'elle fixa gaiement sur son interlocuteur.

— Les croyances sont libres, — dit-elle. — Je ne peux pas vous empêcher de croire ce qui vous plaît. D'ailleurs, je ne demande pas mieux d'avoir avec Votre Seigneurie quelque communauté d'opinion et de sentiments.

Ce langage poli, dont la convenance cachait une doute une pointe de raillerie, fut pris pour un encouragement par le présomptueux marquis. Un éclair de joie illumina son visage.

— Merci pour cette bonne parole! — dit-il d'un ton délibéré. — Elle me fait espérer que sous peu nous nous entendrons à ravir. — Il attacha les chevaux par la bride aux branches d'un arbre, contre lequel il appuya son fusil de chasse damasquiné; puis il revint vers la jeune fille en cambrant sa taille avec une sorte de majesté. Il s'assit alors près d'elle sans hésitation. Mais presque aussitôt il se rappela par la seconde fois ce que lui avait recommandé la marquise d'Apremont, et il se composa promptement une attitude réservée, modeste, dont l'astuce ne put échapper tout à fait au coup d'œil pénétrant de mademoiselle de Flavigny. — Ah! pardieu! — se disait-il, — l'occasion est bonne, et j'en profiterai. — Après quelques paroles insignifiantes échangées sur la beauté du bois et les plaisirs de la chasse, Gaëtan en vint, par une habile transition, à parler d'amour. L'amour est le grand thème qui inspire le plus de dithyrambes et de variations. Mais le marquis n'était pas homme à se complaire longtemps dans les sentimentalités poétiques, dans les délicatesses de l'allusion timide. Il ne tarda pas à hasarder une déclaration qui avait une certaine éloquence passionnée, mais qui manquait de prudence et de tact, adressée surtout à une jeune fille comme Blanche, alliant à beaucoup d'esprit naturel une véritable dignité de cœur. Tandis qu'il terminait son discours de rhétorique amoureuse, il se laissa tomber aux genoux de mademoiselle de Flavigny, s'empara brusquement de ses mains, qu'il couvrit de baisers ardents, et s'écria d'une voix éclatante : — Oui, vous êtes divinement belle, et je vous adore! Aimez-moi, ange du ciel! ou je meurs à vos pieds!

Blanche s'était levée, elle avait essayé de dégager ses mains, mais sans y parvenir. Alors, rassemblant tout ce qu'elle cachait en elle de sang-froid, d'ironie et de fermeté :

— Monsieur le marquis, — dit-elle avec un calme moqueur, — vous êtes vraiment expéditif. Vous aimez à prendre, à ce qu'il paraît, le plus court chemin pour arriver au but que vous vous proposez d'atteindre. Ce doit être parfois une bonne tactique. Seulement vous vous méprenez aujourd'hui. Vous oubliez, en effet, que vous n'êtes pas à Paris, dans les coulisses galantes de l'Opéra, mais en Poitou, au fond d'un bois séculaire, presque sacré. Vous oubliez surtout que vous ne vous adressez point à une danseuse équivoque, Fiore ou Zéphirine, mais à une jeune fille respectée, qui se nomme mademoiselle Blanche de Flavigny. Allons, laissez-là mes mains, s'il vous plaît, car votre étreinte commence les blesser. Une minute encore de cette violence, et vous y imprimerez une tache qui vous attirera mon mépris!

Ce dernier mot fit bondir Gaëtan. Il se redressa de toute sa hauteur. Un éclair sinistre jaillit au plus profond de son regard. Une colère soudaine agita les muscles de sa face. Mais il en comprima l'explosion.

— Vous êtes cruelle! — dit-il d'une voix qui s'efforçait d'être triste et qui était déclamatoire. — En quoi ai-je pu mériter votre indignation? L'amour que vous inspirez est-il donc un crime à vos yeux? N'est-il pas naturel que votre éclat m'éblouisse et m'exalte. Et d'ailleurs ignorez-vous, les espérances de nos deux familles? Ne soupçonnez-vous pas qu'on projette de nous unir? Dès lors, quoi de plus simple que je m'empresse à vous aimer et que j'ose vous le dire sans hésitation? Que parlez-vous de Paris et de l'Opéra? Est-ce qu'on se donne la peine de déclarer aux Fiore et aux Zéphirine qu'on les aime! On leur donne des diamants, un carrosse, et cela suffit. Mais on garde son cœur, un cœur sans tache, un cœur plein de tendresse et de dévouement, pour l'offrir à celle qui en est vraiment digne par sa noblesse, son esprit et sa beauté. Ne vous offensez donc pas de ma hardiesse, elle me vient de mon amour! Laissez-moi être votre adorateur, surtout si vous ne répugnez pas à ce que je devienne votre époux!

Cette verve, où se montrait une certaine adresse, n'eût cependant pas le don de toucher Blanche de Flavigny. Cela tenait à plusieurs raisons. Non-seulement elle était en défiance du marquis, grâce à ce que lui avait dit Raoul; mais encore les allures à la fois insinuantes et audacieuses de Gaëtan lui déplaisaient d'instinct. Avec sa pénétration féminine, elle avait bien vite deviné que, s'il pouvait ardemment s'éprendre des grâces toutes physiques d'une femme, il devait aussi être fort alléché par les séductions d'une brillante dot. Or le soupçon, la presque certitude même d'être aimée si grossièrement par calcul, lui causait une sorte de dégoût; elle s'offensait de plus en plus d'une déclaration à brûle-pourpoint qui lui semblait devoir cacher de si honteux sentiments.

Le marquis avait abandonné les mains de la jeune fille. Elle était libre et se dirigea vers l'arbre où son cheval était attaché. Tout en marchant, elle répondit d'un ton sec:

— J'ignore, monsieur le marquis, quels sont les projets de ma famille en ce qui me concerne. Mais je vous assure que, si je me marie jamais, l'époux que j'aurai choisi sera un modèle de délicatesse et de loyauté.

— Comment l'entendez-vous ? — demanda Gaëtan en fronçant le sourcil. — Est-ce à dire que je doive renoncer à l'espoir d'obtenir votre main ?

— Sans doute, si vous ne réalisez pas le type que mon esprit a conçu.

— Et que faut-il faire pour s'élever jusqu'à l'idéal que caresse mon imagination ?

— Juste le contraire de ce que vous vous permettez avec moi, que vous connaissez à peine.

— Mais quelle si grande faute ai-je donc commise, juste ciel !

Blanche avait mis le pied dans l'étrier. Sur le point de s'élancer à cheval, elle laissa tomber un regard de fier dédain sur Gaëtan, qui l'avait suivie et se tenait devant elle, sombre, presque menaçant.

— Vous venez d'abuser de ma confiance et de votre hospitalité, — répondit-elle, — et c'est là une mauvaise action, monsieur le marquis.

Elle fit un mouvement pour sauter en selle, mais Gaëtan saisit un pli de sa robe d'amazone et la retient.

— Vous ne partirez pas ainsi, — dit-il, la lèvre crispée et l'œil fulgurant.

— Pourquoi, je vous prie ? — demanda-t-elle avec un secret d'effroi.

— Parce que je ne veux pas que vous me quittiez sans m'avoir entendu et sans m'avoir pardonné, — répondit-il.

Il y avait dans son attitude et dans sa physionomie une assurance qui contrastait étrangement avec l'humilité de son langage, lequel impliquait un repentir.

— Soit ! je vous pardonne, — murmura la jeune fille, ayant hâte de terminer une scène qui souffrait sa dignité.

Cette parole indulgente fut mal interprétée par le marquis. Il y vit une faiblesse et un encouragement. Sa hardiesse s'en accrut.

— Maintenant, — ajouta-t-il, — un mot, un seul mot qui me permette de croire que vous pourriez m'aimer !

— Je ne dis jamais ce que je ne pense pas ! — répliqua Blanche résolûment. Puis elle reprit :—J'entends la chasse, elle se rapproche. Laissez-moi la rejoindre ! Mon absence doit inquiéter les miens.

Gaëtan prêta l'oreille aux aboiements des meutes et aux fanfares des cors qui recommençaient de plus belle. Mais tout cela retentissait dans les profondeurs des bois, Le visage du marquis s'anima d'un sourire goguenard.

— Bah ! — dit-il, — vous vous trompez, chère Blanche. La chasse s'éloigne au lieu de se diriger vers nous. Le cerf a débuché loin d'ici. Il a dû s'élancer en plaine. Peut-être fera-t-il un retour de ce côté. Attendons, croyez-moi. Nous sommes seuls, mais ne craignez rien : ne suis-je pas gentilhomme ?

— Un gentilhomme ne retient pas une femme malgré elle. Je vous le répète, laissez-moi partir, ou, sur mon âme, je vous haïrai !

Mademoiselle de Flavigny était très-pâle ; il y avait de la frayeur dans son émotion. Le marquis semblait irrésolu. Il comprenait qu'il avait fait fausse route, qu'il venait d'aventurer, par un excès d'ardeur et de présomption, les projets d'avenir que sa mère avait formés. Cependant, il était trop infatué de lui-même et trop libertin pour croire à l'entière sincérité de Blanche. Comme presque tous les grands seigneurs débauchés d'alors, il ne croyait guère à la force des sentiments honnêtes. Pour les vaincre, pensait-il, il suffit, le plus souvent, de brusquer les choses et d'oser, surtout auprès de celles que la peur commence à dominer. D'ailleurs, il était allé si loin déjà qu'il avait tout à gagner, peu à perdre, selon lui, en ne cherchant point à reculer. A ses yeux, la re-

traite était une maladresse et un danger. Il devait donc s'efforcer de compromettre la belle enfant vis-à-vis d'elle-même, afin qu'elle n'eût plus le courage de l'accuser. Une jeune fille se tait pour n'avoir point à rougir même innocemment.

Après avoir lancé autour de lui un coup d'œil rapide, et s'être convaincu que le carrefour était toujours solitaire, le marquis enlaça vivement de ses bras la taille souple de Blanche, et ses lèvres osèrent effleurer celles de mademoiselle de Flavigny.

Un cri se fit entendre, cri de dégoût et de terreur.

— Mon gentilhomme, — dit aussitôt une voix sévère, — celui qui violente une femme a le cœur d'un bandit.

Gaëtan lâcha prise et recula de trois pas. Il était rouge, tremblant, furieux. Son regard alla frapper en droite ligne celui qui venait de proférer l'énergique parole de réprobation.

C'était un petit vieillard vêtu comme un paysan, portant une veste de gros drap, une culotte de toile, des guêtres de cuir et des sabots. Un chapeau de feutre rond, à larges bords, couvrait son front ridé d'où s'échappaient des touffes de cheveux blancs. Sous son costume rustique, il avait une expression intelligente et distinguée qui se remarquait tout de suite. Un reflet de tristesse profonde, qu'un sentiment d'indignation redoublait encore, assombrissait son visage, dont les traits étaient cependant réguliers et doux. Une belle âme devait animer le corps un peu grêle de ce vieillard, car, en dépit de l'humilité de ses vêtements et des proportions exiguës de sa taille, tout en lui offrait le caractère saisissant de l'élévation et de la majesté.

Il se tenait debout, appuyé sur un bâton noueux, au bord d'un sentier, dont les replis l'avait caché jusque-là. Son intervention inattendue permit à Blanche de remonter à cheval et de s'éloigner rapidement.

Le marquis saisit son fusil de chasse et se dirigea vers le vieillard.

— De quel droit te mêles-tu de mes affaires, manant ? — lui demanda-t-il irrité. — Qui es-tu ?

— Je suis un honnête homme, — répliqua l'étranger. — Votre conscience vous permet-elle d'en dire autant de vous-même ?

— Insolent !

Et le marquis mit son fusil en joue. Le vieillard entendit siffler une balle à son oreille. Il ne sourcilla pas.

— Cela s'appelle une tentative d'assassinat, — dit-il avec calme et fermeté.

— Tu te trompes, coquin ! — ricana Gaëtan, s'armant de son couteau de chasse. — C'est un châtiment de ton impudence, et tu le subiras !

Il s'élança pour frapper, mais deux cris l'arrêtèrent brusquement.

— Marquis Gaëtan d'Apremont, — dit une voix solennelle, — vous êtes un infâme !

— Marquis Gaëtan d'Apremont, — reprit une voix éclatante, — vous êtes un lâche !

Deux cavaliers venaient d'apparaître à une extrémité du carrefour. L'un était le marquis de Lescure, l'autre le comte de la Rochejaquelein. Gaëtan les reconnut. Il resta comme pétrifié.

— Nous ne foulerons pas plus longtemps ce domaine déshonoré par un gentilhomme ! —déclara Louis de Lescure. — Adieu !

— Nous serons à vos ordres partout où il vous plaira de nous rejoindre ! — ajouta Henri de la Rochejaquelein. — Adieu !

Ils firent volte-face et partirent au galop.

Le vieillard n'avait pas bougé. Avec une bizarre fixité il regardait Gaëtan. Celui-ci avait peine à secouer la torpeur dont il était saisi. Soudain sa colère fit explosion.

— Ah ! tôt ou tard je me vengerai d'eux ! s'écria-t-il. Apercevant le vieillard, il reprit exaspéré : — Va-t-en, misérable ! ou prends garde à toi !

L'inconnu se remit lentement en marche. Il était tout pensif, tout soucieux.

— Non! — murmurait-il, — ce ne peut-être LUI... Si c'était LUI, cependant!

À cette pensée mystérieuse son œil triste et doux s'éclaira du feu de la haine. Il retourna vivement la tête, puis il s'arrêta. Mais le marquis venait de monter à cheval. Il s'élançait dans la direction où l'on entendait résonner le bruit des cors, des chiens et des chasseurs.

— À la grâce du diable! — répétait-il en coupant l'air avec sa cravache.

V

Blanche avait précipité le pas de son cheval. Elle s'était engagée dans un chemin vert, sous un dôme de feuillage dont l'extrémité lointaine s'arrondissait en une arcade de lumière. Où allait-elle? Elle l'ignorait assurément. Un reste d'effroi lui tourmentait l'âme. Elle fuyait, redoutant d'être rejointe par Gaëtan d'Apremont. Dans le trouble qui l'agitait, elle ne songeait pas même à prêter l'oreille aux rumeurs de la chasse, afin d'en prendre la direction. Elle allait tout droit devant elle, oppressée, désireuse de mettre un grand espace entre elle et le marquis. Au bout de l'avenue que franchissait le galop de son cheval, elle fit halte et retourna la tête : le chemin était désert, personne ne la suivait. Sa crainte se calma, sa présence d'esprit lui revint. Elle interrogea du regard l'endroit où elle se trouvait, et reconnut quelle était arrivée sur la lisière des bois d'Apremont, devant un sentier qui bordait un vaste et bel herbage en plein regain. Là paissait, à quelque distance, un grand troupeau de moutons, sous la garde de deux chiens. Un pâtre, dont la silhouette brune se dessinait sur la clarté du ciel, se tenait à l'écart, debout, immobile, adossé contre un chêne. Il semblait contemplatif. Dans la perspective demi-circulaire, l'œil n'apercevait qu'une habitation. Elle se dérobait en partie au milieu d'un massif d'ormes et de châtaigniers; mais le nombre et l'étendue des bâtiments qu'on entrevoyait, l'importance et la variété des cultures dont elle était entourée en indiquaient suffisamment le caractère et la destination : c'était une ferme. Cette ferme souriait du fond de l'horizon à la pensée encore inquiète de mademoiselle de Flavigny.

Après un instant de réflexion, la jeune fille résolut d'aller vers le pâtre. Elle comptait s'informer auprès de lui soit du point précis où l'on pouvait se réunir aux chasseurs, soit de la voie la plus directe pour regagner le château d'Apremont. Elle rendit les rênes à son cheval et lui piqua le flanc avec son éperon d'or. L'animal, un poney normand, au garrot sec et relevé, un pied mince et nerveux, reprit sa course rapide dans le sentier qui glissait entre l'herbage et le bois.

— Si c'était ce Bénédict! — murmura Blanche, — je me sentirais complètement rassurée. Le brave garçon! Je voudrais que ce fût lui.

Comme elle s'exprimait ainsi, tandis que son attention se fixait sur l'homme adossé contre le chêne, son cheval s'arrêta brusquement et fit un furieux bond de côté. Il avait mis le pied sur une énorme vipère endormie dans la sente. La vipère s'était redressée en sifflant et l'avait mordu au jarret. Mademoiselle de Flavigny surprise, vida l'étrier. Elle perdit son aplomb et tomba. Son corps rencontra le tronc d'un arbre et s'y heurta avec violence. Elle s'évanouit.

Le cheval, terrifié, prit la fuite à travers les tailles.

Le pâtre avait vu l'accident. Il accourut. Arrivé près de la jeune fille, étendue sans mouvement sur le chemin, il se pencha vers elle pour la secourir et la reconnut.

— Ah! la pauvre demoiselle! — s'écria-t-il.

Il lui toucha la main, cette main était froide. Il épia un souffle sur ses lèvres, ce souffle était presque imperceptible. Il arracha quelques touffes d'herbe aromatique, et lui en fit respirer l'âcre senteur. Blanche alors donna signe de vie. Prompt comme la pensée, il courut tremper un mouchoir dans une flaque d'eau et en imbiba les tempes de la belle enfant. Elle ouvrit les yeux avec effort, ses joues se colorèrent, sa bouche articula un soupir. Puis, peu à peu ce réveil des sens devint plus ferme et plus lucide; sa tête charmante se souleva, ses belles paupières se maintinrent sans palpitation, son regard s'anima d'un vif rayonnement.

— Ah! c'est vous, Bénédict! — dit-elle avec un pâle sourire. — Tant mieux!

Dès que Blanche avait repris connaissance, le jeune pâtre s'était éloigné de quelques pas. Il se tenait incliné respectueusement, le front découvert. Les premiers mots de la jeune fille lui causèrent une émotion singulière, comme si un grand bonheur lui entrait dans l'âme. Sa poitrine se gonfla, il eût quelque peine à contenir son émotion.

— Vous êtes bonne, mademoiselle, — répondit-il avec gravité. — Je vous remercie de vos obligeantes paroles... Mais je suis inquiet, — reprit-il. — Souffrez-vous! Êtes-vous blessée? Vous faut-il un médecin? Je cours en chercher un.

Mademoiselle de Flavigny garda le silence un instant. Elle essaya de se lever et n'en eut pas la force. Tout son corps était engourdi, mais elle ne ressentait aucune douleur.

— Restez, — dit-elle. — J'ai eu sans doute plus de peur que de mal, car je ne souffre pas et ne crois pas être blessée... Tenez, — continua-t-elle en tendant ses petites mains au pâtre, — prêtez-moi un peu d'aide. Je veux aller m'asseoir là, tout près, sur ce tertre qui forme comme un banc de gazon. J'achèverai de me remettre l'esprit, et nous délibérerons sur ce qu'il conviendra que vous fassiez pour me sortir d'embarras. C'est vous dire que je compte sur vous, Bénédict.

— Je suis à vos ordres, mademoiselle, — répondit le pâtre.

Il présenta timidement à Blanche ses deux mains durcies par le hâle des campagnes, mais modelées avec une surprenante distinction. Elle n'hésita pas à s'y appuyer et se dirigea, non sans peine, vers le banc de gazon où elle voulait s'asseoir. Quand elle y eut pris place, Bénédict se mit un peu à l'écart, attendant que la jeune fille renouât elle-même l'entretien. Elle le considéra un instant avec intérêt. Cette nouvelle inspection lui fut encore favorable, car elle le trouva aussi remarquable en grosse veste et en sabots que dans le costume endimanché du paysan poitevin. Chose bizarre, cependant! à mesure qu'elle admirait l'élégance de sa taille et l'harmonie de ses traits, elle éprouvait une sensation mystérieuse et mal pensive malgré elle. Elle s'efforçait de s'en rendre compte, mais elle ne parvint pas à la définir. Bientôt elle ne s'en préoccupa plus. Alors elle complimenta chaleureusement le pâtre sur l'intrépidité dont il avait fait preuve la veille contre le taureau furieux.

— Sans vous, Bénédict, — ajouta-t-elle, — sans votre courageuse intervention, l'estrade seigneuriale allait recevoir un choc terrible. Vous nous avez sans doute sauvé la vie à tous.

— C'était mon devoir, mademoiselle, — répondit simplement le pâtre.

— Il est beau de s'en acquitter si vaillamment, — répliqua Blanche. — Au reste, — reprit-elle, — mes éloges ne sauraient avoir grande valeur, mais des voix mieux autorisées que la mienne ne tarderont pas à vous féliciter. Madame la marquise d'Apremont et ma famille, le comte et la comtesse de Flavigny doivent se rendre à la Bédardière pour vous adresser leurs compliments et vous prouver toute leur reconnaissance. Il est juste qu'ils honorent et récompensent un serviteur si brave et si dévoué.

Bénédict écoutait d'un air recueilli. Il était ému, mais son émotion ne se trahissait que dans un reflet pâlissant de ses grands yeux bleus. Il réfléchit un instant et répondit avec calme :

— Ce que vous m'exprimez-là, mademoiselle, est pour moi un honneur et une récompense au-dessus de mon mérite. Personne ne peut plus rien ajouter à la joie que je viens de ressentir et dont je me souviendrai toujours.

— Puis, comme s'il craignait de s'être montré trop expansif, il reprit vivement : — Mais c'est beaucoup parler de moi. Il conviendrait de nous occuper de vous, mademoiselle. Que faut-il que je fasse pour vous être utile ? Dites-le moi, je vous prie. J'attends.

Blanche sourit.

— Vous êtes donc bien pressé de retourner à vos moutons ? — demanda-t-elle avec une velléité de malice et d'enjouement.

— Non assurément, — répondit le pâtre en hochant la tête avec douceur. — Mes moutons n'ont guère besoin de moi en ce moment. Mais vous, mademoiselle, n'avez-vous point hâte de rejoindre votre famille ? Elle est inquiète, sans doute, elle vous cherche. Il importe de la rassurer au plus tôt.

— Vous avez raison Bénédict, et j'ai eu tort de plaisanter. Voyons, — poursuivit-elle, — où en est la chasse ? Où se trouvent les chasseurs ? Le savez-vous ?

— Je pense que la chasse est finie. Le cerf a dû être forcé et tué dans la Mare-aux-Daims. J'ai entendu sonner l'hallali. La curée semble être faite, et je présume que les chasseurs, s'ils n'ont pas encore remarqué votre absence, sont en chemin pour regagner le château d'Apremont.

— Quoi ! déjà ! — dit Blanche stupéfaite. — Il faut que je m'en retourne avec eux. Vite, vite, que je me remette en route !... — Elle se leva brusquement, mais elle était encore toute courbaturée, et retomba sur le banc de gazon. — Impossible ! — murmura-t-elle. — Je n'ai pas la force. Comment faire ?

— C'est bien simple, mademoiselle. Restez ici, reposez-vous. Moi, je vais courir, traverser taillis et futaies, de manière à me trouver, s'il est possible, sur le passage des chasseurs à leur sortie du bois, dans la direction du château. J'espère ainsi vous amener votre famille et vos amis.

— Allez, Bénédict, et merci !

Le pâtre s'éloignait ; Blanche le rappela. Il accourut près d'elle ; elle avait l'air anxieux. Il semblait qu'elle craignît de rester seule. Ses yeux, un peu effarés, interrogeaient les sentiers d'alentour. Le souvenir de Gaëtan venait de s'emparer de son esprit, et elle redoutait qu'il ne survînt, tandis qu'elle serait encore dans l'isolement.

— Est-ce que la solitude vous effrayerait ? — lui demanda Bénédict.

— Je ne vous cache pas que j'en ai un peu peur.

— Oh ! rassurez-vous ; dans nos campagnes il n'y a pas grand danger. On rencontre des braconniers quelquefois, des malfaiteurs jamais.

— Alors partez. Il le faut d'ailleurs. Soyez bientôt de retour.

Au lieu de s'élancer sous bois, le pâtre se tourna vers l'herbage. Il se mit à siffler, puis il appela : Pollux !

Une minute après, un chien roux, trapu, vigoureux, un de ces chiens de berger dont la race est si intelligente et si courageuse, vint se planter devant Bénédict et le regarda fixement, comme pour mieux comprendre l'ordre qui allait lui être donné.

— Pollux, — lui dit alors son maître du ton le plus sérieux, — écoute-moi bien : tu vas rester ici, en faction, aux pieds de la personne que voilà. Tu ne souffriras pas qu'on approche de trop près. Si l'on ose approcher, menace ; si l'on touche, mords ! — A ces injonc-

tions, le chien répondit par une bizarre pantomime. Il grogna d'abord sourdement, puis il fit claquer sa mâchoire, dont les longs crocs éblouissants étaient de nature à tenir les malintentionnés à distance. Après quoi, sur un signe, il s'accroupit et considéra la jeune fille d'un œil curieux et caressant, — Maintenant, vous n'êtes plus seule, mademoiselle, — reprit le pâtre. — Voici un défenseur intrépide, croyez-moi. D'ailleurs, s'il s'attaquait à quelque mauvais gars, son vieil ami Castor, qui veille sur le troupeau, entendrait et ne tarderait guère à lui porter secours. Sous cette double sauvegarde, vous pouvez vous croire en sûreté.

— Je ne crains plus rien, — répondit Blanche en se penchant vers Pollux et en passant sa main mignonne sur la tête velue du griffon, qui se trémoussa joyeusement.

Bénédict prit sa course à travers le bois. Mademoiselle de Flavigny le suivit des yeux. Lorsqu'il eut tout à fait disparu dans l'épaisseur du taillis, elle devint songeuse. A quoi songeait-elle ? Sans doute à la singularité de ce paysan et au contraste qu'il formait avec Gaëtan d'Apremont. « La nature s'est complétement trompée, — se disait-elle sous l'empire de ses préjugés aristocratiques ; — elle a donné à un marquis la vulgarité physique et la laideur morale d'un rustre ; à un roturier, l'élégance extérieure et les nobles sentiments d'un marquis. » Un moment, elle agita cette pensée dans son esprit. Puis l'image de Bénédict se retraça, précise et lumineuse, à son imagination. Elle distingua les traits si corrects de son mâle et doux visage, et crut voir une ressemblance entre le pâtre et la comtesse de Flavigny. « C'est étrange ! » murmura-t-elle ; « même taille, élégante, même visage charmant. Des cheveux blonds ayant la même nuance cendrée, des yeux bleus reflétant le même azur. Les voix aussi ont une similitude : je cherche à me les rappeler, et je retrouve dans l'une les inflexions et les harmonies qui ont tant de charme dans l'autre. » Mais elle se moqua bien vite de cette idée, qui, en supposant qu'elle fût juste, ne pouvait avoir à ses yeux l'importance d'une fantaisie due au hasard. Un incident vint d'ailleurs la distraire de cette préoccupation.

Pollux, qui se tenait couché devant elle, se leva brusquement. Il fit quelques pas dans la direction d'un massif et demeura immobile, comme en arrêt. Un instant après, il se mit à grogner. Blanche, émue, écouta. Elle entendit marcher dans un chemin que masquait une charmille. On approchait. Pollux revint vers mademoiselle de Flavigny en grognant plus fort ; un écho répondit : c'était la voix de Castor, qui répétait la menace de son ami. Un homme parut à l'ouverture du massif. Il remarqua l'attitude hostile du chien et serra autour de sa main la corde de cuir de son bâton de houx.

Cet homme avait un aspect repoussant. Il était grand, difforme, déguenillé. Son visage portait les stigmates de l'ivrognerie ; il était couvert de maculations sanguines. Ses yeux noirs, presque invisibles tant ils étaient petits, projetaient la lueur sinistre des plus mauvais instincts. Sa bouche vaste, oblique, grimaçante, était hideuse ; elle étalait de longues dents jaunies, alternées de trous noirs. Il avait la poitrine large et rugueuse, les jambes grêles et démesurées comme les pattes de faucheux, les pieds aplatis et des mains de diable aux doigts crochus. Quant à son accoutrement, il se composait d'un tricorne de feutre, rougeâtre, défoncé, presque informe ; d'une veste de velours, usée, déchirée, rapiécée, couverte de taches immondes ; d'une culotte de drap en lambeaux, de bas troués et de souliers dont les empeignes et les semelles se séparaient violemment. En un mot, tout décelait en lui la misère et la dépravation. Il paraissait avoir quarante-cinq ans. Peut-être était-il moins âgé.

A sa vue, Blanche ne put retenir un mouvement d'effroi. L'équivoque personnage s'aperçut qu'elle avait tressailli. Il sourit affreusement.

— Oh! ne vous inquiétez pas, ma petite demoiselle, — dit-il. — Je ne suis point méchant. Je demande, à l'occasion, l'aumône sur mon chemin ; mais, vrai, je ne cherche noise à personne... Je suis un honnête homme, moi, voyez-vous. — Tout en s'exprimant ainsi, il glissait autour de lui un regard furtif et investigateur, comme pour chercher à savoir s'il y avait du monde dans cette partie du bois. Puis il adressait un coup d'œil malveillant à Pollux, qui le lui rendait avec usure en grognant toujours. Mademoiselle de Flavigny maîtrisa sa frayeur, et se montra calme. Elle prit tranquillement dans sa bourse une piécette d'argent qu'elle jeta sans affectation à l'inconnu. Celui-ci la laissa tomber à terre et ne daigna pas la ramasser. Il avait vu briller de l'or dans la bourse entr'ouverte. Sa physionomie s'était animée d'un lugubre éclair de convoitise. — Merci bien, ma petite demoiselle, — dit-il d'un air sournois... — Je ne vous le cache point, j'aurais préféré la bourse entière : elle est très-gentille et paraît joliment garnie. Ce serait là pour moi un bien bon souvenir de vous... Est-ce que ça vous contrarierait de me la donner ?

Blanche eut un élan de courage. Elle se leva résolûment.

— Vous ne l'aurez pas, — dit-elle d'un ton ferme. — Ce que j'accorderais de grand cœur à un malheureux, je le refuse tout net à un coquin.

— Un coquin, moi ! oh ! comme vous me calomniez ! Vrai, je n'ai sur la conscience aucune méchante action. Ma vie est un modèle de probité ! C'est que je suis un honnête homme, moi, voyez-vous !

Il accompagna ces mots d'un pas en avant et d'un geste brusque qui redressa à la hauteur de son épaule le bâton qu'il tenait à la main. Pollux, furieux, aboya. Castor bondit; en une minute, il fut à côté de son compagnon. Les deux chiens, le poil hérissé, l'œil en feu, n'attendaient qu'un mouvement de leur adversaire pour se ruer sur lui.

— Les braves bêtes! — dit Blanche, qui retrouva sa gaieté moqueuse en se voyant si énergiquement protégée. — Je ne vous conseille pas de les brutaliser par mégarde, homme vertueux! car elles vous étrangleraient sans miséricorde, en dépit de votre probité.

— Ah! ça, vous faites donc partie du troupeau, ma petite demoiselle, pour que les chiens de berger vous défendent ainsi ? — demanda le sinistre étranger, hésitant et réfléchi.

— Précisément. Je suis une brebis égarée, — répondit Blanche avec un sourire railleur.

— Mais où donc est le pâtre? Je ne l'aperçois point.

— Oh! il n'est pas loin; et, tenez, je vous préviens que c'est un gaillard très-robuste, un peu frascible. S'il survenait, peut-être n'aurait-il pas pour votre respectable personne tous les égards que vous méritez. Passez votre chemin, croyez-moi. Vous ferez sagement.

— Peuh! je vois bien ce que c'est. Vous êtes du château d'Apremont, et vous avez chassé aujourd'hui. Votre cheval se sera emporté, vous aura jeté bas. Vous avez sans doute envoyé l'homme aux moutons avertir votre famille pour qu'on vienne vous chercher. En attendant, vous restez seule sous la garde de ces deux chiens, qui vous connaissent apparemment. Voilà!... C'est égal, — reprit-il en fronçant ses épais sourcils jaunes, — ça me ferait un sensible plaisir si vous me donniez votre bourse : elle est si mignonne et elle me plaît tant! De bonne volonté, croyez-moi, consentez-vous.

— Encore une fois, non! — répondit sèchement mademoiselle de Flavigny.

— Alors, mille diables!... — commença le misérable d'un ton sourd et violent. Il s'interrompit tout à coup et se mit à écouter attentivement. Il venait de percevoir un bruit si léger qu'il fallait un nerf auditif bien délicat pour en être impressionné. Après quelques secondes de silence et d'immobilité, il reconnut le pas d'un homme qui approchait. Alors il grimaça un sourire contraint, et

reprit d'une voix qui essayait de plaisanter : — Eh bien! mille diables! je me contenterai d'un petit écu. — Il ramassa la pièce d'argent, la fit disparaître dans une poche de sa veste et murmura : — Baste! c'est toujours ça!... D'ailleurs, ce n'est point pour mendier un peu brusquement que je suis revenu au pays. J'ai sans doute mieux à faire, si la chance me seconde. J'ai à faire une fortune loyalement, verluchoux !... Donc, de la prudence et de la tenue, mon mignon. — Il acheva de se donner une allure pacifique, remercia la jeune fille pour l'aumône qu'il avait reçue d'elle, et lui demanda si la ferme qu'on entrevoyait au loin était bien celle de la Bénardière. — Je suis du pays, — ajouta-t-il sans attendre une réponse. — Il y a vingt ans que je l'ai quitté. Je me suis rendu à Paris dans l'espoir de gagner quelques sous. Ah! ouich! ça fait pitié! Me voici dix fois plus pauvre et plus déguenillé que je n'étais en partant. Il y a pourtant un tas de niais... comme moi... qui croient que la capitale est une mine d'or où l'on n'a qu'à piocher pour s'enrichir. Quelle bêtise ! On pioche, bon ! et on ramasse, quoi? des cailloux, c'est le plus sûr. Si bien qu'un jour je me suis dit : Roch Duhoux, mon ami, mieux vaut encore travailler là-bas, au pays; et je me suis mis en route. Je m'en vais donc de ce pas demander de l'ouvrage chez les Cazeaux, les fermiers de la Bénardière. Là-dessus, ma jolie demoiselle, je vous souhaite bien le bonjour, et je continue mon chemin. — Il s'éloigna, en effet, mais il se retourna, remarquant qu'il était suivi par les deux chiens, dont le grognement n'avait pas cessé. — Ah! ça, mes drôles, — leur dit-il moitié colère, moitié patelin, — qu'est-ce que vous avez contre moi? Pourquoi me flairer de si près? Est-ce que vous me prenez pour un loup, par hasard? Allons, la paix, mille diables! la paix! car je suis un honnête homme moi, voyez-vous!

Cette allocution, loin de fléchir l'hostilité de Castor et de Pollux, ne fit que la redoubler. Craignant d'être mordu, Roch Duhoux, car c'était bien lui, l'ancien jardinier du chevalier de Morsanges et l'assassin de Sylvia, Roch Duhoux voulut intimider les chiens en les menaçant de son bâton qui décrivit un terrible moulinet devant eux. Mais ceux-ci, avec un superbe mépris du danger, s'élançaient déjà sur lui, quand un cri soudain les arrêta. Ils abandonnèrent le vagabond et coururent joyeusement vers celui qui venait de les appeler. Duhoux, ainsi dégagé, reprit sa marche dans la direction de la Bénardière. Il allait vite, et comme s'il avait encore sur ses talons la dent menaçante de Castor et de Pollux.

Blanche reconnut dans l'homme qui intervenait et que les chiens caressaient en bondissant le petit vieillard qui avaient si rudement interpellé Gaëtan d'Apremont, au moment où le marquis était seul avec elle dans le carrefour de la forêt et devenait insolent. La vue de ce vieillard lui causa à la fois une sensation de honte virginale et de véritable plaisir. Elle le salua la première en lui disant :

— Vous arrivez fort à propos, monsieur, car vous me débarrassez d'un vilain homme qui paraissait en vouloir à ma bourse et commençait à me faire peur.

Le vieillard fit cesser les affectueuses gambades des chiens. Il souleva son chapeau et s'inclina devant mademoiselle de Flavigny.

— J'ai de la chance aujourd'hui, mademoiselle, — répondit-il, — et ma promenade n'est pas sans utilité. C'est la seconde fois, en effet, que j'ai l'avantage de vous rencontrer aujourd'hui. Je m'en félicite bien sincèrement.

— Moi, monsieur, je vous remercie du double service que vous m'avez rendu. Je vous prie, m'apprendre à qui je dois désormais un souvenir de reconnaissance et d'amitié.

— D'abord au hasard, — repartit l'interlocuteur en souriant, — au hasard qui, à mon insu, m'a conduit vers vous ; puis à un pauvre bonhomme qu'on appelle le solitaire de la Gorge-aux-Loups et aussi le sorcier, quoique

assurément je ne mérite ni cet excès d'honneur ni cette
indignité.

— Ah! vous êtes monsieur Matthieu! Oh! alors je
vous connais... de réputation. Hier, Bénédict, le pâtre,
a parlé de vous au château d'Apremont. Il s'est exprimé
en des termes qui prouvent qu'il vous aime et vous estime beaucoup.

— Cela ne m'étonne pas, mademoiselle; il est mon
élève et mon ami. C'est une belle intelligence et surtout
un bon cœur. Mais où donc est-il? je ne le vois pas. —
Blanche raconta son accident et dit qu'elle avait envoyé
le pâtre chercher du secours. Puis elle se nomma et déclara gracieusement qu'elle serait heureuse si elle pouvait jamais être agréable à Bénédict et à monsieur Matthieu.—A mon tour, je vous remercie, mademoiselle. Je
n'ai pas besoin d'être doué du sens de la devination
pour être sûr que vous avez l'âme généreuse. Il suffit de
vous regarder et de lire dans votre physionomie la franchise et la bonté.

— On lit cela dans ma physionomie? — demanda la
jeune fille d'un air charmé.

— Comme si c'était un livre ouvert.

— Vous me faites plaisir... Etes-vous sincère, monsieur?

— Très-sincère. J'ajoute que vous devez avoir l'esprit
naturellement gai et même légèrement railleur. Est-ce
vrai?

— Oh! c'est la vérité. On s'en plaint quelquefois. Il
faudra que je me corrige. Ce sera difficile, je crois, car
le pli est déjà fortement pris.

— Vous plaisantez, c'est bon signe, — dit le vieillard.

— Votre chute de cheval n'aura, je présume, aucune
suite grave. C'est à merveille!

— Je me sens même assez bien maintenant. Il me serait facile de marcher; mais il convient que j'attende
ici le retour de Bénédict. — Monsieur Matthieu voulut
s'éloigner; mademoiselle de Flavigny le retint. — Est-
ce que vous n'êtes pas venu pour voir le pâtre? — lui
demanda-t-elle.

— Si fait. Je vais l'attendre là-bas, près du troupeau.

— Pourquoi pas ici? Refusez-vous de me faire société?

— Non, je tâche seulement de n'être pas importun.

— Oh! restez, je vous prie; votre présence me rassure. En votre compagnie, le temps me paraîtra moins
long.

Il y avait une grâce si séduisante dans l'attitude et la
parole de Blanche que le vieillard en fut tout à fait sub-
jugué.

Après avoir caressé Castor et Pollux, et expliqué à mademoiselle de Flavigny que s'ils portaient de si beaux
noms mythologiques, c'est que lui-même les avait bap-
tisés. Monsieur Matthieu les renvoya garder les moutons. Puis il jeta sur l'herbe son bâton ainsi que deux
livres qu'il tenait à la main, et s'assit en face de la
jeune fille qui lui sourit.

— A la bonne heure! — dit-elle gaiement. — Voilà qui
est fort aimable, monsieur le sorcier. A présent, causons.

— Elle reprit avec un semblant d'effroi : — Oh! mais
d'abord je vous préviens que je ne désire pas du tout
connaître l'avenir. S'il doit être triste, j'aime mieux ne
pas m'en affliger d'avance. S'il doit être heureux, au
contraire, je préfère en avoir l'agréable surprise au fur
et à mesure qu'il se déroulera. D'ailleurs, je vous en
voudrais, si vous alliez me prédire que j'épouserai un
jour ce vilain marquis Gaëtan d'Apremont, que vous
avez stigmatisé avec tant d'énergie et que je déteste si
cordialement.

— Ah! cet homme est le marquis Gaëtan d'Apremont?
— dit le solitaire de la Gorge-aux-Loups, devenu pensif. Puis il murmura : — Alors je me suis trompé. Ce
n'est pas celui que je hais, moi! Mais la ressemblance
est étrange.

Mademoiselle de Flavigny n'entendit point cet aparté.

— Est-ce que vous ne connaissiez pas le marquis? —
demanda-t-elle.

— Non, — répondit monsieur Matthieu.—Aujourd'hui
j'ai appris à le connaître physiquement et moralement.
Je l'ai regardé deux minutes, cela m'a suffi pour le voir
jusque dans le fond de l'âme. Cet homme est capable des
actions les plus odieuses. C'est un démon.

— Ses maléfices me sont connus, et je serai sur mes
gardes désormais. — Il y eut un silence pendant lequel
Blanche, qui avait retrouvé la libre allure de ses mouvements, ramassa sur l'herbe les deux livres que le vieillard y avait laissé tomber. — Vous permettez? — dit-
elle. Et elle les ouvrit l'un après l'autre. C'étaient les
Mondes de Fontenelle et la Grandeur des Romains de
Montesquieu. Elle les feuilleta un instant, en lut quelques lignes, et reprit : — J'ai entendu parler de ces livres par mon oncle et mon tuteur, le comte de Flavigny.
Il paraît les tenir en grande estime. Ce sont, dit-il, des
ouvrages savants, mais point ennuyeux. Est-ce votre
avis, monsieur?

— Parfaitement, et c'est pourquoi je les apporte à
mon cher élève, le pâtre Bénédict.

— Ainsi le digne garçon est assez avancé en science
et en histoire pour bien comprendre les idées de Fontenelle et de Montesquieu? C'est vraiment extraordinaire.

— Sans doute. Il est doué d'une merveilleuse facilité
pour s'instruire, et il a su promptement mettre à profit
les moyens d'étudier qui lui sont venus par hasard. Peut-
être se cache-t-il ici-bas beaucoup d'aptitudes intellectuelles que développerait une circonstance heureuse, et
qui restent inertes faute d'un mobile forfuit qui leur im-
prime le mouvement.

— Cette pensée me semble juste. Vous avez été pour
Bénédict une occasion favorable, une occasion imprévue
sans laquelle il serait aujourd'hui tout aussi ignorant
que ceux qui l'entourent... Mais enfin, — reprit la jeune
fille, — à quoi pourra lui servir ce qu'il sait, grâce à
vous, sinon à lui faire tôt ou tard sentir douloureusement l'humilité de sa condition?

— S'il en souffre jamais, — répliqua le vieillard, —
croyez bien qu'il en sortira; et, quoique dans le temps
où nous vivons, il soit bien difficile à un homme qui n'a
que du talent et du cœur de parvenir aux positions éle-
vées, il saura bien se faire une belle place selon son courage et son mérite... A vrai dire, rien n'annonce en lui
l'ambition. Il ne cesse d'être modeste, il se contente
d'apprendre et de savoir. Il aime l'étude sans arrière-
pensée et sans calcul.

— Eh bien! il m'intéresse vivement, ce garçon-là! —
s'écria Blanche avec enthousiasme. — Il faut que nous
l'aidions à sortir de l'obscurité. Il faut que nous le pous-
sions vers la lumière. Avez-vous quelque influence, vous,
monsieur?

Monsieur Matthieu hocha la tête en souriant.

— Vous oubliez qui je suis, mademoiselle... un solitaire et un sorcier. De nos jours, on ne croit plus guère
aux sorciers, et on n'a pas grande considération pour
les solitaires.

— Bah! j'ai du crédit, moi! Ma famille a des amis en
haut lieu. Je mettrai tout en œuvre pour être utile à Bénédict, et je ferai merveille, je vous en réponds.

— Je le souhaite, et aussi je le crains; car, s'il quittait
le pays, je le perdrais, et il est ma plus vive amitié en
ce monde, le cher enfant!

Un nuage de tristesse assombrit les yeux du vieillard.

— Qu'à cela ne tienne, — reprit sympathiquement
mademoiselle de Flavigny. — Nous vous trouverons
quelque place dans l'endroit où lui-même sera occupé.
De la sorte, vous ne vous quitterez pas.

— Je suis trop vieux, mademoiselle, pour me soumettre à une dépendance. Je désire rester dans ma solitude

de la Gorge-aux-Loups, où je suis venu pour vivre en paix mes derniers jours, et mourir.

— Vous êtes donc seul, sans famille ! Vous n'avez donc pas une fille, un fils !

A cette simple question, monsieur Matthieu tressaillit. Il devint pâle, une larme mouilla son regard.

— J'ai eu une fille, — dit-il en roidissant sa voix pour lui donner un peu de fermeté. — Elle est morte... morte folle... à seize ans !... Hélas ! c'est mon plus navrant souvenir !

Puis il resta immobile, silencieux, le visage caché dans ses deux mains. Blanche demeura interdite un moment.

— Je regrette, monsieur, d'avoir touché par mégarde à cette douleur de votre passé, — dit-elle bientôt d'une voix émue et suppliante. — Je vous en demande pardon.

Elle se leva, et, s'approchant du vieillard, elle lui présenta sa main avec une grâce pleine de contrition.

Monsieur Matthieu redressa la tête, il prit dans ses deux mains celle qui s'offrait à lui, et murmura en soupirant :

— Vous êtes un ange, vous, mademoiselle !

— Oh ! — repartit la jeune fille, — si je suis un ange, c'est que le bon Dieu a bien de l'indulgence pour tous mes défauts.

Elle achevait à peine, lorsque survint Bénédict. Il était arrivé trop tard sur la lisière du bois, dans la direction du château. Mais il avait rencontré un piqueur en train de rassembler quelques chiens, il l'avait chargé de prévenir au plus vite la marquise d'Apremont que mademoiselle de Flavigny avait fait une chute de cheval et attendait qu'on vînt la chercher en voiture à la ferme de la Bénardière.

— J'ai cru devoir donner cette indication, — poursuivit le pâtre, — parce que je me suis aperçu qu'un orage se forme dans le ciel. Il se peut qu'il éclate bientôt, et il est urgent de vous mettre à l'abri. Pour cela, j'ai compté sur monsieur Matthieu, que je savais devoir trouver ici. Si vous le permettez, mademoiselle, nous allons faire promptement un lit de branchage, vous y prendrez place, et nous vous transporterons ainsi à la ferme que vous voyez là-bas.

— Je me sens forte maintenant, — répondit Blanche. — Je puis marcher jusque-là.

— Alors hâtons-nous, — dit le vieillard qui regardait attentivement les horizons. — Dans une demi-heure, au plus tard, il va se déchaîner une tempête.

— Eh bien ! prêtez-moi votre assistance, monsieur le sorcier, et en route pour la Bénardière.

Quelques minutes après, une petite caravane traversait l'herbage sous les rayons empourprés d'un soleil couchant qu'assiégeait un énorme nuage noir. Cette caravane offrait un aspect original. L'élégante mademoiselle de Flavigny s'avançait en s'appuyant sur le bras du rustique monsieur Matthieu; puis venait Bénédict, le pâtre virgilien, poussant devant lui son petit troupeau, dont les clochettes tintaient mélancoliquement; à ses côtés se tenaient Castor et Pollux, surveillant avec sévérité l'allure un peu capricieuse des moutons qui se hâtaient vers la bergerie.

Six heures sonnaient au clocher du village voisin.

VI

Le Bocage, avant la première révolution, était un pays dont les domaines seigneuriaux se divisaient en un grand nombre de petites métairies. On y trouvait peu d'exploitations agricoles d'une certaine importance. La ferme de la Bénardière était une des rares propriétés d'assez vaste étendue dirigées par un seul fermier. Un aïeul de la marquise d'Apremont avait ainsi aménagé cette terre; et, quand la marquise en avait hérité du chef paternel, elle n'avait rien voulu changer à ce que son ancêtre avait établi, à ce que son père avait respecté.

Depuis trente ans, les Cazeaux étaient les fermiers de la Bénardière. Mais ils avaient pris le fermage à des conditions onéreuses, aussi avaient-ils toujours eu quelque peine à remplir leurs engagements. C'étaient d'ailleurs d'excellentes âmes, bien douces au pauvre monde, ne laissant jamais, sans le secourir, un malheureux s'arrêter au seuil de leur habitation. On sait que Bénédict avait été ramassé par eux sur un chemin et qu'ils s'étaient imposé le devoir de l'élever. Ils avaient également pris à leur charge un neveu qu'une épidémie avait subitement fait orphelin, et ils se réjouissaient dans leur cœur de compter ainsi trois enfants, car ils avaient une fille, un joli brin de fille de seize ans, rose et mignonne comme une fleur de bruyère, vive et charmante comme une bergeronnette des prés.

A l'heure où Roch Duhoux rencontrait mademoiselle de Flavigny sur la lisière du bois, le père et la mère Cazeaux, leur fille Justine, qu'on appelait aussi Muguette, et leur neveu Justin surnommé Coquelicot, travaillaient dans la cour de la ferme, une grande cour carrée qu'entouraient de rustiques bâtiments couverts de chaume, et qu'ombrageaient plusieurs quinconces d'ormes et de châtaigniers. Le père Cazeaux rajustait un manche de charrue, la mère Cazeaux s'occupait à traire une belle vache rousse, tandis que Coquelicot, une fourche à la main, chargeait un tombereau de fumier, et que Muguette filait une quenouille, tout en fredonnant d'une voix cristalline une chansonnette du pays. Un rayon de soleil oblique égayait ce petit tableau qu'eût aimé Claude Lorrain.

Muguette se tut. Coquelicot, qui semblait marquer la mesure de la chanson, tant il mettait de régularité, dans le maniement de la fourche, s'arrêta soudain comme si un ressort venait de se casser en lui. Il regarda la jeune paysanne qui lui sourit, et il se mit à rougir jusqu'au bout des oreilles, habitude candide dont il n'avait jamais pu se défaire, et qui lui avait valu son sobriquet. Le père Cazeaux, lui aussi, lâcha la besogne. Il se prit à considérer son enfant d'un air attendri.

— C'est gentil ce que tu roucoulais-là, fillette, — dit-il. — Continue ou recommence, ça nous fera plaisir; n'est-ce pas Justin ?

Le jeune gars devint pourpre. Son grand œil gris, à fleur de tête, étincela.

— Oh ! moi, — répondit-il avec explosion, — je trouve que ma cousine vous a une voix.... mais une voix ! Si j'étais rossignol, je serais jaloux, quoi ! Allons, chante, Muguette ! chante encore, mignonne ! je remplirai plus vite mon tombereau.

— Là ! là ! cher neveu, — dit la mère Cazeaux avec une légère expression de malice, — ne te monte pas la tête. Sois plus calme, petit, et surtout ne te mets pas les joues en feu comme ça : tu risques d'incendier la ferme, malheureux !

Pour le coup, Coquelicot devint cramoisi.

— Ce n'est pas ma faute, à moi, si je rougis pour rien, — soupira-t-il. — Ce n'est pas ma faute, non plus, si c'est mon bonheur d'entendre ma cousine gazouiller. On n'est pas maître de son plaisir, et on aime ce qu'on aime, voilà !

La fermière pressa une dernière fois le pis de la vache, puis redressa sa taille courte et rondelette. Un reflet de bonté animait son visage sillonné de rides que le souci avait creusées encore plus que le temps.

— Bon ! — dit-elle, — ne vas-tu pas te fâcher d'une plaisanterie, mon petit Coquelicot ! J'ai voulu rire un brin, et c'est tout. Maintenant roucoule, ma Justine, roucoule tant que tu voudras, puisqu'il faut des chansons à ton père et à ton cousin pour leur donner du cœur au travail.

— Dame! — répliqua le fermier avec une bonhomie mélancolique; — la vie n'est pas si gaie tous les jours. Il ne faut point dédaigner ce qui peut, de temps en temps, faire oublier qu'on n'est pas souvent heureux.

— Tu as raison, mon homme. La voix de la jeunesse, quand elle est douce et pure, c'est comme une consolation et un encouragement. Vite ton plus gentil refrain, ma fille! Nous t'écoutons.

Muguette se mit en devoir d'obéir. Son père reprit en mains le manche déjeté de la charrue. Coquelicot enfonça joyeusement sa fourche dans le tas de fumier. La fermière appuya son coude sur le dos de la vache pour se reposer un instant.

Tout à coup un étranger se montra à l'entrée de la cour : c'était Roch Duhoux. Le père Cazeaux fut le premier à l'apercevoir.

— Ah! un pauvre! — dit-il. — Justine, coupe-lui une tranche de pain, un morceau de lard, et ajoute à cela une piécette. Dépêche, enfant; tu chanteras après.

Mais Duhoux ne laissa pas le temps à Muguette d'exécuter l'ordre de son père. D'un geste il la retint.

— Je ne suis pas un mendiant, — répliqua-t-il en s'avançant dans la cour, — Est-ce qu'on ne me reconnaît pas?

Le fermier l'envisagea une minute, secoua la tête et répondit :

— Non.

— Tiens! Il paraît que je suis diablement changé! — reprit l'interlocuteur. — Après ça, rien d'étonnant. Il y a plus d'une vingtaine d'années que j'ai quitté le pays. Depuis lors j'ai pas mal roulé ma bosse, à vrai dire, mais plus souvent sur les cailloux et les orties que sur la mousse et le velours, ce qui fait que je suis sans doute un peu détérioré. Baste! on n'a pas toujours vingt ans et on ne garde point toute sa vie les apparences d'un jeune homme, surtout quand on n'a pas eu de chance et qu'on n'a jamais été assez riche pour se conserver dans de la ouate ou du coton. Mais qu'importe une mine plus ou moins reconnaissable! Je n'ai en aucun temps passé pour un joli garçon. Ce qu'il y a de sûr, c'est que je suis Roch Duhoux, pour vous servir. J'ai eu la fantaisie de venir respirer l'air natal, et me voici. Je vous demande de me recevoir et de m'occuper dans votre ferme jusqu'à ce que je trouve à me caser ailleurs, si vous n'avez pas besoin de moi! Soyez tranquille, je ne veux ni vous importuner ni vous être à charge, car je suis un honnête homme, moi, voyez-vous!

Malgré cette protestation, le père Cazeaux restait embarrassé. Lui, si cordial et si généreux, il hésitait évidemment à recueillir le nouveau venu, dont l'extérieur, un le sait, n'était guère de nature à inspirer la confiance et l'intérêt.

— Ah! vous êtes Roch Duhoux! — dit-il d'un ton froid. — Vous avez bien fait de vous nommer, je ne aurais jamais reconnu. — Après vingt ans, c'est tout simple, d'autant que nous n'avons jamais plus ouï parler de vous dans le canton. Quant à la demande de vous recevoir et de vous occuper, je vous répondrai que nous n'avons nul besoin d'un serviteur, notre monde est au complet pour les travaux de l'automne. Cependant, s'il vous convient de vous reposer quelques jours chez moi, je ne m'y oppose point. Mathurin Cazeaux ne refuse à personne l'hospitalité.

L'invitation n'était pas engageante. Néanmoins Duhoux l'accepta.

— Merci, — dit-il. — C'est tout ce qu'il me faut. Cela me donnera le temps de chercher une place dans quelque métairie ou dans quelque château des environs.

Tout en parlant, il dardait autour de lui des regards furtifs et curieux.

— Ah! voilà madame Cazeaux! — reprit-il en allant droit à la fermière. — Je vous félicite, maman Cazeaux, toujours fraîche et bien portante. On croirait que vous n'avez pas vieilli. Ce n'est pas comme moi. Allons, tant

mieux! — Puis, désignant de la main Muguette et Coquelicot : — Vos enfants, sans doute! — poursuivit-il. — Deux bonnes pousses, tudieu! deux gentils rejetons! Ça fait honneur à la greffe, vrai!... Est-ce toute votre famille, mère Cazeaux?

— À peu près, — répondit laconiquement la fermière, à qui la physionomie, les allures et les guenilles de Roch Duhoux déplaisaient au dernier point.

— J'entends : vous avez encore un petit, le dernier, le Benjamin. Parfait. Je le ferai sauter sur mes genoux. J'ai un cœur de papa, moi. J'aime les mioches à la folie.

— Ce mioche-là, — répliqua Coquelicot sans beaucoup rougir cette fois, — vous lancerait en l'air comme une branche sèche et vous recevrait à bras tendus sans broncher.

— Peste! alors c'est l'aîné?

— Oui-da! et un beau gars, je vous en réponds, quoiqu'il n'ait guère plus de vingt ans.

Duhoux écarquilla ses petits yeux, ce qui permit d'en entrevoir la fauve lueur.

— Vingt ans? — dit-il en appuyant sur chaque mots. — Mais il y a vingt ans, si je me souviens bien, mes braves hôtes n'avaient point de fils.

— Aussi Bénédict est-il adoptif... comme moi, parbleu! avec cette différence pourtant que je suis le neveu, tandis que lui, c'est...

— J'entends, c'est un enfant trouvé.

Cette expression résonna mal à l'oreille des habitants de la Bénardière. Depuis longtemps on ne s'en servait plus devant eux; leur cœur en était déshabitué. Ils se sentirent froissés dans la susceptibilité de leur vive tendresse pour Bénédict. Coquelicot surtout s'irrita, d'autant plus qu'il avait, sans le vouloir, provoqué le mot brutal. Naturellement, à peine l'avait-il entendu qu'une sorte d'aurore boréale s'étendit sur ses joues et sur son front.

— Eh bien! après! — s'écria-t-il irrité. — Qu'est-ce que ça vous fait? Vous saurez que Bénédict et moi nous sommes tous deux les enfants de la ferme. Il n'y a pas de différence entre nous dans l'amitié du père et de la mère Cazeaux. Ils nous aiment quasiment comme leur Justine, leur chère Muguette, leur vrai fille pourtant, celle-là! Ainsi mêlez-vous de ce qui vous regarde et laissez-nous la paix. Je vous trouve un peu trop curieux pour un étranger. — Il s'était rapproché de sa cousine et se pencha vers elle. — En voilà un vilain homme qui me déplaît! — lui dit-il tout haut.

— Et à moi donc! — répondit la jeune paysanne du même ton. — Il me fait peur.

Duhoux n'entendit pas. Il était préoccupé.

— Bon! — se disait-il, — je sais ce que je voulais savoir. Ça commence à merveille. — Il se composa une mine qui voulait sourire et qui grimaçait. Puis s'adressant au fermier : — Votre neveu a tort de se fâcher, — dit-il. — Je n'ai eu l'intention d'offenser personne. Si, par hasard, j'ai blessé quelqu'un, je lui en fais mes excuses, quoique je sois bien innocent. Voyons, qu'on me pardonne, et soyons amis.

Cette hypocrite componction toucha le fermier. Il prit et serra la main crochue que lui tendait Duhoux.

— Soit, — répondit-il, — on ne vous en veut point. Mais tenez-vous pour prévenu : on ne se plaît guère ici à entendre parler irrévérencieusement de Bénédict. C'est un garçon si accompli : il est beau comme un gentilhomme, bon comme un saint, instruit comme un docteur. Enfin, ce serait mon propre fils, que je ne me sentirais ni plus heureux ni plus fier, tant j'ai d'estime et d'affection pour lui.

— Il suffit, père Cazeaux. On aura pour ce jeune homme tous les égards dus à ses mérites. Qui sait même!... peut-être trouverai-je le moyen de lui rendre service. Oh! j'ai de l'imagination, et il me pousse parfois des idées qui valent de l'or.

— On ne le croirait guère à voir ses loques, — grommela Coquelicot, qui se retranchait dans son hostilité.

— A faire un choix, — repartit dédaigneusement Muguette, — je préférerais ses idées à son hideux costume. Chacun son goût.

Et les deux mutins se mirent à ricaner en braquant leurs yeux goguenards sur les haillons du sacripant. Celui-ci ne se déconcerta pas.

— Il ne faut point se fier aux apparences, — déclamat-il sentencieusement. — L'habit ne fait pas le moine, et les plus spirituels ne sont pas toujours les mieux vêtus. Enfin, je m'entends. Qui vivra verra. Pour le quart d'heure, j'ai soif, — reprit-il, — et ce grand cœur je boirais bien un coup.

— Suivez-moi, — dit la mère Cazeaux, qui se montra moins malveillante que sa fille et son neveu.

— Je trinquerai avec vous, — ajouta le fermier, satisfait de l'esprit conciliant et des bonnes intentions du nouveau venu.

Muguette et Coquelicot restèrent seuls dans la cour. Coquelicot alla s'asseoir sur le banc de pierre où Muguette était en train de filer.

— Dieu ! que c'est désagréable, — dit-il, — tous ces vagabonds qui viennent se faire héberger ici ! Ça vous dérange sans cérémonie et juste aux meilleurs moments.

— Ma foi ! — reprit Justine ! — je commence à trouver que mon père et ma mère sont trop avenants pour ce méchant monde-là. Il faut de la charité, d'accord, mais non envers ces gens qui ont bien plutôt l'air de coquins que de malheureux.

— Voilà qui me semble juste, mignonne. Que veux-tu ! la coutume est prise à la ferme depuis tant d'années... Après tout, mieux vaut peut-être faire accueil à dix vauriens que risquer de repousser un pauvre brave homme bien méritant.

— Une pensée chrétienne, cousin. Tu as meilleur cœur que moi.

— Pour ça, non, cousine, car j'ai surpris cette pensée-là dans tes yeux. Ils sont si doux, tes yeux bleus, et ils font tant de plaisir à voir !

— Allons, ne dis pas de bêtises, Coquelicot. Si je t'écoutais, je deviendrais ambitieuse et je prendrais de la vanité.

— Bah ! tu m'entends tout de même, pas vrai !

— Je ne peux pourtant pas me boucher les oreilles, enjôleur ! — Et Muguette se mit à rire joyeusement. Elle montra ainsi deux petites rangées de dents fines et blanches comme les fleurettes du muguet, particularité à laquelle elle devait sans doute son gracieux surnom. Coquelicot, lui, ne déploya pas la même gaieté. Tout au contraire, il devint soucieux. Sur ses bonnes joues rubicondes s'étendit une légère pâleur. — Eh bien ! qu'as-tu donc ? — lui demanda Justine étonnée, même inquiète.

— Moi !... rien... presque rien...

— Mais encore ? Parle. Je veux savoir.

— J'ai... j'ai quasiment du chagrin ; que je cache tant que je peux.

— Ah ! pauvre cousin ! conte-moi ça. Voyons.

— Pour sûr, Muguette, la mère Cazeaux n'est point contente quand je te fais des gentillesses, des amabilités.

— Tu crois ?

— C'est clair comme le plein midi.

— Et à cause donc !

— Ma tante est une crème de femme, en vérité. Pas moins, elle a des projets sur toi... et sur Bénédict. — Il se fit un silence entre les deux enfants. Muguette laissa chômer la quenouille, et, toute songeuse, posa ses mains sur ses genoux. Coquelicot, qui essayait de refouler une larme, se montrait navré. Ce qui me peine le plus, — reprit-il soudain, — c'est que je trouve les projets de la mère Cazeaux pleins de sens et de raison. Elle pense comme doit penser une mère qui est prévoyante et une fermière qui s'y connaît.

— J'en conviens, — murmura Justine.

— Qu'est-ce que je suis, moi, en comparaison de Bénédict ! Un rien du tout. Si le père Caseaux retombait malade, et il n'est guère solide, le cher maître, qui serait en état de le remplacer ? Bénédict, parbleu ! Il l'a déjà bien prouvé. C'est donc tout naturel qu'on ait l'idée d'en faire ton mari.

— Je conçois ça, quoique ça m'attriste un peu.

— Tu soupires, Muguette... tu me regretterais donc s'il te fallait en épouser un autre, dis ?

— Dame ! je t'aime bien, Coquelicot.

— Et moi donc !... Je te mangerais, tant je t'aime... C'est égal, — reprit avec tristesse le jeune gars, — tu m'oublierais bien vite en ayant un pareil époux. Tu serais bientôt si jalousée et si fière d'être sa femme ! Ah ! ça se comprends, n'est-ce pas ?

— Oui, — répondit naïvement la jeune paysanne.

— Parions que tu l'aimes plus que tu ne le crois.

— Je crois l'aimer comme un frère, voilà tout, comme un frère aîné, bien grave, bien imposant, et qu'on respecte. Je ne suis point à l'aise avec lui, tandis qu'avec toi, c'est différent, et je préfère ça.

— Mais lui, il est peut-être amoureux, et songe à t'épouser ?

— S'il en est ainsi, je n'en sais rien du tout. Il ne m'en a pas soufflé mot, et n'a guère l'apparence d'y songer. Il est toujours amical en me parlant, mais il a plus souvent les yeux dans les livres que sur moi, ce qui ne me séduit pas trop.

— Après ça, — dit Coquelicot pensif, — il s'est sans doute aperçu que j'ai beaucoup d'amitié pour toi, et toi aussi pour moi, et il cache son penchant dans la crainte de nous tourmenter. Le brave garçon ! Ah ! si je savais ça !...

— Qu'est-ce que tu ferais ?

— Tu me le demandes ?

— Oui, car je ne devine pas.

— Eh bien ! je dirais à Bénédict : Bénédict, tu as de l'esprit, de la science, du talent comme pas un. Mais je te défie d'avoir plus de cœur que moi. Va, aime Muguette ! Moi, je renonce, je me sacrifie ! et je suis heureux de me sacrifier pour toi !

Le pauvre Coquelicot s'était levé. Il avait pris un air héroïque, et s'efforçait de contenir deux grosses larmes suspendues à la pointe de ses cils un peu roux.

— Tu ferais cela, cousin ! — demanda Muguette avec une vive émotion.

— Aussi vrai que je le dis.

— Alors tu es encore meilleur que je ne le croyais, et je t'en aime bien davantage... Mais, bah ! toutes ces choses ne sont que dans la tête, — reprit-elle en riant. — Bénédict n'a pas la moindre envie de me faire la cour et de me prendre pour femme. Une fille qui n'est pas une bête se connaît à ça, vois-tu. Ainsi console-toi, et ne te dépêche pas tant de te sacrifier.

— C'est égal ! je suis prêt ! — répliqua-t-il résolument. Il s'essuya les yeux, mais ce fut moins pour obéir au conseil de Muguette que pour y voir plus clair. En regardant au hasard devant lui, il venait de remarquer, à travers l'ouverture de la porte charretière, un groupe bizarre qui cheminait dans la direction de la ferme. Il reconnut tout de suite Bénédict poussant son troupeau. Mais il ne put deviner qui l'accompagnait. — Voilà le pâtre, — dit-il.

— Eh ! oui, — fit Muguette. — Comme il rentre de bonne heure ! Il veut sans doute aller ce soir à la fête d'Apremont.

— Avec qui est-il donc ? — demanda Coquelicot.

— Est-ce qu'il n'est pas seul ?... Mais non. Ah ! bon ! je distingue. Il est avec le solitaire de la Gorge-aux-Loups, avec le sorcier.

— C'est juste, j'aurais dû m'en douter. Ils sont si souvent ensemble ! Quel digne homme de sorcier que le père Mathieu. Il n'y a que les hypocrites et les peureux qui en disent du mal. Mais à qui donc donne-t-il le bras ?

— A une belle dame, ma foi ! en grand costume de chasse. Oh ! que c'est drôle ! Qu'est-ce que cela signifie, cousin ?

— Nous le saurons tout à l'heure, cousine. Allons vite prévenir le père et la mère Cazeaux.

Ils entrèrent précipitamment dans la salle basse où le fermier et Roch Duhoux buvaient en causant, tandis que la fermière surveillait la cuisson d'une plantureuse soupe aux choux, contenue dans une grande marmite qui pendait à la crémaillère de la vaste cheminée sur un feu pétillant de menu bois. A la nouvelle qu'on leur donna, le père et la mère Cazeaux traversèrent en toute hâte la cour de la ferme, et allèrent jusque sur le chemin au devant de ceux qui arrivaient. Duhoux ne les suivit pas. Il avait résolu d'observer sans être vu, et s'était retiré dans l'angle le plus sombre de la pièce où il se trouvait.

Le soleil s'était éclipsé tout à coup derrière un gros nuage noir poussé par une rafale qui commençait à gémir lugubrement. Un tonnerre sourd et lointain annonçait que l'orage avait déjà envahi l'espace invisible, dans la direction du sud. De pâles éclairs blanchissaient à intervalles l'extrême limite de l'horizon. La poussière tourbillonnait, les arbres s'agitaient en frissonnant sous les premières étreintes de la tempête ; les hirondelles rasaient le sol, et les fauvettes, tapies au plus épais du feuillage, avaient cessé leurs trilles mélodieux. On sentait dans l'air comme une odeur d'électricité qui énervait.

— Il n'est que temps pour vous mettre à l'abri,—dit le fermier en saluant l'étrangère et le père Matthieu.—Soyez les bienvenus. — Il reconnut alors la jeune fille qu'il avait aperçue la veille sur l'estrade seigneuriale au bord de la Sèvre-Nantaise. — Mademoiselle Blanche de Flavigny, je crois ? — dit-il en saluant de nouveau. — Nous sommes heureux et fiers, ma femme et moi, de l'honneur que vous faites à notre pauvre ferme en voulant bien y entrer.

A son tour la mère Cazeaux balbutia un compliment. Mais Blanche l'interrompit. Après une belle révérence, elle abandonna le bras de son vieux cavalier et prit celui de la fermière en souriant.

— Voici de larges gouttes de pluie qui tombent,—dit-elle avec une gaieté charmante. — Vite, réfugions-nous sous votre toit. J'ai hâte de l'honorer, de peur d'être trempée par l'orage.

Elle se mit à courir en entraînant la bonne femme, qui parvint à la suivre, non sans perdre un peu la respiration.

Pendant ce temps, monsieur Matthieu expliquait au père Cazeaux pourquoi mademoiselle de Flavigny était venue se réfugier à la ferme de la Bénardière, et Bénédict faisait rentrer à l'étable son grand troupeau de moutons.

Quand elle fut dans la salle basse, Blanche promena son regard autour d'elle. Elle était au milieu d'une vaste pièce, meublée d'un gigantesque bahut en chêne noirci, d'un vaisselier couvert d'assiettes en argile à fleurettes bleues, d'une huche à la farine, d'une certaine quantité d'ustensiles de ménage rustique, dont la propreté sautait aux yeux comme un rayonnement et attestait mille soins assidus. Une longue table entre deux bancs occupait le centre de la salle ; au-dessus pendait horizontalement une planche qui portait d'énormes miches de pain bis, des quartiers de porc salé, des bottes de légumes, des sacs de grains pour ensemencer. Un fusil était accroché au manteau de l'âtre. Quelques escabeaux et un fauteuil grossièrement sculpté complétaient l'ameublement. Des poutres saillantes traversaient le plafond. La terre, battue comme le sol d'une aire, tenait lieu de plancher. C'était là, en un mot, une de ces grandes pièces comme il s'en trouve dans toutes les fermes importantes, où l'on emploie beaucoup de bras pour le labour et la moisson.

La mère Cazeaux poussa le fauteuil devant la cheminée et y fit asseoir mademoiselle de Flavigny. Celle-ci

se pencha curieusement vers la marmite d'où s'échappait une fumée légère ayant un énergique et savoureux parfum.

— Dieu ! la bonne odeur de soupe aux choux !—s'écria-t-elle avec un enthousiasme comique.—Cela donnerait de l'appétit à un moribond.

— Est-ce que mademoiselle aurait envie d'y goûter ? — demanda la fermière surprise et flattée sensiblement.

— Pourquoi pas, madame Cazeaux ?

— Mademoiselle veut rire, sans doute ! cela est le régal des humbles gens, mais non du grand monde habitué à des mets délicats et choisis.

— Erreur, bonne mère ! Et la preuve, c'est que je vous prie de me tremper une soupe. Je la mangerai de bon cœur, je vous en réponds. Il me semble que j'ai une faim d'ogresse. Les émotions m'ont creusé l'estomac.

— Ah ! quel plaisir vous me faites, mademoiselle !— balbutia l'excellente femme un peu suffoquée par l'étonnement et la joie.

Elle courut au vaisselier, mais deux personnes l'y avaient déjà précédée, c'étaient Muguette et Coquelicot. Tandis que Blanche prenait place devant le feu, ils s'étaient tenus cois vers l'entrée de la salle. Lorsqu'ils eurent entendu mademoiselle de Flavigny exprimer son désir, ils s'élancèrent spontanément pour aider au service. Ils se hâtèrent de poser une serviette bien blanche, une belle assiette fleurée, une jolie cuiller d'étain, un verre de cristal étincelant, à l'endroit de la table le plus rapproché de la noble demoiselle ; puis ils enlevèrent le banc qui pouvait la gêner. La mère Cazeaux, elle, lança un regard de satisfaction aux deux enfants, et se mit à tailler du pain dans une petite soupière que n'eût pas dédaignée le robuste appétit d'un laboureur.

Blanche n'avait remarqué Coquelicot et Muguette que lorsqu'ils s'étaient occupés à dresser le couvert.

— Merci, mes amis, — dit-elle avec sa grâce souriante. — Voilà des jeunes gens bien aimables et bien hospitaliers !

— Ma fille et mon neveu, — répondit la fermière, qui commençait à verser un onctueux bouillon sur le pain coupé.

Coquelicot jeta son pied en arrière pour saluer avec considération ; il rougit tout naturellement comme une écrevisse dans un bain d'eau bouillante Muguette fit une gentille révérence et inclina son front jusqu'aux lèvres de mademoiselle de Flavigny, qui voulait l'embrasser.

— Je vous félicite, madame Cazeaux, — dit Blanche. — Vous avez là une famille qui vous fait honneur.

— Oh ! oui, — répondit naïvement la fermière. — Mais l'enfant dont nous sommes quasiment orgueilleux, le père Cazeaux et moi, ce n'est ni elle ni lui, ni Muguette ni Coquelicot. C'est un autre comme il n'y en a pas beaucoup, allez, parmi les gars de notre pays.

— Serait-ce le pâtre Bénédict ?

— Justement !

— Ah ! je le connais bien ! — dit Blanche avec une soudaine animation. — Depuis trois jours j'ai appris à le connaître, et je le tiens pour le plus brave, le plus instruit, le plus modeste et le meilleur des jeunes gens de sa condition ! Si la destinée est équitable, elle fera de lui un homme distingué.

La mère Cazeaux venait de poser sur la table la soupière toute fumante. Elle se retourna aussitôt vers mademoiselle de Flavigny. Elle était pâle d'émotion, ses yeux roulaient des pleurs, sa poitrine se soulevait précipitamment.

— Jésus Dieu ! — s'écria-t-elle, — comme vous lui rendez justice à ce digne garçon ! Oui, vous avez dit vrai et si, par le temps où nous vivons, il est possible à un simple paysan d'acquérir une belle renommée, mon Bénédict trouvera certainement le moyen de prouver qu'il en vaut bien un autre parmi ceux qui ont de l'esprit et du cœur.

— Moi, je lui souhaite toutes les prospérités ! — dit Blanche avec élan.

— Hein ! comme on le vante et comme on l'aime ! — murmura Coquelicot à l'oreille de Muguette. — Après ça, comment veux-tu que la mère ne songe pas à vous marier ?

— Elle y songe, c'est clair.

— Mais que m'importe, puisque je suis déjà résigné !

— Alors je me résignerai aussi ! — soupira Muguette en serrant d'un air piteux la main de Coquelicot.

L'orage venait d'éclater. La pluie tombait à torrents, les éclairs incendiaient la campagne, le tonnerre bondissait avec fracas dans l'épaisseur des nuées. L'intérieur de la ferme n'était plus éclairé que par les flammes sans cesse renaissantes du fluide électrique. En ce moment, le père Cazeaux, monsieur Matthieu et Bénédict pénétrèrent dans la salle. Stupéfaits et charmés, ils s'arrêtèrent sur le seuil en voyant mademoiselle de Flavigny remplir une assiette de soupe aux choux, qu'elle se mit à manger sans façon comme si elle n'eût été qu'une humble fille des champs. Lorsqu'elle eut fini :

— Cela m'a paru succulent et je me sens toute réconfortée, — dit-elle. — Si le temps était beau, je regagnerais aisément à pied le château d'Apremont. Vous me serviriez de guide, n'est-ce pas, mon bon Bénédict ?

— Je serai toujours prêt à vous obéir, — répondit le pâtre ému et s'inclinant avec gravité.

Une rapide succession d'éclairs vint illuminer jusqu'en ses plus petits recoins la pièce où Blanche était assise. Par un mouvement instinctif, pour préserver sa vue contre les atteintes de l'irradiation, la jeune fille détourna la tête ; au même instant, elle poussa un cri.

— Qui est-là ! — dit-elle avec une sorte d'effroi. Sa main désignait dans la salle un angle redevenu obscur. Bénédict fit un bond. Il saisit dans l'ombre une masse qu'il souleva et qu'il porta jusqu'aux pieds de mademoiselle de Flavigny. Elle reconnut le hideux vagabond qui l'avait abordée sur la lisière du bois. — En vérité, — reprit-elle remise de sa frayeur. — je m'étais imaginé que c'était le diable en personne. Mais non, c'est tout au plus un de ses meilleurs amis. — Puis elle se mit à rire de la grimace effarée que faisait Roch Duhoux sous la puissante étreinte du pâtre qui le tenait accroupi dans l'immobilité. — Laissez ce misérable, — ajouta-t-elle bientôt avec dégoût. — Il ne mérite vraiment pas que vous le touchiez, mon brave Bénédict.

Bénédict lâcha prise, et Duhoux se leva. Il était visiblement troublé.

— Il paraît que vous ne m'avez point oublié, ma bonne demoiselle, — balbutia-t-il. — Ni moi non plus, et je vous suis bien reconnaissant du petit écu que vous m'avez donné. N'allez pas croire, juste Dieu ! que j'avais de méchantes intentions ! Vous me chagrineriez au dernier point. C'est que je suis un honnête homme, moi, voyez-vous !

Par une bizarre coïncidence, au moment même où il parlait ainsi, la foudre déchira l'air avec un effroyable retentissement. Alors monsieur Matthieu se dressa devant Roch Duhoux, et fixant sur lui ses yeux graves et pénétrants :

— Tu n'as pas de chance, — lui dit-il, — le ciel proteste... Et je proteste, moi aussi.

— Vous ? qui êtes vous ? Je ne vous connais pas.

— Je te connais, moi, quoique je te voie pour la première fois. Cela tient à ce que je suis un peu sorcier.

— Ah ! ah ! ah ! — ricana Duhoux. — Est-ce que je crois aux sorciers ! Allons donc ! des bêtises ! Contez, mon vieux, contez vos calembredaines aux nigauds du pays.

— Écoute-moi d'abord, j'ai un conseil à te donner. — Et le solitaire de la Gorge-aux-Loups appuyait un regard tenace et étrangement scrutateur sur le visage contracté de l'assassin de Sylvia. La mère Cazeaux venait d'allu-

mer deux chandelles de résine qui projetaient dans la salle une lueur indécise, rendue lugubre par le contraste éblouissant des éclairs. Il y avait de l'émotion dans les esprits. Monsieur Matthieu seul était calme et pensif. — As-tu déjà visité les galères ! — demanda-t-il brusquement à son interlocuteur.

Duhoux frissonna.

— Moi ! — dit-il comme suffoqué, — Moi ! bonté céleste ! pour qui me prenez-vous ? Est-ce que j'ai jamais vu ça ? Oh ! c'est affreux de supposer...

— Je ne suppose rien. Je te demande simplement si tu as déjà eu l'occasion d'aller à Brest ou à Toulon et de te promener dans un bagne ?

— Jolie promenade, ludieu ! Merci ! je n'en suis guère tenté.

— Soit. Retiens bien ce que je vais te dire, et mets-le à profit.

— Voyons, parlez !

Une anxiété visible agitait Roch Duhoux ; ses traits s'étaient couverts d'une livide pâleur.

— La physionomie dénonce presque toujours l'âme, — reprit solennellement celui qu'on nommait le sorcier. La tienne révèle à mes yeux les instincts les plus pervers, les sentiments les plus dépravés. Prends garde, malheureux ! Veille attentivement sur toi-même. Tâche de te vaincre et de te dompter, s'il en est temps encore. Sinon, j'ose te prédire que tu iras au bagne ou que tu seras pendu !

— Cela ne m'étonnerait pas du tout, — repartit Blanche, à la fois ironique et sérieuse. — Honnête homme, réfléchissez à cette prédiction du sorcier.

Le père Cazeaux s'approcha du vagabond, il lui toucha l'épaule droite. Celui-ci tressaillit et se recula avec une bizarre vivacité.

— Le temps est trop affreux, — lui dit le fermier, — pour que je vous renvoie ce soir. Mais demain, au point du jour, vous quitterez la ferme, entendez-vous ?

— J'entends, — répondit Duhoux, la lèvre crispée, le regard haineux.

— Je vous engage même à vous éloigner de nos environs.

— Oh ! ça, c'est impossible. J'ai affaire dans ce pays-ci.

— Tant pis ! — dit Bénédict.

Roch Duhoux eut l'aplomb de regarder le père Cazeaux en face, et répliqua lentement :

— Qui sait !... Bientôt, peut-être, vous direz tant mieux !

A ces mots, il retourna s'accroupir dans l'angle obscur d'où le pâtre l'avait si aisément enlevé.

Quelques minutes après, un roulement soudain, qui n'était pas celui du tonnerre, se fit entendre au dehors, accompagné d'un piétinement de chevaux. Un carrosse, suivi de quatre cavaliers, entrait dans la cour de la Bénardière, se dirigeait vers la porte de la salle basse et s'y arrêtait.

VII

Trois personnes descendirent du carrosse : c'étaient la marquise douairière d'Apremont, le comte et la comtesse de Flavigny. En même temps, deux gentilshommes mirent pied à terre, après avoir jeté à deux laquais la bride de leurs montures. Lorsqu'ils se furent débarrassés du vaste manteau qui les enveloppait, Blanche reconnut Raoul et Gaëlan.

Il fallut toute la joie qu'elle ressentit à voir ceux qu'elle aimait pour contre-balancer l'impression violemment désagréable que lui fit éprouver la présence du marquis. Celui-ci devina l'effet qu'il venait de produiro sur mademoiselle de Flavigny. Il eut d'abord un peu d'inquiétude, mais il se rassura bientôt.

— Peuh! — murmura-t-il, — elle n'osera pas m'accuser.

La jeune fille s'élança dans les bras de la comtesse, puis elle embrassa le comte et serra la main de Raoul, en s'efforçant de dissiper, par une sorte de gaieté souriante l'anxieuse émotion qui se peignait sur ces visages chéris. Cette première effusion calmée, elle se tourna vers la marquise, à laquelle elle offrit son front à baiser, tandis qu'elle s'excusait avec grâce pour le trouble et le dérangement qu'elle avait causés.

— Mon cheval a fait un écart, — reprit-elle, — et j'ai eu la maladresse de tomber. Ma chute m'a étourdie, mais l'accident n'avait rien de sérieux.

— Je croyais mon fils près de vous? — dit la douairière d'Apremont.

— Non... non, ma mère... pas précisément, — répondit Gaëtan d'un ton délibéré. — Je m'étais séparé de mademoiselle de Flavigny, dans la crainte de lui sembler importun.

— Fourbe! — murmura une voix mystérieuse qui impressionna l'auditoire.

— Qui vient de s'exprimer de la sorte? — demanda la marquise stupéfaite.

Il y eut un silence d'une minute. Ce silence devenait embarrassant. Blanche le rompit.

— En effet, — dit-elle avec froideur, — monsieur le marquis Gaëtan n'était plus à mes côtés. J'étais seule. Toute vive et toute gaie que je sois, il est des heures où je me plais dans l'isolement.

— L'isolement a ses dangers, — reprit la marquise, — et vous en avez fait l'expérience. Si mon fils vous eût accompagnée, il ne vous serait sans doute rien arrivé de fâcheux.

Mademoiselle de Flavigny ne répliqua pas, mais sa physionomie eut une expression de dédain.

— Elle se tait! — murmura de nouveau Gaëtan avec une impudente fatuité. — Décidément elle est moins offensée que je le supposais.

— Qui donc, chère Blanche, est venu à ton aide? — demanda la comtesse.

— C'est Bénédict, ma tante, et c'est par lui que j'ai pu vous faire prévenir de ce qui m'était arrivé.

— Parbleu! — dit le comte de Flavigny, — voilà un jeune homme que j'aurai grand plaisir à revoir.

— Est-ce qu'il est ici? — s'empressa d'ajouter la douairière d'Apremont. — Le courage héroïque qu'il a déployé hier est vraiment digne de nos éloges, et nous avons hâte de le complimenter.

— Le voici, le cher enfant! — s'écria la mère Cazeaux en montrant le pâtre qui s'était mis à l'écart.

— Avancez, Bénédict, — reprit la marquise avec sa hautaine bonté.

Il fit quelques pas vers elle et s'arrêta dans une attitude pleine à la fois de respect et de dignité. La noble dame lui adressa de touchantes paroles qui obtinrent l'assentiment presque unanime de ceux qui écoutaient. Le marquis protesta; mais il n'osa point élever la voix.

— On va le rendre fou d'orgueil, ce rustre-là!—grommela-t-il entre ses dents.

La marquise poursuivit:

— Je ne crois pas me tromper, mon jeune ami, —dit-elle avec sa majesté toute royale, — en imaginant que la meilleure manière de vous récompenser, c'est d'accorder mes bienfaits à vos parents adoptifs. Je leur donne donc quittance de l'arriéré qui m'est dû, et je diminue d'un quart la redevance annuelle que leur contrat les oblige à me payer. — Le père et la mère Cazeaux restèrent ébahis. C'est à peine s'ils eurent la force de remercier. La surprise et la joie les paralysaient. — Êtes-vous content, Bénédict?— demanda la douairière d'Apremont.

— C'est plus que je ne mérite, madame. Votre générosité a dépassé le service rendu.

— Et nous, que ferons-nous? — reprit le comte de Flavigny. — Nous aussi, nous étions exposés, et nous devons sans doute notre salut à l'intrépidité de Bénédict.

Le pâtre parut craindre un surcroît de libéralité.

— Oh! — dit-il ému, — je suis largement récompensé par ce que vient de faire madame la marquise. Plus serait trop.

— Soit, — répliqua la comtesse. — Je veux pourtant que vous acceptiez quelque chose de ma main. —Disant cela, elle tirait de sa poche un ravissant petit portefeuille de maroquin vert avec incrustations d'or. Elle l'ouvrit et y écrivit ces mots au crayon: *Le comte et la comtesse de Flavigny en leur hôtel à Montaigu.* Après quoi, elle le referma, puis le présentant à Bénédict: — Ceci n'a d'autre valeur que d'être un souvenir, —ajouta-t-elle. — Si jamais, pour vous ou pour les vôtres, il vous fallait, mon ami, recourir à quelque obligeante protection, rappelez-vous que ce portefeuille contient une adresse où vous serez toujours le bienvenu.

Le comte applaudit à l'idée de sa femme, et le pâtre, tout tremblant, prit ce qui lui était si délicatement offert. Il avait une larme dans les yeux.

— Et moi aussi, j'entends donner un souvenir! —exclama Blanche avec sa ravissante vivacité. — Mais qu'offrirai-je? Voyons donc!

Elle réfléchit quelques secondes; puis, détachant un bouquet de violettes qui ornait sa poitrine, elle le tendit à Bénédict.

— Acceptez ces fleurs, — reprit-elle en souriant. — Je les ai cueillies moi-même: c'est vous dire qu'elles ont un certain prix.

— Elles ne me quitteront plus, mademoiselle, —balbutia le pâtre, le front incliné, le regard humide et confus.

— Voici ma main, Bénédict, — dit à son tour Raoul. — Un gentilhomme aime à toucher la main d'un homme de cœur.

Il y eut entre le vicomte et le paysan une étreinte qui acheva d'émouvoir tout le monde, excepté Gaëtan et Roch Duhour.

Gaëtan haussait les épaules. Il faisait siffler sa cravache dans l'air et répétait d'un ton méprisant:

— C'est absurde! cela fait pitié!

Roch Duhour, lui, ricanait tout bas.

— C'est drôle, ça! — murmurait-il. — La vie a vraiment d'incroyables hasards!

Tout à coup le marquis s'aperçut qu'un homme le regardait avec une sombre fixité. Cet homme était monsieur Matthieu, dont le visage, si pensif et si doux d'ordinaire, avait pris un aspect sinistre, presque menaçant. Impatient de faire retomber sur quelqu'un l'irritation qu'il concentrait, Gaëtan interpella rudement le vieillard.

— Que me veux-tu, toi? — lui dit-il. — Je te trouve bien hardi et bien insolent! Baisse les yeux, misérable, ou sinon!...

Il fit un geste comme s'il allait frapper. Bénédict saisit le bras et retint le coup:

— Pardon, monsieur! — dit-il avec un calme contraint. — monsieur Matthieu a droit à vos égards, il a les cheveux blancs.

Le marquis eut la tentation de ramener sa colère sur le pâtre, mais il ne l'osa pas. Peut-être craignit-il de soulever contre lui un *tollé* général. Peut-être aussi, se rappelant la force et le courage de Bénédict, comprit-il que c'eût été dangereux. Il se contenta de reprendre d'un ton moins agressif:

— Pourquoi ce coquin se permet-il de m'envisager avec effronterie? Pourquoi?

Monsieur Matthieu n'avait pas sourcillé. Il répondit:

— Parce que je veux savoir comment est la physionomie du gentilhomme qui a failli me tuer d'un coup de feu. Vous m'avez appelé misérable et coquin: est-ce bien moi qui mérite ces qualifications?

Gaëtan n'avait pas reconnu l'un de ses interrupteurs au carrefour de l'Étoile du Berger. Il ne s'attendait donc pas à cette réplique. En dépit de son aplomb habituel, il en fut tout décontenancé. Mais il ressaisit promptement sa présence d'esprit ; et d'un air radouci, presque souriant :

— Ah ! c'est toi, bonhomme ! — reprit-il. — Parbleu, j'ai été un peu vif, je l'avoue, dans la repartie que je t'ai adressée. Mais aussi il faut convenir que tu te montres singulièrement indiscret. — Il ajouta à voix basse et rapidement : — Silence ! pas un mot de plus !

— Soit. A une condition.

— Laquelle ?

— Je suis le solitaire de la Gorge-aux-Loups, le sorcier, comme on dit. Venez me voir. J'ai à vous parler.

— Est-ce que tu veux me dire la bonne aventure ?

— Oui.

— C'est bien. Je te rendrai visite. Compte sur moi.

— J'y compte !

Cet incident avait été si rapide, il avait fait si peu de bruit que Bénédict seul, le plus rapproché des deux interlocuteurs, n'en avait rien perdu. La douairière d'Apremont, elle, avait cru en voir une menace. Elle s'avança vers son fils.

— De quoi s'agit-il donc ? — demanda-t-elle avec sévérité.

— Oh ! de presque rien ! — se hâta de répondre Gaëtan. — Aujourd'hui, pendant la chasse, j'ai eu la fantaisie de tirer sur un faisan royal, et mon coup de feu a effleuré la tête de ce vieillard qui passait derrière un taillis.

— Est-ce bien cela, Gaëtan ? — reprit la marquise incrédule et soucieuse.

— Sans doute. Il y a cependant autre chose que voici : Le bonhomme dont j'ai mis, par mégarde, les jours en péril, n'est autre que le fameux sorcier de la Gorge-aux-Loups. Quoi qu'on en ait dit, il m'assure lui-même qu'il a les talents d'un nécromancien, et il veut me prédire ma destinée. Ma foi ! je suis curieux de savoir ce que me réserve l'avenir. J'ai donc promis d'aller interroger l'oracle dans son réduit sacré.

La marquise parut se contenter de cette réponse, mais elle étouffa un soupir.

— Une idée ! — dit Blanche avec sa gaieté enfantine, en s'adressant à sa famille : — Pourquoi n'irions-nous pas, nous aussi, voir monsieur Matthieu chez lui et le prier de nous apprendre les particularités que sa science lui révélera sur chacun de nous ? Ce serait fort amusant... Vous voudrez bien satisfaire notre curiosité, n'est-ce pas, monsieur Matthieu ?

Le vieillard était redevenu grave et songeur. A la voix de mademoiselle de Flavigny, son front rembruni s'éclaira.

— Il y a une heure, — dit-il, — vous refusiez de connaître l'avenir.

— Bah ! je n'ai plus peur, et je brave le danger.

— La Gorge-aux-Loups est un site très-pittoresque quoique un peu sévère, — reprit la douairière d'Apremont. — Il vaut la peine qu'on s'y rende, car il est digne d'être admiré.

— Nous nous y rendrons et nous l'admirerons, — dit le comte de Flavigny.

— Je croyais, — réfléchit la comtesse, — que monsieur Matthieu se respectait et ne tirait point l'horoscope des gens.

— Cela est vrai, madame, — répondit le vieillard. — Je ne consulte, en effet, ni les étoiles ni les cartes pour dire à ceux qui m'interrogent ce que je crois être la vérité sur leurs aptitudes et leurs penchants. Je me contente d'étudier les lignes et les expressions du visage. Toute science est humaine, par conséquent sujette à l'erreur. Aussi dois-je me tromper parfois, mais je ne crains pas de le déclarer, le diagnostic m'a souvent donné raison.

— Eh bien ! — reprit le comte, — offrez-nous ici même

un échantillon de votre savoir. Faites-nous apprécier la valeur de vos inductions physiologiques ou plutôt physiognomiques, car c'est le mot, je crois. Nous vous écoutons.

Mais la marquise rappela que cent invités l'attendaient au château, elle insista pour que le retour eût lieu sans plus de retard. L'ordre fut donné de faire avancer le carrosse et d'amener les chevaux de selle qui avaient été mis à couvert sous un hangar. Au moment où les nobles hôtes se disposaient à monter en voiture et à sauter en selle, Roch Duhoux sortit de l'ombre où il était resté invisible et se présenta devant la comtesse de Flavigny, qui, en apercevant sa laideur et ses haillons, ne put contenir un premier mouvement de terreur et de dégoût.

— Quel est ce malheureux ? — demanda-t-elle avec un sentiment de pitié.

— Madame la comtesse ne me reconnaît pas ? — dit le hideux personnage en exposant ses traits à la clarté douteuse des chandelles de résine.

— Vous ai-je donc connu ?

— Oh ! il y a longtemps, vingt ans environ. Dame ! on change à la longue, et j'ai vieilli, c'est clair. Le travail, les tourments, la pauvreté, tout cela ride et enlaidit. Mais on voit bien que vous avez toujours été heureuse, vous, madame, car, laissez-moi vous le dire, vous êtes encore jeune et belle, et je n'ai pas hésité à reconnaître mademoiselle Valérie de Morsanges dans madame de Flavigny.

— Mais enfin qui êtes-vous ?

— Je suis un ancien jardinier du château de Morsanges au temps où s'y trouvaient Sylvia la mulâtresse, et Gérard Keller, le secrétaire de monsieur le chevalier.

Ces paroles avaient été prononcées avec lenteur. On y sentait comme une sorte d'intimidation. Mais elles n'avaient pas besoin d'être accentuées ainsi pour produire sur le comte et la comtesse un effet rapide et violent. La comtesse frissonna, elle faillit se trouver mal. Le comte s'approcha vivement d'elle et la soutint. Il avait pâli et semblait lui-même fort ému. Mais, par un effort de volonté, il recouvra bien vite son sang-froid.

— Que vous êtes impressionnable, ma chère Valérie ! — dit-il avec calme. — On ne peut évoquer devant vous la mémoire de votre père sans que votre cœur s'en émeuve aussitôt. Allons, remettez-vous et soyez plus maîtresse de vos sensations. Il faut bien prendre son parti de ce qui est irrévocable. A force de regretter douloureusement celui qui vous aimait et qui n'est plus, vous attristez ceux qui vous aiment et qui ne vivent que pour votre bonheur.

— Vous avez raison, mon ami, — répondit la comtesse en se raffermissant et en levant sur son mari ses beaux yeux brillants de reconnaissance. — Je ne suis vraiment pas raisonnable, excusez-moi. Je serai sur mes gardes désormais, et je saurai me défendre contre les surprises du souvenir.

La présence d'esprit du comte venait de donner une explication toute naturelle au trouble de madame de Flavigny. Cette explication parut suffire à ceux qu'avait étonnés l'imprévu de ce nouvel incident. Il n'y eut que Gaëtan qui, avec la pénétration de la méchanceté, conçut de vagues soupçons qu'il se promit bien d'éclaircir tôt ou tard.

Blanche et Raoul s'étaient élancés vers la comtesse. Ils l'enlaçaient à l'envi de leurs bras caressants.

— Eh bien ! mère, — disait l'un, — tu seras donc toujours inconsolable, malgré l'amour dont nous t'entourons !

— Chère tante... je me trompe... chère maman, — reprenait la jeune fille, — vous voulez donc que nous vous grondions. Prenez garde ! Je suis terrible quand je sermonne. Je rappelle Bossuet.

— Ah ! ça, — reprit Raoul, qui, le sourcil froncé, se tourna vers Roch Duhoux — pourquoi cet homme t'a-t-il adressé la parole ! Que te veut-il ?

— Oui, que le demande-t-il? — ajouta Blanche. — Je lui ai déjà fait l'aumône, quoique j'ai des raisons de croire qu'il n'est guère digne de commisération.

— Au fait, expliquez-vous? — dit le comte avec un peu de hauteur. — Quel est votre but en rappelant que jadis vous avez été jardinier au château de Morsanges?

— Je n'ai d'autre but, — répondit Duhoux, appuyant sur la comtesse un regard incisif, — que de solliciter la protection de madame de Flavigny, et, comme ancien serviteur de sa famille, de me recommander à toutes ses bontés.

La comtesse sentit la piqûre du scorpion. Elle fit un suprême appel à son orgueil, et lança au misérable un coup d'œil de méprisante pitié.

— Hector, — dit-elle à son mari, — donnez votre bourse à ce malheureux.

Duhoux fit une grimace en saisissant la bourse entre ses longs doigts crochus.

— J'aurai l'honneur d'aller remercier chez elle madame la comtesse, si elle le permet, — dit-il d'un air sournois.

— Je vous en dispense, — répondit la grande dame d'un ton sec.

Et, suspendu au bras du comte, elle se dirigea d'un pas ferme et mesuré vers la carrosse dans lequel avait déjà pris place la douairière d'Apremont.

Un instant après, un valet de pied refermait la portière, tandis que Raoul remontait à cheval. Gaëtan seul manquait au départ. Il était resté dans la salle, où il abordait Roch Duhoux.

— Tu me plais, toi, coquin, et je consens à te protéger, — lui dit-il en ricanant. — Puisque tu as une bourse bien garnie, achète-toi au plus vite un costume moins répugnant que celui dont tu es affublé, et je te recevrai, moi, au château d'Apremont.

— Est-ce sérieux ce que vous me dites-là? — demanda Duhoux.

— Parfaitement sérieux, maroufle.

— Alors, monseigneur, je vous remercie. Je ne tarderai pas à mettre à profit vos bonnes dispositions, dont je suis digne, car je suis un honnête homme, moi, voyez-vous.

Le marquis se mit à lui rire bruyamment au nez.

— Pardieu! cela se devine, chenapan! — répliqua-t-il. Puis il lui tourna le dos, et se trouva en face de monsieur Matthieu. — Au revoir, sorcier, — reprit-il. — Ah! ça, tu tiens donc bien à me faire entendre tes prédictions?

— Je tiens surtout à vous rappeler le passé, — lui dit monsieur Matthieu avec une sombre énergie. Gaëtan haussa les épaules et s'éloigna de lui. Il alla vers Bénédict qu'il toisa des pieds à la tête d'un regard railleur. Mais le pâtre ne s'en aperçut même pas, il avait mis toute son âme dans ses yeux, qu'il tenait fixés sur Blanche et la comtesse de Flavigny, dont il entrevoyait, à la portière du carrosse, les visages indécis et vaporeux. Le marquis s'étant remis en selle, la voiture s'ébranla, et la douce vision disparut. Monsieur Matthieu donna à Bénédict les deux livres qu'il lui destinait, les Mondes et la Grandeur des Romains. Puis il lui dit : — L'orage est dissipé. Je retourne à la Gorge-aux-Loups. Venez-y demain, tout en lisant et en poussant votre troupeau. Nous disserterons un peu, et je vous ouvrirai sans doute, plus que je n'ai fait encore, mon pauvre vieux cœur, qui est en ce moment bien anxieux, bien agité.

— Demain, dès l'aube, — répondit Bénédict, — je cheminerai dans la direction de la Gorge-aux-Loups.

Les Cazeaux voulurent retenir monsieur Matthieu, ils l'engagèrent à souper. Mais il prétexta qu'il n'avait pas faim et partit. Le pâtre le reconduisit jusque sur le chemin. Lorsqu'il rentra, on se mettait à table. Toute la famille était en joie. On bénissait la marquise d'Apremont. On se répandait en éloges sur le compte des Fla-

vigny. On déclarait surtout que Bénédict était le bon génie de la ferme, et l'on s'extasiait sur ses mérites et ses vertus.

Sa rentrée fut saluée par de bruyantes acclamations.

— Viens, mon fils! viens que je t'embrasse! — s'écria la mère Cazeaux. — Bienheureux le jour où le bon Dieu t'a remis entre nos mains!

Elle le prit dans ses bras et le couvrit de baisers.

— Mon cher enfant, — dit à son tour le père Cazeaux, — tu es vraiment notre bénédiction, et tu mérites bien le nom que nous t'avons donné. Si nous avons été d'abord tes bienfaiteurs, nous voici maintenant tes obligés, car nous te devons aujourd'hui notre consolation et notre salut!

— L' orphelin que vous avez élevé et que vous aimez tant ne sera jamais quitte envers vous! — répondit le pâtre en tendant sa main au fermier, et en rendant à la fermière les caresses qu'elle lui prodiguait.

Muguette et Coquelicot joignirent leurs voix à ce doux concert.

— Bénédict, — murmura naïvement la jeune paysanne, encouragée par un regard de son amoureux, — je vous aime de tout mon cœur, sachez bien çà!

— Bénédict! — reprit le jeune gars avec élan, — moi, je t'aime jusqu'à me sacrifier pour toi. Ne l'oublie jamais.

Le pâtre sourit.

— Vous êtes de bonnes petites âmes, — dit-il, — et, comme je ne suis pas un ingrat, je vous rends de toute ma force l'affection que vous m'accordez.

Là-dessus, on servit la soupe et on se mit en devoir de la manger. Les appétits des campagnards sont robustes, et les émotions, si violentes qu'elles soient, parviennent rarement à les affaiblir. Tout le monde fit donc grand honneur au repas rustique dont l'aromatique senteur caressait délicieusement l'odorat. Bénédict lui-même, qui se montra bientôt distrait et pensif, soupa comme il convient à un jeune homme énergique qui a respiré le grand air et couru dans les bois. Mais à peine eût-il fini de manger, qu'il quitta la table et sortit pour aller dans la bergerie donner les derniers soins à son troupeau.

Quand son inspection fut terminée, au lieu de retourner auprès des Cazeaux, il se rendit à l'une des extrémités de la cour, devant une porte à claire-voie qui défendait l'accès d'un verger. Après avoir soulevé un gros loquet de bois, il pénétra dans l'enceinte plantée de poiriers, de merisiers et de néfliers. Il la traversa dans toute sa longueur, et arriva devant un tertre qui s'élevait entouré d'un massif de lilas, de seringats et d'arbrisseaux verts. Un étroit sentier grimpait en serpentant jusqu'au haut du tertre. Il aboutissait à une petite plate-forme où régnait un banc de pierre, et d'où la vue, s'échappant à travers l'échancrure du feuillage par-dessus la haie de l'enclos, dominait une magnifique perspective de champs, de prairies, de bois, de vallons et de coteaux. Bénédict s'arrêta sur la plate-forme et s'assit sur le banc. Peu à peu sa tête se renversa, elle alla s'appuyer contre un réseau de branches, tandis que ses yeux, pénétrés de mélancolie, regardèrent le ciel qui se rassérénait.

C'était à peine, en effet, si quelques nuages gris flottaient encore dans l'air bleuâtre qu'un rayon de lune pâlissait. Toutes les constellations, depuis celle de l'Ourse jusqu'à celle de l'Éridan, reprenaient de nouveau leur éclat et diamantaient délicatement le clair manteau de la nuit. La voie lactée, avec ses milliards d'étoiles, entourait de sa blanche vapeur l'infini mystérieux. Vénus, l'astre charmant, contemplait la terre et semblait lui dire : « Je suis l'amour qui rayonne et console. Aime, et tu seras heureux! » La terre entendait sans doute cette voix de l'étoile du soir, car la rafale orageuse se taisait ; un souffle léger comme une caresse commençait à lui succéder ; l'humide verdure exhalait des parfums aussi frais que les baisers de la jeunesse, et les fleurs entr'ouvraient leur calice pour embaumer la lumière sidérale, au milieu de laquelle les sylphes voluptueux se jouaient en leur souriant.

Certes, Bénédict était assez impressionnable pour savourer les délices de ce retour au calme enchanté de la nuit. Il était assez instruit pour admirer d'un œil intelligent les immensités et les splendeurs de la création, qui se révèlent surtout aux heures ténébreuses où tant de mondes lumineux se laissent entrevoir dans les profondeurs incalculables du firmament. Mais son regard errait vaguement dans l'espace sans rien distinguer, ni une planète ni une constellation. Sa pensée, elle aussi, était distraite et ne s'occupait point des sublimités de l'univers. C'est qu'en ce moment il s'abandonnait tout entier aux charmes du souvenir. C'est qu'à travers les douces clartés de la terre et du ciel ses yeux et son âme apercevaient Blanche et la comtesse de Flavigny. C'était, on le comprend, pour se livrer à ces belles évocations que le jeune pâtre avait recherché la solitude. C'était pour se recueillir, pour songer aux grâces ineffables, aux exquises bontés des deux grandes dames, que le pauvre paysan avait voulu se cacher dans un replis du feuillage, où il n'avait que les étoiles pour témoins de ses folles rêveries et de ses secrets ravissements.

Ah! qu'elles lui semblaient admirables d'élégance et d'éclat, de délicatesse et de générosité, les deux patriciennes! Comme elles rayonnaient bien dans le miroir de son imagination! Il s'extasiait à les entendre! Il s'éblouissait à les contempler! Son cœur assistait à une sorte de féerie aérienne où des merveilles se réalisaient par la vertu toute-puissante de deux talismans. Ces deux talismans n'étaient autre qu'un adorable bouquet de violettes d'automne et un délicieux petit portefeuille en maroquin vert. Magie de la vingtième année! Miracle de l'âme toujours prompte à l'illusion! Qui ne devine quelles railleuses chimères viennent se jouer dans le rêve du plus humble, quand le rêveur possède en lui la distinction des idées et la noblesse des sentiments!

Bientôt, cependant, Bénédict sortit par un brusque effort du milieu des songes décevants où son esprit s'était aventuré. Revenu aux sensations des choses réelles, il secoua la tête et se moqua de lui-même.

— Un pâtre qui ose penser aux comtesses! murmura-t-il. — Un moucheron qui veut planer avec les cygnes! quelle pitié! — Il ne put, toutefois, s'empêcher d'ouvrir le portefeuille que lui avait donné madame de Flavigny, et dans lequel il lut, sous un reflet de lune, les mots qu'elle avait tracés au crayon. Attendri et grave, il mit un baiser, pour ainsi dire religieux, sur la page où se dessinaient ces mots. Après quoi, il se fit un bonheur de regarder le bouquet que Blanche lui avait gracieusement offert, puis il le respira avec une sorte d'enivrement; mais il ne l'approcha pas de ses lèvres, comme s'il eût craint d'en enlever son parfum virginal et de commettre une profanation. Il est de chastes réserves qu'ont seules, à quelque zone sociale qu'elles appartiennent, les âmes que la nature a douées de tendresse, de poésie et de probité. Soudain le pâtre se leva, il passa rapidement la main sur son front. — Allons! soupira-t-il, —assez de rêverie extravagante! En vérité, je suis fou!

— Eh! eh! pas si fou vraiment! dit une voix goguenarde dans l'ombre du massif.

VIII

Cette voix fit tressaillir Bénédict; puis il resta comme honteux d'avoir été surpris et entendu. Ce ne fut que par un violent effort qu'il ramena en lui un peu de calme et de fermeté.

— Qui donc est-là? — demanda-t-il d'un ton vibrant. Un homme parut à l'entrée de la plate-forme; il s'y arrêta d'un air à la fois effronté et craintif.

— Parbleu! — dit-il en ricanant, — c'est moi... moi, Roch Duhoux. Je vous cherche depuis un bon quart d'heure, et je vous trouve enfin. C'est heureux!

— Pourquoi me cherchez-vous? Moi, je ne tiens pas à vous rencontrer.

— Eh! eh! tout doux, monsieur le pâtre! dans un instant vous serez bien aise de causer avec moi, et nous serons les meilleurs amis du monde.

— Je ne le crois pas. N'importe! Que me voulez-vous?

— Je veux vous rendre un service... oh! mais un service dont vous vous souviendrez longtemps... si vous n'êtes pas un ingrat.

— Soit. Expliquez-vous.

— Laissez-moi d'abord m'asseoir... Bien... Maintenant écoutez-moi de vos deux oreilles, et attendez-vous à une étrange révélation.

Après avoir pris place sur le banc de pierre, Roch Duhoux se frotta silencieusement les mains, satisfait sans doute de la tournure intéressante qu'il avait su donner au début de l'entretien, et aussi de l'immobilité attentive dans laquelle le pâtre se disposait à recevoir la révélation promise. Le silence se prolongeant, Bénédict le rompit:

— Eh bien! je vous écoute, — dit-il impatiemment; — parlerez-vous?

— Bon! je commence... Vous disiez donc tout à l'heure que vous étiez fou. Pourquoi disiez-vous cela, hein! Parce que vous aviez des idées... des idées au-dessus de votre condition, quoi! Parce qu'aussi vous considériez d'un œil pas mal complaisant deux choses bien gentilles et bien flatteuses, un petit portefeuille et un petit bouquet. N'est-ce point ça?

— Soit. Continuez, — répondit le pâtre que ce langage froissait, mais qui avait résolu d'écouter jusqu'au bout.

— Je continue donc, et je vous répète que vous n'êtes pas si fou que vous le croyez; car vous avez une fière raison pour monter l'esprit et pour devenir ambitieux.

— Je ne vous comprends pas.

— Bah! vous me comprendrez bientôt; mais d'abord, voyons, avez-vous jamais cherché à découvrir quels étaient vos vrais parents?

— Jamais. Le père et la mère qui abandonnent leur enfant ne méritent pas que leur enfant s'efforce de les retrouver un jour.

— Alors vous ne soupçonnez point quelle est votre mère? Vous n'avez nulle idée du rang qu'elle occupe dans le monde?

— J'ai toujours pensé que c'était quelque bohémienne bien pauvre, bien malheureuse, qui, ne pouvant se charger de moi, m'avait remis à la garde de Dieu. Comme il y a plus de vingt ans de cela, et que je n'ai jamais reçu d'elle une marque d'intérêt, je dois croire qu'elle m'a oublié ou qu'elle est morte. Je lui pardonne mon abandon, et je prie quelquefois pour elle. — Disant cela, Bénédict regarda le ciel comme pour le prendre à témoin de sa sincérité. Un instant après, son front s'abaissa, et ses yeux se fixèrent avec sévérité sur Roch

Duhoux. — Ah ! ça, —reprit-il brusquement, —me direz-vous pourquoi vous m'interrogez ainsi ?

— Je ne demande pas mieux. J'ai voulu savoir si vous étiez sur la piste de votre véritable origine. Ah ! bien oui, sur la piste ! Vous êtes tout bonnement à mille lieues de la vérité; et si je ne vous venais en aide, mon cher, vous ignoreriez toujours quelle est votre famille par le sang. Or, je vous réponds qu'elle vaut la peine que vous la connaissiez.

— Vous la connaissez donc, vous ?

— Parbleu ! c'est tout simple, puisque je suis venu pour vous dire son nom ? — En lançant cette réplique avec fermeté, Duhoux se leva. Il avait la mine triomphante et le regard impudemment protecteur.—Hein ! dit-il, — avais-je tort, il y a un instant, quand je vous annonçais que nous causerions bientôt ensemble comme de bons amis ?

⁎⁎⁎⁎⁎⁎⁎⁎⁎⁎

Bénédict ne protesta pas. Ce fut à peine s'il entendit ces mots, s'il remarqua l'expression outrecuidante qui les accompagnait. Il était comme abasourdi, comme saisi de stupeur.

Quoi ! il avait une famille ! quoi ! Il allait apprendre quelle était sa mère ! Etait-ce vraiment possible ! Il se refusait à le croire. et cependant il se sentait remué jusqu'au plus profond du cœur. Toutefois, il eût été difficile de deviner si la nouvelle imprévue le réjouissait où l'attristait. Depuis longtemps il avait renoncé à l'espoir de jamais entendre parler de celle qui lui avait donné le jour. Il s'était d'ailleurs si bien habitué à l'âme aux tendresses de sa famille d'adoption, il aimait si sincèrement, si filialement la digne femme qui l'avait élevé, qu'il ne souhaitait même plus de découvrir son autre mère, c'est-à-dire celle qui l'avait délaissée. Aussi fut-il sur le point de refuser qu'on l'initiât au secret de sa naissance. Mais sa curiosité, curiosité bien naturelle après ce que lui avait déjà dit Duhoux, fut plus forte que sa répugnance ou son dédain. Il s'assit de nouveau sur le banc de pierre pour être mieux en mesure de supporter le choc d'une révélation inattendue ; puis il pria son interlocuteur de s'expliquer catégoriquement.

— C'est ce que je vais faire dans quelques minutes, — répliqua celui-ci. — Mais je me hâte de vous prévenir que mon secret vaut de l'or... oh ! là, beaucoup d'or !... Donc, avant de vous livrer un secret si précieux, je désire que nous convenions d'un point très-intéressant, pour moi...

— Lequel ? — demanda froidement Bénédict, qui commençait à se rendre compte du mobile qui faisait agir et parler son interlocuteur.

— Eh bien ! si le secret vous enrichit ; et, comme vous ne me paraissez point être un sot, il vous enrichira, c'est sûr, vous me compterez vingt mille francs. Est-ce convenu ! Topez-là. Je m'en rapporterai à votre parole, car je ne suis pas méfiant et je crois à la probité du monde. Ça tient à ce que je suis un honnête homme, moi, voyez-vous ! — Le pâtre comprit que Duhoux l'estimait capable de spéculer sur les avantages de sa naissance mystérieuse, dès qu'il en connaîtrait l'origine. Il eut un frémissement de colère et de dégoût, mais il le contint. Que lui importait l'opinion d'un misérable ? En quoi pouvait-elle le blesser ? Une chose cependant ressortait pour lui de la condition qui lui était imposée, c'est que sa mère, si sa mère existait véritablement, était riche et qu'elle allait être exposée aux entreprises cupides d'un coquin. Cette réflexion modifia le sentiment qui l'animait à l'égard de celle qui l'avait mis au monde. Il se sentit ému de commisération et se dit que son devoir était d'empêcher qu'on abusât du secret qui paraissait être en la possession d'un misérable. Il résolut donc de savoir le nom de celle dont on croyait qu'il était le fils. — Ah ! ça, topez-vous, oui ou non ? — s'écria Duhoux impatienté.

Et il élargissait la paume de sa longue main aux doigts crochus.

— Tout service mérite salaire, —répondit Bénédict en dédaignant de toucher la main qu'on lui tendait. — Je vous jure que si votre révélation, quelle qu'elle soit, me vaut loyalement, sinon la richesse que vous semblez me prédire, du moins les vingt mille francs que vous me demandez, vous serez satisfait. Je vous le jure, entendez-vous !

— J'entends bien. Vous jurez pour ne pas toper. Vous êtes bien dégoûté, monseigneur ! Enfin, c'est bon, on se contente de votre serment.—Cependant Duhoux se prit à réfléchir ; le mot « loyalement » que Bénédict avait prononcé l'inquiétait. Il commençait à craindre que le pâtre ne fût point homme à tirer énergiquement parti d'une situation capable de donner de gros profits. Cette préoccupation lui échappa. — Malepeste ! — reprit-il, — j'espère que vous ferez tout ce qu'il faudra pour parvenir à vous acquitter envers moi ?

— Si mes droits sont légitimes,- répliqua Bénédict,— je les revendiquerai.

— Mais peut-être la reconnaissance de ces droits exigera-t-elle de la résolution, de l'audace...

Le pâtre se dressa de toute sa hauteur devant Duhoux. Son regard étincelait.

— Assez ! — s'écria-t-il. —Je veux être le seul juge de la conduite que je devrai tenir. Je ne m'engage à rien au delà du serment que j'ai déjà fait.

Roch Duhoux avait tressailli. Il venait de se rappeler sans doute avec quelle facilité Bénédict l'avait enlevé de l'angle obscur où il se cachait pour le porter aux pieds de mademoiselle de Flavigny. Cette fois il parut redouter que son robuste interlocuteur n'eût la fantaisie de le lancer par-dessus la haie de l'enclos.

— Ne vous fâchez pas, —lui dit-il vivement. —J'arrive au fait, c'est-à-dire au secret de votre naissance. —Après une pause, il reprit : — Celle qui vous a donné le jour est une grande dame,... une comtesse...

— Une comtesse ! —balbutia le pâtre comme suffoqué.

— Oh ! — poursuivit Duhoux, — elle ne l'était pas encore lorsqu'elle vous mit au monde, mais elle n'en était pas moins de bonne noblesse, car elle était la fille...

— Achevez ! achevez !

— La fille du chevalier de Morsanges.

Bénédict parut d'abord atterré, puis il eut un frémissement de colère et d'indignation.

— Ah ! prends garde ! — s'écria-t-il.

— A quoi, s'il vous plaît ?

— A ce que tu dis, lâche calomniateur !

— Je ne calomnie pas. Je dis la vérité.

— Tu mens ! car, si je ne me trompe, la fille du chevalier de Morsanges ne serait autre que la comtesse de Flavigny !

— Eh bien ! votre mère se nomme la comtesse de Flavigny. Cela est certain.

Une telle assurance produisit sur l'esprit du pâtre une sorte de réaction. Elle calma son emportement sans lui enlever son incrédulité.

— Cela est impossible ! — répliqua-t-il. —Il y a erreur ! J'ai vu trois fois la comtesse de Flavigny. Trois fois j'ai pu contempler son noble et doux visage où rayonnent toutes les vertus. Jamais je ne croirai qu'elle ait pu être une fille coupable, une mauvaise mère, une épouse sans franchise et sans honneur.

— Eh ! qui vous prie de le croire ? Certes, ce n'est pas moi. Je n'accuse ni mademoiselle Valérie de Morsanges ni madame de Flavigny.

— Alors que prétendez-vous, malheureux ?

— Je vous le répète, je prétends vous dire la vérité. Ecoutez-moi donc plus patiemment que vous ne l'avez fait jusqu'ici.

— Soit ! parlez.

— Avez-vous remarqué le trouble de la comtesse lorsque je lui ai rappelé le passé, il y a plus de vingt ans...

lorsque surtout j'ai prononcé le nom de Sylvia la mulâtresse et de Gérard Keller, le secrétaire du chevalier?

— En effet, elle a paru frissonner et elle a pâli.

— Parbleu! il y avait de quoi! Ce Gérard Keller était votre père.

— Mon père!... Mais il était donc l'amant de mademoiselle de Morsanges?

— Non... Au contraire.

— Comment?... Je ne comprends pas!

— Il aimait mademoiselle Valérie, il l'aimait comme un fou! Mais mademoiselle Valérie le haïssait, le méprisait...

— Eh bien?

— Eh bien! il s'est vengé!

— Mon Dieu! je tremble de comprendre!...

Et le pâtre était haletant.

— Il est parvenu à l'endormir avec de l'opium, je crois... puis...

Bénédict poussa un cri de désespoir.

— Assez! tais-toi! — proféra-t-il dans un sanglot. Oh! c'est horrible! horrible!... Je suis l'enfant du crime! Je suis le fils de l'infamie!... O honte! honte et malédiction sur moi!...

Et il retomba sur le banc, la poitrine palpitante, le cœur brisé. Il couvrit son visage de ses deux mains qu'il inonda de pleurs.

Durant quelques minutes, il demeura plongé dans cette prostration douloureuse, sans que Duhoux osât l'en tirer. Le sacripant ne comprenait rien, au reste, à cette profonde désolation. Il crut un instant que le pâtre devenait fou.

— Miséricorde! — dit-il enfin en haussant les épaules, — est-ce raisonnable de vous chagriner ainsi parce que vous êtes le fils d'une grande dame! Malepeste! si j'étais à votre place, moi, j'en serais tout joyeux, car ma fortune serait faite, et rondement faite, mille diables! Allons, calmez-vous, et réfléchissez à toute la valeur du secret que, grâce à moi, vous possédez maintenant.

A ces mots, Bénédict releva brusquement le front. Un reflet de feu éclaira son visage nerveusement pâle et tout traversé de sillons humides et brillants. Il allait répliquer avec animation et stigmatiser, comme elles le méritaient, les odieuses paroles du misérable; mais une pensée l'en empêcha. Il secoua la tête en murmurant:

— A quoi bon? Est-ce que cet être hideux de corps et d'âme est capable de me comprendre? Il rirait de mes reproches et de mes sentiments. Mieux vaut l'interroger pour connaître toute cette sombre histoire et prendre ensuite une résolution.—Lorsqu'il fut maître de ses sensations et de ses idées, il reprit d'une voix où résonnait une certaine vibration de mépris et d'horreur: — Et mon père?... Qu'est-il devenu?... Le savez-vous?

— Votre père est mort.

— Comment?

— Il s'est tué. — Alors Roch Duhoux dit que le chevalier de Morsanges avait fait feu sur Gérard Keller, mais que sa main tremblante avait mal dirigé le coup. Il ajouta que le vieillard allait se servir d'une autre arme, lorsque son secrétaire s'en empara et se fit sauter la cervelle. — Cela se passait sur le lac de Grand-Lieu, — reprit le narrateur.—Trois jours après, le cadavre de votre père était retrouvé sur la rive, parmi les roseaux. On creusa une fosse à l'écart, le corps y fut jeté, et l'herbe poussa bientôt haute et drue en cet endroit.

La mort, cette suprême expiation, atténue toujours la gravité d'un forfait. En apprenant la fin sinistre de son père, Bénédict éprouva malgré lui comme un frisson de pitié. L'instinct filial l'emporta d'abord en son cœur sur la sévérité du juge. Mais il ressaisit bientôt tout le stoïcisme et toute la vigueur de son esprit.

— Le criminel a fait justice de lui-même! — dit-il. — C'est bien! Que Dieu lui soit indulgent, s'il le peut. Moi, je tâcherai de ne pas trop détester son souvenir. Mais je

n'oublierai jamais que ma mère a été sa victime, et que je suis un enfant maudit!

Il se tut, croisa ses bras sur sa poitrine, et refoula courageusement les dernières larmes qui roulaient dans ses yeux. Duhoux, ébahi, comme hébété, le regardait en silence, cherchant, mais en vain, à s'expliquer ce qu'il voyait et ce qu'il entendait, se demandant de nouveau comment il était possible qu'on se désespérât parce que, au lieu d'être le fils d'une bohémienne sans sou ni maille, on était le fils d'une comtesse riche à millions. Assurément c'était là un problème insoluble pour une intelligence comme celle de l'assassin de Sylvia.

Lorsqu'il se sentit tout à fait calme, le pâtre se remit à interroger Roch Duhoux.

— Vous m'avez parlé d'une Sylvia la mulâtresse, — dit-il. — Quelle était cette Sylvia?

— Une servante très-dévouée, en apparence, au chevalier de Morsanges. Le chevalier, qui avait résolu de vous proscrire de la famille, de vous faire élever loin de la France, dans les colonies, vous confia à ses soins, la combla de bienfaits, et la fit partir secrètement. Mais, en route, elle conçut l'idée de retourner seule à la Guadeloupe. Alors elle vous abandonna au bord d'un chemin après avoir posé votre berceau sur un tertre au pied d'une croix.

— Qui vous a dit cela? — demanda Bénédict attentif et réfléchi.

Duhoux parut d'abord embarrassé, puis il répondit brusquement:

— Parbleu je l'ai vu!

— Vous?

— Oui, moi.

— Et vous avez toléré un tel abus de confiance?

Le misérable hésita de nouveau, mais il eut bientôt improvisé une réplique conforme au récit mensonger qu'il faisait.

— Eh! donc, — dit-il d'un ton bourru affectant la franchise,— j'avais été chargé de conduire jusqu'à Nantes cette Sylvia et le nouveau-né. En sortie que la mulâtresse me fit part de son projet. Ma foi! je ne me pique pas d'être un Caton ou un saint Vincent de Paul. J'ai accepté un peu d'or qu'elle m'offrait, et j'ai laissé les choses aller leur train. Voilà pourquoi j'en sais si long. Etes-vous content?

— Pas encore, car je ne m'explique pas comment vous avez pu savoir que j'avais été recueilli par les Cazeaux.

— Oh! c'est bien simple. A peine étiez-vous sur le tertre au pied de la croix, lorsque j'entendis le roulement d'une charrette dans le sentier. Je suis naturellement curieux, et je voulus voir si les passants vous emporteraient. Je me cachai derrière les broussailles et j'attendis. Les passants s'arrêtèrent devant votre berceau, eurent pitié de vous et vous emportèrent. Il faisait nuit, mais la lune éclairait. Grâce à son éclat, je reconnus en eux les fermiers de la Bénardière. J'en fus content, car, à vrai dire, vous ne pouviez pas tomber en de meilleures mains.

A mesure que Duhoux racontait, le pâtre appuyait sur lui un regard étrangement investigateur. Il semblait qu'il fût envahi par un sinistre pressentiment.

— Après cela, qu'avez-vous fait? — demanda-t-il. — Vous avez quitté le service du chevalier de Morsanges, et vous vous êtes rendu à Paris?

— Oui, j'avais le désir de visiter la capitale, et fouette cocher, je me mis en route. A Paris, je n'ai guère prospéré, hélas! C'est qui a décidé, un peu tard, il est vrai, mon retour au pays. Je suis revenu, du reste, avec l'espoir de vous retrouver ici, et de vous apprendre ce que vous savez maintenant. Je vous avouerai même que je me reprochais de ne l'avoir pas fait plus tôt, car je suis un honnête...

Mais il ne put achever cette phrase dont il avait contracté l'habitude et le tic. Deux mains s'abattirent rudement sur ses épaules, et les serrèrent avec la violence de deux étaux.

— Tu es un bandit! — s'écria le pâtro d'une voix sifflante et terrible. — Tu as assassiné cette Sylvia et tu l'as dépouillée! C'est toi qui as exposé mon berceau sur le bord du chemin! et tu n'es allé à Paris que pour jouir librement des fruits du meurtre et de la rapine!

— Moi! moi! — articula Duhoux, la voix haletante, la face livide, les jambes pliées sous la robuste étreinte des deux mains.

Il paraissait terrifié.

— Oui, toi! N'essaye pas de nier! — reprit Bénédict, dont les yeux flamboyaient. — Tu es un scélérat, te dis-je! Tandis que tu parlais, tout dénonçait en toi le crime que tu t'efforçais de cacher! Infâme! je te livrerai à la justice, qui, mise sur la trace de ton forfait, saura bien en découvrir la preuve et en faire éclater l'évidence.

Cette menace, loin d'épouvanter Roch Duhoux, sembla, au contraire, calmer sa frayeur. Il se remit un peu d'aplomb et parvint à reprendre une partie de son audace.

— En supposant que je sois coupable, — dit-il, — à quoi servirait-il de me livrer?

— A te faire pendre ou rouer vif!

— Allons donc! vous ne réfléchissez pas que ce dont vous m'accusez date de vingt ans. Or, il y a prescriptions comme on dit, et la justice est impuissante à me condamner.

— C'est un aveu, cela, misérable! On ne calcule pas si juste quand on est innocent. Il y a prescription pour l'assassinat de Sylvia, soit! Mais est-ce donc le seul crime que tu aies commis! Qu'as-tu fait depuis vingt ans?

— J'ai vécu honnêtement à Paris.

— Tu veux railler!... Dès qu'on s'est engagé dans la voie du sang, on ne s'arrête plus. On glisse, on roule sur la pente fatale, et je suis convaincu que tu as tué plus d'une fois.

— C'est faux!

Mais la voix du misérable tremblait.

— Oui, je suis convaincu que déjà tu as été condamné! — poursuivit le pâtre implacablement.

— Ah çà! vous devenez insensé?

— Je suis convaincu enfin que tu as traîné le boulet au bagne, et que ton épaule porte la marque de ton ignominie!— Duhoux, tout effaré, glissa la main dans une poche de sa veste. Il en tira furtivement un poignard dont il essaya de frapper Bénédict. Mais le pâtre vit le mouvement, saisit la main et le désarma. — Quand je te disais que tu n'es qu'un assassin, avais-je tort? — s'écria-t-il avec une explosion de colère et de dédain. Alors, enfonçant la pointe du poignard dans un lambeau de vêtement, il y pratiqua une large déchirure et y mit à nu l'épaule droite du bandit. Aussitôt sous un reflet de lune, apparurent nettement deux lettres sinistres, deux lettres révélatrices d'un lugubre passé : T. F. Quoiqu'il s'y attendît, Bénédict ne put s'empêcher de frémir. Il eut cependant le courage d'appuyer le doigt sur les majuscules infâmes : — Allons, — dit-il, — je ne me trompais pas. En voilà la preuve. Oseras-tu nier maintenant?

Duhoux était comme terrassé. Il eut quelque peine à se relever de cet abattement.

— Il y a évidence, — répondit-il enfin avec résolution, — pourquoi nierais-je?... C'est égal, vous êtes tout de même un fin matois, c'est vrai, vous feriez un fameux sorcier. — Il prononça ces derniers mots d'un ton doucereux, sans doute dans l'espoir de flatter le pâtre et de l'apaiser. Puis, sans y être contraint et pour complaire à Bénédict, en lui montrant jusqu'à quel point il avait deviné juste, il lui raconta cyniquement sa vie depuis le jour où il avait quitté le château de Morsanges pour se rendre à Paris. Vie de débauche immonde, où l'orgie grossière, la basse luxure et le jeu effréné avaient dévoré promptement le produit du vol fait sur le cadavre de

Sylvia. Après quoi, le scélérat, incapable de se remettre au travail, s'était affilié à une bande de coupe-jarrets. Il avait tué, il avait volé de nouveau. Puis il avait été pris avec quelques-uns de ses compagnons. Alors il s'était fait délateur; et, tandis que ses complices étaient roués vifs, on le conduisait, lui, au bagne, où il demeura quinze ans. — A l'expiration de ma peine, — poursuivit-il, — je fus mis en liberté, et je retournai à Paris. Là, parfois mendiant, parfois gagnant un morceau de pain à la sueur de mon front, je vécus tant bien que mal, plus souvent mal que bien. Enfin, un jour je me souvins de l'enfant abandonné au pied de la croix, il me poussa dans l'esprit l'idée dont je vous ai dit un petit mot. Je pris résolument le chemin de la Bénardière, et me voici.

Bénédict avait écouté cette étrange confession avec un secret frémissement. Il était tenté de se croire le jouet d'un horrible cauchemar. Il lui montait au cerveau comme une odeur fétide de boue et de sang. Il s'était éloigné de Roch Duhoux autant que le permettait l'espace restreint où cette scène se déroulait. Le voisinage d'une bête venimeuse lui eût causé moins d'horripilation. Cependant, après quelques minutes de réflexion, il surmonta le dégoût qu'il ressentait, et s'approchant de son abject interlocuteur.

— Écoutez-moi, — lui dit-il avec un calme contraint et d'autant plus menaçant : — Vous êtes le rebut des hommes et vous en portez la preuve en caractères ineffaçables; et puis donc, quand je voudrai, je vous fais chasser de partout, rien qu'en prononçant un mot : galérien!

— Mais ce mot, vous ne le prononcerez pas, car ce serait de l'ingratitude et de la méchanceté!

— Oui, je me tairai, bandit! mais à une condition!

— Laquelle! D'avance j'y souscris.

— C'est que vous ne répéterez à personne ce que vous m'avez révélé, à moi! C'est que vous garderez un silence absolu sur l'affreux malheur qui a jadis frappé mademoiselle Valérie de Morsanges! C'est que vous ne direz plus jamais, jamais, entendez-vous bien! que je suis le fils de la comtesse de Flavigny!

— Soit, je garderai le silence, puisque vous le voulez... Mais, vous ne comptez donc pas profiter des avantages de votre naissance?

— Ma naissance! — répliqua le pâtre avec une sombre animation, — elle me fait horreur! Je la déteste! je la répudie! et je maudirais mon père, si un père pouvait jamais être maudit par son fils.

— Quoi! vous ne vous ferez pas connaître au moins par votre vénérable mère! Vous ne l'obligerez pas à vous enrichir, en la menaçant, s'il le faut, de vous adresser au comte de Flavigny?

— Arrière, vil coquin! — s'écria Bénédict en repoussant Duhoux. — Oses-tu me croire capable d'une telle abomination? Sache donc que je plains du plus profond de mon âme la comtesse de Flavigny! Si je pouvais effacer la tache fatale avec mon sang, je le verserais goutte à goutte et tout entier! Pauvre femme! chère victime! Et j'irais, moi, troubler cette vie noble et respectée! J'irais crier à cette grande dame : Ma mère, regardez-moi! je suis la honte de votre passé! je suis l'opprobre de vos souvenirs! Vite une place dans votre cœur et surtout une place dans votre fortune! sinon, je dis tout au comte, à votre époux! Ah! je suis pire encore que mon père! Lui n'était qu'un criminel! Moi, moi, je suis un lâche! Je spécule sur l'infamie! Je fais l'usure avec l'honneur!...

Et il éclata en sanglots. Duhoux était muet d'étonnement. Cette exaltation l'impressionnait malgré lui.

— A-t-on jamais vu un pareil original! — murmura-t-il. — Il n'a vraiment pas le sens commun.

— Retirez-vous! — lui dit Bénédict impérieusement.

— Je ne demande pas mieux. Bonsoir.

— Souvenez-vous de votre promesse! Si vous voulez que je me taise, taisez-vous!

— Soyez tranquille, je ne soufflerai mot.

— Croyez-moi, quittez le pays.

— Impossible. J'ai trouvé des protections non loin d'ici, et je compte en profiter.

— Soit. Laissez-moi.

— Vos idées bizarres me font perdre une vingtaine de mille francs; il est bien naturel que je cherche à recourir aux bonnes dispositions qu'on me témoigne d'un autre côté.

— Laissez-moi, vous dis-je! retirez-vous!

Et le pâtre accompagna cette injonction d'un coup d'œil qui ne permettait plus de répliquer. Roch Duhoux s'éloigna d'un pas rapide et en grommelant.

Lorsqu'il fut seul, Bénédict tomba dans une profonde méditation. La tête inclinée en arrière, le regard perdu dans l'immensité du ciel, le visage sillonné de pleurs, il demeura immobile et silencieux. Lorsqu'il parvint à sortir de cette rêverie douloureuse, il était calme et résolu.

— Madame la comtesse de Flavigny, — murmura-t-il avec une douceur solennelle, — vous n'aurez jamais qu'un fils, votre bon et généreux Raoul. Moi, dussé-je disparaître ou mourir, je veux, quoi qu'il arrive, rester Bénédict l'orphelin, Bénédict le proscrit, Bénédict l'enfant trouvé!

IX

Au point du jour le pâtre se leva. Il chercha Roch Duhoux; mais celui-ci n'était plus à la ferme. Il avait pris le chemin de Montaigu pour aller faire emplette d'un vêtement convenable avec l'argent que lui avait donné le comte de Flavigny.

Comme on le pense bien, Bénédict n'avait guère dormi. Toute la nuit un tumulte irrésistible de sensations et d'idées avait tenu son esprit en éveil. Il avait vu passer et repasser dans son imagination fiévreuse ce qui lui était arrivé d'imprévu et de saisissant depuis trois jours. Plus d'une fois il avait cru qu'il rêvait, et il s'était efforcé de se soustraire aux hallucinations d'un songe. Mais il lui avait bien fallu reconnaître qu'il était sous l'étreinte de la réalité. Douloureuse étreinte qui lui brisait le cœur, lorsqu'il se rappelait la révélation que lui avait faite l'ancien forçat.

Tout en allant et venant dans la ferme, l'œil humide, le front soucieux, il regardait çà et là avec l'espoir de rencontrer Duhoux, à qui il voulait une dernière fois imposer le silence le plus absolu, le secret le plus profond. Las de l'inutilité de ses recherches, il s'arrêta dans la cour, s'assit sur la margelle d'un puits, et retomba sous l'empire de ses navrantes pensées.

Le soleil se levait, en ce moment, dans une atmosphère d'or; les arbres, étincelants de rosée, frissonnaient sous un souffle odorant; les oiseaux s'éveillaient et saluaient la lumière avec des éclats de mélodie et de gaieté. Mais qu'importait à Bénédict cette douce joie de la nature! Il ne la voyait pas, il ne l'entendait pas. Il ne voyait que la honte de sa naissance, il n'entendait que le cri de réprobation poussé sur son berceau. Tout accablé, il appuya sa tête contre un des clats de la manivelle du puits et ferma ses yeux qui se gonflaient de pleurs.

— Je suis un paria de la vie! murmura-t-il. — Je n'ai cultivé mon esprit, hélas! que pour mieux comprendre la laideur de ma tâche originelle et la justice de ma proscription!

Il achevait à peine de s'exprimer ainsi, lorsqu'il sentit une caresse sur ses mains et un baiser sur son front. Il souleva ses paupières et vit ses chiens qui le léchaient, tandis que la mère Cazeaux l'envisageait avec inquié-

tude. La digne femme avait entendu quelques-unes des mots soupirés par lui, mais elle n'avait pu en saisir le sens. Toutefois elle devina aisément que son Bénédict avait du chagrin.

— Qu'as-tu donc, mon enfant — lui demanda-t-elle en s'asseyant près de lui sur la margelle et en l'entourant de ses deux bras. — Souffres-tu? Es-tu malheureux? Conte-moi tes peines! On ne doit rien cacher à sa mère.

Le pâtre l'embrassa et se mit à caresser Castor et Pollux. En se sentant si aimé, son cœur oppressé se dilata.

— Bonne mère! — dit-il presque souriant, — Excellente mère!... Je ne sais ce que j'ai. Un peu de malaise sans cause, j'imagine; un peu d'ennui sans raison... Ça passera... Tenez, c'est déjà passé.

La mère Cazeaux hocha doucement la tête; elle reprit:

— Il n'y a guère de malaise sans cause, ni d'ennui sans raison, cher enfant. Tu es trop instruit, trop intelligent pour ne point savoir ce qui te tourmente. Peut-être même ta tristesse vient-elle de ton savoir et de ta supériorité. Le plus savant n'est pas toujours le plus heureux, surtout dans une humble condition. L'ignorance s'accommode mieux d'une vie obscure et pauvre... Mon Bénédict, je soupçonne que tu n'es pas satisfait de ton sort et que tu songes à en changer.

— Moi, ma mère!...

Il s'interrompit. Une réflexion soudaine l'empêcha d'achever sa protestation. Il se dit qu'après tout, puisqu'il avait résolu de ne jamais confier à personne qu'il était fils de la comtesse de Flavigny, il convenait qu'on attribuât ses tristesses et même ses larmes à une mystérieuse ambition.

— Eh bien! je l'avoue, mère, — reprit-il, — il m'arrive parfois de penser à l'avenir, et mes pensées ne sont pas toujours conformes à la modestie de ma position. Je me reproche alors de manquer de retenue, de sagesse; je m'accuse de n'être qu'un présomptueux et un ingrat: un présomptueux de croire que je vaille mieux que ma destinée; un ingrat de n'être pas le plus heureux des hommes au milieu de ma famille d'adoption. Dieu merci! ces folles idées se dissipent bientôt d'elles-mêmes, après avoir mis un nuage devant mes yeux. Tout à l'heure vous m'avez surpris tandis que je luttais contre une nouvelle importunité de mon imagination. Mais me voici devenu raisonnable et disposé à rire de mes rêves insensés.

Son visage s'éclaira, en effet, d'une lueur de gaieté. Mais la mère Cazeaux devint grave et pensive.

— Mon cher enfant, — dit-elle, — tu n'es pas un garçon ordinaire. Quoique je te sois qu'une pauvre femme incapable de bien juger des hommes et des choses, souvent il m'a semblé que tu n'étais pas fait pour végéter parmi nous. Il y a des instants, vois-tu, où ton front s'illumine. Dans ces instants-là je me demande si tu n'es pas un prédestiné, si Dieu ne te réserve pas une existence plus brillante que celle d'un simple paysan. Je ne m'étonne donc pas de ce que tu viens de me conter. Je ne m'en réjouis guère, peu: que je voudrais te garder toujours parmi nous. Cependant je pense qu'il ne serait pas bien de te retenir, si un instinct secret te poussait à sortir de la vie que nous menons et à parcourir un autre chemin.

— C'est l'occasion qui nous change de voie, — répondit le pâtre; — aucune occasion ne s'est encore offerte à moi. Je doute même qu'il s'en présente jamais une qui me déterminât à faire autre chose que ce que je fais. D'ailleurs, plus je réfléchis, et plus je comprends que dans notre société française, telle qu'elle est constituée, avec ses privilèges de toute nature, il est bien difficile, sinon impossible, à un pauvre diable tel que moi, de s'élever au-dessus de la condition où l'a placé le hasard. Aussi, en dépit des vagues élans de mon esprit, commencé-je à me convaincre que le parti le plus sensé est encore pour moi de rester à la Bénardière, où l'on m'aime, et de vivre heureux dans l'obscurité.

— Ce que tu me dis là, mon Bénédict, me réjouit le cœur. Mais est-ce bien sincère? ne cherches-tu pas à te tromper toi-même? A ton âge se résigne-t-on si facilement à n'être rien, lorsque sans doute on peut prétendre...

— A quoi, mère? A être valet dans quelque château, comme me l'a proposé madame la marquise d'Apremont? Non. J'ai trop de fierté, trop d'orgueil pour une si mesquine ambition. Je vous servirai tant qu'il vous plaira, parce que je m'acquitte ainsi d'une dette de reconnaissance. Autrement je ne serai jamais le domestique de personne, pas même d'un grand seigneur.

— Bien! — dit la fermière en s'exaltant. — J'aime à t'entendre parler ainsi. Tu as une belle âme, mon fils. Ah! que ne suis-je ta vraie mère, hélas! Il y a des jours où je songe à ta vraie mère, celle qui t'a mis au monde et... abandonné, la malheureuse!

Bénédict se sentit frissonner. Il posa sa main sur les lèvres qui venaient de proférer ces mots.

— Chut! — murmura-t-il tout tremblant. — Ne dites pas de mal de la pauvre femme, car vous ignorez si c'est elle qui m'a repoussé. Qui sait ce qu'elle a souffert? Qui sait sous quelle infortune son âme a fléchi! Ah! tenez, c'est surtout aux mères que ressemblent les fils! Eh bien! puisque je ne suis pas un méchant homme, pourquoi celle qui m'a donné la vie ne m'aurait-elle pas aussi donné son cœur?

— Tu fais ton devoir en la défendant malgré tout, mon Bénédict, — répondit la fermière, — et je ne t'en estime que davantage. J'ai eu tort, d'ailleurs, de m'exprimer durement à son égard; cela ne m'arrivera plus. Pardonne-moi, et causons encore de ton avenir.

— Soit, je vous écoute.

— Voyons : est-ce que tu songes sérieusement à demeurer avec nous?

— Je vous avoue que jusqu'à ce jour je n'ai pas formé un autre projet.

— En ce cas, mon enfant, j'ai trouvé un bon moyen pour te fixer plus que jamais à la Bénardière.

— Ce moyen, quel est-il?

— Un mariage, oui-da!

— Vous voulez me marier? Avec qui?

— Avec Justine, parbleu! Est-ce que tu ne trouves pas ma petite Muguette digne de toi?

— Ah! si fait.

— Elle est gentille et bonne, n'est-ce pas?

— Assurément.

— Alors tu consens à devenir son mari? — Bénédict ne répondit pas. — J'en ai parlé au père Cazeaux, qui ne demande pas mieux que de vous unir, — poursuivit la fermière un peu surprise du silence du pâtre. — Devenu notre gendre, tu seras encore plus notre enfant, si c'est possible. Puis bientôt sans doute, car nous sommes déjà fatigués, nous autres vieux, ta femme et toi, vous nous succéderez dans la direction de la ferme; nous vous céderons le bail, qui, grâce à ton courage et à la générosité de la marquise d'Apremont, va devenir vraiment avantageux. Cela te convient-il, mon ami?

Le jeune homme sourit.

— Ce que vous me proposez là est absolument impossible, mère, attendu que ce serait cruel.

— Cruel! pourquoi?

— Parce que Justine aime Justin. Parce que Muguette est aimée de Coquelicot.

— Allons donc! des enfantillages. Ça n'est pas sérieux, Justin n'est qu'un enfant; toi, tu es un homme. Justin est quasiment laid; toi, tu es beau. Ma fille sera trop heureuse de l'épouser.

— Si vous lui dites : Je veux que tu sois la femme de Bénédict, il est certain qu'elle y consentira, parce qu'elle est une fille soumise et que d'ailleurs elle ne me déteste pas. Mais quant à être trop heureuse, — ajouta le pâtre

en hochant la tête, — je crains plutôt qu'elle ne le soit pas même assez.

— Elle serait bien difficile, et je voudrais bien voir ça.

— A quoi bon, mère? Coquelicot est un digne garçon. Réservons-lui Muguette, et nous ferons plus tard, en les mariant, un bon petit ménage qui nous bénira. Je n'en resterai pas moins à la ferme tant qu'on aura besoin de mes services. Ou si jamais je quitte le pays, c'est que j'y serai contraint par quelque grave nécessité.

Ces dernières paroles furent accentuées avec un ton presque solennel. La fermière ne le remarqua pas. Elle était désappointée. Cependant elle fit un effort et prit un air enjoué.

— Bah! — s'écria-t-elle, — tes beaux prétextes ne m'en imposent pas! Je te devine, sournois.

— Vraiment! vous m'étonnez, mère.

— Tu n'as pas le goût au mariage, voilà la vérité. A ta guise, cher enfant! Peut-être vaut-il mieux que tu te conserves libre. On ne sait pas ce qui peut advenir. Embrasse-moi encore, et n'en parlons plus.

En ce moment un léger bruit attira leur attention. Ils virent tout près d'eux Muguette et Coquelicot. Coquelicot, le regard exalté, la joue éclatante, poussait Muguette, qui paraissait hésiter.

— Tu le veux? — lui dit-elle rapidement.

— Oui! — répondit Justin d'un ton résolu.

Elle s'avança vers le pâtre, et lui tendant la main :

— Si vous voulez m'épouser, Bénédict, — répondit-elle, — je consens à devenir votre femme.

La mère Cazeaux envisagea sa fille d'un air ébahi.

— Ah! ça, — demanda-t-elle, — qu'est-ce que cela signifie? Tu n'aimes donc pas Justin?

— Moi! oh! si.

— Eh bien! alors?...

Coquelicot intervint brusquement.

— Mais elle aime encore mieux Bénédict! — répondit-il avec animation.

— Bénédict se trompe donc quand il croit, comme il le prétendait à l'instant même, que, s'il épousait ma fille, Muguette et toi vous ne seriez pas heureux.

— Il se trompe, c'est sûr! — répliqua de nouveau Justin. — Moi, d'abord, j'en serais très-content.

— Et toi, Justine?

— J'en serais très-contente aussi, ma mère, —balbutia l'enfant.

Malgré elle, son attitude protestait un peu.

— Sois donc plus brave! — lui dit tout bas Justin, — c'est si beau de se sacrifier!

— Je ne peux pas, — murmura Muguette. — C'est que je te regrette, vois-tu, Coquelicot.

Le pâtre les considérait l'un et l'autre en souriant.

— Ainsi tu souhaites que je devienne ton mari, Justine? — demanda-t-il.

— Si ça doit vous faire bien plaisir, oui, — répondit-elle avec un léger soupir.

— Assurément cela me ferait bien plaisir, mais à une condition.

— Laquelle?

— Tu vas me jurer, Muguette, que tu me préfères à Justin.

— Oh! je ne jurerai pas ça! — répliqua-t-elle vivement.

— Pourquoi?

— Parce que... parce que...

— Eh! parce que c'est Coquelicot que tu aimes de tout ton cœur, chère petite! — reprit le pâtre. — Parce que c'est lui que tu seras heureuse d'épouser un jour, car tu l'épouseras, je te le promets, n'est-ce pas, mère Cazeaux? — La fermière fit un signe d'assentiment. — Moi, d'ailleurs, — poursuivit Bénédict, dont les yeux devinrent pensifs, — je ne songe point à me marier, même avec une bonne et jolie fille comme toi, Muguette. J'ai aussi mes amours, de nobles et pures amours! et je veux leur rester fidèle, longtemps encore... toujours peut-être!

— Et quelles sont ces amours ? — demanda curieusement Justine, tandis que la mère Cazeaux écoutait avec une certaine anxiété.

Bénédict ne répondit pas tout de suite, et, chose bizarre, il tressaillit.

Une douce vision venait de s'offrir subitement à son esprit. Deux fantômes charmants lui étaient apparus comme en un rêve : il avait vu, dans son imagination, Blanche et la comtesse de Flavigny. La comtesse le considérait avec une mélancolique bonté. Blanche lui adressait un angélique regard. Il ferma les yeux comme s'il avait un éblouissement.

— Eh bien ! — insista Muguette, — c'est donc un secret ce que vous aimez tant ?

— Non, — répondit enfin le pâtre, échappant à la radieuse obsession ; — mes amours, chère enfant, sont la science et la solitude.

La jeune paysanne fit une moue expressive, et se tournant vers Coquelicot :

— J'étais bien sûre, — dit-elle galement, — que Bénédict ne pensait pas même à moi.

— J'en suis bien aise, — murmura Justin à la fois triste et joyeux ; — pourtant je me serais sacrifié de bon cœur !

— Ce sera pour une autre occasion, — répondit le pâtre en lui serrant la main.

Le père Cazeaux parut au même instant dans la cour. On alla au-devant de lui et on l'embrassa. Il avait une si belle mine que chacun lui en fit compliment. Il déclara qu'en effet il ne s'était jamais senti plus dispos ni plus gaillard. Il attribua ce renouvellement de force et de santé aux satisfactions qu'il avait eues la veille.

— Oui, c'est à Bénédict que je dois encore cela ! — s'écria-t-il.

Cet élan provoqua une vive effusion de tendresse de la part de la mère Cazeaux ; Justin et Justine se mêlèrent à cette ovation de l'amitié ; Castor et Pollux eux-mêmes, stimulés par l'exemple, se remirent à caresser leur maître. Tant de témoignages réitérés d'une affection si expansive et si sincère firent entrer dans l'âme de Bénédict une ineffable consolation.

Lorsqu'il partit pour la Gorge-aux-Loups, il était calme; il se disait qu'en bonne justice il n'était pas solidaire du crime paternel. Il se promettait de mener une telle existence de probité et d'honneur, qu'elle ferait oublier un jour, s'il le fallait, l'héritage de honte mystérieuse qui lui était échu.

— En dépit des préjugés du monde, — reprit-il avec une ardente conviction, — la tache originelle est une iniquité ! Tout homme n'est responsable que de ses propres actes, et je jure que ma vie entière sera une preuve évidente que l'infamie ne se transmet pas !

Après quoi, il devint silencieux, ouvrit l'un des volumes que lui avait prêtés monsieur Matthieu, et, pour achever de se raffermir l'esprit, se plongea dans la lecture de l'ouvrage si court et cependant si substantiel qui traite de la *Grandeur et de la décadence des Romains*. Il venait d'en lire une centaine de pages, lentement, avec réflexion, tandis que son troupeau cheminait en broutant l'herbe rare du sentier, lorsqu'il arriva en vue de la Gorge-aux-Loups. Il ferma le livre au chapitre où Rome, parvenue à l'apogée de sa grandeur républicaine, commence la période de sa décadence avec la tyrannie de ses empereurs. Ce résumé philosophique de l'épopée romaine l'avait si profondément impressionné qu'il en demeura tout méditatif et ne donna pas même un regard au paysage romantique et sévère qui l'environnait.

Il était dans une lande divisée en compartiments étroits comme des cases d'échiquier. De petits tertres, couronnés de maigres genêts, clôturaient ces carrés d'ajoncs épineux. De toutes parts, des coteaux boisés fermaient l'horizon. Ces coteaux circulaires, par une courbe rapide, se rapprochaient et se resserraient brus-

quement à une extrémité du vallon. Ils s'élevaient âpres et sourcilleux, couverts d'épais taillis et de chênes haut lancés. Ils se côtoyaient comme deux grands talus ombragés et décrivaient quelques sinuosités aboutissant à une vallée riante, au fond de laquelle on entrevoyait la pointe du clocher lointain de Montaigu. Un ruisseau, dont la source s'échappait du flanc de l'une des collines, courait dans le creux du défilé sur un lit de cailloux blancs, au milieu d'une végétation robuste, toute semée d'iris jaunes, de menthes odorantes et de salicaires aux épis pourprés. Une sente, à peine frayée, accompagnait ce ruisseau en dessinant les mêmes méandres. Il était visible que cette sente, tapissée d'une mousse verdâtre n'était pas souvent foulée par un pied humain, et que la solitude la plus profonde régnait presque toujours dans ce sombre repli. Les paysans le croyaient hanté, ce qui les en éloignait et ce qui n'avait pas peu contribué à donner à monsieur Matthieu la réputation de sorcier. Cette gorge devait son nom au grand nombre de loups dont elle avait été jadis le repaire favori. Mais des battues fréquentes et acharnées les avaient si bien détruits, que pas un seul n'y avait été vu depuis cinquante ans.

Sans songer même à cette sécurité dont il avait l'habitude, le pâtre engagea son troupeau entre les deux hautes collines. Les moutons se mirent à tondre l'herbe grasse et à boire au ruisseau cristallin; ils ne s'avançaient plus qu'avec lenteur sous les molles excitations de Castor et de Pollux. On parvint de la sorte à l'ouverture d'un chemin grimpant jusqu'au sommet du coteau oriental. Sur un signe de Bénédict, aussitôt interprété par ses chiens, la direction fut changée, et l'on fit l'ascension de cet escarpement.

Une vaste clairière apparut bientôt dans une anfractuosité qui séparait deux mamelons. Là s'étalait un opulent fouillis de bruyère, de folle avoine, de fougère et de sainfoin. Bénédict choisit cet herbage pour y parquer son troupeau, qui s'y répandit en bêlant de joie et en bondissant. Un instant après, il le laissa sous la garde vigilante de Castor et de Pollux, et redescendit le coteau obliquement, à travers la haute futaie. Il marchait à peine depuis cinq minutes lorsqu'il arriva, à mi-côte, sur un terre-plein formé par une échancrure de la colline entre un amphithéâtre d'arbres séculaires et une ravine pleine de ronces et de genêts, descendant jusqu'au fond de la Gorge-aux-Loups. Là s'élevait une chaumière à demi-cachée sous les touffes de chèvre-feuille, de scolopendre et de vigne vierge. Une haie d'aubépine régnait autour de l'enclos dans lequel poussaient çà et là, sans symétrie du moins apparente, des plates-bandes de fleurs, des carrés de légumes et des buissons d'arbres fruitiers. Du sol jaillissait un filet d'eau qui, après avoir rempli un petit bassin, se répandait dans la ravine et allait se mêler au ruisseau. Ce refuge d'anachorète avait un aspect souriant. La vue s'y étendait sur ... te la gorge, dont les ondulations profondes et bocagères avaient à la fois de la grâce et de la majesté.

Le pâtre traversa l'enclos. Il s'arrêta sur le seuil de la chaumière, dans laquelle il vit monsieur Matthieu aiguisant un couteau. Le solitaire était si absorbé en cette occupation qu'il n'avait point entendu le pas de Bénédict. Il avait la physionomie sombre et comme une agitation fébrile dans les mouvements.

— Me voici, — dit le jeune homme. — Bonjour, cher maître.

Monsieur Matthieu leva la tête. Ses yeux s'animèrent d'un reflet de bienveillance lorsqu'il reconnut Bénédict.

— Bonjour, cher élève, — répondit-il. — Soyez le bienvenu.

Il posa le couteau sur une table, et pressa la main que le pâtre lui tendait.

Pour tout autre que Bénédict, l'intérieur de la chaumière eût été un sujet d'étonnement. Rien, en effet, ne ressemblait moins à un mobilier rustique que le bizarre ameublement de cette habitation. Un grand hamac, pendu à une solive du plafond, tenait lieu de lit. Dans l'embrasure de l'unique fenêtre, un télescope portatif se dressait vers le ciel. Une boîte de botaniste en ferblanc demi-cylindrique s'accrochait à l'une des parois du mur. Deux sphères, l'une terrestre, l'autre céleste, s'arrondissaient aux extrémités d'une table en chêne, à pieds tors, sur laquelle on apercevait des papiers épars, un encrier, une loupe, un compas, quelques plantes fraîches, d'autres desséchées, enfin le couteau nouvellement aiguisé, lequel servait sans doute aux herborisations. On remarquait encore dans cette chaumière une vieille armoire sculptée contenant une modeste garde-robe, des rayons de bibliothèque assujélis çà et là, couverts de livres de science, de philosophie et d'histoire ; une haute cheminée, dont le manteau saillant portait un alambic, un creuset, des pots de grès, des bocaux et des fioles de pharmacie. Dans un angle de la pièce, sur une étagère, étaient rangées plusieurs têtes de mort, et une collection de plâtres, physionomies saillantes, dont chaque trait étiqueté prouvait que monsieur Matthieu avait étudié la *physiognomonie* de Lavater. En un mot, tout dans cette cabane, couverte de chaume, annonçait le réduit d'un savant.

Monsieur Matthieu indiqua au pâtre un escabeau et lui dit de s'asseoir.

— Mon cher enfant, — commençait-il avec tristesse, — ce n'est point pour vous donner une leçon de botanique ou d'astronomie que je vous ai prié de venir aujourd'hui à la Gorge-aux-Loups. Hélas ! depuis hier je ne songe point à la science, et mon esprit n'éprouve aucun goût aux choses merveilleuses de la terre et du ciel. Un trouble inexprimable s'est emparé de mon âme. C'est la cause de ce trouble que je veux vous confier, dans l'espoir que cette confidence aura pour effet de modérer un peu mon agitation. Vous comprendrez ainsi, en même temps, les raisons douloureuses, les chagrins poignants, les âpres infortunes qui m'ont déterminé à fuir le monde et à rechercher la solitude. L'histoire de ma vie n'est au reste que l'histoire de mon cœur. Quelques mots suffiront à la retracer. — Après une pause, monsieur Matthieu reprit : — Je suis né à Paris d'humbles artisans qui eurent l'ambition de m'élever par l'intelligence et le savoir au-dessus de leur condition. Ils me mirent aux écoles jusqu'à l'âge de seize ans. En sorte qu'ils se privèrent souvent du nécessaire de l'existence pour me donner un superflu d'instruction. Tout jeune encore, grâce à quelques succès qui me firent remarquer, je fus destiné à l'enseignement. On me plaça, en qualité de maître suppléant, chez un des principaux instituteurs de la capitale. L'excellent homme me prit en grande affection, et, comme il n'avait pas d'enfant, il me désigna pour son successeur. Il mourut et je lui succédai. Je dois me rendre cette justice : je ne fus point ingrat envers mon père et ma mère. Des infirmités soudaines vinrent leur enlever la force de gagner leur pain. Je me fis une joie de partager le mien avec eux. Aussi bien, pour n'être point distrait dans l'accomplissement de mon devoir filial, j'eus le courage de rompre un projet d'union que j'avais moi-même formé avec bonheur. J'en souffris d'abord, mais je m'en consolai bientôt en voyant combien mon père et ma mère étaient heureux du dévouement que je leur montrais. Dix années s'écoulèrent ainsi, et lorsqu'ils rendirent leur âme à Dieu, ce fut entre mes bras, en me remerciant et en me bénissant. C'est là un souvenir qui, si lointain qu'il soit, a encore la puissance de m'attendrir et de me rendre meilleur. Ah ! l'homme n'a jamais mal vécu qui a su vénérer et secourir dans l'infortune ceux qui lui ont donné le jour !

Cette noble pensée parut émouvoir Bénédict. Monsieur Matthieu poursuivit :

« J'avais trente ans sonnés quand je me vis seul, sans famille, n'ayant plus d'autre affection ici-bas que celle de mes élèves, auxquels je m'étais attaché, et qui m'aimaient sincèrement. Cet intérêt, calme et doux, suffit quelque temps à remplir mon existence. Je m'occupais d'ailleurs de mon état avec zèle, avec passion ; et, non content d'enseigner le peu que je savais, j'étudiais moi-même chaque jour ardemment. Aux heures de loisir, matin et soir, je cherchais à m'assimiler les éléments de plusieurs sciences, fort étrangères souvent aux nécessités intellectuelles d'un simple instituteur. De la sorte le temps se passait pour moi avec rapidité. J'étais satisfait, et je ne pensais guère à modifier ma vie, à me créer d'autres distractions, lorsque deux incidents, que je puis appeler romanesques, me déterminèrent à me marier. Un dimanche, je me promenais en herborisant dans les Prés-Saint-Gervais, près Paris. Comme j'arrivais au détour d'un buisson, tout en lisant quelques pages du système de Linné, le grand naturaliste, je me baissai brusquement pour cueillir une verveine à petites fleurs pourpres. Aussitôt je sentis une main soyeuse toucher la mienne, et j'entends une voix veloutée qui me disait : « Trop tard, monsieur. Cette fleur est à moi. » Je vis alors une jeune fille qui me souriait avec des lèvres de capucine et des yeux de pervenche. Elle cueillit la verveine et s'éloigna. Je continuai ma promenade tout songeur, ne lisant guère et n'herborisant plus. Le soir, une éclipse de lune devait avoir lieu. Je voulus l'observer. J'avais un peu étudié l'astronomie dans Kepler et dans Newton, et je commençais à m'y intéresser. J'établis mon télescope, le même que je possède ici, dans la cour destinée aux récréations de mes élèves. Je le braquai sur un point du ciel où la lune allait entrer en *conjonction*. Soudain un cri m'échappa. Au-dessous de la ligne oblique formée par le rayon prolongé de mon télescope, je venais d'apercevoir à la fenêtre ouverte d'une maison voisine la jeune fille des Prés-Saint-Gervais. Elle travaillait sous la clarté d'une lampe dans un encadrement de coléoses et de liserons. Mon cri attira son attention. Elle parut me reconnaître et me salua en inclinant la tête. Ce fut tout. Moi, j'oubliai l'éclipse de lune. Je m'assis sur un banc et je demeurai immobile, le regard dirigé vers le nimbe lumineux où se dessinait la tête angélique de l'inconnue. Le lendemain, je m'informai d'elle ; j'appris qu'elle était orpheline, qu'elle habitait le quartier depuis la mort de ses parents, qu'elle était fleuriste habile, laborieuse et sage. Mon parti fut pris sur-le-champ ; je me présentai chez elle, et je lui fis résolûment l'offre de mon cœur et de ma main. Elle m'accueillit avec bonté, mais elle ajourna sa réponse. Un mois après, nous étions unis. Cette union, pour ainsi dire improvisée, me rendit le plus heureux des hommes. Peut-être fus-je trop heureux, car il est, ce semble, une limite de bonheur que le destin jaloux ne permet pas de franchir. Toujours est-il que plusieurs années s'écoulèrent pour nous au milieu des joies intimes et profondes d'un amour également partagé. Nos cœurs, cependant, avaient conçu une espérance qui tardait à se réaliser. C'était le seul nuage flottant sur la limpidité de notre ciel. Ce nuage se dissipa enfin : celle que j'aimais devint mère, et je sentis à la fois tressaillir au fond de mon âme toutes les tendresses du père et toutes les adorations de l'époux. Hélas ! cela dépassait sans doute la mesure rigoureuse des félicités de ce monde. Un orage éclata tout à coup sur notre destinée ; la mort frappa... et je restai comme anéanti entre une tombe et un berceau. L'enfant vivait, mais la mère n'était plus. »

Ce souvenir arracha une larme au vieillard. Sa voix s'était altérée ; il dut attendre, pour continuer son récit, qu'elle eût repris un peu de fermeté.

« Il est des chagrins qu'on ne raconte pas, — reprit-il, — la parole humaine y serait impuissante. Comment dire les déchirements d'un cœur qui a perdu pour jamais sa joie suprême et sa suprême consolation ! A deux, tout souriait, même l'infortune. Seul, tout semble morne, même la prospérité. L'âme est partie, il ne reste qu'un corps inerte. Ou, si l'on se meut, du moins on ne vit plus. Cette léthargie morale se fût sans doute prolongée en moi, si la vue de mon enfant ne m'eût bientôt rappelé que j'avais en ce monde un devoir à remplir, une existence à protéger. La réaction fut soudaine, je ressuscitai en quelque sorte, et je sentis une flamme nouvelle me réchauffer le cœur. La chère petite créature qui me ranimait ainsi m'avait d'abord fait éprouver une sensation répulsive : je lui en avais voulu de la mort causée par sa naissance, et je l'avais éloigné en la confiant à une étrangère qui, heureusement, lui prodigua les soins les plus maternels. Quand ma fille me fut rendue, elle était si rose, si mignonne, si jolie, que je tombai en extase devant elle. Je me mis à l'aimer avec une explosion de sollicitude et d'enthousiasme. Dès lors le doux fantôme qui habitait en moi céda la première place dans mon cœur à cette suave réalité, et se retira dans l'obscure demi-teinte de mes souvenirs. O l'admirable amour qu'inspire l'enfant ! Quelle intensité d'existence cela donne, et quelle puissance de sentiment ! C'est le divin mystère d'ici-bas ! C'est la plus touchante invention de Dieu ! car c'est la passion la plus pure et la plus inébranlable vertu de l'humanité !

» Ma fille se nommait Lucienne, elle était vraiment la bien nommée, tant avaient d'éclat ses grands yeux à reflets chatoyants. Elle ressemblait à sa mère, du moins elle me la rappelait par quelques-uns des traits de son visage, et surtout par la grâce expressive de sa physionomie. Bientôt même il fut évident pour moi que l'âme charmante de la morte palpitait sous l'exquise délicatesse des formes de l'enfant. A quinze ans, c'était déjà une jeune fille accomplie en tous points, merveilleusement belle et bonne, instruite et modeste, réunissant les mérites les plus rares et les plus admirés. Malheureusement il y avait parmi tous ces dons précieux un défaut essentiel, quoiqu'il ne fût que l'exagération d'une qualité : c'était une faiblesse de caractère qui la mettait à merci des esprits résolus et obstinés. Je l'avais souvent vue céder aux obsessions persistantes des enfants de son âge ; mais, je l'avoue, loin de m'inquiéter de cette tendance, et de la prémunir contre l'excès de sa bonté, je l'y aurais encouragée moi-même, ne remarquant là qu'un vif désir de conciliation sans conséquence et sans danger. Combien je me trompais, hélas ! Ah ! qu'il y prenne garde celui qui contracte l'habitude d'abdiquer sa volonté ! Tôt ou tard les tempéraments énergiques lui imposeront leurs opinions et leurs sentiments, et le précipiteront malgré lui sur quelque pente funeste. Si l'opiniâtreté a parfois ses périls, l'abnégation de soi-même, sans limite et sans raison, expose souvent à de plus tristes calamités.

» A mesure que Lucienne avait grandi et que je m'étais plu à contempler son épanouissement, une inquiète préoccupation m'avait rempli le cœur. Orgueilleux de ma fille, je m'étais dit souvent que cette fleur, parée de toutes les grâces, embaumée de toutes les vertus, méritait de briller au soleil de la fortune. Je redoutais pour elle la froide brume de l'indigence, en songeant que je ne lui léguerais que ma pauvreté. En effet, mon état me permettait de vivre en une modeste aisance, mais c'était presque tout. A peine, avec des efforts d'économie, avais-je pu amasser quelques mille livres en l'espace de vingt ans. Cette somme devait constituer la dot de mon enfant. Pauvre dot, en réalité, quand je la comparais aux rêves ambitieux dont se repaissait mon imagination. Cela représentait tout au plus un morceau de pain assuré. Je me souciais bien de si peu, vraiment ! Ce qu'il me fallait pour ma fille, c'était la vie élégante, c'était la sécurité luxueuse, c'était l'opulence, en un mot. Pour réaliser cette ardente convoitise, je me sentais le courage de tenter l'impossible. Eh bien ! chose prodigieuse ! le hasard voulut que rien ne me fût plus facile et qu'en moins de trois années je cen-

tuplasse le petit capital dont je disposais. Voici comment le miracle se fit :

» Un jour, je reçus la visite d'un homme qui revenait de Pondichéry, dans l'Inde. C'était le père d'un de mes élèves, il me devait un arriéré qu'il me solda. Puis il se mit à me raconter les circonstances de son voyage. Après avoir perdu à Paris presque tout ce qu'il possédait dans de mauvaises spéculations commerciales, l'idée lui était venue d'aller au loin chercher fortune. Il avait fait une pacotille et il était parti. Un navire l'avait débarqué à Madras. Là, sa marchandise s'était promptement vendue en lui produisant un bénéfice inespéré. Encouragé par ce succès, il avait parcouru toute la côte de Coromandel, s'était informé des besoins du pays, et, muni de renseignements précieux, avait repris la mer pour France à Pondichéry. Il ajouta qu'il serait bientôt en mesure de retourner dans l'Inde, où il était désormais certain de s'enrichir promptement. Lorsqu'il m'eut quitté, je fus saisi d'une émotion extraordinaire. Tout ce que je venais d'entendre se représentait à mon esprit avec une irrésistible puissance de séduction. Je passai la nuit éveillé, agitant dans mon cerveau le projet de partir, moi aussi, pour le golfe de Bengale, en emportant ma pacotille. Mon imagination était si surexcitée que je ne concevais aucun doute sur la possibilité d'une complète réussite. Quelle merveilleuse révolution dans ma destinée ! Je me voyais déjà millionnaire, partageant mon trésor avec ma chère Lucienne, la mariant selon son cœur, lui assurant dans la richesse et l'avenir le plus heureux avenir ! De grand matin, je me rendis chez mon visiteur de la veille. Je lui fis part de ma résolution. Il m'y encouragea. Bien plus, il me proposa de m'associer avec lui ; j'acceptai. Un mois après, j'avais cédé mon établissement, placé ma fille sous la tutelle d'une parente qui lui avait toujours témoigné beaucoup d'affection, et, en compagnie de mon associé, nommé Pierre Giraud, je m'embarquai au Havre sur un navire qui se rendait à Madras. Certes, ce n'était pas sans un affreux serrement de cœur que j'abandonnais mon enfant ; mais je retrempais mon courage dans l'exaltation du sacrifice et dans l'espérance du succès.

» Il y a des séries de prospérités, comme il y a des séries d'infortunes, — reprit après un court silence le solitaire de la Gorge-aux-Loups. — Tout ce que nous entreprîmes, Giraud et moi, réussit invariablement, et, comme je vous l'ai dit, nous enrichit l'un et l'autre dans un laps de temps de trois années environ. Nous n'avions rien négligé pour atteindre ce but. De nombreux voyages nous avaient été indispensables, et nous avions souvent sillonné les mers. Aussi n'avais-je revu ma fille que rapidement chaque fois que j'étais venu en France et que je m'étais rendu à Paris. Mais avec quel frémissement de joie je la pressais alors entre mes bras ! avec quelle effusion de tendresse j'inondais son charmant visage de baisers et de larmes ! En achevant de se développer, elle avait achevé de s'embellir ; et, dussiez-vous me taxer d'exagération paternelle, elle m'apparaissait comme l'une des plus ravissantes personnes que j'eusse jamais vues. Sa mère elle-même, dont la radieuse image vivait toujours en moi, me semblait avoir eu moins de perfections. Elle m'inspirait une sorte de vanité naïve, et je me demandais sérieusement s'il existait un homme digne de la posséder. Au reste, je n'étais pas seul à penser ainsi. Celle qui lui servait de mère s'enorgueillissait de Lucienne encore plus que je ne le faisais. Elle parlait sans cesse de la marier à quelque gentilhomme, comte, marquis ou duc. Peut-être même songeait-elle à un prince du sang. Lorsqu'elle hasardait ces folies en ma présence, je haussais les épaules et je me contentais de répliquer que jamais ma fille ne serait la femme d'un grand seigneur, attendu que je ne voulais pas l'exposer à subir tôt ou tard le dédain des préjugés aristocratiques. En réalité, je ne prenais pas de tels propos au sérieux, conséquemment, je ne m'en préoccupai bientôt plus. Hélas!

pourquoi ne m'étais-je pas rendu un compte plus exact des sentiments et des idées de la compagne, de la tutrice de mon enfant ! La connaissant mieux, je lui eusse accordé moins de confiance, et le plus grand de nos malheurs n'eût sans doute pas été consommé.

» Cette femme se nommait Brigitte Beaudoin. Elle était bonne et dévouée, sans contredit. Toutefois, elle poussait, en de certaines occasions, la bonté jusqu'à la contrainte et le dévouement jusqu'à l'imprudence. Quand elle croyait avoir formé une résolution avantageuse pour la personne qu'elle aimait, elle y appliquait toute son intelligence, toute son énergie, et elle n'était satisfaite que lorsqu'elle avait réussi, ouvertement ou en secret, à accomplir ce qu'elle estimait être un bien. Or, en dépit de mon opposition la plus formelle, elle avait décidé dans son esprit que Lucienne s'allierait à la noblesse, et elle mit tout en œuvre pour obtenir ce résultat. Elle parvint d'abord à lui faire partager sa manière de voir sur ce point. Puis elle fixa son attention sur un gentilhomme qui fut accueilli chez moi à mon insu. Ce gentilhomme, j'ai appris plus tard, trop tard, ces particularités, déplaisait à ma fille, mais il plaisait à Brigitte Beaudoin, pour qui un noble était presque un demi-dieu. Dès lors celle-ci vanta si obstinément les prétendus mérites du vicomte de Saint-Chamans, c'était le nom sous lequel on le connaissait, que Lucienne surmonta l'antipathie qu'il lui inspirait et qu'elle consentit à une union secrète entre elle et lui. Ma pauvre enfant cédait à l'obsession. Sa faiblesse naturelle se laissait vaincre, comme toujours, par la ferme volonté de celle qui la conseillait.

» Tandis que ces choses se passaient à Paris, j'étais dans l'Inde avec Pierre Giraud, mon associé. Nous réalisions une affaire considérable qui devait être notre dernière opération. Cette affaire se présentait mal, elle se liquidait difficilement et ne donnait que de minces profits. Habitué aux caresses de la fortune, je m'attristais d'une si légère rigueur, lorsque la destinée, ironique et terrible, me porta un de ces coups violents qui changent parfois les murmures du dépit en cris de désolation. Je reçus une lettre dans laquelle on m'annonçait qu'un affreux malheur était appesanti sur ma maison : ma fille était devenue folle, et Brigitte Beaudoin venait de mourir subitement. A cette nouvelle inouïe, je fus comme renversé par la foudre. Je perdis connaissance et je restai longtemps sans donner signe de vie. Quand je revins à moi, mon premier sentiment fut l'incrédulité. Je refusai d'ajouter foi à la certitude d'événements si incompréhensibles. Cependant, je chargeai Pierre Giraud de terminer seul la vente de nos marchandises, de réunir les capitaux engagés qui constituaient le presque totalité de notre fortune, de m'apporter en France la part qui me revenait, et je m'embarquai immédiatement. Le voyage me parut d'une lenteur mortelle. J'aurais voulu dévorer l'espace. Enfin, j'arrival. Ce fut avec une horrible anxiété que je m'élançai vers ma demeure. Une étrangère m'ouvrit la porte, puis une jeune fille vint à moi. Cette jeune fille blanche et pâle comme un fantôme ; elle avait les yeux fixes, la démarche hésitante. On eût dit qu'elle n'appartenait plus à la terre ; elle ressemblait à une apparition. Qu'ajouterai-je, hélas ! J'étais, en effet, devant une créature privée de raison, et c'était Lucienne ! et c'était mon enfant ! Devenu fou moi-même, je la saisis violemment dans mes bras, je l'inondai d'un torrent de larmes, je couvris son front de baisers ardents, comme si cette véhémence d'amour paternelle eût dû ranimer son intelligence. Effort inutile ! A peine me reconnut-elle. Mon désespoir paraissait la fatiguer, mais évidemment elle ne comprenait pas. Alors je refoulai l'élan douloureux de mon cœur, je fis taire mes sanglots, et je n'eus plus qu'une pensée : découvrir la cause du si navrante calamité et tirer une vengeance éclatante de qui avait creusé dans mon existence ces deux abîmes sans fond, la folie et la mort. Une lettre

me fut remise ; elle m'apprit ce qui s'était passé. Cette lettre, écrite par Brigitte Beaudoin le jour même où elle avait succombé à une attaque d'apoplexie foudroyante, était un cri d'angoisse et de repentir. Elle s'accusait d'avoir fait le malheur de ma fille ; elle m'avouait que, voulant marier Lucienne à un noble et redoutant de ma part une décision contraire, elle l'avait déterminée, non sans peine, à épouser le vicomte de Saint-Chamans, certaine, disait-elle, que je subirais sans trop d'irritation le fait accompli. Mais ce mépris de mon autorité avait reçu un châtiment terrible. La lettre se terminait ainsi : « Le vicomte de Saint-Chamans est un miséra-
» ble, un lâche ! Hélas ! le mariage, préparé par lui-
» même, n'était qu'une comédie infâme. Un laquais dé-
» guisé a servi de prêtre. Lucienne a vécu trois mois
» près de celui qu'elle croyait être son époux, et c'est ce
» monstre qui, las de dissimuler, a eu l'audace de ré-
» véler son crime. Ah ! je tremble pour la raison de la
» pauvre enfant ! Quant à moi, je sens qu'un coup ter-
» rible m'a frappée, car je suis coupable; rien ne peut
» m'absoudre, et je n'ai pas même le courage de crier :
» grâce! pitié! pardon!... » Ces derniers mots étaient presque illisibles. La mort était venue brusque et violente : elle avait paralysé la main et fait tomber la plume ; elle avait étouffé cet élan suprême du remords et du désespoir.

» Le jour même, je courus chez ce vicomte de Saint-Chamans. J'avais résolu de le tuer. Sa demeure se cachait au fond d'un faubourg. Je reconnus tout de suite une de ces petites maisons où se réfugie la débauche de nos grands seigneurs. Je frappai, rien ne répondit. Je fis retentir la porte de mille coups furieux, toujours même silence. Je m'informai aux alentours; j'appris alors que l'habitation était déserte depuis plusieurs mois. Désespéré, je me rendis chez le surintendant de la police, je portai plainte et je demandai justice. Le surintendant m'écouta d'un air distrait et me répondit à peine. Il me déclara, au reste, qu'il n'existait qu'un vicomte de Saint-Chamans, lequel avait soixante-dix ans, et vivait en province, uniquement occupé de dévotion. Il y ait eu sans doute usurpation de nom et de titre. C'est ce que je soupçonnais déjà. Mais où chercher le misérable? où le trouver ! J'interrogeai Lucienne dans l'espoir d'obtenir d'elle quelque indice, de faire jaillir de son esprit quelque trait de lumière. Il ne m'échappa que des paroles incohérentes, d'incertaines lueurs. Mes questions, d'ailleurs, l'agitaient, et je dus y renoncer; elle était si faible, si languissante ! Elle ressemblait à une de ces flammes légères qu'un souffle éteint. Je tremblais pour sa vie, et je lui épargnais les émotions. Mais le hasard fut impitoyable. Un jour qu'elle était assise à une fenêtre ouverte, un cavalier passa. Elle leva les yeux et se dressa tout à coup. « Ah ! lui ! » s'écria-t-elle. Puis elle tomba sur le parquet. Quand je la relevai, elle n'existait plus. Aussitôt je bondis, et, saisissant une arme, je me précipitai sur les traces de l'infâme gentilhomme que le cri de ma fille venait de condamner. Mais soit qu'il eût reconnu sa victime et pris la fuite, soit que dans un élan irréfléchi j'eusse mal suivi sa piste, je ne pus parvenir à le rejoindre, et je revins quelques heures après, haletant, épuisé, répandre tout ce que mon cœur avait de larmes sur le corps inanimé de mon enfant.

» A dater de cette époque, — ajouta le solitaire en achevant son récit, — un marasme profond s'empara de mon âme! Si je parvenais à le secouer, ce n'était que pour peu d'instants et lorsqu'un espoir de vengeance brillait à mes yeux. Plusieurs fois je me crus sur le point d'atteindre le meurtrier de ma fille, l'assassin de mon bonheur. Mais ce fut en vain. Le découragement me prit, et je n'eus bientôt plus la force de poursuivre mes recherches. Sur ces entrefaites, une nouvelle me parvint qui accrut encore mon état de langueur et d'hypocondrie. J'appris que le navire sur lequel s'était em-

barqué Pierre Giraud pour revenir en France avait sombré dans une tempête en pleine mer. Ainsi la fortune
que me rapportait mon associé était perdue. Je me trouvais ruiné. En d'autres circonstances, ce terrible revers
m'eût semblé le plus grand des malheurs. Mais pouvait-
il y avoir un coup plus affreux pour moi que celui qui
m'avait déjà frappé? Fortune maudite, d'ailleurs ! N'était-
ce pas dans le but de l'acquérir que j'avais abandonné
Lucienne et que j'avais laissé la trahison et le crime
s'emparer de la pauvre petite, dont je n'aurais jamais dû
me séparer? Dès lors je me reprochais amèrement d'a-
voir voulu devenir riche, et, comme expiation, je jurai
de finir mes jours dans la pauvreté. Avant d'exécuter
ce projet, je me mis à voyager pour dissiper la torpeur
qui m'accablait. Le hasard me conduisit dans ce repli du
Docage, dont la solitude m' plut. La cabane que j'habite
était sieffée à un bûcheron. J'obtins qu'il me la cédât.
Après quoi, je retournai à Paris, où je distribuai tout ce
qui désormais n'était qu'un luxe superflu, et je revins
m'établir ici. Bientôt une consolation m'apparut : ce
fut l'étude. Peu à peu le goût de la science, que j'avais
eu jadis, me revint à l'esprit. Puis le calme rentra dans
mon cœur, et le douloureux souvenir du passé ne le
troubla plus que rarement. Quand il se ranime, je sens
encore s'agiter en moi une haine vivace, et j'éprouve
une violente tentation de me venger.

Monsieur Matthieu se tut. Il demeura sombre et soucieux. Bénédict l'avait écouté dans un profond silence.
Il était attendri et pensif.

— Il est maintenant présumable, — dit-il, — que le
criminel échappera à votre colère. Mais aucun forfait
sans doute ne reste impuni. Il y a une justice mystérieuse
qui plane sur les hommes : elle vous frappera.

— Elle n'a pas encore frappé, — murmura le vieillard
avec une sourde irritation.

— Qu'en savez-vous, maître?

— J'ai revu le misérable dont les traits, quoique je
n'eusse fait que les entrevoir une seconde, étaient restés dans mon souvenir. Je l'ai revu audacieux et insolent, et j'espère encore me trouver face à face avec lui.

— Où donc?

— Ici.

— Et cet homme quel est-il?

— Le marquis Gaëtan d'Apremont.

— En êtes-vous sûr?

— Oui ; mais je me convaincrai de son identité. Puis...
je me vengerai...

— Maître, — reprit gravement le pâtre, — je comprends et j'approuve la vengeance qui suit de près l'affront, la vengeance rapide, instantanée, foudroyante.
Mais quand les années ont passé sur l'injure, lorsque le
temps a pour ainsi dire cicatrisé la plaie de l'âme, je ne
la comprends pas et je ne l'approuve plus. Il semble
alors que le droit de l'offensé soit proscrit et qu'il n'y
ait plus de légitime que le droit éternel du juge souverain.

Ces imposantes paroles impressionnèrent monsieur
Matthieu.

Un instant après, Bénédict lui serra silencieusement
la main et retourna vers son troupeau.

Le vieillard était encore immobile et réfléchi, lorsqu'un bruit lui fit relever la tête. Il tressaillit violemment, car il aperçut à l'entrée de la chaumière le marquis Gaëtan d'Apremont.

X

Après avoir, d'un air goguenard, lancé un coup d'œil
dans l'intérieur de l'habitation, le marquis y pénétra et
dit en ricanant :

— Eh bien ! me voici, que me veux-tu, sorcier !

Monsieur Matthieu était debout, pâle, tremblant. Il parvint cependant à contenir son émotion.

— Je veux d'abord, — répondit-il, — que vous me parliez avec déférence. Si vous êtes un gentilhomme, moi,
je suis un vieillard, et les cheveux blancs sont encore
plus respectables que les parchemins.

Gaëtan ricana plus haut.

— Le plaisant drôle tu fais ! — répliqua-t-il. — Je te
conseille de prendre garde à toi.

— C'est justement ce que j'allais vous conseiller, vicomte de Saint-Chamans !

Le marquis resta quelques secondes comme interdit.

— Tiens ! — reprit-il, — tu devines que j'ai porté ce
nom ? Parbleu ! je suis tenté de croire que tu es vraiment un sorcier.

— Ainsi vous ne le niez pas ? c'est bien vous qui usur-
piez le nom et le titre de vicomte de Saint-Chamans ?

— Sans doute. Pourquoi le nierais-je ! Je cachais ainsi
mes bonnes fortunes, et j'échappais en outre aux obsessions de mes créanciers.

Le solitaire saisit le couteau posé sur la table, et se
dressant devant le marquis :

— Misérable ! je suis le père de Lucienne Matthieu, et
tu vas mourir ! — En proférant ces mots, il lui étreignit
la poitrine et leva son arme pour le frapper. Mais il n'en
eut pas le courage : sa main retomba impuissante à
commettre un meurtre, et il rejeta son couteau avec
horreur. — Bénédict avait raison, — murmura-t-il accablé : — j'ai perdu l'énergie de la vengeance, et je ne
dois plus compter que sur Dieu.

Devenu libre, Gaëtan s'était précipité hors de la chaumière avec une sorte d'effarement. Il s'arrêta au milieu
de l'enclos.

— En attendant que Dieu te venge, coquin, — mena-
ça-t-il, — tu vas recevoir la correction que tu mérites !
— Il siffla. Deux laquais, armés de cannes, sortirent d'un
taillis et accoururent au signal. — Bâtonnez-moi d'importance ce sorcier-là ! — ordonna le marquis en désignant le vieillard, qui venait d'apparaître dans le jardin
et fut aussitôt entouré.

Les laquais allaient obéir. Déjà ils s'étaient emparés
de monsieur Matthieu ; ils le tenaient par le bras et se
disposaient à le rouer, lorsqu'il s'écria :

— A moi, Bénédict !

Ce cri eut instantanément un écho bizarre, sourd, prolongé, qui étonna les valets et leur fit suspendre l'exécution.

— Eh bien ! qu'attendez-vous? — leur demanda le
marquis irrité. — Allons, de la vigueur, morbleu !

Les deux cannes s'abattirent sur les épaules du vieillard. Mais à peine s'étaient-elles relevées que Castor et
Pollux se ruaient sur les agresseurs et les mordaient à
belles dents. Ceux-ci poussèrent des cris de douleur et
abandonnèrent monsieur Matthieu pour se défendre contre l'attaque des chiens. Sur ces entrefaites, arrivait le
pâtre ; il comprit tout de suite ce qui se passait ; il bondit rapide, terrible, culbuta les laquais et les mit en fuite.
Il vit alors Gaëtan, qui, furieux, le chargeait l'épée à la
main. Il l'attendit d'un pied ferme, décrivit brusquement
un cercle avec son grand bâton de berger, et fit sauter
l'arme menaçante. La honte au front, la rage au cœur,
le gentilhomme s'élança pour la ramasser, mais le pâtre
l'arrêta.

— Un pas de plus, monsieur le marquis, — dit-il ;
— j'oublie que vous êtes le fils de la bienfaitrice de ma famille adoptive, et je vous étends à mes pieds.

L'attitude de Bénédict était si imposante, sa physionomie si résolue, que Gaëtan n'osa passer outre : il demeura immobile, la lèvre crispée, le regard fulgurant.

Le bruit d'un carrosse, roulant au fond de la Gorge-
aux-Loups, interrompit cette scène de violence. Monsieur Matthieu alla regarder par-dessus la haie de son
enclos. Grâce à l'inclinaison du terrain, ainsi qu'à la pe-
titesse de la cépée qui couvrait la pente, il vit une voi-

...ure armoriée s'avançant dans le chemin qui serpentait à travers le défilé. Cette voiture fit halte à l'entrée du sentier caillouteux qui grimpait jusqu'à l'habitation.

Cinq personnes mirent pied à terre. Monsieur Matthieu reconnut la marquise d'Apremont, le comte et la comtesse de Flavigny, Blanche et Raoul. Il se hâta de retourner vers Bénédict et Gaëtan.

— Je suppose, — dit-il amèrement au marquis, — que vous n'êtes pas en humeur de paraître devant votre mère. Retirez-vous donc, car la voici. Ne craignez pas, au reste, que la pauvre grande dame, qui me fait l'honneur de me rendre visite, apprenne par moi ce qu'il y a de dépravation et d'infamie dans l'âme de son fils. Je ne veux pas que mon hospitalité lui cause un chagrin. Allez, monsieur. Un jour Dieu fera justice comme il convient.

— Et maintenant, — ajouta Bénédict, — ramassez votre épée de gentilhomme, quoique vous sachiez si mal vous en servir.

Le marquis ne répliqua pas. Il sortit de l'enclos et se dirigea vers le taillis d'où ses laquais s'étaient élancés, et où ils avaient ensuite disparu. Là, il se retourna, puis il darda sur le pâtre et le solitaire un coup d'œil effroyablement haineux.

— J'aurai ma revanche! — murmura-t-il avec une sourde véhémence.

Et il s'enfonça dans le taillis.

Cependant Bénédict, à la pensée qu'il était sur le point de se retrouver en face de la comtesse de Flavigny, se sentit troublé. Son émotion devint même si apparente que monsieur Matthieu la remarqua.

— Comme vous voilà pâle et agité! — lui dit-il. — Êtes-vous blessé? Souffrez-vous?

— Oui, je souffre un peu, — répondit le pâtre, — mais je ne suis point blessé. J'éprouve une sorte de fatigue, conséquence naturelle des efforts de la lutte. J'ai besoin de repos, et je retourne à la clairière. Au revoir.

— Je ne vous retiens pas, mon brave enfant, quoique je suis certain que votre présence ici ferait grand plaisir à mes nobles visiteurs. Dès que je serai libre, j'irai vous rejoindre. J'espère vous trouver remis de votre indisposition. Au revoir.

Le pâtre et ses chiens s'enfoncèrent sous la haute futaie. On ne les apercevait plus lorsque la marquise d'Apremont et la famille de Flavigny pénétrèrent dans la rustique demeure du prétendu sorcier. Monsieur Matthieu, qui avait eu le temps de ramener en lui un peu de calme et de sang-froid, les accueillit avec une douce gravité. Il les fit asseoir, las qu'ils étaient d'avoir gravi le rude sentier, sur un banc d'herbe à l'ombre d'un quinconce de tilleuls.

— Nous avons promis de venir, et nous tenons parole, — dit le comte avec amabilité.

— J'ai voulu accompagner mes amis, — reprit la douairière d'Apremont d'un ton froidement poli et légèrement dédaigneux.

— Je suis fier et touché de l'honneur que je reçois, — répondit monsieur Matthieu en s'inclinant. — Que puis-je faire pour vous être agréable? Dites-le moi. Je suis à vos ordres.

— Montrez-nous votre petit domaine, — dit le comte de Flavigny. — J'ai ouï dire que votre chaumière est une véritable cellule de savant. Je suis curieux de voir cela, si vous le permettez.

— Je n'ai rien à vous refuser, monsieur le comte, et je me mets à votre disposition.

— Alors, — reprit vivement Blanche, — vous nous donnerez une petite séance de divination physiognomonique, comme on dit, je crois. Je veux absolument savoir ce que, sur la simple inspection de mon visage, on doit penser de moi.

— On en doit penser trop de bien, sans doute, pour que je ne craigne pas, en l'exprimant, d'embarrasser votre modestie, — repartit d'un air souriant monsieur Matthieu.

— Comment entendez-vous cela, s'il vous plaît? vous vous moquez, je crois. Mais bah! je ne me laisse pas intimider pour si peu. Voyons, monsieur le devin, étudiez mes traits, je vous prie, et révélez-moi mes penchants, mes aptitudes, mes qualités et mes défauts.

— Je vous obéis.

Et le solitaire de la Gorge-aux-Loups fixa un regard pénétrant et lumineux sur la charmante figure de Blanche qui devint sérieuse.

— Bon! — murmura-t-elle, — voici que je commence à avoir peur. Qui sait? Vous allez peut-être découvrir sur mon visage les signes accusateurs des plus vilains sentiments.

— Rassurez-vous; j'y remarque, au contraire, la forme extérieure des plus nobles instincts.

Alors monsieur Matthieu formula, touchant le caractère et l'esprit de la jeune fille, quelques appréciations dont la justesse parut frapper. Elles furent énoncées avec une précision d'idées et une convenance de langage qui charmèrent les auditeurs.

— Bravo! — dit la comtesse, — votre science d'observation ne vous a pas trompé. Vous avez bien jugé ma nièce, à la fois raisonnable et romanesque, pleine de sensibilité et d'imagination, bonne jusqu'à la témérité.

— Ajoutez à cela, — reprit monsieur Matthieu, — une certaine promptitude à saisir le côté plaisant des choses, ainsi qu'une légère disposition à la raillerie, et le portrait sera, je pense, encore plus ressemblant.

— Il est parfait ainsi, — dit le comte. — Je comprends que votre pénétration vous ait valu un renom de sorcier.

— Et vous avez vu ce que vous venez d'exprimer dans la conformation du front, des yeux, de la bouche de mademoiselle de Flavigny? — demanda la douairière d'Apremont d'un air d'incrédulité.

— Oui, madame la marquise, et en même temps dans l'expression de la physionomie. On se plaint parfois, — reprit-il, — que la nature n'ait pas mis une fenêtre au-devant du cœur, de façon à projeter la lumière sur les pensées et les desseins de l'homme. En vérité, on a tort. La nature y a pourvu par des moyens plus assurés que n'eût été cette étrange ouverture imaginée par Momus. Elle a, en effet, répandu l'âme humaine au dehors. Ses mouvements, ses inclinations, ses habitudes se reflètent sur le visage et s'écrivent en caractères lisibles pour le regard attentif de l'observateur.

— Voilà ce que je refuse de croire, — répliqua péremptoirement la marquise. — La nature ne se trahit point par des signes extérieurs. Elle cache et ne livre pas ses secrets.

— Et cependant, madame, il est évident pour moi que la ligne droite et horizontale de vos sourcils, la transparence de vos yeux largement ouverts, la courbure hautaine de votre nez dénotent un grand sentiment de la dignité aristocratique, tandis que la saillie de votre lèvre supérieure et la rondeur parfaite de votre menton sont l'indice de la bienveillance et de la générosité.

— Ah! marquise, — dit le comte en riant, — cela est explicite. Vous inscrivez-vous en faux contre un pareil jugement?

— Je ne sais s'il est juste. Dans tous les cas, le hasard peut l'avoir dicté, à moins qu'il ne soit l'écho de quelque opinion hasardée sur mon compte par ceux qui croient me connaître en ce pays.

— Alors, madame, vous m'accuserez aussi de ne faire que répéter un bruit qui circule, si j'ajoute que plus je vous observe et plus je me convaincs, en étudiant certains plis de votre front, qu'il existe en vous un mystérieux chagrin, un grave tourment, déterminé par une cause actuelle et permanente.

La douairière d'Apremont tressaillit. Elle se leva

brusquement, comme si elle craignait que le sorcier
ne surprit et ne révélât les souffrances de son cœur
maternel.

— Vous vous trompez ! — s'écria-t-elle avec une sorte
d'effroi, — et je ne comprends rien à ce que vous osez
prétendre.

— Je ne suis pas infaillible, madame. Il se peut que
j'aie commis une erreur. Ce qu'il y a de certain, c'est
que je souhaite pour vous qu'il en soit ainsi.

Et le solitaire accompagna ces mots d'une inflexion de
voix qui signifiait évidemment : « Je vous plains, car
j'ai dit la vérité. »

Il y eut une pause. Le silence allait devenir embarrassant, lorsque la comtesse le rompit.

— A mon tour, — dit-elle. — Voyons, apprenez-moi ce que
je dois penser de moi-même. Surtout, ne craignez pas
de blesser mon amour-propre : j'ai peu de susceptibilité.

Monsieur Matthieu se recueillit, puis il hasarda quelques réflexions physiognomoniques qui eurent l'approbation du comte, de Blanche et de Raoul.

— Au reste, — reprit-il, — je puis affirmer que l'harmonie des traits de madame la comtesse traduit manifestement l'harmonie de son âme. Je remarque, toutefois,
dans l'expression de son regard une grande mélancolie
habituelle, qui doit être le reflet ineffaçable de quelque
douloureux et lointain souvenir. — Comme on le pense
bien, ces paroles produisirent une vive impression sur
le comte et la comtesse. Monsieur Matthieu s'en aperçut :
il comprit qu'il avait touché le point le plus meurtri et
le plus sensible de la noble existence dont il entrevoyait
le passé. Avec la délicatesse et la retenue qui sont les
qualités essentielles de ceux qui ont beaucoup souffert, il
évita d'appuyer sur cette blessure de l'âme, mal cica-
trisée encore, et il s'empressa d'ajouter : — Votre étonnement me prouve que je me suis encore trompé. Après
tout, cela se conçoit. La science dont les principes me
servent de guide en ce moment est toute nouvelle ; elle
date d'hier, et par conséquent elle est mal définie. Un
Allemand, nommé Lavater, a essayé d'en fixer les règles ;
mais ses études n'ont rien d'assez précis, d'assez déterminé, pour qu'elles soient d'un enseignement sûr. Cette
science exige d'ailleurs un ingénieux esprit d'observation, une rare sagacité, qui, sans doute, n'existe pas en
moi à un degré suffisant. Laissons donc là cette devination, comme l'appelle mademoiselle de Flavigny, et entrons dans ma cabane, ainsi que monsieur le comte en
a exprimé le désir.

Personne n'insista pour que monsieur Matthieu voulût
continuer ses investigations. Peut-être était-on bien aise
d'échapper à ce regard savant qui pénétrait jusqu'au
plus profond du cœur, quelqu'il ne parût se préoccuper
que des linéaments et des expressions du visage humain.
Toujours est-il que le comte et la comtesse n'avouèrent
point que le sorcier n'avait point commis une erreur. Ils
gardèrent le silence, soupçonnant sans doute combien
il y avait de modestie et de réserve dans la conduite de
monsieur Matthieu.

Quelques instants après, on entra dans la chaumière,
dont l'ameublement original fit pousser quelques exclamations de surprise. Mademoiselle de Flavigny et Raoul
prirent un vif intérêt à cette exhibition de curiosités
scientifiques. La douairière d'Apremont les considéra un
moment avec un sourire de dédain ; après quoi, elle
s'assit dans le grand fauteuil, et elle attendit, majes-
tueuse et indifférente, que ses hôtes eussent satisfait
leur curiosité. Pendant ce temps, la comtesse et Blanche,
lasse de regarder des instruments de botanique et d'astronomie auxquels elle ne comprenait presque rien,
étaient sorties de la chaumière ; elles se promenaient
dans le jardin, contemplant avec admiration les roman-
tiques perspectives de la Gorge-aux-Loups. Elles ne tardèrent pas à franchir la limite de l'enclos et s'avancèrent
au hasard sous la haute futaie. Tout en cheminant, leur

causerie s'était animée. Bientôt, par des transitions in-
sensibles, elles en vinrent à parler de Bénédict.

— A propos, ma tante, — dit tout à coup la jeune fille,
gracieusement penchée au bras de la comtesse, — j'ai
oublié de vous communiquer une remarque que j'ai faite
tout récemment.

— Laquelle, mon cher ange ? Je t'écoute.

— Oh ! vous allez peut-être vous moquer de moi.
Mais tant pis ! Je veux savoir si vous serez de mon avis.

— Voyons, de quoi s'agit-il ?

— Il s'agit d'une ressemblance... d'une ressemblance
qui m'a sauté aux yeux.

— Sans les blesser, n'est-ce pas ? c'eût été fâcheux : ils
sont si charmants, tes yeux !

— Bon ! voilà que vous commencez à me railler... Ah !
prenez garde. Je suis vindicative, vous savez.

— Tu me fais peur, méchante. Je te demande grâce,
et je me recueille pour te mieux écouter.

— A la bonne heure ! Je vous pardonne. — Et la gracieuse espiègle se dressa sur la pointe des pieds ; puis,
avec une adresse d'oiseau qui becquette un fruit, elle
mit rapidement un baiser sur la joue de madame de Flavigny. — Et maintenant, — reprit-elle tandis que la comtesse lui souriait, — voici la ressemblance : je trouve
qu'elle existe, très-caractérisée, entre une grande dame
et un simple paysan. Cela est fort extraordinaire, peut-
être, mais cela n'en est que plus frappant.

— Est-ce que tu les connais tous deux ?

— Assurément, ma tante, puisque la grande dame est
la comtesse de Flavigny, puisque le simple paysan est le
pâtre Bénédict !

La comtesse s'arrêta. Son visage exprimait l'étonnement.

— Es-tu sérieuse, ma belle ? — demanda madame de
Flavigny.

— Comme un derviche.... Est-ce une réalité, ou n'est-
ce qu'une illusion de mes yeux charmants, comme vous
les qualifiez ? Je ne sais. Peut-être ai-je une tendance à
trouver une sorte de reflet de vous-même dans toute
créature humble ou brillante, qui possède ces deux at-
tributs divins : l'élégance et la beauté.

— Ah ! malheureuse ! tu te venges, même après avoir
pardonné, c'est mal !

— C'est affreusement mal, je l'avoue ; mais c'est plus
fort que ma volonté. Au jugement dernier, Dieu sera
implacable pour moi, car je n'aurai jamais eu pitié de
personne.

— Bah ! Dieu fera de toi un lutin, et tu taquineras les
anges pour les tenir en éveil.

— Oh ! joli ! très-joli !... Mais tout cela ne m'apprend
pas ce que vous pensez de la ressemblance.

— Que veux-tu que j'en pense ? On ne se connaît pas
bien soi-même. Toutefois, je dois te dire, si je n'ai pas
fait précisément la même remarque que toi, du moins
la vue de ce jeune garçon m'a frappée comme si je re-
trouvais en lui les traits et la physionomie d'une personne qui me serait bien connue. De quelle personne ?
Je n'ai pas cherché à m'en rendre compte. Quand je reverrai ce Bénédict, je l'examinerai attentivement et je
tâcherai de me souvenir.

— Eh bien ! l'occasion ne tardera pas, — dit Blanche
avec un geste de surprise. — En effet, j'aperçois deux
chiens de berger devant nous, à vingt pas : notre pâtre
ne doit pas être loin.

La comtesse dirigea son regard vers l'extrémité du
chemin qu'elle suivait, à l'ouverture d'une clairière que dorait un rayon de soleil. Elle vit en effet deux
griffons fauves qui, l'œil fixe, l'oreille dressée, attendaient immobiles et muets.

— Est-ce que ces deux chiens seraient ce Castor et ce
Pollux qui t'ont si bien gardée hier, et dont tu nous as
fait un si grand éloge ?

— Oui, chère tante. Je crois qu'ils m'ont reconnue.

Castor et Pollux, en réalité, commençaient à donner

quelques signes de bonne humeur et de bienveillant accueil; puis ils vinrent au-devant des belles promeneuses, qui se mirent à les caresser. Arrivées au bord de la clairière, elles virent un grand troupeau de moutons. Les uns broutaient encore l'herbe grasse et drue, tandis que les autres se reposaient en ruminant. Un homme était assis à l'ombre d'un haut chêne. Il lisait ou plutôt il essayait de lire, mais le livre retombait sur ses genoux, et son front s'inclinait rêveur sous l'effort d'une impérieuse préoccupation. Il était posé de manière à ne pouvoir remarquer l'approche de la comtesse et de Blanche, dont la marche n'éveillait aucun bruit, grâce à l'épaisseur du tapis vert qu'elles foulaient sous leurs pas. Lorsqu'elles furent près de lui, elles l'entendirent murmurer ce seul mot, doux comme une caresse, mélancolique comme un soupir :

— Ma mère!

Presque aussitôt il sentit une main lui toucher légèrement l'épaule. Il releva la tête, se retourna et tressaillit à l'aspect de madame et de mademoiselle de Flavigny qui se tenaient debout à ses côtés. En une seconde il fut levé, il ôta rapidement son grand chapeau de feutre, et s'inclina avec un profond respect. Une vive émotion empourprait son visage, un tremblement irrésistible faisait frissonner tout son corps. La comtesse n'eut pas de peine à s'apercevoir du trouble qui s'était emparé de lui. Pour lui donner le temps de vaincre la violence de ses sensations, qu'elle attribuait à la surprise, elle s'assit à la place même que le pâtre venait de quitter, dans l'ombre du chêne séculaire, sur une large saillie du sol que la mousse recouvrait abondamment. Blanche imita l'exemple de sa tante, elle choisit près d'elle un petit tertre bien gazonné, bien fleuri, et s'y posa avec le gracieux laisser-aller qui distinguait ses plus simples mouvements.

Lorsque madame de Flavigny jugea que Bénédict devait être plus calme, plus maître de lui-même, elle leva les yeux et le regarda fixement. Il baissa aussitôt les siens comme s'il recevait le choc d'une étincelle électrique. Chose étrange! la comtesse ressentit au cœur une sorte d'ébranlement. Elle voulut parler, mais elle n'en eut pas la force; la voix expira sur ses lèvres, elle ne put que murmurer :

— Oui, ce jeune homme me ressemble! Il me ressemble plus que Raoul, plus que mon propre fils !

Et son beau front se pencha vers la terre, et ses grands yeux revêtirent une expression d'indicible tristesse.

L'âme humaine a de mystérieuses perceptions; elle est accessible aux plus soudains pressentiments. Comme une harpe éolienne, elle vibre d'elle-même sous les souffles les plus imperceptibles de la destinée. Mais, inattentive ou superficielle, elle ne cherche pas toujours à se rendre compte de ce qu'elle éprouve, ou elle se trompe aisément sur la cause des émotions imprévues que rien ne semble justifier. C'est ce qui advint à la comtesse : elle s'étonna du trouble qui l'avait atteinte, puis elle l'attribua à un accès de jalousie maternelle : après quoi elle ne songea plus à se l'expliquer. Alors elle releva la tête, sourit à Bénédict et lui fit signe de s'asseoir sur l'herbe, presque à ses pieds. Le pâtre obéit.

Pauvre et courageux enfant! dans quelle émouvante situation le hasard le plaçait, après les révélations de Roch Duboux! Aussi avait-il fallu tout le temps que madame de Flavigny avait dû mettre à se dominer pour que lui-même fût parvenu à raffermir son âme et à ressaisir sa volonté.

— Nous ne nous attendions pas à vous trouver, — dit enfin la comtesse d'un ton charmant. — Il nous est d'autant plus agréable de vous revoir. Madame d'Aprémont a bien voulu nous conduire à l'ermitage de monsieur Mathieu. Tandis que monsieur de Flavigny et mon fils sont occupés avec le terrible sorcier, et que la marquise se repose d'avoir gravi le coteau, nous avons eu, ma

nièce et moi, la bonne idée de faire une promenade sous la haute futaie, et voilà pourquoi nous sommes ici, très-satisfaites de pouvoir causer un moment avec vous.

— Madame la comtesse me rend tout confus, — répondit le pâtre dont la voix tremblait malgré lui. — Je ne suis pas digne de lui inspirer un si grand intérêt, et je ne sais comment me montrer reconnaissant de tant de bonté. J'ignore l'art de remercier comme il convient à une grande dame; mon esprit est inhabile à interpréter mon cœur. Excusez-moi.

— Vous vous exprimez à merveille, Bénédict. Il faut vraiment que vous soyez une nature bien privilégiée pour avoir profité d'une façon si remarquable des leçons que vous a données le solitaire de la Gorge-aux-Loups. Je vous regarde comme une intelligence très-distinguée, et c'est pour cela que je me félicite de vous avoir rencontré de nouveau.

Tout en parlant ainsi, la comtesse attachait sur lui ses yeux pleins de mélancolie, de curiosité et d'étonnement. Elle ne se lassait pas d'étudier ce beau visage, dont les lignes régulières et harmonieuses semblaient être comme un décalque des contours de sa charmante figure; dont la physionomie, doucement accentuée, réfléchissait une grâce sérieuse qu'on remarquait également dans l'expression de ses propres traits. Elle se sentait de plus en plus captivée; elle éprouvait même un indéfinissable attendrissement.

— Nous vous avons distrait de vos pensées, — reprit-elle. — Je ne le regrette pourtant pas, car vos pensées, je crois, étaient pénibles. En effet, vous murmuriez en soupirant un mot qui résume les plus secrètes tristesses de l'orphelin : « Ma mère! » Vous pensiez à votre mère, pauvre jeune homme! à votre mère que peut-être vous n'avez jamais connue et que sans doute vous ne connaîtrez jamais...

Cette question, faite avec un vif accent de sympathie généreuse et de noble commisération, remua profondément l'âme de Bénédict. Ce ne fut pas sans un effort suprême qu'il parvint à répondre avec calme :

— Vous l'avez dit, madame la comtesse, cette pensée : « Ma mère! » se cache dans toutes les rêveries d'un orphelin tel que moi; il faut que ce sentiment filial soit bien naturel au cœur humain, puisque la maternité d'adoption ne peut l'effacer complètement. La famille qui m'a recueilli se montre si aimante, si dévouée à mon égard, que je devrais ne penser qu'à elle; et cependant il n'en est pas toujours ainsi. Il y a des moments où je crains d'être ingrat.

— Ne craignez pas cela, mon jeune ami. Quoique je ne me flatte pas de lire sur le visage aussi couramment que monsieur Mathieu les instincts et les penchants, je découvre aisément dans votre physionomie les signes caractéristiques des plus généreuses aspirations. J'ose affirmer qu'il n'y a pas de place en vous pour un mauvais sentiment.

Un éclair de joie ineffable traversa le regard du pâtre. Cet éclair s'éteignit sous une larme qu'il refoula sous les longs cils de ses grands yeux bleus.

— Je vous remercie, madame, de m'avoir témoigné une si touchante opinion; — dit-il avec un sourire ému. — Par bonté d'âme vous avez exagéré mon peu de mérite, mais c'est peut-être ainsi qu'on encourage le mieux à la vertu. Je veux graver vos paroles dans ma mémoire, et je tâcherai de les mériter en m'efforçant d'être meilleur désormais.

Il y eut une pause pendant laquelle il se retourna, en apparence pour donner un coup d'œil à son troupeau, mais en réalité pour dissimuler son émotion. Blanche profita de ce moment; elle se pencha vers la comtesse et lui dit tout bas :

— Eh bien! ma tante, qu'en pensez-vous?

— Je pense que tu as raison. Plus je regarde ce jeune homme, et plus je crois me reconnaître en lui. Il y a vraiment de singuliers hasards.

Et madame de Flavigny demeura toute réfléchie, comme si elle cherchait à se rendre compte de la bizarrerie d'une si grande ressemblance. Peut-être cette particularité ranimait-elle dans son esprit le souvenir des jours lointains, des malheurs presque oubliés. Peut-être songeait-elle vaguement que, si la tempête n'était pas intervenue dans sa destinée, elle aurait sans doute un fils inconnu, un enfant proscrit, ayant l'âge et les traits de Bénédict. Quoi qu'il en soit, un nuage sombre s'étendit sur ses traits, elle s'efforça visiblement de le dissiper, mais elle ne put tout à fait y parvenir. L'entretien, qui se renoua bientôt entre Blanche et le pâtre, n'était guère de nature d'ailleurs à lui enlever la triste préoccupation qui semblait la dominer.

— Ainsi, — demanda mademoiselle de Flavigny avec une expression de douce pitié, — vous n'avez jamais vu votre mère, Bénédict?

Le malheureux pâlit à cette question. Il sentit un frisson se glisser dans son cœur. Instinctivement il fut sur le point de porter son regard sur la comtesse; cependant il n'en fit rien et répondit avec résolution :

— Jamais, mademoiselle.

— Et vous n'espérez plus la revoir?

— J'ai la conviction qu'elle est morte.

— Pourquoi cela?

— Parce que je ne crois pas aux mères qui, vivantes, restent vingt années sans chercher à embrasser leur enfant.

— Si elle existe encore, votre mère ignore sans doute ce que vous êtes devenu. Il est possible aussi qu'elle vous ait trouvé et qu'une contrainte l'empêche de se révéler à vous.

— J'aime mieux penser qu'elle n'est plus, car alors je n'ai pas à lui reprocher mon abandon. Je puis imaginer que son âme repentante et invisible me protège comme un ange gardien.

— C'est une idée touchante que vous avez là, Bénédict, — repartit Blanche; — elle est bien en harmonie avec ce que je connais de vos sentiments. Toutefois, laissez-moi vous le dire, il n'est pas invraisemblable que votre mère, trompée par je ne sais quel témoignage intéressé, perfide, croie avoir acquis la certitude que vous n'existez plus. Avez-vous tenté quelques démarches pour la découvrir, pour lui apprendre que vous vivez et que vous êtes son fils? La recherche de la maternité est un droit naturel. Si je ne me trompe même, elle est autorisée par la loi.

Ces paroles produisirent un effet rapide et profond sur la comtesse. Pour la première fois peut-être elle se demanda si monsieur de Morsanges, en lui annonçant le naufrage du *Goéland*, lui avait dit la vérité. Mais ce doute ne tint pas contre le souvenir de la droiture de son père. Elle la repoussa comme une injure à la mémoire du vieux gentilhomme, qu'elle avait toujours connu si sincère, si loyal. Quant à Bénédict, il tressaillit et resta stupéfait sous le coup des réflexions de mademoiselle de Flavigny, réflexions qui, à part le soupçon de ruse et de mensonge, coïncidaient si bien avec ce qu'il avait appris par le récit de Roch Duhoux.

Après un instant d'hésitation, il répondit :

— Si j'admettais cette supposition, que ma mère est encore de ce monde et qu'elle croit que je suis mort, je vous l'avoue, je m'abstiendrais néanmoins de la chercher, car je craindrais qu'elle ne fût pas heureuse d'apprendre que j'existe. Quel ne serait pas, hélas! mon désappointement, mon chagrin si, la retrouvant, je m'apercevais que je suis pour elle, non une cause de satisfaction, de bonheur, mais un sujet d'embarras, de honte ou de remords!

— En effet, il doit être bien douloureux pour un enfant qui a l'âme tendre et fière de reconnaître qu'une mère peut souffrir et regretter de lui avoir donné le jour. Il me semble qu'il n'y a pas de plus navrante situation. Chère tante, est-ce aussi votre avis?

— Oui, — balbutia madame de Flavigny. — Pauvre enfant! — Après un silence, elle ajouta dans un soupir : — Pauvre mère! car il faut qu'un malheur bien terrible ait frappé une femme pour qu'elle redoute de faire l'aveu de sa maternité.

Disant cela, ses paupières palpitaient, son regard était humide, sa joue se couvrait d'une nerveuse pâleur. Blanche s'en aperçut.

— Eh bien! qu'avez-vous donc, chère tante! — lui demanda-t-elle. — Est-ce que vous souffrez?

— Non, ma belle, — répondit madame de Flavigny.

— C'est que votre front s'est altéré tout à coup, et j'ai craint...

— Rassure-toi, chère enfant, ce que j'ai ressenti n'est pas de la souffrance, mais de la compassion.

— Oui, vous êtes si bonne, — reprit Blanche, — que la seule idée d'une infortune vous cause une sensation douloureuse. Vous êtes par trop impressionnable aussi. Il faut modérer cela, je l'exige, ou je me fâcherai. — Et son doigt mignon se dressa menaçant, et ses beaux sourcils noirs se froncèrent avec une charmante sévérité. Puis elle se tourna vers Bénédict, et lui demanda comment, lorsqu'il songeait à sa mère, il aimait à se la figurer. — Elle apparaît sans doute à votre imagination, — ajouta-t-elle, — sous les traits d'une femme jeune encore, belle, triste, et vous souriant?

A cette question inattendue, le pâtre fit malgré lui un mouvement pour regarder la comtesse, mais il comprima aussitôt cet élan instinctif, et répondit en maîtrisant l'émotion de sa voix :

— En effet, mademoiselle, c'est bien ainsi que je me représente ma mère. J'ajouterai cependant qu'elle a des ailes comme les anges, car, vous le savez, je ne crois pas qu'elle appartienne à la terre, et mon cœur l'entrevoit dans le ciel.

— Ce pieux sentiment vous honore, — dit la jeune fille. — Ah! vous méritez d'avoir une mère affectueuse et dévouée, car votre âme...

Bénédict tressaillit.

— Ne me parlez pas de mon père! — interrompit-il avec une sombre vivacité. — Quand une mère abandonne son enfant, c'est la faute ou plutôt c'est le crime du père!

Cette réponse énergique fut suivi d'un profond silence, pendant lequel madame de Flavigny se leva et se mit à marcher avec une sorte d'agitation contenue. Son visage s'était empourpré, sa poitrine s'agitait irrésistiblement. Cette fois il était visible qu'elle souffrait.

— Décidément, chère tante, vous éprouvez quelque malaise, — dit Blanche avec anxiété.

— Madame la comtesse aura pris froid, sans doute, sous les ombrages de cette haute futaie, — se hâta d'exprimer le pâtre, dont le regard était navré.

— Oui, oui, c'est cela, je me sens glacée, et j'ai un peu de frisson, — balbutia madame de Flavigny. — Retournons sur nos pas. On doit nous attendre et s'étonner de notre retard.

— Adieu, Bénédict, — dit Blanche d'un ton cordial. — Souvenez-vous que nous comptons vous revoir à Montaigu.

— A bientôt, mon jeune ami! — reprit la comtesse. — N'oubliez pas que monsieur de Flavigny et moi nous serons bien heureux le jour où vous nous offrirez l'occasion de vous rendre service et de nous acquitter un peu envers vous.

Et, avec une bonté charmante, elle lui tendit sa main. Bénédict la prit en tremblant, la porta à ses lèvres; mais, trop ému pour y mettre un baiser, il y laissa tomber une larme, perle humide qui s'était formée au plus profond de son cœur.

Lorsque les deux grandes dames eurent disparu dans les sombres replis du bois, le pâtre, qui était resté jusque-là immobile et silencieux, poussa un sanglot à demi-étouffé, dans lequel Dieu seul put entendre ce cri en-

thousiaste, quoique à peine articulé cette fois . « Ma
mère ! Ma mère ! » Puis il se jeta à genoux, et, se baissant
jusqu'à terre, il embrassa avec transport les traces qu'a-
vaient laissés sur l'herbe en fleur les pas de madame de
Flavigny.

Caché derrière un groupe de chênes énormes, où il
avait pu se glisser aisément et sans bruit, un homme
avait été le témoin de cette singulière pastorale. C'était
Gaëtan d'Apremont.

— Parbleu ! — murmura-t-il, — voilà qui est vraiment
étrange ! Qu'est-ce que tout cela signifie ?

— Hum ! — répondit une voix sourde presque à l'o-
reille du marquis, — si je voulais bien, il ne me serait
pas difficile de vous l'expliquer.

Gaëtan se retourna et reconnut Roch Duhoux portant
la livrée des laquais de grande maison.

XI

Après un instant de surprise, le marquis fit signe à
Duhoux de le suivre et s'éloigna. Une mousse épaisse
amortit si bien le bruit de leur marche que Castor et
Pollux, qui d'ailleurs se tenaient dans une direction
opposée et surveillaient quelques moutons visiblement
tentés de franchir les limites de la clairière, ne prirent
pas l'éveil. Contournant sous bois, par les hauteurs,
l'enceinte où se cachait la cabane du solitaire, Gaëtan
et son compagnon avancèrent en silence. Ils s'arrêtèrent
au milieu d'un taillis. Là se trouvaient deux hommes
assis sur l'herbe et trois chevaux attachés par la bride
aux branches d'un arbre. A la vue du marquis, les deux
hommes se levèrent, mais de mauvaise grâce ; ils paraissaient à la fois honteux et mécontents. Bénédict eût
reconnu en eux les valets qu'il avait mis en fuite à coups
de bâton.

— Pouvons-nous retourner au château ? demanda
l'un d'eux d'un ton aigre-doux.

— Vous le pouvez, poltrons ! — répondit Gaëtan. —
Allez-vous-en avec votre dos meurtri. Vous n'avez que
ce que mérite votre lâcheté.

— Notre lâcheté, soit ! — répliqua l'autre laquais, —
il faut être lâche en effet, pour obéir aux ordres impitoyables que vous donnez.

— Ah ! maroufles ! commença le marquis. Et il
leva la main pour frapper ; mais il réfléchit que la marquise d'Apremont, sa mère, et la famille de Flavigny
devaient être encore dans le bois, et il se contint, de
peur qu'une algarade trop bruyante n'attirât leur attention. — Allons, partez, maroufles ! — dit-il. — Partez sans
retard, ou vos épaules vont recevoir quelque nouvelle
correction... Et surtout, — reprit-il, — tâchez qu'on ne
vous aperçoive pas, car si le pâtre vous rencontrait, il
serait bien capable de vous rosser encore d'importance,
et, ma foi ! il n'aura pas tort.

— Il aurait bien plus raison s'il traitait votre seigneurie comme on doit traiter un manant !

Les deux domestiques étaient en selle. Après cette
rude réplique de l'un d'eux, ils éperonnèrent leurs chevaux et s'élancèrent dans un chemin creux qui serpentait à mi-côte et aboutissait, du côté d'Apremont, vers
l'entrée de la Gorge-aux-Loups.

Le marquis se mordit la lèvre en grommelant une
menace. Roch Duhoux sourit méchamment. Il murmura
ces mots :

— La valetaille est insolente avec lui. Bon ! je lui serai bientôt indispensable, et ma fortune est faite.

Après avoir un peu calmé la rage sourde qui l'agitait
en enlevant avec sa cravache quelques mousses parasi-
tes sur l'écorce des chênes les plus rapprochés de lui,
Gaëtan s'adressa brusquement à son nouveau laquais et
lui demanda comment il se faisait qu'il l'eût rencontré

sous bois et si près de la demeure du sorcier. — Rien
de plus facile à vous raconter, monseigneur, — répondit
Duhoux. — Ce matin, dès l'aube, j'ai quitté la ferme de
la Bénardière et je suis allé à Montaigu. Là, j'ai acheté
le costume que je porte ; puis, sans retard, je me suis
mis en route pour le château d'Apremont. Chemin faisant, j'ai rencontré une carriole ; elle suivait la même
direction que moi. J'y ai pris place, après avoir payé à
boire à celui qui la conduisait. Pour abréger la distance,
il fut convenu que nous traverserions le défilé de la
Gorge-aux-Loups. Comme nous avancions dans le sentier qui se déroule au bas de ce coteau, j'aperçus un
carrosse stationnant sur l'herbe et sous les arbres. Je
crus reconnaître la voiture et la livrée que, la veille au
soir, j'avais vues dans la cour de la ferme. Une observation de mon conducteur vint confirmer ma remarque.
« Tiens, — dit-il, — il paraît que la famille seigneuriale
d'Apremont est en train de consulter le solitaire de la
Gorge-aux-Loups. » Et, faisant le signe de la croix, il
ajouta qu'on avait tort de recourir à la science des sorciers. « — Ma foi, tant pis ! — répliquai-je avec une résolution soudaine, — moi aussi je veux connaître le sort
que me prépare l'avenir. » Disant cela, je sautai à terre,
je serrai la main de mon compagnon stupéfait, et je me
mis à grimper au hasard sous les ombrages de la colline,
tandis que la carriole s'éloignait rapidement.

— Est-ce que vraiment tu songeais à faire tirer ton
horoscope, imbécile ?

— Fi donc ! pas si niais !... D'ailleurs, c'est déjà fait...
sans ma permission. Oui, hier, l'affreux sorcier m'a prédit des horreurs... Et pourtant je suis un honnête
homme, moi, voyez-vous. Ah ! je me vengerai !

— Peut-être es-tu venu ici avec le désir d'en trouver l'occasion ?

— Un peu, monseigneur. Mais j'avais aussi l'espoir de
vous rencontrer. Ma bonne chance m'a favorisé sur ce
dernier point. Puisse-t-elle tôt ou tard, mais plus tôt
que plus tard, m'être propice en ce qui concerne cet infâme Matthieu !

— Eh bien ! — dit le marquis après un instant de réflexion, — je me charge, moi, de te venger... mais à une
condition.

— Laquelle ? Parlez vite, monseigneur.

— Quand tu m'as abordé tout à l'heure, n'as-tu pas
prétendu que, si tu voulais, tu pourrais me donner le
véritable sens de ce qui venait de se passer sous mes
yeux.

— Et je le prétends encore très-sincèrement, croyez-
moi.

— Alors il faut me promettre de me dire ce que tu sais.
Moi, en retour, je te promets que tu seras vengé du solitaire de la Gorge-aux-Loups. — Roch Duhoux allait
prendre l'engagement qui lui était demandé. Une réflexion l'arrêta. — Eh bien ! pourquoi hésites-tu ? — reprit Gaëtan.

— Ah ! dame, — balbutia d'un air soucieux le nouveau
laquais, — c'est qu'il y a du danger pour moi à dire ce
que je sais.

— Quel danger ?

— On m'a menacé, si je révèle le mystère qui se rat-
tache à ce que vous avez vu tout à l'heure, de m'en
faire repentir, de me châtier.

— Qui donc oserait ainsi s'attaquer à toi, maintenant
que tu m'appartiens ? Ce serait le comte de Flavigny
lui-même que je ne le tolérerais pas.

— Oh ! ce ne serait pas lui. Le pauvre gentilhomme !
je crois bien qu'il ignore tout.

— Tout ?... Mais qu'est-ce donc !... Parbleu ! tu piques
singulièrement ma curiosité.

Après un instant de silence, Duhoux s'écria :

— Puis-je maintenant compter sur vous, monseigneur ?

— Eh ! sans doute.

— Si l'on me persécute, me défendrez-vous énergiquement ?

— Pardieu! j'ai besoin de toi.

— Quoi qu'on dise sur mon compte, quoiqu'on tente pour me faire chasser du château d'Apremont, me garderez-vous à votre service?

— Même si l'on me prouve que tu es un fieffé coquin.

— Jurez-le moi!

— Je le jure.

— C'est bien. Je parlerai. Mais croyez bien que je suis un honnête...

— Assez. Tu te répètes, c'est inutile, — dit en ricanant le marquis. — Est-ce que je m'intéresserais à toi si tu ne paraissais être la fine fleur de la délicatesse et de la probité?

— La fine fleur! monseigneur me flatte. Je sais remplir mes devoirs, voilà tout. Ainsi j'ai pris l'engagement de vous confier un secret important, et, bien que cette confidence puisse exposer ma vie, je suis prêt à la commencer.

— Ici? non pas. Nous pourrions être dérangés; mais en route, dans quelque chemin détourné, car nous allons sortir du bois et nous diriger vers le château. Es-tu bon marcheur?

— Excellent. Je fais dix lieues tout d'une traite sans me fatiguer.

— C'est plus qu'il ne faut pour que tu puisses suivre l'amble serré de mon cheval.

— Au besoin, je vous suivrais au trot.

— Peste! tu n'as cependant pas l'air d'être taillé pour la course.

— Oh! mes jambes ne sont pas très-droites, mais en revanche elles sont très-longues, et elles arpentent le terrain comme des pattes de faucheux. — D'un air ironique, le marquis toisa Duhoux des pieds à la tête. Celui-ci, d'un coup d'œil rapide et sournois, parut constater qu'il existait une légère similitude entre sa propre désinvolture et celle de Gaëtan d'Apremont. Un observateur attentif eût sans doute fait également cette remarque, que les difformités physiques étaient à peu près les mêmes en eux, avec cette différence qu'elles étaient moins accusées et mieux vêtues chez le grand seigneur.

— A propos, mon noble maître, — reprit Duhoux, — comment me trouvez-vous sous la livrée que je porte? Ainsi costumé, n'ai-je pas tout à fait bon air?

Il se cambra et pirouetta sur ses talons, en jetant, à la manière d'un Frontin de comédie, son tricorne galonné sous un bras.

— Tu es un peu moins laid qu'hier, honnête Mascarillo, — répondit Gaëtan en lui riant au nez. — Mais tu n'en conserves pas moins une mine qui révèle ce que tu es.

— Alors, mon air doit révéler que je suis vraiment digne d'être au service de monseigneur, — répliqua l'affreux Scapin en s'inclinant avec toute l'apparence d'un profond respect.

— Ah! drôle, je crois que tu te permets de plaisanter! Prends garde à ce que tu dis, et gare à tes épaules, faquin!

Le rire de Gaëtan avait fait place à un froncement de sourcils. Mais Roch Duhoux protesta qu'il n'avait pas eu la moindre envie de plaisanter, et son nouveau maître crut ou feignit de croire à la sincérité de cette protestation. Il se mit à cheval, donna de l'éperon et partit au grand trot, sans paraître se soucier de son valet, qui dut aussitôt prouver la longueur de ses jambes et la vitesse de sa course, double avantage dont il venait de se vanter.

Lorsque le marquis ralentit l'allure de sa bête, il se retourna. S'il s'attendait à voir Duhoux essoufflé, il reconnut qu'il se trompait, car Duhoux le suivait sans effort.

Le marquis redevint de bonne humeur.

— Peste! mon gaillard, — dit-il, — comme tu arpentes aisément le terrain. Si tu ne fais pas ton chemin dans la vie, ce ne sera pas faute de savoir courir.

— Il vaut peut-être mieux savoir ramper, monseigneur, — repartit le laquais. — On arrive encore plus sûrement au but.

Cette saillie ne déplut pas à Gaëtan.

— Décidément, — dit-il, — tu n'es pas un sot, et si tu veux m'être dévoué, j'aurai soin de ton avenir.

— Je vous serai dévoué corps et âme, monseigneur.

— A merveille!... Et maintenant, dis-moi, comme tu me l'as promis, ce qu'il y a de si étrange, de si mystérieux dans l'existence de la famille de Flavigny. Mes rapports avec cette famille sont d'une nature toute particulière, et ce que tu vas m'apprendre me sera peut-être d'une certaine utilité.

— Je le souhaite pour vous... et pour moi, — répondit Duhoux avec un sourire cupide.

Ils étaient parvenus à la lisière du bois, vers la pointe extrême de la Gorge-aux-Loups. Le marquis mit son cheval à l'amble serré et s'avança dans un chemin droit, entre deux haies basses, par-dessus lesquelles le regard planait aisément au loin. Aucune surprise, aucune indiscrétion n'était à craindre, Gaëtan dit à Duhoux de marcher à côté de lui, et lui déclara qu'il était prêt à l'écouter.

Une heure plus tard, tous deux arrivaient en vue du château d'Apremont.

— Eh bien! monseigneur, êtes-vous satisfait de mon récit? — demanda le hideux laquais.

— Très-satisfait, quoique plus d'un point de ton étrange histoire me paraisse obscur; si tu voulais t'en donner la peine, tu y mettrais sans doute aisément un peu de lumière. Mais j'en sais assez. C'est bien. Je t'accorde ma protection.

— Ce que vous venez d'apprendre vous sera-t-il de quelque utilité?

— Je le crois.

— Et vous me vengerez?

— Plus tôt que tu ne le penses.

— Et vous serez bon, généreux à mon égard?

— Je vais t'en donner une preuve à l'instant.

Le marquis lui jeta dédaigneusement quelques pièces d'or, que Duhoux se hâta d'empocher. Ce ne fut cependant pas sans faire une légère grimace, car il trouvait la libéralité mesquine et peu en rapport avec l'importance du secret qu'il venait de révéler. Mais il se contenta en réfléchissant que dans la position difficile où il était placé, avec les terribles antécédents qui pesaient sur sa vie, il devait encore s'estimer fort heureux d'avoir rencontré un maître puissant, point scrupuleux, et résolu à le protéger. Il était assez fin pour comprendre qu'il était entré au service d'un gentilhomme pervers, et qu'il existerait entre eux, tôt ou tard, quelque criminelle complicité.

Le pont-levis était abaissé; la porte s'ouvrit à deux battants. Le marquis entra, suivi de son nouveau valet. Il mit pied à terre dans la cour, et jeta la bride de son cheval à un palefrenier, puis il se dirigea vers l'aile gauche du château, où était son appartement. Il marchait pensif, silencieux; parfois un sourire ironique contractait sa lèvre et aiguisait son regard. Alors une expression de fermeté implacable roidissait sa physionomie; une sourde menace lui échappait:

— Oui! je les tiens maintenant, ces Flavigny! — murmura-t-il avec âpreté. — J'épouserai Blanche, ou il y aura du scandale en ce pays. — Tout en pensant et en s'exprimant de la sorte, il parcourut un long corridor, et arrivait à la porte de son appartement où il pénétrait, toujours suivi de Roch Duhoux. Cet appartement se composait de deux pièces vastes et sombres, une bibliothèque et une chambre à coucher. Elles étaient meublées, l'une et l'autre, en vieux chêne sculpté et tendues en damas de laine d'un rouge violacé, qui communiquait un aspect sévère, même un peu sinistre à ce corps de logis. Après avoir montré les deux pièces à Duhoux, Gaëtan poussa du doigt un ressort caché dans la moulure d'un panneau de la bibliothèque. Une petite porte s'ouvrit aussitôt, et laissa voir quelques marches d'un escalier dérobé. — Puisque je t'attache à ma personne, maraud, — dit-il, — il convient que je t'explique à quoi sert cet escalier. Il monte à la chambre que tu occuperas, et il descend vers une poterne au bord du fossé. Là est attachée une barque avec laquelle on traverse la douve et l'on gagne l'autre bord. Comme je tiens à ce que tu ne sois point remarqué des hôtes qui te connaissent, c'est par là que tu devras, jusqu'à nouvel ordre, aller et venir. Tu ne seras libre de circuler dans le château qu'après le départ de la famille de Flavigny.

— Il suffit, monseigneur.

— Le ressort secret joue aisément. Essaye.

Duhoux obéit, la mystérieuse porte s'ouvrit et se ferma d'elle-même sans effort et sans bruit.

— Ça marche comme sur des roulettes,—dit le laquais ébahi.—Il y a un peu de féerie là-dedans.

— Si je te montrais autre chose, tu ajouterais sans doute : Il y a un peu de diablerie là-dessous.

— Quoi donc, monseigneur?

— Oh! tu verras cela plus tard.

Un instant après, le marquis alla s'asseoir à une table qui tenait le milieu de la bibliothèque. Il écrivit deux lettres, puis il les plia, et apposa sur les enveloppes le sceau des seigneurs d'Apremont. Il les remit ensuite à son laquais.

— Pourquoi ces lettres, monseigneur? — demanda celui-ci.

— Sais-tu lire, imbécile?

— Oui, passablement.

— Eh bien! il y a là des adresses. Lis.

Duhoux profita de la permission. Il lut ces mots :

AU PÈRE BÉNÉDICT, À LA BÉNARDIÈRE.

A M. MATTHIEU, LE SOLITAIRE DE LA GORGE-AUX-LOUPS.

Le valet regarda son maître avec stupeur.

— Est-ce qu'il faut que je porte ces lettres à leur destination? — balbutia-t-il.

— Tu n'as pas l'air de t'en soucier beaucoup. Rassure-toi. Il importe que tu ne sois vu ni du pâtre ni du sorcier. Autrement, ils se méfieraient de mon stratagème.

— Il s'agit donc d'une ruse pour les attirer dans un piège?

— Précisément.

— Serait-ce déjà le commencement de la vengeance que vous m'avez promise?

— Parbleu! Je ne fais jamais attendre ce que je promets.

— Mais, monseigneur, je ne vous ai pas demandé de faire justice de Bénédict. J'ai même quelque intérêt à ce que celui-là vive.

— Ah! çà, drôle, crois-tu donc que je ne songe qu'à tes rancunes! Moi aussi, j'ai mes griefs, et j'ai bien le droit peut-être de punir ceux qui m'ont offensé.

— C'est trop naturel, monseigneur. Excusez-moi... J'attends vos ordres.

— Tu vas sortir du château par l'escalier dérobé. Tu attendras ensuite le facteur rural, qui passe d'ordinaire sur le chemin vers six heures du soir; tu l'aborderas, tu lui donneras quelque argent, et tu le chargeras de la part de la marquise d'Apremont, de porter les deux lettres au pâtre et au sorcier.

— C'est tout ce que vous m'ordonnez?

— Oui, jusqu'à ce soir. A présent, pars.

Roch Duhoux s'inclina, poussa le ressort et disparut.

Presque au même instant on frappait à la porte de l'appartement, et la porte s'ouvrait avec lenteur, tandis que la mère du marquis se montrait sur le seuil.

La douairière d'Apremont avait le visage sévère et soucieux; elle dirigea sur son fils un regard plein de tristesse et de mécontentement, puis elle s'avança vers lui avec la gravité solennelle qui n'abandonnait jamais sa démarche. Gaëtan ne daigna pas même aller au-devant d'elle; ce fut à peine s'il se leva lorsqu'il la vit s'approcher; il se contenta d'indiquer par un signe de main un fauteuil à quelques pas de lui. La pauvre grande dame étouffa un soupir et refusa de s'asseoir.

— Je n'ai, — dit-elle, — que quelques mots à vous adresser.

— Parlez, madame, je suis attentif,— répondit le marquis d'un air dégagé.

— J'ai fait aujourd'hui une longue promenade avec la famille de Flavigny. Un instant j'ai eu l'occasion de me trouver seule avec Blanche, et j'ai voulu connaître ses sentiments à votre égard. Hélas! je me suis aperçue bien vite, ce dont je me doutais déjà, que vous ne lui inspiriez aucune sympathie. Il m'a semblé même qu'elle avait quelque secrète raison de vous en vouloir sérieusement, car elle ne parlait de vous qu'avec une sorte d'amertume contenue et de vague irritation.

— Bah! vous m'étonnez. Quel reproche peut-elle avoir à me faire? Je n'ai jamais cessé d'être pour elle galant et respectueux.

— En êtes-vous bien sûr, Gaëtan?

Cette question fut accentuée avec une telle expression de doute et d'ironie que le marquis en parut d'abord déconcerté; mais il ne tarda pas à reprendre son aplomb.

— J'en suis parfaitement sûr, ma mère,—répondit-il. Comment pouvez-vous supposer que, de gaieté de cœur, j'aie compromis la chance qui semblait me promettre la main de mademoiselle de Flavigny? Je vous déclare que je trouve cette jeune fille ravissante, que j'en suis vraiment épris, et que j'espère devenir son époux.

— C'est là pourtant une espérance à laquelle il vous faut renoncer, car elle ne se réalisera pas.

— Et pourquoi donc, s'il vous plaît?

— Parce que mademoiselle de Flavigny m'a dit très-formellement qu'elle ne voulait pas se marier, et parce que je compte m'abstenir de la demander pour vous à sa famille, afin de vous épargner le désagrément d'un refus poli, mais certain.

— Peuh! vous avez tort, ma mère, de prendre au sérieux ce que débite une jeune fille lorsqu'on lui parle mariage. La plus sincère n'avoue jamais ce qu'elle pense à ce sujet, et il y a toujours un peu d'hypocrisie dans le cœur féminin de dix-huit ans.

— Blanche est la franchise même, monsieur. Si, en ce qui vous concerne, elle n'a pas été tout à fait sincère avec moi, c'est qu'elle a craint sans doute de m'affliger.

— En vérité, je ne vous comprends pas, — dit Gaëtan avec dédain. — Que croyez-vous donc? Quels qu'ils soient, vos soupçons sont d'une injustice irritante. Vous êtes toujours prêt à m'accuser.

— C'est que je vous crois capable de bien des audaces et de bien des maladresses! — répliqua la douairière avec fermeté.

— Soit. Eh bien! je vous prouverai, moi, que vos préventions sont parfois iniques, et que je ne suis nullement en butte à l'animadversion de Blanche de Flavigny.

— Comment me prouverez-vous cela?

— Parbleu! c'est bien simple. Demain, dans la matinée, nos hôtes nous quittent; ils retournent à Montaigu. Ce soir, lorsque Blanche et sa famille seront réunies au salon, n'hésitez pas; demandez expressément pour moi la main de celle qui, selon vous, me déteste et me repousse. Vous reconnaîtrez alors toute la gravité de votre erreur.

— Vraiment, j'admire une telle présomption. Vous mériteriez que je fisse cette démarche pour confondre votre impudence. Mais non, je ne veux ni embarrasser mes amis, ni vous attirer un affront,

— Moins de scrupules, je vous prie, madame la marquise, et plus de résolution! J'affirme que ce soir vous pourrez hardiment proposer notre alliance aux Flavigny, et que leur accueil sera de nature à vous contenter. Jusque-là, je verrai la belle enfant : nous aurons tous deux un entretien intime, décisif, dans lequel, j'en suis sûr, je la disposerai en ma faveur. Après quoi, vous serez agréablement surprise de la voir m'accepter pour époux.

A mesure qu'elle écoutait son fils, la douairière d'Apremont semblait se pétrifier. Elle eut quelque peine à secouer cette paralysie de l'étonnement.

— Eh! que comptez-vous donc dire à cette jeune personne pour opérer un tel prodige? — demanda-t-elle, saisie d'un double sentiment d'inquiétude et de curiosité.

— Cela, ma mère, c'est mon secret. Oh! nous autres, les habiles, les roués, nous sommes irrésistibles quand nous le voulons bien. Que diable! est-on si dépourvu d'élégance, de bonne grâce et d'esprit?

Et le marquis, se levant, cambra sa taille, caressa son menton, se donna enfin une allure de vainqueur que Bassompierre et Fronsac n'eussent peut-être pas dédaignée. La marquise haussa les épaules et fronça le sourcil.

— Vous êtes fou, monsieur!—dit-elle en faisant quelques pas pour se retirer.

— J'ai toute ma raison, madame, — répliqua Gaëtan d'un ton gravement accentué. — Oui, je sais ce que je dis, et ce soir vous pourrez demander résolûment pour moi la main de mademoiselle de Flavigny.

— Eh bien! soit; je ferai ce que vous exigez. Tant pis pour vous si ma demande reçoit une réponse qui, convenable qu'elle puisse être dans la forme, n'en sera pas moins au fond une cruelle déconvenue pour vos ridicules prétentions.

— Je ne crains pas cela, ma mère... Et tenez,—reprit le marquis en s'approchant d'une fenêtre, — j'aperçois là-bas, dans une allée du parc, celle qui, je l'espère, sera bientôt ma femme. Si vous le permettez, je vais la rejoindre et lui faire ma cour. Il faut que je me hâte, car il me reste à peine quelques heures pour la conquérir.

— Allez, monsieur, puisqu'il vous plaît de tenter l'aventure. Je vous souhaite bonne chance. Mais je vous le prédis : à moins d'un miracle, vous ne réussirez pas.

— Eh bien! on fera un miracle, madame, — repartit Gaëtan avec une indicible expression d'ironie et de fatuité.

La douairière d'Apremont n'ajouta pas un mot. L'imperturbable aplomb de son fils la subjuguait malgré elle et lui donnait à réfléchir. En dépit d'elle-même, son cœur maternel gardait une illusion, et vaguement elle s'abandonnait à l'espoir d'une union entre Blanche et lui; union dans laquelle elle entrevoyait le salut de ce fils qui l'avait tant affligée et que cependant elle aimait toujours.

Dix minutes après qu'elle eût quitté l'appartement, le marquis en franchit le seuil. Il se rendit dans le parc, parcourut rapidement une grande allée sinueuse; puis, au détour d'un massif de charmille, d'où s'élançaient quelques ormes centenaires, il se trouva face à face avec Blanche de Flavigny.

XII

En voyant le marquis se diriger vers elle, Blanche fit un mouvement de surprise et de dédain. S'il s'en aperçut, il ne le montra guère, car il prit aussitôt son air le plus souriant, le plus respectueux, et la salua jusqu'à terre en l'abordant. Mademoiselle de Flavigny lui rendit froidement son salut, et, non sans un peu d'affectation,

elle détourna la tête et s'éloigna. Ce mouvement de retraite, loin de le décourager, parut l'enhardir. D'un pas délibéré il la suivit. Alors elle s'arrêta et dit avec fermeté :

— Pardon, monsieur le marquis. Je désire me promener seule, et vous prie de ne me point accompagner.

— Il importe cependant que je cause avec vous, mademoiselle ; le moment me semble favorable à un entretien confidentiel.

— Je ne vous demande pas vos confidences, monsieur. En aucun cas, elles ne sauraient être de nature à m'intéresser.

Et la noble jeune fille appuya sur le visage du marquis un regard ironique et méprisant.

— Ah! prenez garde! — répondit Gaëtan légèrement ému; — ce que j'ai à vous confier est grave, très-grave, et mérite toute votre attention, je vous en préviens.

Il y avait de la menace dans la voix du marquis. Blanche n'en fut pas intimidée; elle haussa les épaules et se remit à marcher en s'engageant dans une allée qui, par une ligne oblique et transversale, devait la ramener promptement vers le château. Mais elle entendit encore résonner derrière elle le pas du marquis. Elle s'arrêta de nouveau, et fronçant ses sourcils noirs admirablement arqués :

— Ainsi vous m'escortez malgré moi, — dit-elle avec impatience, — et, pour me soustraire à vos odieuses façons d'agir, vous m'obligez en quelque sorte à prendre la fuite, à me réfugier sous la protection des miens! Est-ce que, par hasard, le silence que j'ai gardé sur votre conduite à mon égard pendant la chasse serait considéré par vous comme un encouragement! Si je me suis tue, sachez-le bien, c'est que j'ai voulu épargner un chagrin à votre mère que j'honore! c'est que j'ai craint d'exposer la vie du comte de Flavigny et de Raoul, qui, en apprenant votre insolence, eussent mis l'épée à la main pour vous en faire repentir. Cependant, croyez-moi, ma réserve et ma prudence sont à bout, et je vous conseille de me laisser en paix jusqu'à demain, puisque demain, Dieu merci! ma famille et moi, nous retournons à Montaigu. Une fois déjà vous m'avez manqué de respect, c'est assez! c'est trop! Honte et malheur sur vous, si vous recommenciez!

Disant cela, sans geste, sans bruit, presque à voix basse, Blanche relevait la tête; son beau visage réfléchissait un rayonnement de pudeur virginale, d'orgueil et de résolution. Gaëtan ne menaçait plus. Sa physionomie avait revêtu, au contraire, une expression d'humilité repentante. Il s'inclina sournoisement et répondit :

— Vous me faites souvenir que j'ai cédé naguère à une funeste inspiration de mon cœur trop enthousiaste, trop éperdu. Ah! je vous le jure, je me le suis amèrement reproché, et vous n'avez plus rien à craindre de semblable désormais. Mon admiration saura se contenir dans les limites de la plus sévère convenance. Toutefois, souffrez que je vous le répète, il importe que je vous parle, aujourd'hui même, de choses d'un intérêt tout particulier, et vous ne me ferez pas l'injure de me refuser une audience en ce moment. Nous sommes à merveille ici, à cent pas du château; on peut nous voir, mais on ne saurait nous entendre, et c'est l'essentiel.

— Eh bien! soit, je vous écoute, monsieur. Mais hâtez-vous, car madame de Flavigny doit me rejoindre dans le parc, et je l'attends. — A ces mots, elle alla vers un quinconce d'ormes et de sycomores, au pied duquel était posé un banc de bois rustique et demi-circulaire, devant un immense boulingrin qui fuyait en sinueuse perspective jusque sous les fenêtres du château. Là, elle s'assit, étalant son ample robe blanche de manière à faire comprendre au marquis qu'elle lui refusait une place à ses côtés. Il n'essaya pas même de s'asseoir et se tint en face d'elle, debout, le tricorne à la main, dans l'attitude visiblement contrainte de la modestie et de la résignation. Mais, sous cette apparence calme et benoîte, un

Observateur eût aisément entrevu le frémissement d'une sourde colère et la lueur d'un lugubre espoir de vengeance tout près d'éclater.—Voyons, monsieur, qu'avez-vous de si intéressant à me dire? — reprit la jeune fille avec une pointe d'ironie. — En vérité, je suis maintenant curieuse de le savoir.

Le parc se dorait en ce moment sous les rayons obliques d'un soleil incliné sur l'horizon. Les feuillages multicolores s'agitaient mollement au souffle d'une brise embaumée, les oiseaux joyeux exécutaient leurs plus brillantes symphonies, et de légers nuages roses flottaient dans le ciel bleu. Non moins que la proximité du château, ce spectacle souriant rassurait mademoiselle de Flavigny, et contribuait à lui rendre la vivacité naturellement railleuse de son esprit.

— Vous n'ignorez pas, mademoiselle,— lui dit Gaëtan, — que la marquise douairière d'Apremont, ma mère, souhaite ardemment de m'unir à vous?

— Je ne sais pas mentir, monsieur, et j'avoue que je l'ai deviné.

— Vous devez savoir aussi que le comte de Flavigny, votre oncle, est prêt à donner son consentement à ce mariage?

— Je sais qu'il n'aurait pas de répugnance à le faire, car il vous croit un homme d'honneur.

— Eh bien! — reprit le marquis en feignant de n'avoir pas senti l'aiguillon du sarcasme, — je viens vous confier que ce soir même ma mère doit s'adresser solennellement à votre famille et lui demander pour moi la main de mademoiselle Blanche de Flavigny.

— Ah! vraiment, — dit la jeune fille d'un air ébahi et d'un ton vaguement persifleur. — Je m'étonne que madame la marquise, qui connaît si bien les convenances et les usages de notre monde, se décide à faire cette démarche, tandis que nous sommes encore ses hôtes. Il me semble qu'une telle ouverture serait plus régulière, plus opportune après notre départ et dans une visite de cérémonie à la résidence de mes parents. Ici, convenez-en, l'hospitalité toute cordiale de votre mère devra gêner notre franchise, et nous serons tous bien embarrassés, bien contraints, si la réponse, formulée d'ailleurs dans les termes les plus modérés, les plus délicats, n'est en définitive qu'un refus.

— Et vous prévoyez que ce sera un refus, n'est-il pas vrai?

— Dame! on me consultera.

— Sans doute... Après?

— Mon Dieu! je déclarerai tout simplement...

— Que vous ne voulez pas épouser le marquis Gaëtan d'Apremont?

— Tout juste, vous avez compris?

Le marquis fit entendre un petit rire goguenard.

— Bah! — dit-il, — c'est exactement le contraire de ce qui arrivera.

— Plaît-il? Je ne comprends pas du tout.

— Je veux dire que vous serez la première à souscrire à notre union.

— En vérité! pour le coup, vous m'étonnez énormément, et j'admire la majesté de votre aplomb.

— Oh! moquez-vous tant qu'il vous plaira. L'ironie vous sied à ravir. Mais croyez bien que je n'avance ici rien dont je ne sois sûr.

— Et vous êtes sûr de mon consentement?

— Oui, car j'ai un moyen irrésistible pour l'obtenir.

— Vous me faites tomber de surprise en stupéfaction... Et ce moyen merveilleux, quel est-il?

— Un secret.

— Un secret d'État, je suppose? Il ne faut rien moins, croyez-moi, pour vous faire atteindre le but chimérique que vous vous proposez.

— Un secret de famille, mademoiselle, — répliqua Gaëtan d'un ton incisif et comme s'il distillait du venin: — un secret qui touche à l'honneur des Morsanges et des Flavigny.

Blanche n'avait plus envie de railler. Ses traits si animés, si lumineux, se couvrirent d'une ombre de froideur et de sévérité. Elle se leva vivement et répondit avec un accent glacé:

— L'honneur des Morsanges et des Flavigny n'a rien à craindre de vos injures ou de vos calomnies, monsieur. La dent des vipères est impuissante contre le marbre et l'airain.

Elle voulut s'éloigner, mais le marquis parvint à la retenir en s'écriant, la lèvre contractée, l'œil en feu:

— Si vous aimez la comtesse, mademoiselle, je vous conseille de vous rasseoir au plus vite et de m'écouter! autrement, je vous rends responsable d'un malheur irréparable, causé par une prochaine et terrible révélation!

La violence de cette apostrophe fit bondir le cœur de Blanche. Elle demeura comme suffoquée. Après une minute de trouble et d'hésitation, pendant laquelle Gaëtan l'enveloppait d'un regard sombre et farouche, elle croisa les bras sur sa poitrine, se dressa hautaine devant le marquis, et lui dit avec une sécheresse sous laquelle palpitait une poignante anxiété:

— Votre audace est inouïe, vraiment. Je veux savoir jusqu'à quel degré de ruse et d'outrecuidance elle est capable de s'abaisser. Expliquez-vous donc. J'aurai la patience de vous accorder mon attention jusqu'au bout.

L'indignation empourprait ses joues et faisait jaillir des éclairs de ses yeux. Sa beauté avait subi une transformation: elle était saisissante d'énergie et d'éclat. Une déesse n'eût pas été plus imposante dans sa colère souveraine. Gaëtan la contempla en silence; elle lui semblait plus admirable encore sous cet aspect nouveau, car son visage exprimait l'ardeur de convoitise désordonnée qui s'agitait en lui. Cependant il éteignit cette flamme intérieure, et commença en ces termes avec lenteur et gravité:

— Calmez-vous, mademoiselle. Mon intention n'est pas de vous offenser. Ce n'est ni votre faute ni la mienne s'il existe dans votre famille un mystère étrange qui, divulgué, porterait une sérieuse atteinte à la considération et au repos des personnes qui vous sont chères... Oh! ne m'interrompez pas. Soyez patiente, vous l'avez promis... Ce mystère, auquel le hasard m'a initié, je n'en eusse jamais dit un mot si votre main se fût tendue généreusement vers la mienne. Mais puisque vous me repoussez, puisque je n'ai plus l'espoir de vous obtenir de bonne grâce, et que pourtant je ne renonce pas à l'ambition de devenir votre époux, même en dépit de votre dédain, il faut bien que je mette en jeu le seul mobile dont je dispose pour m'assurer votre possession. Je ne me pique pas d'être sentimental... Non. Pas si niais! Mon cœur est résolu, mon esprit positif, j'appartiens à cette école rigide, impérieuse, inexorable, qui proclame que la fin justifie les moyens. Donc, pour vous conquérir et vous associer à ma vie, je suis prêt à tout oser, même la menace et l'intimidation.

— Cela ne m'étonne pas. Je vous connais maintenant. Continuez, — dit Blanche avec un sourire amer.

— Je continue, — reprit le marquis en s'inclinant d'un air délibéré et satisfait.—Puisque vous me connaissez si bien, je n'insisterai pas davantage sur la nature de mes principes et les particularités de mon caractère. J'arrive bien vite à la révélation du secret qui aura, je l'espère, une influence décisive sur ma destinée... sur mon bonheur à venir.

— Enfin, ce secret, quel est-il?

Gaëtan ne répondit pas tout de suite. Il y eut un silence de quelques secondes, qui parut bien long à Blanche, dont l'anxiété douloureuse croissait d'instant en instant. Le marquis avait calculé cette pause de manière à doubler la violence du saisissement qu'il prévoyait.

— Apprenez donc, mademoiselle, — dit-il en pesant sur chaque mot,— que madame de Flavigny, lorsqu'elle n'était encore que mademoiselle Valérie de Morsanges, a oublié ses devoirs et taché la blancheur de sa robe virginale : elle a eu un amant.

— Voilà un exécrable mensonge ! — s'écria la jeune fille avec agitation, — et vous êtes un un calomniateur !

— Je ne mens ni ne calomnie, — répondit Gaëtan que cette injure n'émut pas. — Je dis tout uniment la vérité. Le favori de mademoiselle de Morsanges était un certain Gérard Keller, secrétaire du chevalier. Le malheureux n'a pas eu à se féliciter des suites de cette liaison clandestine, car il a été surpris aux genoux de sa jeune et belle maîtresse, et il est mort le jour même, peut-être assassiné.

— Mais c'est horrible ce que vous inventez là ! Je ne veux pas vous entendre davantage, et je me retire en vous couvrant de mon mépris.

— L'amant n'est plus, — poursuivit Gaëtan avec une tranquillité menaçante et un regard aigu, — mais il existe un enfant, fruit illégitime de cet amour mystérieux. — Blanche allait s'éloigner rapidement. Ces paroles la retinrent sur place, comme si une main invisible et toute-puissante l'eût saisie au moment même où elle s'élançait pour fuir. Ravi de ce succès, plus prompt et plus décisif qu'il ne l'avait espéré, le marquis continua d'un ton radouci :—Quelques jours après sa naissance, qui ne fut pas ébruitée, l'enfant disparut. Sur l'ordre du chevalier de Morsanges, il avait été abandonné au pied d'un calvaire dans un bois du pays nantais. C'est là que les Cazeaux l'aperçurent une nuit qu'ils revenaient d'une ville voisine et s'en retournaient à la Bénardière. Ils le recueillirent et l'élevèrent par charité. Vous l'avez vu, mademoiselle, et vous le connaissez. Cet enfant n'est autre que le pâtre Bénédict.

Cette révélation atterra mademoiselle de Flavigny; elle tomba toute suffoquée sur le banc, à l'ombre du quinconce d'ormes et de sycomores. L'étonnante ressemblance du pâtre avec la comtesse lui revenait en mémoire, et elle se sentait ébranlée malgré elle dans son incrédulité.

— Ah ! mon Dieu ! — balbutia-t-elle, — ce que je viens d'entendre ne serait donc pas une imposture.

— Une imposture, à quoi bon ? Elle ne pourrait avoir qu'une réussite éphémère ; il serait trop facile de la démasquer à mon détriment et à ma confusion.

— Ainsi vous êtes sûr d'avoir dit la vérité ?

— Parfaitement sûr, — répondit Gaëtan sans hésitation et sans que sa conscience lui reprochât d'avoir perfidement modifié, travesti le récit à peu près véridique que lui avait fait Roch Duhoux quelques heures auparavant.

— De qui tenez-vous donc cette sombre histoire ?

— D'un ancien serviteur du chevalier de Morsanges, d'un pauvre diable que j'ai pris à mon service aujourd'hui même par pure commisération.

— Serait-ce ce mendiant qui était à la Bénardière, et à qui le comte de Flavigny, mon oncle, a jeté une aumône ?

— Justement, c'est lui.

— Quoi ! ce misérable est devenu votre domestique ?... Ah ! monsieur le marquis, ne craignez-vous pas qu'on dise : Tel maître, tel valet ?

— Eh ! que m'importe à moi ! J'ai l'habitude de marcher à mon but sans écouter de vains bavardages, sans me laisser émouvoir par de sots préjugés. Si donc j'ai accordé un refuge dans ma valetaille à ce Roch Duhoux, c'est que je veux qu'il soit à mes ordres, sous ma main, à tout instant, en tout lieu, comme un docile instrument de mes volontés. Comprenez-vous ?

— Pas encore. Je soupçonne quelque affreuse machination, mais je refuse d'y croire. Voyons, monsieur, quels sont vos projets ? Parlez.

Et Blanche était haletante. Elle se sentait irrésistiblement envahie par la conviction que Bénédict était bien le fils de la comtesse, et déjà elle frémissait en songeant

à la honte, au malheur que pouvait faire éclater sur sa famille une scandaleuse publicité.

— Mes projets les voici en deux mots, — répondit Gaëtan : — ou vous allez consentir à m'accorder votre main, et alors je ferai en sorte que rien ne transpire de ce que je viens de vous apprendre. Je payerai le silence de Roch Duhoux et je l'éloignerai. Ou vous persisterez dans votre refus de vous unir à moi, et alors...

— Et alors vous vous vengerez en faisant parler votre valet, en répandant vous-même des bruits injurieux sur la comtesse de Flavigny, en vous efforçant de déshonorer ma famille !

— Tout juste. Vous aussi, vous avez compris.

— Eh bien ! franchement, je ne vous croyais pas l'âme si noire, si dépravée ! Vous me faites horreur, et j'aimerais mieux mourir que vous épouser !

— Comme il vous plaira, mademoiselle. Pour moi, j'agirai ainsi que j'ai résolu.

Gaëtan salua froidement mademoiselle de Flavigny, et parut prêt à la quitter; mais elle le retint par un geste d'effroi, en s'écriant :

— Monsieur le marquis, vous n'accomplirez pas votre horrible menace ! Vous ne souillerez pas votre blason par la plus infâme des lâchetés ! Car, enfin, quel mal vous a fait la comtesse de Flavigny ? Est-ce sa faute à elle si je refuse de porter votre nom, d'associer ma vie à la vôtre ? Comment pouvez-vous la rendre responsable d'une détermination qu'elle ne m'a pas même conseillée ? Je vous jure qu'elle ignore absolument de quelle manière je me propose d'accueillir l'ouverture de la marquise d'Apremont. Puisque je blesse votre orgueilleuse susceptibilité, vengez-vous de moi, de moi seule, je ne m'en plaindrai guère; mais épargnez, du moins, ceux qui ne vous ont jamais offensé !

— Il y a des solidarités fatales. Tant pis pour ceux qui sont injustement les victimes de cette loi implacable ! Pourquoi serai-je plus clément que le ciel lui-même, qui a souvent frappé des familles, des générations, pour la faute de quelques-uns. Vous me repoussez, soit. Vous et les vôtres, vous vous en repentirez. Mes désirs et mes ambitions ne connaissent ni le scrupule ni la pitié. Je vous offre la paix ou la guerre. Libre à vous de choisir.

Il s'inclina de nouveau et feignit encore de vouloir se retirer. Comme il la pressantait, Blanche, le cœur gonflé d'indignation et d'épouvante, ne put s'empêcher de le retenir pour la seconde fois. Il sourit imperceptiblement. Ses yeux réfléchirent un éclair de triomphe, que la jeune fille ne vit pas.

— Pourquoi, — demanda-t-elle brusquement, — tenez-vous tant à m'épouser ?

— Parce que... je vous aime, — répondit-il après une minute d'hésitation. Vous êtes jeune à souhait, belle à ravir, et bien faite assurément pour exciter les plus soudaines passions.

— Il n'y a pas d'amour vrai sans délicatesse et sans générosité. Celui qui aime rassure au lieu de menacer. Il ne pousse pas au malheur, il se dévoue. Méconnu, dédaigné, il ne profère pas le cri de la vengeance, il murmure un pardon. Il veut qu'on le regrette et non qu'on le maudisse. Ne dites donc pas que vous m'aimez, monsieur ! C'est assez, croyez-moi, d'être méchant; ne soyez pas hypocrite !

— Eh ! mademoiselle, je vous le répète, je n'ai aucun goût à la sentimentalité, et j'aime à ma façon, qui en vaut bien une autre, car elle est franche et virile, et veut à tout prix conquérir la femme aimée, quitte à faire oublier ensuite la ruse ou la violence qui ont déterminé la possession.

— Seules, les âmes perverses osent procéder ainsi, et les victimes qui ont le cœur haut placé ne les amnistient jamais... Mais que dis-je ! — reprit Blanche avec une suprême ironie : — l'amour n'a rien à voir dans ce qui se passe ici. Le mobile qui vous anime et dicte votre

démarche en ce moment, c'est l'intérêt ! ! ! Oh ! ne se-
couez pas la tête en signe de dénégation. Je suis mieux
instruite que vous ne le supposez. Vous êtes ruiné, et
vous me savez riche, riche à millions. Donc vous con-
voitez l'opulence de ma dot pour redorer vos armoiries,
et surtout pour payer de nouveau la dîme à vos habitudes de dissipation. Allons, à bas le masque d'amour, et
montrez-moi sans vergogne la cupidité de vos sentiments ! — Cette attaque imprévue déconcança visiblement le marquis. Il parut contraint et resta muet, tandis
que la jeune fille poursuivit : — Ah ! Dieu m'est témoin
que, pour détourner de ma famille l'orage dont vous la
menacez, je vous abandonnerais sans hésitation les richesses qui m'appartiennent. Hélas ! le mariage seul
m'en donnerait la libre disposition ; mais il faudrait
alors me livrer à vous, et cette perspective, je vous le
déclare, soulève en moi toutes les répugnances de l'antipathie et toutes les révoltes de l'orgueil ; car je sens
que je vous hais !... Pourquoi ne puis-je vous jeter ma
fortune en pâture sans me sacrifier moi-même ? Si cela
était possible, ce serait déjà fait. Mais non ! je suis sous
la tutelle du comte de Flavigny, et je n'ai pas le droit de
distraire une obole de l'héritage qui m'est échu.

Elle couvrit son visage de ses deux mains et se prit à
pleurer.

Toujours silencieux, Gaëtan la considéra d'un air impassible. Lorsqu'elle eut maîtrisé son émotion et refoulé
ses larmes, il lui dit avec un superbe aplomb :

— Eh bien ! oui, je le confesse, il entre un certain al-
liage d'intérêt dans le mobile qui me porte à vouloir
vous épouser. Oui, je reconnais très-sincèrement que
j'ai dissipé mon patrimoine et que j'ai hâte de me re-
composer une fortune pour reprendre dans le monde le
grand train qu'exigent la noblesse de ma race et l'élévation de mon rang. Mais cela ne saurait-il se concilier
avec l'admiration que m'inspire votre beauté et le désir
ardent que fait naître l'espoir de votre possession ? Ah !
sachez-le, l'âme humaine est complexe, et les sentiments
ne sont presque jamais exclusifs. Suis-je assez franc, et
me taxerez-vous encore d'hypocrisie ?

— Non, mais d'impudence !... Et tenez, je vous l'a-
voue, mieux vaudrait pour la réalisation de vos espérances que vous n'en voulussiez qu'à ma dot. Peut-être
alors consentirais-je... Mais vous appartenir, jamais !

Une lueur de joie glissa sur le visage du marquis. Ses
lèvres eurent un vague sourire, et il murmura imperceptiblement :

— Enfin, elle cherche à transiger! — Aussitôt il devint
pensif ; puis, comme s'il faisait un énergique effort pour
se vaincre, il exhala un profond soupir, et reprit tout
haut avec une feinte solennité : — Si je vous promet-
tais, mademoiselle, de renoncer à vous pour toujours,
je mentirais ; mais souscrivez à notre union, et je vous
engagerai ma parole de gentilhomme de vous respecter
aussi longtemps que durera l'étrange répulsion dont
vous êtes saisie en me voyant. Notre hymen, j'y consens,
sera en réalité une séparation jusqu'au jour où, touchée
par ma résignation et mes égards, il vous plaira de
m'accorder de vous-même les droits sacrés de l'époux,
volontairement abdiqués par moi pour vous complaire
et vous obéir.

— Eh ! qui m'assure que vous tiendrez votre serment ?

— Je suis à moi-même ma propre caution, —répondit
Gaëtan en se redressant avec une certaine dignité. —
Dans le cours de ma vie, j'ai pu commettre des fautes
plus ou moins graves ; mais, j'en atteste le ciel, je ne
me suis jamais parjuré. Ayez donc confiance, et vous ne
vous en repentirez pas.

Cette fière assurance, d'ailleurs parfaitement jouée,
en imposa à la jeune fille, trop inexpérimentée pour
soupçonner la fourberie sous les habiletés d'un orgueil
apparent. Après une pause, elle reprit :

— Ainsi, dans le cas où je me résoudrais à vous donner ma main, vous vous contenteriez d'une simple par-
ticipation dans la jouissance de ma fortune ?

— Sans doute ; mais, je vous le répète, en conservant
l'espoir de vous paraître digne dans l'avenir d'un bonheur plus intime et plus envié.

— Vous seriez prêt à moi jurer solennellement que
je serais entourée par vous du respect le plus profond ?

— Oui. Vous me dicteriez vous-même la formule de
mon serment.

— C'est bien... Avant même de me conduire à l'autel,
vous forceriez avec l'appât de l'or ce Roch Duhoux, qui
n'est qu'un malfaiteur, à quitter le pays, à s'expatrier à
jamais ?

— Je vous réponds qu'il disparaîtrait, et que personne
n'entendrait plus parler de lui.

Un regard sinistre accompagna cette réponse de Gaëtan. Mais Blanche, distraite par ses navrantes préoccupations, n'en vit rien.

— J'y songe, — ajouta-t-elle soudain en se frappant le
front. — Et Bénédict !... Etes-vous certain que le pâtre
ignore son origine ? Pouvez-vous m'affirmer que Roch
Duhoux ne lui ait point parlé ? Ah ! je redoute qu'il ne
soit trop tard pour prévenir un scandale, pour empêcher
un malheur !

Le marquis hésita. Son nouveau valet ne lui avait
pas caché qu'il avait tout appris à Bénédict. Mais en
même temps il lui avait raconté l'effet extraordinaire,
inattendu, produit sur le pâtre par cette révélation.
Gaëtan comprit que ce dernier garderait le silence, au
moins pendant un certain temps, et il répondit audacieusement :

— Bénédict ne sait rien encore. Dites-moi : « Je serai
marquise d'Apremont, » et je vous certifie qu'il ne saura jamais rien.

Il prononça les derniers mots avec une singulière inflexion de voix qui surprit un peu la jeune fille, mais à
laquelle cependant elle ne donna aucune mauvaise in-
terprétation.

— Oh ! — dit-elle en s'animant, — supposons même
qu'il connaisse le mystère de sa naissance, ce n'est pas
lui qui serait à craindre, croyez-moi. Le brave cœur !
Je suis convaincu qu'il ne voudrait pas être une cause
de tourment et de désespoir pour la comtesse de Flavigny. Les instincts les plus généreux se reflètent sur son
visage, et l'on comprend bien vite en le regardant qu'il
est incapable d'une méchante action. Ah ! je doute
qu'on rencontre souvent une âme aussi bien douée,
même dans le monde aristocratique auquel nous appar-
tenons.

— Que décidez-vous ? — demanda le marquis impatienté. — Il faut absolument que vous preniez un parti
sans retard.

— Qui me dit, — s'écria tout à coup Blanche avec une
explosion d'incrédulité, — qui me dit que toute cette
histoire n'est pas une invention pour alarmer mon cœur
et contraindre ma volonté. — Comme elle s'exprimait
ainsi, elle aperçut la comtesse dans la profondeur d'une
allée du parc. Poussée par un vague sentiment de sollicitude maternelle, madame de Flavigny venait rejoindre
sa nièce, qu'elle voyait depuis une heure en compagnie
de Gaëtan. — Avant ce soir, — reprit Blanche, — je saurai à quoi m'en tenir. Allez, monsieur, laissez-moi seule
avec ma tante, qui se dirige de ce côté. J'espère être assez habile pour l'interroger sans qu'elle se doute de mes
motifs, et pour obtenir d'elle la vérité, même à son
insu.

Gaëtan eut peine à contenir un mouvement d'inquiétude et de contrariété. Il avait si audacieusement dénn-
turé les faits, menti, calomnié, qu'il eût peur qu'un entretien confidentiel ne mît à jour sa perfidie. Cependant
il réfléchit que Blanche n'oserait sans doute adresser à
sa tante que de vagues questions, qu'elle se garderait
bien évidemment de prononcer une parole assez catégo-
rique pour la blesser, et il se rassura. A peine avait-il

franchi la sinuosité d'une charmille, lorsque la comtesse arriva près de sa nièce. Celle-ci, voulant paraître calme, avait énergiquement comprimé les palpitations qui soulevaient sa poitrine; mais ses yeux encore humides et ses joues légèrement empourprées accusaient un trouble récent.

— Qu'as-tu, chère belle? — lui demanda madame de Flavigny après l'avoir embrassée au front et s'être assise à côté d'elle sur le banc.

— Mais rien... absolument rien... que l'envie de vous embrasser à mon tour,—répondit Blanche en s'efforçant de sourire.

Et elle appuya deux baisers sur les joues de la comtesse, mais avec moins d'élan qu'elle n'en mettait d'ordinaire à lui prodiguer ses caresses. Madame de Flavigny ne parut pas y faire attention.

— Avec qui causais-tu tout à l'heure? — reprit-elle.

— Avec le marquis, je crois?

— Oui, ma tante.

— Est-ce que je lui ai fait peur, qu'à mon approche il a disparu?

— Il ne vous aura point remarquée, — balbutia la jeune fille en dissimulant un peu d'embarras.

— De loin, il m'a semblé que votre causerie s'animait. Me permets-tu de te demander de quoi il s'agissait entre vous?

Blanche ne répondit pas tout de suite. Désireuse d'aborder immédiatement le sujet de ses préoccupations, elle redoutait néanmoins que sa tante ne pénétrât sa pensée et ne devinât son but. Cependant elle ne tarda pas à faire cette réponse, qui lui ouvrait en quelque sorte le chemin où elle voulait s'engager :

— Nous causions du pâtre Bénédict.

— Ah! — reprit la comtesse. — Et que disiez-vous de ce singulier personnage, de ce charmant garçon?

— Tout le bien que vous en pensez.

— Quoi! le marquis le vantait? cela me surprend.

— Oh! il mêlait plus d'une critique à ses éloges. Mais il le félicitait sans réserve... de vous ressembler.

Ces derniers mots eurent quelque peine à s'échapper des lèvres de mademoiselle de Flavigny, effrayée malgré elle de chaque effort qu'elle tentait pour se glisser dans l'âme de la comtesse, et y entrevoir une lueur de vérité.

— Monsieur Gaëtan d'Apremont a donc remarqué, lui aussi, cette ressemblance, dont tu m'as déjà parlé, et que je n'ai pu méconnaître?

— Il la trouve frappante. Il me disait même, avec une hardiesse qui m'a déplu, que, si l'on ne vous estimait comme la plus noble et la plus vertueuse personne de ce monde, on supposerait qu'il y a un mystère dans votre existence, et que Raoul n'est que votre second fils.

Cette phrase n'était pas achevée que Blanche se repentit de l'avoir formulée avec tant de précision. L'effet produit sur la comtesse fut rapide et violent. Une rougeur ardente lui disparaître aussitôt le pâle éclat de son teint. Un frémissement nerveux agita les moindres fibres de son visage et de ses mains. Une moiteur intense se répandit sur ses tempes et sur son cou. Elle se leva par un mouvement brusque en proférant une sourde exclamation.

— L'insolent! — murmura-t-elle.

Mais il y avait plus d'anxiété, plus de souffrance que de colère et d'indignation dans l'altération de sa physionomie et le tremblement de sa voix. Cette particularité significative ne parvint point à se soustraire au regard pénétrant de la jeune fille, dont le cœur se serra. La pauvre enfant eût voulu douter encore, mais déjà le doute lui semblait impossible. La secousse extraordinaire, pour ainsi dire électrique, qui venait d'ébranler sa tante lui apportait un élément de conviction. Elle y voyait, en dépit d'elle-même, la certitude que madame de Flavigny, dans sa jeunesse, s'était rendue coupable

d'un oubli de ses devoirs, et que ce douloureux souvenir lui causait toujours une cruelle impression de honte et de remords. La mélancolie habituelle de la grande dame s'offrait, en outre, à l'esprit prévenu de Blanche, et donnait un nouveau degré de présomption aux apparences qui accusaient la comtesse de Flavigny.

Blanche, toutefois, ne se contenta point de cette première épreuve. Au risque d'une imprudence, elle résolut de pousser plus avant son investigation.

— Eh quoi! — reprit-elle, — une sotte plaisanterie, que j'ai eu le tort de répéter, a-t-elle donc la puissance de vous impressionner si vivement? En vérité, ma chère âme, vous êtes parfois trop facile à émouvoir. Cela me rappelle qu'il a suffi hier que cet ancien jardinier de Morsanges, cet affreux Roch Duhoux, vous parlât du temps où vous étiez jeune fille, et vous nommât je ne sais qui, une Sylvia, un Gérard Keller, si je ne me trompe, pour vous agiter nerveusement et vous indisposer à ce point que vous avez failli vous trouver mal. Quelle sensitive vous êtes! Mais, à propos, qu'étaient donc cette Sylvia et ce Gérard Keller?

Pour le coup, la comtesse devint plus pâle qu'une morte. Tout en elle manifesta une appréhension poignante et un étonnement profond. Immobile, les yeux fixes, la respiration suspendue, elle avait l'air d'un marbre sculpté. Sa nièce eut besoin de tout son courage, de toute sa présence d'esprit pour supporter sans embarras le regard pétrifié qui pesait sur elle et l'interrogeait avec effarement. Après avoir réuni ce qui lui restait de force et d'aplomb dans l'âme, elle se composa une mine ingénue et dit avec une douce gaieté :

— Bon Dieu! ma tante, comme vous voilà stupéfaite! Ai-je commis quelque maladresse de langage? Me suis-je montrée trop indiscrète dans mes questions? S'il en était ainsi, je vous prierais de m'excuser. Franchement, je ne me doutais guère que je serais répréhensible en répétant des noms que je croyais presque insignifiants.

Cette humeur souriante trompa complétement madame de Flavigny, qui reprit la flexibilité de ses mouvements et l'animation de ses traits. Elle fut heureuse de penser que sa nièce n'avait aucun soupçon de la gravité de ses paroles, et que le hasard seul y avait mis une allusion à des malheurs que Blanche ignorait et devait ignorer. Ce fut pourtant avec une légère altération dans la voix que la comtesse répondit :

— Je n'ai nul reproche à t'adresser, ma chère enfant. C'est moi qui ai tort de me montrer si sensible, si défaillante à propos de tout et à propos de rien. Cependant, je te l'avoue, il m'est particulièrement pénible d'être forcée de reporter mon imagination vers une époque qui m'a laissé au cœur une empreinte ineffaçable de tristesse et de deuil. Sois assez bonne, mon ange, pour ne plus m'en parler.

— C'est entendu, ma chère bien-aimée. Le passé, d'ailleurs, m'intéresse fort peu. Le présent seul a du charme pour moi, puisqu'il me permet de vous témoigner chaque jour l'ineffable tendresse et le suprême intérêt que vous m'inspirez.

En s'exprimant ainsi, la jeune fille avait un accent pénétré à la fois d'enthousiasme et de mélancolie. Deux grosses larmes brillaient comme deux diamants sous ses paupières demi-baissées, et un soupir contenu gonflait sa poitrine en soulevant les dentelles qui en dissimulaient la grâce et la perfection. Mais elle fit bien vite disparaître les traces de cette sensation bizarre, et, se levant, elle se suspendit au bras de sa tante, avec laquelle elle se promena dans le parc jusqu'aux approches de la nuit.

Quelques heures plus tard, dans le grand salon du château, brillamment éclairé, venaient d'entrer le comte et la comtesse de Flavigny. Bientôt les deux battants de la porte principale s'ouvrirent de nouveau, et la douairière d'Apremont parut. Elle était plus grave et plus

solennelle encore que de coutume. Elle s'avança lentement vers ses hôtes et leur annonça qu'elle allait en-
freindre à regret les règles du cérémonial pour satisfaire une impatience d'ailleurs bien légitime.

— C'est à votre hôtel de Montaigu ou au château de
Morsanges, — ajouta-t-elle, — que je devrais accomplir
la démarche dont je vais m'acquitter ici. Mais je connais toute votre indulgence, toute votre bonne grâce, et
je suis certaine d'avance que vous m'excuserez de grand
cœur. — Après un court silence, elle reprit : — Je viens
vous demander pour mon fils, le marquis Gaëtan d'A-
premont, la main de votre nièce, mademoiselle Blanche
de Flavigny.

Le comte s'empressa de répondre :

— Madame la marquise, mon consentement et celui
de la comtesse vous sont acquis. Mais comme il s'agit
de l'avenir d'une personne qui nous est aussi chère que
notre propre fils, et que nous ne la marierons jamais
contre son gré, il importe que nous la consultions. C'est
ce que nous ferons ce soir même. Demain, avant notre
départ, j'aurai l'honneur de vous transmettre sa réponse,
qui, je l'espère, sera conforme à nos vœux.

La portière d'un boudoir contigu au salon s'agita, et
Blanche se montra pâle, sombre, résolue.

— Dès à présent, — dit-elle d'un ton ferme, — je consens à prendre pour époux monsieur le marquis Gaëtan
d'Apremont.

Raoul, qui l'accompagnait, blêmit et chancela.

— Ah! ma cousine, — murmura-t-il, — vous faites
votre malheur... et le mien!

XIII

Comme l'avait prévu le marquis, Roch Duhoux rencontra sur le chemin le facteur rural qui allait en tour-
née dans la campagne. Il l'aborda et lui confia les deux
lettres, en les recommandant au nom de la douairière
d'Apremont et en ajoutant une pièce blanche à la recommandation.

Le facteur, sorte de coureur pédestre habitué à franchir assez rapidement les distances, arriva bientôt en
vue de la Bénardière. Il allait y entrer lorsqu'il aperçut
à cent pas Bénédict accompagné de son vieil ami, le solitaire de la Gorge-aux-Loups. Il se dirigea vers eux et
leur remit les deux missives portant l'empreinte du scel
seigneurial. Après quoi, il continua son chemin.

Bénédict brisa le premier le cachet armorié et lut ce
qui suit :

« Madame la marquise douairière d'Apremont attendra
» le pâtre Bénédict ce soir, vers huit heures, au château.
» Elle a une communication à lui faire et un ordre à lui
» donner. Exactitude et discrétion. »

La lettre adressée à monsieur Matthieu était ainsi
conçue :

« Madame la marquise douairière d'Apremont désire
» consulter monsieur Matthieu. Elle le prie de venir ce
» soir, vers huit heures, au château, où elle se fera un
» plaisir de le recevoir. Empressement et mystère. »

Lecture faite, le pâtre et le prétendu sorcier s'entre-
regardèrent; puis, silencieusement, ils échangèrent
leurs lettres. Lorsque chacun d'eux en eut pris connaissance, Bénédict demanda à monsieur Matthieu ce
qu'il en pensait.

— Les grandes dames ont parfois de singuliers capri-
ces, — répondit ce dernier. — La marquise est sans doute
plus superstitieuse qu'elle n'a voulu le paraître ce matin. Peut-être me croit-elle un vrai sorcier, et attend-elle

de moi que je lui prédise l'avenir ou que je lui tire sérieusement l'horoscope de son fils.

— C'est ce que je présume aussi. Mais qu'ai-je à voir
en cela? Je ne devine assurément pas le rôle qui me
sera dévolu.

Tandis qu'il s'exprimait de la sorte, Bénédict se sentait l'âme envahie par un douloureux soupçon. Il ratta-
chait l'incident des deux lettres au secret de famille
qui, la veille, lui avait été révélé. Il parvint toutefois à
se tranquilliser l'esprit en se disant que seul Roch Duhoux eût pu trahir ce secret, et que, vraisemblablement,
il n'en avait eu ni le temps ni la volonté.

Monsieur Matthieu était devenu pensif.

— Il serait indigne, — répondit-il, — de se méfier de
cette hautaine et excellente marquise d'Apremont. Mais
il est tout simple qu'on prenne garde à ce Gaëtan, à ce
misérable marquis, capable des plus noires machina-
tions. Voyons, ces lettres ne cacheraient-elles point
quelque ruse, quelque stratagème de cet homme pour
nous attirer dans un guet-apens?

— Je le supposerais comme vous si la famille de Flavigny avait quitté le château; mais elle doit y demeurer
jusqu'à demain, et jusqu'à demain, croyez-moi, ce grand
seigneur, méchant et vindicatif n'osera rien entreprendre
contre vous, dans la crainte de provoquer un scandale
presque sous les yeux de mademoiselle Blanche, que
bien certainement il ambitionne d'épouser.

— La charmante jeune fille! Puisse-t-elle échapper au
malheur d'avoir un pareil époux!

— Oui, — murmura le pâtre en étouffant un soupir et
en refoulant une larme; — si elle s'unissait à lui, ce
serait un ange en proie au démon.

Il y eut un silence d'un instant, pendant lequel le
beau regard de Bénédict se perdit dans les profondeurs
de l'azur, tandis que ses lèvres, imperceptiblement frémissantes, paraissaient adresser une prière à Dieu pour
le salut de Blanche de Flavigny.

— Irez-vous ce soir au château? — lui demanda son
vieux compagnon.

— J'irai... Et vous?

— Nous irons ensemble. Avec vous, mon brave enfant,
je ne redoute rien.

— Merci, — répondit gravement le pâtre. — Pour vous
défendre, mon ami, je me ferais tuer.

En ce moment le troupeau, qui cheminait devant eux
sous la surveillance rigide de Castor et de Pollux, arrivait à la grande porte de la ferme. Impatients d'entrer
à la bergerie, les moutons se poussaient les uns les autres entre les deux battants et se grimpaient sur le dos,
malgré le coup d'œil sévère de leurs gardiens au poil
roux, qui désapprouvaient évidemment cette précipitation.

Il n'y avait à la ferme que la mère Cazeaux, qui préparait le souper. Le fermier était encore aux champs.
Coquelicot et Muguette avaient dû se rendre au marché
de Tiffauges, et ils ne pourraient être de retour que vers
la nuit. Après avoir embrassé la fermière, Bénédict la
pria de tremper la soupe pour monsieur Matthieu et pour
lui ajoutant qu'il leur était impossible d'attendre l'heure
habituelle du repas, parce qu'une affaire urgente les
obligeait de sortir avant huit heures du soir. La digne
femme s'empressa d'obtempérer à ce désir. Elle leur
servit deux grandes assiettées de soupe, restant du délicieux consommé qui, la veille, avait si bien réconforté
Blanche de Flavigny. Le souvenir en vint à l'esprit du
pâtre et le rendit tout songeur. A travers les spirales de
fumée légère qui s'exhalait du succulent arome, ses yeux
évoquèrent la belle et noble demoiselle dans toute son
élégante simplicité, dans toute sa grâce spirituelle, et il
se sentit comme une ineffable caresse au cœur. Mais
bientôt, se moquant de lui-même, il fit disparaître le
brillant mirage par un effort de volonté en même temps
que par le contact imprévu d'une cuillerée trop brûlante
du potage campagnard.

La nuit commençait à s'étendre sur les plaines du Bocage, lorsque Bénédict et monsieur Matthieu sortirent de la ferme pour se rendre au château d'Apremont. Depuis une heure, le ciel s'était rempli de nuages sombres qui planaient comme de grandes ailes noires, interceptant par intervalles les rayons de la lune, dont le disque, souvent éclipsé, luttait pour imposer son pâle éclat. Ces nuages étaient sans doute les débris dispersés d'un orage lointain. Quoi qu'il en soit, ils flottèrent tout à coup si nombreux, si étendus dans l'air, que l'astre fut vaincu et ne put qu'avec peine se dégager lentement de chaque voile ténébreux qui le couvrait. Quand les deux piétons arrivèrent en face du château, l'obscurité était épaisse, et ils ne purent distinguer à trois pas le visage d'un homme qui se dressa soudain devant eux. Ils remarquèrent seulement que cet homme portait la livrée d'un laquais.

— Suivez-moi, — dit ce dernier. — J'ai ordre de vous faire entrer par une poterne.

— Ordre de qui ? — demanda monsieur Matthieu.

— Ordre de madame la marquise douairière d'Apremont. La marquise veut que vous soyez introduits secrètement.

Les deux lettres avaient préparé le pâtre et le solitaire à ces mystérieuses façons d'agir. Ils ne songèrent point à s'en étonner.

— Marchez, nous vous suivons, — répondit Bénédict d'un ton calme et résolu.

Un chemin de ronde côtoyait le château, décrivant une courbe allongée au bas d'un petit talus en pente douce qui régnait au bord des fossés. Le valet s'engagea dans le chemin; il ne s'arrêta que vers une échancrure du sol, d'où l'on distinguait la lueur blanchâtre de l'eau qui baignait les murs du vieux manoir.

— Quatre marches à descendre, — dit le laquais, — et un bateau pour traverser la douve.

En même temps, il sautait dans une nacelle presque invisible, qui se balança sous la pression, faisant gémir l'onde bourbeuse où les grenouilles coassaient leur aigre psalmodie au milieu des nénuphars et des roseaux.

— Voilà bien des précautions, — murmura monsieur Matthieu à l'oreille de Bénédict. — Pas même une lanterne pour nous éclairer. Que signifie cela ?

— N'allez pas plus loin, cher maître, — répondit le pâtre également à voix basse. — Je tenterai seul l'aventure, et, si je pense que vous deviez me rejoindre, je vous préviendrai.

— Je ne vous quitterai pas, mon ami, — répliqua le solitaire en entrant le premier dans le bateau.

Le pâtre s'y élança immédiatement. En moins d'une minute, la barque traversa le fossé et se heurta, en abordant, contre une marche de pierre devant l'orifice d'une poterne ouverte d'où s'échappait la vague clarté d'un falot.

Le laquais amarra la barque en l'attachant par une corde à un anneau de fer scellé dans le mur, puis il s'engagea sous une voûte basse et humide au fond de laquelle grimpait en spirale un étroit escalier.

— Trente degrés à franchir, — dit le guide mystérieux. — Patience, et n'ayez point peur.

— Pourquoi aurions-nous peur ? — demanda sèchement monsieur Matthieu.

— Faites-nous grâce de vos exhortations, — répliqua d'un ton tranquille et fier Bénédict. — Nous n'avons pas besoin d'être rassurés.

Un rire presque imperceptible, semblable au sifflement d'une vipère, accueillit la réplique des deux amis. Légèrement stupéfaits, ils ralentirent leur ascension. Une particularité venait surtout de les surprendre, c'était la voix de leur conducteur. Elle s'était un peu élevée, et ils avaient cru la reconnaître. Le pâtre surtout en avait eu l'oreille et l'esprit frappés. Il interrogea ses souvenirs; sa mémoire lui rappela la parole et l'accent de Roch Duhoux. Mais comment croire que ce coquin fît déjà partie

de la domesticité du château ? Comment admettre que, couvert de la livrée des gens d'Apremont, il eût été chargé d'une mission de confiance ? Il y avait là une invraisemblance qui amena un sourire d'incrédulité sur les lèvres de Bénédict. Il se remit à monter d'un pas ferme, suivi de près par le solitaire de la Gorgo-aux-Loups.

Bien avant qu'ils se fussent engagés dans cet escalier de tourelle à vis, un homme qui se tenait sur le palier du premier étage les attendait avec impatience, penché sur la rampe de pierre et prêtant l'oreille aux plus légères rumeurs qui venaient des fossés du château. C'était Gaëtan. L'esprit absorbé en une préoccupation exclusive, il n'entendait point ce qui se passait à l'instant même dans son appartement.

Deux coups secs et rapides frappés à la porte d'entrée n'ayant obtenu aucune réponse, la porte s'ouvrit par une impulsion de l'extérieur, et Raoul, pâle, sombre, irrité, pénétra dans la pièce principale, c'est-à-dire dans la bibliothèque. N'y trouvant personne, il s'assit par un brusque mouvement, décidé qu'il était à attendre le marquis. À peine était-il là depuis cinq minutes qu'un bruit de pas, accompagné d'un frôlement de robe, résonna dans l'antichambre. Une émotion subite le saisit. Il se leva et se jeta promptement dans l'embrasure d'une fenêtre, derrière les plis d'un rideau. Un instant après, la douairière d'Apremont entra. Elle venait annoncer à son fils l'accueil favorable qu'avait reçu sa demande, et le supplier de se rendre digne à l'avenir, par une conduite exemplaire, du bonheur inattendu que le destinée lui réservait. Comme elle ne l'aperçut pas dans la bibliothèque, elle crut qu'il était dans la chambre à coucher et s'y rendit. Elle passa ainsi devant une ouverture, l'ouverture secrète, sans la remarquer. Il est vrai qu'une lampe seule, couverte d'un abat-jour et posée sur un bureau, éclairait vaguement la pièce, et que l'angle du mur où était pratiquée la porte mystérieuse se trouvait enseveli dans l'ombre. Elle revenait sur ses pas, lorsqu'elle vit soudain Gaëtan s'élancer vers l'entrée de la bibliothèque, pousser vivement les verrous, rebondir ensuite jusqu'au grand fauteuil blasonné qui se dressait en face du bureau, et s'y asseoir. Puis elle l'entendit prononcer ces mots singuliers :

— Ils sont venus ! les voilà !

En effet, il se fit presque aussitôt un bruit confus de pas. Instinctivement, la marquise se rejeta en arrière et se déroba dans les ténèbres de la chambre à coucher. En ce moment, trois hommes se montrèrent sous le rayonnement de la lampe : le premier, un valet, qu'elle fut toute surprise de ne point reconnaître comme étant un serviteur d'Apremont; les deux autres, monsieur Matthieu et Bénédict, qu'elle s'étonna plus encore de voir s'introduire si bizarrement chez son fils. Ne sachant que penser, mais pressentant quelque chose de grave, elle demeura immobile, silencieuse, et attendit.

Lorsque le pâtre et le solitaire se furent avancés dans la pièce, Duhoux referma la porte secrète, et le marquis se leva.

— Je vous salue, messieurs, — dit-il d'un ton bref et sarcastique. — Je vous remercie d'avoir si exactement répondu à l'appel que je vous ai fait. Vous êtes, en vérité, d'aimables gens.

— Pardon, monseigneur, — répondit Bénédict, — c'est sur l'invitation de madame la marquise, non sur la vôtre, que nous sommes venus. Veuillez donc la faire prévenir de notre arrivée.

— Qu'à cela ne tienne. Asseyez-vous, et vous serez satisfaits. — En même temps, d'un geste de la main, le marquis désignait deux sièges à quelques pas de lui. Monsieur Matthieu et Bénédict y prirent place sans hésiter, quoiqu'ils commençassent à craindre d'être tombés dans quelque piège plus ou moins infernal préparé par Gaëtan. — Mais j'y songe ! — reprit le gentilhomme avec un redoublement d'âpreté goguenarde; — m'est avis que nous avons ensemble un petit compte à régler. Hein! qu'en pensez-vous?

— Je pense, — répliqua le pâtre, — qu'un règlement de compte ne vous serait pas favorable, et vous avez tort d'en parler. En effet, vous avez autrefois abreuvé de honte, plongé dans le désespoir monsieur Matthieu. Hier, il vous a reconnu, il pouvait vous tuer, et il ne l'a pas fait. Quant à moi, attaqué par vous l'épée haute, j'avais le droit de vous frapper en vous désarmant, et je me suis abstenu. Vous nous devez donc à l'un et à l'autre, sinon de la reconnaissance, du moins quelques égards. Voilà, monsieur le marquis, le vrai bilan de notre situation.

— Donc, je suis votre débiteur!

— Débiteur insolvable sans doute, et peut-être débiteur malintentionné, — répondit le solitaire. — Oui, je vois dans vos yeux que, loin de vouloir vous acquitter envers nous, vous avez conçu la pensée de vous affranchir de vos créanciers.

— Bah! par quels moyens?

— Par un crime!

— Ah! mille diables! voilà qui prouve clair comme le jour que vous êtes un habile sorcier.

Et le marquis ricana lugubrement.

Il y eut comme un écho. C'était le valet qui ricanait aussi. Bénédict et monsieur Matthieu dirigèrent leurs regards sur lui, et le reconnurent cette fois, car il avait le front découvert et s'inclina vers eux pour les saluer.

— Roch Duhoux! — s'écrièrent à la fois les deux amis stupéfaits.

— Moi-même, mes bons messieurs. Je suis depuis quelques heures au service de monsieur le marquis, et je serai au vôtre quand il plaira à mon maître de l'ordonner.

Bénédict et monsieur Matthieu se levèrent en silence et spontanément. Il était manifeste que Bénédict concentrait une résolution énergique de lutter contre toute agression, et que monsieur Matthieu se préparait tranquillement à mourir.

— Oh! oh! reprit Gaëtan, — qu'est-ce donc? et pourquoi prenez-vous ces beaux airs d'athlète et de martyr? Rien ne vous menace encore, messieurs; veuillez vous rasseoir, et continuons de causer.

Trop courageux et trop fiers pour se montrer inquiets dans un pareil moment, le pâtre et le solitaire se rassirent en prenant une attitude de suprême dédain.

— J'attends une explication, — dit brusquement Bénédict. — Qui nous a mandés? Est-ce votre mère? Est-ce vous?

— C'est moi. Cela vous déplaît-il?

— Si madame la marquise d'Apremont n'a pas écrit les deux lettres que nous avons reçues, du moins elle vous les a dictées, n'est-ce pas?

— Peuh! elle ignore même que je vous ai écrit en son nom.

— Et vous l'avouez! Mais vous reconnaissez donc que vous avez commis deux faux, sans doute pour combiner une ruse et cacher un guet-apens!

— Eh bien! oui, je le reconnais! — s'écria tout à coup le marquis avec un éclat de fureur. — Vous vous hais tous deux! J'ai juré que je me vengerais, et je vais me venger!... Roch Duhoux, il est temps!

Ce mot était un signal convenu entre le maître et le valet. Celui-ci enleva en un clin d'œil une volige du parquet, pesa violemment sur deux ressorts invisibles, et, tandis que les deux amis s'attendaient à être attaqués à coups de poignard, d'épée et de pistolet, le plancher bascula sous leurs pieds. Un abîme se creusa, et ils disparurent engloutis.

Les trappes se refermèrent et le plancher reprit son aspect accoutumé.

Deux cris d'épouvante et d'horreur venaient de retentir.

— Ah! le bandit!

— Ah! l'assassin?

Puis la douairière et Raoul se dressèrent en face de Gaëtan, qui recula frissonnant, altéré, comme devant une terrible apparition. La marquise était envahie par une émotion si poignante qu'elle ne songea point à s'étonner de la présence du vicomte dans l'appartement du marquis. Après un silence d'une minute à peine, silence pendant lequel les yeux regardaient effarés, les poitrines se soulevaient haletantes, la pauvre grande dame, s'adressant à Raoul, lui dit d'une voix vibrante et saccadée:

— Sauvez-les! Appelez du secours! Hâtez-vous! Les malheureux sont tombés dans un gouffre! Ah! j'aurais dû prévoir le crime! Mais je ne me souvenais plus qu'il y avait ici un affreux cachot, une horrible oubliette, qui ne rappelle cependant aucune violence du passé! Allez vite, Raoul! Moi, je reste et j'attends.—Lorsque le jeune homme se fut élancé hors de l'appartement, la douairière d'Apremont, livide comme un spectre, imposante comme un juge, fit lentement trois pas vers son fils, qui avait repris un peu d'aplomb et s'efforçait de paraître dédaigneux et railleur. — Il y a cent ans, — lui dit-elle d'un ton sourd et navré, — Guy Enguerrand, sire et comte d'Apremont, se livrait ici à l'étude des sciences occultes. C'était un savant homme. Mais à force de vouloir approfondir les mystères de la cabale, son imagination s'était exaltée si imprudemment qu'il était devenu fou. Notre aïeul croyait la pièce où nous sommes hantée par les démons. Pour les frapper de terreur et les mettre en fuite, il fit creuser la fosse profonde qui est là sous nos pieds, et qui a deux ouvertures, deux trappes à ressorts. Plus d'une fois il eut la conviction que, par l'adresse et la ruse, il était parvenu à plonger dans ses caveaux ténébreux les ennemis immatériels qui le tourmentaient. Mais ni lui, ni aucun de ses descendants jusqu'à ce jour, n'avait été assez cruel, assez impitoyable pour y précipiter des vivants. Vous seul, mon fils, méchant et lâche que vous êtes! avez pu concevoir l'infernal dessein d'en faire un in pace, un tombeau, de le mettre au service de vos odieux ressentiments! Ah! vous êtes le plus méprisable des gentilshommes, et j'ai honte d'avoir donné la vie à un monstre tel que vous!

— Eh! madame, vous exagérez tout! — répondit Gaëtan avec un accent goguenard.—Deux misérables m'ont offensé ce matin. Je les ai punis ce soir. Y a-t-il donc de quoi vous faire crier anathème sur votre fils?

— Taisez-vous, criminel! N'ajoutez pas l'impudence au forfait. Vous avez voulu tuer ceux qui vous ont épargné. Vous venez de commettre deux nouvelles infamies: une ingratitude et une trahison!... Mais on vient, — reprit-elle vivement; — retirez-vous. Fuyez la réprobation qui s'élèvera contre vous à l'aspect des malheureux qu'on va retirer de l'abîme.

Le marquis hésita un instant. Puis il répondit avec une violence ironique:

— Eh bien! non, je reste. Vive Dieu! il ne me déplaira pas de contempler la grimace des deux coquins dont le diable a pris pitié. Aussi bien, je ne serai pas fâché d'entendre les insolences qu'on osera se permettre à mon égard. J'en prendrai bonne note, et tôt ou tard je les ferai payer cher, je vous en réponds.

— Oui! vous jetez le masque parce qu'il ne peut plus vous cacher. Soit! Puisque vous avez eu l'audace de rester, c'est moi qui vais sortir. Je ne veux pas assister au spectacle de votre arrogance ou de votre impassibilité, car je vous lancerais l'outrage à la face, ou je vous maudirais!

Le marquis ne répliqua pas. Il se contenta de hausser les épaules; il se renversa d'un air insouciant dans le grand fauteuil où il s'était tenu constamment assis devant sa mère qui demeurait debout. Le comte de Flavigny et Raoul, suivis de plusieurs domestiques portant des flambeaux, des échelles, des cordes et des flacons remplis de spiritueux, pénétraient en toute hâte dans l'appartement.

Raoul avait appris au comte le guet-apens qui venait d'avoir lieu chez le marquis. Aussi, quand monsieur de Flavigny aperçut Gaëtan, lui cria-t-il d'une voix indignée :

— Je vous félicite, monsieur ! Vous avez accompli là une brillante action ! Désormais, vous le comprenez, tout est rompu entre nous.

Un âpre sourire crispa les lèvres du marquis. Mais il resta muet.

— Oui, tout est rompu ! — reprit la marquise morne et défaillante.—L'union convenue entre nous est impossible. Ma conscience, d'ailleurs, me reprochait de l'avoir provoquée. Ah! réjouissez-vous, monsieur le comte, que le hasard ou plutôt la Providence ait mis à nu devant vos yeux l'âme déloyale et perverse du marquis d'Apremont !... Et maintenant,—reprit-elle,—je vous confie le soin de veiller au salut des victimes, s'il est temps encore de les sauver.

A ces mots, d'un pas lent et sourd, elle se dirigea vers la porte. Il y avait dans sa démarche et sur son visage une solennité si douloureuse, une souffrance si péniblement contenue, que tout le monde, excepté Gaëtan, s'inclina en silence avec un respect sympathique, tandis qu'elle s'éloignait.

Lorsqu'elle eut disparu, le comte, Raoul et les valets se mirent en devoir de reprendre à l'abîme les deux ensevelis. Les trappes furent levées et solidement maintenues. Puis, à l'aide d'une corde, on descendit une lumière dans le gouffre pour en sonder la profondeur. Les ténèbres y étaient épaisses ; elles se dissipèrent un peu. Mais la lueur n'était pas assez intense pour éclairer la fosse, qui se creusait à plus de quarante pieds au-dessous de l'orifice béant. Cependant, une vive anxiété se peignait sur toutes les physionomies. Elle s'accusa plus expressive encore quand, après un appel sonore et plusieurs fois répété, on attendit vainement une réponse, un cri, un murmure, un soupir : aucun écho même ne renvoya la parole qui interrogeait. La crypte lugubre recevait le son sans le répercuter. Un effroi superstitieux s'empara des serviteurs du château, et pas d'eux n'osa se proposer pour descendre au fond de la mystérieuse oubliette. Alors monsieur de Flavigny voulant donner l'exemple du courage et du dévouement, ordonna qu'on lui ceignît les reins avec une corde, et qu'on le fît glisser le long des obscures parois qui inspiraient tant de terreur. Mais Raoul, avec une énergie pleine de tendresse filiale, combattit la résolution de son père, et réclama pour lui l'honneur du danger. Il y mit tant d'insistance, il fut si éloquent, que le comte, cédant à son généreux désir, lui prit le front dans les deux mains, tout ému l'embrassa, et lui dit avec orgueil :

— Va, mon enfant ! et puisse le ciel permettre que le brave cœur d'un bon gentilhomme répare le mal que vient de commettre l'âme sans foi ni loi d'un mauvais grand seigneur !

Disant cela, il jetait un regard méprisant sur le marquis. Gaëtan reçut l'insulte sans broncher ; ses lèvres seules frémirent presque imperceptiblement.

— Patience ! — murmurait-il, — j'aurai mon tour.

En quelques minutes, le corps mince et flexible de Raoul fut entouré d'une sorte de câble, et balancé au-dessus de l'abîme avec une prudente précaution. Une rougeur pourprée, produite par l'exaltation, avait fait disparaître la pâleur habituelle de ses joues ; ses grands yeux bleus, presque toujours pensifs, s'étaient animés tout à coup ; ils avaient un éclat d'intrépidité qu'altérait à peine la crainte de trouver deux mourants, peut-être deux cadavres, dans les replis du cachot où il descendait d'une si étrange façon.

— Plus vite ! — cria-t-il. — N'ayez pas peur pour moi, j'ai hâte d'arriver au fond. — On accéléra, mais avec une lenteur calculée, le développement de la corde, et bientôt une secousse imprimée à cette corde prévint ceux qui s'étaient chargés de la tenir que le jeune vicomte avait pris pied sur le sol invisible où gisaient, évanouis ou morts, le pâtre et le solitaire de la Gorge-aux-Loups. Anxieux et haletants, le comte et ceux qui l'entouraient se tenaient penchés sur le gouffre, s'efforçant d'apercevoir à travers l'obscurité, et prêtant une oreille inquiète aux moindres rumeurs qui montaient vers eux. Mais rien de distinct, aucun bruit révélateur de ce qui se passait dans les entrailles du souterrain ne s'en échappait. Un long moment s'écoula ainsi, un de ces moments qui semblent éternels, parce qu'on ne songe pas même à en préciser la durée. Soudain on entendit deux vibrations, deux cris, deux mots : — Vivants ! vivants ! — C'était la voix de Raoul qui venait de les proférer. Le jeune vicomte, en effet, avait acquis la certitude qu'un souffle et une plainte s'étaient exhalés près de lui. Tout frémissant d'espoir, il avait spontanément articulé sa joie dans une exclamation. En réalité, rien ne lui prouvait que, pour n'être point morts, ceux qui excitaient sa généreuse pitié fussent bien loin de rendre le dernier soupir. Il tenait une lanterne à la main, et il en dirigea rapidement les rayons sur eux. Il vit d'abord Bénédict, puis monsieur Matthieu. L'un et l'autre étaient enfoncés dans un lit de vase qui, ayant amorti leur chute, les avait empêchés de se briser la tête et les membres en tombant sur le roc dont était pavée la profondeur du cachot. Il paraissait évident qu'ils n'étaient qu'étourdis, contusionnés, et qu'après avoir perdu connaissance ils reprenaient l'usage de leurs esprits. Tout joyeux, Raoul acheva de les ranimer en leur faisant respirer des sels et boire quelques gouttes d'un puissant cordial. Presque aussitôt ils retrouvèrent toute leur intelligence, tous leurs souvenirs, et reconnurent celui qui les assistait. Alors ils se levèrent, non sans un peu de peine, et le remercièrent leur libérateur avec un vif sentiment de gratitude et d'admiration. Si la lanterne eût éclairé en cet instant le visage de Bénédict, Raoul eût aperçu deux grosses larmes éclatantes de tendresse et d'enthousiasme dans les yeux du pâtre fixés sur lui. — Sortons au plus vite de cet antre hideux, — dit le jeune vicomte presque gaiement.

— On nous enlèvera l'un après l'autre : le plus âgé d'abord ; puis vous, Bénédict ; enfin moi, le dernier. — Le pâtre et le solitaire voulurent protester contre cette décision ; mais le jeune vicomte soutint qu'il avait le seul le droit de donner des ordres, puisqu'il était chargé d'une mission de salut, et il exigea qu'on lui obéît. En même temps il détachait la corde dont ses reins étaient entourés, et la nouait lui-même autour du corps de monsieur Matthieu. Après quoi, faisant de ses deux mains un porte-voix, il s'écriait : — Holà !... hissez !... Ferme !

Ce signal ayant été entendu et compris, monsieur Matthieu fut enlevé comme par enchantement ; il apparut bientôt, sain et sauf, aux regards étonnés et joyeux du comte et des serviteurs d'Apremont. Gaëtan, lui, s'était brusquement levé. Il s'attendait à voir un homme brisé, anéanti, expirant. Aussi sa stupéfaction fut-elle indicible à l'aspect du sorcier se dressant sur le parquet, dénouant lui-même ses liens à la hâte, déclarant d'une voix calme qu'il n'était point blessé et que son compagnon n'avait pas souffert plus que lui. Il y avait là une sorte de miracle pour le marquis. Car, une année auparavant, il avait eu la fantaisie de visiter l'oubliette, il y était descendu au moyen d'une longue échelle, et il avait pu remarquer qu'un gisement de pierre granitique en occupait le fond. Mais il ignorait que depuis lors le mur de soutènement s'était fendu, qu'un flot bourbeux s'échappant de la douve extérieure était venu recouvrir la dalle de granit, et que cette vase, épaisse de trois pieds environ, se refroidissant et se durcissant à demi, avait pour ainsi dire matelassé le roc. Il fut tenté de croire à un sortilège, et demeura tout à la fois furieux et interdit.

Cependant le sauvetage se continuait. Bénédict émergeait à son tour de l'ombre du cachot; puis venait Raoul, qui avait obstinément maintenu son droit de sortir le dernier. Monsieur de Flavigny le reçut dans ses bras et le pressa contre son cœur avec une tendresse pleine de fierté. Après quoi, sur le point de quitter l'appartement, le comte se tourna vers le marquis.

— Laissez-moi vous donner un conseil, monsieur, — lui dit-il : — méfiez-vous de vos penchants vindicatifs et cruels. Il y a une justice ici-bas, il y a une Providence là-haut, et tôt ou tard le crime est expié, même quand la naissance et la fortune protégent le criminel !

— Conseil pour conseil ! — répliqua Gaëtan de son ton le plus ironique et le plus amer. — Méfiez-vous de vos sentiments généreux, monsieur le comte. Ils viennent de vous faire commettre, à votre insu, une maladresse dont vous aurez peut-être un jour à vous repentir, car la naissance et la fortune ne protégent pas contre le ridicule, la honte et même le déshonneur.

Ces arrogantes paroles remuèrent tous les esprits. Un sentiment d'indignation, auquel se mêlait un peu de curiosité, se peignit dans tous les regards.

— Je ne vous comprend pas, — dit le comte avec plus d'étonnement que de colère. — Expliquez-vous.

— Priez madame de Flavigny de vous raconter l'histoire de mademoiselle de Valérie de Morsanges et de Gérard Keller. Cette histoire vous édifiera, à coup sûr. Moi, j'ajouterai ensuite un curieux épilogue au récit.

Le comte eut un tressaillement. Troublé d'abord, il reprit bientôt tout son sang-froid.

— Je connais parfaitement cette histoire, — répondit-il avec calme. — Quant à l'épilogue, quel qu'il soit, je refuse de l'entendre, car je soupçonne que c'est un mensonge ou une calomnie.

— C'est une pure vérité, — répliqua Gaëtan, — et je tiens à vous en convaincre. Écoutez-moi donc.

Mais il n'ajouta pas un mot. Ses yeux venaient de rencontrer ceux du pâtre, qui, d'un bond, s'était élancé près de lui. Bénédict l'envisageait si terriblement, qu'en dépit de lui-même son audace l'abandonna, et il resta muet. Il était encore sous le magnétisme de ce regard effrayant, lorsqu'une servante entra toute effarée, en s'écriant que la marquise d'Apremont se mourait. Cette nouvelle inattendue fit diversion à ce qui se passait entre le comte et le marquis. Saisi d'une émotion extraordinaire, Gaëtan traversa rapidement la bibliothèque, il en franchit le seuil et disparut. Cette précipitation ressemblait au mouvement irrésistible de l'anxiété filiale. Mais nul ne s'y méprit, et chacun devina qu'il se cachait dans l'impétuosité du mauvais gentilhomme une tout autre nature de sentiment.

Il arriva le premier dans le grand salon où se trouvait sa mère. Elle venait de s'évanouir. Étendue sur un divan, elle était entourée de la comtesse, de Blanche et de quelques femmes de chambre qui s'efforçaient de la ranimer. Au bout d'un instant, elle souleva ses paupières, qui retombèrent presque aussitôt. Il se passa encore quelques minutes, puis elle ouvrit ses yeux si grands qu'ils parurent démesurés. Elle reconnut d'abord mademoiselle de Flavigny et lui dit avec un soupir navrant :

— Blanche n'épousera pas mon fils. C'est... c'est un infâme ! — Comme elle achevait ces mots, elle aperçut Gaëtan et frissonna. — Debout ! — murmura-t-elle ensuite; — je veux être debout ! — Appuyée sur ses camérist s, elle se leva. Elle était blême comme un fantôme ; ses orbites se creusaient dans une ombre opaque d'où s'échappait l'éclair sinistre d'une pupille dilatée outre mesure; ses lèvres amincies et bleuâtres se cerclaient de bistre. Elle se tenait droite imposante, pleine d'une sombre majesté. Bientôt, repoussant les femmes qui la soutenaient, elle marcha seule, lentement, péniblement. Elle fit ainsi le tour du salon, s'arrêtant devant les portraits de famille pendus aux lambris, les considérant avec une morne expression de douleur. Il y avait là des chevaliers armés en guerre, des prélats coiffés de la

mitre, de riantes châtelaines, de graves abbesses, ancêtres de haute mine qui avaient tous laissé dans les annales du pays un grand renom de droiture et de générosité.

Lorsqu'elle eut terminé cette revue des aïeux, la douairière s'arrêta. — O vous ! — dit-elle en promenant un regard demi-circulaire sur les portraits, — vous qui êtes aimés, vénérés de tous, vous dont l'âme était plus noble encore que le blason, pardonnez-moi ! Pardonnez-moi d'être la mère d'un gentilhomme méprisé, hui, qui a fait mentir votre sang à mis sous ses pieds l'exemple de vos grandes vertus. — Dirigeant alors ses yeux sur son fils, impassible à quelques pas d'elle, elle reprit d'une voix qui faiblissait : — Malheureux ! je sens que la vie m'échappe... et vous aurez abrégé mes jours... N'importe ! je n'appellerai pas sur votre tête la justice divine... Je meurs sans vous maudire... Adieu !

On avait approché d'elle le grand fauteuil seigneurial. Elle y tomba toute frémissante, posa son front contre l'écusson sculpté, exhala un sanglot, et rendit le dernier soupir.

Les assistants s'agenouillèrent. Le marquis se contenta de s'incliner. Il était très-pâle, mais sa physionomie avait comme un reflet de contentement intérieur.

Un quart d'heure plus tard, il était seul enfermé dans son appartement. Il examinait avec attention sur un registre sur lequel figurait l'état détaillé de la fortune maternelle, qui se montait à cent mille livres de revenu.

— A merveille ! — murmura-t-il. — Je suis plus riche encore que je ne le supposais. Dans huit jours je mènerai de nouveau la joyeuse et grand train à Paris.

Comme il s'exprimait ainsi, la porte secrète s'ouvrait sans bruit. Roch Dulhoux, qui avait prudemment disparu tant ils que on délivrait Bénédict et monsieur Matthieu, se hasardait à rentrer. Il entendit les paroles de son maître, et s'écria :

— Ah ! monseigneur, avec votre permission je vous suivrai. J'ai hâte de quitter le pays, où je crains désormais la vengeance du pâtre et du sorcier.

— Rassure-toi, poltron. Je te garde à mon service, et je t'emmène avec moi. Là-bas, tu peux m'être utile, coquin !

XIV

Deux jours après les événements qui précèdent, on enterrait la douairière d'Apremont. Sa dépouille mortelle, portée en grande pompe à l'église du village, était déposée dans un caveau seigneurial au pied du maître-autel.

La cérémonie terminée, et lorsque le marquis Gaëtan eut reçu les compliments de condoléance et les saluts d'usage de ceux qui avaient assisté aux funérailles, il respira bruyamment, comme un homme enchanté d'être débarrassé d'un grand ennui et de reprendre possession de lui-même en toute liberté. Il se mit d'abord à table et mangea de manière à prouver que sa conscience ne gênait en rien son estomac : puis il se rendit dans le grand salon, où il se renversa sur une ottomane. Il parut bientôt plongé dans une sorte de béatitude. Évidemment il se réjouissait à la pensée de son brusque changement de situation, et sa physionomie exprimait l'ineffable satisfaction que lui causait sa nouvelle fortune. Pas un soupir, pas une larme, d'ailleurs, ne témoignait en lui le plus léger chagrin de la perte de sa mère. Dans sa franchise d'insensibilité, il dédaignait même d'avoir recours à l'hypocrisie d'un regret apparent.

Bientôt, cependant, un nuage s'étendit sur son front, une préoccupation orageuse s'empara de son esprit. Il se leva tout à coup et marcha de long en large dans le salon. Ses pas s'accélérant peu à peu traduisaient la vivacité croissante de ses sentiments mystérieux, qui devinrent trop énergiques pour être longtemps refoulés, et éclatèrent enfin dans un monologue plusieurs fois interrompu.

— Me voici plus opulent que je ne l'ai jamais été, — dit-il. — Je ne serai pas assez sot pour me dissimuler, que j'en suis profondément heureux. Mais faut-il donc que l'homme ait toujours dans l'âme une ambition déçue, un désir inassouvi? J'ai beau m'exalter l'imagination par la perspective des fêtes et des triomphes qui m'attendent à Paris! je ne puis m'arracher du cœur l'image éblouissante de cette blanche de Flavigny, qui m'échappe... Quand je ne possédais rien que l'espérance toujours incertaine d'un brillant héritage, je croyais que cette jeune et belle créature ne devait être pour moi qu'un instrument destiné à me refaire une grande fortune. Mais depuis que le hasard a rempli, sans son concours, mon coffre-fort lamentablement vidé, je comprends que je l'aime, cette aimable enfant, cent fois plus que je ne m'en doutais. Oui, sa pensée s'agite en moi comme une salamandre dans une flamme; en dépit de ce qui s'est passé, je ne songe qu'à me rapprocher d'elle, et, contre toute vraisemblance, je nourris encore l'espoir de l'épouser. Ah! pourquoi ai-je cédé à un élan de colère? Pourquoi ai-je proféré d'imprudentes paroles, qui m'ont sans doute attiré la haine du comte de Flavigny?... — Mais, — reprit-il après une pause et avec un accent délibéré, — j'aurais vraiment tort de perdre courage et je serais absurde d'abandonner la partie. Après tout, mon jeu est encore très-bon; j'ai dans la main de grands atouts: un superbe héritage, un secret important. N'est-ce donc pas assez, avec un peu d'audace et d'adresse, pour vaincre les résistances et m'emparer de celle que j'adore? Eh! oui, c'est assez! C'est même plus qu'il n'en faut. Je retarde mon départ, je demande une entrevue au comte, j'atténue mes torts par d'ingénieux subterfuges, je rentre en grâce, et j'épouse avec enthousiasme mademoiselle de Flavigny, trop heureuse de s'assurer de mon silence à ce prix. On a vu se réaliser des choses plus impossibles que cela, et j'en veux tenter l'aventure dès demain. — Il appuya sur un timbre sonore. Un valet parut. C'était Roch Duhoux. — Ah! ah! c'est toi, faquin? — dit le marquis. — Il paraît que tu prends ton emploi au sérieux?

— Je m'efforce, monseigneur, d'être à vos yeux un serviteur zélé.

— C'est parfait. Tout est-il prêt pour mon départ?

— Pas encore, mais bientôt. Monseigneur a prévenu qu'il ne partirait que demain. Est-ce que monseigneur désire se mettre en route aujourd'hui même?

— Au contraire. J'ajourne mon voyage à Paris. Qu'on suspende les préparatifs.

Duhoux fit une grimace de désappointement.

— Monsieur le marquis a peut-être tort, — dit-il avec aplomb.

— Pourquoi ça, drôle?

— Parce qu'après la réplique violente, injurieuse, que vous avez adressée, il y a deux jours, au comte de Flavigny, il est à craindre que vous n'ayez bientôt sur les bras quelque méchante affaire. La mort de madame la marquise, votre mère, a suspendu mais non calmé la colère du comte. Rappelez-vous ses dernières paroles lorsque après la mort de votre mère il prenait congé de vous. «Nous nous reverrons» vous a-t-il dit en baissant la voix et en vous lançant un regard irrité.

— Bah! rassure-toi, j'ai mon plan, et j'espère que tout cela finira par un dénoûment de comédie.

— Pour vous, monseigneur, c'est possible; mais pour moi!

— Poltron! de quoi as-tu peur? Est-ce que je ne te protège pas?

— Assurément, et je vous en remercie. Mais c'est égal, je ne suis pas très-rassuré. Le pâtre soupçonne, à coup sûr, que je vous ai conté l'histoire de mademoiselle de Morsange et de Gérard Keller, il m'avait fait jurer

que je me tairais. Il doit donc m'en vouloir mortellement d'avoir parlé! Quel être bizarre! Quel original! Ce qu'il y a de certain, c'est que je l'ai aperçu rôdant autour du château. Il me guette sans doute pour me jouer quelque mauvais tour. Je n'ose pas sortir. C'est que s'il me tenait entre ses doigts, de vrais muscles d'acier, il serait capable de m'étrangler ni plus ni moins que si j'étais un chien enragé. Et pourtant je suis un honnête homme, moi, voyez-vous!

— Parbleu! tu es un ange, c'est convenu. A ce compte même, tu devrais souhaiter de mourir, car tu irais tout droit en paradis.

— Pas si pressé! la vie ne me déplaît point. Mais j'en jouirais bien mieux loin d'ici.

— Bon voyage, et va-t-en tout seul.

— Du tout. Je ne vous quitte pas, monseigneur. J'attendrai votre départ.

— En attendant, arme-toi de pied en cap pour te défendre si l'on se permet de t'attaquer.

— Croyez-le bien, je ne m'aventurerai dehors que muni d'un formidable appareil de guerre.

— Entendons-nous cependant. Je veux que tu restes sur la défensive et que tu ne frappes le pâtre que pour repousser une agression. Je tiens pas à ce qu'il meure maintenant. J'ai même intérêt à ce qu'il vive, car son existence, qui est une menace pour la famille de Flavigny, peut servir mes projets.

— S'il en est ainsi, monseigneur, on l'épargnera.

Duhoux se retirait. Le marquis le rappela.

— Dans une heure je sortirai, — dit-il. — Qu'on tienne prêts deux chevaux de selle. Tu m'accompagneras.

— Je vous demande la permission de mettre dans les fontes de ma selle deux pistolets d'arçon.

— A ta guise. Tu trouveras tout un arsenal dans mon appartement.

— Je l'ai déjà vu. Monsieur le marquis ne désire pas que je lui prépare aussi une paire de pistolets?

— C'est inutile. J'ai mon épée, une fine lame, et cela me suffit. D'ailleurs, je n'ai pas envie d'aller me battre; je compte aller souper gaiement.

— Gaiement! — répéta le valet surpris, si dépravé qu'il fût, qu'un fils songeât à s'amuser le jour de l'enterrement de sa mère.

— Eh! parbleu! crois-tu donc que je sois homme à me morfondre et à bâiller ici plus longtemps sans chercher une distraction? Je sais à Montaigu une honnête demeure où l'on soupe à merveille, où l'on joue gros jeu, où l'on passe la nuit le plus agréablement du monde. Eh bien! je veux m'y rendre incognito, car je sens que si je restais ce soir dans Apremont j'y périrais de marasme et de consomption.

— J'ignore quels sont vos projets, monsieur le marquis: mais n'est-il pas à craindre que votre séjour à Montaigu ne vous fasse de nouveau beaucoup de tort dans l'esprit de la famille de Flavigny, qui peut en être instruite par hasard?

— Peuh! je serai circonspect. Et puis je suis sûr de la discrétion de ceux que je rencontrerai dans l'aimable tripot. Demain je serai tout rendu pour me présenter à l'hôtel de Flavigny, comme j'y suis résolu.

— Ah! monseigneur, vous êtes vraiment hardi!

— Imbécile! il n'y a que l'audace qui mène rapidement au but.

Une heure après, Duhoux prévenait son maître que les chevaux, sellés et bridés, attendaient dans la cour.

— En ce cas, à cheval, — dit Gaëtan. Mais le valet ne bougea pas. — Eh bien! m'as-tu entendu? — reprit le marquis. — Pourquoi es-tu planté là immobile comme un terme? As-tu quelque nouvelle à me communiquer?

— Oui, — répondit le laquais en secouant la tête. — D'abord j'ai vu se glisser de nouveau derrière les haies autour de cette demeure la sombre figure du pâtre Bé-

nédict. Puis il a disparu, et alors un gars de la Bénardière, nommé Coquelicot, l'a remplacé. Ce Coquelicot, je
le devine, fait sentinelle pour avertir l'autre dès qu'il me
verra sortir.

— Et tu désires que je te dispense de me suivre, n'est-
ce pas ? Décidément la bravoure ne fera jamais de toi un
héros.

— Oh ! je suis en mesure de me défendre, et je n'ai
pas peur. Ce qui ne m'empêche pas de reconnaître que
vous m'avez fait là un rude ennemi.

— Tant que tu seras avec moi, je te réponds qu'il n'o-
sera pas toucher à un seul de tes cheveux.

— C'est possible. Mais s'il me rencontre sans vous,
gare à ma tête !

— Il te la cassera sans doute. Peuh ! Il n'y aura pas
grand mal : elle est déjà fêlée. — Roch Duhoux ne répliqua pas. Mais sa bouche eut une de ces grimaces im-
pertinentes qui, plus sûrement que la parole, font rebondir l'ironie vers celui qui l'a lancée le premier.
Gaëtan comprit-il cette repartie muette ? Toujours est-il
qu'il ajouta brusquement : — Voyons, est-ce tout ce que
tu as à me dire, faquin ?

— Non, monseigneur.

— Achève, et dépêche-toi.

— Monsieur le marquis n'ignore pas que le comte de
Flavigny et son fils assistaient aux funérailles.

— Parbleu ! Ils ne m'ont pas dit un seul mot. Ils ne
m'ont pas même salué, les insolents !

— Plus d'un gentilhomme en a fait aussi la remarque.
Au sortir de l'église, le marquis de Lescure et le comte
de Larochejaquelein, qui eux-mêmes se sont montrés à
peine polis, lui ont demandé la cause de sa froideur. Il
leur a répondu, dit-on : « Dans quelques jours j'irai vers
lui, mais l'épée à la main. » Alors les deux jeunes seigneurs lui ont souhaité bonne chance, et sont partis.

— Qui a entendu cela ? Qui a vu cela ?

— Une servante du château. Elle passait près du
groupe au moment où ces paroles étaient prononcées.
Elle vient de me les répéter à l'instant.

Gaëtan devint soucieux.

— Est-ce que la réconciliation serait impossible ? —
murmura-t-il. — Est-ce qu'il me faudrait renoncer sérieusement à la possession de cette ravissante Blanche
de Flavigny ? Vive Dieu ! j'espère bien que non... Qu'on
y prenne garde toutefois ! qu'on ne me pousse pas à
bout ! car, j'en fais le serment, il y aurait du scandale
dans le pays. — Son regard étincela, ses lèvres se cris-
pèrent. Toute sa physionomie refléta un sentiment haineux et vindicatif. — Partons ! — s'écria-t-il.

Et il s'élança violemment hors du salon. Duhoux le suivit. Il se disait tout bas :

— Je commence à croire que j'........ it une sottise en ré-
vélant à ce marquis l'ancien secret du lac de Grand-Lieu.

Le maître et le valet sortirent à cheval du château ; le
maître avec une épée de combat qui heurtait les flancs
de sa monture, le valet avec deux pistolets accrochés à
l'arçon de sa selle, et un couteau de chasse pendu à un
ceinturon qui lui serrait les reins. Tandis qu'ils descendaient au trot la colline sur laquelle est assis le manoir
féodal d'Apremont, le soleil commençait à se coucher
dans un océan de feuillage, empourprant de ses rayons
obliques le sommet des vagues de verdure qui ondulaient jusque dans les profondeurs de l'horizon. Traversé de nuages épars, le ciel réfléchissait toutes les couleurs du prisme se dégradant avec une ineffable harmonie, et formait au-dessus de la campagne comme une
vaste coupole étincelante des plus merveilleuses incrustations. Mais ni Gaëtan ni son laquais ne songeaient à
contempler cette gloire de l'astre à demi-disparu. L'un,
tout en caressant l'espoir d'une distraction mondaine,
s'efforçait de raffermir sa conscience, et médiocrement
scrupuleuse d'ailleurs, contre l'atteinte d'un remords secret ; l'autre, craignant sans cesse de voir fondre sur lui
à l'improviste la vengeance de Bénédict, lançait à tout

propos et de tous côtés des coups d'œil anxieux. Ils ne se
doutaient cependant ni l'un ni l'autre qu'ils fussent suivis de près par un jeune paysan, lequel glissait sans
bruit derrière les buissons, profitant des moindres as-
pérités du sol et de ses plus petites touffes de genêts pour
se cacher ou bondir avec la vive souplesse d'un acrobate
ou d'un contrebandier. Ce gars, aussi agile que circonspect, était Coquelicot lui-même. Depuis une heure, le
pâtre l'avait chargé d'épier la sortie de Roch Duhoux,
et il avait rejoint son troupeau qui paissait dans un pré
à peu de distance d'Apremont.

Tandis que l'alerte Justin courait ainsi d'un pas furtif
et sans éveiller un soupçon sur les traces du marquis et
du valet, Bénédict, lui, marchait rapidement dans l'enclos où il avait parqué ses moutons. Son beau visage,
profondément triste, traduisait les pensées navrantes
dont son esprit était agité. Tout à coup il s'arrêta, appuya son coude contre un arbre, mit son front dans sa
main, et dit avec des larmes dans la voix :

— Hélas ! c'en est fait ! le secret odieux qui pèse sur
ma naissance appartient maintenant à deux misérables,
et tôt ou tard il sera divulgué. Déjà même ce Gaëtan
d'Apremont a failli en accabler le comte de Flavigny.
Ah ! si je ne puis empêcher cette lâche révélation, il est
du moins en mon pouvoir d'en atténuer les conséquences funestes, peut-être même d'en détruire complètement le redoutable effet. Un double devoir m'est donc
imposé. Il faut d'abord que je contraigne à se battre le
coquin qui a trahi son serment. Je le tuerai, je l'espère,
et je ferai disparaître ainsi le seul témoin qui puisse affirmer qui je suis. Lui mort, je partirai, j'irai devant
moi, au hasard, priant Dieu de m'infliger l'expiation du
crime paternel et d'épargner la pauvre grande dame,
innocente et victime, qui m'a donné le jour dans la
honte et le désespoir. — Après un instant de silence, il
reprit avec une sorte de véhémence douloureuse : — Ah !
pourquoi ne puis-je également rendre muet le marquis Gaëtan d'Apremont ? Pourquoi ne suis-je qu'un pauvre diable, une espèce de manant, comme on dit, et n'ai-je pas
le droit de me mesurer avec cet horrible grand seigneur ? Dieu aiderait mon courage et communiquerait à
mon bras l'audace et l'adresse qui font frapper au cœur.
Mais, si méprisable qu'il soit, un marquis ne se bat pas
avec un serf, et il rirait de la provocation d'un rustre tel
que moi ; puis il me ferait bâtonner par ses gens, et
chacun lui donnerait raison. Hélas ! le monde social où
nous vivons est vraiment étrange, et je comprends parfois les révoltes de l'orgueil plébéien dont fourmille
l'histoire contre l'insolence et la tyrannie des préjugés
de caste... Mais que dis-je, et à quoi vais-je penser ? —
poursuivit-il d'un ton plus calme : — il s'agit bien pour
moi de m'insurger contre les inégalités qui m'entourent !
Il est sage de se soumettre, de laisser à la marche ra-
tionnelle des idées, au progrès lent et continu de l'esprit humain, le soin de corriger les abus, de rapprocher
les rangs, de réformer les mœurs, de courber enfin les
grands comme les petits sous l'inflexible niveau des lois.
Puisque je ne suis à l'égal d'un bandit titré, je veux
du moins m'élever à la hauteur d'un honnête homme,
et me prouver à moi-même que la noblesse de l'âme
n'est pas l'attribut exclusif de la noblesse de race, termes. Je quitterai donc ce pays, et quoi qu'il arrive,
quelque infamie que commette ce Gaëtan, mon absence
ici ne lui servira pas du moins de complicité ! — A peine
achevait-il de prononcer ces mots qu'un cri plaintif et
prolongé, semblable au gémissement d'un hibou, retentit à travers le silence du soir. Le pâtre se redressa et
prêta l'oreille en retenant sa respiration. Un instant
après, un nouveau cri de même nature, mais plus rapproché, se fit entendre. Bénédict murmura tout ému :

— C'est bien le signal convenu entre Justin et moi. Roch
Duhoux se dirige donc de ce côté. S'il en est ainsi, je
rends grâce à la Providence qui me l'envoie au moment
où je suis le plus impatient de le rencontrer.

Disant cela, il s'élançait dans la direction d'où partait le mystérieux appel. Caché derrière une haie de troëne qui régnait autour du pré, il écarta les branches flexibles et se mit aux aguets. Il avait sous les yeux un entre-croisement de plusieurs chemins qui faisaient carrefour. Au milieu s'élevait un beau châtaignier ombrageant un banc d'herbe et de mousse. La pâle clarté de la lune et les derniers reflets rouges du soleil, se mêlant dans une teinte bizarre, venaient se jouer au milieu des feuilles légèrement agitées du grand arbre, qui semblait ainsi s'animer fantastiquement. Bénédict pressentit que quelque chose d'étrange allait se passer, ce soir-là, dans l'endroit qui s'offrait à son regard sous un aspect si saisissant.

En effet, tandis qu'il était immobile, vigilant, le piétinement d'un cheval attira son attention dans le sens opposé aux deux cris qui l'avaient prévenu de se tenir en éveil. Presque à ce même instant, un cavalier parut dans le carrefour. Il fit halte et sembla indécis. Il se demandait sans doute quel chemin il devait prendre parmi ceux qui s'offraient devant lui. Ce cavalier était un gentilhomme. A la délicatesse un peu grêle de ses formes, à la blancheur de son visage imberbe encadré de cheveux blonds, on s'apercevait aisément qu'il était jeune, de cette première jeunesse où tout est charmant, même la mélancolie, même le chagrin. Il avait une attitude triste et gracieuse; sa physionomie se montrait pensive, un peu sombre, mais avec une inexprimable douceur. Il leva la tête pour contempler le disque de la lune nageant dans un lac d'azur, et le pâtre se sentit tressaillir : il venait de reconnaître Raoul de Flavigny. Son émotion ne s'était pas encore dissipée, lorsqu'un autre gentilhomme, suivi d'un domestique, déboucha dans le rond-point, comme s'il se portait à la rencontre du premier. Bénédict frissonna cette fois, et d'une voix stridente prononça les noms de Gaëtan d'Apremont et de Roch Duhoux.

Tout agité de cette double secousse, il se consultait en lui-même et ne savait que résoudre, quand le dialogue suivant vint interrompre ses préoccupations et de nouveau le rendre attentif.

— Vicomte Raoul, je vous salue, — dit le marquis en arrêtant son cheval à trois pas du jeune cavalier. — Parbleu ! — reprit-il, — je ne m'attendais pas à vous trouver ce soir sur le chemin d'Apremont.

— Ni moi à vous voir dans la direction de Montaigu, — répondit sèchement Raoul. — N'importe ! je souhaitais de vous rencontrer promptement, mon souhait s'est accompli, Dieu soit loué !

— Et pourquoi, je vous prie, étiez-vous si désireux de me joindre ? Puis-je vous rendre quelque service ? Parlez.

— Vous pouvez me rendre raison; et c'est ce que vous allez faire à l'instant même ! — répliqua Raoul avec une soudaine énergie.

Le marquis affecta d'être stupéfait.

— Allons donc ! — s'écria-t-il. — Un duel entre nous ! Pourquoi cela ? Que me reprochez-vous donc ? Est-ce que vous auriez la singulière prétention de vous constituer le vengeur de deux insolents que j'ai voulu punir en leur infligeant quelques jours de cachot ? Ce serait de la folie, morbleu !

Le jeune gentilhomme haussa les épaules, et répondit d'un ton méprisant :

— Ne mentez donc pas ! Votre intention était de les tuer ! Mais ce n'est pas là mon affaire. Cela regarde la justice humaine, trop impuissante, hélas ! à frapper les criminels lorsqu'ils sont de grands seigneurs. Moi, je suis venu pour venger la comtesse de Flavigny, ma mère, que vous avez voulu calomnier. La mort de la marquise d'Apremont a pu seule ajourner l'effet de ma colère. Allons, monsieur, l'épée au vent !

Et Raoul, d'ordinaire si réservé, si timide, avait la mine hautaine et rayonnante d'intrépidité. Il se disposait à mettre pied à terre. Un mot de Gaëtan le retint à cheval.

— Je ne me battrai pas avec vous, mon cher vicomte, — dit tranquillement le marquis.

— Et pourquoi, s'il vous plaît ?

— Pour plusieurs raisons.

— Dites-les, j'écoute.

— D'abord, je ne saurais consentir à me battre avec un tout jeune homme, presque un enfant. Si je devais croiser le fer avec quelqu'un de votre famille, ce serait avec le comte de Flavigny.

— Et c'est-là justement ce que je veux prévenir, car je soupçonne que mon père a résolu de vous provoquer demain. Moi, je vous provoque aujourd'hui, pour avoir un droit d'antériorité. Vous dites que je suis presque un enfant, soit; mais un enfant capable de souffleter un homme, je vous en préviens.

Un éclair menaçant traversa le regard de Raoul. Gaëtan s'en aperçut; il comprima un mouvement d'impatience; puis, s'efforçant de sourire :

— Ne vous fâchez donc pas ainsi, — dit-il. — Apprenez, cher vicomte, que je me rends ce soir à Montaigu. Demain, dans la matinée, je me présenterai à votre hôtel pour offrir au comte des excuses sans restriction. Un emportement coupable m'a fait prononcer devant lui des paroles violentes, et je suis au désespoir de l'avoir offensé. Mon amende honorable sera, je vous l'affirme, pleine de franchise, de sincérité. J'espère fléchir l'irritation de l'excellent gentilhomme. Après quoi, je le supplierai de me recevoir en grâce, et nous reprendrons ensuite les projets d'union que nos deux familles avaient formés, et que le grand héritage qui m'est échu doit rendre plus réalisable que jamais. Vous comprenez dès lors qu'un duel entre vous et moi est parfaitement impossible.

Raoul frémit d'indignation. Il tira brusquement son épée du fourreau.

— Et moi je trouve qu'il est maintenant inévitable ! — s'écria-t-il.

— Inévitable !... Ah bah !... Expliquez-vous, mon jeune ami.

— C'est facile, monsieur... Je ne veux pas que vous épousiez Blanche de Flavigny ! Je ne le veux pas, entendez-vous ! J'allais vous le déclarer, lorsque le hasard, en me faisant assister au guet-apens de l'oubliette, a rendu ma démarche inutile. Aujourd'hui, je crois devoir vous signifier ma résolution, puisque vous avez l'audace de supposer qu'un projet de mariage entre ma cousine et vous a encore quelque chance de réussir.

— Mais c'était déjà chose convenue. L'ignorez-vous ?

— Je sais, en effet, que vous êtes parvenu à contraindre la volonté de cette noble jeune fille. Comment ? C'est ce qu'elle a refusé de m'apprendre. Sans doute vous avez mis en œuvre quelque odieuse machination. Mais que m'importe ! il me suffit que vous n'ayez pas renoncé à l'espoir de l'obtenir pour qu'à ma détermination de venger ma mère se joigne le désir implacable de protéger Blanche de Flavigny. Dieu aidant, je vous tuerai !

— Et si je vous tue, moi ?

— Alors je mourrai heureux, car je suis sûr que ma cousine n'acceptera pas la main de mon meurtrier. Votre mort ou la mienne sera également son salut.

— Ah ! ça, mais vous êtes amoureux, mon jeune coq ! Il fallait me l'avouer tout simplement.

Un mélancolique sourire glissa sur les lèvres de Raoul. Il hocha la tête, mit pied à terre et répondit d'un ton dédaigneux :

— Je ne vous dois pas compte de mes sentiments. Un homme tel que vous d'ailleurs, ne les comprendrait pas... Allons, monsieur le marquis, — reprit-il, — la place est bonne pour un duel à outrance. Je vous attends.

— Ne vous donnez pas cette peine, je vous répète que je ne me battrai pas avec vous.

9

— Je vous jure, moi, que vous vous battrez !

Gaëtan voulut pousser son cheval et passer outre. Raoul tendit la pointe de son épée, et fit reculer l'animal.

— Vous êtes fou ! — s'écria le marquis étonné. — Une rencontre les armes à la main ne saurait avoir lieu sans seconds ou sans témoins. Remettez la partie à un autre jour.

— Vous oubliez qu'il y a peu de temps, dans une rue de Tiffauges, vous avez tué sous un réverbère un gentilhomme de vos amis. Il n'y avait là que votre adversaire et vous. Ne soyez donc pas si scrupuleux aujourd'hui. Si vous ne tenez point à passer pour un lâche à mes yeux, hâtez-vous de descendre de cheval et de vous mettre en garde contre moi. Surtout, pas de feinte générosité ! Je vous déclare que, l'épée au poing, je ne crains personne, pas même vous.

— Peuh ! je vous désarmerai trop aisément.

— Essayez donc, si vous l'osez !

— Bah ! on se moquerait de ma facile prouesse, et votre famille ne me pardonnerait pas.

— Décidément, marquis, vous êtes un misérable poltron ! — Cette fois Gaëtan resta silencieux pour cacher la colère dont sa poitrine se gonflait. Il éperonna son cheval ; mais la pauvre bête, sentant une piqûre aux narines, se cabra. Le marquis furieux proféra une imprécation. Au même instant un coup de plat d'épée l'atteignit au visage. Il bondit à terre, et, l'œil en feu, l'écume aux lèvres, dégaîna. — Enfin ! — s'écria Raoul, admirable de courage et de fierté.

— Je renonce à ... ..che de Flavigny ! — répliqua le marquis dont les dents grinçaient. — Mais, mille démons ! je vais te tuer, insolent !

Un rude froissement de fer suivit cette menace. Après quelques battements précipités, Gaëtan feignit une brusque retraite, et, tandis que Raoul s'avançait sur lui l'épée haute, il se fendit avec une soudaineté si imprévue que son jeune adversaire faillit avoir le corps traversé. Heureusement le coup avait été porté avec plus de violence que de précision ; le fer, en glissant sous le bras de Raoul, n'avait fait qu'égratigner son habit.

— Vive Dieu ! — dit le brave enfant sans sourciller, — je viens de l'échapper belle ; vous ne m'y reprendrez plus, marquis.

Les épées s'engagèrent de nouveau. Attaques, parades et ripostes se succédèrent de part et d'autre avec une prestesse égale et une animation croissante. Mais il était facile de voir que le marquis avait peine à contenir son emportement. Il enrageait de son impuissance à frapper Raoul en pleine poitrine. En vain avait-il recours aux ruses les plus subtiles de l'escrime ; toutes étaient prévues et déjouées avec une rare habileté et une extrême présence d'esprit. Cependant, comme il attaquait sans relâche, son bras commençait à se lasser. Aussi, voulant relever un dégagement par un demi-cercle, il manqua d'énergie, et l'épée de son adversaire alla le toucher à la joue. Le sang jaillit.

— Blessé ! — rugit-il en portant la main à son visage et en le sentant mouillé. — Ah ! j'aurai ma revanche ! Je te tuerai, j'en réponds.

Raoul ne daigna pas répliquer. Mais il s'aperçut que, pendant qu'il croisait le fer pour la troisième fois, le valet de Gaëtan, toujours à cheval, tirait d'une main furtive un pistolet des fontes de la selle et l'armait. Peut-être fut-il ému de ce bizarre incident, qui n'avait sans doute d'autre but que de le troubler, lorsqu'un homme franchissant une haie vint se dresser devant Roch Duhoux et s'écria :

— Pas de distraction, monsieur Raoul ! et ne craignez rien !

— Bénédict ! — articula le vicomte d'un air heureux !

— Le pâtre ! — proféra Duhoux avec effarement.

Et il pressa la détente de son arme. Le coup partit. La balle n'atteignit personne : elle s'enfonça dans le tronc du châtaignier. Alors, tout tremblant, tout ahuri, Duhoux s'arma du second pistolet. Il sentit au même instant qu'on lui soulevait une jambe, et, perdant l'équilibre, il alla rouler à terre. Coquelicot apparut au-dessus de lui et lui arracha son arme des mains. Cette fois le pauvre garçon ne rougit pas : il était, au contraire, pâle de colère et d'indignation.

— Lâche ce coquin, et retire-toi, — lui dit Bénédict. Coquelicot obéit.

Duhoux se releva d'un bond. Il prit son couteau de chasse et se mit en garde sans hésiter. Le pâtre était prêt pour la lutte. Il serrait entre ses doigts d'acier le manche d'un couteau bien affûté : c'était le couteau même dont le solitaire avait été sur le point de frapper le marquis. Comme il allait commencer l'attaque, sans se soucier de l'inégalité des armes, il entendit un bruit bizarre qui lui fit retourner la tête : Gaëtan ricanait.

— Singulier rapprochement ! — disait celui-ci, l'épée toujours rapide et furieuse, Raoul resta silencieux, multipliant ses efforts sans cesser d'être calme et d'aplomb.

— Oh ! c'est vraiment drôle ! — reprit le marquis de plus en plus railleur ; — savez-vous, cher vicomte, que vous avez un frère aîné ?

— Bête vénimeuse ! — murmura Raoul.

— Ah ! ah ! vous croyez que je lance une calomnie. Eh bien ! je veux vous dire quel est ce frère aîné un grand et beau garçon, ma foi !

— Vipère, tu essayes de mordre et tu baves en vain !

— Il se nomme... — continua Gaëtan.

Mais il ne put articuler un mot de plus. L'épée de Raoul lui traversa la poitrine de part en part, et il tomba sur le sol en râlant.

A cette vue, saisi d'effroi, Roch Duhoux recula comme s'il se préparait à fuir. Mais il aperçut Coquelicot qui lui barrait le passage en menaçant de faire feu sur lui. Se retournant aussitôt vers Bénédict :

— Laissez-moi partir ! — proféra-t-il avec une sourde véhémence. — Sinon, j'achève la phrase que mon maître n'a pu terminer.

— Défends-toi, scélérat ! — répliqua le pâtre, terrible de résolution et de sang-froid.

Surexcité par la terreur qu'il éprouvait, Duhoux lui porta un coup de pointe rapide, imprévu. Bénédict, par un mouvement prompt comme l'éclair, eut à peine le temps de l'éviter. Le couteau de chasse déchira sa veste, mais ne fit qu'effleurer son corps. Il saisit aussitôt son adversaire à la gorge, et lui enfonça dans la région du cœur la lame qu'il tenait à la main.

— Ah ! je meurs ! — exhala le blessé, l'œil hagard, la bouche sanglante ; — mais j'ai la force de parler... Je parlerai... Le frère aîné se nomme...

Il soupira, se roidit et ne bougea plus.

— Ils sont morts, sans doute ! — dit Raoul.

— Je le crois, — répondit le pâtre.

— Chargez-vous du soin de faire enlever les cadavres. Moi, je retourne à Montaigu, où j'adresserai à qui de droit ma déclaration sur ce qui vient de se passer... Merci pour votre courageuse intervention, et au revoir, mon ami.

— Adieu, monsieur Raoul.

— Adieu ! Pourquoi ? Ne vous reverrai-je plus ?

— J'ai formé le projet de partir bientôt.

— Ah ! et où irez-vous ?

— Chercher fortune... au hasard...

— Vraiment... Au fait, brave, intelligent, instruit, vous avez sans doute raison... Alors, embrassez-moi.

— Vous embrasser !

— Oui, pardieu ! Je crois bien que je n'aurai jamais pressé contre ma poitrine un plus honnête, un plus digne cœur.

Et le jeune vicomte lui ouvrit ses deux bras. Il y eut alors entre eux une étreinte muette et pleine d'effusion. Un doux rayon de lune souriait avec mélancolie à cette scène émouvante où deux belles âmes, celle d'un pauvre parla de la vie et celle d'un privilégié de la naissance semblaient s'unir fraternellement. Les anges invisibles qui planaient autour d'eux durent écouter, ravis, le murmure de cet embrassement, et porter ensuite à Dieu la bonne nouvelle qu'il y avait toujours sur la terre de généreux instincts et de grandes vertus.

XV

Le lendemain, à la Bénardière, Bénédict annonça son intention de se mettre en route et de voir du pays. Ni le père ni la mère Cazeaux ne s'opposèrent à son départ. Après ce qui s'était passé la veille, ils craignaient pour leur enfant d'adoption. Cette crainte était d'autant plus fondée que le marquis d'Aprémont et Roch Duhoux n'étaient pas morts, et que les médecins ne désespéraient pas complètement de les sauver.

— Va, mon cher fils! — dit la mère Cazeaux, contenant l'émotion qui gonflait sa poitrine; — va tenter la chance à la grâce de Dieu. Je prierai tant pour toi que la bénédiction du ciel accompagnera ta marche à travers les chemins qui s'ouvriront devant tes pas. Je te l'ai déjà dit, mon Bénédict, j'ai le pressentiment que tu es fait pour un avenir moins humble, moins obscur que celui auquel le sort te destinait parmi nous. Courage donc, et pars. Aie foi en ton mérite, reste vaillant et honnête, et ne nous oublie jamais.

— Ah! merci de vos braves paroles, mère! — répondit le pâtre d'une voix altérée. — Je tremblais que ma résolution, en dépit de l'opinion que vous m'exprimiez naguère, n'eût pas votre assentiment, et mon cœur s'attristait par avance de votre affliction. Vos inquiétudes et vos larmes m'eussent trouvé faible, votre confiance et votre fermeté me rendent fort. Encore une fois merci. Je partirai aujourd'hui même, si vous le permettez. J'irai loin, bien loin peut-être. Mais quel que soit le pays inconnu où m'entraînera le souffle de la destinée, le souvenir des tendresses de ma famille adoptive me remplira le cœur, et je ne cesserai de penser à vous.

— Mon cher Bénédict, — reprit le père Cazeaux, s'efforçant de paraître calme et un peu solennel, — je comprends que notre vie ne te suffise pas. Avec l'intelligence dont tu es doué et l'instruction que tu as acquise, il est tout simple que tu sois désireux de changer de position. Pars donc, puisque c'est ton désir. J'aime à croire que tu sauras te tirer d'affaire et te conduire en homme de bien dans toutes les circonstances où tu te trouveras placé. Cependant, si le hasard ne te favorisait pas, et tu es jamais malheureux, rappelle-toi que la place est vide à la table et au foyer de la Bénardière; reviens sans hésiter te rasseoir à côté de ceux qui, de loin comme de près, te chériront toujours.

— Je vous le promets, père. Je connais trop bien vos cœurs pour que dans l'adversité le moindre sentiment d'orgueil m'empêche de revenir vers vous.

La fermière lui mit alors dans la main un petit bas de laine plein d'écus de six livres, et lui dit en l'embrassant avec effusion:

— Ce sont mes économies, mon enfant; prends-les, elles te porteront bonheur.

Bénédict voulut refuser, disant que lui-même avait assez d'épargnes pour que, sobre, et voyageant à pied, il eût le nécessaire durant quelques mois. La mère Cazeaux, avec cette douce autorité du cœur qui exerce un droit sacré, le contraignit d'accepter ce qu'elle lui offrait. Deux heures plus tard, les yeux gros de larmes, il pressait dans ses bras les bonnes gens qui l'avaient élevé; puis, accompagné seulement de Coquelicot et de Muguette, il quittait la ferme pour commencer ses pérégrinations.

A l'entrée de la Gorge-aux-Loups, Justin s'arrêta; il repoussa doucement Justine, se dressa sur la pointe des pieds, et dit en rougissant à l'oreille de Bénédict:

— Voyons, franchement, répète-moi que tu n'aimes pas Muguette, et que ce n'est point à cause d'elle que tu vous éloignes de nous.

Le pâtre sourit.

— Tranquillise-toi, mon cher Coquelicot, — répondit-il; — si j'ai dans l'âme quelque rêve et dans le cœur quelque souci, celle que tu aimes et dont tu es aimé n'y est absolument pour rien.

— Ah! c'est que je préférerais renoncer à elle que de vous causer un chagrin, savez-vous! Vrai! je me ferais une joie de mon dévouement!

— Je sais que tu as l'instinct du sacrifice, cher petit; mais il n'y a pas lieu de le prouver aujourd'hui. J'ai promesse que tu épouseras bientôt Muguette, j'en suis sincèrement heureux... Et maintenant, — reprit Bénédict, — retourne à la Bénardière avec ta fiancée, afin qu'en vous revoyant le père et la mère se disent là-bas: Consolons-nous! Il nous reste encore deux enfants! — Tandis qu'ils s'embrassaient, la poitrine oppressée, la joue en pleurs, un bruit étrange attira leur attention; c'était un piétinement rapide et sourd. Ils regardèrent du côté d'où partait la rumeur, et virent Castor et Pollux accourant de toute leur vitesse. Ils étaient si violemment lancés, qu'ils dépassèrent malgré eux le groupe formé par le pâtre, Muguette et Coquelicot, et durent revenir sur leurs pas. Ils s'accroupirent haletants devant leur maître et fixèrent sur lui leurs yeux où deux larmes brillaient. Il y avait dans l'expression de leur physionomie intelligente comme un tendre et douloureux reproche qui acheva de navrer le cœur de Bénédict. — Mes pauvres chiens, je vous avais oubliés! — murmura-t-il dans un sanglot. — Ah! chers compagnons de mes solitudes, je vous en demande pardon!

Et il se mit à les caresser avec cette ardeur expansive que redouble le sentiment d'un remords. Les nobles bêtes lui rendirent ses caresses en montrant une exaltation pleine de mélancolie qui semblait dire: Et nous aussi nous avons une âme pour comprendre comme pour aimer. Puisqu'il faut que tu nous abandonnes, adieu! Un instant après, sur un signe de leur maître, ils s'en retournèrent tristes, mais résignés, suivant Justine et Justin, qui regagnaient la Bénardière en silence et à pas lents.

Lorsqu'il arriva devant l'ermitage de la Gorge-aux-Loups, Bénédict aperçut le solitaire assis au soleil dans le jardin. Le vieillard était encore souffrant des contusions de sa chute dans la fosse d'Aprémont. A la vue de son élève bien-aimé, il se leva joyeux; mais l'éclair de son bonheur s'éteignit quand il apprit que le pâtre, sur le point de s'éloigner du bocage pour longtemps peut-être, venait prendre congé de lui. Il ne fit néanmoins aucune objection, et se contenta de répondre en soupirant!

— Pour que vous réalisiez si vite une si prompte détermination, mon ami, il faut que vous ayez de bien graves motifs. Je soupçonne qu'ils doivent se rattacher à ce qui s'est fait hier dans le carrefour du Châtaignier. Un bûcheron, ce matin, m'a appris la terrible rencontre, et je comprends que votre absence soit prudente et nécessaire, au moins pendant quelques mois. J'approuve donc votre départ.

— Mon absence se prolongera sans doute, cher maître, — répondit le pâtre, — car ce n'est pas seulement le désir de me soustraire à un péril plus ou moins imminent qui me pousse tout à coup à voyager. C'est aussi, c'est surtout le vague besoin de changer de position et d'aller à la recherche de quelque avenir inconnu.

— Je ne vous croyais pas ambitieux, Bénédict.

— Je le suis devenu, monsieur Mathieu.

Le vieillard hocha la tête, ses yeux se mouillèrent.

— Il y a là un secret, — dit-il, — il convient de le respecter. Je vous connais assez, mon ami, pour être certain que votre conduite a un mobile raisonnable ou généreux. —Après une pause, pendant laquelle il maîtrisa l'émotion dont il se sentait dominé, il reprit avec une sorte d'élan prophétique : — Réflexion faite, cher enfant, vous êtes bien inspiré en voulant essayer vos ailes et prendre votre essor vers l'inconnu. Vous êtes assez intrépide, assez robuste de corps et d'âme pour affronter tous les hasards de la vie, pour obtenir tôt ou tard une place au soleil de la fortune ou de la gloire sur le chemin de l'ambition... Je ne suis plus au courant des choses de la politique, — poursuivit-il ; — cependant je demeure convaincu que la fin de ce siècle est prédestinée à de grands événements. Depuis longtemps miné par les priviléges, par les excès de toute nature, le vieux monde social est en train de s'écrouler. Un nouvel édifice, basé sur une équitable répartition des droits et des devoirs, sur la justice, sur la liberté, sortira des débris vermoulus du passé. Il est difficile de prévoir au juste l'heure où cette immense transformation se manifestera. Mais peut-être est-il urgent de la prévoir et de s'y préparer, car alors la France, se régénérant, aura besoin du concours de toutes les intelligences actives, de tous les esprits résolus, de tous les cœurs de bonne volonté. Eh ! pourquoi le sort ne vous réserverait-il pas une tâche dans ce puissant travail de rénovation ? Il me semble que Dieu a fait de vous un athlète digne de se mêler aux luttes qui s'accompliront un jour. Quoi qu'il arrive, mon fils, soyez toujours du parti des idées libérales contre les idées oppressives. Marchez en avant, ne retournez jamais en arrière, dussiez-vous être la victime de votre dévouement à la patrie et de votre foi dans l'avenir!

Le solitaire continua de s'exprimer ainsi avec une éloquente animation. Bénédict l'écoutait respectueux et recueilli, gravant dans sa mémoire les sages conseils et les maximes stoïques du vieux savant. Quelques heures se passèrent de la sorte avant que le pâtre se décidât à se remettre en route. Enfin il tomba dans les bras du vieillard, qui l'étreignit longtemps. Après quoi, il descendit rapidement la pente du coteau et s'enfonça dans le défilé de la Gorge-aux-Loups.

Ce fut seulement vers huit heures du soir qu'il entra dans Montaigu. La nuit était sombre, quoique les étoiles brillassent comme des diamants sur le manteau noir du ciel. Bénédict ignorait où se trouvait situé l'hôtel de Flavigny. Pour éviter tout commentaire indiscret, il ne voulut pas se renseigner, et il se dirigea au hasard à travers les rues étroites et tortueuses de la ville, interrogeant du regard, à la lueur des réverbères, les demeures seigneuriales dont les portes étaient ornées d'écussons. Ses recherches n'ayant point abouti, il se disposait à les recommencer, lorsqu'une voix douce et triste se fit entendre à quelques pas de lui. Soutenue par un accompagnement de clavecin, cette voix chantait une romance dont la mélodie seule se détachait distinctement dans le silence de la petite cité. Le pâtre tressaillit : il venait de reconnaître la voix de mademoiselle Blanche de Flavigny.

Quand la sensation qu'il éprouvait se fut un peu calmée, il se glissa dans les ténèbres, et s'arrêta sous un pignon faisant face à l'hôtel d'où s'échappait le chant qui l'avait si vivement ému. Caché dans un pan d'ombre impénétrable au regard, il écouta palpitant et charmé le mélodieux murmure dont le refrain s'exhalait comme un soupir navrant et répétait :

Emporte au loin mon cœur inconsolé :
Adieu, pauvre exilé!

Bénédict, lui aussi, était un exilé. Les douloureuses paroles qui terminaient chaque strophe de la romance étaient assurément de nature à le pénétrer de toutes les tristesses qu'elles exprimaient. Certes, il ne pouvait songer à s'en appliquer le sens, ni croire un seul instant qu'elles s'adressaient à lui. Mais la simple conformité du

chant avec sa situation devait le remuer jusqu'au fond de l'âme et lui arracher des larmes qui retombaient bientôt brûlantes sur son propre cœur.

La voix de Blanche, voix d'ange endolori, exhalait encore sa plainte harmonieuse, quand vint s'ouvrir l'une des fenêtres de l'hôtel. Une femme parut au balcon à balustres de pierre qui faisait saillie au premier étage de l'habitation : cette femme était la comtesse. Elle s'accouda sur l'entablement ; sa tête s'inclina un peu en arrière, ses yeux se dirigèrent vers le ciel étoilé. Une vive clarté, s'échappant de l'intérieur, l'entourait d'un nimbe lumineux. Ainsi penchée dans une attitude contemplative et songeuse, qui semblait déceler une certaine souffrance contenue, elle restait immobile. Comme elle ignorait encore le duel de la veille, et que ni le comte ni Blanche ne lui avaient répété les allusions insolentes, les calomnies odieuses, que s'était permises à son égard le marquis d'Apremont, elle n'avait en réalité d'autre sujet de tourment qu'une vague appréhension, un pressentiment. Mais il est vrai que la présence de le pays de l'ancien jardinier de Morsanges et son entrée subite au service de Gaëtan étaient bien faites pour pour ajouter aux ennuis qui pesaient parfois sur l'âme aisément impressionnable de la comtesse de Flavigny.

Une ombre se glissa près d'elle. Cette ombre lui mit doucement un baiser sur le front. Bénédict ne distingua pas tout de suite, mais il devina que c'était la chanteuse de la romance de l'Exilé. La belle jeune fille enlaça la taille de la comtesse, et, s'inclinant de nouveau vers elle, l'embrassa plusieurs fois d'un air triste et câlin, comme si elle voulait se faire pardonner un tort. Elle se reprochait, en effet, d'avoir ajouté foi si vite aux accusations du marquis ; la réflexion l'avait convaincue que, s'il existait un mystère dans le passé de la comtesse, ce mystère devait contenir une infortune et non une culpabilité.

— Vous regardez le ciel, ma tante ? — demanda-t-elle en souriant. — Les anges en ont le droit.

— Oui, je regarde le ciel, chère enfant, — répondit gravement madame de Flavigny,— parce que nous avons tous le droit de parler à Dieu.

— Et vous venez de le prier pour nous, n'est-ce pas, chère âme ?

— Pour vous, mes amours, et aussi pour une personne à laquelle je pense et m'intéresse comme si je la connaissais depuis longtemps.

— Qui donc ?

— Le pâtre Bénédict.

— Ah ! — murmura Blanche d'un ton attendri et stupéfait à la fois... — Et que demandez-vous à Dieu pour lui ?

— Un avenir digne de tous les mérites dont la nature l'a doué si généreusement.

Il y eut un silence que Blanche rompit bientôt en ajoutant d'un ton pénétré :

— Désormais, ma tante, vous ne serez pas seule à faire des vœux pour Bénédict.

Dans l'obscurité qui l'enveloppait, le pâtre avait entendu. Il fit appel à toute son énergie morale pour ne pas éclater en sanglots. Le front découvert, le visage ruisselant de pleurs, il fléchit les deux genoux et joignit les deux mains en suppliant :

— Mon Dieu ! — dit-il avec une ardente ferveur, — tuez-moi, s'il le faut, pour que je ne sois pas une cause même involontaire de trouble et de chagrin pour cette admirable famille des Flavigny ! Ou, si vous me destinez à vivre, faites, mon Dieu, que je puisse me distinguer un jour et me dévouer surtout à ces nobles femmes qui daignent vous implorer pour moi !

La soirée était presque froide. La comtesse et Blanche ne tardèrent pas à rentrer au salon, où elles disparurent derrière la fenêtre, qui se referma. Aussitôt Bénédict prit dans ses mains deux objets précieux, un bouquet de violettes et un petit portefeuille en maroquin vert, sur

lesquels il posa ses lèvres avec une sorte de frémissement religieux; puis il se releva, l'âme pleine d'un enthousiasme héroïque, et sortit de Montaigu, marchant
d'un pas ferme et d'un cœur intrépide au-devant de la
destinée.

SECONDE PARTIE.

LE CAPITAINE D'ÉTAT-MAJOR.

I

C'était en septembre 1793.

Une nuit, les paysans des environs du lac de Grand-
Lieu se rassemblèrent en armes, au nombre de deux
mille environ, dans une prairie située entre Morsanges
et Saint-Agnan. Ils venaient d'apprendre qu'une attaque
générale, rayonnant des extrémités au centre du pays
vendéen, allait être exécutée par les troupes républicaines, et qu'une formidable colonne de soldats mayençais était sur le point de quitter Nantes et d'envahir le
Bocage. Le péril était imminent et terrible. Cette fois,
en effet, les insurgés, souvent victorieux depuis le commencement de la guerre, grâce à une tactique habile,
grâce surtout à l'indiscipline et à la lâcheté des nouvelles levées en masse qu'on leur opposait, étaient me-
nacés par une armée intrépide qui avait comptait pour
ainsi dire sous une voûte de feu et de fer, et ne pouvait
être aisément intimidée même par les fusillades si meur-
trières des tirailleurs vendéens dispersés, égaillés derrière les haies, au flanc des coteaux boisés.

La réunion nocturne sur les bords du lac de Grand-
Lieu avait pour but le choix d'un chef. Après un instant
de discussion, il fut reconnu qu'on irait prier monsieur
de Flavigny de prendre le commandement, et de diriger la colonne qui se plaçait sous ses ordres d'abord vers
Montaigu, ensuite vers les Herbiers, où les royalistes
avaient fixé leur rendez-vous général, et où devaient se
trouver, à la tête de cent mille hommes, d'Elbée, Lescure, La Rochejaquelein, Bonchamps, Charette et Stofflet.

Dès le point du jour, la troupe se mit en marche; elle
se dirigea en silence vers le lac, qu'elle côtoya pendant
quelques minutes, puis elle arriva devant le château.
Une ombre grise enveloppait la demeure seigneuriale
encore endormie. Au-dessus d'elle scintillaient plusieurs
étoiles déjà pâlies au contact des premiers rayons du soleil réfractés dans le ciel bleu. Les oiseaux commençaient
à voleter sous le feuillage humide, et préludaient par
de légères fanfares à la grande symphonie du réveil. De
la terre verdoyante et plantureuse s'exhalaient ces âcres
et frais parfums qui raviment les sens et réconfortent le
cœur. Trop habitués aux églogues du matin dans la
campagne pour en être impressionnés, les paysans du
Bocage, sans se soucier de l'aurore, se répandirent sous
les arbres de l'avenue, mirent pour la plupart leurs fusils en faisceaux, et déléguèrent un de leurs camarades
vers le comte de Flavigny. En attendant le résultat de la
démarche, les uns s'étendirent sur l'herbe et s'assoupi-
rent, les autres se promenèrent en causant des dangers
qui les menaçaient; ceux-ci s'occupèrent à égrener des

chapelets du bout de leurs doigts, tandis que leurs lèvres
psalmodiaient des *pater* et des *ave*; ceux-là se réunirent
pour jouer aux palets avec des cailloux plats ramassés
sur le chemin. C'était, en vérité, un spectacle à la fois
sombre et bizarre, sous les vagues clartés du jour nais-
sant, que cette légion de métayers et de pâtres, portant
la cocarde blanche à leur chapeau de feutre rond et la
giberne sur leur grande veste de droguet, prêts à en-
sanglanter le pays où ils eussent pu vivre tranquilles, et
cela pour défendre une cause qui n'était pas la leur,
ainsi que des privilèges féodaux dont ils étaient les premiers à souffrir.

Après un quart d'heure d'attente, celui qu'ils avaient
chargé de porter la parole au nom de tous fut introduit
auprès du comte de Flavigny dans le salon même du
château. Là se trouvaient aussi la comtesse, Blanche et
Raoul, qui s'étaient levés à la hâte en apprenant ce qui
se passait. Les maîtres de Morsanges accueillirent le dé-
légué avec leur bonne grâce habituelle, à laquelle se
mêlait une teinte de tristesse que les circonstances moti-
vaient. Celui-ci, robuste gars à la mine résolue, annonça
que les bleus, plus acharnés que jamais, allaient de nouveau se ruer sur le Bocage, et déclara que ses compagnons comptaient sur monsieur de Flavigny pour les
commander.

— Il n'y a pas de temps à perdre, — ajouta-t-il, — car
les républicains seront sans doute ici aujourd'hui même.
J'attends votre réponse, monsieur le comte, pour la reporter à mes amis.

Le comte n'ignorait pas ce qui se préparait contre la
Vendée. La veille même il s'était rendu à Nantes, où il
avait été témoin de l'enthousiasme avec lequel la garnison de Mayence venait d'être reçue par les habitants. Il
avait pu contempler cette superbe division qui, sous les
ordres d'Aubert-Dubayet et de Kléber, s'était couverte
de gloire pendant le siège de la ville rhénane, et à laquelle le roi de Prusse, Frédéric-Guillaume, plein d'admiration pour son intrépidité, avait accordé une capitu-
lation avec tous les honneurs de la guerre. Monsieur de
Flavigny s'était ainsi convaincu que jamais le parti royaliste de l'Ouest n'avait été plus sérieusement menacé, et
il ne savait que résoudre en ce moment, tenté qu'il était
de conseiller l'abstention, et craignant toutefois de paraître manquer de courage, de dévouement, à l'heure
suprême où l'insurrection avait un si grand besoin de
ceux qui s'étaient armés déjà pour le triomphe de la religion et de la royauté.

— Vous êtes donc tous bien déterminés à vaincre ou
à mourir? — demanda-t-il.

— Nous vaincrons ou nous mourrons, — répondit avec
un calme stoïque le jeune partisan.

— Peut-être ne savez-vous pas, vos compagnons et
vous-même, — reprit le comte, — que la Convention
nationale, exaspérée par les défaites qu'ont essuyées
jusqu'à ce jour les troupes lancées contre nous, a rendu
un décret ordonnant de brûler le pays insurgé, de passer au fil de l'épée ceux qui seront pris les armes à la
main, et de transporter la population inoffensive, vieillards, femmes, enfants, hors de la contrée. Une commission civile est jointe à l'état-major de l'armée républicaine pour faire exécuter le formidable décret.

— Nous savons cela, monsieur le comte, et nous n'en
sommes que plus décidés à nous battre jusqu'à la
mort.

— Il importe de réfléchir cependant: votre soumission
immédiate vous mériterait sans doute l'indulgence de la
révolution, et vous épargnerait peut-être aussi bien des
désastres à ce coin de terre où vous avez un abri,
où vous avez une chaumière, un champ, un troupeau.
Songez qu'une résistance plus longue de votre part va
provoquer l'extermination.

— À la grâce de Dieu! Nous sommes résignés à tout,
excepté à faire la paix avec ceux qui ont proscrit nos
prêtres et tué notre roi! — Et le jeune Vendéen s'était

animé en répliquant ainsi. Il reprit d'un ton légèrement ironique : — Monsieur le comté a sans doute pour devoir de nous conseiller la prudence; mais il se peut bien que monsieur le comte ne se soucie pas trop du commandement que nous lui offrons. Ah ! certes ! les temps sont durs, et je reconnais qu'il est plus périlleux que jamais de nous conduire à l'ennemi.

Monsieur de Flavigny regarda sévèrement son interlocuteur, mais il sourit presque aussitôt.

— Mon ami, — répondit-il avec une douceur un peu dédaigneuse, — il y a six mois, quand Cathelineau eut l'audace de soulever le Bocage contre la république, l'un des premiers, parmi les gentilshommes des environs, j'ai répondu à l'appel de l'insurrection. J'ai été blessé en attaquant Thouars avec Lescure et La Rochejaquelein; blessé encore en entrant à Saumur et en défendant un pont contre une charge de cuirassiers. Heureusement ces blessures n'avaient rien de grave. Je pus bientôt reprendre ma place dans l'armée royale et catholique, marcher sur Nantes, me précipiter à l'attaque de cette ville vigoureusement défendue par Beysser et Canclaux. Mon fils Raoul était à mes côtés. C'est lui et moi qui, sous une grêle de balles, avons relevé notre généralissime Cathelineau, qui venait de tomber mortellement atteint. Lorsqu'après dix-huit heures de combat, les Vendéens commencèrent à se disperser et à regagner l'intérieur du pays, je me tins constamment à l'arrière-garde, et je ne rentrai au château de Morsanges qu'accablé de fatigue et désespéré de l'insuccès d'une tentative de siège qui prouvait notre impuissance à réaliser une grande entreprise... Voilà, mon ami, ce qui me permet de ne point tenir compte de vos paroles irréfléchies. J'ai assez fait, je me suis assez compromis pour avoir le droit de vous dire : Prenez garde ! vous pouvez encore être amnistiés, vous, les simples soldats de la révolte, tandis que pour nous, vos chefs, il est déjà trop tard.

— Nous ne voulons pas de l'amnistie des républicains, et nous sommes prêts à partager le sort de nos seigneurs, plus exposés que nous aux vengeances des bleus... Pardonnez-moi, monsieur le comte, d'avoir un instant douté de vous. Oui, vous êtes un des plus braves et des plus dévoués de notre parti. Raison de plus pour que j'insiste auprès de vous. Faites-nous l'honneur de nous mener au feu, et, je vous le jure, nous nous montrerons dignes de notre commandant.

— Allez, mon enfant, retournez vers vos camarades, et annoncez-leur qu'ils peuvent compter sur mon fils et sur moi. Le jeune partisan se retira. Le comte, s'adressant alors à son fils, lui dit : — Raoul, me suis-je trop engagé en répondant de ton concours ?

— Non, mon père. Partout où il vous plaira de me conduire, je vous suivrai.

— Moi aussi, mon cher oncle, —ajouta vivement Blanche, — je veux cette fois vous accompagner, je serai l'une de vos aides de camp.

Et la belle jeune fille se redressa gracieusement dans un élan de courage et de fierté. Le comte la prit dans ses bras et la serra contre son cœur.

— Tu es une charmante enfant, — répliqua-t-il, —Ta place est parmi celles qui prient et non parmi ceux qui combattent.

— Vive Dieu ! ne peut-on prier et combattre à la fois ! Ah ! je l'avoue, j'ai grande envie d'assister à une bataille. Dans l'armée vendéenne, il y a des femmes, vous ne l'ignorez pas. Pourquoi ne serais-je point l'une d'elles ? J'ai entendu plusieurs fois de près le pétillement de la mousqueterie et le tonnerre du canon. Eh bien ! la première émotion dissipée, je n'ai plus eu peur. Je m'aguerrirai vite, croyez-moi, et je ferai bientôt un officier tout aussi valeureux que notre intrépide Raoul.

— Y penses-tu, Blanche ? — reprit monsieur de Flavigny. — Songes-y donc ! si une balle te frappait et que je visse couler ton sang, quelle douleur serait la mienne ! quels cruels reproches je m'adresserais !

— Nous vivons dans un temps, mon oncle, où chacun doit faire bon marché de sa vie. Je puis être tuée plus misérablement dans une ville prise d'assaut qu'au milieu d'une mêlée, en rase campagne, les armes à la main.

— Sans doute, hélas ! Aussi est-ce un motif, mon cher ange, pour ne pas t'exposer de gaîté de cœur. La comtesse et toi, vous n'êtes déjà que trop en danger; il est inutile que l'une ou l'autre se mêle à nos luttes acharnées. D'ailleurs, j'ai conçu un projet qui, je l'espère, vous soustraira bientôt, en cas de revers, aux violences des soldats de la Terreur.

— Et ce projet quel est-il ? — demanda madame de Flavigny avec anxiété.

— Charette est maître du Marais et d'une partie de la basse Vendée. Une escadre anglaise croise, dit-on, devant nos côtes. Dès que nous aurons rejoint la grande armée royaliste, je vous ferai passer en Angleterre, où vous attendrez, à l'abri de toute éventualité funeste, le résultat de notre insurrection.

— Et pendant ce temps-là, mon fils et vous courrez seuls les hasards de la guerre civile ?

— Nous n'aurons plus du moins la crainte de vous voir tomber entre les mains de nos ennemis.

— Il faut renoncer à votre projet, monsieur le comte, car Blanche et moi nous ne consentirons jamais à quitter le sol où votre héroïsme peut vous coûter la vie. Je ne suis pas, je l'avoue, une intrépide Vendéenne, je ne demande pas, comme une vaillante nièce, à m'élancer au-devant des colonnes républicaines, — reprit madame de Flavigny. — Vous devez même vous rappeler que j'ai désapprouvé, dès l'origine, la prise d'armes de nos paysans, parce que je pressentais que de grandes calamités allaient fondre sur les campagnes où ils vivaient paisibles et insouciants. Mais puisque la lutte est engagée, puisqu'un duel impitoyable est engagé ici entre deux causes que rien ne peut concilier, puisque vous vous êtes faits, mon fils et vous, les champions déterminés de l'une d'elles, nous resterons près de vous jusqu'au jour du triomphe ou de la défaite, prêtes à partager, quel qu'il soit, le sort que vous réserve l'avenir... N'insistez pas, mon ami, dans l'espoir de changer notre résolution : elle est irrévocable.

— Oui, mon oncle, et si vous exigiez absolument notre départ pour l'Angleterre, en dépit du profond respect que vous nous inspirez, nous vous désobéirions.

Le comte garda le silence un instant. Il était trop ému pour parler. Quand il se sentit plus calme, il répondit en souriant :

— Eh bien ! soit, continuez à prendre votre part de nos fatigues et de nos périls. Dieu vous protège en récompense de votre courage et de votre abnégation !

— Alors vous voulez bien, mon oncle, que je devienne un de vos officiers ? — demanda Blanche d'un air vaillant et mutin.

— Non pas, chère enfant. Tu ne pourrais me suivre sans te séparer de madame de Flavigny, qui n'a pas les sentiments d'amazone royaliste, et te séparer d'elle, ce serait la livrer à la solitude en augmentant la vivacité de ses alarmes et la violence de ses tourments.

— En effet, ma Blanche, le comte a raison. Tu ne saurais consentir à me laisser seule, à redoubler mes angoisses par ta témérité.

— Je ne songeais pas à cela, chère âme. Pardonnez-moi. Je m'engage à ne pas vous quitter... C'est égal, — ajouta-t-elle avec une moue souriante qui l'embellissait à ravir, — je suis bien sûre que j'aurais fait l'admiration de mon commandant.

Et, en dépit des plus sombres présages, la famille de Flavigny, surexcitée par cette boutade de jeune fille, eut un accès de franche gaîté. On s'habitue si vite à tout, même aux situations les plus terribles, et le caractère national s'ouvre si facilement aux distractions du cœur et de l'esprit!

— Ma cousine, — dit tendrement Raoul quand l'explosion de bonne humeur se fut apaisée, — nous sommes fiancés, et il est convenu que nous nous marierons, si Dieu le permet, dès que notre existence sera moins assujettie aux hasards de la guerre. J'ai donc le droit de le dire : Blanche, ma bien-aimée, ne risque pas sans nécessité ma joie dans le présent, mon bonheur dans l'avenir, car, toi morte, je me ferais tuer.

— Après cela, soyez donc une héroïne! En vérité, si Jeanne d'Arc avait dû épouser son cousin, je doute fort qu'elle eût pourchassé les Anglais et conduit à Reims le gentil roi Charles VII.

— Elle a été la victime de son héroïsme, la pauvre enfant. C'est justement ce que je redoute pour toi.

— Eh bien! sois tranquille : je te promets de me blottir dans un trou de souris pour t'épargner le désespoir de me perdre. Suis-je assez gentille, dis?

— Tu es adorab e... et adorée! — reparlit Raoul en s'emparant des mains de la jeune fille et en y appuyant ses lèvres avec effusion.

C'était un charmant jeune homme que ce Raoul. Il avait un peu grandi, ses traits s'étaient accentués, une fine moustache relevait l'expression de sa physionomie, et lui donnait une certaine apparence de virilité. Il y avait, néanmoins, dans la douce pâleur de son visage et dans la frêle élégance de sa taille une grâce juvénile qui rappelait encore l'adolescent. Blanche, elle, était restée la même que quelques années auparavant. Elle n'avait rien perdu de son épanouissement de jeunesse ni de sa vivacité d'esprit, en dépit des agitations et des tourments que la guerre civile mêlait à son existence. Comme ces belles fleurs battues des vents, que l'orage peut briser, mais non ternir, elle demeurait fraîche et vivace au milieu de la tempête sociale qui se déchaînait. Ce n'était point par indifférence : c'était par un sentiment de courage naturel et de facile résignation aux décrets du destin.

Le temps pressait, le péril était redoutable. Monsieur de Flavigny décida que la comtesse et Blanche partiraient le matin même pour Montaigu. Il ordonna d'accélérer les préparatifs du départ. Après quoi, suivi de son fils, il sortit du château, et se dirigea vers les paysans qui l'attendaient. Dès qu'ils l'aperçurent, ceux-ci se mirent sous les armes, et se rangèrent sur deux lignes le long de l'avenue. Ce mouvement s'exécuta avec une précision qui eût fait honneur à des soldats exercés. L'habitude du combattre communiquait déjà, d'ailleurs, à ces Vendéens une allure martiale, une attitude disciplinée qui frappait le regard. Le comte de Flavigny et Raoul les passèrent en revue, tandis que les tambours battaient aux champs, et que de bruyantes acclamations retentissaient dans l'air. Profitant d'un moment de silence, monsieur de Flavigny déclara de nouveau qu'il acceptait, ainsi que son fils, l'honneur de les commander.

— Dans quelques heures, — ajouta-t-il gravement, — nous entendrons parler la poudre, si nous sommes encore ici. Que chacun fasse son devoir, et que Dieu nous protège!

— Vive le comte de Flavigny et vive son fils! — s'écrièrent les paysans.

Les deux officiers royalistes rentrèrent au château. Madame de Flavigny et Blanche les attendaient dans le salon. Elles étaient prêtes pour le départ. Blanche était calme; la comtesse s'efforçait visiblement de refouler son émotion. Ce n'était pas, certes, la première fois que la pauvre grande dame se séparait de ce qu'elle avait de plus cher au monde, son mari et son fils, sachant, hélas! qu'ils allaient affronter la mort. Elle n'en ressentait pas moins, chaque fois, toutes les angoisses de cette poignante situation. Elle recommanda à Raoul d'être prudent sans cesser d'être brave, l'embrassa à plusieurs reprises en accompagnant d'une larme chacun de ses baisers, et se dirigea vers la porte du salon. A peine avait-elle fait quelques pas, un domestique parut et annonça le marquis

Gaëtan d'Apremont. Cette annonce produisit une sensation de pénible surprise sur la famille de Flavigny.

Un homme entra aussitôt sans attendre qu'on l'introduisît. Il portait un habit de velours bleu, brodé en paillettes, un chapeau à plume sous le bras, l'épée au côté. L'élégance de son costume faisait ressortir plutôt qu'elle ne le dissimulait la laideur de son visage et la difformité de son corps, sourire railleur rendait imper tinente l'expression de sa physionomie.

— Ah! pardieu — dit-il en s'avançant d'un air délibéré, — qu'il y a longtemps que nous ne nous sommes vus! Cela tient à ce que depuis l'insurrection je me suis tenu avec Charette dans le Marais, tandis que vous n'avez guère quitté le Bocage. N'importe! je remercie l'heureux hasard qui me ramène vers vous. — Puis s'adressant à Raoul : — Vous savez, mon cher vicomte, — reprit-il, — que je ne vous en veux pas de votre terrible coup d'épée. Malepeste! j'ai failli en rendre l'âme; mais Dieu merci! ma robuste constitution a résisté. A peine rétabli, je l'avoue, j'ai eu l'idée de vous provoquer à mon tour, et de vous rendre coup pour coup. Mais, baste! vous étiez parti avec votre famille pour l'Espagne, je crois, et j'envoyai à tous les diables mes projets de vengeance. Après quoi, je m'élançai vers Paris, et j'y repris mon ancienne existence de grand seigneur. Ah! la joyeuse vie j'y menais avec quelques gentilshommes de mes amis, lorsque vint à éclater cette odieuse révolution! Il fallut émigrer. Je suivis le courant. Mais à Coblenz l'ennui s'empara de moi. Je trouvai d'ailleurs que le prince de Condé ne faisait pas un assez grand cas de ma personne. Je lui demandai la permission de revenir en France, de me rendre en Vendée, où l'on commençait à se battre. J'obtins cette permission, et... me voici...

— La famille de Flavigny, debout, contrainte et silencieuse, attendait que le marquis expliquât les motifs de sa visite. C'est à peine si elle l'avait reconnu tant il était changé, vieilli, tant ses traits portaient l'empreinte d'une vie de désordre et la flétrissure des plus mauvaises passions. A peine guéri, il avait eu hâte, en effet, de regagner la capitale. Là, il s'était livré à tous les emportements du plaisir sans frein; il avait de la sorte compromis de nouveau sa santé et dissipé en grande partie la belle fortune qui provenait de l'héritage maternel. Le bruit de ses débauches était parvenu jusqu'au fond du Bocage et n'avait pas peu contribué à lui valoir le mépris de tous les seigneurs qui le connaissaient. Plus que les autres, on le comprend, le comte, la comtesse, Blanche et Raoul devaient éprouver à sa vue un sentiment de vive répulsion. Cependant, l'accueil glacial qu'il recevait ne parvint pas à le déconcerter. — En vérité, monsieur de Flavigny, — poursuivit-il d'un ton imperceptiblement sarcastique, — j'ai admiré tout à l'heure la majesté mélancolique du lac de Grand-Lieu, les vertes perspectives des campagnes d'alentour, la grâce enchanteresse du château de Norsanges, que je ne connaissais pas. Il est vraiment dommage d'abandonner une contrée si pittoresque et qui doit être remplie de fort aimables souvenirs, surtout aux yeux de madame de Flavigny.

— Est-ce donc simplement pour contempler le paysage qui nous environne que vous êtes venu jusqu'ici? — demanda le comte, d'une voix brève, le regard hautain.

— Non, sans doute, — répondit Gaëtan. — Mon but est plus sérieux. Mais que voulez-vous? je suis devenu quelque peu artiste, et, malgré l'importance de la mission qui m'amène, je n'ai pu me défendre d'un élan d'admiration à l'aspect du site que je viens de traverser.

— Je présume que c'est Paris qui vous a doué d'un sens si délicat? — reprit Blanche avec un sourire ironique.

— Oui, mademoiselle. Paris m'a donné le goût de tout ce qui est la beauté.

— Je ne vous en félicite pas, monsieur, — repartit vivement la jeune fille, — car j'ai entendu dire que c'est un goût ruineux.

Le marquis fixait déjà sur elle un regard rayonnant d'un hommage hardi. Cette repartie modifia la nature de son impression : l'éclat de ses yeux disparut.

— Mademoiselle de Flavigny est toujours spirituelle,— dit-il en s'inclinant pour dissimuler son dépit. Il se redressa presque aussitôt, et reprit avec une certaine sécheresse dans l'accent. — Vive Dieu ! il ne s'agit pas de tout cela, et j'ai eu tort, je l'avoue, de ne pas vous dire tout de suite les raisons de ma présence ici. Voici en deux mots ce qui m'amène : hier, j'étais aux Herbiers, où, comme vous ne l'ignorez pas sans doute, se sont réunis les principaux chefs de l'armée royale et catholique, et où l'on s'étonnait entre parenthèse, de ne vous avoir point encore vu. D'Elbée, ayant été nommé généralissime en remplacement de Cathelineau, m'a chargé immédiatement de prendre avec moi quatre mille hommes, dans une reconnaissance jusqu'au lac de Grand-Lieu, de me rallier à vous, et d'essayer de ralentir la marche des Mayençais, qu'on prétend si terribles, et dont j'espère bien culbuter l'avant-garde. Je me réjouis de vous trouver prêt à me seconder, mon cher comte, et je crois qu'avec nos six mille Vendéens nous sommes en mesure d'attaquer les misérables qu'on nous oppose, et de les mettre en pleine déroute. Je vous préviens que je ne fais pas de quartier.

Cette forfanterie de langage déplut visiblement à monsieur de Flavigny.

— Je crains que nous ne soyons pas d'accord, monsieur le marquis,— répondit-il froidement. — D'abord, je n'admets pas vos idées impitoyables, et j'ai appris avec douleur que, dans le Marais, vous et quelques-uns de vos officiers, vous avez massacrés des soldats vaincus et désarmés. Vous en avez fusillé des centaines en les faisant mettre à genoux sur le bord d'une fosse, et en donnant ainsi un prétexte et une excuse aux violentes représailles des républicains.

— Mon avis est qu'il faut faire à ses ennemis le plus de mal qu'on peut.

— Oui, quand on se bat; non, quand on est vainqueur,— répliqua Raoul.

— A chacun son opinion, monsieur le vicomte. Moi, je garde la mienne. Je hais les bleus, et je voudrais qu'ils n'eussent qu'une seule tête pour la leur couper... Mais,— ajouta le marquis, — est-ce le seul point sur lequel nous différons de sentiment?

— Il en existe un autre que je suis loin d'apprécier comme vous,— répondit le comte.

— Voyons.

— Selon moi, vous n'avez pas une idée juste de ceux que nous allons combattre. Votre animosité les rabaisse à tort. Prenez garde de vous en repentir. Ce sont des troupes vaillantes et solides, commandées par d'habiles généraux. Si nous attaquions en face l'avant-garde, qui marche sous les ordres de Kléber, nous serions battus... oui, battus ! Il importe donc que nous employions notre tactique habituelle. Dispersons-nous, *égaillons-nous*, comme disent nos paysans. Cachés derrière les haies, entourons l'ennemi d'un terrible réseau de feux croisés, quitte à le charger ensuite avec audace si nous parvenons à l'ébranler. En agissant ainsi, nous ferons notre devoir sans imprudence et avec fermeté.

— Mon père a raison, — dit Raoul. — D'ailleurs, il me semble que vos ordres sont précis; ils vous enjoignent de pousser une forte reconnaissance, de harceler les Mayençais, de ralentir leur marche, voilà tout. A quoi bon tenter au-delà de ce qui vous est prescrit?

— Il ne m'est pas prescrit de manquer d'initiative et de laisser échapper l'occasion d'une victoire. Toutefois, puisque vous craignez une défaite, je me résigne à faire fléchir ma témérité devant votre circonspection.

En s'exprimant ainsi, Gaëtan prit un air de supériorité méconnue. Il n'avait pourtant jamais eu lieu de se féliciter de ses hardiesses. Toutes les fois, en effet, qu'il s'était étourdiment lancé sur les républicains, il avait subi de cruels échecs.

— Je vous remercie de votre condescendance,— répliqua monsieur de Flavigny avec un sourire ambigu. — Nous serons sans doute contraints de battre en retraite; mais j'espère que cette retraite, grâce à notre sagesse, n'aura rien de trop précipité.

L'allusion était transparente, car Gaëtan avait déjà fui devant les bleus. Cependant il feignit de ne l'avoir point remarquée. Mais un éclair s'alluma dans ses yeux et s'éteignit aussitôt. Après s'être mordu la lèvre, il parvint à répondre avec un effort de bonne humeur :

— Enfin, nous ferons tous de notre mieux. Puisque nous sommes réunis pour défendre ensemble la même cause, j'aime à croire que nous serons désormais les meilleurs amis du monde, et que vous me ferez l'honneur d'oublier nos querelles d'autrefois. — Il présentait en même temps l'une de ses mains au comte et l'autre à Raoul. Le comte effleura celle qui lui était tendue ; Raoul hésita. Un regard expressif de son père fit cesser cette hésitation. Il prit alors la main du marquis, mais il ne la serra pas. Gaëtan fronça le sourcil. — Décidément on me garde rancune,— se dit-il. — Bah! que m'importe! Je me soucie de leur amitié comme d'une noisette... Qu'ils se méfient cependant,— ajouta-t-il, et qu'ils ne cherchent pas trop à m'irriter!

Et sa physionomie eut une expression si sombre et si menaçante que la comtesse en conçut une sorte d'effroi. Comme on lui avait toujours laissé ignorer qu'il connût le malheur dont, jeune fille, elle avait été la victime, et qu'il se fût permis à son égard une lâche diffamation, même une odieuse calomnie, elle ne comprenait pas et elle désapprouvait, dans une certaine mesure, l'extrême réserve avec laquelle son mari et son fils recevaient les avances du marquis. Elle voulut réagir un peu contre le funeste effet d'un accueil dont la froideur lui semblait exagérée, et elle s'empressa d'adresser à Gaëtan quelques paroles empreintes à la fois de bonne grâce et de dignité.

— Soyez le bienvenu, monsieur, — ajouta-t-elle; — car, s'il peut y avoir eu naguère entre ma famille et vous un dissentiment, un malentendu que je n'ai pas encore bien compris, toute division doit disparaître aujourd'hui dans la pensée suprême qui nous anime, dans la communauté de périls et de gloire qui rassemble les défenseurs de la religion et de la royauté. Des frères d'armes ne sauraient manquer de déférence les uns envers les autres, sans compromettre les principes qu'ils ont pour mission de faire triompher. Je vous le répète donc, monsieur le marquis, vous êtes le bienvenu.

— Je vous remercie, madame, de la comtesse, de ce langage conciliant. Je n'attendais pas moins de votre excellent esprit. Si j'ai eu autrefois des torts, dont on conserve encore ici le souvenir, je le répète, j'en demande très-humblement l'oubli. Je déclare que je me les suis souvent reprochés, et je vous jure bien qu'à l'avenir je n'y retomberai plus. Laissons donc là les griefs du passé, et, croyez-moi, tournons toute animosité contre les nouveaux adversaires qui vont se ruer sur nous.

Quoique visiblement affectée, cette modération de termes et de sentiments modifia les dispositions peu bienveillantes de Raoul et de monsieur de Flavigny. Ils déclarèrent l'un et l'autre qu'ils étaient prêts à écarter de leur esprit tout ressentiment et à seconder le marquis d'Apremont dans ses efforts contre l'ennemi commun.

Cette protestation s'achevait, lorsqu'un paysan vint annoncer que l'avant-garde des Mayençais avait été aperçue sortant de Nantes, et qu'elle ne pouvait tarder à paraître aux environs du lac de Grand-Lieu.

— Séparons-nous au plus vite, — dit le comte en serrant sa femme et sa nièce entre ses bras. — Vous devriez être parties depuis une heure au moins. Une escorte vous accompagnera jusqu'à Montaigu.

CAHIER (S) OU PAGE (S) INTERVERTI (S) A LA COUTURE
RETABLI (S) A LA PRISE DE VUE.

DE LA PAGE 73
À LA PAGE 112

Madame de Flavigny et Blanche ne montrèrent aucune faiblesse. Quand elles eurent pris place dans la berline qui allait les emporter, la comtesse s'inclina vers son fils penché sur l'appui de la portière ; elle l'embrassa, et laissa tomber une larme que nul ne vit, mais qu'il sentit brûlante sur son front. Blanche pressa une dernière fois la main du comte et celle de Raoul. Au même instant, son regard rencontra un regard qui étincelait : c'était celui de Gaëtan. Elle fut contrainte de détourner les yeux, ce qu'elle fit d'un air froid et hautain.

— Elle est plus folle que jamais ! — murmurait le marquis, — et plus dédaigneuse encore, s'il est possible. Peuh ! — reprit-il, — si je la revoyais souvent, je suis convaincu que je l'adorerais, et, Dieu me damne ! je ne suis pas homme à l'adorer en vain.

La voiture s'ébranla ; elle franchit la grille du château et s'enfonça rapidement dans les ombrages de l'avenue. Elle était précédée et suivie d'une escorte de cavaliers vendéens.

Tandis que le comte, Raoul et Gaëtan cherchaient encore à apercevoir la berline à travers les sinuosités du chemin, un homme aborda le marquis. Cet homme portait un costume que l'un des chefs de l'armée royaliste avait mis à la mode, et qui avait même valu aux insurgés l'épithète de brigands, à cause de l'étrange physionomie qu'il donnait à ceux qui en étaient revêtus. Ce costume se composait ainsi : un mouchoir rouge noué sur la tête ; un autre passé autour du cou, dont les bouts retombaient sur une veste de siamoise ; deux autres serrant à la taille un pantalon de toile du pays et soutenant tout un arsenal de pistolets et de couteaux. Affublé de la sorte, véritable caricature du jeune et célèbre général vendéen, cet homme était affreux à voir. Il avait sur le visage une expression sournoise et féroce, et quoiqu'il eût vieilli, lui aussi, il n'était point méconnaissable : c'était Roch Duhoux.

— Commandant, — dit-il en portant militairement la main à son front, — où faut-il braquer mes deux pièces de canon ?

— Tu le sauras tout à l'heure, — répondit Gaëtan. Roch Duhoux allait se retirer. Le marquis le retint ; puis, le montrant au comte et à son fils : — Messieurs, — dit-il, — je vous présente un de mes bons artilleurs... Peut-être vous souvenez-vous de lui ; c'est l'ancien jardinier du chevalier de Morsanges... Vous savez ? celui-là même qu'un certain Bénédict a mis, d'un coup de couteau, à deux doigts de la mort. Comme moi, le coquin a la vie dure ; il s'est solidement rattaché à l'existence. Depuis lors il ne m'a pas quitté : il m'a suivi à Paris, dans l'émigration, en Vendée. Il s'est déjà fort bien battu, ma foi ! Charette l'a plus d'une fois complimenté. Il excelle surtout comme pointeur, et il a souvent mitraillé les bleus, qu'il déteste presque autant que moi-même je les hais.

Quand le marquis eut achevé ces paroles, Duhoux fit de nouveau le salut militaire et dit en s'animant :

— Oui, je les exècre, ces bleus, ces républicains, ces terroristes ! et j'ai un plaisir de tous les diables à les couper par morceaux avec mes boulets. C'est que je suis un honnête homme, moi, voyez-vous !

Monsieur de Flavigny et Raoul accueillirent avec une répugnance visible, malgré les énergiques propos d'insurgé, celui qu'on leur présentait. Le comte ressentait une émotion pénible à la vue de cet homme qui connaissait le mystère du lac de Grand-Lieu et l'avait sans aucun doute révélé au marquis. Quant à Raoul, outre que la figure du misérable lui déplaisait profondément, il se souvenait qu'il avait paru vouloir l'assassiner pendant son duel avec Gaëtan, et il s'indignait d'être sur le point de combattre sous le même drapeau que ce hideux champion du trône et de l'autel. Cependant, comme dans les guerres civiles on ne choisit ni ses auxiliaires ni ses ennemis, et que toutes les causes, même les plus favorisées sous le rapport de l'honneur, ont leurs soldats

dépravés, leurs combattants sans vergogne, qu'on méprise, mais dont on se sert, le comte et son fils, après s'être consultés du regard, convinrent tacitement de ne point faire d'esclandre et se résignèrent à tolérer ce Roch Duhoux, ainsi qu'ils avaient déjà consenti à traiter en compagnon d'armes le marquis d'Apremont. Les choses d'ailleurs étaient telles à cette époque que, si graves qu'elles fussent, les préoccupations de la vie de famille cédaient bien vite à l'empire des nécessités inflexibles de la vie publique. Le citoyen dominait l'homme, le royaliste primait le grand seigneur.

Après une inclinaison de tête presque imperceptible, le comte dit brusquement au protégé du marquis :

— Tâchez d'avoir encore plus de bravoure que de probité, et ce ne sera pas de trop ; car nous allons nous trouver aux prises avec une armée que nous n'intimiderons pas aisément.

— Alerte ! voilà les Mayençais !

Ce cri venait de retentir au loin. Il se répercuta en un instant, bondit d'écho en écho et éclata comme un tonnerre, proféré par des milliers de voix.

— Les Mayençais ! les Mayençais !

Soudain des roulements de tambour signalèrent l'approche du danger. Les Vendéens coururent aux faisceaux. Tout le monde s'arma. Le comte prit le commandement supérieur. Il ordonna de s'égailler. Peu à peu les insurgés disparurent derrière les buissons, les touffes de genêts, les bouquets de bois, et se rendirent invisibles même aux regards les plus perçants. Les deux pièces de canon, dirigées par Roch Duhoux, furent cachées dans un taillis pour faire feu sur les républicains dès que la mystérieuse et terrible mousqueterie des royalistes serait parvenue à les ébranler.

Un quart d'heure plus tard, un silence profond régnait autour du lac de Grand-Lieu. Mais une poignante anxiété semblait en quelque sorte planer dans l'air, car les oiseaux eux-mêmes, inquiets d'apercevoir tant d'hommes immobiles et attentifs, ne chantaient plus. Seul, un vent léger, qui agitait les feuilles des arbres et ridait la surface de l'eau, animait la perspective. Bientôt, cependant, une sourde rumeur se fit entendre ; elle grossit, elle se propagea ; on eût dit un bourdonnement de guêpes, un piétinement de troupeaux. Cette rumeur croissante était produite par l'arrivée des éclaireurs mayençais, lesquels marchaient avec lenteur, sondant les haies, interrogeant les replis du sol, l'oreille tendue, les yeux en éveil. Tout à coup, ils s'arrêtèrent, déchargèrent leurs fusils sur des touffes de charmilles, d'où l'on riposta par un feu meurtrier ; puis ils revinrent sur leurs pas, et retournèrent vers la première colonne d'avant-garde qui les suivait.

Deux régiments, les 32e et 62e d'infanterie, s'élancèrent alors au pas de charge, puis, se déployant en tirailleurs, s'égaillèrent, eux aussi, dans toutes les directions, et délogèrent avec une irrésistible impétuosité les Vendéens des abris où ils s'étaient réfugiés. Le combat dura une heure à peine, recommençant à plusieurs reprises, car chaque fois que les insurgés étaient chassés de leurs retranchements de verdure, ils reprenaient position plus loin, et forçaient les bleus à les déloger de nouveau. Mais rien ne pouvait arrêter l'élan de ces intrépides soldats de Mayence, pas même le courage héroïque du comte et de Raoul, qui, débusquant d'un petit bois à la tête des plus braves, se jetèrent sur les bleus, les prirent en flanc et s'efforcèrent de mettre le désordre dans quelques bataillons de volontaires nationaux qui s'étaient imprudemment engagés. Ils se virent contraints de battre en retraite, de suivre l'exemple de Gaëtan et de Roch Duhoux qui avaient déjà pris la fuite, abandonnant les deux pièces de campagne, dont la voix de bronze avait retenti sans succès.

Tandis que la cavalerie se mettait à la poursuite des vaincus, un repos d'une heure était accordé à l'avant-garde des Mayençais. Des sentinelles furent placées dans tous les chemins; les bleus se couchèrent sur l'herbe, au bord du lac. Aucune dévastation ne fut commise, car le général Kléber avait rigidement défendu que les soldats, sans un ordre formel de la commission civile, ou des chefs militaires, se permissent le moindre dégât dans le pays; et, grâce à la sévérité de son site, dont les rives n'étaient et ne sont encore boisées qu'à de longs intervalles, le lac de Grand-Lieu devait être épargné.

En ce moment, un cavalier s'arrêta devant le château de Morsanges. C'était un grand jeune homme d'une beauté remarquable sous l'uniforme d'officier républicain. Mais il était pâle et triste; il contemplait d'un air à la fois curieux et navré l'habitation seigneuriale réfléchie dans les flots bleus du lac. Ce jeune homme n'était autre que Bénédict, capitaine d'état-major, aide de camp du général Kléber.

II

Bénédict se tenait encore immobile et soucieux devant la gri... château de Morsanges, lorsqu'il sentit une main s... sur son épaule. Il se retourna et se trouva e... du général Kléber, lequel le considérait avec le sourir... légèrement railleur qui lui était habituel.

— Diable! — lui dit le général, — il paraît que cette jolie bicoque vous intéresse beaucoup. Avec quel sentiment de tristesse et de vénération vous la contemplez! Il est probable que vous avez connu les aristocrates, comme on dit de nos jours, à qui appartient cette charmante propriété.

Le capitaine fit un effort sur lui-même et maîtrisa son émotion.

— Oui, mon général, je les ai connus, car je suis né dans ce pays.

— Ah! ah! — reprit Kléber. — Alors vous êtes un peu Vendéen, mon cher Bénédict.

— Sans la révolution, je ne serais pas ce que je suis. C'est vous dire, mon général, que je suis comme vous, Français de cœur et républicain de conviction, quoique je n'approuve pas toujours ce qui se commet d'excès au nom des principes que je professe, et qui seront, je l'espère, la loi souveraine de l'avenir.

— Je vois, mon ami, que nous pensons de même, — reprit Kléber en devenant sérieux. — Nous voulons l'un et l'autre le triomphe de l'égalité démocratique, c'est-à-dire la possibilité pour chacun de s'élever et de parvenir par la seule force de son intelligence, de son courage et de son travail. Plus de caste privilégiée, plus d'aristocratie dominatrice!... Ah! ça, — reprit-il, — la famille dont vous me parliez tout à l'heure est noble, n'est-il pas vrai?

— Noble d'origine et noble de cœur! — répondit Bénédict en s'animant.

— Et vous l'aimez?

— De toute mon âme, quoique je ne l'ai pas vue depuis des années.

— Elle a émigré sans doute, selon la mode des gentilshommes, mode qui, je le reconnais, est à présent pour eux une nécessité de salut.

— Plût à Dieu qu'elle eût suivi l'exemple! Je crois plutôt qu'elle est restée en ce pays et qu'elle a pris part à l'insurrection.

— S'il en est ainsi, capitaine, je vous plains, puisque vous allez être obligé de vous battre contre des gens qui ont votre estime et votre affection.

Bénédict refoula un profond soupir.

— Je ferai mon devoir, mon général, — dit-il, — tout en regrettant que la fatalité me jette au milieu d'une guerre civile si déplorable et si désastreuse pour notre patrie. Une pensée me console toutefois: la religion du devoir n'exclut pas celle du souvenir, et, je l'avoue, j'espère trouver l'occasion d'être utile à la famille de Flavigny, de lui montrer qu'un adversaire n'est pas toujours un ennemi.

— Et si jamais je puis vous venir en aide, capitaine, comptez sur moi, — dit Kléber, dont le mâle visage eut un rayonnement de bonté. Son front se plissa presque aussitôt, et brusquement il reprit le ton railleur. — Eh! palsambleu! pourquoi ces gentillâtres-là s'avisent-ils de s'insurger? Parce qu'ils ont des parchemins et des quartiers de noblesse? La belle raison, vrai Dieu! Sont-ils plus titrés que Canclaux, Aubert-Dubayet et mille autres qui ont pris parti pour la révolution? Le duc de Biron, par exemple, un de nos généraux, n'est-il pas de bien plus vieille roche que tous ces hobereaux vendéens, qui se donnent la mission de comprimer le grand élan national, et osent assumer sur eux une effrayante responsabilité en poussant toute une population à la ruine et à la mort! car elle sera écrasée tôt ou tard, n'en doutez pas. — Après une pause, Kléber ajouta: — Eux encore, je les comprends! En définitive, ils tentent de ressusciter un ordre de choses dont ils avaient tous les honneurs et tous les profits; mais ces malheureux paysans qui se lancent dans la révolte, croyant qu'ils vont faire reculer une révolution, sont-ils assez insensés! Que gagneront-ils à cette prise d'armes où ils prodiguent tant de courage, tant d'héroïsme même! Voyez, mon cher Bénédict, voyez d'ici ces campagnes, ces belles échappées de vue sur le lac de Grand-Lieu! Voyez là-bas ces troupeaux abandonnés au hasard dans de grasses prairies. Ah! je ne puis m'empêcher de gémir sur le sort des habitants de cette riante contrée, qui, égarés, fanatisés, repoussent les bienfaits d'une ère nouvelle pour courir à une inévitable destruction!

— Oui, — soupira Bénédict, — ceux qui excitent ces malheureux à l'insurrection sont de grands coupables! Il faut le reconnaître avec douleur, ceux-là ne sont pas seulement leurs nobles: ce sont surtout leurs prêtres, leurs prêtres qui exercent ici un empire absolu, par la supériorité de leur esprit, et par la pureté incontestable de leurs mœurs. Le serment civique exigé d'eux, à tort peut-être, et qu'ils refusent pour la plupart de prêter, leur a donné une occasion de se poser en martyrs et de surexciter les esprits en leur faveur. Eux seuls ont eu assez de puissance pour devenir les instigateurs du soulèvement vendéen. Ils ont habilement profité des circonstances et sont parvenus à hasard dans un vieux fanatisme contre l'idée nouvelle du progrès social. Aussi, croyez-moi, c'est une croisade sainte, bien plus qu'une croisade politique, qui a réuni sous les armes les cent mille paysans dont Cathelineau a été le généralissime. Les gentilshommes ont suivi le mouvement, ils le dirigent aujourd'hui, mais ils ne l'ont pas provoqué. Étrange spectacle! sérieux enseignement que cette influence temporelle d'un clergé réfractaire sur des hommes simples de cœur et d'esprit. Il est triste de voir que ceux qui devraient être les ministres de paix, les conciliateurs au nom de Dieu, ne craignent pas d'agiter les consciences et donnent hardiment l'exemple de la désobéissance aux lois.

— Ce qu'il y a surtout de grave, de vraiment funeste dans cette insurrection, c'est qu'elle est une diversion puissante dans l'intérêt des Autrichiens, des Prussiens, des Espagnols, des Anglais, de cette masse d'ennemis du dehors qui envahissent nos frontières. Cela explique et justifie en quelque sorte toutes les colères qui éclatent contre elle; car n'est pas une simple révolte, c'est pour ainsi dire une trahison envers la France, ce qui légitime, hélas! les violences qui se préparent contre ce pays insurgé.

— Tout gouvernement attaqué a le droit de se défendre énergiquement, et la république a pour devoir de vaincre la Vendée. Elle y parviendra, j'en ai le ferme espoir; mais, si l'on maîtrise les insurrections par la force, on ne pacifie les cœurs que par la clémence. Je crains qu'on ne se montre impitoyable envers ceux que nous aurons vaincus.

— Je le crains aussi, mon cher Bénédict. Dans tous les partis qui combattent et triomphent, il y a des énergumènes qui s'exaltent dans la colère et outrepassent la rigueur des ordres qu'ils ont reçus. Ceux-là sont souvent aussi lâches que cruels. Que faire, cependant? Les entraver, quand c'est possible. Les couvrir de mépris, quand on ne peut les empêcher d'agir. Nous, mon ami, tâchons de concilier les deux grandes vertus militaires, le courage et l'humanité. J'ai résolu, moi, de faire camper mes troupes hors des villages pour épargner aux habitants les vexations de mes soldats. Ce sera bien assez des vengeances que vont exercer contre eux les représentants en mission.

— Ah! mon général, — s'écria Bénédict avec une vive émotion, — vous n'êtes pas seulement un des plus habiles et des plus intrépides militaires de ce temps-ci, vous êtes encore une des âmes les plus loyales et les plus généreuses qui se dévouent pour l'honneur de la France à l'heure solennelle de sa régénération!

— Capitaine, — dit Kléber en lui pressant les mains, — je me félicite de vous avoir pour mon aide de camp.

Entre ces deux cœurs, qui semblaient s'estimer profondément l'un l'autre, il y eut un instant de muette effusion.

— Et maintenant, mon général, — reprit le jeune capitaine, — je vous demande la permission de visiter le château de Morsanges et de parcourir, de ce côté, les bords du lac de Grand-Lieu.

— Allez, mon ami.

Kléber, suivi de quelques officiers d'ordonnance, s'éloigna pour commencer, selon sa coutume pleine de sollicitude, l'inspection de l'ambulance, et s'informer du nombre des morts ainsi que de l'état des blessés.

Pendant ce temps, Bénédict entrait dans le château, où les officiers supérieurs et les représentants n'avaient pas encore pénétré. Il reconnut aisément, à un certain désordre qui y régnait, que la famille de Flavigny en était partie le jour même précipitamment. L'âme oppressée, le cœur saisi d'une sensation inexprimable, il traversa les appartements sans que son regard fût captivé une seule fois par la beauté de la décoration et la richesse de l'ameublement. Ce qui fixa surtout son regard, ce fut une galerie de portraits de famille située entre deux salons qu'elle reliait. A plusieurs reprises, il s'arrêta devant un groupe qui représentait le comte et la comtesse de Flavigny, Blanche et Rioul. Ces portraits étaient récents; la ressemblance frappait. Aussi le capitaine ne put-il facilement s'arracher à la contemplation de ces images pour ainsi dire vivantes, et qui parlaient éloquemment à son souvenir. Il en détourna la vue, cependant, pour accorder toute son attention à un portrait de vieillard vêtu de noir, costumé simplement, portant l'épée au côté, ayant la front chauve, la physionomie triste et intelligente, l'attitude pensive et ferme tout à la fois. Bénédict devina tout de suite que c'était le chevalier de Morsanges. Il se découvrit devant ce fantôme du passé, devant cette représentation de l'homme qui avait été l'arbitre de son sort et qui l'avait banni. Par un singulier effet d'optique, d'ailleurs facile à expliquer, le portrait attachait sur lui son regard doux et profond, et semblait le considérer avec une mélancolie pleine de tendresse et de regret.

— Recevez mon hommage, ombre vénérable! — murmura Bénédict d'un ton ému. — Peut-être avez-vous été sévère pour l'innocent que vous avez rendu solidaire du crime paternel. N'importe! je ne saurais vous en vouloir, car vous avez obéi sans doute à l'inspiration de votre conscience et aux exigences de l'honneur!

Quand Bénédict sortit du château, il avait sur le visage cette pâleur nerveuse qui est l'empreinte des fortes émotions. Il remonta à cheval et s'élança vers le lac, dont il côtoya la rive toute parsemée de roseaux, et dont il se plut à contempler les profondes sinuosités et les graves aspects. A mi-chemin de Morsanges et de Saint-Agnan, plus d'un massif de trembles et de peupliers lui barra le passage, forçant le chemin circulaire à dévier et à s'écarter du bord de l'eau. Mais ces obstacles ne détournaient pas toujours le capitaine de la direction qu'il voulait suivre, et pourvu que cheval et cavalier pussent, tant bien que mal, se frayer un sentier à travers les hauts genêts et les branches flexibles, il n'hésitait pas à s'y aventurer. Il aimait à ne point perdre de vue la vaste nappe onduleuse où le soleil projetait en ce moment un splendide sillon d'or.

Au milieu d'un taillis sa monture trébucha et faillit s'abattre. D'une main ferme il la retint; mais il s'arrêta, mit pied à terre, laissant la pauvre bête toute frémissante se remettre de la secousse et brouter la folle avoine, abondante et drue en cet endroit. Après s'être assis sur un tertre couvert de graminées et de fleurs, il devint pensif, et, en face de l'horizon qui l'avait vu naître, il se mit à récapituler son existence, surtout depuis le jour où, pour enlever un prétexte à l'odieuse malveillance que menaçait madame de Flavigny, et pour aller à la conquête d'un avenir de nature à faire oublier peut-être son origine, il avait abandonné la Binardière et s'était courageusement élancé au devant des hasards de la vie. Or, voici en quelques mots ce qui lui était arrivé.

En quittant Montaigu, Bénédict s'était dit que ce qu'il avait de mieux à faire, c'était d'aller tout droit à Paris. Dans les capitales s'improvisent les destinées; là, on tombe sans bruit, on s'élève avec éclat; là seulement, la fortune aveugle agite sa roue avec une rapidité qui écrase ou qui porte vers les sommets. Or, le pauvre pâtre, avec cette facilité d'illusion qui est dans toute âme où l'ambition germe, rêvait de mourir perdu dans la foule ou de marquer sa place parmi ceux que la chance favorise et que l'occasion illustre. Il ne tarda pas à reconnaître que son imagination poursuivait une chimère difficile à saisir. Après avoir végété pauvrement, obscurément, dans le tourbillon où il s'était aventuré, il forma soudain le projet de s'expatrier, poussé d'ailleurs à cette résolution par un sentiment généreux. Il partit comme volontaire avec Lafayette, pour traverser l'Océan et aller combattre en faveur de l'indépendance américaine contre l'oppression des Anglais. Dans plusieurs combats, il se fit remarquer par une bravoure héroïque, par un sang-froid que rien n'étonnait. A la bataille de Petersburg, à la tête de quelques cavaliers, il se précipita sur une batterie de canons dont le feu décimait une colonne américaine, et s'en empara. Washington lui serra la main, Lafayette lui froissa par une accolade de choses où la naissance était tout, où le courage et la capacité n'étaient rien. Cependant il accepta, prévoyant sans doute que le régime du privilège se modifierait bientôt ou serait aboli. Aussi, quand éclata la révolution, fut-il saisi d'un profond enthousiasme. Garde-française, il s'élança l'un des premiers à l'assaut de la Bastille, et, dès que la guerre fut déclarée et que les Prussiens envahirent nos frontières, il partit joyeux pour l'armée du Nord. Il se distingua à Valmy, à Jemmapes, conquit chacun de ses grades par une action brillante, et prouva si bien la vigueur de son intelligence ainsi que la fermeté de son âme de soldat, qu'il passa comme capitaine dans les cadres de l'état-major, et que Kléber le choisit pour son aide de camp. Ainsi l'enfant trouvé, l'orphelin sans nom s'était déjà fait une position honorable, une certaine réputation même, en quelques années, par le seul effort de son intrépide volonté. Les événements qui transformaient alors la France, en égalisant pour tous les moyens de réussite, semblaient déjà lui promettre un avenir digne de l'élévation de son esprit et de la noble exaltation de son cœur.

Tout en pensant à ces choses qui étaient pour lui pleines d'encouragement, Bénédict attachait son regard sur la façade du château de Morsanges, qui se dessinait à peu de distance dans une courbe rapide du rivage. Il se livrait parfois à de mornes réflexions.

— C'est là que je suis né, — murmura-t-il. — C'est là que j'ai reçu mon premier baptême, et qu'on a versé des larmes de honte sur mon front. Ah ! qu'il y a d'étranges points de départ en ce monde pour certaines pauvres petites créatures, vouées dès l'origine à l'opprobre et au malheur ! Sombre et navrant problème qu'on redoute d'approfondir, dans la crainte de n'y pas trouver Dieu !... Mais peut-être, — reprit-il vivement, — le spectacle de ces apparentes iniquités n'est-il donné aux hommes que pour les porter à la justice en leur inspirant la pitié ! — Il appuya sa tête sur ses deux mains, et sa pensée, fortement empreinte d'une philosophie toute spiritualiste, suivit pendant quelques minutes le cours d'une de ces méditations qui surexcitent l'amour du bien dans l'âme des honnêtes gens. Lorsqu'il releva la tête, il vit son cheval tout près de lui. L'animal avait tondu les grandes herbes et les fleurettes qui couvraient le tertre, et mis en relief une petite croix de fer, tellement enfoncé dans le sol rebondi que la barre transversale semblait s'y appuyer. A l'aspect de ce signe funèbre, Bénédict comprit qu'il était assis sur une tombe. Il se redressa par un brusque mouvement. Une sensation en quelque sorte électrique le remua tout entier. Il alla s'incliner vers cette croix, et l'examina avec une curiosité presque anxieuse. La rouille qui la couvrait avait troué le dur métal en plus d'un endroit, ce qui semblait révéler que ce symbole protecteur de la mort se cachait là depuis de longues années. Du reste, pas une trace de nom ne s'y laissait entrevoir, pas une formule de deuil, même illisible, n'y apparaissait. Evidemment la tombe était oubliée, nul ne s'y agenouillait, et peut-être, tant l'abandon y était manifeste, n'avait-elle jamais reçu un témoignage de souvenir et de regret. Cette réflexion fit tressaillir le capitaine. Il s'écria d'un ton frémissant : — Qui donc est enterré ici ? Serait-ce celui à qui je ne songe qu'avec amertume ! Serait-ce... mon père !... — Il recula instinctivement et resta comme accablé par cette supposition. Il se remit de la secousse, se rapprocha de la tombe et la regarda de nouveau, dans l'espoir d'y trouver quelque vestige de nature à le renseigner. Mais rien ne lui vint en aide. Sur la petite croix, soumise à une minutieuse inspection, il n'aperçut aucune empreinte significative, tandis que le fer rouillé se pulvérisait au contact de sa main. En dépit de cette absence de preuve, un pressentiment irrésistible persista dans son esprit ; il demeura convaincu que l'homme auquel il devait l'existence avait été enseveli dans ce coin solitaire et presque inaperçu des bords du lac. Ce pressentiment d'ailleurs ne le trompait pas. Lorsque le corps de Gérard Keller, au bout de quelques jours d'immersion, était reparu à la surface de l'eau, Roch Duhoux s'était hâté de creuser une fosse à l'écart, et après l'avoir comblée, soit qu'il eût reçu un ordre formel, soit qu'il eût obéi à une idée superstitieuse, il y avait planté une croix de fer. Le jeune capitaine ne songea pas à fléchir le genou devant le tertre mystérieux. Debout et recueilli, il murmura ces mots d'une voix pleine de tristesse et d'émotion : — Qui que tu sois, réalité disparue sous cette couche d'argile, je te salue avec respect, même si tu es le fantôme invisible de celui que j'ai peine à nommer ! il faut toujours s'incliner devant la mort, qui est la suprême expiation.

Un fils d'ailleurs ne doit ni juger son père ni se plaindre de lui, lorsque Dieu a rendu la souveraine sentence de l'éternité !

Il achevait à peine de s'exprimer ainsi, soudain un froissement de branches résonna dans le taillis. Bénédict crut que ce bruit était causé par son cheval, qui arrachait sans doute quelques feuilles aux arbres d'alentour. Mais un coup d'œil lui suffit pour se convaincre que c'était une erreur, car son cheval continuait à manger paisiblement l'herbe épaisse, embaumée par la lavande et les glaïeuls. Le froissement s'étant renouvelé dans la charmille, il se dirigea vers le point où s'agitait le feuillage, et s'arrêta un peu surpris en face d'un paysan armé d'un fusil, qui fixait sur lui un regard étincelant. Après un moment d'hésitation, ce paysan s'élança vers le capitaine, et, jetant l'arme qu'il tenait à la main, il s'empara du jeune homme et le serra contre sa poitrine en répétant d'une voix suffoquée :

— C'est lui ! c'est Bénédict ! O mon enfant ! mon enfant !

— Mon père ! mon vrai père ! — s'écria Bénédict en rendant étreinte pour étreinte, car il venait de reconnaître qu'il pressait entre ses bras le digne homme qui l'avait élevé.

Mathurin Cazeaux (c'était bien lui) parvint à contenir sa violente émotion. Alors il se rejeta en arrière et se mit à envisager, ébahi, le beau capitaine d'état-major dont l'élégant uniforme l'éblouissait. Bénédict était, en effet, vraiment magnifique dans sa tenue militaire avec son habit bleu à revers rouges, avec ses épaulettes et ses passementeries d'or, sa culotte blanche un peu ternie par la fumée du combat, ses bottes à l'écuyère et son tricorne d'où s'échappait une plume tricolore. L'armée de Mayence, en commençant sa campagne contre les Vendéens, avait voulu leur imposer autant par son brillant aspect que par la précision de ses mouvements et son intrépidité. Chefs et soldats s'étaient fait un point d'honneur de combattre en habit de parade, montrant ainsi qu'ils étaient loin de mépriser leurs rustiques adversaires, qui avaient déjà vaincu tant de soldats républicains trop confiants et trop dédaigneux.

Il y eut un instant de silence, pendant lequel Mathurin Cazeaux contemplait Bénédict, tandis que Bénédict remarquait avec une sensation pénible que son père adoptif avait étrangement vieilli et qu'il portait des vêtements en lambeaux. En réalité, le pauvre homme offrait l'aspect d'un vieillard et d'un mendiant. Son crâne s'était dénudé, quelques longues touffes de cheveux blancs retombaient sur ses épaules, ses yeux étaient caves, ses joues creuses, son corps maigre et osseux. Des haillons composaient seuls son costume, mais ces haillons n'avaient presque pas de taches ; ils étaient visiblement produits par l'insulte des buissons plutôt que par la pauvreté. En somme, à travers cette misère apparente et cette sénilité précoce, une certaine expression de vigueur décelait dans l'ancien fermier de la Bénardière plus de force et de santé qu'il n'en avait quelques années auparavant.

— Ainsi, je ne me trompais pas ! — s'écria-t-il. — Je revois Bénédict ! Je retrouve le fils que nous aimions tant ! Ah ! Dieu soit loué ! Et comme il a prospéré ! comme il a fait un beau chemin dans la vie ! Est-ce qu'il pouvait en être autrement ? Un garçon si bien doué, et qui était devenu si vite un savant ! Un pauvre pâtre qui en eût remontré pour l'instruction à plus d'un grand seigneur. Bonté du ciel ! que je suis donc heureux d'avoir pu l'embrasser une fois encore avant de mourir, le cher enfant !

L'excellent homme, en parlant ainsi, avait de grosses larmes dans les yeux. Bénédict lui prit les mains ; il le fit asseoir sur l'herbe au bord de l'eau ; et, s'asseyant à côté de lui, il lui dit d'une voix où la tendresse le disputait à la commisération :

— Et moi aussi, je me sens le cœur tout joyeux de

vous avoir pressé contre ma poitrine. Je n'espérais pas que ce bonheur m'arriverait sitôt... Mais en même temps, — reprit-il, — je suis tout triste de vous rencontrer dans l'état de délabrement où vous semblez réduit. Qu'est-il donc arrivé? Est-ce la guerre civile qui vous a mis en cette extrémité? Hélas! il est évident que l'infortune s'est cruellement appesantie sur vous. Hâtez-vous de me dire vos chagrins; apprenez-moi la cause de vos malheurs, afin que je sache si je puis vous venir en aide et vous consoler.

— Tout est irréparable dans les coups dont le sort m'a accablé, — répondit lugubrement le père Cazeaux. — Laissez-moi, mon cher Bénédict, vous en faire juge.

— Autrefois, mon père, — interrompit le capitaine,— votre langage était moins cérémonieux avec moi. Pourquoi ne me parlez-vous pas comme autrefois?

— Parce que vous n'êtes plus un simple paysan, mon fils; parce que vous êtes mon supérieur par le savoir et par le rang. Je dois maintenant vous montrer du respect.

— C'est une erreur, mon père, vous ne me devez que de l'affection. Quand bien même je serais général, il n'y aurait rien de changé entre nous. J'exige donc que vous m'adressiez la parole exactement comme vous le faisiez au temps où je menais paître vos troupeaux.

— Je n'osais pas Mais, puisque tu le veux, je t'obéis... Ai-je besoin de te dire, — poursuit-il, — que durant plusieurs années après ton départ, nous n'avons eu qu'à nous louer de notre existence à la Bénardière: elle nous était douce et souriante au delà de nos souhaits. Un fermage modéré, quelques bonnes récoltes, un courage qui redoublait, une santé de jour en jour raffermie, voilà de quoi se composait la vie que nous menions. Ajoute à cela que nos économies s'augmentaient parfois de certaines petites sommes que nous envoyait, d'abord d'Amérique, puis de Paris, un excellent garçon qu'il est inutile de te nommer. Cet argent béni, qui occasionnait sans doute plus d'une privation au soldat, nous le recevions avec une sorte de recueillement pieux, et nous le baisions tous comme une relique. Mais ce qui surtout nous rendait bien heureux, c'était la lettre qui accompagnait chaque envoi. On lisait et on admirait. On relisait et on pleurait. Ah! c'est que cela était bien beau et bien émouvant, ce que tu nous écrivais ainsi, mon Bénédict! Cela nous élevait un peu l'esprit, et cela nous attendrissait aussi le cœur. Nous ne comprenions pas toujours du premier coup les grandes idées que tu exprimais si clairement d'ailleurs, touchant les droits de l'homme et les devoirs du citoyen, l'indépendance des nations et la souveraineté des peuples; mais monsieur Matthieu nous aidait de son intelligence, et alors nous étions frappés de la justesse de tes pensées, ainsi que de l'enthousiasme de tes sentiments. Par exemple, nous n'avions jamais recours à personne quand il s'agissait de bien sentir tout ce qu'il y avait de bon, d'affectueux, d'émouvant dans les souvenirs et les vœux que tu adressais à chacun de nous. Personne n'était oublié. Tout le monde avait sa part de doux propos et d'embrassements, même Castor et Pollux. Aussi ces intelligentes bêtes devinaient-elles tout ce que leur ami Bénédict leur envoyait une bonne pensée et semblaient-elles dire, avec de petits cris de joie et de profonds éclairs dans les yeux, qu'elles regrettaient toujours l'ancien pâtre du Bocage qui avait été leur maître et leur compagnon. Ah! c'étaient là de bons et braves chiens!...—Le père Cazeaux se tut. Son front se rida violemment, son regard devint lugubre, sa bouche eut une crispation de colère. Il parut s'absorber un instant dans de navrantes réflexions. Le capitaine, qui s'attendait au récit de quelque catastrophe et ressentait dans l'âme une douloureuse anxiété, n'osait rompre le silence. L'ancien fermier reprit de lui-même avec un visible effort: — Tout nous réussissait donc à la Bénardière. Nous avions pourtant à nous plaindre parfois des procédés de notre seigneur, le marquis d'Apre-

mont, qui faisait de courtes apparitions dans le pays, escorté de gentilshommes insolents et de courtisanes éhontées. Alors la chasse était menée grand train à travers les semailles et les récoltes; mes prairies et mes guérets étaient ravagés. Je m'indignais, je réclamais une indemnité. On se moquait de mes réclamations, ou bien on m'accablait d'injures, et, si je menaçais de m'adresser à la justice, on me montrait une lettre de cachet, et on m'intimait l'ordre de me taire pour ne pas être jeté en prison. Heureusement ces vexations cessèrent bientôt. Criblé de dettes contractées à Paris, harcelé par des créanciers puissants, le marquis fut obligé de vendre une grande partie de ses biens. La Bénardière et toutes les dépendances devinrent la propriété d'une famille noble, point fière avec le paysan et pleine de bonté pour nous. Nous en étions là lorsque survint la révolution. Elle ne changea rien à notre vie calme et laborieuse. C'est à peine même si nous nous apercevions que quelque chose se fût transformé en France. Parfois, cependant, nous entendions nos prêtres, d'une vie privée d'ailleurs si honorable, murmurer et gémir. Ils levaient leurs yeux au ciel, laissaient échapper des larmes, et parlaient tout bas aux gars les plus turbulents ou les plus superstitieux des métairies d'alentour. J'ai su ce qu'ils disaient ainsi: ils maudissaient l'esprit du siècle, ils s'apitoyaient sur les malheurs de la religion et de la monarchie, ils poussaient à la révolte au nom de Dieu et du roi. Si bien qu'un prétexte étant donné, c'est-à-dire l'appel de trois cent mille hommes sous les drapeaux, des fanatiques prirent les armes en Vendée, non pour défendre le territoire national envahi, mais au contraire pour seconder, au moyen d'une insurrection, la guerre déclarée à la France par l'Europe coalisée. Dès lors on voulut me contraindre à combattre contre la république. Je refusai net, et même avec indignation. Justin en fit autant. Nous nous rappelions ces belles paroles contenues dans une de tes lettres, mon cher Bénédict, « Quand la patrie est en danger, toute dissension intestine est coupable, et l'âme de tout bon citoyen doit souhaiter ardemment que l'ennemi du dehors soit vaincu et chassé. » Nous osions, Justin et moi, proclamer cela au milieu même des insurgés, dans l'espoir de ramener à la raison quelques consciences égarées. Mais il était facile de voir que nous ne convertirions personne, et que notre langage ne réussissait qu'à exciter à notre égard de secrets mécontentements. Plusieurs mois s'écoulèrent néanmoins sans qu'aucune démonstration hostile eût lieu contre nous. Tu le sais, mon fils, le paysan du Bocage est plus exalté que méchant. Nous n'avions pas grand'chose à redouter de lui, à moins que quelques mauvais garnements, disséminés çà et là et bien connus, ne vinssent à se réunir et à s'entendre pour s'attaquer à moi et aux miens. Par malheur! ce fut ce qui arriva.

Un jour, j'appris que le marquis d'Apremont avait reparu dans le pays. Il revenait, disait-on, de la basse Vendée, du Marais, où, sous les ordres de Charette, il s'était battus contre les bleus. J'appris également qu'il était accompagné de ce misérable coquin, nommé Roch Duhoux. Je ne tardai pas à les apercevoir l'un et l'autre. Une voix intérieure me cria que je devais me défier du maître et du valet. Cependant rien ne sembla confirmer d'abord mes inquiétudes, et je crus que, n'étant plus le tenancier du marquis, ni lui ni son acolyte ne se souciaient de moi. Durant plus d'une semaine je n'entendis point parler d'eux. Mais un soir que je m'en revenais avec Justin de la foire de Montaigu, j'entendis, en passant devant une auberge, prononcer mon nom au milieu de sataniques éclats de rire. J'étais à cheval, Justin aussi. Tout surpris, nous approchons des fenêtres du cabaret, et à travers les vitres nous reconnaissons Roch Duhoux qui versait à boire aux plus méchants gars des villages voisins. Nul doute! ils allaient commettre ou ils avaient commis quelque mauvaise action, peut-être même quelque crime. Un tourment irrésistible s'empare aussitôt

de notre esprit. « Hâtons-nous ! » me dit Justin brusquement. « Oui, hâtons-nous ! » dis-je à mon tour d'une
voix tremblante. Nos bidets prennent le grand trot. Une
heure après, nous arrivons à l'entrée de la plaine au
fond de laquelle est située la Bénardière. Il faisait nuit.
Soudain il nous semble voir une lumière rougeâtre au
loin, dans la direction de notre ferme. « Qu'est-ce que
cela ? » me demanda Justin en tressaillant. « C'est le
feu ! » dis-je avec effroi, « il y a quelque chose qui brûle
là-bas ! » Et silencieux, le cœur horriblement serré,
nous poussons encore nos chevaux, qui se mettent à galoper. À chaque instant les arbres, les haies, les circuits
du chemin dérobent à nos yeux la lueur qui nous paraît
être un commencement d'incendie. Enfin nous débou-
chons presque en face de la Bénardière. O terreur ! les
bâtiments d'exploitation sont en flammes! Les granges,
les étables, la bergerie sont à demi-consumées. Seul,
le principal corps de logis est intact. Il y a des angoisses qu'on ne peut pas dire. Justin jette un cri
dans un sanglot. Moi, je veux crier aussi, mais ma gorge
s'y refuse. J'étouffe. En un bond nous sommes dans la
cour. Je me précipite à terre, j'entre dans la maison, et
je heurte... je heurte un corps. Aussitôt je me penche,
je regarde, je touche. Alors j'ai une horrible vision. À
la clarté lugubre de l'incendie, je reconnais ma femme
étendue sur le plancher. Elle est sanglante, elle est
morte. Près d'elle est accroupie Justine, blessée, muette
d'étonnement, presque folle. À quelques pas sont les
deux chiens immobiles, roidis, criblés de balles, les yeux
saillants, ayant encore aux dents des morceaux de chair.
Trois cadavres gisent plus loin, trois paysans étranglés.
À l'aspect de cet affreux tableau, la force m'abandonne,
mon cerveau se trouble, je trébuche et je tombe, brisé
par la violence de mon désespoir !...

Cette fois encore le père Cazeaux se tut. La douleur
poignante de ce souvenir lui arracha des larmes qui sil-
lonnèrent ses joues à flots pressés. Bénédict, lui aussi,
pleurait. Il cachait son visage entre ses deux mains et
murmurait d'une voix entrecoupée : « Pauvre mère,
pauvre mère Cazeaux, je ne vous embrasserai donc
plus !... Et vous, mes vieux compagnons, mes braves
amis! Castor! Pollux! J'espérais vous revoir, hélas! et
c'est fini... » Puis il reprenait avec une sourde véhémence : « Ah ! les bandits ! les assassins ! » Après un moment de prostration, le fermier parvint à retrouver un
peu de calme, et continua son récit.

— Lorsque je repris connaissance, — dit-il, — il faisait
grand jour. J'étais couché sur un lit. Justin et sa femme
me donnaient leurs soins. À l'abbé de quelques bonnes
âmes, venues pour nous secourir, ils avaient déjà fait
disparaître tout ce qui pouvait me rappeler trop brusquement mon affreux malheur. Ma pauvre femme avait été
mise en terre. Castor et Pollux avaient aussi reçu une
sépulture. On s'était hâté d'éteindre les dernières flammes qui achevaient de réduire en cendres nos construc-
tions et nos bestiaux. Je mis un peu de temps pour rassembler mes idées et retrouver mes souvenirs. Quand je
me retraçai ce que j'avais vu, quand mon esprit parvint
à se rendre compte de l'horrible réalité, je poussai un
cri déchirant... ce fut tout. Après quoi, je tombai dans
un morne silence dont rien ne put me faire sortir, ni les
exhortations de Justin, ni les prières de Justine. Je réflé-
chissais. Je méditais. Je m'étais plongé dans un abîme
de lugubres pensées, dans un tourbillon de projets effrayants. Je songeais à me venger, et je me fatiguais le
cerveau à la recherche de quelque vengeance étrange et
terrible. Le lendemain seulement, je consentis à parler.
J'interrogeai Muguette. Elle m'apprit que vingt gars armés, les pires qu'il y eût dans tout le pays, avaient envahi la ferme, conduits par Roch Duhoux. Ils avaient
demandé de l'argent, et, comme on refusait de leur en
donner, ils avaient proféré des menaces de mort. L'un
d'eux même avait fait feu, et ma femme, frappée d'une

balle, s'était affaissée sur le sol. Alors les chiens, furieux,
s'étaient rués sur les lâches. En un instant ils en avaient
étranglé trois, puis ils étaient tombés expirants sous une
décharge générale commandée par Duhoux. Quelques
balles avaient traversé les habits de Justine ; une seule,
heureusement, l'avait atteinte et n'avait fait que lui
effleurer l'épaule. « As-tu reconnu tous ces misérables? »
demandai-je à ma fille. « Oui, tous! » me répondit-elle,
et elle me les nomma. « C'est bien » dis-je, « il faut
que je les tue ! En chasse!... » Je décroche aussitôt deux
carabines pendues sur le manteau de la cheminée. Justin en prend une, je garde l'autre, et, suivis de Muguette, nous abandonnons la Bénardière, qui n'est plus
qu'un amas de débris fumants, pour nous mettre sur la
piste des assassins. Depuis ce temps, nous avons erré
tous trois à travers le Bocage, nous glissant derrière les
haies, nous cachant dans les bois, tendant des piéges,
évitant des embûches, tantôt trafiquant, tantôt traqués,
patients, infatigables, et furtrepant, à force de ruse et de
hardiesse, sur les traces de l'un de ceux que j'avais con-
damnés. Nous l'attachions à un arbre, et il était fusillé;
puis je plaçais sur la poitrine du cadavre un papier où
était écrit : « Justice est faite par Mathurin Cazeaux. »
Ensuite nous recommencions nos recherches, car j'avais
juré de ne pas laisser un seul meurtrier vivant. Ils
étaient vingt, en comptant les trois étranglés par Castor
et Pollux ; moi, j'en ai tué quinze. Donc il en reste deux,
et le plus coupable, le plus criminel, Roch Duhoux!
Mais bientôt, je l'espère, il n'en restera plus! La rude
tâche que je me suis imposée serait peut-être entièrement accomplie à l'heure où nous sommes, si une nouvelle que j'ai apprise par hasard il y a quelques jours
n'était venue me causer une joie inexprimable et me
distraire presque malgré moi de mes lugubres préoccupations.

— Et cette nouvelle ? — demanda Bénédict, qui avait
écouté ce récit avec une émotion croissante qu'il s'efforçait de contenir.

— C'était l'annonce qu'une division détachée de l'armée du Nord venait d'arriver à Nantes, et que l'héroïque
garnison de Mayence, dont je n'ignorais pas que tu faisais partie, mon enfant, allait attaquer les Vendéens. Un
ardent désir de te voir, de t'embrasser, agita mon cœur.
Il y domina tout autre sentiment. Nous étions sur les
traces de Duhoux, non loin de Montaigu. Soudain nous
entendons dire que les Mayençais doivent s'avancer d'a-
bord vers le lac de Grand-Lieu. Notre résolution est
prise à l'instant même. Justin, sa femme et moi, nous
oublions le scélérat dont nous cherchions à nous emparer,
et nous nous mettons en marche sans perdre une minute. Depuis hier, nous sommes ici. Pendant le combat,
à la suite duquel les insurgés ont pris la fuite, nous
étions cachés dans une grotte, au milieu de bois dos de
Saint-Aguan. Quand le feu eut cessé, je me hasardai
hors de notre refuge, et la Providence m'a conduit vers
toi, mon cher Bénédict. Ah ! Dieu soit bon, puisqu'il m'a
permis de te presser sur ma poitrine, de t'admirer dans
ton noble uniforme, et de te montrer tout l'orgueil
que m'inspirent tes succès !

— Pauvre père Cazeaux ! — soupira le capitaine en
serrant dans ses mains les mains du fermier, — comme
vous avez été rudement éprouvé! Mais me voilà pour
adoucir l'amertume de votre chagrin. Ne pouvant vous
rendre la chère femme que vous avez perdue, hélas! je
tâcherai du moins que vous rencontriez en moi un fils
aimant et dévoué. Dites, voulez-vous que je sois votre
ami, votre consolateur ?

— Oui, oui, mon noble enfant ! Personne mieux que
toi n'est capable de soulager mon cœur, de calmer la
souffrance de mes cruels souvenirs. Ta vue me rappelle
ce qu'il y a eu de meilleur dans ma vie, et je pressens
déjà que ton influence va me porter bonheur.

Le père Cazeaux achevait à peine de s'exprimer ainsi,
lorsque deux exclamations retentirent dans la clairière.

Un homme et une femme, ayant le costume des paysans du Bocage, s'élancèrent vers Bénédict, qui les reconnut aussitôt et leur ouvrit ses bras.

— Muguette! Coquelicot! — s'écria-t-il, heureux de recevoir leurs caresses et de les leur rendre avec effusion.

III

Le premier épanchement apaisé, Justin et Justine éprouvèrent une sorte de honte et d'embarras. Ils balbutièrent une excuse, regrettant, disaient-ils, de s'être montrés trop familiers avec un capitaine d'état-major, avec l'aide de camp d'un général. Mais Bénédict eut bientôt fait de les rassurer. Il leur déclara que, s'il avait changé de position, il n'avait pas changé de cœur. Il ajouta en souriant que l'égalité républicaine avait d'ailleurs supprimé les habitudes de déférence et les formules du respect entre tous les citoyens.

Coquelicot hocha la tête en rougissant un peu, car il n'avait pas tout à fait perdu l'impressionnabilité naïve qui lui avait valu son surnom.

— Bah! — dit-il, — ça me gênerait de vous parler sans cérémonie. Pour être à mon aise avec vous, mon officier, je sens bien qu'il faut que je vous montre des égards.

— Comme il te plaira, mon bon camarade, — répondit le capitaine avec un élan de cordialité. — Ne cesse pas de m'aimer, et tout sera pour le mieux entre nous.

— Oh! alors, soyez tranquille! Je suis encore prêt à me dévouer pour vous!

Cette réplique, qui rappelait une généreuse ambition de Coquelicot, mit un sourire sur toutes les lèvres, en dépit de la gravité des circonstances au milieu desquelles la famille Cazeaux retrouvait Bénédict.

— Il paraît que le mariage n'a pas modifié son caractère, — reprit ce dernier en s'adressant à Muguette. — Il rêve toujours de se sacrifier.

— Oui, mais, Dieu merci! l'occasion lui a manqué jusqu'à ce jour. Sans cela, il y a longtemps que je serais veuve.

— Et remariée peut-être avec quelque brave garçon, qui vaudrait cent fois mieux que moi. De sorte que tu serais plus heureuse, et c'est un service que je t'aurais rendu.

— Bien obligé! — repartit Justine. — On sait ce qu'on a, on ignore ce qu'on aurait. Et d'ailleurs on ne s'épouse plus par le temps de guerre civile où nous vivons.

— Au fait, tu as raison, mignonne... N'importe! reprit Justin en s'animant, — c'est si beau de se dévouer!

Tandis qu'on échangeait ces paroles, le capitaine remarquait que les vêtements de Muguette et de Coquelicot n'étaient pas en meilleur état que ceux de l'ancien fermier de la Bénardière. Ces vêtements étaient misérables, quoique l'aiguille eût souvent essayé d'en dissimuler les lambeaux. Ils portaient visiblement l'empreinte des intempéries de l'air et des ronces du chemin. Ils révélaient toute une existence de hasards, de périls et de privations. Ils semblaient présager un inévitable surcroît d'infortune et de douleur à ces trois pauvres êtres errants, isolés, sans appui, dans un pays menacé de destruction, entre deux armées qui allaient se combattre avec acharnement jusqu'à ce que l'une eût anéanti l'autre. Il y avait là certes pour l'âme de Bénédict un grave sujet d'inquiétude et de tourment. Aussi le sourire qu'avait amené sur ses lèvres l'exaltation enfantine de Justin s'évanouit-il tout à coup. Il devint soucieux, réfléchit un instant, puis il demanda au père Cazeaux ce qu'il comptait faire désormais.

— Achever ma vengeance! — répondit l'ancien fermier, dont le visage s'assombrit. — Poursuivre à outrance les deux scélérats qui vivent encore, et les tuer!

— Et si je vous priais de renoncer, quant à présent du moins, à l'accomplissement de vos justes représailles, y consentiriez-vous?

— Demande-moi tout, excepté cela, mon fils. Je ne mourrai satisfait qu'après avoir mis à mort Roch Duhoux et son dernier complice, Jean Girard.

— Vous ne laisserez donc rien à faire à la justice de Dieu? — reprit Bénédict d'un ton solennel. — C'est pourtant la plus inévitable et la plus terrible. Elle seule sait bien choisir l'heure à laquelle il convient de frapper... Je ne connais pas Jean Girard, — poursuivit le capitaine, — mais je sais mieux que personne ce qu'est Roch Duhoux. Il n'existe pas une nature plus dépravée, un plus exécrable criminel. S'il vous a échappé jusqu'à ce jour, quand presque tous ceux qu'il dirigeait sont tombés sous vos coups, c'est qu'un châtiment exemplaire, bien plus effrayant sans doute que le simple effet de votre vengeance, lui est réservé dans l'avenir. Croyez-moi, abandonnez le soin de punir un pareil coupable à celui qui juge infailliblement, et qui tôt ou tard sait exécuter la mystérieuse sentence avec rigueur. D'ailleurs ce Duhoux est sur ses gardes. Vous l'avez vous-même prévenu, en attachant votre nom sur des poitrines sanglantes, que votre colère le menaçait. Il se défie, soyez-en convaincu; et, comme il est aussi rusé que méchant, il pourrait bien vous prendre dans votre propre piège. Alors il serait sans pitié, et j'aurais, hélas! de nouvelles victimes à pleurer. J'insiste donc, père Cazeaux, et je vous supplie encore de rompre dès aujourd'hui avec une existence vagabonde, incertaine, plus que jamais exposée, et qui vous a déjà réduit, ainsi que vos enfants, à l'état de détresse où je vous vois.

Mathurin Cazeaux écoutait, le front penché, le regard indécis. Il était évident que le langage de Bénédict l'impressionnait, sans changer toutefois sa résolution.

— J'ai fait un serment, — répondit-il après un silence, — et je dois le tenir. Dès que j'aurai entièrement accompli mon devoir, cher enfant, tu pourras me dicter ma conduite, et je serai heureux de t'obéir.

— Prenez garde! Le jour où vous vous croirez libre de suivre mon avis respectueux, mon conseil filial, est peut-être bien éloigné. Que dis-je? N'est-il pas à craindre que ce jour ne se lève jamais ni pour vous ni pour moi? Réfléchissez aux circonstances rigoureuses au milieu desquelles nous nous sommes placés. Non-seulement il est possible que je sois tué dans la lutte implacable qui commence, mais encore votre perte est imminente, en raison de l'isolement où vous serez entre deux ennemis auxquels vous paraîtrez suspect. Si vous tombez entre les mains des Vendéens, on vous fusillera, et si vous êtes pris par les républicains, à moins que je ne me trouve là juste à point pour vous sauver, on ne vous épargnera pas davantage. Les partis sont exclusifs: n'être pas avec eux, c'est être contre eux, et conséquemment c'est courir une double chance de ruine et de mort. Alternative funeste, à laquelle je vous conjure encore de vous soustraire, soit en abandonnant le pays, soit en vous décidant à suivre la fortune des bleus dans la nouvelle campagne qui s'ouvre, et qui, je l'espère, se terminera bientôt par l'entière défaite de l'insurrection. En restant parmi nous, vous ne faillirez point à votre serment, car vous conserverez l'espoir de retrouver Roch Duhoux, ainsi que son complice, et de vous venger.

— Mais alors, — demanda vivement Justin, — vous feriez recevoir le père Cazeaux dans les rangs de l'armée républicaine!

— Sans difficulté.

— Eh bien!... et nous?

— Muguette et toi?

— Oui, parbleu! N'y aurait-il pas moyen de m'enrôler dans quelque bataillon... et ma femme aussi?

— Ah! ça, — s'écria Muguette d'un air gentiment

ébahi, — il y a donc un régiment de mon sexe parmi les Mayençais ?

— Assurément non, chère enfant, — répondit Bénédict ; — mais il y a des infirmières, nobles âmes pleines de charité, qui sont parfois sur le champ de bataille aussi braves que le soldat.

— A merveille ! et, puisque mon mari le désire, je consens à devenir une de ces infirmières-là.

— Muguette ! chère Muguette ! — exclama Justin avec enthousiasme, — je reconnais que tu es digne de Coquelicot ! Ainsi, c'est convenu : nous allons nous dévouer tous deux pour la patrie et l'humanité... Capitaine, — reprit-il, — vous pouvez disposer de Coquelicot et de Muguette.

— Et vous, père Cazeaux, qu'avez-vous résolu, — demanda Bénédict.

L'ancien fermier était silencieux et réfléchi. Il releva la tête et sembla prendre une soudaine détermination.

— Soit ! — répondit-il d'un ton ferme, — qu'on fasse de moi un soldat républicain. Ceux que j'espère frapper, d'ailleurs, font partie de l'armée vendéenne. Je sais qu'ils sont parmi les insurgés que commande Charette, qui doit être en ce moment à Montaigu ou aux Herbiers.

— Suivez-moi donc tous trois, et hâtons-nous, car l'avant-garde ne peut tarder à se remettre en marche.

Bénédict saisit la bride de son cheval, le père Cazeaux ramassa sa carabine, Justin et Justine se prirent gaiement le bras, et l'on abandonna le taillis. Mais une minute après, le capitaine y rentrait seul. Il se dirigeait vers le tertre, le regarda de nouveau avec mélancolie, redressait un peu la croix de fer trop enfoncée dans le sol, arracha quelques ronces qui commençaient à envahir la tombe, et disait avec une gravité pleine d'émotion.

— Adieu, ombre lugubre que j'entrevois ici ! Une seule personne en ce monde a le droit de se montrer miséricordieuse envers toi. Puisse-t-elle un jour être clémente et murmurer, en évoquant le douloureux souvenir : je pardonne et j'oublie !

Il rejoignit ceux qui l'attendaient. On se dirigea vers le quartier de l'état-major, où Bénédict comptait trouver le général Kléber. Chemin faisant, il fallut traverser une partie du bivouac des Mayençais, lesquels s'étonnèrent de voir l'aide de camp du général en si misérable compagnie. Plus d'un rire moqueur, à demi-contenu par la présence du capitaine, dont l'air sérieux et imposant n'était guère de nature à encourager les railleurs, se fit entendre durant le trajet. Le père Cazeaux et ses enfants n'y donnèrent aucune attention, du moins en apparence. Bénédict s'informait d'ailleurs auprès d'eux de ce qu'était devenu son vieil ami, monsieur Matthieu ; il leur demandait, en outre, des nouvelles de la famille de Flavigny, et, occupés à lui répondre, ils ne distinguaient que vaguement l'insolence ironique des rumeurs excitées par l'aspect de leur costume en lambeaux.

— Le solitaire de la Gorge-aux-Loups, — disait l'ancien fermier, — a été chassé de son ermitage ; on a brûlé sa cabane ; lui-même a failli être la victime de sa réputation de sorcier et des sentiments républicains qu'il ne craint pas d'exprimer tout haut. Mais, comme il a souvent rendu des services, il s'est toujours trouvé quelqu'un pour le protéger, et on l'a épargné jusqu'à ce jour. C'est d'ailleurs un homme vraiment bon et charitable, qui mérite qu'on le vénère. Depuis quelques années, il s'est livré entièrement à l'étude de la médecine, et il est devenu très-habile dans l'art de guérir. On prétend même qu'il n'y a pas un meilleur chirurgien. Ce qu'il y a de sûr, c'est qu'il n'y a pas une meilleure âme. On le rencontre souvent sur les champs de bataille, soignant les blessés indistinctement, blancs et bleus, vainqueurs et vaincus. Il a coutume de dire qu'avant d'être l'homme d'un parti il est le missionnaire de l'humanité. Il se prodigue à ceux qui souffrent d'autant

plus, ajoute-t-il, qu'ils sont tous les enfants de la même patrie. Il est à craindre cependant que cette généreuse conduite ne suffise pas à le préserver de l'injustice des hommes, et que ses services ne soient payés tôt ou tard par un acte d'ingratitude et de cruauté.

— Oui, oui, cela est à craindre, — dit le capitaine. — Désormais l'impartialité même du médecin inspirera de graves préventions. Si je rencontre monsieur Matthieu, je m'efforcerai de le rallier à nous.

— Et vous n'aurez pas de peine à le décider, — repartit Justin. — Il est si fier de son élève, et il aura tant de bonheur à vous revoir !

— Cher maître ! Sa joie aura un écho bien retentissant au fond de mon cœur !—Après une pause, et d'une voix légèrement altérée, Bénédict reprit : — Et la famille de Flavigny, qu'a-t-elle fait? A-t-elle pris part à l'insurrection?

! — Dès le début, ou à peu près,—répondit Justin.—Le comte s'est distingué contre les bleus dans plusieurs combats ; monsieur Raoul aussi. Ils commandaient sans doute les Vendéens qui viennent d'être repoussés. Je suis certain de les avoir aperçus résistant, à la tête de quelques braves, pour protéger les fuyards.

— Et la comtesse?... et mademoiselle Blanche de Flavigny ?

— On assure que madame la comtesse, toute royaliste qu'elle est, n'a jamais approuvé la prise d'armes du Bocage, et qu'elle a parfois de tristes pressentiments. Quant à mademoiselle Blanche de Flavigny, c'est une vrai Vendéenne, très-courageuse, très-capable d'aller au feu, et croyant sincèrement que la république sera vaincue par la Vendée. Du reste, toujours bonne et secourable, elle a plusieurs fois sauvé la vie à des prisonniers républicains qu'on voulait fusiller.

— Charmante enthousiaste ! — murmura le capitaine devenu pensif. — Je reconnais bien là le sentiment chevaleresque de son âme et la générosité de son cœur !

Comme il achevait ces mots, il aperçut le général Kléber qui donnait l'ordre de se porter en avant. Il alla vers lui, et lui montrant le père Cazeaux, Justine et Justin :

— Voici ma famille, mon général, — dit-il, — ma famille d'adoption. Elle a été attaquée, réduite à la misère, parce qu'elle n'a pas voulu s'insurger. Je viens vous supplier de lui donner asile parmi nous. L'armée de Mayence comptera deux bons soldats et une infirmière de plus. Je réponds d'eux comme de moi-même, mon général.

Kléber fit d'un coup d'œil rapide et bienveillant l'inspection des trois personnes qu'on lui présentait.

— Peste! dit-il en souriant, — vous avez là, cher ami, une famille un peu sans-culotte. Il paraît qu'on ne prospère pas en ce pays, quand on refuse de servir dans l'armée royale et catholique. Raison de plus pour que j'accueille vos parents avec tout l'intérêt que mérite leur infortune. Vous pouvez les placer dans un des bataillons de volontaires nationaux qui font partie de ma colonne d'avant-garde. Si je ne me trompe, l'un de ces bataillons, le deuxième, a pour commandant un de vos meilleurs amis.

— Vous ne vous trompez pas, mon général,—répondit Bénédict;—c'est mon plus ancien frère d'armes. Nous avons commencé tous deux notre métier de soldat en Amérique contre les Anglais.

— Eh bien! conduisez vous-même votre famille à votre ami. Votre recommandation sera toute-puissante sur ce digne commandant, et vous serez sûr que vos parents seront bien traités. Allez et revenez vite... A propos, — reprit Kléber, — je me souviens que la cantinière du deuxième bataillon des volontaires nationaux est morte hier. Si la gentille citoyenne que voilà voulait la remplacer, je suppose que cela ne souffrirait aucune difficulté.—Et il regardait la jeune femme avec une expression de curiosité indulgente où se mêlait un peu d'admiration, car même sous ses pauvres vêtements elle était remarquable de gentillesse et de fraîcheur. — Comment vous appelle-t-on, mon enfant? — lui demanda-t-il.

— Justine Cazeaux, surnommée Muguette, — répondit-elle en faisant une révérence. — Voici mon mari, Justin Cazeaux. Lui et moi, nous sommes bien vos serviteurs, monsieur le général.

Coquelicot se redressa, salua le moins gauchement qu'il put, et rougit en dépit de ses efforts pour contenir le trouble qu'il ressentait. Kléber ne parut pas le remarquer.

— Muguette, un joli surnom, et qui vous convient à merveille, citoyenne Cazeaux! — dit-il. — Vive Dieu! si vous consentez à devenir la cantinière du bataillon dont je parle, je vous promets d'aller visiter quelquefois votre cantine.

— Je serai ce que ma famille voudra, mon général, — repartit Justine que la bonté de son interlocuteur encourageait. — Être cantinière, — reprit-elle, — qu'est-ce que c'est que cela?

— La noble compagne du soldat, la Providence maternelle du régiment, une excellente femme, en un mot, qui consent à nous suivre partout, même au milieu des balles, pour ranimer notre force et notre courage avec une goutte de ratafia.

— Tiens, c'est gentil et je veux bien être cantinière, si mon mari y consent.

— Moi! — s'écria Coquelicot. — Mais je ne demande pas mieux! Mais je trouve ça superbe! Ma petite Muguette, je t'accorde mon consentement, et je me sens déjà tout fier de toi!

— Comme tu es bon, mon petit Justin! et comme je serai heureuse de te faire honneur! Père, — ajouta-t-elle, — qu'en pensez-vous?

— Je pense, mon enfant, — répondit avec gravité Mathurin Cazeaux, — que tu sauras toujours remplir ton devoir d'honnête femme et de brave cœur!

Cette naïve exaltation plut évidemment à Kléber.

— Voilà d'aimables gens, mon cher Bénédict, — dit-il. — Honnêtes visages, excellentes âmes. Ils m'inspirent un sincère intérêt, et je compte ajouter ma recommandation à la vôtre auprès de votre ami le commandant. — Le général salua d'un geste et s'éloigna. — Hâtez-vous, capitaine, — dit-il. — J'ai des ordres à vous donner.

Le deuxième bataillon de volontaires nationaux était campé à peu de distance sur les bords du lac. Quand Bénédict et ses compagnons arrivèrent à l'endroit où il bivaquait, les tambours et les clairons commençaient à retentir, battant la générale et sonnant le boute-selle pour le départ. En apercevant le capitaine d'état-major qui se dirigeait vers lui, le commandant, un enfant de Paris à l'air intelligent et martial, jeune encore, car il semblait avoir trente ans à peine, vint à sa rencontre.

— Est-ce à moi que tu désires l'adresser, mon cher Bénédict? — demanda-t-il en lui tendant la main.

— Justement, mon cher Fabien Renaud, — répondit le capitaine. — Je t'amène trois personnes pour lesquelles je sollicite toute ta bienveillance. Elles me sont unies par les sentiments les plus sacrés. Orphelin, j'ai grandi au milieu d'elles, et je les aime de toute mon âme. Tu les connais d'ailleurs, car je t'ai souvent parlé du fermier de la Bénardière, de Muguette et de Coquelicot.

— Parbleu! si je les connais! comme si je les avais déjà vus... Eh bien! — reprit le commandant, — que puis-je faire pour eux? Il me semble que l'insurrection leur a porté malheur.

— Hélas! oui. Plus tard je te conterai cela. Le temps presse, et je viens te prier de les prendre dans ton bataillon. Je t'offre deux soldats et une cantinière, dont bientôt tu seras content, j'en suis sûr.

— Je les accepte, mon ami. Je tâcherai, moi aussi, qu'ils soient satisfaits de leur commandant.

Les deux compagnons d'armes se serrèrent de nouveau la main. Après quoi, le capitaine embrassa Mathurin Cazeaux, Justin et Justine, et leur promit qu'il les reverrait souvent. Puis il regarda l'endroit où il avait laissé son cheval, se mit en selle et partit au galop pour rejoindre Kléber.

L'avant-garde des Mayençais ne tarda pas à s'ébranler. Elle s'avança résolûment, brisant tous les obstacles qui essayaient de ralentir sa marche. Tout fuyait devant elle, mais en cherchant à la harceler. Selon leur coutume, les insurgés se dérobaient, pour attaquer, derrière le réseau inextricable des buissons et des genêts. Mais aussitôt la commission civile donnait l'ordre de mettre le feu à ces redoutes naturelles de verdure, et les Vendéens étaient contraints de reculer devant l'incendie ou de combattre à découvert. C'est ainsi qu'ils furent poussés, la flamme au visage et la baïonnette aux reins, à travers le pays nantais.

On passa devant la Bénardière, dont les bâtiments d'exploitation n'existaient plus, où l'on ne distinguait que le principal corps de logis tout noirci et à demi-consumé. Bénédict, qui avait dû se porter jusqu'aux derniers rangs de la colonne pour transmettre la pensée du général, revenait sur ses pas et se trouvait sur la ligne du deuxième bataillon des volontaires nationaux. Il modéra l'allure de son cheval, et chercha du regard le père Cazeaux, Justin et Justine. Il les aperçut. Tous les trois avaient les yeux dirigés vers la ferme, dont la vue retraçait à leur esprit tout un passé de douces images et de poignants souvenirs. L'ancien fermier était sombre; deux grosses larmes roulaient sous ses paupières tremblantes. Coquelicot semblait triste, mais calme, car il avait la jeunesse pour le consoler. Quant à Muguette, pensive et la joue humide, elle appuyait la main sur ses lèvres et envoyait silencieusement à l'âme de sa mère les plus tendres baisers de son cœur. Le capitaine voulut respecter le sentiment dont chacun d'eux était ému. Il ne leur adressa point la parole. Lui-même d'ailleurs avait la poitrine oppressée; il contenait avec peine les pleurs excités en lui par l'aspect désolé de la campagne où il avait si longtemps vécu, et de l'habitation en ruines où s'était accompli le lâche attentat que lui avait raconté son père adoptif.

Comme il s'avançait, mélancolique et irréfléchi, laissant flotter les rênes de son cheval, il entendit un léger bruit à ses côtés. Le commandant du bataillon l'avait reconnu et s'était empressé de venir à lui.

— A quoi songes-tu, Bénédict? — lui demanda-t-il. Est-ce à la bonne tournure des trois volontaires que tu m'as amenés? Le fait est qu'ils sont déjà remarquables de tenue et d'aplomb. On croirait, parbleu! qu'ils arrivent en ligne directe de l'armée du Nord. Les balles ont sifflé à leurs oreilles, et ils n'ont pas sourcillé. Je te remercie de m'avoir donné ces braves gens-là.

— L'éloge que tu fais de leur courage, mon cher Fabien, ne m'étonne pas, — répondit le capitaine. — Mais je suis surpris de le voir si enchanté de leur allure militaire, qui t'a paru encore fixer mon attention.

— Eh bien! examine tes protégés, et tu reconnaîtras comme moi que le père Cazeaux sous l'uniforme a l'air d'un vieux et solide grenadier. Ton Coquelicot, lui, ressemble à un jeune et franc chasseur. Quant à Muguette, elle est adorable à croquer sous son costume de vivandière, qu'elle a su s'ajuster en un instant... Mais qu'ont-ils donc tous les trois? — reprit le commandant. — Ils paraissent soucieux. On dirait qu'ils pleurent ou qu'ils ont envie de pleurer.

— C'est que nous passons à proximité de la Bénardière, notre ancienne ferme, qui n'est plus qu'un amas de cendres et de débris. Cette morne perspective éveille en eux de pénibles souvenirs.

Tout en parlant ainsi, Bénédict constatait d'un coup d'œil la justesse des observations de Fabien Renaud. Il remarquait que les nouvelles recrues portaient déjà sans gaucherie le vêtement du soldat républicain : guêtres de toile blanche, culotte de drap bleu, habit de même étoffe à revers rouges, bufleteries croisées sur la poitrine, sac au dos, fusil sur l'épaule, chapeau à trois cornes enfoncé sur une chevelure soumise à l'ordonnance et retombant sous forme de tresse derrière l'occiput. Justine, surtout, leur parut à l'aise et bien dégagée avec son spencer de velours à boutons de cuivre, sa jupe écarlate, son pantalon bleu de ciel, son chapeau de cuir verni incliné sur l'oreille, son petit tonneau posé sur la hanche et soutenant le bras gauche qui se repliait gracieusement. Notre capitaine se plut à les contempler un moment. Il s'expliquait très-bien, d'ailleurs, cette facilité à revêtir convenablement l'uniforme. La guerre développe vite l'instinct martial, elle assouplit les habitudes, elle improvise le soldat.

— Hein ? qu'en dis-tu !—demanda de nouveau le commandant.

— Je dis, mon cher Fabien, que je t'ai fait là un vrai cadeau. Ils sont tous les trois à leur place au milieu de nos intrépides Mayençais. Ils te feront honneur, et à moi aussi.

— Je le crois.

— A propos, mon ami, — reprit Bénédict,— il se peut que j'aie parfois besoin que tu les mettes à ma disposition. Dois-je compter sur ton obligeance ?

— Belle question ! Quand tu les voudras, je te les enverrai.

— Merci.

A peine ces mots étaient-ils échangés que des coups de feu résonnèrent en tête de la colonne. Les tambours battirent la charge, le canon même fit entendre sa voix de bronze. Bénédict et Fabien Renaud se séparèrent, l'un pour se placer en avant de son bataillon, l'autre pour aller au galop s'informer de la nature du combat engagé, afin d'en rendre compte au général Kléber. Le capitaine d'état-major se convainquit que l'engagement n'avait rien de sérieux, et qu'une embuscade de quelques centaines de partisans, mis en fuite après une agression de quelques minutes, avait seule déterminé l'alerte dont les républicains venaient de s'émouvoir.

Le lendemain, l'armée de Mayence, à laquelle s'était réunie celle de Brest, sous les ordres de Beysser, arrivait devant Montaigu. Canclaux, qui commandait en chef, résolut de donner l'assaut sur-le-champ. Kléber, avec l'avant-garde, se mit en devoir de s'avancer par la route de Nantes. Aubert-Dubayet, dirigeant le corps de bataille, dut s'élancer par celle de la Roche-Servière ; Beysser, lui, marcha sur la ville par le chemin de Saint-Fulgent. Tous à la fois se précipitèrent vers la cité défendue par Charette et par un grand nombre de Vendéens. Mais l'intrépidité royaliste ne put tenir contre l'impétueuse ardeur des républicains, qui pénétrèrent dans Montaigu.

Or, se battit à outrance, le sang coula à flots. Retranchés dans les maisons, ceux des assiégés qui n'avaient pu fuir luttèrent jusqu'à la mort. Beaucoup cependant cherchaient à s'échapper ; mais, cernés de toutes parts et ne sachant quelle direction prendre, ils se heurtaient, se renversaient, s'étouffaient. Un affreux tumulte régnait dans la plupart des rues. Le trouble et l'effroi faisaient autant de victimes que le fer et le feu. Le général en chef avait d'ailleurs recommandé aux soldats de se montrer humains envers les habitants, et de ne sévir que contre les obstinés qui prolongeaient la résistance. Des aides de camp parcouraient la ville pour modérer la violence du combat et arrêter l'effusion du sang. Bénédict, surtout, déployait une grande activité dans la mission d'apaisement dont il était chargé. Il se multipliait, il se trouvait partout, s'interposant entre les vainqueurs et les vaincus, calmant les premiers, rassurant les seconds, plaçant les prisonniers qui tremblaient sous la garde des grenadiers d'Aunis et d'Armagnac, dont il connaissait l'humanité.

Tout en agissant ainsi, il avait l'âme en proie à une cruelle anxiété. Il se demandait avec un profond senti-

ment de tristesse si la famille de Flavigny était dans Montaigu au moment de l'assaut. Il s'efforçait d'en douter, mais bien en vain, car il lui semblait avoir vu le comte et Raoul parmi les royalistes qui, l'épée à la main, tentaient de se frayer un passage après que les colonnes d'attaque eurent franchi les remparts.—Ont-ils été tués ? —reprenait-il.—Sont-ils tombés en notre pouvoir ? ou leur courage les aura-t-il sauvés ?—Comme il s'adressait ces questions pleines de tourments pour lui, il entrait dans la rue où était situé l'hôtel de Flavigny. La rue était jonchée de cadavres, mais abandonnée. L'hôtel paraissait désert. Les fenêtres étaient closes, la grande porte écussonnée était seule entr'ouverte, et permettait d'apercevoir les ombrages paisibles d'un jardin qui dépendait de la résidence seigneuriale. De même qu'il avait pénétré dans le château de Morsanges, Bénédict voulut s'introduire dans la demeure devant laquelle il s'était arrêté quelques années auparavant et où il avait entendu qu'on formait des vœux pour son avenir. Il éperonna son cheval et mit bientôt pied à terre sous le balcon qui lui rappelait vivement le souvenir de la comtesse et de Blanche de Flavigny.

Il allait franchir le soufil de la porte, lorsqu'une jeune fille apparut dans le vestibule. Elle s'avança vers lui.

— Je suis une Vendéenne ! — s'écria-t-elle, le visage animé et le regard hautain. — Je hais la république, et je demande la mort !— Bénédict se montra stupéfait. Il venait de reconnaître la nièce du comte. Il s'étonnait de la trouver ainsi seule, désespérée, résolue à mourir. — Mais vous ne comprenez donc pas, monsieur, que je suis une ennemie ! — reprit-elle avec fermeté. — Dans cette guerre à outrance que les républicains font aux royalistes, les vaincus n'étant pas épargnés, j'ai mérité de mourir, et je suis prête !

Le capitaine s'était remis de sa stupéfaction. Il regardait avec un sourire doux et triste la belle jeune fille dont l'énergique fierté le bravait.

— Mademoiselle Blanche de Flavigny ne me reconnaît pas,—dit-il.—Autrement, elle daignerait peut-être avoir confiance en moi.

— Qui donc êtes-vous, monsieur ? — demanda-t-elle, toute surprise à son tour.

— Je suis Bénédict, l'ancien pâtre de la Bénardière, le pauvre paysan auquel vous avez jadis accordé plus d'une marque d'estime et de généreux intérêt.

Blanche laissa s'échapper de ses lèvres un cri bizarre, dans lequel se confondaient à la fois une expression d'étonnement, un élan de joie, ainsi que le sentiment d'une crainte instinctive. Elle s'étonnait naturellement de revoir, sous l'élégant uniforme d'officier d'état-major, celui qui ne se dessinait dans son imagination qu'avec le vêtement rustique des paysans du Bocage. Elle se félicitait d'avoir devant elle un homme sur la déférence duquel, en dépit de son animosité contre les républicains, elle sentait qu'elle pouvait compter. Mais en même temps, elle se souvenait de ce qui lui avait révélé Gaëtan d'Apremont, et elle redoutait vaguement que le fils de Valérie de Morsanges ne connût son origine et ne songeât tôt ou tard à revendiquer ses droits. Ces diverses impressions, en troublant son esprit, l'empêchèrent un instant de parler.

Parvenue à se maîtriser, elle dit d'un air à la fois souriant et dédaigneux :

— Oui, vraiment, je vous reconnais, et je sais gré au hasard qui vous envoie ici, tout en regrettant de vous compter au nombre de ceux qui défendent contre nous la cause inique de la révolution.

— Le moment est trop critique, mademoiselle, pour que j'essaye de vous convaincre que cette cause n'est pas aussi inique que vous le croyez. Une controverse politique serait vaine et déplacée au milieu d'une ville prise d'assaut. Je suis accouru dans le but de m'informer du sort de la famille de Flavigny, et de lui apporter, s'il le fallait, le concours de mon dévoûment.

— Le dévouement d'un républicain?...

— Pourquoi pas, mademoiselle? La différence des opinions efface-t-elle toujours la reconnaissance des bons souvenirs? Croyez-moi, la nature n'a pas fait le désintéressement et les vertus pour un parti, en réservant à l'autre l'orgueil, l'égoïsme et les vices. Le cœur humain est partout le même. Quoique je ne pense pas comme vous, je suis prêt à risquer ma vie pour votre salut toutes les fois que la destinée m'en offrira l'occasion. Ne songez donc plus à mourir, mademoiselle! mais, au contraire, songeons à vous sauver.

Ces nobles paroles semblèrent disposer favorablement Blanche de Flavigny.

— Soit, monsieur, — dit-elle d'un ton sérieux. — Bien qu'il me soit pénible, en principe, de devoir quelque chose à un partisan de ceux qui ont aboli la royauté et tué Louis XVI, j'accepte votre secours. Je n'ai pas oublié, moi non plus, que nous avons eu de l'amitié pour vous.

— Ce que j'étais autrefois, je le suis encore, malgré le changement survenu dans ma position. N'hésitez donc pas à vous confier à moi... Et d'abord qu'est devenue votre famille? Se cache-t-elle ici ou bien êtes-vous seule dans cet hôtel?

— Je suis seule, monsieur!

— Seule!... Alors le comte, la comtesse et leur fils ont pu s'échapper.

— Je le crois. Cependant je n'en ai pas la certitude, et c'est mon plus anxieux tourment.

— Comment se fait-il que vous soyez séparé d'eux? Je vous en conjure, parlez!

— L'irruption soudaine des républicains, — répondit Blanche, — venait de surprendre à l'improviste les défenseurs de Montaigu. Les uns fuyaient, le plus grand nombre combattaient vaillamment. Ma tante et moi, nous étions à cheval. Le comte de Flavigny, mon oncle, prévoyant que la ville allait être envahie, nous enjoignit à toutes deux de sortir de Montaigu par un chemin encore désert, et de nous rendre aux Herbiers, où se trouve le quartier général des Vendéens. Nous partîmes; mais tout à coup mon cheval tomba blessé, expirant. Il m'entraîna dans sa chute, et je ne parvins à me relever qu'après mille efforts. Déjà la comtesse, emportée par l'ardeur de sa monture, avait disparu, et je me sentais poussée, malgré moi, par une foule effarée qui tourbillonnait sur elle-même en criant alerte et sauve qui peut! Bientôt je m'aperçus que j'étais à quelques pas de notre demeure, j'y rentrai. J'étais brisée, chancelante. Je restai accablée sous le poids de la fatigue, de la douleur, du désespoir, et voilà pourquoi je désirais la mort!

— Je me plais à croire, mademoiselle, que vous êtes moins désolée à présent, et que votre âme s'est remise à espérer. Je vous promets de faire tout ce qui dépendra de moi pour que vous rejoigniez votre famille.

— Hélas! existe-t-elle encore? A-t-elle pu se dérober aux poursuites de l'ennemi?

— Je le saurai. Je saurai du moins si le comte, la comtesse et votre cousin Raoul sont sortis de Montaigu. En attendant, ne quittez pas l'hôtel, ne vous montrez pas. Soyez bien prudente. Moi, je cours m'informer. Il me sera facile de pressentir la vérité. Dans tous les cas, il importe que vers la nuit vous soyez sur la route des Herbiers.

Disant cela, le capitaine d'état-major saluait profondément Blanche de Flavigny. Avant de franchir la porte de la rue, il se retourne.

— Je vous prie de n'ouvrir, mademoiselle, que lorsque vous entendrez frapper trois coups, — dit-il. — Au revoir.

Il s'inclina de nouveau et s'éloigna, laissant la jeune fille aussi rassurée qu'elle pouvait l'être au milieu des appréhensions dont elle était agitée et des périls qui la menaçaient.

Bénédict parcourut la ville. Il acquit promptement la certitude qu'aucun des Flavigny ne se trouvait parmi les prisonniers, les blessés ou les morts. Il était donc présumable que ceux dont la pensée l'occupait étaient sains et saufs et en lieu de sûreté. Cette probabilité lui sembla devenir une conviction. Quand il revint près de Kléber, il avait le visage radieux.

— Tiens, tiens, tiens, — lui dit le général de son ton moqueur, — comme vous voilà triomphant! Ah! ça, est-ce que vous auriez fait la conquête de quelque belle Vendéenne? Il y en a de charmantes, parbleu!

— Mon général, — répondit Bénédict, — les motifs qui me rendent si heureux ne sont pas tels que vous les supposez. J'en ai de plus émouvants.

— Lesquels, je vous prie? Est-ce un secret?

— Oui, mon général, mais pas pour vous, si bon, si sympathique à tous les généreux sentiments!

— Voyons, de quoi s'agit-il?

— Je vous ai déjà parlé de la famille de Flavigny, mon général. Elle était à Montaigu, combattant contre nous tandis que nous donnions l'assaut. Je craignais qu'il ne lui fût arrivé malheur; je suis sûr qu'il n'en est rien. C'est là ce qui cause la joie qui se reflète sur mes traits.

— A merveille, mon ami. Je comprends votre satisfaction, et je l'approuve. Je sais si bien que l'intérêt dont vous êtes animé à l'égard de ces aimables *aristocrates* n'enlève pas un atome à votre zèle, à votre conviction, à votre intrépidité de républicain!

— Si jamais vous en doutiez, mon général, confiez-moi un poste où il faille mourir, et vous verrez si le capitaine Bénédict sait être fidèle au devoir et à l'honneur!

— Est-ce qu'il est possible de vous suspecter! Mais laissons cela. N'avez-vous pas autre chose à me dire? Je devine que si. Eh bien! je vous écoute. Que voulez-vous?

— Un sauf-conduit, mon général.

— Un sauf-conduit... pour qui?

— Pour une jeune fille qui, elle, n'a pu fuir, et que je désire renvoyer à ses parents, qui sont aux Herbiers.

— Alors, c'est une Flavigny?

— Oui, mon général.

— Bon! voilà le mot de l'énigme! Vous l'aimez?

— Vraiment non, je vous jure, quoiqu'elle soit d'une rare beauté.

— C'est donc elle qui vous aime?

— Vous me raillez, c'est mal. La personne dont nous parlons n'est ni orgueilleuse ni vaine, je le crois sincèrement. Mais elle partage sans doute les préjugés de sa caste, et par conséquent elle ne saurait aimer un homme de son rang. Je n'ignore pas d'ailleurs qu'elle déteste les républicains.

— Peuh! — répondit Kléber en haussant les épaules, — votre patricienne manque de goût. Où diable trouvera-t-elle, parmi ses amis les gentillâtres, un garçon intelligent et bâti comme vous, mon cher Bénédict?... Mais ça n'est pas mon affaire! — reprit-il, — et puisqu'il vous faut un sauf-conduit, c'est bien, dans un quart d'heure vous l'aurez.

— Je vous rends grâces, mon général.

— J'y songe! est-ce que cette jeune fille partira seule?

— Je la ferai accompagner jusqu'aux avant-postes par un des volontaires qui ont eu l'honneur de vous être présentés, il y a quelques jours, et qui me sont tout dévoués.

— Non pas! non pas! Je vous autorise à la conduire vous-même aussi loin que vous le jugerez à propos. Vous la protégerez mieux que personne, et vous ne la quitterez que lorsqu'elle sera tout à fait hors de danger. Êtes-vous content?

— Ravi, mon général! Où vous rejoindrai-je? J'ai ouï-dire que votre colonne allait se remettre en marche.

— En effet, Canclaux et Aubert-Dubayet vont se porter rapidement sur Clisson. Moi, j'ai ordre de m'emparer de Torfou, tandis que Beysser gardera Montaigu. Je ne tarderai pas à opérer le mouvement dont la direction m'est confiée.

— Si par hasard je ne vous retrouve pas ici, je m'empresserai de vous rejoindre sur le chemin de Torfou.

— C'est convenu.

Le sauf-conduit demandé par Bénédict se fit attendre plus longtemps que ne l'avait promis le général Kléber. Aussi, quand le capitaine d'état-major se rendit à l'hôtel de Flavigny, la ville commençait-elle à s'estomper sous les teintes grises du soir. Le ciel était nébuleux, pas une étoile n'y brillait. Bénédict souleva trois fois le lourd marteau de la porte, qui retentit bruyamment. A ce signal, Blanche parut.

— Etes-vous prête à me suivre, mademoiselle ? — demanda le capitaine.

La jeune fille eut un mouvement d'hésitation.

— Où voulez-vous me conduire ? —dit-elle d'un air un peu contraint.

— Sur le chemin des Herbiers, comme je suppose que c'est votre désir.

— Et vous m'accompagnerez ?

— Oui, jusqu'à ce que vous puissiez vous diriger seule en toute sécurité. J'ai d'ailleurs un sauf-conduit pour vous.

— Pourquoi ne me donnez-vous aucune nouvelle de ma famille ?

— Les renseignements que j'ai pris sont favorables. Ma conviction est que ceux pour qui vous tremblez sont vivants et libres.

— Alors je me confie à votre honneur, monsieur. Partons.

Deux chevaux attendaient, tenus en bride par un soldat. L'un de ces chevaux portait une selle de femme. Bénédict aida Blanche à s'y asseoir, et lui-même se mit à cheval. Puis l'officier républicain et la jeune Vendéenne sortirent de Montaigu, en suivant une direction opposée à celle que commençaient à prendre les colonnes d'Aubert-Dubayet et de Kléber marchant sur Clisson et sur Torfou.

IV

Bénédict avait résolu d'accompagner Blanche aussi loin que la prudence le lui permettrait. Il n'ignorait pas d'ailleurs que plusieurs escadrons de hussards s'étaient mis à la poursuite des Vendéens, et il craignait que, rencontrée seule, mademoiselle de Flavigny ne fût ramenée à Montaigu, en dépit du sauf-conduit qui devait la protéger. Sa crainte n'était point chimérique, car deux ou trois fois, dans l'espace d'une lieue environ, des cavaliers républicains les abordèrent, la menace à la bouche et le sabre nu. Ils se retirèrent d'assez mauvaise grâce, après s'être assurés qu'ils étaient en présence de l'aide de camp du général Kléber.

Cependant, la nuit était devenue si obscure que la jeune fille et son compagnon durent ralentir l'allure de leurs chevaux, qui bientôt n'avancèrent plus qu'au pas. Le sentier qu'ils suivaient était parfois tellement resserré entre des talus palissadés de chênes, ombragés de chênes, que le capitaine se tenait presque toujours en avant. Familier avec les chemins du Bocage, dont les entre-croisements eussent embarrassé tout autre qu'un enfant du pays, il avait pris sans hésitation celui qui menait à la Boissière, village situé entre Montaigu et les Herbiers, et à proximité duquel il comptait se séparer de mademoiselle de Flavigny. L'un et l'autre gardaient un profond silence, chacun se repliant en soi-même, et méditant sur ses propres impressions. Bénédict, l'esprit imbu

des grands principes de la révolution, réfléchissait péniblement à cette dure fatalité qui l'obligeait à considérer comme rebelle une famille dont le souvenir lui était si cher. Blanche, elle, toute pénétrée d'un enthousiasme royaliste, regrettait presque d'avoir accepté les services d'un officier républicain. Du reste, pas un instant elle ne fût inquiète de l'isolement où elle était avec son guide, au milieu de la campagne déserte et des ténèbres qui s'épaississaient. Un instinct délicat et fier l'avertissait qu'elle n'avait rien à redouter de l'ancien pâtre de la Bénardière, et que le capitaine d'état-major saurait l'entourer du plus grand respect. Cet instinct ne la trompait pas. En réalité, Bénédict n'avait d'autre préoccupation que celle de se bien diriger à travers le labyrinthe qu'il avait souvent parcouru jadis, et d'arriver sur le bord de la Maine, à un endroit nommé le Gué-aux-Biches. Là seulement devait se terminer la mission qu'il s'était imposée de conduire et de protéger mademoiselle de Flavigny. Un instant il crut qu'il avait atteint le but; mais ses yeux s'étant peu à peu habitués à entrevoir les objets dans l'ombre opaque de la nuit, il remarqua que rien de ce qui l'environnait ne confirmait sa croyance. Bientôt même il demeura convaincu qu'il avait fait fausse route, ayant dévié par mégarde à travers l'obscurité au point de jonction d'une dizaine de sentiers, véritable écheveau qu'il eût été difficile de débrouiller même le jour. Ne sachant plus où il se trouvait, il s'arrêta.

— Eh bien ! monsieur, qu'y a-t-il ? — demanda Blanche. — Est-ce ici que nous nous disons adieu ?

— Non, mademoiselle.

— Pourquoi cette halte ? Etes-vous fatigué ?

— Pas le moins du monde. Dieu merci ! je ne me lasse pas aisément. Mais je dois vous avouer que j'interroge en vain du regard les noires silhouettes du paysage que nous traversons. Il m'est impossible de deviner où je suis.

— En d'autres termes, nous sommes égarés ?

— C'est évident pour moi. Je n'ose plus avancer. Je crains que nous ne soyons revenu sur nos pas par un de ces détours de chemin si fréquents en ce pays.

— Qu'allons-nous faire, et quel est votre avis ?

— Je pense, mademoiselle, qu'il est prudent d'attendre en ce lieu jusqu'à ce qu'un indice quelconque me permette de prendre un parti. Le ciel, si sombre maintenant, peut s'éclaircir. Un rayon de lune, une étoile suffirait pour me replacer dans la bonne direction.

— Soit. Attendons. Peut-être sera-ce bien long ; peut-être même aucune lueur ne nous viendra-t-elle en aide.

— En tous cas, nous aurons l'aube, les premières clartés du matin.

A ces mots, Blanche tressauta sur son cheval.

— Quoi ! — dit-elle, — nous risquons de passer la nuit dans cette solitude, dans cette obscurité !

— Si vous le voulez, mademoiselle, — répliqua gravement Bénédict, — je vais me remettre en marche à tout hasard. Mais vous nous en prendrez qu'à vous-même si nous remarquons, au point du jour, que nous nous sommes rapprochés, non des Herbiers, mais de Montaigu ou de Clisson.

— Vous m'effrayez, monsieur. Restons donc ici. Je me résigne. Aussi bien, je me sens toute brisée. Un peu de repos me rendra la force que m'ont enlevée la fatigue et le tourment. En vérité, — reprit elle, — je suis capable de m'endormir sur mon cheval. Si cela m'arrive, ne vous en formalisez pas. Je vous assure qu'il n'y aura de ma part aucune intention désobligeante.

Cette saillie, qui rappelait à Bénédict la vivacité spirituelle de mademoiselle de Flavigny, projeta un léger reflet de bonne humeur sur la gravité de la situation.

— Vous me jugez plus susceptible que je ne le suis, — répondit-il. — Ne vous gênez pas; dormez.

— Et si j'allais perdre l'équilibre pendant mon sommeil ?

— Au fait, une selle est un lit incommode, même dangereux. Je vous engage à mettre pied à terre et à vous asseoir sur l'herbe, si elle n'est pas humide. Vous y aurez un meilleur repos.

Quoique ce conseil fût donné tout naturellement, Blanche ne put s'empêcher de ressentir une espèce de surprise et d'embarras. Après un silence, elle répondit d'un ton calme, mais froid :

— L'herbe doit être humide, car les branches de genêt qui, le long du chemin, m'ont effleuré le visage avaient des gouttes de rosée.

— En effet, mademoiselle, la verdure est toute mouillée ; je le sens.

Le capitaine venait de descendre de cheval. Sa main, en s'abaissant vers le sol, avait touché de grandes fougères chargées d'eau, comme si la pluie eût tombé là.

— Que faites-vous donc, monsieur ? — reprit la jeune fille avec une légère ironie. — Seriez-vous disposé à vous étendre sur quelque *frais* tapis de gazon ? C'est malsain, croyez-moi.

— Aussi n'en ai-je nulle envie. Mais je tiens à me rendre compte, sinon par le regard, du moins par le contact de ce qui nous entoure. Je commence l'inspection.

— ... enez garde ! il y a peut-être un fossé, une fondrière près de nous. Soyez prudent.

— Je vous le promets. Je ne hasarderai un pas qu'après avoir sondé le terrain.

Il tira son épée, et Blanche l'entendit marcher lentement, avec précaution. Un quart d'heure s'écoula, puis la voix de Bénédict se fit entendre, appelant mademoiselle de Flavigny. Chose bizarre ! Blanche ne répondit pas. Le capitaine, étonné, renouvela son appel en l'accentuant. Alors seulement il reçut cette réponse, faite avec précipitation :

— Me voici. Que savez-vous ?

— Je sais, mademoiselle, que nous sommes dans un rond-point entouré d'un buisson, et je présume qu'au delà du buisson s'élève un bouquet de bois. Au moment où je vous parle, je me tiens à l'entrée d'un appentis sous lequel j'ai trouvé trois ou quatre bottes de paille, laissées là sans doute par des cavaliers vendéens. Vous devriez en profiter.

— Comment, je vous prie ?

— En venant vous y reposer jusqu'au matin, car il me semble que vous avez grand besoin de quelques instants de sommeil.

— Moi ?... mais non, vraiment. Je me sens moins lasse, et n'ai plus envie de dormir.

En s'exprimant ainsi, Blanche avait de l'hésitation dans la voix.

— Cependant, — répliqua Bénédict, — vous commenciez à vous assoupir quand je vous ai appelée. Ne le niez pas, à quoi bon ? Tenez, il y a dans votre accent une faiblesse qui doit être en vous l'indice d'une excessive prostration. Je vous en conjure, réfugiez-vous sous le toit rustique qui vous offre si à propos son abri.

— Grand merci ! je préfère rester à cheval. — Ces mots furent prononcés presque sèchement. Le capitaine garda le silence. Il ne bougea même pas. Au bout de quelques minutes, Blanche reprit d'un ton plus doux : — Est-ce que vous m'en voulez de mon refus, monsieur ?

— Non, mademoiselle. Je comprends votre défiance dans notre isolement. Toutefois j'espérais mieux.

— Qu'espériez-vous ?

— Que vous me feriez l'honneur en cette circonstance de témoigner au capitaine d'état-major autant d'estime que vous en avez accordé jadis au pâtre du Bocage.

— Eh bien ! qu'à cela ne tienne ! Ce que vous faites aujourd'hui pour ma famille et pour moi mérite bien que je me fie entièrement à votre loyauté. — Disant cela, mademoiselle de Flavigny sautait à terre, et, s'avançant dans l'ombre où elle ne distinguait rien, elle ajoutait en souriant : — Je n'y vois goutte. Votre main, monsieur.

Conduisez-moi sous l'appentis. Franchement, je ne suis pas fâchée d'abandonner pour une heure ou deux le cuir de ma selle et de lier connaissance avec un siége plus flexible et moins dur.

Bénédict était appuyé contre un des étais du hangar. Il se hâta de faire quelques pas en étendant la main.

— Je vous rends grâces de la générosité de votre élan, — dit-il, — car j'en suis vivement touché. — Ses doigts effleurèrent bientôt ceux de Blanche, qu'il retinrent doucement, respectueusement. — Venez, — reprit-il ; — c'est là tout près.. Bien, vous y êtes. La paille est à droite, préparée pour vous recevoir... Pauvre lit, sans doute, et bien peu digne d'une personne habituée aux élégances des demeures somptueuses ! Que voulez-vous ! En ce temps de guerre civile et de trouble universel, on ne choisit pas toujours son gîte et l'on dort où l'on peut... Allons, mademoiselle, bonne nuit.

Il voulut laisser retomber la main de sa compagne, mais il sentit qu'une légère pression empêchait la sienne de se dégager.

— Je consens à reconnaître, — dit Blanche, — qu'on peut être républicain et honnête homme. En vérité, j'en doutais.

— Il y a de braves gens dans tous les partis, mademoiselle, — répliqua Bénédict. — La délicatesse et la probité ne sont le privilége d'aucune opinion.

— N'importe ! je regrette de voir en vous un des soutiens de la tyrannie sanglante de la Convention et du comité du salut public, qui ont fait tomber des têtes royales et proscrit Dieu.

— Je respecte vos préventions, mademoiselle, et n'essayerai pas de les atténuer. Outre que ce serait sans doute inutile, j'estime que l'heure et le lieu seraient mal choisis pour cela. Reposez sans crainte, voilà tout ce que j'attends de votre impartialité.

— Soyez satisfait : j'ai du sommeil plein les yeux, de la confiance plein le cœur... Déjà mon front se penche accablé... Me voici sur la paille... et pas trop mal, en réalité... Réveillez-moi sans faute au point du jour, car... je m'endors... Au revoir, monsieur.

Et le capitaine, qui s'était éloigné, entendit en effet un bruissement annonçant que Blanche s'était posée sur la couche agreste. Quelques minutes après, immobile, retenant son haleine, il l'écouta. Son oreille crut percevoir le murmure égal, harmonieux, d'une respiration douce comme un souffle printanier. Certain que la jeune fille s'était abandonnée au sommeil avec la plus entière sécurité, et que ses premiers songes n'avaient rien qui décelât une inquiétude, un tourment, il éprouva une joie exquise, une de ces joies pures qui émanent de l'âme ayant la conscience de l'élévation de ses sentiments et de l'infaillibilité de sa vertu. Cependant la singularité de sa situation ne tarda pas à préoccuper diversement son esprit. Sa pensée se reporta tout à coup vers le souvenir du crime auquel il devait le jour. Il y avait là comme une similitude frappante, comme un rapprochement forcé. Sa tête s'inclina d'abord tristement, puis elle se redressa avec une fierté légitime.

— Vois, mon père ! — murmura-t-il ; — vois ton fils ! Qui l'empêche d'employer la ruse ou d'abuser de la force ? L'amour du juste et l'enthousiasme du bien ? Je ne me rappelle ton forfait que pour m'attacher plus étroitement encore à la religion de l'honneur !

Il alla s'appuyer contre son cheval, et, enveloppé dans son manteau, il se tint debout, muet, dominé par une de ces rêveries généreuses où l'âme s'élève et plane au milieu des rayonnements de l'idéal.

Une rumeur soudaine le ramena bientôt au sentiment de la réalité. C'était le vent du nord qui commençait à souffler, agitant les feuilles des arbres d'alentour. L'air, tiède jusque-là, se refroidit. Au même instant l'épaisse nuée qui obscurcissait le ciel se déchira sous l'effort de quelque courant électrique passant à travers les couches supérieures de l'atmosphère. Des étoiles se montrèrent dans un losange bleu. Leur douce clarté vint mettre légèrement en relief une partie du rond-point, et principalement l'intérieur de l'apprentis à l'abri duquel reposait mademoiselle de Flavigny. Instinctivement l'attention du capitaine se porta dans la direction la plus éclairée. Il entrevit Blanche, chastement étendue sur la couche de paille, l'un de ses bras s'arrondissant au-dessus de sa tête, l'autre se repliant sur sa poitrine avec une grâce pudique. Ses vêtements, qui étaient noirs, faisaient ressortir le vaporeux éclat de son visage et de ses mains. Cette vision avait quelque chose de féerique. En la contemplant, Bénédict sentit que son cœur battait avec précipitation. Il se reprocha ce trouble, et parvint à se maîtriser.

Comme il reprenait cet empire sur lui-même; il lui sembla que le vent fraîchissait encore. Il craignit que Blanche n'eût froid. Il s'approcha d'elle, s'inclina sans bruit vers ce corps onduleux et charmant, et le couvrit de son manteau. Après quoi, calme et satisfait, il revint sur ses pas, aperçut dans une haie un tronc d'arbre coupé comme pour servir de siége, et alla s'y asseoir, un nuage épais envahit peu à peu l'interstice azuré du ciel, les étoiles disparurent l'une après l'autre, et tout retomba dans une complète obscurité.

Lorsque mademoiselle de Flavigny se réveilla, le jour commençait à poindre. Elle se souleva, et, promenant autour d'elle un regard surpris, elle se demanda d'abord où elle était. L'intelligence de sa situation lui revint bien vite. Alors elle rougit en remarquant qu'elle était couverte d'un manteau d'homme. Une certaine inquiétude se peignit même sur ses traits, mais cette impression se dissipa rapidement, car elle ne pouvait s'y méprendre : il y avait là une manifestation pleine de sollicitude de la part de son compagnon.

— Et lui, — se dit-elle, — qu'est-il devenu? — Elle se leva et sortit du hangar. Elle n'aperçut au premier coup d'œil que les deux chevaux, qui semblaient assoupis. Elle s'avança vers le milieu du rond-point. De cette place, elle vit Bénédict, assis sur la souche d'arbre. Sa tête nue, inclinée un peu en arrière, s'appuyait contre deux jets robustes partis du troncs. Il dormait. Sa mâle et souriante figure ressortait ainsi dans toute son expressive douceur. Jamais peut-être désinvolture virile n'avait accusé, sous l'uniforme, plus de grâce naturelle et de distinction. Mademoiselle de Flavigny se prit à l'admirer, pour ainsi dire malgré elle. Elle subissait à son tour ce charme irrésistible qui émane de toute créature unissant dans un ensemble harmonieux la pe... on des formes et les plus exquises qualités de l'âme. Une attraction subite, dont elle ne songea pas à se rendre compte, l'amena, presque à son insu, à deux pas du beau dormeur. Là seulement elle remarqua qu'il était très-pâle et que l'humide fraîcheur du matin l'avait pénétré. Elle courut sur la pointe des pieds jusque sous l'appentis, s'empara du manteau qu'elle y avait laissé, et revint vivement en couvrir le corps du capitaine. Puis elle se recula avec précaution et se remit à considérer de nouveau le visage de celui à qui elle venait de rendre le service qu'elle en avait reçu. — Ainsi, — pensa-t-elle, — voilà le fils aîné de la comtesse de Flavigny! Quelle ressemblance et comme elle est évidente, surtout pour moi qui suis initiée à l'étrange secret!... Mais lui, lui, ce jeune officier, soupçonne-t-il le mystère de sa naissance? Ne lui a-t-on rien révélé? Je dois croire qu'il ignore son origine; car pourquoi serait-il parti brusquement de la Bénardière, poussé par une idée d'ambition? Sachant alors ce que j'avais appris, n'eût-il pas; de préférence, prolongé son séjour au pays, dans l'espoir de mettre à profit une révélation qui lui créait un droit?... Mais que dis-je? — reprit-elle mentalement, — ce Bénédict, simple paysan, était un homme de cœur tout autant que peut l'être le capitaine d'état-major républicain. Instruit comme moi de ce qui l'intéressait à un si haut degré, n'a-t-il pas mieux aimé disparaître soudain que de devenir

un sujet de honte et de chagrin pour la noble femme dont il n'avait reçu que des marques de bonté?... Mon esprit flotte d'incertitude en incertitude. Que m'importe, après tout! Ce qu'il y a de certain, c'est que ce jeune homme est un bleu, c'est-à-dire un ennemi. J'ai hâte de me séparer d'un semblable compagnon.

A cette pensée, la belle Vendéenne changea de physionomie; son front se plissa, sa lèvre eut un frémissement de dédain. Elle allait même s'éloigner, lorsqu'elle tressaillit et poussa une légère exclamation. Ses yeux avaient rencontré tout à coup ceux du capitaine, qui, réveillé, fixait sur elle un regard heureux, charmé, ébloui, comme s'il se fût trouvé devant une céleste apparition.

— C'est bien aimable à vous, mademoiselle, de m'avoir rendu mon manteau, — dit-il se levant. — Il est probable que j'en avais besoin, car la brise est glaciale en cet instant.

— La réciprocité que je me suis permise est toute simple, monsieur, — répondit Blanche d'un air réservé. — Il me reste à vous remercier d'avoir bien voulu me conduire jusqu'ici, et à vous prier de me mettre dans mon chemin. Je désire vous faire mes adieux.

— M'en voudriez-vous, mademoiselle, d'avoir pris la liberté de protéger votre sommeil? Si je vous ai déplu, je vous assure que c'est bien involontairement.

— Je n'ai rien à vous reprocher, monsieur Ma reconnaissance, au contraire, vous est acquise. Cela ne m'empêche pas de trouver qu'il est temps que nous nous séparions. Votre général regrette sans doute votre absence, et moi je puis retourner seule maintenant vers mes amis.

— Vous êtes donc bien certaine de ne plus courir aucun danger?

— N'ai-je pas un sauf-conduit? Et d'ailleurs, à la grâce de Dieu!

— Je vous obéis, car je ne m'impose jamais, — répliqua gravement le capitaine un peu froissé par le ton presque hautain de mademoiselle de Flavigny. Après un examen attentif, mais rapide, de l'endroit où cette scène avait lieu, il reprit avec un élan de satisfaction : — Eh bien! réjouissez-vous! nous n'avons pas trop dévié de la bonne direction. Si je ne me trompe, et je ne crois pas me tromper, nous sommes à peu de distance de la Maine; le Gué-aux-Biches est à l'extrémité du petit bois qui nous entoure. Arrivée là, vous apercevrez le clocher des Herbiers tout au fond de l'horizon. Les Vendéens sont les maîtres du sol que vous foulez. Plus de crainte pour vous. A cheval, mademoiselle Blanche, et bon voyage!

Il se mit en devoir de lui tenir l'étrier. Une expression sion d'attendrissement se manifesta aussitôt dans les yeux de mademoiselle de Flavigny.

— Excellent cœur! — murmura-t-elle. — Ah! pourquoi n'est-il pas des nôtres! S'il était royaliste, avec quel bonheur je lui accorderais mon amitié! — Elle se disposait à se mettre en selle quand un galop précipité retentit dans le bois et lui fit prêter l'oreille avec anxiété. Il lui suffit d'une minute d'attention pour se convaincre que la rumeur, qui grossissait d'instant en instant, produite par l'arrivée d'un certain nombre de cavaliers. Mais quels étaient ces cavaliers? Des bleus ou des blancs. A peine posée par Bénédict, cette question fut résolue; car, franchissant un détour du chemin où Blanche et son compagnon attendaient indécis, des Vendéens parurent, lancés à fond de train. Blanche sauta sur son cheval, prit son mouchoir, et l'agita dans l'air. En un bond, le capitaine fut droit et ferme sur ses étriers, le pistolet au poing. — Qu'allez-vous faire? — lui cria la jeune fille avec effroi.

— Vendre chèrement ma vie, s'il le faut, — répondit Bénédict calme et résolu.

— Sur la mienne, je réponds de la vôtre! — répliqua Blanche avec une soudaine exaltation.

— J'attendrai qu'on m'attaque, je vous le promets.

— Si l'on vous attaque, ce sera une lâcheté, et l'on me tuera !

Comme elle achevait ces mots d'une voix vibrante, avec un geste héroïque, les cavaliers vendéens, au nombre d'une trentaine, débouchèrent dans le rond-point, après avoir modéré leur élan. Celui qui les commandait, apercevant le capitaine d'état-major, s'arrêta, et, le désignant à ses compagnons, il s'écria avec une expression pleine de colère et d'ironie :

— Un bleu ! Bravo ! Pas de quartier ! Qu'on le sabre ou qu'on le fusille ! comme on voudra.

Les cavaliers avaient fait halte. Ils se remirent en mouvement pour exécuter l'ordre de leur chef. Mais la jeune Vendéenne se précipita au devant d'eux, et les contint d'un regard rayonnant de courage et d'indignation.

— Je me nomme Blanche de Flavigny ! — dit-elle d'un ton imposant. — Ma famille a versé son sang pour la cause de Dieu et du roi sur les terribles champs de bataille de la Vendée ! Je déclare que l'officier républicain, contre lequel on dirige vos coups, m'a montré les plus grands égards. Je lui devrai de revoir bientôt ceux que j'aime, et qui peut-être me croient prisonnière ou morte ! Quiconque oserait ici le frapper serait considéré par moi comme un infâme, et je le ferais pendre comme un assassin !

Il y avait tant de force et d'autorité dans son accent et son attitude, que les assaillants reculèrent respectueux et soumis. Tous connaissaient l'intrépide jeune fille et devaient redouter l'influence du comte Hector de Flavigny.

Le commande de la petite troupe n'était autre que Gaëtan d'Aprem..., qui, poursuivi l'épée dans les reins par les hussards mayençais, leur avait échappé, et se rendait en toute hâte aux Herbiers afin de prévenir le conseil de guerre des événements accomplis, dont le résultat était déjà si funeste aux Vendéens.

Le marquis reconnut Blanche, et la saluant d'un air goguenard :

— Vous, mademoiselle ! — dit-il. — Ah ! pardon ! pardon ! Je suis un maladroit. Mon inadvertance a pourtant une excuse. Je comptais si peu vous trouver en compagnie d'un capitaine d'état-major des armées de monsieur de Robespierre. C'est flatteur assurément pour un officier bleu !... Oui-dà ! citoyen, — reprit-il, — vous avez eu là une véritable bonne fortune, et je vous en fais mon sincère compliment.

Bénédict, à qui s'adressaient ces dernières paroles accentuées d'un sourire railleur, répondit la voix brève et l'œil en feu :

— Je ne vous comprends pas, monsieur. De quoi me complimentez-vous ?

— Du service que vous m'avez rendu, — répliqua Blanche en lançant au marquis un regard méprisant. — Monsieur d'Apremont est un gentilhomme bien élevé, incapable d'une sotte impertinence. Il faudrait être un misérable pour glisser, quand il s'agit de moi, une insulte sous un compliment.

— C'est mon avis, mademoiselle, — répliqua le capitaine... — Est-ce aussi le vôtre, monsieur le marquis ? — ajouta-t-il.

Gaëtan se mordit la lèvre. Il comprima une velléité d'emportement.

— Sans doute ! — dit-il en haussant les épaules. — Mademoiselle de Flavigny est au-dessus de tout soupçon, et l'on ne saurait la suspecter, surtout quand on la rencontre, elle, fille de noble race et royaliste, avec un homme sans distinction et, qui pis est, républicain.

— A la bonne heure ! — repartit Bénédict ironiquement. — J'aime mieux ça. Je livre ma personne à vos sarcasmes, d'autant plus volontiers que je me soucie fort peu de votre opinion à mon égard.

Le marquis alla vers son interlocuteur, et, l'envisageant avec une expression de colère mal contenue, il lui dit à demi-voix :

— Mon opinion à votre égard, la voici : c'est que j'ai tort de vous épargner. Un bleu ne mérite aucune amnistie, et l'on commet une insigne faiblesse quand on ne détruit pas ses ennemis en toute occasion.

— Belle morale ! A mon tour, je vous en fais mon sincère compliment.

— Ah ! ne raillez pas, ou sinon...

— Achevez.

— Je vous livre au sabre de mes cavaliers !

— Mademoiselle de Flavigny a sur eux plus d'empire que vous.

— Eh bien ! moi-même...

— Prenez garde ! J'ai la main sur la crosse de mes pistolets. Ne m'obligez pas à vous casser la tête.

Gaëtan était brave, mais il ne s'exposait pas sans nécessité. Il comprima sa colère, peu décidé qu'il était à faire le coup de feu avec le capitaine dont le calme révélait l'intrépidité. Il eut bien l'envie de donner encore l'ordre à ses hommes de se ruer sur celui qui le bravait. Mais il craignit de voir une seconde fois son autorité méconnue. Les cavaliers que commandait Gaëtan et qu'il avait ralliés au hasard en fuyant étaient des gars du haut Poitou, Vendéens déterminés, mais incapables de tuer un officier bleu ayant agi généreusement et loyalement avec la fille d'un de leurs chefs les plus vénérés. Réflexion faite, le marquis ajourna sa rancune ; il se promit de punir plus tard la tranquille audace du capitaine d'état-major.

— Vive Dieu ! — dit-il avec une fausse bonhomie, — je suis trop prompt à m'irriter. Ma haine pour les bleus me rend parfois injuste. J'ai eu tort d'oublier un instant ce que vous avez fait pour mademoiselle de Flavigny. Je vous offre mes excuses, monsieur.

— Je les accepte. Et maintenant, veuillez me livrer passage, car il importe que je retourne au plus vite sur mes pas. Le général Kléber m'attend à Torfou.

— Quel si grand besoin a-t-il de votre présence ? Etes-vous donc son aide de camp ?

— J'ai cet honneur ! — répondit Bénédict avec un mouvement de fierté.

— Oh ! oh ! — exclama Gaëtan dont la physionomie redevint narquoise. — Aide de camp du général Kléber, cet illustre fils d'un ouvrier terrassier, c'est fort joli ! Il y a vraiment de quoi se montrer orgueilleux ! Raison de plus, monsieur, pour que je vous emmène avec moi aux Herbiers.

— Je ne suis donc pas libre ?

— Ma foi ! non. Je consens bien à ne pas vous faire écharper, mais je juge indispensable que le conseil de guerre de l'armée royale et catholique vous interroge et décide de votre sort.

Blanche, qui venait de saluer gracieusement les cavaliers vendéens charmés de sa courtoisie, se dressa devant le marquis d'Apremont.

— Et moi, — dit-elle résolument, — je veux que celui qui m'a guidée de son plein gré jusqu'ici ne subisse aucune contrainte. Je veux qu'il puisse s'en retourner librement !

— Cela ne sera pas !

— Cela sera !

— Mes amis, — s'écria Gaëtan, — il y a utilité évidente à ce qu'un capitaine d'état-major républicain, aide de camp du général Kléber, soit conduit à notre généralissime d'Elbée. Ce serait une trahison de laisser échapper un homme qui connaît les plans d'attaque de nos ennemis, et dont les révélations peuvent nous être d'un grand secours !

— Misérable ! — articula dédaigneusement Bénédict.

— Mes amis, — dit à son tour mademoiselle de Flavigny, — on vous conseille de récompenser une noble action par une basse ingratitude ! Vous repousserez cette ignominie qui vous couvrirait de honte et déshonorerait le parti vendéen ! Je vous conjure d'ouvrir vos rangs avec respect et de prouver ainsi que nos adversaires ne sont pas plus magnanimes que nous.

Un profond silence avait accueilli le discours de Gaëtan. Un murmure approbateur se fit entendre après l'allocution de Blanche. Les cavaliers, qui fermaient le chemin, se séparèrent avec empressement pour complaire à la belle jeune fille. Ils formèrent une double haie, invitant de la sorte l'officier bleu à s'éloigner sans inquiétude et sous leur protection.

Le marquis était blanc, une sourde fureur remuait les muscles de sa face. Il tourmentait la crosse d'une carabine damasquinée qui pendait à l'arçon de sa selle. Mais il n'osait s'emporter et n'ajouta pas un seul mot.

Bénédict poussa son cheval, et, s'arrêtant devant mademoiselle de Flavigny :

— Nous voilà quittes !— dit-il en souriant.—J'avais eu le bonheur d'écarter de vous un danger. Vous me sauvez d'un péril au moins aussi grand. Si le malheur de cette guerre civile veut que votre vie soit encore exposée, je souhaite que mon étoile me ramène vers vous. Adieu, mademoiselle ! car il ne m'est pas permis de vous dire : au revoir!

— Adieu, et au revoir, monsieur! — répondit Blanche avec une émotion bien naturelle après tout ce qui venait de se passer.

Le capitaine s'avança lentement, la main au chapeau, entre le double peloton de Vendéens; ceux-ci lui présentèrent les armes avec l'aplomb de soldats exercés. Quand il eut dépassé cette haie vivante, il se retourna, salua et piqua des deux. Son cheval se mit au galop; mais une minute ne s'était pas écoulée que de nouveaux cavaliers, plus nombreux que les premiers, se montrèrent au fond du chemin. Ils arrivaient à toute bride. Le marquis d'Apremont les reconnut : c'étaient des paysans du Marais venus avec lui dans le haut Poitou, à la suite de Charette. Il s'élança à leur rencontre, tout furieux et en criant :

— Qu'on l'arrête! Roch Duhoux, feu! feu sur le républicain !

Roch Duhoux était, en effet, à leur tête. Après avoir abandonné de nouveau ses canons aux Mayençais, il avait pris la fuite avec les artilleurs qu'il commandait, et qui étaient bien les plus méchants gars du bas Poitou. La terreur l'étreignait si fort qu'à la vue de l'officier bleu il fut sur le point de tourner bride. Les exclamations de Gaëtan, qui en faisant comprendre qu'il n'avait qu'un seul homme à combattre, calmèrent son effroi et lui donnèrent une certaine présence d'esprit. Il répéta aussitôt l'ordre qu'il avait reçu du marquis, et une détonation formidable ébranla les échos d'alentour.

Le cheval de Bénédict tomba foudroyé. Bénédict eut ses habits troués par les balles, mais pas une seule ne le blessa. Il déchargea ses pistolets et tua deux Vendéens. Alors il tira son épée, et debout, la tête haute, le visage impassible, il parut défier ses ennemis. Surpris de le voir vivant, prêt à se battre jusqu'à la mort, ses agresseurs hésitaient à l'attaquer de nouveau. Excités cependant par Duhoux, ils allaient se ruer sur lui, lorsque le marquis d'Apremont intervint.

— Assez! - dit-il. — Cet homme est mon prisonnier. Je l'emmène avec moi.

Au même instant, Blanche arrivait bravement au secours du capitaine. Elle avait crié aux gars poitevins : En avant! et tous l'avaient suivie. Sans se laisser intimider par le nombre, ils se placèrent devant l'officier bleu, et lui firent un rempart de leurs corps. La carabine au poing, ils n'attendaient évidemment que le signal de Blanche pour charger les gars du Marais. La situation était menaçante. Le marquis ne crut pas devoir assumer sur lui la responsabilité d'un combat entre Vendéens. S'adressant à mademoiselle de Flavigny, qui le couvrait des éclairs de son indignation :

— Rassurez-vous,—dit-il.—Celui que vous protégez est sain et sauf. Il ne lui sera fait aucun mal. Mais, je vous

le répète, je juge indispensable, à cause de son grade et de ses fonctions auprès du général Kléber, qu'il soit mis en présence du conseil de guerre. Comme je désire être conciliant, je cousens à ce qu'il fasse la route entouré de vos partisans. Nous nous contenterons de fermer le chemin derrière vous, afin d'empêcher une évasion. Cela vous convient-il ?

— Soit ! — répondit Blanche inquiète de la gravité des choses et comprenant qu'elle n'aurait point d'influence sur l'esprit des nouveaux venus. — Moi aussi, je veux éviter une lutte sanglante entre gens qui, d'ordinaire, défendent la même cause. J'accepte votre transaction. Mais je vous préviens que je me présenterai moi-même devant le conseil, et que je dévoilerai tout ce que votre conduite, en cette circonstance, a eu de déloyal et d'odieux.

— Peuh! — répliqua le marquis en ricanant.—J'ai la conscience que je remplis mon devoir de royaliste. Que vous dirai-je? j'entends la guerre civile autrement que vous, mademoiselle, et je m'en flatte. La générosité est presque toujours une duperie. Il n'y a de vrai pour un homme sérieux que l'adresse qui s'empare des occasions, et la force qui brise les obstacles sans scrupule et sans pitié !

Blanche ne daigna pas répondre à cette terrible pétition de principes, qui comptait d'ailleurs, à cette époque de rénovation violente et de progrès implacable, des zélateurs convaincus dans tous les partis. Elle alla vers Bénédict, qui, toujours tranquille et s'appuyant sur son épée, attendait :

— Capitaine, — dit-elle, — vous ne refuserez pas de vous confier à moi ainsi qu'aux honnêtes et vaillants cœurs qui se sont ralliés à ma voix. Là-bas, aux Herbiers, je vous ferai rendre prompte et bonne justice. Les d'Elbée, les Lescure, les Bonchamps, les La Rochejacquelein, les Flavigny, tout le conseil de guerre, en un mot, appréciera votre généreuse conduite comme elle mérite de l'être, et la liberté vous sera rendue sur-le-champ! Car, s'il n'en était pas ainsi, j'irais, moi, Vendéenne, me livrer aux terroristes et mourir sur l'échafaud !

— S'il ne s'agissait que de ma vie, — répondit le capitaine,—je n'hésiterais pas à la sacrifier en ce moment. Mais comme je vous vois décidée, mademoiselle, à prendre votre part d'un combat en y engageant les cavaliers qui vous obéissent, je renonce à la résistance, puisque cette résistance aurait un danger pour vous. Faites-moi donner un cheval, et je me laisserai conduire au quartier général des Vendéens.

Sur un ordre de mademoiselle de Flavigny, un cheval fut amené à Bénédict, qui se mit en selle. Blanche se plaça près de lui, fit signe à ses défenseurs de les entourer, et l'on partit au galop.

Le marquis d'Apremont et Roch Duhoux se tinrent à vingt pas seulement de l'escorte. Tandis qu'on franchissait l'espace, Gaëtan remarqua que son compagnon était sombre et réfléchi.

— A quoi penses-tu, drôle? — lui demanda-t-il.

— Je pense à ce capitaine d'état-major.

— Eh bien ?

— Sa figure ne m'est pas inconnue. Je l'ai déjà vu... je ne sais où.

— Tiens! c'est exactement ce que je me disais tout à l'heure. Ce qu'il y a de singulier, c'est qu'il existe en moi une singulière animosité contre lui.

— Naturellement, puisqu'il est républicain.

— Non. La haine instinctive qu'il m'inspire doit avoir une autre cause dont je ne me rends pas compte en ce moment.

— Parbleu ! rien de plus simple à expliquer.

— Voyons.

— Vous tenez à connaître mon avis ?

— J'y tiens.

— Le voici en deux mots : Autrefois, vous étiez amoureux de la belle personne qui est devant nous.

— Oui. Après?

— Elle est plus belle que jamais, ce me semble, et vos yeux s'en sont aperçus depuis notre retour en ce pays.

— C'est vrai.

— Eh bien! vous êtes redevenu amoureux, et, qui pis est... jaloux.

— Tu crois?

— J'en suis sûr. Or, mademoiselle de Flavigny comble d'égards le brillant officier bleu, tandis qu'elle se montre quelque peu dédaigneuse en ce qui vous concerne. Il y a bien là de quoi vous faire haïr notre prisonnier.

— Tu as deviné, faquin! — repartit Gaëtan. — En vérité, mon ancienne ardeur se ranime à l'aspect de l'épanouissement admirable de cette superbe Blanche. Ah! s'il plaît au diable!...

— Pourquoi pas? — demanda Duhoux d'un air goguenard.

— En attendant, je me vengerai de ce capitaine qui a su lui inspirer un vif intérêt.

— Si vous aviez voulu, on le tuait.

— Il fallait renouveler mon ordre. Elle me regardait, et je n'ai pas osé. Mais patience!...

— Compris!

— Scélérat, va!

— Fi! vous me calomniez; car je suis un honnête homme, moi, voyez-vous!

— Je commence à le croire, vrai! Tu me l'as répété si souvent, maraud!

Ils se turent. Tout en galopant, le marquis essaya d'entrevoir Blanche au milieu des cavaliers qui l'escortaient. Quant à Roch Duhoux, il retomba dans ses réflexions, cherchant à se rappeler en quelles circonstances il avait déjà rencontré le capitaine d'état-major.

Mademoiselle de Flavigny et Bénédict observaient un profond silence. L'une laissait errer son regard sur la campagne que l'on traversait, mais sa pensée était repliée tout entière sur son compagnon. Elle était heureuse de lui avoir sauvé la vie, et elle souffrait en même temps de l'humiliation que le marquis lui infligeait. Parfois son âme se révoltait, la colère empourprait son front. Alors elle était tentée de faire volte-face et d'engager un combat avec Gaëtan. Mais une certaine timidité féminine, jointe à l'espoir d'obtenir prochainement la liberté du capitaine, la dissuadait presque aussitôt de hasarder ce coup d'audace, et elle refoulait son impatience martiale.

Bénédict, cependant, était agité par des sentiments complexes et divers. Il se reprochait comme une insigne faiblesse de s'être constitué prisonnier. Il se disait qu'il aurait dû se défendre jusqu'à la mort. Toutefois il frémissait en songeant que mademoiselle de Flavigny eût peut-être péri victime de l'acharnement qu'il eût mis à se battre, et du courage dont elle eût fait preuve en voulant le protéger. Il se figurait ensuite le désespoir qu'eût ressenti la famille de Flavigny à la nouvelle de ce trépas, et il se réjouissait malgré lui-même d'avoir vaincu en lui l'inflexibilité du soldat. Par une transition toute naturelle, il en vint à réfléchir qu'il allait revoir sans doute la comtesse de Flavigny, dont son âme avait en tous lieux conservé le charmant souvenir. Cette perspective adoucit l'amertume de sa situation et sourit ineffablement à son cœur.

V

Le bourg des Herbiers est situé au plus épais du Bocage. C'est là que s'était concentrée la grande armée royale et catholique. Le conseil de guerre venait de s'y réunir pour régler et distribuer les commandements su-

périeurs, afin de faire tête sur tous les points à l'orage plus formidable que jamais qui commençait à fondre sur les Vendéens.

Dans une dernière conférence, le conseil avait décidé qu'on diviserait en quatre parties le territoire insurgé, et que chacune des circonscriptions serait défendue par un général. Séance tenante, les quatre généraux avaient été nommés : c'étaient Charette, Bonchamps, le comte de Lescure et le marquis de la Rochejaquelein. D'Elbée conservait son titre de généralissime, et Stofflet, l'ancien garde-chasse du château de Maulévrier, qui dès le début avait pris part à l'insurrection et s'y était distingué, venait d'être appelé aux fonctions de major général. D'autres nominations importantes avaient eu lieu. Quant à monsieur de Flavigny, il s'était contenté de la mission de conduire au combat la colonne poitevine qui l'avait choisi pour son commandant.

La délibération était close, et le conseil allait se séparer, lorsqu'un officier vendéen parut, et, s'adressant au généralissime qui présidait, il annonça qu'un vieillard, nommé Matthieu, se disant médecin, venait d'être arrêté près du camp.

— Interrogé par moi, — ajouta l'officier, — il a répondu qu'il arrivait de Saint-Fulgent, où il avait soigné des blessés royalistes, et se rendait vers Montaigu dans l'espérance de rencontrer un ami qui fait partie de l'armée de Mayence. Soupçonnant cet homme d'être un espion républicain, j'étais près de le faire fusiller. Un incident m'a retenu. Plusieurs de nos soldats se sont rappelés l'avoir vu sur les champs de bataille, empressé à secourir les malheureux qui l'imploraient, qu'ils fussent blancs ou bleus. Cela m'a décidé à venir prendre l'ordre du conseil.

Le généralissime consulta du regard les généraux qui l'entouraient, et remarquant que tous semblaient désireux de voir le prisonnier :

— Où est ce Matthieu? — demanda-t-il à l'officier.

— À quelques pas d'ici.

— Faites-le entrer.

L'officier sortit. Il revint presque aussitôt, précédant un petit vieillard derrière lequel se tenaient deux Vendéens le sabre nu.

. . . .

Les chefs royalistes avaient tenu conseil dans le presbytère des Herbiers. La pièce où ils étaient réunis était vaste et sévèrement meublée. Une table en chêne noirci, un grand bahut sans ornement, un fauteuil cloistral, des escabeaux taillés sans art, composaient tout le mobilier. Un haut crucifix se dressait contre la muraille badigeonnée en gris, projetant sur le grave assemblée un reflet sombre et solennel. Là étaient assis le généralissime d'Elbée, Bonchamps, Lescure, La Rochejaquelein, Charette, arrivé quelques heures auparavant, Stofflet, le comte de Flavigny, le prince de Talmont, qui commandait la cavalerie, et le baron de Marigny, sous les ordres duquel l'artillerie avait été placée. Tous étaient vaillants; presque tous étaient jeunes et beaux; les uns et les autres espéraient faire reculer la révolution, et comptaient sur l'avenir.

Obéissant à un signe du président, le prisonnier s'approcha de la table où siégeaient ceux qui allaient le juger. Il était vêtu d'une lévite et d'une culotte en gros drap bleu du pays. Il portait un chapeau de feutre rond à larges bords, sans cocarde, et de gros souliers à boucles d'acier. Une ceinture de cuir, à laquelle était attachée une cartouchière, complétait son costume. La cartouchière était entr'ouverte, et laissait voir une trousse de chirurgien.

Après avoir salué le conseil, le vieillard promena un regard calme et doux sur les chefs vendéens; puis il parut attendre qu'on l'interrogeât.

— Vous vous nommez Matthieu, n'est-ce pas? — lui demanda le président, — et vous êtes médecin? C'est du moins ce que vous avez déjà déclaré.

Le prisonnier secoua la tête d'un air affirmatif. Il ajouta en souriant :

— Par exemple, ne me demandez pas mes diplômes, il me serait impossible de vous en montrer. J'ai étudié, et j'exerce à l'occasion, voilà tout.

— On dit que vous soignez indistinctement les royalistes et les républicains.

— Au-dessus des partis, monsieur le président, il y a l'humanité. Tous ceux qui souffrent sur mon chemin ont droit à mes secours.

— C'est fort bien ! Cependant, prenez-y garde ! votre façon d'agir peut vous rendre suspect à tout le monde. Cela est dangereux pour vous, par le temps où nous vivons.

— Je le sais. Mais que m'importe ! Je suis vieux, et ne m'inquiète guère du nombre de jours qu'il me reste à vivre. Je cherche à faire un peu de bien avant de mourir.

— Vous venez de Saint-Fulgent, dit-on ?

— Oui, c'est là que sont vos ambulances. Ayant appris que le service médical y était insuffisant, j'ai offert mes bons offices, qui ont été acceptés.

— Pourquoi en êtes-vous parti ?

— Pour me rendre au-devant des Mayençais, parmi lesquels je compte un ami, presque un fils.

— Vous êtes sans doute républicain ?

— Oui.

— C'est là parler franchement.

— Je ne mens jamais.

A cette réponse pleine de dignité, le président du conseil consulta d'un coup d'œil ceux qui siégeaient autour de lui. Un murmure favorable répondit à cette muette interrogation. Le comte de Flavigny prit la parole.

— Je me rappelle avoir déjà vu monsieur Matthieu il y a quelques années. Il habitait alors dans la Gorge-aux-Loups, non loin de Montaigu. On l'appelait le solitaire et aussi le sorcier. J'ai conservé de lui un très-bon souvenir.

— Je remercie monsieur le comte. Je n'ai pas oublié, moi non plus, la visite que m'a faite la famille de Flavigny dans mon ermitage, hélas ! détruit. Ni l'un ni l'autre nous ne songions, à cette époque, que la guerre civile nous remettrait un jour en présence.

— En votre qualité de sorcier, — dit le président, — vous auriez dû le prévoir.

— Ce qu'il y a de vrai, c'est que j'avais pressenti l'imminence d'une révolution.

— Et maintenant pressentez-vous le rétablissement de la monarchie ? — demanda brusquement Stofflet, l'ancien garde-chasse devenu major général.

— Non, monsieur, — répondit le vieillard.

— Eh bien ! vous verrez cela ! et c'est nous, les Vendéens, qui conduirons le roi à Paris.

— J'en doute, — répliqua monsieur Matthieu en hochant la tête avec mélancolie.

— Pourquoi ? — demanda Bonchamps.

— Parce que la révolution, malgré ses excès, malgré ses crimes même, c'est la France, et vous ne représentez qu'une imperceptible fraction du pays. Vous serez vaincus par l'audace et par le nombre, sinon par l'intrépidité. Voilà ce que je devine et ce que je pressens.

— Sorcier, — reprit Stofflet avec une véhémence qui le caractérisait, — la divination est absurde, et les pressentiments n'ont pas le sens commun. Nous serons à Paris avant trois mois, et nous aurons fait pendre tous les révolutionnaires avant un an.

— Avant trois mois, — répondit le vieillard avec une douceur sereine, — qui sait combien d'entre vous, si pleins de vie, de courage et d'espérance, seront encore vivants ? Avant un an, hélas ! je le crois fermement, vous serez presque tous...

Monsieur Matthieu s'interrompit.

— Eh bien ? — demanda le président.

— N'exigez pas que j'achève.

— Achevez, nous le désirons. Tirez-nous notre horoscope. Nous n'avons peur d'aucune prédiction.

— Eh bien ! avant un an, messieurs les généraux vendéens, presque tous vous aurez succombé... et cette guerre civile ne se terminera pas sans que vous ayez tous péri.

— En d'autres termes, — reprit Bonchamps à la fois pensif et souriant, — la république domptera la Vendée, et, victimes de la guerre civile, nous tous, les chefs royalistes ici présents, nous serons morts ?

— Oui, morts !! — répéta le vieillard d'une voix que l'émotion pénétrait.

Ces deux mots produisirent sur l'assemblée un effet profond. Il y eut comme un secret tressaillement dans l'âme de ceux auxquels ils s'adressaient. La sinistre vision de l'avenir agit avec d'autant plus de force sur les cœurs royalistes, si énergiques qu'ils fussent, qu'évidemment elle n'était déterminée ni par la colère ni par un aveugle esprit de parti. Dans l'expression de sa voix convaincue, monsieur Matthieu avait mis ce sentiment de sympathie et même d'admiration qu'inspire à l'honnête homme, à l'homme d'honneur, le spectacle de toutes les bravoures, de tous les dévouements.

— Comment osez-vous déclarer cela ? — reprit le généralissime en rompant le silence qui durait depuis un instant. — Sur quoi vous fondez-vous pour hasarder une si étrange affirmation ?

— Sur ceci, monsieur le président : le gouvernement républicain est aussi résolu qu'il est implacable. Il lutte, sans fléchir, contre presque toute l'Europe coalisée. Des millions d'hommes, dans une explosion révolutionnaire, se lèvent à son appel. Plus vous résisterez, plus il multipliera contre vous son activité dévorante, ses généraux et ses soldats. Vos forces et vos ressources, si considérables qu'elles soient eu égard à l'étendue du pays insurgé, sont restreintes en réalité. Les siennes, au contraire sont immenses, puisqu'il commande à la nation, dont la majorité obéit par patriotisme ou par terreur. Toujours combattants, toujours exposés, n'ayant plus l'abri de vos haies et de vos taillis qu'on va détruire, la victoire même vous épuisera. Rien ne pourra sans doute vous soumettre, pas même la certitude d'une amnistie, et votre héroïsme causera votre perte. Voilà pourquoi j'ai hasardé ma sombre prédiction.

D'Elbée, Bonchamps, Lescure, La Rochejaquelein, Charette, le comte de Flavigny, le prince de Talmont s'entre-regardèrent avec une expression de moqueuse incrédulité, à laquelle se mêlait toutefois un reflet de mélancolie et de résignation. Seuls, deux généraux royalistes avaient, en écoutant le vieillard, un rayonnement de colère dans les yeux : c'étaient le baron de Marigny et Stofflet, aussi durs, aussi violents l'un que l'autre, et l'un et l'autre aussi implacables que les plus terribles conventionnels.

— L'horoscope n'est pas gai, savez-vous, brave homme ? — dit le président. — Bah ! qu'importe ! Votre science cabalistique nous inquiète médiocrement, monsieur le nécromancien. La Providence seule connaît l'avenir, et nous n'admettons pas qu'elle vous en ait confié le secret. Si jamais, de nos jours, elle communique sa pensée à un mortel, nous doutons fort que ce soit à un républicain ; elle choisit mieux ses confidents.

Cette saillie mit un peu de lumière et de gaieté sur le visage des chefs royalistes. Le baron de Marigny et Stofflet ne purent toutefois se dérider.

— Sorcier, — s'écria Stofflet avec âpreté, — puisque tu possèdes un si merveilleux don de prescience, tu n'ignores pas sans doute qu'aujourd'hui même tu seras fusillé ?

— Je sais exactement le contraire, — répondit monsieur Matthieu sans s'émouvoir.

— Eh bien ! tu es exactement dans l'erreur ! — répliqua avec irritation le baron de Marigny, — car je vais demander au conseil qu'il te condamne à être passé par les armes pour ton impertinent aplomb.

— Et le conseil repoussera votre demande, n'en doutez pas.

— Pourquoi la repousserait-il ?—interpella Bonchamps, dont la physionomie pleine de noblesse et d'esprit, avait une expression de bienveillance et de curiosité.

— Parce que j'ai pour juges des hommes de cœur, incapables de prononcer contre moi une sentence de mort fondée sur ce que j'ai répondu avec franchise quand on m'interrogeait; parce que je n'ai jamais fait de mal aux Vendéens, quoi qu'ils m'eussent persécuté plus d'une fois; parce qu'au risque de me voir en butte à l'animosité des bleus j'ai étendu ma charité de médecin jusque sur les blessés de votre parti. Donc, j'ai le droit d'espérer en la justice du conseil.

— Et vous avez raison! — répondit d'Elbée avec élan. — L'ordre de vous fusiller serait ici un acte d'ingratitude, une véritable iniquité !... Est-ce votre avis, messieurs! — reprit-il en se tournant vers ceux qu'il présidait.

— Oui, — dit Bonchamps.

— Oui, — répétèrent Charette, le comte de Lescure, le marquis de La Rochejaquelein, le prince de Talmont et monsieur de Flavigny.

Ni le baron de Marigny ni Stofflet n'osèrent protester, ils demeurèrent silencieux, la lèvre frémissante et le sourcil froncé.

— Allez! nous ne vous retenons plus, — dit ensuite le généralissime au vieillard. — Des ordres seront donnés pour que vous soyez reconduit dans la direction de Montaigu.

Monsieur Matthieu s'inclina. Il allait se retirer quand il se trouva face à face avec le marquis d'Apremont qui entrait. Tous les deux se reconnurent et s'arrêtèrent surpris et même troublés.

— Ah! il c'est toi, bonhomme! — dit Gaëtan en prenant un air narquois. — Tu n'es donc pas encore décédé ? Peste! quel Mathusalem!

— Et vous, — répliqua le vieillard en soupirant, — vous n'avez donc pas encore expié vos forfaits ? Mais patience! La justice de Dieu est lente parfois : elle n'en est que plus terrible alors!

— Peuh! tu radotes, mon ami! — Et le marquis, pirouettant sur ses talons avec une légèreté parfaite, se tourna vers l'assemblée des généraux vendéens : — Mauvaises nouvelles, messieurs!—reprit-il en saluant...—Ah! ah! je m'aperçois que monsieur de Charette est ici. Vous êtes donc prévenus de ce qui se passe. Je n'ai plus rien à vous apprendre, sinon que j'ai fait prisonnier un capitaine d'état-major républicain, aide de camp du général Kléber. J'ai cru qu'il était indispensable qu'il fût interrogé par vous, et je l'ai amené.

— Eh bien! qu'on l'introduise à l'instant même, — ordonna d'Elbée. — Nous n'avons plus une minute à perdre.

— Le voici.

Gaëtan avait, en effet, intimé l'ordre à Roch Duhoux de le suivre avec la nouvelle dans la salle du conseil, ce que Duhoux avait exécuté ponctuellement, sans attendre l'injonction du généralissime président. Le cérémonial, d'ailleurs, n'existait guère dans ce camp royaliste, où la discipline militaire et la subordination hiérarchique n'avaient pu soumettre ni les soldats ni les généraux, trop habitués à l'initiative individuelle et à l'indépendance des partisans.

Dès que le capitaine d'état-major, précédé par Roch Duhoux et entouré de gars bien armés, eût franchi le seuil de la salle, un tumulte bizarre se produisit. Bénédict, ayant brusquement repoussé ceux qui le gardaient à vue, s'était précipité au-devant de monsieur Matthieu, qui, au moment de sortir, venait de rencontrer la nouvelle escorte et avait fait quelques pas en arrière pour qu'elle pût entrer. Deux ou trois Vendéens avaient été à demi-

renversés par le mouvement imprévu du capitaine. Vingt sabres s'étaient levés sur lui ; mais, prompt comme l'éclair, le président avait retenu les bras en s'écriant :

— Malheur à qui frappera!

Et les armes, un instant suspendues par l'hésitation, la crainte et le respect, étaient enfin retombées sans avoir même effleuré la tête de Bénédict.

Le trouble d'ailleurs s'étant bien vite apaisé, on n'avait eu aucune peine à se convaincre que l'élan du capitaine, tout spontané, sans intention agressive, n'avait ou rien de menaçant. Il était évident pour tous que l'officier bleu n'avait voulu que se jeter dans les bras d'un ami.

Bénédict et monsieur Matthieu s'étreignaient en silence. Nul n'osait interrompre cette profonde effusion, ni Stofflet, ni le baron de Marigny, ni Gaëtan d'Apremont. Maître enfin de lui-même, ce fut le capitaine qui parla le premier.

— Comment êtes-vous ici ? — demanda-t-il à l'ancien solitaire de la Gorge-aux-Loups.

— J'allais à la rencontre des Mayençais, c'est-à-dire à votre rencontre, mon cher enfant, — répondit le vieillard. — Chemin faisant, on m'a arrêté, et j'ai comparu devant les généraux royalistes, qui viennent de me rendre la liberté.

— C'est bien, et c'est juste! car je sais déjà que sur plus d'un champ de bataille vous avez prodigué vos soins aux blancs comme aux bleus. C'est vous dire que j'ai revu le père Cazeaux, Justine et Justin... Mais, — reprit-il, — n'abusons pas de la patience du conseil. Séparons-nous, mon cher maître, du moins pour quelques instants. J'espère en effet vous rejoindre. Il est impossible qu'on me retienne prisonnier. Je crois à l'équité même de mes ennemis, et ma position est telle qu'on ne peut me contraindre à rester ici sans forfaire à l'honneur.

— Au revoir donc, mon cher Bénédict, — répondit le vieillard. — Je me retire, mais je vais vous attendre, heureux de l'espoir que nous quitterons ensemble les Herbiers.

Et monsieur Matthieu, après avoir salué de nouveau les chefs royalistes, sortit de la salle du conseil.

Le capitaine d'état-major, se redressant avec une fierté tranquille, s'avança d'un pas ferme, le regard assuré, vers la table où siégeaient les généraux. A peine eût-il lancé un coup d'œil sur eux, qu'il aperçut le comte de Flavigny. A la pâleur du comte, à l'anxiété peinte dans sa physionomie, Bénédict comprit que le noble gentilhomme avait un chagrin au cœur, et qu'il pensait à Blanche, que sans doute il croyait morte ou tombée au pouvoir des terroristes. Un sourire épanouit la lèvre du jeune officier bleu à l'idée qu'il allait remettre la joie dans l'âme navrée du général vendéen.

— Messieurs, — dit-il avec une courtoisie pleine de distinction, — je vous prie de m'excuser. Une rencontre tout à fait inattendue, une surprise vraiment émouvante pour moi ont pu seules m'enlever le calme qui m'est habituel et me faire commettre un acte de vivacité qui a causé ici un instant de perturbation. La reconnaissance et l'amitié sont des sentiments qu'applaudissent les hommes de toutes les opinions, et vous approuverez, je n'en doute pas, l'entraînement subit auquel j'ai cédé, quand je vous aurai dit que je dois le peu que je sais et le peu je suis au bon et savant vieillard dans les bras duquel je me suis précipité.

— Nous comprenons toutes les impulsions généreuses, monsieur, — répondit le président, — et nous vous excusons. — Le capitaine s'inclina en signe de déférence et de remerciment. — Comment vous nommez-vous ? — reprit d'Elbée.

— Je me nomme Bénédict.

— Est-ce le seul nom que vous portiez?

— Le seul, monsieur.

Et le jeune officier bleu prononça ces mots avec cette

dignité douce et ferme qui semble dire : N'insistez pas. Le généralissime indiqua par un léger mouvement de tête son intention d'être réservé sur ce point, puis il ajouta :

— Vous êtes capitaine d'état-major, aide de camp du général Kléber, par conséquent un défenseur de la république et un ennemi de la royauté ?

— Je le nierais en vain, monsieur.

— C'est fort bien. Mais vous êtes aussi notre prisonnier, et nous avons sur vous droit de vie et de mort. Songez-y.

— Pourquoi y songerais-je ? Un soldat est toujours prêt à mourir.

Cette réplique, faite d'un ton grave et simple, parut embarrasser le président.

— Voyons, — reprit-il après une minute d'hésitation, — parlons nettement. En votre qualité d'aide de camp d'un des généraux les plus renommés parmi nos adversaires, vous avez dû recevoir la confidence du plan de campagne qu'on va mettre à exécution contre nous ?

— Eh bien ! que signifie cela ?

— Cela signifie, monsieur, qu'une alternative vous est offerte par le conseil : Ou vous serez fusillé, ou vous nous révélerez quel est ce plan.

En achevant cette phrase cruellement injurieuse, d'Elbée sentit la rougeur lui monter au front. Il voulut fixer son regard sur celui de Bénédict, mais les yeux du capitaine devinrent si fulgurants, qu'il ne put en soutenir l'éclat. A vrai dire, le généralissime d'Elbée, bon et loyal gentilhomme, n'avait pas obéi à sa propre inspiration ; il n'avait fait que subir l'influence du marquis d'Apremont, lequel, s'étant glissé derrière son fauteuil, lui avait dicté jusqu'aux termes dont il s'était servi.

La première sensation une fois dissipée, Bénédict se contenta de hausser les épaules dédaigneusement. Il répondit avec une ironique tranquillité :

— En conscience, monsieur le président, vous n'êtes guère physionomiste ; autrement il vous eût suffi de m'envisager quelques secondes pour comprendre que je suis un homme assez énergiquement trempé, et qu'il est inutile, dérisoire même, de me donner le choix entre la mort ou le déshonneur !

— Pas de phrases ! — s'écria Stofflet impérieusement. — Il faut choisir. Choisissez.

— A quoi bon m'interpeller si haut, monsieur ? — repartit Bénédict avec un sourire railleur. — Le bruit ne m'effraye guère, je vous jure, depuis que j'ai entendu dans Mayence le formidable retentissement d'une artillerie plus assourdissante que le tonnerre... et même que votre voix.

— Alors, vous voulez être fusillé ! — demanda brusquement le baron de Marigny.

— Je le voudrais, que vous refuseriez d'y consentir, vous, monsieur, quoique l'indulgence ne semble pas vous caractériser, en politique du moins.

— Une telle audace mérite d'être exemplairement châtiée, —murmura Gaëtan.—Il faut condamner cet homme à mort.

— Vous savez bien que c'est impossible, — répliqua le capitaine avec une expression de souverain mépris.

— Impossible... pourquoi ? — demanda le comte de Flavigny d'un ton bienveillant, car il s'intéressait au jeune officier bleu.

— Parce que...

Mais Bénédict n'eut pas le temps d'achever. Une voix l'interrompit.

— Parce que si je suis aux Herbiers, mon oncle, et si je revois aujourd'hui ma chère famille, c'est à ce brave et généreux officier républicain que je le dois !

Blanche, qui avait pénétré dans la salle du conseil, s'élança vers monsieur de Flavigny.

— Ah ! mon enfant ! ma pauvre enfant ! — balbutia le comte en la pressant sur sa poitrine et en étouffant un sanglot. — J'avais l'âme dévorée d'inquiétude. Mais te voilà ! Dieu soit béni !

— N'oubliez pas dans votre gratitude, mon oncle, celui qui a été l'auxiliaire dévoué de la Providence : monsieur Bénédict, l'ancien pâtre de la Bénardière, maintenant capitaine d'état-major.

— Quoi ! lui, Bénédict ! ce paysan que je haïssais tant autrefois ! — pensa Gaëtan stupéfait.

— Ouais ! — grommela entre ses dents Roch Duhoux ébahi ; — voilà celui qui a troué ma chair avec un couteau. Ah ! si j'avais su !...

Le comte avait quitté sa place. Il s'était dirigé vers l'aide de camp de Kléber. Après quelques secondes d'une attention fixée sur le visage de l'officier bleu :

— Oui, oui, je me souviens maintenant ! -- dit-il avec vivacité. — Tous vos traits me rappellent l'intrépide et digne garçon qui a vaincu le taureau furieux aux fêtes d'Apremont, et dont l'intelligence annonçait des aptitudes surprenantes. Je ne m'étonne pas, monsieur, que vous ayez fait un rapide chemin dans l'armée, tout en regrettant, hélas ! que vous l'ayez fait à la faveur d'une révolution dont je réprouve les sanglants excès. — Cette dernière réflexion, échappée en quelque sorte contre sa volonté à l'instinct royaliste du comte, surprit Bénédict. Il se disposait à répondre avec autant de déférence que de résolution, lorsque monsieur de Flavigny s'empressa d'ajouter : — Pardonnez-moi, monsieur, j'ai eu tort de mêler la politique à une question de reconnaissance. Quelles que soient vos opinions, je suis heureux de proclamer que vous avez bien mérité de ma famille et de moi. En attendant que le conseil décide qu'il en sera de vous comme de monsieur Matthieu, et dont vous aussi vous serez libre de retourner vers les Mayençais, laissez-moi vous remercier du plus profond de mon cœur.

— Je suis récompensé au delà de ce que je mérite ! — répondit vivement le capitaine d'état-major.

Le comte regagna le siége qu'il occupait. Aussitôt le généralissime se leva, et se tournant du côté du marquis d'Apremont :

— Vous ignoriez donc la loyale conduite de votre prisonnier ? — lui demanda-t-il froidement.

— Moi... non ! — répondit Gaëtan troublé malgré lui.

— Pourquoi n'avez-vous pas imité son exemple, et fait preuve de la même générosité ?

— Parce que, sous aucun prétexte, je ne me reconnais le droit de prendre seul une décision à l'égard de l'aide de camp d'un général ennemi.

— Vous êtes vraiment trop scrupuleux, monsieur le marquis, — répliqua sèchement le comte de Lescure. — L'occasion de nous montrer justes et même cléments envers un officier bleu qui a bien agi est trop rare pour que nous ne la saisissions pas dès qu'elle se présente à nous.

— Votre doctrine n'est pas la mienne, monsieur le comte. Je me sens toujours impitoyable en présence d'un républicain.

— En effet, — dit le marquis de la Rochejaquelein.— vous demandiez tout à l'heure qu'on fusillât le capitaine, et cependant vous saviez tout ce que lui devait mademoiselle Blanche de Flavigny. C'est bien étrange et bien cruel, vrai Dieu !

— C'est pire que cela, messieurs ! — s'écria Blanche en appuyant sur chaque mot.

— Qu'est-ce donc ? — demanda le président.

— C'est perfide et lâche !... Oui, perfide et lâche ! car le marquis d'Apremont m'avait juré qu'il me ferait prévenir aussitôt que le prisonnier comparaîtrait devant le conseil, et il n'a pas tenu son serment. Mais je me méfiais, et me voici.

Tous les regards se portèrent sur Gaëtan avec indignation, même ceux du baron de Marigny et de Stofflet. Il les soutint avec un sourire goguenard.

— Bah ! — dit-il, — je n'ai qu'une parole à prononcer pour qu'on me comprenne et qu'on m'excuse. Ma conduite en cette circonstance n'a eu d'autre but que de contraindre le capitaine Bénédict à nous révéler le plan de campagne de l'ennemi. J'aurais été le premier ensuite à provoquer sa mise en liberté.

Un profond silence accueillit cette justification, dont personne ne parut satisfait.

— Terminons ce débat, — reprit le généralissime avec autorité.—Il est temps que chacun de mes collègues aille prendre au plus vite le commandement qui lui est confié... Comte Hector de Flavigny, — ajouta-t-il, — je vous charge d'une mission que vous accomplirez sans doute avec plaisir, — celle d'être à ce que l'aide de camp du général Kléber puisse retourner sans obstacle vers les républicains.

— Mon cher d'Elbée, — répondit le comte, — je vous remercie. Le capitaine Bénédict est désormais sous ma sauvegarde, jusqu'à ce qu'il soit loin de notre camp. Je vous promets qu'aucune malveillance ne l'atteindra parmi nous.

Et il lança un coup d'œil de défi au marquis d'Apremont. Celui-ci se mordit la lèvre jusqu'au sang. Il eut une terrible envie de provoquer monsieur de Flavigny; mais il sentit que tout le monde eût blâmé son agression, et il se contint.

Les généraux vendéens sortirent de la salle du conseil sans accorder à Gaëtan la plus légère marque d'approbation et d'amitié. Il était d'ailleurs peu estimé de tous les chefs, même de Charette, sous les ordres duquel il avait servi dans le Marais, et qui lui avait plus d'une fois reproché ses violences, ses ruses diaboliques, et jusqu'à ses exactions sans frein en pays insurgé.

Il sortit à son tour; mais par un geste rapide et furieux il indiqua à Duhoux qu'il voulait lui parler. Le digne acolyte du marquis s'empressa de le rejoindre, et tous deux se retrouvèrent, quelques minutes plus tard, à l'extrémité du bourg, loin de la foule et du bruit.

— Ainsi, — dit tout à coup Gaëtan, — ce capitaine d'état-major que je hais à présent est ce même pâtre de la Bénardière, que je haïssais autrefois !

— Oui ! — répondit Duhoux dont les dents grincèrent.

— Bizarre rencontre ! La vie est drôle, n'est-ce pas ? Inutile de vous déclarer que, moi aussi, je déteste cordialement ce Bénédict.

—Parbleu ! tu te souviens toujours du coup de couteau dont il t'a gratifié.

— Je suis bien forcé de m'en souvenir ! La cicatrice est encore douloureuse par instant.

— Je gage, maraud, que tu serais ravi de pouvoir le hacher menu comme chair à pâté.

— Je ne gage pas, car je perdrais.

— Eh bien ! je te le livre, coquin ; tu prendras avec toi une trentaine de gars déterminés, ceux que tu commandais ce matin, par exemple. Tu iras t'embusquer au delà du Gué-aux-Biches, près du moulin des Chênes-Secs, où se trouve un ravin boisé, et...

— Et là je ferai faction avec mes hommes en attendant le passage de l'aide de camp du général Kléber, qui n'a pas le choix d'un autre chemin. Puis, dès qu'il aura franchi le gué : pif ! paf ! et sus au républicain ! c'est entendu.

— Es-tu satisfait, maroufle ?

—Oh ! monseigneur, cent fois plus que vous ne le croyez !— Roch Duhoux, en effet, songeait non-seulement à se venger de l'ancien pâtre qui avait failli le tuer, mais surtout à se débarrasser, en l'assassinant, d'un homme qui connaissait l'horrible secret imprimé sur son épaule, et pouvait le divulguer. —Etes-vous sûr, monsieur le marquis, — reprit Duhoux, — qu'on n'escortera pas le capitaine plus loin que le Gué-aux-Biches.

— Sûr... non. C'est présumable, voilà tout. Le Gué-aux-Biches est une limite toute tracée, toute naturelle. Chance à courir d'ailleurs. Dans nos projets les mieux combinés, il y a toujours quelque chose qu'il faut bien livrer au hasard. Tu devrais savoir cela, imbécile !

— Vous avez raison, monseigneur... Mais à propos : est-ce que vous ne vous rappelez plus ce que je vous ai révélé jadis ?

— Quoi donc ?

— A savoir que ce Bénédict...

— Après ?

— Est le fils de mademoiselle Valérie de Morsanges, c'est-à-dire de la comtesse de Flavigny ?

— Parbleu ! je l'avais oublié !

— Et maintenant que je vous ai rafraîchi la mémoire, ne chercherez-vous pas à tirer parti du secret ?

— Bah ! à quoi bon ? D'abord il n'y a pas de preuves. Un seul témoin existe, et c'est toi, maraud. Triste témoin. On crierait à la calomnie, et peut-être serais-tu pendu. Or, à moins que tu n'y tiennes...

— Fichtre ! je n'y tiens pas.

— Alors, crois-moi, retenons nos langues sur ce point. Laissons là cette vieille histoire, qui ne rencontrerait qu'incrédulité, et pourrait bien nous porter malheur. Autrefois, quand je voulais à tout prix épouser Blanche, je me suis fait une arme de cette chronique scandaleuse pour contraindre sa volonté. Aujourd'hui, c'est différent ! mademoiselle de Flavigny me semble toujours adorable, mais je n'ai plus la moindre tentation de devenir son époux. En temps de guerre civile, on aime comme on peut, mais on se marie pas !

— Voilà une sentence pleine de sagesse, monseigneur.

— Tu me flattes, coquin ! — dit le marquis en tirant l'oreille de Roch Duhoux.—Allons, va vite tout préparer pour ton expédition.

— J'y cours... Si le Bénédict passe sans escorte devant le moulin des Chênes-Secs, c'est un homme mort. Je vous en réponds.

— Que Belzébuth te vienne en aide, maraud !

— Et les deux interlocuteurs se séparèrent pour n'éveiller aucun soupçon, ils prirent l'un et l'autre un chemin différent. Duhoux rentra dans la grande rue des Herbiers, tandis que le marquis suivit un sentier qui ramenait au bourg en décrivant un circuit.

Pendant ce temps, monsieur de Flavigny offrait l'hospitalité à Bénédict.

— La comtesse,—disait-il,—sera heureuse de vous revoir, monsieur, surtout quand nous lui aurons appris...

— J'ai déjà embrassé ma tante,—interrompit Bénédict; —elle sait quel service m'a rendu le capitaine, et ellenous attend.

— J'ai hâte de repartir,—répondit Bénédict. — Mais je suis prêt à vous suivre pour aller saluer madame de Flavigny.

En s'exprimant ainsi, il avait fait un effort pour que sa voix ne trahît pas la sensation qui venait de précipiter les battements de son cœur. Car toute son âme avait reçu comme une secousse électrique quand le comte avait proposé de le conduire en présence de celle à qui il avait voué une mystérieuse tendresse, et dont le souvenir mélancolique et charmant avait toujours caressé son imagination.

Pour arriver à la demeure de la famille de Flavigny, il fallut traverser la petite ville au milieu d'une multitude de paysans mécontents d'apercevoir un officier bleu protégé par un chef Vendéen. Mais le bruit courut que le capitaine d'état-major avait sauvé mademoiselle de Flavigny, et pas une insulte ne fut entendue durant le trajet.

En dépit de l'émotion dont il était pénétré, Bénédict examina curieusement cette masse compacte de soldats en sabots, aux longs cheveux plats, aux allures indisciplinées, qui étaient sur le point d'entrer en lutte avec les Mayençais. Il comparait alors dans son esprit ces étranges combattants vêtus d'habits rustiques, ayant des fusils de tous calibres, des sabres attachés avec des ficelles, un sacré cœur sur la poitrine, un chapelet et une cuiller de bois à la boutonnière; il les comparait, disons-nous, à cette armée aguerrie, superbe sous l'uniforme, magnifique au feu, manœuvrant avec une admirable précision, que le comité de salut public lançait sur la Vendée, et il se sentait saisi d'une douloureuse compassion, car il pensait sincèrement que toute cette cohue belliqueuse, si déterminée qu'elle pût être, serait bien vite écrasée par les héros de Mayence, de Valenciennes et de Condé. Certes, il se fut montré incrédule si, prévoyant l'avenir, quelqu'un lui eût dit : « Ceux que tu plains avec raison, hélas! battront cependant, avant de succomber, plusieurs armées de la République, et même les Mayençais. »

Comme on ne pouvait avancer que lentement à travers les rues encombrées, le comte, Bénédict et Blanche ne parvinrent qu'avec peine devant la demeure où les attendait la comtesse de Flavigny. C'était un petit manoir dont le propriétaire, un hobereau campagnard, avait cru devoir émigrer dès 89 pour trancher du grand seigneur. Depuis lors la maison s'était délabrée, une herbe épaisse avait encadré le pavé de la cour. Ce n'était là ni l'élégant château de Morsanges, ni le somptueux hôtel de Montaigu. C'était la première étape de l'infortune sur le chemin de l'insurrection.

— Nous sommes arrivés, — dit le comte. — Entrons.

Le capitaine regarda la triste résidence et soupira secrètement à la pensée que la comtesse demeurait là. A peine sur le seuil du manoir, il tressaillit en remarquant qu'une femme vêtue de noir, pâle et souriant avec un peu d'effort, venait au-devant de lui. Il aperçut à ses côtés un jeune homme à la physionomie douce et martiale à la fois, et il reconnut Raoul.

— Ah! monsieur, Blanche m'a dit ce que vous avez fait pour elle! — murmura madame de Flavigny avec un sanglot dans la voix. — J'en suis profondément touché. Je viens d'en instruire mon fils, qui a parcouru la campagne dans l'espoir de rencontrer sa cousine, et qui est de retour depuis un instant.

— J'étais désespéré, capitaine! — dit Raoul, — et me voici le plus heureux des hommes, grâce à vous!—Après avoir embrassé Blanche avec une vivacité enthousiaste, il tendit les deux mains à Bénédict. Il y eut une effusion pleine de sympathie qui fit jaillir des larmes de tous les yeux. — Je ne vous ai jamais oublié, monsieur, — reprit Raoul, — depuis notre rencontre au carrefour du Châtaignier.

— Et moi, monsieur, partout où la destinée a conduit mes pas, je me suis souvenu de la famille de Flavigny. Chacun a ses rêves, et les miens m'ont souvent parlé de vous.

Disant cela, le capitaine d'état-major s'inclinait devant la comtesse avec une telle expression de tendresse et de respect que Blanche en fut frappée. Un soupçon lui vint à l'esprit. Mais Bénédict se montra ensuite si calme, si maître de lui-même, que ce soupçon se dissipa.

Une table simplement servie avait été dressée dans la principale pièce du manoir. Madame de Flavigny y fit asseoir le jeune officier bleu. On mangea peu, le repas fut court. Trop de préoccupations oppressaient les âmes pour que les convives ressentissent bien vivement l'aiguillon de la faim. Après quelques paroles échangées avec une certaine contrainte sur les malheurs des temps, monsieur de Flavigny donna à un domestique qui servait l'ordre de faire seller trois chevaux.

— Raoul et moi,—dit-il en se levant,—nous vous accompagnerons jusqu'aux bords de la Maine, au passage du Gué-aux-Biches. Quand vous aurez franchi le gué, vous serez hors de tout danger, car nous savons que les républicains commencent à tenir la campagne de ce côté. Vous ne tarderez donc pas à rencontrer là vos amis.

— Je vous rends grâces, monsieur le comte. Si vous le permettez, nous emmènerons avec nous le digne vieillard qui a comparu, comme moi, devant le conseil,

et qu'on a rendu à la liberté. Il m'attend sans doute en ce moment.

— Il sera fait comme vous le désirez, monsieur. Aussi bien cet ancien solitaire de la Gorge-aux-Loups est-il un brave homme qui mérite tous nos égards.

— Serait-ce celui qu'on nommait le sorcier, et dont nous avons jadis visité l'ermitage? — demanda Raoul.

— Lui-même. Il s'est improvisé médecin, et l'on assure qu'il soigne indistinctement les blancs et les bleus, quelqu'il soit partisan de la révolution.

— C'est un ennemi généreux! — dit la comtesse avec onction. — Que Dieu le protège!

Les chevaux furent bientôt prêts.

— Partons! — reprit monsieur de Flavigny.

A ce mot, Bénédict sentit son cœur se serrer. Par un mouvement irréfléchi, il se rapprocha de la comtesse comme s'il eût craint de se séparer d'elle. Il se maîtrisa aussitôt, et salua profondément.

— Je ne sais si nous nous reverrons jamais, madame, — dit-il d'une voix qu'il s'efforçait d'affermir. — Quoi qu'il arrive, croyez que je considérerai toujours comme un bonheur l'occasion de pouvoir vous rendre quelque service signalé. Si jamais un péril sérieux vous menace, et que je sois en position de le conjurer, je vous supplie de compter sur moi!

Madame de Flavigny lui tendit la main.

— Pourquoi ne restez-vous pas avec nous? — demanda-t-elle, non sans une certaine hésitation.

Bénédict sourit tristement.

— Parce que c'est impossible! — répondit-il avec une douceur résolue. — Mon drapeau n'est pas celui des Vendéens, et mon épée doit rester fidèle à mes convictions.

— Allez, monsieur, allez où le devoir vous réclame, où vous appelle l'honneur, et ne m'en veuillez pas d'avoir voulu vous rallier à nous.

Après un dernier adieu, où toute son âme passa comme un éclair dans ses yeux, le capitaine d'état-major se mit en selle et s'éloigna, escorté du comte et de Raoul. Quelques minutes après, tous trois aperçurent monsieur Matthieu, qui lui-même était à cheval, au milieu d'un groupe de cavaliers. La plupart des cavaliers s'étaient rappelés qu'il les avait secourus, et ils se disposaient à lui servir d'escorte. On se réunit. Raoul complimenta le vieillard, puis on partit au galop, et l'on ne s'arrêta que deux heures plus tard, devant le Gué-aux-Biches, où il était convenu qu'on se séparerait.

Bénédict et monsieur Matthieu firent traverser la Maine à leurs chevaux. Lorsqu'ils furent sur la rive opposée, ils se retournèrent et envoyèrent à plusieurs reprises un salut cordial à ceux qu'ils venaient de quitter. Après quoi, ils se remirent en route. Ils côtoyèrent un ravin boisé, et passèrent devant un moulin, le moulin des Chênes-Secs, sans que rien vint interrompre leur course. Seulement ils virent étendus sur le sol cinq ou six cadavres de Vendéens, et aperçurent plusieurs chevaux qui erraient dans les champs.

— On s'est battu aujourd'hui même ici, — dit monsieur Matthieu.

— Oui, — ajouta Bénédict. — Il y a eu sans doute une rencontre entre une patrouille royaliste et une reconnaissance de hussards républicains.

La vérité, c'est qu'au moment où Roch Duboux préparait son guet-apens il s'était laissé surprendre par les bleus, qui lui avait tué plusieurs hommes, et l'avaient fait prisonnier,

VI

Bénédict et monsieur Matthieu arrivèrent à Torfou, dont les Mayençais venaient de s'emparer. Il laissa son vieux compagnon sur le chemin de Tiffauges, à l'entrée du bourg, où bivaquait le deuxième bataillon des volontaires nationaux, et où Muguette avait établi sa cantine sur le bord de la Sèvre-Nantaise ; puis il se rendit en toute hâte auprès du général Kléber.

Le général se trouvait seul en ce moment dans une salle de la maison commune où il avait reçu la municipalité de l'endroit. Dès qu'il vit son aide de camp, il s'écria tout joyeux :

— Ah ! pardieu ! je vous croyais mort. Heureusement il n'en est rien... Jusqu'où diable, — reprit-il, — avez-vous reconduit cette demoiselle de Flavigny ?

— Jusqu'au quartier général vendéen... Oh ! bien malgré moi, je vous l'assure.

— Comment cela ?—Dans un récit rapide, Bénédict retraça les événements qui avaient retardé son retour. — Peste ! — reprit Kléber, — vous l'avez échappé belle !... D'abord, je remarque que vos habits sont troués par les balles qui ne ont eu, j'aime à le croire, la politesse de respecter votre chair.

— Pas une ne m'a blessé.

— A merveille ! Ensuite, je considère comme une chance inouïe que vous ayez été relâché par tous ces chefs de *brigands*, comme on les appelle aujourd'hui ; car on prétend qu'ils sont devenus impitoyables depuis qu'on leur fait une guerre d'extermination.

— Je crois qu'on les calomnie un peu, mon général. Ils n'ont pas hésité à me rendre la justice qui m'était due. Celui qui présidait le conseil, le généralissime d'Elbée m'a même adressé un éloge.

— Oui-dà ! Eh bien ! ne répétez pas cela trop haut, mon cher Bénédict. Vous deviendriez suspect.

— Ma conscience est tranquille. Je ne crains rien.

— A la bonne heure ! Cependant, croyez-moi, gardez un silence absolu sur tout ce que vous venez de m'apprendre. Votre absence ayant été remarquée, j'ai répondu que je vous avais chargé d'une mission secrète. Cela suffit. Pas un mot imprudent.

— Je me tairai, mon général.

Kléber reprit :

—Puisque vous avez vu le ci-devant comte de Flavigny, peut-être avez-vous essayé de lui faire comprendre à quel point cette insurrection est criminelle, et lui avez-vous conseillé d'agir sur l'esprit des rebelles pour les disposer à mettre bas les armes, à sauver cette malheureuse Vendée en la pacifiant.

— En effet, mon général. Tandis que monsieur de Flavigny m'accompagnait, j'ai hasardé quelques paroles dans ce sens.

— Qu'a-t-il répondu ?

— Il a hoché tristement la tête et il a murmuré : il est trop tard !

— Trop tard, cela est vrai,—reprit Kléber tout pensif. — De part et d'autre, il faut vaincre ou mourir. C'est irrévocable et fatal. La grande lutte a commencé. Pauvre pays !— Et, déployant une carte qu'il tenait à la main, il la parcourut du regard et ajouta : — Oui, pauvre pays, car si le plan que nous avons adopté est mis à exécution tel qu'il a été conçu, c'en est fait de l'armée royale et catholique et de ses cent mille insurgés. Nos colonnes, parties simultanément de Nantes, de la Rochelle, de Luçon, de Saumur, les auront bien vite enfermés dans un cercle de feu, qui, se rétrécissant de jour en jour, les contraindra à périr les armes à la main ou à se rendre à discrétion. Est-ce votre avis, Bénédict ?

— C'est mon avis, général, et pourtant...

— Achevez.

— Je ne crois pas que ce plan se réalise aussi promptement que vous semblez le prévoir.

— Pourquoi ?

— Parce que le gouvernement républicain vient d'appeler au commandement de plusieurs divisions des généraux sans talent militaire qui l'empêcheront de réussir.

— Oui, oui, c'est mon opinion.

— Et d'ailleurs les troupes conduites par eux sont, pour la plupart, des levées en masse qui ne seront guère solides sur le terrain.

— Je le crains comme vous. C'est égal, vous n'êtes guère rassurant, mon ami. Ce que c'est que d'avoir fait une visite au quartier général des blancs : on ne voit guère en rose ce qui concerne les bleus.

— Raillez tant qu'il vous plaira, mon général. Je n'en souhaite pas moins que l'événement me donne tort, et que nous soyons, du premier coup, victorieux sur toute la ligne.

— Franchement ?

— En doutez-vous ? — demanda gravement Bénédict.

Kléber se mit à rire et frappa amicalement avec l'index sur la joue de son aide de camp.

— Bon ! — dit-il, — voilà que vous allez vous fâcher pour une plaisanterie ! En définitive, quand on a passé une nuit en plein bois, tête à tête avec une jolie Vendéenne, il est naturel qu'on s'exagère, malgré soi, les forces et les chances de l'ennemi. Tenez, je soupçonne que vous êtes amoureux, mon cher, amoureux de cette royaliste. Ah ! prenez garde ! c'est une trahison envers le beau sexe républicain.

Bénédict essaya d'accueillir en souriant cette saillie du général. Il y réussit à peine, et s'étonna de se sentir légèrement embarrassé. Il se remit d'aplomb et répliqua gaiement :

— Que le beau sexe républicain se rassure. Je n'adorerai que lui. Je suis trop fier pour brûler mon encens sur l'autel d'une divinité royaliste, médiocrement flattée sans doute de l'hommage d'un officier bleu. J'ai la dignité de mes opinions, même en amour.

— Très-joliment répondu, capitaine ! Mais tout cela ne me regarde pas. Vous êtes le maître de vos sentiments, et vous ne me devez compte que de ce qui concerne votre service auprès de moi. Hâtez-vous d'aller changer de vêtements, puis revenez me prendre. Nous irons ensemble faire l'inspection du camp, échelonné autour de Torfou.

Bénédict se retira. Quand il revint, Kléber n'était plus seul. Deux personnes s'entretenaient avec lui : un général et un représentant du peuple en mission. Le premier avait une de ces physionomies prétentieuses qui révèlent tout de suite la sottise et l'incapacité. Le second portait sur son visage contracté l'empreinte des sombres énergies et des criminelles résolutions. Tous deux prenaient congé de Kléber.

— Au revoir, — disait l'un, — nous n'avons pas de temps à perdre, puisque notre mission a pour but de visiter tous les généraux divisionnaires qui opèrent contre les Vendéens. Nous partons pour Cholet, — reprit-il avec une sorte d'emphase, — et j'ajoute, en vous quittant, que je ne saurais approuver le plan que l'on met à exécution. Pour anéantir toute cette horde de paysans armés, il suffirait de s'avancer contre eux *majestueusement et en masse.*

— Superbe tactique, et d'une simplicité solennelle !— répondit ironiquement Kléber. — Cependant, si on l'adoptait, il serait à craindre que les Vendéens, avec leur manie de s'égailler, ne vinssent à nous envelopper sans peine et à troubler déplorablement notre *masse* et notre *majesté.*

— Impossible ! — répliqua le conventionnel en mission. — Ne va-t-on pas raser le pays ? Les brigands ne pourront plus se cacher derrière les haies et les taillis. Quand ils seront vaincus, — ajouta-t-il avec une sorte de rage concentrée, — nous exterminerons jusqu'au dernier tous ceux qui auront survécu.

— Vous chargerez-vous de cette belle besogne, citoyen représentant?

— Oui, citoyen général, je m'en chargerai. Au revoir.

A ces mots, l'inspecteur et le conventionnel sortirent brusquement, après avoir échangé avec Kléber un salut glacé.

S'adressant alors à son aide de camp, Kléber lui dit :

— Mon cher, la révolution a fait sortir de l'ombre beaucoup d'hommes qui resplendiront au grand soleil de l'histoire. Mais elle a mis en lumière aussi pas mal d'imbéciles et de scélérats. Les deux personnages qui viennent de s'éloigner appartiennent évidemment à l'une et à l'autre des espèces que je viens de citer.

— Comment nommez-vous le général inspecteur?

— Il se nomme Léchelle. C'est un ignorant et un sot, qui doit son grade uniquement à son jacobinisme bavard. Il n'a jamais paru sur aucun champ de bataille, et pourtant il est question de le nommer au commandement supérieur de toutes les troupes réunies en Vendée.

— Et le représentant en mission, comment s'appelle-t-il?

— Il s'appelle Carrier. Celui-ci me semble aussi impitoyablement cruel que celui-là fastueusement niais. Nous verrons de jolies choses si le premier devient général en chef, si le second est jamais chargé de sévir contre les royalistes fugitifs que nos soldats auront dispersés! Enfin, advienne que pourra. A cheval, mon ami. — Et Kléber, accompagné seulement de Bénédict, parcourut la ville et la campagne d'alentour où campait l'avant-garde tout entière des Mayençais. Lorsqu'il eut terminé son inspection et comme il s'en retournait à la résidence qu'il avait choisie, il aperçut une cantinière qui le saluait militairement. Il s'arrêta devant elle. — Tiens, — dit-il, — c'est la petite Muguette, votre protégée, Bénédict. Bonjour, mon enfant! Où allez-vous ainsi?

— Je rejoins mon bataillon, qui bivaque au bord de la Sèvre-Nantaise, sur le chemin de Tiffauges. Je l'ai quitté pour faire ma provision de ratafia.

— Alors, une goutte, ma belle. Si votre eau-de-vie est aussi bonne que vous êtes gentille, vous devez en débiter de fameux bidons.

— Jugez-en, mon général.

Et Muguette remplit un gobelet en étain, qu'elle tendit gracieusement à Kléber.

— Et vous, capitaine, — ajouta-t-elle, — ne goûterez-vous pas de mon trois-six?

— Donne, ma chère petite sœur. Et à ta santé!

— Oui, — reprit le général, — à la santé de la plus jolie cantinière que je connaisse dans toute l'armée de Mayence! Après avoir bu, Kléber poursuivit avec une affectation de gravité : — Ah! ça, nous sommes bien sage, au moins! nous restons fidèle à notre époux, le chasseur... comment donc?

— Justin, surnommé Coquelicot.

— C'est cela même... Eh bien?

— Eh bien! mon général, nous sommes sage comme une image, et nous restons fidèle à Justin, surnommé Coquelicot, tout comme s'il était le plus bel homme du bataillon. Il est vrai que pas un cœur ne vaut mieux que le sien.

— Il est brave, n'est-ce pas?

— Presque autant que vous, mon général, quoiqu'il soit petit et que vous soyez grand.

— La taille ne fait pas le courage, ma belle. Je me souviendrai de votre mari.

Et Kléber piqua des deux. Bénédict ne le suivit pas immédiatement.

— Dès que j'aurai une heure de liberté, — dit-il à Muguette, — j'irai retrouver monsieur Matthieu. Ce soir ou demain, je le présenterai au général.

— Les volontaires nationaux du deuxième bataillon l'ont déjà pris en amitié. Ils désirent qu'il soit nommé leur chirurgien.

— Ce sera facile, je pense. A bientôt.

— Oui, à bientôt, car mon père, Justin et moi, nous mourons d'envie de savoir ce qui vous est arrivé chez les brigands.

— Chut, petite!

— Vous nous conterez cela, n'est-il pas vrai?

— A la condition que vous n'en répéterez pas un seul mot.

— Nous serons muets.

— C'est convenu.

En un temps de galop, Bénédict rejoignit Kléber.

Le général avait fait halte pour lire une dépêche qu'un officier d'ordonnance lui avait remise de la part de Canclaux, qui occupait Clisson avec le corps de bataille des Mayençais. En parcourant du regard la missive, Kléber était immobile, impassible. Son aide de camp remarqua néanmoins que l'extrémité de ses lèvres se plissait dédaigneusement et que ses yeux réfléchissaient un sombre éclat.

— C'est bien, — dit-il d'un ton calme après avoir terminé la lecture de la dépêche. — Il n'y a pas de réponse. Allez.

L'officier d'ordonnance salua et disparut.

Kléber mit son cheval au pas, demeura soucieux un instant, puis, se tournant tout à coup vers son aide de camp :

— Voilà que vos craintes se réalisent déjà, — lui dit-il. —Canclaux m'annonce que la colonne partie ce matin de Luçon s'est fait battre à Chantonnay. Triste début pour cette division.

— Cet échec ne saurait empêcher l'exécution du plan de campagne. Ce sera un retard tout au plus...

— Je veux le croire. Cependant Canclaux semble redouter que la nouvelle de cette défaite n'ait une influence fâcheuse sur les colonnes de Saumur et d'Angers, qui sont commandées par Santerre et Rossignol, deux généraux de l'émeute, deux incapables. Ah! vous aviez raison tout à l'heure, Bénédict!

— Je le regrette, mon général, je préférerais avoir eu tort. Savez-vous si nous serons attaqués bientôt?

— Après-demain, m'assure-t-on. Les Vendéens hésitent sans doute à marcher contre nous. Ils commencent par se jeter sur les autres divisions, avec lesquelles ils redoutent moins de se mesurer. Dans tous les cas, nous sommes prêts à les bien recevoir.

Comme Kléber achevait ces mots, il mettait pied à terre devant la maison commune, et y entrait avec Bénédict. Plusieurs officiers l'attendaient pour lui demander des ordres ou lui adresser un rapport.

— Messieurs, — leur dit-il en les congédiant, — on prétend que nous serons tranquilles dans notre cantonnement pendant vingt-quatre heures au moins. Quoi qu'il en soit, je vous recommande une vigilance de tous les instants. Nous avons affaire, croyez-moi, à un ennemi habile et déterminé. La moindre négligence pourrait nous devenir funeste. Soyons toujours sur nos gardes, c'est l'essentiel.

Vers le soir seulement, Bénédict fut affranchi du devoir qui le retenait près de Kléber.

— Mon général, — lui dit-il au moment où il se disposait à le quitter, — je désire vous présenter encore un ami, et vous demander pour lui un emploi.

— Pardieu! — repartit Kléber en souriant, — vous êtes la Providence de ceux que vous aimez. Voyons, parlez.

— Il s'agit, mon général, de ce vieillard dont j'ai aujourd'hui même prononcé le nom en vous racontant ce qui m'est arrivé depuis mon départ de Montaigu.

— Vous me parlez sans doute de celui qui a été comme vous prisonnier des Vendéens, et qui a comparu devant le conseil de guerre, composé des principaux chefs de l'armée royale et catholique?

— Oui, mon général ; c'est un savant, un médecin, sans diplôme il est vrai, mais plus capable, à coup sûr, de rendre des services à nos blessés que beaucoup de jeunes gens sans instruction spéciale qu'on a improvisés chirurgiens. Je le connais depuis longtemps, et je l'aime de tout mon cœur, car c'est lui qui a pris la peine de me donner un peu d'instruction, alors que j'étais simple pâtre en ce pays. S'il a été mis en liberté par le conseil de guerre réuni aux Herbiers, c'est qu'il a été prouvé que, quoique républicain convaincu, il a souvent soigné même ceux dont il réprouve les opinions. Il est bon, humain, compatissant, et ne distingue pas entre les malheureux qui souffrent, bleus et blancs, quand il lui est possible de les secourir.

— Vive Dieu ! — dit Kléber, — j'estime ces gens-là, et je les emploie avec empressement. Vous me présenterez votre homme quand il vous plaira, Bénédict. En attendant, rappelez-moi son nom.

— Il se nomme monsieur Matthieu, mon général.

— Eh bien ! je vais écrire un mot au commandant Fabien Renaud, et lui dire que j'attache le citoyen Matthieu comme officier de santé au deuxième bataillon des volontaires nationaux. Cela vous convient-il ?

— A ravir, mon général.

— Je réunis de la sorte, sous la même protection, celle de votre ancien compagnon d'armes, les êtres qui vous sont le plus chers. Etes-vous content de moi ?

Bénédict saisit la main de Kléber, et voulut la porter à ses lèvres. Le général s'y opposa.

— Oh ! oh ! — dit-il en riant, — fichtre ! vous allez nous compromettre tous deux. Ce sont là des manières d'ancien régime, que nous ne devons pas avoir, nous autres républicains.

— Partout et toujours, — répondit l'aide de camp, — les élans de reconnaissance auront les mêmes manifestations d'inférieur à supérieur, surtout dans la hiérarchie militaire, à laquelle il convient que nous soyons soumis.

— Et l'égalité, mon cher ?

— Un vain mot, mon général, si ce n'est lorsqu'il signifie que la loi, expression de la pensée du plus grand nombre, doit avoir le même niveau pour tous.

— Vous parlez comme Montesquieu... et comme tous ceux qui ont le sens commun... ce qui n'est pas commun du tout. — Tandis qu'il plaisantait ainsi, Kléber écrivait, il plia sa lettre, et la remit à son aide de camp.

— Voilà ! — dit-il. — Vous êtes libre jusqu'à demain. Bonsoir, Bénédict.

— Bonsoir, mon général.

D'un pas rapide le capitaine d'état-major se dirigea vers le chemin de Tiffauges. Peu à peu, cependant, il ralentit sa marche. A l'aspect du soleil couchant dorant la petite ville de ses rayons obliques et pâles, il sentit une douce tristesse s'emparer de son cœur. Tout en contemplant d'un regard pensif l'azur du ciel où quelques étoiles s'efforçaient de briller, il se rappelait irrésistiblement la nuit qu'il avait passée dans la campagne avec Blanche de Flavigny. Nuit bien sombre, et qui pourtant lui apparaissait toute lumineuse à travers la magie du souvenir. Il se complaisait à revoir en imagination la noble jeune fille, d'abord inquiète, réservée, puis confiante, amicale, se plaçant avec abandon et s'endormant d'un sommeil facile sous la sauvegarde de sa loyauté. Il aimait aussi à river sa mémoire sur les gracieux incidents du manteau. Puis il se retraçait en esprit les scènes dramatiques où Blanche l'avait défendu et sauvé avec l'énergie de l'enthousiasme. Quelle âme ! et que de beauté pensait-il. Et son cœur tressaillait ineffablement. Sa rêverie le conduisait ensuite dans le manoir où il avait reçu l'hospitalité. Il se retrouvait au milieu de cette demeure délabrée, et il s'attristait avec toutes les mélancolies aperçues dans les beaux yeux de la comtesse, de cette noble femme à laquelle il avait voué un culte si profond et si secret. Après quoi le

comte et Raoul s'offraient au regard de son esprit songeur. Il sentait alors qu'une tendresse exaltée l'animait pour celui-ci, tandis qu'une sympathie pleine de haute estime l'attachait à celui-là.

— O la politique ! O la guerre civile ! — murmura-t-il.

— Inexorables fatalités qui dirigent les hommes, et transforment souvent en ennemis ceux qui sont près à s'aimer !... Quoi qu'il arrive, — reprit-il en s'animant, — je saisirai toutes les occasions d'être utile et secourable à cette famille, qui a pris la plus grande part de mon âme. Oui, je veux me dévouer à elle, sans trahir mes devoirs, dussé-je porter ma tête sur l'échafaud !

Il était parvenu à l'extrémité de Torfou, sur une éminence, au bas de laquelle coulait la Sèvre-Nantaise et s'étendait la campagne enveloppée dans les teintes grises du soir. Le soleil s'était plongé sous l'horizon, où se déroulait un long ruban de pourpre. Dans le ciel clair les étoiles scintillaient, mais à demi-effacées par la lumière de la lune qui planait. Bénédict ne put résister au désir de s'asseoir sur l'herbe, de contempler la nature presque assoupie, et de se livrer de nouveau au charme douloureux de ses préoccupations. Quelques roulements de tambour, quelques fanfares de clairon troublaient seuls le silence nocturne, rappelant les colères de l'homme en présence des tranquilles perspectives où semblait régner la paix de Dieu.

Comme il allait se lever et continuer son chemin, Bénédict entendit un bruit de pas dans le sentier près duquel il était assis. Deux hommes s'y rencontraient.

— Vous, père Cazeaux ? — dit l'un.

— C'est toi, Justin ? — dit l'autre.

— Oui. Je viens de faire une commission pour mon capitaine.

— Moi, je me suis rendu au bourg par ordre du commandant Fabien Renaud.

— Vous paraissez tout ému, tout agité, père Cazeaux. Qu'avez-vous ?

— Je les ai vus ! — répondit le grenadier dont la voix tremblait. — Je suis sûr que ce sont eux !

— Eux !... qui donc !

— Jean Girard et Roch Dahoux !

— Ah bah ! — s'écria Coquelicot en bondissant... — Mais peut-être vous trompez-vous ? — reprit-il plus calme. — Vous croyez les reconnaître un peu partout, les chenapans ! Dame ! je comprends ça ! Moi-même, je pense souvent à ces gredins. Ah ! si je les tenais !...

— Hélas ! ils sont enfermés par ordre du général, et à moins qu'on ne les fusille...

— Tonnerre ! si on les fusillait, comme je demanderais à faire partie du peloton !

— Et moi donc ! — s'écria le père Cazeaux, sinistre et implacable.

— Voyons, racontez-moi comment il se fait que vous les ayez vus ?

— Il y a une heure, je cheminais dans Torfou. Arrivé en face d'un vieux couvent dont on a fait une prison, je m'arrête et je pousse un cri. Deux figures se montrent à une fenêtre grillée. Je m'élance, tout frémissant de rage et proférant les deux noms maudits. Une sentinelle croise la baïonnette sur moi et me répète l'ordre de passer au large. Les visages exécrés se retirent de la fenêtre et ne reparaissent plus. Si j'avais eu mon fusil, j'aurais fait feu !

— Parbleu ! je crois bien.

— C'est à grand peine que je me suis éloigné de la prison. Dix fois je suis revenu sur mes pas, cherchant dans ma pauvre cervelle toute remuée le moyen de parvenir jusqu'aux deux bandits. Mais pas une bonne idée ne m'est venue. Ah ! je te jure, Coquelicot, que, s'il m'était possible de favoriser leur évasion, je les délivrerais sans hésiter.

— Pour les traquer ensuite, les scélérats ! et les tuer sans miséricorde, n'est-il pas vrai

— Oui, j'ai hâte d'en avoir fini avec la vengeance. La haine est lourde à porter.

— Demain j'irai rôder autour du vieux couvent, — dit Coquelicot. — C'est une construction qui tombe en ruines. Il doit être facile de s'en échapper. Sont-ils logés haut, les monstres?

— Non, au premier étage.

— Très-bien. Je parviendrai, je l'espère, à détourner l'attention de la sentinelle, et je lancerai une grosse lime à travers la fenêtre grillée. Vous comprenez, père Cazeaux?

— Je comprends que ce serait une grave imprudence. Tu peux être surpris.

—. Bah! j'ai la main adroite et le coup d'œil sûr. Avec une lime, les misérables scieront leurs barreaux et s'esquiveront bien certainement.

— Nous serons là, tout près, n'est-ce pas! attentifs, guettant notre proie, nous élançant sur sa piste, et dès qu'elle se croira libre, sauvée...

— Nous lui ferons passer un terrible quart d'heure. Voilà.

— Ah! puisse ton projet réussir! — reprit l'ancien fermier avec une sourde véhémence. — Puissé-je surtout m'emparer de ce Roch Duhoux, qui a pu seul concevoir la pensée du crime dont ses complices n'ont été sans doute que les lâches exécuteurs!

— Cet exécrable bandit ne mérite pourtant pas que d'honnêtes gens se chargent de le punir, — interrompit Bénédict en se dressant soudain devant les deux interlocuteurs. — Une fusillade serait trop honorable pour lui. Un seul homme devrait y toucher: le bourreau. — Le père Cazeaux et Justin restèrent un peu interdits devant le capitaine d'état-major. Celui-ci s'empressa d'ajouter en souriant: — Eh bien! qu'y a-t-il! Vous avez l'air tout confus. Oui, oui, je comprends: vous craignez que je ne vous envoie aux fers pour avoir complété l'évasion de deux prisonniers. Rassurez-vous, coupables. J'oublierai d'adresser un rapport au général... Un conseil seulement: parlez moins haut quand il vous plaira de vouloir jeter des limes à travers les fenêtres grillées d'une prison. La nuit a des oreilles, croyez-moi, et les idées de Coquelicot ne sont pas toujours conformes aux règlements. C'est dangereux cela.

— Nous avons eu tort, en effet, de bavarder en plein air comme chez nous,—répondit Justin. — Nous profiterons de votre conseil, capitaine, et à l'avenir...

— A l'avenir, je pense, vous abandonnerez l'un et l'autre le projet de frapper vous-mêmes les scélérats que nous tenons sous les verrous. Je ne saurais trop vous le dire : Dieu s ul sait bien nous venger.

— Tu parles sagement et comme un vrai chrétien, mon cher Bénédict, — répliqua le père Cazeaux sombre et soucieux. —Mais ton langage n'émeut sans apaiser le désir de vengeance qui est en moi. Je te jurerais de ne point me faire justice par mes mains, qu'à coup sûr, si Jean Girard et Roch Duhoux m'étaient livrés, je manquerais à mon serment.

— Je n'insiste point. A quoi bon, d'ailleurs! Les deux prisonniers ne tomberont sans doute pas en votre pouvoir, et tôt ou tard vous oublierez ces bandits, que la Providence, elle n'oubliera pas!

— La Providence est plus patiente que l'homme, — murmura Coquelicot.

— C'est parce qu'elle voit le but où elle tend! — repartit le capitaine avec gravité....—Mais, —reprit-il vivement,—faisons un peu trêve à cette lugubre préoccupation, et songeons à quelque che e de plus gai... Et d'abord, remettons-nous en marche. Je me rends avec vous à la cantine de Muguette, où je compte retrouver monsieur Mathieu. J'ai une bonne nouvelle à vous annoncer.

— Laquelle? — demanda Justin.

— Tu l'apprendras, mon petit Coquelicot, quand nous serons là-bas, au bivouac du deuxième bataillon des volontaires nationaux. En avant!

— En avant, et pas accéléré! — s'écria le jeune chasseur.

Ils allaient se mettre en marche, lorsqu'un frôlement dans l'herbe, à peu de distance, derrière une touffe de genêts, attira leur attention.

— Qu'est-ce que cela? — dit le père Cazeaux surpris.

— Sans doute une branche froissée par le vent,—présuma Bénédict.

— Il n'y a pas un souffle dans l'air,—reprit Justin; — et, j'y songe, il m'a semblé tout à l'heure qu'une forme humaine rampait dans la direction où nous venons d'entendre du bruit.

— Quelqu'un nous écoute apparemment.

— Parbleu! je saurai qui! — Et Coquelicot partit rapide comme une flèche; en un clin d'œil il contourna le bouquet d'arbustes où il soupçonnait que quelqu'un s'était caché, et saisit résolûment un homme accroupi dans l'ombre, au milieu des branches dont il était comme enveloppé. Par un geste énergique, il l'attira hors du repaire, et lui exposa le visage à la clarté de la lune. — Jean Girard! — s'écria-t-il.

Le père Cazeaux avait suivi Justin. Il bondit au retentissement du nom qui venait d'être prononcé, et se rua sur le Vendéen, qu'il reconnut aussitôt.

— Jean Girard! rugit-il à son tour.

Et, furieux, il dégaîna son sabre pour le plonger dans la poitrine du bandit. Coquelicot l'en empêcha.

— Pas encore,—dit-il.—Interrogeons-le d'abord.

— Qui êtes-vous? Pourquoi menacez-vous de me tuer? — demanda le gars moins effrayé que stupéfait.

— L'uniforme nous a-t-il donc si changés, que nos traits ne te rappellent rien, misérable?

— J'ai beau vous regarder, je ne me souviens pas de vous avoir jamais vus.

— Nous avons une meilleure mémoire, nous! Tu es un des scélérats qui ont assassiné ma femme, incendié ma ferme, et je suis Mathurin Cazeaux!

— Vous?...

— Quant à moi, je me nomme Justin,—dit Coquelicot.

— Y es-tu maintenant?

— J'y suis. Mon compte est bon.

— Nous le réglerons dans cinq minutes au plus tard.

— Quand vous voudrez - répondit le Vendéen en prenant assez bravement son parti.

C'était un gars d'une trentaine d'années, grêle, mais nerveux, aux cheveux roux, au visage pointu, ayant la lèvre mince, le coup d'œil oblique, qui annonçait de méchants instincts. Il y avait aussi dans l'expression de sa physionomie une sorte d'éclat sauvage qui annonçait une certaine intrépidité.

— Est-ce que tu t'es évadé seul? — demanda Justin.

— Non.

— Roch Duhoux a donc pu fuir comme toi?

— Oui.

— Où est-il? — reprit violemment le père Cazeaux.

— Sur le chemin de Clisson... Par prudence, nous nous sommes séparés.

— Poursuivons-le ! — s'écria Justin.

— Pas avant d'avoir tué celui-ci!

L'ancien fermier leva de nouveau son sabre pour en frapper Jean Girard; l'arme retomba sans avoir touché le patient, qui s'était mis à genoux.

— C'est étrange! —murmura le père Cazeaux tout troublé. — Je n'ose pas. Qu'est-ce que j'ai donc?

Bénédict lui posa la main sur l'épaule et répondit lentement :

— Vous portez l'habit militaire, et vous avez désormais le sentiment de l'honneur.

— En effet, il m'a semblé que j'allais commettre une lâche action.

— Un soldat ne tue pas sans honte un ennemi désarmé.

— Mais il lui jette une arme et se bat avec lui!

Disant cela, le vieux volontaire national s'emparait

brusquement du sabre de Coquelicot, et le tendait à Jean Girard.

— Défends-toi, brigand ! — ajouta-t-il.

Le Vendéen se leva, saisit le sabre, et se mit résolument en garde. Mais soit que le rayonnement de haine qui éclairait la figure du grenadier l'intimidât, soit que sa conscience inquiète fit hésiter sa main, il manqua tout à coup d'aplomb et de sang-froid pour parer les attaques plus violentes que bien dirigées de son adversaire, dont la lame lui traversa la gorge de part en part. Le malheureux oscilla quelques secondes sans pousser même un soupir, puis se renversa sur le sol : il était mort.

Le père Cazeaux essuya tranquillement son sabre dans l'herbe, ouvrit ensuite une sorte d'agenda, y prit un feuillet et un crayon, puis il traça lentement quelques mots, car il savait à peine écrire, et fixa le papier avec une épingle sur la poitrine de Jean Girard. Après quoi, s'adressant à Justin :

— Il n'en reste plus qu'un ! —s'écria-t-il, —tâchons de l'arrêter dans sa fuite sur le chemin de Clisson. En chasse, Coquelicot !

Bénédict n'essaya pas de les retenir.

Quand ils eurent disparu, il se pencha sur le corps immobile du Vendéen, et lut ces mots tracés en gros caractères : « Justice est faite par Mathurin Cazeaux. » Quelques minutes plus tard, il arrivait à la cantine de Muguette, établie sous les arbres au bord de l'eau, à quelques pas du bivouac déjà silencieux et endormi du deuxième bataillon des volontaires nationaux.

Deux hommes étaient assis devant une table ; ils trinquaient en dégustant un verre de rhum. C'étaient monsieur Matthieu et le commandant Fabien Renaud. Le capitaine remit au commandant la lettre du général.

— Parbleu ! j'en suis ravi — exclama Fabien Renaud après avoir lu.

— De quoi donc, mon commandant ? —demanda Muguette s'avançant, la mine curieuse et l'œil éveillé.

— Le général attache le citoyen Matthieu à mon bataillon comme officier de santé.

— Bravo ! — s'écria la jeune cantinière en sautant de joie et en applaudissant des deux mains. — Vive le général !

— Et moi aussi, ma petite Muguette, je suis enchanté ! — dit le vieillard en lui souriant,—car j'aime déjà beaucoup les volontaires du deuxième bataillon, leur gentille cantinière et leur brave commandant.

— Et nous vous payons tous de retour, — répondit Fabien Renaud. — Je me suis aperçu ce soir, en effet, que mes soldats commençaient à vous voir d'un bon œil.

— Je dois cela sans doute aux égards que vous m'avez montrés devant eux, commandant ; merci. Je compte bien d'ailleurs mériter leur affection, grâce aux soins que je leur prodiguerai... Je dois vous avouer, cependant, que ma sollicitude aura parfois des distractions.

— Comment cela ?

— Sur les champs de bataille, il m'arrivera sans doute de secourir çà et là quelque pauvre diable de Vendéen blessé. Il ne faudra pas m'en vouloir. A mes yeux l'humanité ne perd jamais ses droits.

— Vous avez mon estime, citoyen Matthieu ! — répliqua chaleureusement Fabien Renaud.

— Et la mienne aussi ! — repartit Muguette en embrassant le vieillard.

Le commandant emmena le nouveau chirurgien à qui il fit donner une tente de campement pour passer la nuit.

Resté seul avec Muguette, Bénédict lui apprit ce qui s'était passé entre l'ancien fermier, Justin et Jean Girard. Il lui dit en outre que son père et son mari s'étaient élancés à la poursuite de Roch Duhoux.

— Pourvu qu'il ne leur arrive point malheur ! — dit-

elle inquiète. — Ce Roch Duhoux est un rusé coquin.

— Rassure-toi, petite. Ils sont de force à déjouer ses ruses et à le tenir en respect.

Au même instant un bruit de pas se fit entendre ; le père Cazeaux et Justin parurent. Muguette leur sauta au cou et les pressa contre son cœur.

— Vous voilà ! — dit-elle. — Dieu soit béni !

— Je vois que Bénédict t'a tout conté, — dit le vieux volontaire national.

— Oui. Vous avez tué Jean Girard, et vous avez poursuivi Roch Duhoux.

— L'avez-vous aperçu ? — demanda le capitaine. — Avez-vous pu vous emparer de lui ?

— Nous l'avons rejoint, —répondit Coquelicot, —et nous allions le saisir, lorsqu'il a bondi sur le dos d'un cheval qui pâturait dans un pré ; il lui a serré les flancs et fait prendre le triple galop sur le chemin de Clisson.

— Il aura de la chance, —reprit Bénédict, —s'il ne rencontre pas en route des patrouilles de hussards qui le feront de nouveau prisonnier.

— Ou qui le tueront, s'il résiste. Auquel cas, père, — ajouta Muguette, — votre haine n'aura plus d'objet.

— Je ne serai satisfait, mon enfant, que si ce Roch Duhoux tombe mort sous mes yeux et frappé par moi ! — répondit l'ancien fermier avec une sombre animation.

Il était minuit quand Bénédict rentra dans Torfou. Il s'endormit vite, car la fatigue l'accablait. De chers fantômes vinrent flotter dans ses rêves. Blanche et la comtesse lui apparurent comme des anges dans le bleu du ciel. Puis le comte et Raoul traversèrent à plusieurs reprises cette vision des songes. Mais ils étaient tous vêtus de noir et leurs yeux avaient de lugubres profondeurs. Ils souriaient, hélas ! de ce sourire triste qui ressemble au rictus inflexible de la mort. Une pénible sensation troublait le sommeil de Bénédict, lorsqu'il fut réveillé en sursaut par de violentes clameurs, au milieu desquelles retentissaient distinctement ces cris d'alarme :

— Les Vendéens ! les brigands !

Il se leva rapidement et se rendit en toute hâte auprès de Kléber, qui déjà était à cheval, donnant des ordres et prêt à se porter avec son avant-garde à la rencontre de l'ennemi. Kléber avait le sourcil froncé, la lèvre frémissante, la parole brève. Sa face de lion était menaçante et terrible. Apercevant deux cavaliers qui traversaient une rue en criant : Aux armes ! il leur barra le passage et demeura stupéfait en reconnaissant le général Léchelle et le représentant Carrier.

— Quoi ! c'est vous qui causez tout ce tapage ? — leur dit-il en les foudroyant du regard. La peur vous rend-elle insensés ?

— Le danger est formidable ! —s'écria Léchelle presque effaré. — Les républicains ont été battus à Luçon ! Nous avons rencontré les brigands en masse compacte, et nous avons rebroussé chemin pour vous prévenir.

— Avant une heure les Mayençais seront attaqués ! — reprit Carrier ! — Soyez sur vos gardes, citoyen général ! Nous, à bride abattue, nous allons partir pour Clisson, et vous amener le corps de bataille.

— Canclaux doit être averti déjà, et en marche sur Torfou, —répondit Kléber. —Je vais d'ailleurs lui envoyer deux officiers d'ordonnance. Restez avec nous.

— Non pas ! — répondit vivement Léchelle. — Il vaut mieux, — ajouta-t-il avec un accent déclamatoire, — que nous nous chargions de cette importante mission, dont la gravité est incontestable.

— Et puis c'est plus prudent pour vous, — répliqua Kléber d'un ton sec.

Léchelle et Carrier feignirent de n'avoir pas entendu.

— Quand donc, —s'écria ce dernier, — saisirai-je entre mes mains tous ces royalistes, tous ces brigands ! Avec quelle joie profonde je les écraserais !

Et tous deux sortirent de la ville au galop. Ils s'élancèrent sur la route de Clisson.

Une heure plus tard, vingt mille Vendéens se précipitaient sur l'avant-garde de Kléber, rangée en bataille devant Torfou, et comptant à peine deux mille hommes. Le général reçut le choc sans s'intimider. Placé au milieu de ses soldats, il les encourageait d'une voix retentissante, et les soutenait en quelque sorte contre la foule des assaillants. Bénédict apparaissait souvent à ses côtés, calme, superbe d'enthousiasme contenu, projetant autour de lui un regard ferme et sûr; puis sur un ordre du général, plongeant au plus épais de la mêlée, et ranimant, sous des pluies de balles, l'intrépidité des républicains, qui faiblissaient accablés par le nombre. Le combat était trop inégal pour que la colonne d'avant-garde pût compter sur une victoire. Kléber ordonna la retraite. Elle se fit avec lenteur et sang-froid jusqu'au moment où un caisson vint à éclater et produisit une panique dans les rangs. Les Mayençais traversèrent précipitamment la Sèvre-Nantaise. Les Vendéens, qui les suivaient pas à pas, se ruèrent alors sur eux, espérant les culbuter. Mais Kléber fit placer deux pièces d'artillerie sur le pont qui venait d'être franchi; puis, s'adressant à Fabien Renaud :

— Faites-vous tuer là avec votre bataillon, — lui dit-il.

— Oui, mon général, — répondit le stoïque commandant.

Et les volontaires nationaux, silencieux, résignés, se tinrent prêts à mourir. Pas une voix ne protesta. Seul, un jeune chasseur prit la parole en cet instant suprême, et ce fut Coquelicot :

— Oui, mourons! — s'écria-t-il. —Mourons pour le salut de l'avant-garde! C'est si beau de se dévouer!

Les royalistes s'avancèrent en colonne serrée pour franchir le pont. Une première fois ils furent repoussés par des décharges à mitraille. Mais le commandant du bataillon avait été atteint d'un coup de feu. Bénédict l'avait vu tomber. Il accourut et s'empara du commandement. Les Vendéens revinrent alors plus nombreux à la charge. Cette fois le comte de Flavigny et Raoul les dirigeaient. En les apercevant, Bénédict frissonna. Un horrible serrement de cœur le rendit muet un instant.

— Je vous salue, capitaine! — lui cria le comte en brandissant son épée.

— Monsieur le comte, je vous salue, — répondit l'aide de camp en affermissant sa voix.

— Retirez-vous, capitaine, et laissez-nous passer! — ajouta Raoul d'un ton cordial.

— Impossible! — répliqua vivement Bénédict.—Que le destin s'accomplisse! —murmura-t-il ensuite — et que Dieu les protège!

De part et d'autre, on commanda le feu. Une terrible décharge fit éclater formidablement tous les échos de la campagne. Les volontaires furent décimés, mais ils ne songèrent ni à se rendre ni à fuir. Au milieu des fracas et des gémissements on entendait la voix vibrante de Bénédict répéter : Serrez les rangs! et la petite cohorte, résolue au sacrifice, se repliait sur elle-même comme pour mieux sentir tous les cœurs palpiter à l'unisson du même héroïsme. Saisis d'admiration, émus de pitié, les assaillants hésitaient à écraser cette poignée de braves, quand Charette et le comte de Lescure, qui survinrent, leur intimèrent l'ordre de marcher en avant.

C'en était fait de l'aide de camp de Kléber ainsi que de tout le bataillon des volontaires nationaux! Mais tout à coup une rumeur profonde, semblable à un roulement de tonnerre, domina tous les bruits.

— Le corps de bataille ! le corps de bataille des Mayençais!

Cette clameur terrible intimida les Vendéens. Ils n'osèrent plus se précipiter sur le pont, dans la crainte d'être pris en flanc par toute une division de l'armée républicaine. Canclaux, prévenu à temps, non par Léchelle et Carrier, mais par ses émissaires secrets, arrivait en effet, menaçant la droite des royalistes, qui rétrogradèrent à leur tour pour se mettre en bataille dans une forte position.

— Vous êtes sauvés, braves gens! — dit le comte de Flavigny, à dix pas des volontaires nationaux. — Vive Dieu! vous l'avez bien mérité!

— Les chances s'égalisent! — reprit Raoul en se plaçant près de son père. — Tant mieux! Au revoir, capitaine Bénédict!

— Au revoir, monsieur Raoul, — répondit l'aide de de camp de Kléber en attachant un regard attendri sur le jeune et intrépide Vendéen.

La bataille recommença. Elle ne fut pas longtemps douteuse. Les royalistes, vaincus, furent poussés l'épée dans les reins jusqu'au delà de Torfou.

VI

Les Mayençais avaient été presque toujours victorieux. Il n'en était pas de même des diverses colonnes parties de Saumur, de Luçon, de la Rochelle et des Sables. Composées du contingent des levées en masse effectuées autour du pays, elles avaient pris la fuite au premier choc des Vendéens. Le général Beysser lui-même venait de se laisser surprendre à Montaigu et en avait été chassé; de sorte que, malgré ses succès, la division de Mayence dut bientôt rétrograder, pour ne pas rester en flèche dans le Bocage, exposée aux efforts réunis de toute l'armée royale et catholique. Elle se replia sur Nantes. Ce ne fut d'ailleurs qu'un retard de quelques jours dans les opérations. Réorganisées avec une promptitude qui tenait du prodige, les colonnes se remirent en campagne. Canclaux était destitué, et Léchelle nommé général en chef, ainsi que l'avait prévu Kléber, qui, heureusement, consentit à diriger lui-même la nouvelle expédition.

Les Mayençais chassèrent une seconde fois tout ce qui s'efforçait de comprimer leur élan. Ils poussèrent jusqu'à Cholet, dont ils parvinrent à s'emparer.

Presque tous les chefs vendéens, Bonchamps, d'Elbée, Lescure, La Rochejaquelein, le comte de Flavigny s'étaient concentrés aux environs de la ville avec quarante mille hommes. Une bataille s'engagea en l'absence du général en chef républicain, qui se tint prudemment au château de la Tremblaye, à deux lieues de la plaine où se déroulait la bataille, laissant à Kléber toute la responsabilité. Dès le commencement l'avantage sembla se prononcer en faveur des Vendéens. Le conventionnel Carrier prit même la fuite en criant : Sauve qui peut! Mais Kléber apostropha énergiquement le lâche, fit avancer sa division et rétablit le combat. L'action fut terrible, acharnée. Des deux parts, il y eut pour ainsi dire des miracles de valeur. Cependant la régularité et la discipline firent pencher la victoire du côté des bleus. Les royalistes, culbutés, s'enfuirent vers la Loire, où leurs familles agglomérées attendaient dans d'affreuses angoisses le résultat de cette lutte décisive. Beaupuy et Westermann coururent à bride abattue sur les fuyards. Un jeune officier vendéen rallia héroïquement quelques braves sur le chemin de Beaupréau. Il essaya de barrer la route aux hussards, mais ceux-ci sabrèrent les malheureux et passèrent par-dessus.

Le jeune officier vendéen n'était autre que Raoul. Blessé d'un coup de sabre à la tête, il s'était évanoui. Quand il reprit ses sens, il faisait nuit, mais la lune éclairait la campagne. Il vit alors deux hommes dont les visages s'inclinaient vers lui. L'un pansait sa blessure, tandis que l'autre le soutenait dans ses bras. Il les regarda attentivement et murmura deux noms :

— Bénédict... monsieur Matthieu.

— Nous-mêmes, — répondit le vieillard en entourant d'un linge la blessure du vicomte de Flavigny.

— Je vous ai aperçu au moment où vous affrontiez la

chargo de nos hussards, — reprit Bénédict. — Jo suis accouru, redoutant que vous ne fussiez mortellement frappé. Dieu merci! le coup de sabre que vous avez reçu n'a rien de dangereux. Notre ami, monsieur Matthieu, qui est maintenant chirurgien d'un de nos bataillons, vient de me rassurer à cet égard. Nous allons vous faire transporter secrètement à Cholet.

— Prenez garde de vous compromettre! — articula Raoul d'une voix qui faiblissait.

— Ne craignez rien pour nous.

— Vous êtes bons, messieurs!

Epuisé par la perte de son sang, le jeune officier vendéen s'évanouit de nouveau. Monsieur Matthieu n'essaya pas de combattre l'effet de cette seconde syncope. Le père Cazeaux et Justin, que Bénédict avait envoyés chercher une civière, étaient de retour. On étendit Raoul sur cette civière, on le couvrit d'un uniforme républicain, et on le fit entrer ainsi dans Cholet. Muguette s'était chargée de trouver un refuge hospitalier où l'on consentirait à recevoir le blessé. Elle y réussit promptement, et l'on y cacha le vicomte de Flavigny.

La maison dans laquelle on avait introduit le jeune insurgé était située dans un faubourg de la ville, entre une cour et un jardin. Elle était petite et se composait d'un rez-de-chaussée et d'un étage. Elle appartenait à un ancien commerçant, brave homme, un peu royaliste, ayant eu autrefois des relations d'affaires avec des fermiers d'Apremont. Il avait aisément consenti à céder sa demeure; mais, pour ne point se compromettre, il s'était hâté d'en sortir et d'aller chercher un asile à quelques lieues de Cholet, au village de Maulévrier.

Quand le blessé reprit ses sens, il s'agita péniblement sur la couche où on l'avait étendu, puis il essaya de se soulever, mais il n'en eût pas la force. Alors seulement il aperçut le capitaine d'état-major veillant à son chevet. Monsieur Matthieu était aussi là près du malade, interrogeant son pouls et lui faisant respirer des sels. Quelques meubles en merisier, des rideaux de serge bleue ornaient la chambre modeste où se trouvait Raoul. Une lampe en cuivre, couverte d'un abat-jour, était posée sur un guéridon.

— Où suis-je! — murmura le jeune Vendéen.

— Dans Cholet, en lieu de sûreté, — dit Bénédict.

— Je me souviens... J'étais tombé sur le champ de bataille... et vous m'avez secouru?

— Nous vous avons transporté ici pour vous prodiguer nos soins.

— Oui, oui... je comprends, vous êtes de ceux qui sont intrépides dans la mêlée et généreux après le combat. Cela est beau... merci, messieurs. — Après une pause, Raoul reprit : — Ainsi, les royalistes sont vaincus?

Monsieur Matthieu répondit par un signe de tête affirmatif.

— Et mon père? — demanda le jeune officier vendéen; — savez-vous ce qu'il est devenu.

— Je l'ignore. Il m'est apparu un instant au milieu de la mêlée, toujours calme, toujours intrépide. Espérons qu'il aura dirigé la retraite des Vendéens. Nous nous plaisons à croire qu'il est sain et sauf.

— Cruelle défaite pour nous! — soupira Raoul. — Trois de nos généraux ont été blessés mortellement : d'Elbée, Lescure et Bonchamps. — Puis se tournant vers monsieur Matthieu : — On m'a répété ce que vous avez prédit devant le conseil de guerre réuni aux Herbiers. Hélas! monsieur, votre prédiction commence à s'accomplir avec une effrayante rapidité.

Monsieur Matthieu sourit tristement.

— Ceux dont vous parlez, — dit-il, — méritaient d'être frappés sur un champ de bataille plus glorieux que celui d'une insurrection. Ils étaient dignes de mourir en défendant nos frontières envahies par l'étranger.

— Oui, — murmura Bénédict, — nous avons pu les apprécier comme juges et comme soldats. Deux mots suffisent à les peindre : bravoure et générosité.

— C'est leur oraison funèbre que vous prononcez là, messieurs. S'ils sont morts et qu'ils vous entendent, ils doivent être heureux.

Disant cela, les yeux de Raoul se fermèrent, appesantis par la fatigue, et il s'assoupit.

Lorsque le Vendéen se réveilla une heure plus tard, monsieur Matthieu et Bénédict étaient encore près de lui. Un accès de fièvre l'agitait.

— Ma mère! — murmurait-il, — où es-tu, ma pauvre mère?... Et toi, Blanche, ma chère petite Blanche, te reverrai-je?... Je ne sais quel pressentiment me crie dans l'âme que nous ne serons jamais unis!... Et pourtant je t'aime de toutes les forces de mon cœur, mon ange radieux.

Ces deux noms, prononcés par Raoul, répondaient à l'une des préoccupations les plus poignantes de Bénédict. Il attendait néanmoins que le blessé montrât un peu de force et de résignation pour lui adresser plusieurs questions qui se pressaient depuis une heure sur ses lèvres sans oser s'en échapper.

— Vous avez appelé votre mère, — lui dit-il avec une douceur grave qui dissimulait le tourment dont il se sentait pénétré. — Vous avez aussi nommé mademoiselle Blanche de Flavigny. Est-ce que vous ne savez pas où elles sont!

— Moi! — balbutia le jeune officier vendéen. — Non... ou plutôt si fait... je le sais.

— Refuseriez-vous de vous confier à moi, de me révéler le nom de l'endroit où elles se sont réfugiées?

— Pourquoi? Quelle est votre intention?

— Ne la devinez-vous pas? Eh bien! si cela était possible, je ferais prévenir cette nuit même votre mère et votre... fiancée que vous êtes vivant.

Raoul tressaillit. Un éclair de joie traversa son regard.

— Ah! monsieur, — balbutia-t-il avec vivacité, — ce que vous me dites là me cause une sensation de bonheur véritable... O ma mère! ô ma Blanche! — reprit-il en s'exaltant, — vous me croyez mort sans doute, et vous me pleurez! Consolez-vous, chères affligées! un ami me protège, et va rassurer votre pauvre cœur!

— Ne vous animez pas ainsi, — dit monsieur Matthieu, — vous accélérez votre fièvre, vous vous épuisez... Parlez bas.

— Oui, vous avez raison, et je vous obéis.

— Maintenant, — reprit Bénédict, — dites-moi où vous avez laissé la comtesse et mademoiselle de Flavigny.

— A Trémentine, — répondit Raoul.

— Quelle distance de Cholet?

— Deux lieues environ.

— Sur quel chemin?

— Sur le chemin de Beaupréau.

— Supposez-vous qu'elles y soient encore?

— Oui, car elles nous ont déclaré, à mon père et à moi, qu'elles n'en sortiraient qu'avec nous.

— Le comte les a peut-être rejointes et emmenées.

Raoul réfléchit un instant.

— C'est impossible! — répondit-il... — Mon père! Ah! je connais son amour pour moi!... Ne me voyant plus à ses côtés, il sera revenu sur le champ de bataille... Je suis sûr qu'il me cherche parmi les blessés et les morts.

Bénédict tressaillit.

— Le malheureux! — dit-il, — s'il est pris, il est perdu.

— Il sera fusillé, n'est-ce pas!

— Les ordres sont formels. On n'épargne aucun chef vendéen.

— Ah! capitaine, sauvez mon père!

— Oui, oui, je sauverai le comte, s'il en est temps encore! — s'écria Bénédict... — Je vous quitte, Raoul... Je vais parcourir la plaine où l'on s'est battu. Je chercherai monsieur de Flavigny... Puissé-je le rencontrer!... Je lui dirai alors que vous êtes sous ma sauvegarde, et je le supplierai, en votre nom, de s'éloigner au plus vite.

—Et si vous ne le rencontrez pas, qui préviendra Blanche que je suis encore vivant! qui rassurera ma pauvre mère?

Le capitaine allait sortir. Il s'arrêta.

— Comptez sur moi! — répondit-il en se frappant le front. — Quoi qu'il arrive, il faut d'abord que votre mère et votre cousine sachent que vous êtes en sûreté. Deux hommes qui me sont dévoués iront ce soir même jusqu'à Trémentine, porteurs d'une lettre de moi pour la comtesse de Flavigny. — Un éclair de reconnaissance et d'admiration brilla dans le regard de Raoul. Son énergie était épuisée; il referma les yeux et se rendormit en souriant. — Mon ami, — dit Bénédict à monsieur Matthieu, — ne l'abandonnez pas jusqu'à mon retour. J'aime ce jeune homme plus que je ne saurais l'exprimer. Je vous en conjure, reportez sur lui un peu de la tendresse dont vous me comblez.

— Allez en paix, mon cher enfant, je ne quitterai pas le chevet du blessé.

Bénédict sortit de la maison et se rendit à l'endroit de la ville où bivaquait le deuxième bataillon des volontaires républicains. Fabien Renaud en était toujours le commandant. La balle qui l'avait frappé tandis qu'il défendait le pont sur la Sèvre-Nantaise l'avait renversé de cheval, mais ne l'avait blessé que légèrement. Après huit jours de repos, il s'était fait un devoir de reprendre son commandement.

Il se tenait assis sur une chaise, enveloppé de son manteau, au milieu d'un cercle formé par ses soldats étendus sur des bottes de paille, lorsque Bénédict s'arrêta devant lui.

— Mon cher Fabien, — lui dit-il, — j'ai besoin du chasseur Justin et du grenadier Cazeaux. Peux-tu les mettre à ma disposition?

— Ta demande est inutile, mon cher capitaine. Ne t'ai-je pas prévenu qu'ils étaient à tes ordres toutes les fois que tu jugerais utile de les employer?

— Tu es un camarade parfait, mon bon Fabien.

Un quart d'heure après, le père Cazeaux et Justin partaient pour Trémentine, tandis que Bénédict sortait à pied de la ville et commençait à parcourir le champ de bataille où s'étaient si rudement entre-choqués les blancs et les bleus. Il marchait à l'aventure, allant en tous sens, changeant de direction chaque fois qu'il s'imaginait voir une ombre se glisser au loin.

. . . .

La lune planait toujours au ciel, versant sa tranquille et froide clarté sur les cadavres épars, sur les flaques de sang coagulé, sur les armes tordues qui jonchaient le sol, sur les affûts en morceaux, sur les champs labourés par la mitraille, sur les buissons troués par les boulets. Tous les blessés avaient été portés à Cholet ou dans les villages voisins. Aussi pas un gémissement, pas une plainte ne troublait le repos de la nuit. Seule, une brise d'automne exhalait de vagues soupirs. Tout à coup, cependant, un galop sonore retentit dans la plaine. Bénédict aperçut, à quelques pas de lui, un pan d'ombre projeté par une mesure; il s'y déroba. Presque aussitôt il distingua l'uniforme d'un officier supérieur, et reconnut le général en chef escorté de plusieurs aides-de-camp.

A la nouvelle de la victoire remportée sous les murs de Cholet, Léchelle s'était décidé à paraître où l'ennemi n'était plus.

— Le lâche! — murmura Bénédict.

À peine eut-il perdu de vue les cavaliers, qu'il se remit en quête.

Comme il arrivait au chemin de Beaupréau, après avoir côtoyé une longue haie d'aubépine, il se trouva soudain à côté d'un homme penché vers la terre, examinant avec attention le visage de quelques morts qui portaient l'habit des gentilshommes vendéens.

— Ne cherchez plus, monsieur le comte, — dit doucement le capitaine d'état-major.

Monsieur de Flavigny, car c'était lui, se leva d'un bond, et arma deux pistolets.

— Ai-je donc l'air de vous attaquer? — reprit l'aide de camp. — Désarmez bien vite, et causons.

— Vous, capitaine Bénédict! — s'écria le comte. — Alors je me rassure! que dis-je! je me réjouis! car vous avez une bonne nouvelle à m'apprendre, n'est-ce pas? Mon fils...

— Votre fils est caché dans Cholet. Il a reçu un coup de sabre à la tête, mais sa blessure n'a rien qui doive vous alarmer.

— Ah! capitaine, conduisez-moi vers lui!

— Ce serait commettre une imprudence grave, monsieur le comte. Croyez-moi, retournez vers les Vendéens.

— Je vous supplie de me me permettre d'embrasser mon fils, que je pleurais déjà.

— Eh bien! venez. Enveloppez-vous dans votre manteau et consentez à vous coiffer d'un chapeau républicain.

Disant cela, Bénédict ramassait le tricorne d'un officier bleu tué dans la bataille et le présentait à monsieur de Flavigny.

— Je vous obéis, — répondit le comte, — car j'ai hâte de revoir Raoul, et, s'il est possible de le conduire à sa mère, à Blanche, qui sont au village de Trémentine, sur le chemin de Beaupréau.

— Dans une heure, au plus tard, la comtesse et mademoiselle de Flavigny apprendront que votre fils existe et ne court aucun danger.

— Qui donc le leur apprendra?

— Deux messagers de confiance que j'ai expédiés moi-même, et qui font diligence en ce moment.

Monsieur de Flavigny demeura stupéfait. L'étonnement le rendait silencieux.

— Capitaine, — dit-il enfin, — j'ai vraiment peine à comprendre une si touchante conduite de la part d'un adversaire politique. Je cherche en vain la cause du dévouement que vous nous montrez. Vous avez sauvé ma nièce; vous sauvez mon fils. Qu'avons-nous donc fait pour mériter que de tels services nous soient rendus par vous?

— C'est bien facile à expliquer, monsieur le comte : votre famille et vous, quand je n'étais qu'un pauvre pâtre, vous m'avez montré une exquise bienveillance. Je n'ai pas oublié d'ailleurs que monsieur Raoul nous a secourus, monsieur Matthieu et moi, au fond du gouffre d'Apremont. Ma reconnaissance sera éternelle, et je ne laisserai échapper aucune occasion de vous le prouver.

— Vous êtes vraiment généreux dans la manifestation de votre gratitude, car vous faites pour moi cent fois plus que nous n'avons fait pour vous. Vous n'êtes plus notre débiteur, et c'est nous maintenant qui vous devons.

— En dépit des opinions qui nous divisent, monsieur le comte, honorez-moi de votre amitié, et quel que soit le péril auquel je m'expose désormais pour votre salut ou pour le salut de votre famille, nous serons quittes.

— Ma famille et moi, nous savons vous apprécier, capitaine, malgré la divergence de nos convictions politiques, et nous vous aimerons toujours.

— Voilà une belle et bonne parole, monsieur le comte. Je vous rends grâce de l'avoir prononcée... Et maintenant, — reprit Bénédict, — ne nous attardons plus... Suivez-moi.

— Je vous suis.

Tous deux s'éloignèrent en s'engageant dans un sentier qui traversait diagonalement la plaine et aboutissait au faubourg le plus rapproché de Cholet.

Quand ils furent à quelque distance, un homme qui s'était tenu immobile derrière la haie d'aubépine, se glissa en rampant dans le sentier. Cet homme avait le front couvert d'un bonnet phrygien rabattu sur ses sourcils ; il était vêtu d'une carmagnole ; son menton plongeait à demi dans une haute cravate nouée à la Saint-Just. Évidemment il cherchait à cacher une partie de son visage. Ses mains étaient pleines de pièces d'argent, de bijoux et d'assignats dont il avait dépouillé les morts.

— Tiens, tiens, tiens, — dit-il en plongeant son trésor d'oiseau de proie dans une poche de sa culotte de drap gris, — bonne découverte ! Voilà une aventure qui me fera décidément bien venir du citoyen général Léchelle et du citoyen représentant Carrier. Il faut que je sache où va ce Bénédict en compagnie de ce ci-devant comte de Flavigny. Je le saurai, mille diables ! Ils auront de la chance s'ils échappent à la guillotine. — Il s'élança sur leurs traces en ajoutant : — Dès qu'ils seront exécutés, j'en verrai l'heureuse nouvelle au marquis d'Apremont, qui les exècre si cordialement... Mais, baste ! je me soucie bien à présent de ce grossier gentilhomme, qui me traite de manant, de maroufle, de coquin ! Décidément je préfère qu'on m'appelle citoyen Roch Duhoux. D'ailleurs la cause vendéenne est perdue ; ma foi sauve qui peut ! Moi, je me sauve du côté des vainqueurs, où se trouve la force, c'est-à-dire la justice et le bon droit. C'est clair. — Tandis qu'il articulait ces derniers mots en ricanant, il se heurta le pied contre un cadavre. C'était celui d'un officier royaliste, dont le grade était indiqué par un nœud vert attaché à son chapeau. Duhoux fouilla rapidement les habits du mort, et s'empara de quelques louis. — Des pièces d'or à l'effigie des tyrans ! — dit-il avec une grimace de dédain. — Quelle horreur ! Je suis un honnête sans-culotte désormais, et je repousse les richesses avec mépris ! — Par un brusque mouvement, en effet, il envoya les pièces d'or rejoindre dans sa poche tous les objets précieux qu'il y avait déjà entassés. Puis il se mit à courir sur la pointe des pieds pour se rapprocher sans bruit du capitaine et du comte, dont les silhouettes noires se remarquaient à peine à travers qui passait ! Moi, je me sauve lointain. Il eut beau précipiter sa course, il s'aperçut bientôt qu'il n'était plus sur les traces de Bénédict et de monsieur de Flavigny. Vainement il explora tout le réseau des petites rues qui se croisaient à l'entrée de la ville, aucun indice ne lui révéla ce qu'ils étaient devenus, ni dans quelle habitation ils avaient mystérieusement pénétré. — Tonnerre ! — s'écria-t-il, — je ne prendrai pas une minute de repos que je ne les aie retrouvés et dénoncés. J'ai hâte de faire mes preuves de civisme. — Comme il courait de çà et de là avec impatience, écoutant aux portes, interrogeant les fenêtres du regard, et répétant ses mots avec colère : — Je finirai bien par découvrir leur gîte, — il arriva en face d'un ancien couvent de cordeliers, que les moines avaient abandonné à l'approche des républicains. Il s'approchait pour l'examiner et songeait même à s'y introduire, lorsqu'on lui frappa rudement sur l'épaule. Il se retourna. — Le citoyen représentant Carrier ! — s'écria-t-il,

Et il souleva son bonnet rouge avec un respect craintif.

— Moi-même, — dit le sombre conventionnel, qui, en attendant l'heure du conseil de guerre, se promenait seul dans la ville, inspectant les bivouacs et observant ceux qui passaient.

Roch Duhoux tremblait visiblement sous le terrible coup d'œil du représentant.

— Que fais-tu ici ? — lui demanda Carrier, — As-tu donc l'envie de te cloîtrer, ex-brigand que tu es ?

— Moi, mille diables ! — répondit Duhoux en roidissant sa voix. — J'ai l'horreur des couvents, et j'étranglerais tous les trappistes sans sourciller.

— À la bonne heure, morbleu ! je vois que tu deviendras vite un bon jacobin.

— Mieux que ça ! un sans-culotte, un septembriseur, tout ce que vous voudrez. Je vous appartiens depuis le

jour où sur le chemin de Clisson j'ai été pris et conduit devant le citoyen général Léchelle et devant vous. Ordre de me fusiller. Je me croyais mort ; pas du tout : je propose de vous servir et vous m'épargnez.

Carrier ricana.

— Enfin, — dit-il, — tu es devenu notre espion, moyennant quoi nous t'avons laissé la vie sauve. C'est bien. Fais ton devoir comme tu nous l'as promis, sinon... — Le futur proconsul de Nantes s'interrompit, et reprit brusquement : — Tu ne m'as pas encore dit pourquoi tu es ce soir dans Cholet.

— Je cherche le capitaine d'état-major Bénédict, aide de camp du général Kléber. C'est un traître qui cache et protège des Vendéens.

— En es-tu sûr ?

— Parfaitement sûr.

— Alors ça ira !!... Prouve ce que tu avances ; Léchelle et moi, nous nous chargeons de faire guillotiner ces gueux de royalistes ; celui qui ose les soustraire à la fureur du peuple est peut-être aussi cet aristocrate de Kléber, que je hais.

— Les preuves que vous me demandez, j'espère bien vous les fournir cette nuit même. Je me mets en quête ; vous verrez bientôt que je suis un bon limier.

— Soit. Dépêche-toi. Il faut qu'avant le jour tu rejoignes les Vendéens, afin que tu puisses nous dépeindre leur situation, et nous dénoncer leurs projets, que nous ignorons complètement.

— Vous serez content de moi, comme vous devez l'être déjà.

— En effet, c'est sur un avertissement de toi que les républicains ont été en mesure de recevoir terriblement le choc des royalistes sous les murs de cette ville. Mais tu aurais peut-être dû accompagner ces brigands dans leur fuite. Tu saurais maintenant où ils sont et ce qu'ils font.

— À vrai dire, je commence à craindre que mon espionnage ne finisse mal. Si les Vendéens conçoivent le moindre soupçon, je serai écharpé sans miséricorde. Ne puis-je, citoyen représentant, vous être utile en m'exposant moins ?

— Plus tard ; mais patience. Quant à présent, il importe que tu continues à remplir le rôle que nous t'avons tracé. Il le faut, entends-tu ? — La voix du conventionnel était impérieuse. Duhoux n'osa pas répliquer. — Je continue mon inspection des bivouacs, — reprit Carrier. — N'oublie pas mes ordres, et tâche de les bien exécuter. Au revoir.

Immobile et muet, Duhoux le regarda s'éloigner. Son silence ne dura qu'un instant.

— Mon nouveau maître doit être un fieffé gredin, — dit-il en grimaçant un sourire. — Il me rappelle le marquis d'Apremont. Baste ! — ajouta-t-il philosophiquement, — il faut bien qu'il y ait des chenapans sur la terre, ça fait ressortir la vertu...

Pendant ce temps, Bénédict et monsieur de Flavigny étaient parvenus sans obstacle à la maison qui abritait Raoul. Ils traversèrent la cour, franchirent l'unique étage, et entrèrent dans la chambre où reposait le blessé sous la surveillance de monsieur Matthieu. Il dormait encore. Le comte s'inclina en silence vers le lit, embrassa doucement son fils, remercia tout bas le vieux chirurgien, et s'assit sur une chaise près du chevet. Il y eut un long silence, durant lequel monsieur de Flavigny écouta les battements des artères du jeune officier vendéen.

— Il est calme, — murmura-t-il d'un air heureux. — Il respire sans effort. Que pensez-vous de son état, docteur ?

— Il me paraît aussi rassurant que possible, monsieur le comte. Aucune lésion grave à la tête. Beaucoup de sang répandu. Une extrême faiblesse. La guérison sera prompte, j'en ai le ferme espoir.

— Ce que vous me dites-là, monsieur Matthieu, réjouit

mon pauvre cœur. Ah ! que ne m'est-il permis d'attendre ici que mon fils soit rétabli !

— Comptez-vous donc repartir bientôt ?

— Cette nuit même. Il importe que j'aille au plus vite reprendre mon commandement. Au milieu des conjonctures terribles où sont placés les Vendéens, l'honneur doit parler en moi plus haut que l'amour paternel.

— Oui, — dit gravement Bénédict, — chacun de nous a d'impérieux devoirs à remplir. Un soldat n'abandonne pas la cause à laquelle il appartient alors qu'elle est plus en péril que jamais. Je vous plains, monsieur le comte, mais je n'ose vous retenir. Ah ! pourquoi ne combattons-nous pas sous le même drapeau ?

— Parce que nous n'avons, mon cher capitaine, ni les mêmes opinions ni les mêmes préjugés !

— Opinions et préjugés, — répliqua Bénédict avec tristesse, — ne devraient-ils pas se fondre dans un sentiment commun : l'amour de la patrie ? Quand le territoire est envahi par l'étranger, quand cinq cent mille baïonnettes s'efforcent d'écraser la France, quand la Prusse, l'Autriche, l'Espagne, l'Angleterre méditent sans doute de la réduire et de la démembrer ?

— La démembrer ! Ah ! nous ne souffririons pas cela, nous, royalistes ! — répondit énergiquement le comte. — C'est alors que nous consentirions à nous unir aux républicains pour repousser hors des frontières de la patrie les vainqueurs insolents.

— Il serait trop tard sans doute ! — dit l'aide de camp. — Nos divisions intestines nous ayant affaiblis les uns et les autres, aurions-nous encore une énergie capable d'affronter toutes les puissances de l'Europe maîtresses de notre capitale ? J'en doute, hélas ! — Monsieur de Flavigny devint soucieux. — Croyez-moi, — poursuivit le capitaine d'état-major d'une voix émue, — les souverains coalisés haïssent la France, non parce qu'elle est maintenant une république, mais parce qu'elle est la France, c'est-à-dire le pays le plus compacte et le plus puissant. On jalouse notre unité nationale, et l'on tente d'en briser le faisceau. Ce sont les manifestes de Brunswick et l'or de Pitt qui ont poussé la démocratie aux plus cruels excès, n'en doutez pas. La responsabilité d'une grande partie du sang qui a coulé sur les échafauds doit remonter plus haut que les Marat, les Danton, les Robespierre : elle doit remonter jusqu'aux souverains hostiles qui ont exaspérés les esprits en prétendant intervenir dans les débuts pacifiques de notre révolution.

— Vous avez peut-être raison, monsieur, — répondit le comte en s'animant. — Mais enfin le mal est fait : le roi a péri, la religion est persécutée, tous les grands intérêts sociaux sont à la merci de quelques hommes violents. La Convention domine, en un mot, elle règne par la terreur. Tout bon gentilhomme doit protester et mourir les armes à la main plutôt que de courber la tête sous un joug sanglant, qu'il réprouve et dont il a horreur.

— Vous n'êtes pas le seul à le réprouver et à en avoir horreur, monsieur le comte. Mais souffrez que je vous le dise, c'est la guerre étrangère, secondée par la guerre civile, qui fait la force et le maintien du gouvernement dont vous parlez. Il représente, en effet, malgré tout, la haine de l'invasion et l'enthousiasme de la résistance à tout prix. J'espère qu'il parviendra à reconquérir l'intégrité du sol national, et ce sera son excuse, sa gloire même dans l'avenir. Je n'en gémis pas moins, comme vous, sur les malheurs publics qui désolent de nos jours l'histoire de notre beau pays.

— Ce dernier aveu me prouve une fois de plus, capitaine, que vous avez une âme franche et généreuse. Je vous l'avoue, le sentiment de patriotisme dont vous êtes si pénétré vous honore à mes yeux. Ce sentiment, soyez-en certain, palpite également en moi, et plus d'une fois ma conscience s'est troublée à la nouvelle des victoires remportées par les rois de l'Europe sur les armées de la république... de la république que cependant je ne con-

sentirai jamais à servir... Brisons sur ce point, je vous conjure, — reprit le comte. — Toute discussion est inutile entre nous, car nous ne saurions conclure dans le même sens.

— J'ai eu tort de provoquer ce débat, je vous en demande pardon, monsieur de Flavigny.

— Et je vous pardonne de grand cœur ! — repartit affectueusement le comte, — surtout si vous pouvez mettre une voiture, une carriole, un réticule quelconque à ma disposition.

— Je vous le promets. J'espère vous procurer même un sauf-conduit.

— Alors tout sera pour le mieux.

— Votre intention est-elle donc d'emmener le blessé ? — demanda monsieur Matthieu.

— Oui, à moins qu'il ne soit point en état de supporter la fatigue d'un voyage... Votre avis, docteur ?

— Je crois que, à la condition de lui faire prendre souvent quelques gouttes d'un cordial que je vous donnerai, il n'aura pas beaucoup à souffrir d'un déplacement.

— Vous m'encouragez. Merci.

Monsieur Matthieu sortit pour se rendre aux ambulances, où son service l'appelait. Bénédict ne tarda pas à s'éloigner aussi pour remplir la promesse qu'il avait faite à monsieur de Flavigny.

Une heure s'écoula.

En se réveillant, Raoul se vit pressé dans les bras de son père. Il y eut un instant de silence, de effusion. Quand le comte put parler :

— Comment es-tu, mon fils ? — lui demanda-t-il.

— Le sommeil m'a rendu un peu de force. Je me sens mieux, beaucoup mieux. — En effet, le blessé se souleva; il se tint assis sans grands efforts. Son père lui fit boire quelques gorgées d'une liqueur prescrite par monsieur Matthieu; une teinte rosée anima subitement la pâleur des joues de Raoul. — Et ma mère !... et Blanche ! murmura le jeune homme avec anxiété.

Le comte allait répondre, lorsque la porte de la chambre s'ouvrit doucement, et livra passage à deux femmes vêtues comme de simples ouvrières du pays. Une mante de drap brun, une robe d'indienne grise, un bonnet de mousseline et de gros souliers composaient leur costume. Elles n'en étaient pas moins remarquables, au premier abord, par la distinction dont elles rehaussaient, sans doute malgré elles, la modestie de leur accoutrement.

Deux hommes les suivaient, deux soldats républicains : c'étaient le chasseur Justin et le grenadier Cazeaux.

Plusieurs cris de joie et le bruit de quelques sanglots, ce fut tout ce qu'on entendit dans la chambre durant plus d'un quart d'heure. Puis on balbutia des mots entrecoupés de larmes : « Ma mère !... Mon cher enfant !... Pauvre Raoul !... Ma belle fiancée !... » et des baisers pleins de tendresse et d'angoisses s'échangèrent, raffermissant les cœurs meurtris, qui ployaient sous le fardeau des infortunes du présent et des incertitudes de l'avenir.

VIII

Plus maîtresses d'elles-mêmes, la comtesse et Blanche se jetèrent dans les bras de monsieur de Flavigny et lui exprimèrent leur surprise et leur bonheur de le retrouver dans Cholet près du blessé. Le comte leur dit la rencontre qu'il avait faite sur le champ de bataille du capitaine d'état-major et comment il s'était introduit dans la ville en compagnie de Bénédict.

— Bénédict ! — répéta la comtesse stupéfaite et charmée. — Toujours cet officier bleu !

— C'est lui, — reprit Blanche en s'animant, — qui nous a envoyé deux soldats à Trémentine pour nous rassurer sur le sort de Raoul.

— Je le sais, — dit le comte. — Dans sa sollicitude pour notre famille, il s'inquiète de tout et prévoit tout. Nous avons dans l'armée vendéenne bien des amis moins dévoués que ce républicain.

— Cela est vrai, — murmura madame de Flavigny.— Le brave garçon risque sa tête.

— Et cela est étrange assurément! — pensa Blanche, dont l'esprit, toujours en éveil, conçut un nouveau soupçon.

— Je ne suppose pas, — reprit le comte, — qu'il ait chargé ceux qui ont été vers vous de vous amener à Cholet. Pourquoi êtes-vous venues? C'est là une imprudence, je le crains.

— Nous n'avons pu résister au désir d'apporter nos soins à mon fils, — répondit la comtesse. — Blanche et moi, nous mourions d'inquiétude là-bas.

— Remarquez, mon oncle, que nous avions pris nos précautions, — ajouta la jeune Vendéenne en essayant de sourire.—On ne devinerait guère, j'imagine, qu'il y a deux aristocrates sous l'humble vêtement dont nous sommes couvertes de la veille au jour. Nous avons fait le chemin, montées sur un gros bidet du Poitou, accompagnées de nos guides devant lesquels plus d'un obstacle s'est abaissé. Rassurez-vous donc, nous n'avons rien à redouter.

Elle se retourna vers le père Cazeaux et Justin, qui s'étaient réfugiés dans l'embrasure d'une fenêtre, et prêtaient depuis un instant l'oreille à de sourdes rumeurs qui venaient de s'élever au dehors.

— N'est-ce pas, citoyens, — leur dit-elle gaiement, — n'est-ce pas que nous sommes ici en toute sécurité?

— Sans doute, mademoiselle, — répondit l'ancien fermier, dont la physionomie parut un peu en désaccord avec l'opinion qu'il hasardait.

— Vous balbutiez! — reprit Blanche qui devint sérieuse. — Il ne semble pas que vous soyez convaincu. Avez-vous quelque raison de craindre? Ne nous dissimulez rien.

— Oui, parlez sincèrement, — insista le comte.—Nous vous en prions.

Au lieu de répondre, le grenadier et le chasseur se mirent à écouter avec une extrême attention. Instinctivement le comte, la comtesse, Blanche et Raoul en firent autant. Les rumeurs lointaines se préoccupaient les deux volontaires nationaux grossissaient en se rapprochant.

— Qu'est-ce que cela? — demanda monsieur de Flavigny stupéfait.

— Je ne m'en rends pas compte, — répondit le père Cazeaux. — Serait-ce un retour imprévu des Vendéens?

Impossible! — dit Blanche; — nos troupes ont à peine eu le temps de se rallier, et sont incapables, cette nuit, d'un mouvement offensif.

— Elles ne s'arrêteront sans doute qu'à Saint-Florent, sur le bord de la Loire, — ajouta madame de Flavigny.— Peut-être même franchiront-elles le fleuve pour mettre un grand obstacle entre les royalistes et les républicains.

— Alors, — reprit Raoul anxieux, — que signifient ces mille éclats de voix qui ressemblent déjà au roulement prolongé du tonnerre?

— Serait-ce une émeute de Jacobins et de sans-culottes! — réfléchit tout haut Justin.

— S'il en est ainsi, — répliqua le père Cazeaux, — on les fera taire, les braillards!

— En attendant, je cours m'informer. Je serai bientôt de retour, — dit Coquelicot.

Il allait s'élancer hors de la chambre, lorsque Bénédict parut.

— Rassurez-vous, mes amis! — s'écria-t-il, le regard étincelant d'enthousiasme. — Les clameurs qui retentis-sent n'ont rien qui doivent vous effrayer; au contraire! car ce sont des cris d'allégresse et des bénédictions.

— Par qui sont-ils proférés? — demanda le comte, traduisant la pensée de tous ceux qui écoutaient l'aide de camp de Kléber.

— Par des soldats républicains... Je viens d'apprendre qu'ils étaient au nombre de cinq mille prisonniers des royalistes. On voulait les fusiller à Saint-Florent. Un général vendéen qui expirait a intercédé pour eux, et non seulement on leur a fait grâce, mais encore on leur a dit: « Vous êtes libres. Partez. » Un premier groupe vient d'entrer dans Cholet.

— Ah! cela est bien! — s'écria Raoul. — C'est ainsi qu'on honore la guerre et qu'on glorifie l'humanité!

— Le nom de ce général vendéen? — reprit le comte avec ce sentiment d'orgueil qui naît de la solidarité entre les hommes du même parti.

— J'ai entendu nommer Bonchamps.

— Le plus habile général de l'armée royaliste, — dit Raoul.

— Et la meilleure âme qui fût parmi nous, — ajouta une voix doucement solennelle qui émut Bénédict. — Que Dieu le récompense dans l'éternité!

Alors seulement l'attention du capitaine se porta sur les deux femmes qui étaient dans la chambre. Malgré le déguisement dont elles étaient vêtues, malgré la vague lueur que projetait la petite lampe à abat-jour posée sur le guéridon, il reconnut aussitôt la comtesse et Blanche, et tressaillit comme s'il recevait un choc d'électricité.

— Vous ici! — balbutia-t-il.

— Nous-mêmes, — répondit mademoiselle de Flavigny. — Vos messagers se sont laissés fléchir par nos instances, et, grâce à eux, nous sommes près de Raoul.

— Et il nous est encore permis de vous combler d'éloges et de remerciments,—reprit la comtesse, en accompagnant ces mots d'un regard attendri.

— Capitaine, — ajouta Blanche avec sa charmante vivacité, — je sens que la parole est impuissante à bien exprimer la reconnaissance. Aussi, quoi que vous tentiez dans l'avenir pour nous défendre ou nous sauver, ne comptez plus sur de vaines protestations; mais comptez toujours sur la sympathie et l'estime que nous inspirent votre courage et votre générosité.

— Je prie Dieu, mademoiselle, qu'il me place sur votre chemin chaque fois que vous aurez, votre famille et vous, besoin d'une intervention ou d'un dévouement.

— Puisse votre prière être exaucée! — dit le comte. — Nous sommes déjà si complètement vos obligés, que nous ne saurions regretter de le devenir plus encore.

Comme monsieur de Flavigny achevait de parler, Justin, qui regardait à travers les vitres d'une croisée de la chambre, poussa une exclamation de surprise et même d'effroi.

Bénédict s'élança vers lui.

— Pourquoi ce cri, Coquelicot? — lui demanda-t-il.

— Parce qu'on vient d'ouvrir mystérieusement la porte de la cour, capitaine.

— Qui donc?

— Un homme qui s'est glissé à pas furtifs jusque sous cette fenêtre. Il a paru examiner la maison, et il s'est enfui après avoir remarqué que je le regardais.

— Quel homme était-ce?

— Je n'ai pu distinguer son visage, et je n'ai bien vu qu'une chose dans son costume: un bonnet rouge dont il était coiffé.

Cette particularité était de nature, dans le temps où l'on vivait, à faire concevoir de graves inquiétudes. Le comte, la comtesse, Blanche et Raoul parurent consternés.

— C'est un espion, sans doute, — dit le père Cazeaux.

— C'est quelque délateur qui soupçonne et s'apprête à dénoncer. Que faire, mon cher Bénédict!

Le capitaine ouvrit la fenêtre, et parcourut d'un regard circulaire toute l'étendue de la cour.

— Personne,— dit-il.— L'homme en question est sans doute dans la rue. Justin et vous, père Cazeaux, tâchez de le rejoindre. Arrêtez-le et amenez-le moi.

— Et si nous ne le trouvons pas? — demanda Coquelicot.

— Vous reviendrez au plus vite et vous ferez faction dans la cour, sur le seuil de la maison. J'y serai moi-même dans un instant. — Les deux volontaires nationaux saluèrent et sortirent en courant. — Il ne faut pas que cet incident vous tourmente, — reprit l'aide de camp. — Il y a, je le sais, dans Cholet des patriotes exaltés, des démagogues ardents. Mais aussi toute l'armée de Mayence y bivaque, et j'ose vous répondre que, tant que je vivrai, nul n'osera vous jeter en prison là où commande le général Kléber. Le général qui a défendu, sous peine de mort, le pillage dans la ville, saura bien écarter le péril qui vous menace. Il n'ignore pas toute l'affection que m'inspire la famille de Flavigny, et je suis sûr qu'à mon appel il s'empressera d'accourir pour étendre sa protection sur vous.

— Nous craignons moins pour nous que pour vous, capitaine. Nous nous attristons, en effet, à la pensée que notre présence en ces lieux vous compromet gravement.

— Hélas! oui, — dit la comtesse, — Il y a, paraît-il, une loi des suspects, au nombre desquels sont compris ceux qui secourent les Vendéens.

— Il en existe une autre, madame, — répondit l'aide de camp; — c'est la loi de charité qui émane de Dieu. Toute âme, au fond de laquelle elle est écrite, brave sans peine les plus rigoureux décrets.. Du reste, nous nous alarmons peut-être à tort, — ajouta Bénédict. — L'homme qui s'est introduit tout à l'heure dans la cour était, je pense, un voleur plutôt qu'un espion. Le bonnet phrygien n'est pas un certificat de probité. Il peut couvrir la tête même d'un larron.

— N'importe! — dit monsieur de Flavigny; — il convient que nous retournions au plus vite vers les Vendéens.

— Une voiture est retenue. Elle viendra vous prendre avant le jour.

— Et le sauf-conduit?

— Le général a promis de me le remettre bientôt.

La comtesse était assise, elle se leva. L'humilité de ses vêtements n'enlevait rien à la douce majesté de son visage et de sa taille. Elle s'approcha du capitaine, dont l'âme palpita secrètement.

— Monsieur, — dit-elle avec un accent mélodieux et triste, — c'est peut-être la dernière fois que nous nous voyons. De grands malheurs planent dans l'air au-dessus de l'armée royale et catholique, ils éclatent déjà. Ma famille et moi nous ne sommes pas sûres du lendemain. Avant de vous dire adieu, laissez-moi vous donner un témoignage d'affection, une marque de bon souvenir. Vous avez bien mérité cela. Prenez et pensez à nous.

La comtesse détachait de son cou un médaillon encadrant une miniature; elle l'offrit à Bénédict. Cette miniature représentait deux têtes charmantes, deux visages délicieusement peints, portraits frappants de madame et de mademoiselle de Flavigny. Aucun don ne pouvait avoir autant de valeur à ses yeux. Il en le recevant, il rougit de bonheur et fut tenté d'y appuyer les lèvres, mais il se contint, craignant de paraître y attacher un trop grand prix.

— Et moi aussi, — dit vivement Blanche, — je veux faire un petit cadeau à notre bon et magnanime ennemi.

Imitant la comtesse, la jeune Vendéenne tendit à Bénédict un autre médaillon contenant les portraits de monsieur de Flavigny et de Raoul. Puis elle fixa sur lui un regard étrangement observateur.

— J'ai le culte des souvenirs et de tout ce qui les consacre, — répondit Bénédict d'une voix qui tremblait un peu. — Ce n'est pas la première fois que madame et ma-

demoiselle de Flavigny m'accordent une touchante faveur. Il y a quelques années, à la ferme de la Bépardière, j'ai reçu d'elles un portefeuille et un bouquet. Les voici. — Presque aussitôt il montra les chères reliques dont il parlait. La comtesse se souvint qu'elle avait écrit quelques mots sur une page du portefeuille. Blanche, elle, examina les violettes fanées, et déclara qu'elle les reconnaissait parfaitement. — Ces objets précieux ne m'ont jamais quitté, — reprit le capitaine. — Je suis superstitieux, et je les ai toujours considérés comme deux talismans qui devaient me protéger. Les médaillons que voici ajouteront encore leur heureuse influence à celle du portefeuille et du bouquet. Aussi, désormais, me croirai-je invulnérable.

Blanche, qui n'avait pas un seul instant détourné son regard des yeux de Bénédict, y vit rayonner un tel éclair de tendresse qu'elle eut comme une révélation; elle resta convaincue que l'officier républicain savait depuis longtemps qu'il était le fils de la comtesse de Flavigny.

— Et il a toujours gardé le silence! — pensa-t-elle avec enthousiasme. — Ah! cela est admirable!

Elle se sentit agitée d'un frémissement ineffable, qui la surprit; mais elle ne chercha point à s'en expliquer la cause. Un bruit confus du dehors vint d'ailleurs s'emparer de son attention.

— Serait-ce la voiture qui arrive? — demanda le comte attentif.

— Je ne crois pas, — répondit le capitaine, qui se montra inquiet.

— Je crois entendre le froissement des armes, — reprit Blanche en pâlissant.

— On vient pour nous arrêter, — murmura Raoul.

— Silence! — dit Bénédict. — Laissez-moi faire et ne sortez pas!

Il s'élança hors de la chambre, descendit rapidement l'escalier et arriva dans la cour. Là, il se trouva en face d'une vingtaine de sans-culottes, vêtus de carmagnoles, coiffés de bonnets rouges, armés de piques. Ils exigeaient à grands cris qu'on leur laissât fouiller la maison. Le sabre en main, le père Cazeaux et Justin refusaient de leur livrer passage, quand parut l'aide de camp de Kléber.

— Que veut-on? — demanda-t-il sèchement.

— Arrêter la famille de Flavigny et la conduire en prison.

— Avez-vous un ordre formel d'arrestation?

— Il n'en est pas besoin! Tous les royalistes, tous les Vendéens sont hors la loi!

— Ce n'est pas mon avis, — répliqua Bénédict en s'animant, — et nul de vous n'entrera sans un mandat régulier.

— De gré ou de force, nous aurons les aristocrates qui se cachent ici.

Le capitaine fit claquer la détente de deux pistolets, ceux du comte de Flavigny, dont, avant de descendre, il s'était armé.

— Essayez, — dit-il avec une terrible expression d'audace et de défi.

Les porteurs de piques s'entre-regardèrent pour se consulter. Une sourde explosion de colère gronda parmi eux.

— Ça va chauffer, — grommela le père Cazeaux.

— Trois contre vingt, c'est joliment crâne, ça! — ajouta Coquelicot en riant au nez des agresseurs.

Ceux-ci, furieux, allaient se ruer sur les défenseurs de la famille de Flavigny. Déjà ils s'éparpillaient pour diviser l'attaque et la rendre ainsi plus dangereuse, lorsque de nouvelles clameurs, semblables à celles qui avaient retenti une demi-heure auparavant, éclatèrent à peu de distance, se rapprochèrent, devinrent plus distinctes, et retentirent enfin devant la maison même où l'on se disposait à en venir aux mains.

— Vive la république! — criait-on, — et vive Bonchamps!

Les jacobins stupéfaits avaient suspendu leur mouvement agressif. Quelques-uns d'entre eux s'étaient précipités vers la porte de la rue pour s'informer de ce qui se passait. Ils virent défiler un groupe de soldats républicains sans armes, qui agitaient leurs chapeaux en signe d'allégresse, et rendaient hommage à la mémoire de Bonchamps, leur libérateur.

— Que chantent-ils donc là, ces imbéciles ?—demanda-t-on dans la foule qui écoutait.

— Un *Te Deum* en l'honneur d'un général vendéen,—répondit une voix dont l'accent était railleur.

— Ce sont des traîtres !—répliqua-t-on.—On devrait les fusiller.

— En attendant, sus aux trois Mayençais qu'on les échappe ! qu'on les mette en morceaux !

Les piques se croisèrent aussitôt et menacèrent la poitrine des défenseurs de la famille de Flavigny. Deux assaillants, plus hardis que les autres, se jetèrent sur Bénédict. Il fit feu, et les abattit. Tirant alors son épée, il attendit d'un air calme et méprisant une nouvelle attaque.

À la vue de leurs camarades tombés expirants, les sans-culottes avaient fait brusquement quelques pas en arrière. Ils n'osaient plus avancer. Un rayon de lune, qui luttait avec les premières lueurs de l'aube, projetait une clarté blafarde sur cette scène violente. Cependant les agresseurs s'encourageaient à voix basse et se poussaient en avant. L'un d'eux surtout s'efforçait de raffermir les cœurs ébranlés : c'était Roch Duhour, qui avait amené là quelques terroristes recrutés par lui dans un cabaret. Mais, tout en exhortant ses compagnons, il se tenait prudemment l'un des derniers. Soudain le piétinement d'une cavalcade attira son attention ; il repoussa quelques curieux qui s'étaient assemblés dans la rue, et bondit dans la direction des cavaliers qui approchaient.

C'étaient le général en chef Léchelle et le représentant Carrier, qui venaient d'inspecter les avant-postes.

— A l'aide ! au secours !—hurla Duhour.—Une famille de Vendéens est cachée là, tout près, dans une maison. D'intrépides patriotes veulent faire main basse sur cette couvée d'aristocrates, et on les en empêche... Que dis-je ! on les tue à coups de pistolet.

— Qui donc,—demanda Léchelle toujours emphatique,—s'oppose à l'accomplissement d'un si grand devoir pour des républicains ?

— L'aide de camp du général Kléber et deux volontaires nationaux de la division de Mayence.

— Oh ! les Mayençais !—gronda Carrier.—Si j'étais le maître, mille démons ! je les ferais décimer.

— Allons voir par nous-mêmes ce qu'il en est,—reprit le général en chef avec un geste majestueux.

Et, suivi du représentant, il entra à cheval dans la cour de Bénédict, le père Cazeaux et Justin attendaient de pied ferme les sans-culottes encore hésitants.

— Eh bien ! qu'est-ce à dire ?—déclama Léchelle.—Pourquoi refuse-t-on de livrer les royalistes réfugiés sous ce toit suspect ?

— Parce que tout qui se présente n'ont pas le droit de les arrêter,—répondit le capitaine d'état-major.

— Tout républicain a le droit et même le devoir de s'emparer des brigands !—répliqua Carrier avec véhémence.—Quiconque n'admet pas cela trahit ! Garé aux traîtres !

— Citoyen capitaine d'état-major,—ordonna le général en chef,—j'exige que vous vous retiriez à l'instant même, vous et vos deux soldats mayençais. Place à la justice du peuple ! Je veux qu'on saisisse les Vendéens que vous avez pris sous votre protection. Je le veux !

— Oui ! en rugit sourdement Carrier.—Qu'on les massacre, et que ça finisse !

Comme il proférait ces mots, le général Kléber à cheval fit irruption dans la cour.

— Que se passe-t-il donc ici ?—demanda-t-il. Aper-

cevant Léchelle et Carrier : — Ah ! ah ! — reprit-il ironiquement ; — vous voilà enfin ! Je vous cherchais. Le conseil de guerre se réunit dans un quart d'heure. On compte sur vous. Je viens d'apprendre que les Vendéens se sont ralliés sur le bord de la Loire, à Saint-Florent. Il faut agir sans délai.

— C'est mon opinion, — repartit le général en chef en scandant ses syllabes. — Nous marcherons contre eux *majestueusement et en masse*.

— Parbleu ! comme toujours ! — répliqua Kléber avec une expression de dédain.

Mais il changea subitement de physionomie. Il devint sérieux et poussa son cheval vers la porte de la maison, sur le seuil de laquelle se tenaient encore Bénédict, le père Cazeaux et Justin. Il s'écria stupéfait :

— Mon aide de camp l'épée à la main ! Deux de mes volontaires nationaux le sabre nu ! Qu'est-ce que cela signifie ?

— Mon général, — répondit vivement Bénédict, — la famille de Flavigny est ici. Je ne sais quel espion a découvert et dénoncé sa présence dans la ville. Des sectionnaires, sans aucun mandat, sont venus pour l'arrêter ; je leur ai barré le chemin. Sur ces entrefaites sont arrivés le général Léchelle et le représentant Carrier. Le premier m'a intimé l'ordre de livrer passage, et le second a prononcé une parole infâme. J'allais me faire tuer, mon général, quand vous êtes apparu. Ah ! par pitié ! sauvez la famille de Flavigny !

— Je la sauverai — répondit résolûment Kléber.

Et se tournant vers Léchelle :

— Citoyen général en chef, — reprit-il, — je sollicite votre clémence en faveur des Vendéens qui se sont réfugiés dans cette maison.

— La clémence serait une duperie !—répliqua Carrier. — A mort les brigands !

— Je ne vous parle pas, à vous !—dit sèchement Kléber. — Je sais que vous êtes impitoyable, surtout après la victoire, quand le danger n'existe plus.

— Ah ! mille diables !—s'écria le représentant en tirant à demi son sabre du fourreau.

Kléber haussa les épaules, et s'adressant de nouveau au général en chef :

— Vous ne serez pas inexorable, vous ! et vous m'accorderez la grâce que je réclame de la bonté de votre cœur.

— C'est impossible ! — répondit Léchelle avec une certaine émotion, car il était plus poltron que méchant.

— Impossible... pourquoi ?

— Parce qu'aucun brigand ne mérite d'être épargné ! — exclama encore Carrier d'un ton furieux.

Léchelle garda le silence, n'osant contredire l'opinion de son terrible ami.

Kléber, indigné, s'écria :

— Mais vous êtes donc des tigres ! Mais vous n'avez donc pas un atome de justice et de générosité dans l'âme ! Quoi ! vous vous montrez sans miséricorde pour une famille vendéenne, quand cinq mille soldats républicains, prisonniers des royalistes, viennent de nous être renvoyés par ceux qu'on appelle les brigands ! À un acte d'humanité vous avez hâte de répondre par un acte de rigueur ! Eh bien ! moi aussi, je vous déclare que c'est impossible, car ce serait déshonorer la république, et le peuple qui m'écoute ne le souffrirait pas !

Cette éloquente apostrophe fut accueillie par un murmure d'approbation. Les sans-culottes eux-mêmes parurent favorablement impressionnés, tant il est vrai que la foule la plus cruelle est mobile et changeante dans ses appréciations et ses sentiments.

— Au fait ! — murmurait-on, — c'est juste, ça ! Il a raison, le général mayençais !

— C'ons, citoyen général en chef, soyez à la hauteur des circonstances et montrez-vous clément ! — reprit Kléber.

— Oui ! oui ! — proféra-t-on de tous côtés.

— Les niais! — dit aigrement Carrier.

Léchelle était encore indécis. Kléber s'approcha de lui :

— Prenez garde! — ajouta-t-il à voix basse. — Je vais faire mon rapport sur la bataille de .Cholet. Ne m'obligez pas à déclarer que vous dirigez toujours d'un peu trop loin nos opérations.

Le général en chef tressaillit.

— Que la volonté du peuple s'accomplisse! — dit-il vivement. — J'ordonne qu'on laisse partir en liberté les royalistes qui sont dans cette maison, et j'autorise le général Kléber à leur donner un sauf-conduit. — On applaudit à cette résolution. — Et maintenant rendons-nous au conseil, — reprit Léchelle, ravi d'avoir mérité les applaudissements.

Kléber ne s'éloigna pas tout de suite. Il appela son aide de camp.

— Il faut se défier, — lui dit-il, — des retours de l'opinion publique. Faites en sorte, mon ami, que la famille de Flavigny ait quitté la ville avant notre départ, et venez me joindre immédiatement.

Sans attendre la réponse de son aide de camp, Kléber éperonna son cheval et disparut.

Quelques minutes après, une vieille calèche attelée de deux bons chevaux s'arrêtait devant la porte de la rue. Raoul y était installé avec précaution, la tête appuyée contre un coussin. Le comte, la comtesse et Blanche y prenaient place à leur tour. Puis la voiture s'ébranlait, escortée non-seulement par le père Cazeaux, Justin et quelques curieux bienveillants, mais aussi par les sans-culottes, prêts à défendre la famille vendéenne contre de nouveaux agresseurs s'il s'en présentait.

Bénédict se mit en devoir de se rendre près de Kléber. Chemin faisant, il contempla les deux médaillons. Il avait le cœur inondé de tristesse; une larme roulait dans ses yeux.

— Les reverrai-je encore? — murmura-t-il. — Ah! je sens que je les aime plus que jamais!

IX

Vers six heures du matin, un cavalier, sortant de Cholet se dirigeait vers Beaupréau. Il était vêtu d'une carmagnole et coiffé d'un bonnet phrygien. Un long sabre battait les flancs de sa monture qui galopait. Un paquet enveloppé dans un mouchoir rouge pendait à l'arçon de la selle. Ce cavalier était Roch Duhoux, lequel s'en retournait vers les Vendéens. Comme il arrivait en vue de Trémentine, occupé depuis la veille par un bataillon patriote, il rencontra deux soldats républicains, et, confiant dans le costume qu'il portait, il n'hésita pas à s'avancer vers eux. Mais à peine fut-il à quelques pas des survenants, qu'il serra brusquement les guides, et son cheval fit un bond de côté, tandis qu'avec une sorte de terreur il articulait sourdement deux noms :

— Le père Cazeaux!... Justin!...

C'étaient eux, en effet. Ils avaient escorté la famille de Flavigny jusqu'à Trémentine, et rebroussaient chemin pour retourner à Cholet. Lorsqu'ils entendirent qu'on les nommait, ils s'arrêtèrent ébahis, puis ils envisagèrent avec une sorte de défiance le sans-culotte, visiblement anxieux.

— Jour de Dieu! — dit tout à coup l'ancien fermier, — j'ai vu ce vilain gars-là parmi ceux qui s'acharnaient contre le capitaine et contre nous!

— Ah! mille bombes! — s'écria Coquelicot, — est-ce que j'ai la berlue?... Mais non, je ne me trompe point... C'est... c'est Roch Duhoux!

— Roch Duhoux... républicain?

— Bah! ni républicain ni royaliste, mais espion sans doute au service de la république ou pour le compte des Vendéens.

— Peut-être bien pour l'un et l'autre, le misérable! — répliqua le père Cazeaux. — Mais que m'importe! — reprit-il en dégaînant; — pour moi, c'est un assassin, un incendiaire, le dernier de la bande qui a tué ma femme et brûlé ma ferme. Allons, scélérat, l'heure est venue ; tu vas mourir!

Duhoux était comme effaré. Il voulut tourner bride; mais, alerte et vigilant, Justin lui coupa la retraite, et, le sabre en main, le tint en respect.

— Eh! eh! — dit-il d'un air narquois, — pas moyen cette fois-ci de se sauver comme à Torfou, quoique on soit à cheval! Allons, mettons pied à terre, beau cavalier. On vous permet de vous défendre avec votre espadon.

Duhoux frémit à la fois de colère et de peur. D'un regard furtif il cherchait une issue pour s'échapper, mais deux parapets en terre, de six pieds de hauteur, couverts d'arbres étêtés, fermaient latéralement le chemin. Par un mouvement instinctif plutôt que par l'effet d'une résolution courageuse, il tira son sabre et balbutia en frémissant :

— Deux contre un, c'est lâche, savez-vous?

— Bandit! n'étiez-vous pas vingt contre deux femmes? — répliqua Coquelicot. — Mais sois tranquille, coquin! au père Cazeaux d'abord; à moi ensuite s'il le faut, et il ne le faudra pas!

— Tous tes complices sont morts de ma main, — dit l'ancien fermier avec une sombre âpreté. - Dieu est juste, et tu mourras comme eux. Misérable, je t'attends.

Mais Duhoux ne se pressait pas de descendre de cheval. Il s'efforçait de temporiser dans l'espoir qu'une intervention soudaine le dégagerait.

— Ah! prenez garde! — reprit-il en prenant un peu d'aplomb, je vous préviens que vous jouez gros jeu en ce moment. Car vous l'avez deviné : je suis espion aux ordres du général en chef Léchelle et du représentant Carrier. Si vous me tuez et qu'ils apprennent que c'est vous qui les avez privés d'un serviteur utile et dévoué, on vous fusillera, je vous en réponds.

— L'impudent! — s'écria Coquelicot;—il ose confesser sa honte! Espion!... Et dire que nous sommes obligés de nous battre avec cette vermine-là! Ah! pouah! On devrait écraser ça, voilà tout.

— Oui, dâ! — grommela Duhoux que cette insulte parut surexciter. — Il faudrait marcher sur moi, mes maîtres, et je ne suis pas encore sous vos pieds.

— Tu y seras dans un instant, vil espion! Finissons-en! Descends de cheval, ou sinon...

— Eh bien! soit. J'accepte le combat. Mais d'abord jurez-moi que vous ne m'attaquerez pas tous les deux en même temps.

— Oh! oh! tu te défie de nous, traître et fourbe que tu es! Regarde-nous donc en face : est-ce que nous te ressemblons?

— Mais... je suis un honnête homme, moi, voyez-vous!...

— Ah! bon!, voilà l'ancien refrain! Il est vraiment joli, et tu as bien fait de le conserver comme une relique.

Disant cela, Coquelicot partait d'un grand éclat de rire. Aussitôt Duhoux qui l'observait sournoisement, fit mine de vouloir mettre pied à terre; mais, saisissant une seconde où Justin n'était plus sur ses gardes, il lança brusquement son cheval sur lui et le renversa. Puis il piqua des deux et franchit l'espace au triple galop.

On l'entendit ricaner au loin.

Coquelicot se releva furieux. Il voulut poursuivre le fugitif. Le père Cazeaux le retint.

— A quoi bon? — lui dit-il. — Tu n'as pas les jambes d'un cerf pour rattraper un cheval lancé à fond de train.

— Imbécile que je suis! — répétait le jeune chasseur

d'un air affligé. — Est-il possible que je me sois laissé surprendre si sottement!

— Bah! console-toi, mon enfant. J'ai idée que nous le ressaisirons tôt ou tard. Je ne sais quel pressentiment me porte à croire qu'il périra misérablement sous mes yeux.

Et les deux volontaires nationaux se remirent en marche pour regagner Cholet.

Pendant ce temps, Roch Duhoux s'engageait dans un sentier côtoyant un ruisseau nommé l'Èvre et ramenant par un détour à Trémentine. Mais il se garda bien de pénétrer dans le bourg, car il craignait que le père Cazeaux et Justin n'y fussent retournés. Il obliqua vers l'ouest, glissant le long des haies, se dérobant derrière les collines, frémissant au moindre bruit. Il ne commença à reprendre la route de Beaupréau, que lorsqu'il fut près du village de Bellefontaine, qui n'était pas au pouvoir des républicains. Il fit halte au milieu d'un bouquet de bois, détacha le paquet suspendu au pommeau de la selle, en tira un gilet et une veste de Vendéen, et changea de costume. Il noua un mouchoir rouge autour de sa tête, en mit un autre à son cou; ainsi transformé, après avoir fait cette agitation; un nouveau paquet de son vêtement révolutionnaire et de son bonnet phrygien, il excita son cheval qui reprit le galop.

Comme il traversait le village et approchait de l'église, au-dessus de laquelle flottait le drapeau blanc, une cohue de femmes, de vieillards et d'enfants l'empêcha de poursuivre son chemin. On criait, on gesticulait, on s'indignait, un jeune abbé au visage pâle, à l'œil ardent, s'adressait à la foule et la passionnait. Duhoux demanda la cause de toute cette agitation; on lui répondit qu'un prêtre assermenté officiait, mais que personne n'assistait à l'office, et qu'on voulait le contraindre à sortir pour que la messe fût dite par un prêtre non assermenté.

— Et l'autre refuse sans doute de se retirer? — demanda Roch Duhoux d'un air scandalisé.

— Oui! oui! — proféra la cohue d'un ton menaçant.

— A la porte, le renégat!

— Sa présence souille le sanctuaire! — s'écria le jeune prêtre avec une sombre exaltation. — Qu'on le chasse, Dieu le veut!

— Si Dieu le veut, — repartit Roch Duhoux, — je me charge d'accomplir sa volonté! Je vais saisir cet intrus au collet et le jeter dehors!

— Allez, mon fils. Le ciel vous y autorise par ma voix.

Et le pasteur fanatique étendit la main comme s'il bénissait cet horrible Roch Duhoux, qui s'inclina avec une hypocrite componction. Alors la foule s'écarta complaisamment pour laisser passer l'abominable archange, prêt à exécuter la prétendue sentence de Dieu.

Au moment où il mettait pied à terre devant les degrés du temple, un beau vieillard à cheveux blancs, vêtu d'une soutane recouverte de l'âme éprouvée par le malheur, se promena sous le porche de l'église. Il était calme et grave. Son regard, pénétré de toutes les tristesses de la vie et de toutes les indulgences de l'âme éprouvée par le malheur, se promena, bienveillant et pensif, sur la foule agitée, qui se tut à son aspect. Duhoux lui-même demeura comme interdit en remarquant la tranquille et mélancolique attitude du vénérable abbé. Seul, le jeune prêtre conserva une allure hostile et se plaça résolûment en face du vieillard.

— Vous avez entendu les cris de réprobation proférés contre vous? — lui dit-il durement.

— Oui, et j'ai prié pour ceux qui les proféraient.

— Pourquoi vous obstinez-vous à rester le pasteur de cette paroisse où l'on vous repousse?

— Parce que tel est mon devoir, jusqu'à ce que l'autorité supérieure m'ait révoqué.

— Avant tout, votre devoir vous obligeait à refuser le serment, et vous l'avez prêté.

— J'ai obéi à la loi, même alors que je regrettais qu'elle eût été promulguée.

— Il n'y a d'autre loi que celle de Dieu, et Dieu ordonne à ses ministres de n'obéir qu'à lui seul.

— Dieu nous prescrit surtout d'être humbles et bons, de nous aimer les uns les autres, et de n'être point pour les hommes une cause de désunion et de désordre.

— En d'autres termes, nous devons pactiser avec le crime! — répliqua le jeune prêtre en s'exaltant. — Nous devons plier le joug de ceux qui ont détruit la royauté et proscrit la religion!

— Nous devons imiter le maître divin, qui se résignait et qui consolait. Notre mission sur la terre est de prêcher la patience et la paix.

— C'est de la faiblesse et de la complicité!

— C'est de la sagesse et de l'abnégation.

— Prêtre assermenté, la damnation t'attend!

— Prêtre de la colère et de la haine, j'appelle sur toi la miséricorde de Dieu!

Et le vieillard, toujours grave et doux, descendit à pas lents les marches de l'église.

Quand il fut au bas des degrés de pierre, le jeune abbé l'apostropha de nouveau.

— Où vas-tu, serviteur de Bélial? — dit-il avec une sourde fureur. — Sans doute au-devant des soldats amalécites.

— Peut-être, — répondit simplement le digne pasteur.

— Tu médites de les exciter contre nous.

— Je médite de les fléchir, au contraire, dans l'espoir qu'ils épargneront quelques-uns de ceux que vous poussez, hélas! à la ruine et à la mort.

— Le martyre est préférable à la pitié des républicains! N'est-il pas, vous tous qui m'écoutez?

— Oui! oui!

— Le paradis dont nous serons les élus, vaut mieux que l'enfer où les bleus et les prêtres du serment brûleront pendant l'éternité!

— Oui! oui! - - répéta la foule en frémissant.

— Mourir pour Dieu et non vivre pour Satan, c'est le devoir du vrai chrétien! — ajouta l'énergumène, la main crispée, l'œil en feu.

— Oui! oui! chassons l'assermenté!

— Lapidons-le! — hurlèrent quelques femmes en ramassant des cailloux.

Le vieux prêtre croisa sans affectation ses bras sur sa poitrine et sourit tristement.

— Le Christ aussi a été lapidé, — murmura-t-il.

— C'est vrai. Apostat, tu ne mérites point d'être traité comme le céleste martyr.

— Laissez-moi faire, — dit Roch Duhoux, cédant à la perversité naturelle, et cachant son rôle d'espion sous les apparences d'un exalté Vendéen. Il tira son sabre du fourreau et en appuya la pointe sur la gorge du vieillard. — Hors du village, sacrilège! — s'écria-t-il, — ou je te tue comme un chien!

— Frappe, malheureux, — répondit sans s'émouvoir le sublime patient, — et que le Seigneur te pardonne, ainsi qu'à tous ceux qui m'ont offensé!

Un profond silence accueillit ces paroles admirables de mansuétude et de charité. Le fanatisme paralysait la pitié. On s'attendait à voir le vieux prêtre tomber dans son sang, et nul n'intervenait pour empêcher un crime. Soudain une voix, que l'épouvante rendait sonore, retentit à l'extrémité du bourg.

— Alerte! — articula cette voix, — voilà les bleus! voilà les hussards républicains! Fuyons!

Ce brusque signal produisit un effet terrible sur la cohue des vieillards, des femmes et des enfants. Tout le monde se dispersa précipitamment et courut se réfugier dans la campagne d'alentour. Roch Duhoux, effrayé de la fausse position dans laquelle il s'était mis, sauta sur son cheval et lui enfonça les éperons aux flancs. Il ne resta plus que les deux prêtres sur le parvis désert.

— Triomphez et livrez-moi, — dit le jeune abbé d'un ton dédaigneux. — Je suis prêt à mourir.

— Venez, mon frère, — lui dit le vieillard en lui prenant la main et en l'entraînant vers le presbytère. — J'ai prêté serment afin de pouvoir, en toute occasion, secourir et protéger les vaincus et les proscrits.

Et le saint homme cacha si bien le prêtre réfractaire, son ennemi, que les hussards républicains, auxquels celui-ci avait été signalé, ne se doutèrent point qu'il fût sous le même toit que le prêtre constitutionnel. Touchant exemple, généreuses représailles, qu'imita rarement, dans le cours de cette insurrection vendéenne, le clergé qui n'avait pas consenti à se soumettre aux proscriptions de la loi.

Cependant l'armée royale et catholique traversait la Loire à Saint-Florent. Elle était sombre et découragée. Elle offrait le navrant spectacle de plus de quatre-vingt mille personnes de l'un et de l'autre sexe et de tout âge, familles éplorées, mourantes de faim, qui fuyaient en tremblant la colère des bleus. Toute cette masse confuse se désolait d'abandonner le Bocage, et pourtant elle s'empressait de passer sur la rive droite du fleuve pour mettre un grand obstacle entre elle et les vainqueurs. Bonchamps, qui seul eut été capable de bien diriger les Vendéens dans leur émigration, était mort. Dès le début de l'insurrection, il avait conçu le projet de soulever la Bretagne, de s'emparer d'un port sur la Manche et de correspondre directement avec les Anglais. Mais ce plan hardi n'avait pas eu l'approbation des autres chefs vendéens moins entreprenants, plus attachés au pays natal. Ils préféraient combattre et mourir sur le théâtre familier de leurs exploits. Aussi étaient-ils désolés de ne pouvoir calmer les frayeurs et retenir la multitude qui ne voyait de salut pour elle que sur le rivage opposé.

Quand la famille de Flavigny arriva à Saint-Florent, le passage de la Loire était presque entièrement effectué. Elle traversa le fleuve sans accident et trouva les Vendéens réunis à Varades. La Rochejaquelein, quoiqu'il n'eût que vingt et un ans, venait d'être nommé général en chef. Il accueillit le comte avec joie et lui confia le commandement d'une forte colonne, composée de gars intrépides connus sous la dénomination de grenadiers de la Vendée. Le lendemain, les insurgés se mirent en marche. Ils se portèrent sur Segré et Château-Gontier.

C'était un étrange et pénible spectacle que cette procession vendéenne, développée sur quatre lieues de longueur. Une nombreuse avant-garde de soldats aguerris commençait le défilé; la foule venait ensuite, sans discipline, sans ordre, sous la pluie qui ne cessait de tomber et dans la boue qui remplissait le chemin. Là se mêlaient confusément des femmes portant leurs enfants, des vieillards soutenus par leurs fils, des blessés qui se traînaient avec peine, et tout un pêle-mêle de paysans découragés. Une mince arrière-garde, ferme et résolue, protégeait cette immense colonne, qui offrait une si grande prise à l'ennemi, et qui, heureusement pour elle, n'eut point son centre attaqué par les hussards républicains.

Monsieur de Flavigny était à l'avant-garde. Raoul qui avait voulu, quoique souffrant, monter à cheval, se tenait à ses côtés. La comtesse et Blanche les accompagnaient, également à cheval. Madame de Flavigny s'avançait silencieuse et triste; il était facile de deviner qu'elle n'espérait plus en l'avenir. Sa belle nièce, au contraire, avait de l'exaltation dans le regard et sentait redoubler son courage d'amazone vendéenne en dépit des revers. Parfois, cependant, sa tête charmante se penchait sur sa poitrine; elle devenait songeuse, puis elle sortait brusquement de sa rêverie en murmurant le nom de Bénédict. La comtesse l'entendit prononcer distinctement ce nom.

— Tu songes à notre ami, l'aide de camp du général Kléber? — dit-elle en s'animant. — Moi aussi, je pensais à lui. C'est bien naturel après ce qu'il a fait pour nous!

Blanche ne put s'empêcher de rougir.

— Je regrette toujours, — répondit-elle, — qu'il ne soit pas royaliste et Vendéen.

— Et tu as tort, chère enfant, — répondit madame de Flavigny en hochant la tête. — Il vaut mieux, pour lui, qu'il soit ce qu'il est. Il a plus de chance de s'illustrer et de parvenir. Nos armes vaincront peut-être encore, ma Blanche; mais, crois-moi, notre cause est vaincue.

— Eh bien! non, je ne veux pas vous croire, ma Cassandre bien-aimée! — repartit la jeune fille. — J'ai conservé l'espérance. Dieu fera un miracle en notre faveur.

Un officier supérieur de l'armée royale et catholique saluait en ce moment les deux dames. Il y avait dans son salut une sorte de railleuse affectation.

— Dieu vous entende et vous exauce, mademoiselle! — dit-il. — Un miracle serait le bienvenu, car nous en avons terriblement besoin.

La comtesse et Blanche reconnurent Gaëtan d'Apremont. Elles s'inclinèrent à peine et ne répondirent pas.

. . . .

Depuis leur départ des Herbiers, elles avaient rarement aperçu le marquis. Chaque fois, cependant, qu'elles s'étaient rencontrées avec lui, elles avaient senti s'accroître l'aversion qu'il leur inspirait. À la vérité, il semblait prendre plaisir à se montrer devant elles d'une cruauté inflexible à l'égard des prisonniers républicains, et il ne manquait jamais l'occasion de rappeler d'un ton méprisant le souvenir de Bénédict, l'ancien pâtre de la Bénardière, devenu l'héroïque capitaine d'état-major mayençais. Aussi le haïssaient-elles énergiquement et ne cherchaient-elles pas à le dissimuler.

— Les insolentes! — murmura-t-il en se mordant la lèvre avec dépit.

Le comte et Raoul, qui chevauchaient en avant, le virent passer.

— Y a-t-il du nouveau? — lui demanda monsieur de Flavigny.

— Oui, — répondit Gaëtan. — Nous ne ferons qu'effleurer la Bretagne; nous nous rendons en Normandie. Je vais en prévenir l'extrême avant-garde de la part de La Rochejaquelein.

— Il paraît que nous pousserons jusqu'à Granville.

— Peut-être même jusqu'à Paris, — répliqua le marquis avec un ricanement sceptique et goguenard.

Il piqua des deux. Un cavalier le suivait : c'était Roch Duhoux.

L'espion de Carrier et de Léchelle avait tout naturellement expliqué son absence avant la bataille et son retour après la défaite en racontant qu'il avait été pris de nouveau par les hussards républicains, mais qu'il s'était échappé de la prison de Cholet comme de la prison de Torfou. Il y avait si peu d'exemple qu'un Vendéen eût trahi, que les démarches les plus bizarres n'éveillaient aucun soupçon. Duhoux pouvait donc aisément remplir son rôle d'espion.

L'armée royale et catholique, toujours morne et désordonnée, traversa Segré, Château-Gontier, et parvint devant Laval, dont elle s'empara presque sans coup férir. Là, elle prit quelques jours de repos qui relevèrent les courages abattus. Après quoi elle se disposait à se remettre en marche, lorsqu'elle fut contrainte de faire volte-face, pour tenir tête à l'armée républicaine que des avis contradictoires avaient retardée, et qui se présentait enfin, compacte et formidable, avec sa victorieuse division de Mayençais. La Rochejaquelein n'hésita pas à se porter à sa rencontre. Après un combat nocturne d'avant-garde qui se termina à l'avantage des Vendéens, une grande bataille se livra aux portes de la ville. Elle commença à onze heures du matin et se prolongea, effroyable, acharnée, jusqu'au-delà de minuit.

Laval est situé sur la Mayenne. Le plan d'attaque des républicains, plan adopté par le général en chef lui-même, consistait à diviser l'action et à s'avancer sur la ville en longeant les deux rives du fleuve. Mais tout à coup Léchelle change d'opinion. Avec son emphase habituelle, il prescrit de se diriger sur Laval *majestueusement et en masse* par la rive gauche, où l'on doit rencontrer une tête de pont difficile à franchir. Kléber et tous ses collègues sont indignés; mais l'ordre est formel, il faut obéir. Beaupuy commence le défilé, Kléber le suit immédiatement. Vingt mille hommes se déployant ainsi sur une seule colonne pour s'emparer d'une position accessible par plusieurs grands chemins, c'était le comble de la maladresse et de l'absurdité. Du premier coup d'œil La Rochejaquelein saisit le vice de cette tactique. Il fait brusquement charger les bleus, dont l'avant-garde, grâce aux efforts de Beaupuy, de Kléber, de Marceau, résiste d'abord avec intrépidité. Une batterie s'avance pour appuyer le choc des Vendéens. A cette vue, toute une division, composée de levées en masse habituées à fuir, s'émeut visiblement, Bénédict en avertit Kléber.

— Général, — lui dit l'aide de camp, — ordonnez-moi de m'emparer de cette batterie en la chargeant avec quelques cavaliers.

— Cette mission serait indigne de vous, mon ami, — répondit Kléber.

— Je ne vous comprends pas, mon général.

— Celui qui commande ces pièces de canon est, à ce qu'il paraît, vendu à Léchelle et à Carrier. C'est un nommé Roch Duhoux.

— Roch Duhoux?

— Le général en chef me prévient que la batterie est chargée avec des gargousses de son. Joli exploit, tudieu ! Vous voyez que cette besogne n'est pas votre affaire, mon ami.

— Assurément, mon général.

A peine Bénédict achevait-il ces mots, qu'il aperçut deux officiers vendéens qui venaient de s'arrêter derrière la batterie pour en juger l'effet. Presque aussitôt il remarqua qu'un bataillon recevait l'ordre de s'élancer au pas de course sur les canons. Prompt comme l'éclair, il fit bondir son cheval et arriva le premier sur la batterie.

— Messieurs de Flavigny, retirez-vous ! — cria-t-il aux deux officiers. — Les canons ne partiront pas ! vous êtes trahis.

Puis il salua vivement et tourna bride, tandis que le bataillon républicain s'emparait, en effet, des pièces auxquelles les artilleurs royalistes avaient essayé vainement de mettre le feu. Le comte et Raoul, ayant reconnu Bénédict, avaient profité de son avertissement : ils s'étaient retirés. Tandis qu'ils s'éloignaient, ils tournèrent la tête et virent distinctement le chef de la batterie enfoncer jusque sur ses yeux un rutilant bonnet phrygien, et ils l'entendirent hurler à tue-tête : Vive le général Léchelle ! Vive le représentant Carrier !

Mais cet incident n'a qu'une mince influence sur les destinées de la bataille. L'impétuosité des Vendéens n'en repousse pas moins l'avant-garde des bleus, qui se replie en désordre sur le centre de l'armée. En ce moment, Léchelle arrive à la tête d'une division pour prendre l'ennemi en flanc, d'après un conseil de Kléber. C'est la première fois que le général paraît au feu. La division qu'il mène au combat, et qui se compose de nouvelles recrues habituées à fuir, se débande aux premiers coups de fusil. Loin de chercher à la rallier, il donne lui-même l'exemple de la couardise et s'échappe au galop en répétant : sauve qui peut! A cette vue, une grande moitié des troupes républicaines, qui ne se battait pas, est saisie d'une terreur panique ; elle s'ébranle et se mêle à la déroute. Une batterie, que Kléber et Marceau ont fait merveilleusement pointer contre les royalistes, arrête leur poursuite et permet aux fuyards, protégés par les canons, de se reformer en colonne à la voix de leurs

chefs. Mais Stofflet, voyant les ravages causés par cette batterie, donne aux siens l'ordre de s'en emparer. Les Vendéens se précipitent en avant, tuent les canonniers sur leurs pièces et tournent les pièces contre les républicains, qui sont de nouveau culbutés et se remettent à fuir, les uns jusqu'à Château-Gontier, les autres même jusqu'à Angers.

Seuls, les Mayençais résistent encore, et durant quelques heures se maintiennent, sans fléchir, contre les assauts réitérés de toute l'armée royaliste. Mais enfin, décimés, harassés, ils se laissent entraîner dans la confusion et prennent aussi la déroute, abandonnant leur artillerie, que La Rochejaquelein dirige contre eux. Beaupuy, Kléber, Marceau, les conventionnels Merlin de Thionville et Turreau font des efforts incroyables, mais inutiles, pour arrêter les fuyards. Les blancs, qui s'avancent au pas de charge, en colonne serrée, comme si l'ennemi était encore en ligne, brisent toutes les résistances. Le général Bloss, connu par une bravoure extraordinaire, s'écrie qu'il n'est pas permis de survivre à la honte d'une pareille journée. Il s'élance sur un pont que les Vendéens vont occuper, et, frappé de plusieurs balles, il expire. Quelques cavaliers qui le suivaient éprouvent le même sort. Beaupuy accourt et le remplace avec trois régiments qui ont juré de vaincre ou de mourir. Il tombe blessé grièvement entre les bras de Bénédict, qui le fait porter dans une grange. « Qu'on me laisse mourir ici, — dit le général, — et qu'on montre ma chemise sanglante à mes soldats ! » Bénédict obéit. A l'aspect de cet étrange drapeau tout troué de balles et tout sanglant, héroïque souvenir de leur général, le courage des bleus se ranime. Des batteries à mitraille sont braquées sur le pont ; elles vomissent la mort. Mais rien ne peut comprimer l'élan surhumain des royalistes, que La Rochejaquelein, admirable de résolution et de sang-froid, pousse toujours en avant. Les canons sont enlevés, les régiments écrasés, et les Vendéens se précipitent sur Château-Gontier, où les Mayençais, sombres et déterminés, se disposent encore à lutter avec acharnement.

Tandis que cette bataille de Laval prenait les proportions d'un grand désastre pour les républicains, Bénédict, qui avait eu trois chevaux tués sous lui, était tombé au milieu d'un amas de cadavres. Un biscaïen, heureusement sans force, l'ayant frappé en pleine poitrine, l'avait étourdi et renversé. Lorsqu'il reprit ses sens, il faisait nuit. Comme il se relevait, il entendit un bruit de galop retentissant, et vit, à la clarté de la lune, tout un escadron royaliste qui rejoignait le gros des Vendéens, après avoir sabré dans la plaine les bleus épars et fugitifs. L'aide de camp de Kléber eut le temps de se jeter dans un massif à demi-dépouillé par l'automne, derrière la grange où le général Beaupuy avait reçu les premiers soins, et d'où il avait été enlevé par ses soldats. Les cavaliers passèrent sans apercevoir Bénédict, sans se douter qu'il fût là. Il attendit un quart d'heure environ; puis, au risque de tomber entre les mains de l'ennemi, il voulut se rendre à Château-Gontier, où pétillait encore la fusillade et grondait le canon. Mais il dut presque aussitôt se replonger dans le taillis.

Quelques gens venaient de s'arrêter devant la grange. Il y entrèrent, portant une jeune femme évanouie, dont les vêtements étaient tout trempés. C'était Blanche de Flavigny.

En apprenant à Laval la déroute complète des républicains, la jeune fille, au comble de la joie, était montée à cheval; en dépit des représentations de la comtesse, elle s'était lancée à toute bride pour rejoindre le comte et Raoul. Mais en passant sur le pont de la Mayenne que les Vendéens avaient franchi une heure auparavant, son cheval s'était cabré et l'avait précipitée dans la rivière. Témoins de l'accident, des royalistes s'étaient hâtés de la secourir, et pour la rappeler à la vie, ainsi que pour la préserver du froid de l'automne, très-vif cette nuit-là, ils s'étaient empressés de la mettre à l'abri.

Un cavalier, portant au bras l'écharpe blanche qui distinguait les chefs vendéens, fit halte à la porte de la grange, et s'adressant à un gars en sentinelle sur le seuil :

— Qu'y a-t-il donc ici ? — demanda-t-il.

— Nous avons sauvé une jeune demoiselle qui se noyait dans la Mayenne. Mes camarades lui font reprendre connaissance.

— Et quelle est cette personne ? La connaissez-vous ?

— Nous croyons que c'est mademoiselle Blanche de Flavigny.

Le cavalier tressaillit imperceptiblement.

— Mademoise'.e Blanche de Flavigny ? — répéta-t-il. — Il me semble en effet l'avoir aperçue galopant dans la plaine, il y a peu d'instants. — Disant cela, il sautait à bas de son cheval, qu'il attachait par la bride à une branche d'arbre, et pénétrait dans la grange, où sur un lit de fougères était étendue la belle amazone vendéenne. Un rayon de lune, glissant à travers une large fenêtre sans châssis, éclairait son visage immobile et décoloré.

— C'est bien elle ! — murmura-t-il avec une bizarre expression dans la voix et dans le regard. Après une pause, Gaëtan d'Apremont, car c'était lui, ordonna aux Vendéens qui entouraient Blanche évanouie de courir jusqu'à Château-Gontier et d'envoyer un médecin. — Cette jeune personne est ma parente, — dit-il effrontément. — Je resterai près d'elle et lui prodiguerai mes soins jusqu'à l'arrivée du docteur. — Ceux auxquels il donnait cet ordre étaient des paysans de l'Anjou. Ils ignoraient la détestable réputation du marquis, et n'hésitèrent pas à le laisser seul près de mademoiselle de Flavigny. Ils avaient hâte d'ailleurs de se réunir à l'armée royale et catholique, dont ils s'étaient séparés après la victoire pour prendre un peu de repos. Dès qu'ils se furent éloignés, Gaëtan se pencha vers Blanche et se mit à la contempler. Il y avait dans cette contemplation un mélange d'enthousiasme et de haine qui faisait pressentir quelque implacable résolution.

— Ainsi la voilà... Je la tiens, — murmura-t-il avec un ricanement sourd. — Le hasard me sert à merveille, et je l'en remercie... Ah ! Blanche de Flavigny, tu m'as accablé de tes mépris ! Eh bien ! tu sauras ce qu'il en coûte d'exciter en moi la haine et l'amour !... Car je t'aime, ma belle railleuse et je t'exècre à la fois ! Tu es en ma puissance à cette heure, et ni ton Raoul, ni même ton Bénédict n'arriveront à temps pour t'arracher de mes bras. — A ces mots, il sortit rapidement de la grange, regarda de tous côtés et prêta l'oreille aux bruits de la plaine. Il vit des masses informes, gisant çà et là, débris humains dans des flaques de sang noirâtre ; mais personne ne se tenait debout à travers le pâle rayonnement de la lune. Il entendit des plaintes lugubres, râtes d'agonie des mutilés qui rendaient leur âme à Dieu ; mais aucune rumeur ne lui fit craindre d'être troublé dans l'accomplissement de ses sinistres desseins. — Autour de moi une solitude de mort, — dit-il, non sans frissonner malgré lui. — Tant mieux. J'aime l'aspect de cette morne désolation et de cette sombre fatalité !

Lorsqu'il entra dans la grange, sa physionomie exprimait la plus criminelle audace. Un sourire diabolique crispait sa lèvre et faisait étinceler ses yeux. Il bondit vers Blanche comme un tigre prêt à dévorer sa proie. Mais soudain il s'arrête, pousse un cri de rage et recule de trois pas. Un homme se dressait entre la jeune fille et lui. Cet homme avait une épée nue à la main. Il était silencieux, impassible. Un reflet lumineux l'enveloppait. On eût dit un fantôme armé.

— Ah ! je te reconnais ! — s'écria Gaëtan les poings tordus et les dents grinçantes : — tu es le capitaine Bénédict.

— Oui, — répondit froidement l'officier mayençais. — Vous ne comptiez guère me rencontrer ici, n'est-ce pas ?

— Non, certes !... Eh ! que prétends-tu donc ?

— Rester à la place où je suis jusqu'à ce que je sois mort ou que je vous aie tué.

— Alors tu vas mourir !

— A moins que je vous tue.

— C'est ce que nous allons voir ! A vrai dire, je ne suis pas fâché de l'occasion. Tu me dois une revanche, car je me rappelle encore le carrefour du Châtaignier.

— Ah ! ça, mon gentilhomme, pourquoi me tutoyez vous ? Cela sent terriblement son jacobin, et pour un marquis...

— Les marquis tutoient les manants.

— Soit ! et les manants tutoient les marquis !... Gaëtan d'Apremont, je te défie, moi vivant, de toucher à mademoiselle Blanche de Flavigny.

— En ce cas, meurs !

Et, tirant deux pistolets de sa ceinture, le marquis les déchargea presque à bout portant sur Bénédict.

Quand la fumée se fut un peu dissipée, Gaëtan resta stupéfait en présence du capitaine toujours debout, calme et dédaigneux.

— Vous n'êtes qu'un maladroit, — dit tranquillement l'officier républicain. — Vous n'avez ni sang-froid ni coup d'œil. Votre main et votre cœur ont tremblé. Allons, en garde maintenant.

Les épées se croisèrent avec violence. Il y eut un terrible ferraillement. Un cri de Blanche, qui avait repris connaissance, attira l'attention des deux adversaires, et suspendit le combat. Avec sa vivacité d'esprit ordinaire, la jeune fille se rendit bien vite compte de sa situation. Elle devina même la véritable cause de ce qui se passait dans la grange, et, sans chercher à savoir comment Bénédict avait pu intervenir à temps pour la protéger, elle lui dit en montrant du doigt le marquis d'Apremont :

— Avouez, capitaine, que cet odieux gentilhomme me menaçait pendant que j'étais évanouie ! Avouez que sans vous j'étais perdue !

— Je l'avoue, mademoiselle. Mais la Providence, qui vous aime, m'a suscité pour vous défendre et le punir. Laissez-moi vous venger.

— Faites, monsieur Bénédict. Moi, je vais prier pour vous.

Blanche s'agenouilla, tandis que le capitaine s'élançait l'épée haute sur le marquis. Mais, au lieu de tenir tête à son agresseur, Gaëtan se précipita hors de la grange, jeta un regard rapide dans la direction de Château-Gontier, et, apercevant deux cavaliers qui arrivaient bride abattue, il sauta sur son cheval et s'enfuit.

Bénédict savait que le marquis n'était pas un lâche : il devina bien vite ce qui avait déterminé cet effroi soudain. Évidemment le misérable gentilhomme avait voulu se soustraire à la honte d'être accusé et flétri devant les royalistes par mademoiselle de Flavigny.

Quelques minutes après, les deux cavaliers mettaient pied à terre devant la grange : c'étaient le comte et Raoul. Ils avaient rencontrés les gars de l'Anjou renvoyés par le marquis. Ceux-ci leur avait annoncé que Blanche, évanouie, était restée seule avec le marquis d'Apremont. Saisis d'un tourment inexprimable, monsieur de Flavigny et son fils avaient enfoncé l'éperon au ventre de leurs chevaux.

La jeune Vendéenne se jeta dans leurs bras. Elle leur raconta brièvement son départ de Laval, son accident sur le pont de la Mayenne et le danger qui avait plané sur elle tandis qu'elle était à la merci du marquis.

— Où est-il ? — s'écria Raoul tout frémissant. — Je veux le tuer !

— Il a disparu.

— Ah ! je le trouverai, le bandit !

Raoul allait s'élancer à la poursuite de Gaëtan, monsieur de Flavigny le retint.

— Patience, mon ami ! — dit-il. — Si l'infâme nous échappe, Dieu le châtiera... Mais qui donc, ma Blanche, — reprit-il, — a conjuré le péril ?

— Celui qui a secouru Raoul sur le champ de bataille de Cholet.

— Le capitaine d'état-major républicain ? — demandèrent à la fois le comte et son fils stupéfaits.

— Lui-même... et le voici.

L'aide de camp de Kléber sortait en ce moment de l'ombre où il était demeuré presque invisible jusque-là. Il s'avança vers les deux officiers vendéens.

— Je suis votre prisonnier, messieurs, — dit-il en souriant avec tristesse. — Le vaincu se rend aux vainqueurs.

Pour toute réponse, les mains de monsieur de Flavigny et de Raoul se tendirent vers Bénédict.

— Où faut-il que nous vous conduisions ? — lui dit le comte.

— Nous sommes à vos ordres, capitaine, — ajouta Raoul. — Mon père, Blanche et moi, nous vous servirons d'escorte. C'est bien le moins que nous puissions faire pour vous.

Bénédict était vivement ému.

— Château-Gontier est pris, n'est-ce pas ? — demanda-t-il.

— Oui, les Vendéens viennent d'y entrer.

— Alors les débris de l'armée républicaine se replient sur Angers.

— Je le crois.

— C'est donc vers Angers que je vous prie de m'accompagner.

Après une pause, Bénédict reprit en étouffant un soupir :

— Quelle victoire pour les royalistes ! quel désastre pour les républicains !

— Laissez-moi m'en réjouir, capitaine, — répondit le comte, — puisqu'il nous est permis de vous prouver que nous ne sommes point des ingrats.

— J'en étais déjà profondément convaincu, et l'adversité n'ajoute rien à ma conviction.

— Ah ! je l'avoue, — reprit Raoul avec un élan d'enthousiasme, — j'éprouve une bien grande fierté quand je pense que les Vendéens sont enfin parvenus à vaincre les meilleurs soldats du monde, les Mayençais.

— Quels hommes, en effet, que ces paysans en sabots ! — dit Bénédict. — Quelle impétuosité ! quel aplomb ! Avec quel formidable ensemble ils chargeaient en colonne serrée ! Kléber et Marceau, c'est là un insigne honneur pour les vôtres, les ont admirés.

— Ils ont dû aussi admirer notre généralissime Henri de La Rochejaquelein ? — demanda Blanche avec vivacité.

— Oui, mademoiselle, ils ont reconnu hautement que ce jeune homme aurait déployé pendant la bataille une science militaire, une précision de mouvements qui lui concilieront l'estime des gens de guerre... Hélas ! ajouta Bénédict, — ils n'en ont pu dire autant sur le compte de notre général en chef, qui s'est montré ignorant et lâche, qui a fait la honte des républicains.

Et le capitaine d'état-major devint sombre. Un éclair d'indignation passa dans ses yeux au souvenir de l'impéritie et de la pusillanimité de Léchelle. Son front se pencha soucieusement sur sa poitrine. Une vive souffrance causée par l'humiliation des siens lui serrait le cœur, car il existe entre les hommes du même parti une étroite solidarité, et tout soldat est responsable de l'honneur du drapeau.

Le comte, Blanche et Raoul comprirent l'émotion douloureuse de Bénédict. Ils s'efforcèrent de la dissiper en faisant l'éloge de Kléber, de Marceau, de Bloss et de Beaupuy. Après quoi, monsieur de Flavigny et son fils montèrent à cheval et parcoururent le champ de bataille, où ils ne tardèrent pas à saisir par la bride deux chevaux errants, qu'ils amenèrent à Blanche et à Bénédict. Puis les quatre cavaliers partirent au galop. Ils évitèrent Château-Gontier par un détour et arrivèrent en face de Segré, où les Mayençais, haletants, brisés, mourant de faim, venaient de se rallier.

— Il faut nous séparer, — dit le comte à Bénédict.

De sympathiques adieux furent échangés, et les Flavigny firent volte-face pour rebrousser chemin. Le capitaine, lui, ne bougea pas. Il semblait préoccupé, comme s'il désirait et n'osait parler. Blanche comprit qu'il pensait à la comtesse ; elle revint tout à coup vers lui, et le regardant avec une fixité souriante :

— Madame de Flavigny, — lui dit-elle, — saura le nouveau service que vous m'avez rendu. Cela, n'en doutez pas, augmentera encore la reconnaissance et l'affection que vous lui inspirez.

Et, sans attendre la réponse de Bénédict, elle mit son cheval au galop, laissant le capitaine à la fois heureux et stupéfait d'avoir été si bien deviné.

Une minute s'était à peine écoulée lorsqu'elle se retourna de nouveau brusquement. À l'instant même, Bénédict, qui commençait à s'éloigner, se retourna aussi. L'amazone vendéenne et l'officier républicain s'adressèrent alors un de ces regards attendris et rayonnants où deux âmes semblent se fondre dans une mystérieuse électricité.

Raoul surprit l'étrange étincelle dans les yeux de la jeune fille. Il tressaillit, et se penchant vers elle, il lui dit tout bas avec douceur :

— Prends garde, ma Blanche ! Si tu allais l'aimer !...

— Deviens-tu fou, mon cher Raoul ? — balbutia mademoiselle de Flavigny en rougissant.

X

Les destinées de la guerre ont de terribles vicissitudes. Les plus brillants succès militaires sont parfois suivis des plus lugubres revers. Un mois après l'éclatante victoire remportée par La Rochejaquelein, l'armée vendéenne, chassée de la ville du Mans, était en pleine déroute et jonchait de cadavres le chemin d'Ancenis. La grande épopée royaliste touchait à sa fin ; tant d'héroïsme succombait sous l'étreinte d'une affreuse misère et dans des flots de sang.

Ce n'est pas que les Vendéens n'eussent encore obtenu de signalés avantages sur leurs ennemis, dont l'armée presque détruite, s'était de nouveau reformée comme à miracle en quelques jours. Ils s'étaient emparés de Fougères, d'Avranches, chassant devant eux tout ce qui tentait de suspendre leur marche vers Granville. Mais Granville les avait arrêtés. Après en avoir fait inutilement le siège, impuissants à prendre une place fermée, le découragement était entré dans leur âme, et ils avaient voulu revenir vers la Loire pour retourner dans le Bocage.

Comme une marée qui, n'ayant pu briser une digue, réagit sur elle-même en décrivant un circuit, l'énorme vague humaine des insurgés s'était repliée vers la Bretagne. Elle avait repoussé les républicains sur la route de Pontorson et sur celle d'Antrain ; puis elle s'était répandue, lente, mais irrésistible, dans les chemins qui ramenaient à Laval. Elle n'avait rencontré d'obstacles insurmontables que sous les murs d'Angers, où, comme à Granville, ses efforts s'étaient brisés. Alors, sombre, sanglante, pleine de débris, elle avait pris son cours vers le Mans, qui fut la limite où elle parvint de ce côté. Là, les malheureux Vendéens, sans vivres, sans vêtements, atteints d'une maladie épidémique, avaient été attaqués subitement par l'armée républicaine, dont Marceau venait d'être nommé général en chef. Culbutés, mis en fuite, poursuivis avec acharnement par Westermann, ils étaient rentrés pour la troisième fois dans Laval, d'où ils avaient dû s'échapper au plus vite avec l'espérance de repasser la Loire à Ancenis.

Tandis que l'armée royale et catholique, profondément découragée, mourante de froid et de faim, arrivait sur les bords du fleuve, les républicains, harassés de fatigue, se reposaient à S. gré. Après la bataille de Cholet, c'était à Segré, on se le rappelle, que les bleus avaient commencé à se remettre de leur terreur et à se croire en sûreté. La honte de ce souvenir disparaissait, effacée par un triomphe éclatant. Les vainqueurs étaient pleins de joie et d'espoir; ils se promettaient d'écraser bientôt les restes de l'insurrection.

Seul, peut-être, Bénédict était grave et même triste au milieu de l'allégresse des bleus. Son patriotisme n'était pas douteux, et sa bravoure héroïque sur les champs de bataille ne permettait pas de suspecter son dévouement à la cause qu'il servait. Mais il était de ceux qui pensent que le cœur de tout bon citoyen doit garder le deuil tant que dure la guerre civile, et qu'il ne peut se réjouir que lorsqu'elle est terminée et qu'on a amnistié les vaincus. Et d'ailleurs, si heureux qu'il fût de la victoire remportée par les républicains, était-il possible qu'il se sentît indifférent au lugubre spectacle de cette foule misérable d'hommes, de femmes, d'enfants, familles désespérées, haletantes, semant de cadavres les chemins parcourus? Plus d'une fois, l'âme navrée, l'esprit anxieux, il avait suivi les implacables hussards de Westermann, et il avait vu de pauvres créatures en haillons expirant sous le sabre des cavaliers, ou agonisant exténuées au bord de quelque fange fondcée par la pluie glaciale, qui depuis près d'un mois tombait sans cesse, plus cruelle encore que la colère des bleus. Le jour même, ayant accompagné Kléber jusqu'au bourg du Lion-d'Angers, il croyait avoir aperçu le comte et Raoul protégeant, avec quelques pièces de canon, les fuyards attardés.

C'était bien eux, en effet, mais presque méconnaissables, car ils étaient vêtus de costumes bizarres qui décelaient le degré de misère où ils étaient réduits, Kléber n'avait fait que pousser une reconnaissance, et Bénédict était revenu, le cœur ulcéré, dévorant une larme à la pensée des souffrances qu'endurait la famille de Flavigny.

La nuit était noire, l'air glacé, la pluie ne tombait plus. Les bleus, réfugiés dans les maisons du bourg, ou bivaquant dans les rues autour de brasiers flambants, dormaient. Enveloppé dans son manteau, à l'aide de camp de Kléber se promenait à l'écart sur la place de l'église, à l'endroit le plus sombre et le plus solitaire. Son attitude en marchant annonçait une douloureuse préoccupation. De profonds soupirs s'exhalaient par instants de sa poitrine oppressée. Ses lèvres s'agitaient, exprimant une plainte, ou articulant un cri d'indignation.

— Quelle guerre! quelle horrible guerre! — murmurait-il. —Nous sommes sans pitié. On ne se contente pas de vaincre; ou violente, on pille, on massacre après la victoire. Ah! cela dégoûte de vivre et de combattre pour le triomphe de la révolution! Chaque étape de l'armée républicaine à la poursuite des Vendéens marque la place d'un égorgement, et l'on n'épargne pas même ceux qu'on a promis d'amnistier! Maudite soit cette lutte fratricide, où la gloire si pure des Kléber et des Marceau, ces soldats du devoir et de l'honneur, est ternie par la sanglante renommée des Bourbotte et des Turreau, ces séides de la vengeance et de l'extermination! Ah! qu'il est tôt à se lever le jour où les Mayençais auront le droit de reprendre leur élan vers la frontière, et d'aller de nouveau se mesurer avec les armées de la Prusse et de l'Autriche dans des batailles loyales, où les vainqueurs ont au moins le respect des vaincus! — Après une pause, Bénédict reprit : — Dieu soit loué! monsieur de Flavigny et Raoul sont encore vivants! Non, je ne me suis pas trompé: je les ai bien reconnus, les vaillants, les dévoués! Ils battaient en retraite, mais au dernier rang et faisaient face à l'ennemi... Hélas! que n'ai-je aperçu aussi Blanche et la comtesse! Que sont-elles devenues? Dans le massacre du Mans, des centaines de jeunes femmes et de jeunes filles ont péri victimes des outrages et de la cruauté des républicains... Épouvan-

table souvenir!... Puissent les chères créatures, pour qui je verserais mon sang, avoir échappé à l'ignominie et à la mort! Ah! qui donc m'apprendra si elles vivent, où elles sont! qui donc me préviendra des dangers qui les menacent, pour que je m'élance à leur secours! — À ces mots, son oreille perçut un léger bruit, et son regard, qui s'habituait à l'obscurité, vit des silhouettes humaines à deux pas. — Qui est là? — demanda-t-il.

— Coquelicot et Muguette, mon capitaine, — répondit la voix de Justine.

— Que voulez-vous?

— Nous mettre à votre disposition, et nous dévouer, s'il le faut! — répondit Justin. —C'est si beau, le dévouement!

Bénédict sourit à cette sentence sacramentelle du jeune volontaire national.

— Je n'ai nul besoin de vos services, chers enfants, — dit-il.

— Oh! que si fait! —repartit Muguette. —Vous êtes bien triste, bien chagrin depuis quelques jours, ça saute aux yeux malgré vous. La cause de vos ennuis, nous l'avons devinée sans peine. Vous portez un grand intérêt à la famille de Flavigny, et leur sort, au milieu de l'affreuse déroute des Vendéens, vous tourmente et vous rend malheureux. Oh! ne dites pas non. Votre secret vous est échappé tout à l'heure, et vos paroles ont confirmé nos soupçons.

— Soit. J'avoue que vous avez deviné. Je souffre, en réalité, de savoir cette pauvre famille que j'aime, exposée à mille morts, et d'être impuissant à la secourir. Mais que faire à cela? À quoi peut me servir votre bonne volonté?

— C'est prévu, —répliqua Coquelicot. —Elle peut vous servir à deux fins; d'abord à vous apprendre bientôt si la comtesse et mademoiselle Blanche de Flavigny sont encore vivantes, où elles sont; ensuite à vous prévenir des dangers qui les menacent pour que vous vous élanciez à leur secours.

— Comment cela?

— C'est bien simple, — reprit Justine. — Nous allons partir cette nuit même, Coquelicot et moi, sous le costume poitevin, nous pénétrons dans Ancenis, où les royalistes vont essayer sans doute de traverser la Loire. Là, nous nous informerons, et nous ne tarderons pas à vous instruire de ce que nous aurons appris sur le sort de ceux qui vous intéressent si vivement.

— Ah! chers enfants, que vous êtes bons! —s'écria Bénédict tout attendri. — Mais je refuse d'accepter votre offre. Je ne veux pas que vous vous exposiez à ce point.

— Bah! ne craignez rien pour nous.

— Réfléchissez donc, mes amis, que des pelotons de hussards battent encore les chemins. S'ils vous arrêtent et vous prennent pour des déserteurs, ils vous sabreront.

— Nous saurons bien les éviter.

— À Ancenis, les Vendéens vous arrêteront peut-être comme espions, et vous serez fusillés.

— Impossible! Les malheureux, dans leur empressement à se porter sur la rive gauche du fleuve, ne s'occuperont pas de nous.

— N'importe! je ne vous accorde pas mon consentement.

— Nous avons déjà l'approbation du père Cazeaux et de monsieur Matthieu, à qui nous avons confié notre projet. Nous aurons donc le regret de passer outre et d'agir contre votre aveu.

— Puisqu'il en est ainsi, mes braves cœurs, je vous approuve! Allez.

— Bravissimo! Nous courons prévenir notre commandant que nous nous absentons pour le service du capitaine Bénédict.

— Adieu donc, mes amis.

— Adieu, et au revoir.

Coquelicot et Muguette se procurèrent deux chevaux et se mirent en route sans retard. Ils galopèrent toute la nuit, eurent la chance de ne rencontrer ni un hussard ni un insurgé vendéen, et arrivèrent en vue d'Ancenis vers la pointe du jour.

Muguette portait un large costume de paysanne poitevine par-dessus son uniforme de cantinière. Un capuchon en siamoise préservait sa tête contre la rigueur du froid. Quant à Coquelicot, il était composé un accoutrement hybride qui l'autorisait à crier, selon l'occasion : vive la république! ou vive le roi! Il avait gardé son habit d'ordonnance, sur lequel il avait mis de larges brûlés de toile et une vaste peau de bique strictement serrée autour du cou et de la taille par des courroies de cuir. Pour coiffure, il avait adopté une casquette de peau de loutre dont les oreillettes, qu'il pouvait relever et rabattre à volonté, étaient munies à l'intérieur d'une cocarde tricolore, et à l'extérieur, d'une splendide rosette de soie blanche. De cette façon, Muguette et lui, brigands en dessus, pouvaient se transformer en patriotes, prêts à exhiber, comme la chauve-souris de la fable, aile ou museau, suivant le besoin.

Ces précautions avaient été inutiles jusque-là, et ils s'en félicitaient, lorsqu'ils virent un cavalier arrivant à leur rencontre au triple galop. Ils s'arrêtèrent instinctivement pour l'examiner et se rendre compte de la situation. Il devint bientôt évident pour eux que ce cavalier était un officier vendéen. Quoiqu'ils fussent assez bien déguisés pour être sûrs de n'éveiller aucun soupçon, ils ne laissèrent pas cependant de se sentir inquiets. Mais leur inquiétude cessa tout à coup, à l'aspect d'autres cavaliers qui, lancés également à fond de train, s'efforçaient de gagner de vitesse le premier et s'écriaient : Arrête-le! c'est un voleur! le cri devint bientôt distinct pour Muguette et Coquelicot. Aucun parti n'a pitié des voleurs. Justin barra résolûment le passage à l'homme qui fuyait, et qui avait une avance sensible sur ceux dont il était poursuivi.

— Place, où tu es mort! — menaça le cavalier accusé de vol.

Par une subite réflexion, Justin se rangea comme pour laisser le champ libre. Mais à peine le fugitif eut-il franchi l'espace qui le séparait de Coquelicot que, prompt comme l'éclair, celui-ci s'arma d'un pistolet qu'il déchargea dans la tête du cheval de l'officier vendéen. La pauvre bête, dont le crâne était fracassé, fit encore un bond, s'abattit et ne bougea plus.

Le cavalier, après avoir roulé dans la boue du chemin, se releva frémissant, furieux. Il mit l'épée à la main, et voulut se précipiter sur Coquelicot. Mais il se contint en remarquant l'attitude déterminée de son adversaire, qui venait de faire claquer la détente d'un second pistolet. Et d'ailleurs une réflexion subite, plus encore que la crainte d'un coup de feu, avait changé sa résolution. Il retourna vers son cheval qui gisait inanimé, détacha une petite valise, fixée sur la croupe de l'animal, et la jeta furtivement dans un fossé plein d'eau, où elle disparut. Alors il croisa les bras sur sa poitrine, et l'œil hautain, la lèvre dédaigneuse, il attendit l'arrivée de ceux qui le poursuivaient.

Quelques minutes après, il était entouré par une dizaine d'insurgés vendéens, que commandait l'un des gentilshommes les plus honorables du Poitou, le chevalier Desessarts.

— Marquis d'Apremont, votre épée? — demanda l'officier royaliste.

— De quel droit m'adressez-vous cette injonction?

— J'ai ordre de vous arrêter.

— Pourquoi?

— Parce qu'on vous accuse d'avoir dérobé, au milieu du désordre et de la confusion qui règnent à Ancenis, les valeurs contenues dans la caisse de l'armée, caisse placée sur un fourgon momentanément égaré ce matin.

— Qui donc ose m'accuser d'une telle infamie?

— L'abbé Bernier lui-même, trésorier général. Il pré-

tend vous avoir surpris tandis que vous acheviez de consommer le vol.

— C'est une odieuse calomnie.

— Alors d'où vient que vous ayez pris la fuite dès que vous avez aperçu l'abbé?

— Les Vendéens sont perdus. J'ai voulu me séparer d'eux. C'est mon droit.

— Il fallait partir les mains vides et non pleines d'une fortune qui ne vous appartenait pas.

— Je vous le répète, l'abbé Bernier est un imposteur. Je suis un loyal gentilhomme, non un larron. Fouillez-moi, infligez-moi cette honte, je vous le permets.

— Nous connaissons nos devoirs, et n'avons pas besoin qu'on nous les dicte. Votre épée, vous dis-je!

— La voici.

— Et maintenant, — reprit le chevalier Desessarts en s'emparant de l'arme que le marquis lui tendait, — qu'on saisisse tout ce qu'on trouvera, or et bons royaux, dans les poches du prisonnier.

Quelques cavaliers mirent pied à terre et explorèrent minutieusement les replis du costume élégant, mais délabré du marquis.

— Rien de suspect, — dit l'un d'eux désespéré.

— Qu'on visite le porte-manteau sur le cheval mort, — ajouta l'officier vendéen.

L'ordre fut exécuté; mais cette nouvelle recherche n'amena aucune découverte. Gaëtan d'Apremont ricanait.

— Eh bien! — dit-il, — suis-je un voleur?

— Je désire qu'on se soit trompé, — répondit gravement le chevalier Desessarts; — la cause royaliste est assez durement éprouvée pour que Dieu lui épargne l'ignominie d'avoir compté parmi ses défenseurs un gentilhomme capable de la plus déshonorante de toutes les honteuses actions.

— Il doit être évident pour vous qu'on m'a calomnié. Rendez-moi donc mon épée, et laissez-moi continuer mon chemin... Si vous m'en croyez même, — reprit Gaëtan à voix basse et d'un ton insinuant, — vous ne retournerez pas à Ancenis, où les républicains entreront dans quelques heures. Vous m'accompagnerez en Bretagne, d'où nous passerons en Angleterre.

— Monsieur le marquis, — répondit froidement le digne officier vendéen, — je considère ce que vous faites comme une désertion, et je ne suis pas de ceux qui désertent.

— Fort bien. Chacun, en cette extrémité, pense et agit comme il l'entend. Je suis libre, n'est-ce pas?

Coquelicot intervint brusquement.

— Avant tout, — dit-il, — il convient de chercher les preuves de l'innocence de cet honorable gentilhomme dans le fossé plein d'eau que voici. J'ai idée qu'on les y trouvera.

Et du doigt il désignait la petite douve où le marquis avait fait disparaître adroitement la mystérieuse valise.

Gaëtan rougit. Ses yeux s'injectèrent. Il bondit vers Justin.

— Misérable! — s'écria-t-il.

Coquelicot lui présenta le canon de l'arme avec laquelle il l'avait déjà tenu en respect, et cette fois encore le marquis recula impuissant et furieux.

Pendant ce temps, les soldats vendéens, avec la pointe de leurs sabres, plongés dans l'eau bourbeuse du fossé, amenaient à la surface un objet facile à reconnaître; que l'un d'eux saisit et enleva, non sans un peu d'effort. On ouvrit la valise et on y trouva cinq cent mille francs en argent, en or et en bons royaux. Devant cette pièce de conviction, le doute n'était plus permis.

— Je pense que vous n'oserez plus nier votre crime! — dit alors le chevalier Desessarts d'un ton de mépris glacé.

— Peuh! est-ce un crime? — répliqua le marquis avec une expression goguenarde. — Je me suis emparé de la caisse pour qu'elle ne fût pas prise par les républicains, voilà la vérité.

Un frémissement d'indignation répondit seul à cette impudente explication.

L'officier vendéen fit placer sur son cheval la preuve matérielle de l'infamie de Gaëtan d'Apremont. Il ordonna ensuite qu'on liât les mains du marquis, qu'on le mit en croupe en l'attachant par la taille à la ceinture du cavalier derrière lequel il allait chevaucher.

Affectant un aplomb qui cachait mal un profond souci, le prisonnier demanda ce que l'on comptait faire de lui.

— On vous jugera.
— Qui donc?
— Un tribunal d'honneur présidé par le comte de Flavigny, qui est l'honneur même.
— Oh! alors je serai condamné. Le comte me hait. Il se vengera.
— Il vous épargnera, je le crains.
— Comment cela?
— Il se contentera de vous faire fusiller.
— Eh bien?
— Eh bien, j'estime, moi, qu'un grand seigneur qui a volé et qui déserte mérite d'être pendu comme le plus vil des manants?

Une bruyante approbation accueillit ces paroles énergiques du chevalier Dessarts. Suffoqué de honte et de rage, le marquis n'eut pas la force de répondre. Il se sentit accablé sous le poids de la réprobation qui s'accumulait déjà sur lui.

Le peloton royaliste s'en retourna au trot vers Ancenis. Coquelicot et Muguette le suivaient en toute sûreté, car ce qui venait de se passer leur avait acquis des droits à la confiance des Vendéens. On avait complimenté Justin sur la part qu'il avait prise dans l'arrestation du fugitif, et l'on s'était empressé de renseigner Muguette, qui avait demandé des nouvelles de la famille de Flavigny. Avant de pénétrer dans la ville, l'un et l'autre savaient déjà que le comte, la comtesse, Blanche et Raoul, avaient échappé aux massacres du Mans, et qu'ils s'étaient réfugiés dans Ancenis, où ils attendaient que le passage de la Loire pût être effectué.

Parvenus sur la place du marché, Justin et Justine se séparèrent de l'escorte qui conduisait le marquis d'Apremont. Après avoir laissé leurs chevaux dans l'écurie d'une auberge, ils se dirigèrent vers le fleuve en suivant des rues étroites encombrées d'armes abandonnées, de charrettes et de caissons. Ils eurent lieu de s'étonner du silence et de la solitude qui régnaient au centre même de la ville. Les habitants craignant de se compromettre et de s'exposer aux vengeances des vainqueurs, s'étaient renfermés chez eux et ne donnaient aucun signe de vie. Quant aux Vendéens, entassés sur les bords de la Loire, impatients de la traverser, ils s'efforçaient de rassembler des barques, et de construire des radeaux. Une scène bien plus lugubre, bien plus navrante que celle de Saint-Florent, s'offrit aux regards de Coquelicot et de Muguette, lorsqu'ils arrivèrent sur le quai, au pied du château fort qui domine le cours de la Loire.

Là, ils virent les derniers débris des insurgés, multitude exténuée, grelottante, hâve, fiévreuse, couverte de lambeaux hideux. Les chefs eux-mêmes, ayant perdu leurs bagages dans la déroute, étaient vêtus bizarrement et misérablement. Les uns cachaient leur tête sous des chapeaux de femme, les autres sous des turbans pris aux théâtres des petites villes qu'ils venaient de traverser; ceux-ci s'enveloppaient dans de vieilles robes noires de juges détachées du porte-manteau de quelque présidial; ceux-là n'avaient pour se garantir contre la pluie et le froid qu'un rideau de lit, une couverture de laine, un jupon de droguet. Rien n'était plus étrange, plus fantasque, et aussi plus triste, plus affligeant à observer que ce spectacle lamentable de toute une vaillante population réduite aux dernières extrémités de l'indigence et du dénûment.

Au moment où ils allaient commencer leurs recher-ches à travers cette foule anxieuse et désolée, Coquelicot et Muguette s'aperçurent que tous les yeux étaient dirigés vers le fleuve, où se déroulait une scène qui oppressait tous les cœurs vendéens. Quatre grandes barques, chargées de foin, étaient amarrées à la rive gauche. La Rochejaquelein et Stofflet, ayant résolu de les prendre de vive force, étaient montés dans un bateau et traversaient la Loire, dont les flots grossis et rapides menaçaient de tout engloutir. Un second bateau, portant une vingtaine d'hommes déterminés, suivait. On aborde, on se met en devoir d'enlever le foin des embarcations, lorsqu'une patrouille républicaine accourt. Une vive fusillade s'engage. Bien inférieurs en nombre, les royalistes sont dispersés, poursuivis. La Rochejaquelein et Stofflet eux-mêmes sont contraints de fuir et de se cacher sur cette terre vendéenne, but de tant d'aspirations et de vœux. A la même heure deux chaloupes canonnières, venues de Nantes, s'embossent en face d'Ancenis et tirent sur les radeaux construits à la hâte qu'on livre au courant. Ces radeaux sont brisés, ceux qui s'y sont aventurés disparaissent dans les vagues. Un immense cri de désespoir s'échappe alors de mille poitrines. Séparée de son général, impuissante désormais à regagner le Bocage, l'armée royale et catholique, dans laquelle on ne compte plus qu'une poignée de braves capables de combattre encore, comprend qu'elle est irrévocablement perdue. Pauvre armée, composée surtout de vieillards, de femmes, d'enfants, de malades et de blessés, elle répète en gémissant : « Hélas! Dieu nous abandonne! Il faut mourir! »

Muguette et Coquelicot avaient le cœur déchiré. Ils pleuraient en silence devant ce tableau où se peignait le plus lugubre découragement, à l'aspect de cette infortune irrémédiable, qui leur mettait dans l'âme comme un deuil fraternel au souvenir du pays natal.

— Viens, Muguette,—dit Justin en secouant l'émotion poignante qu'il ressentait.—N'oublions pas le devoir qui nous amène. Remettons-nous en quête de la famille de Flavigny.

— Tu as raison, Coquelicot. Nous n'avons pas le temps de nous apitoyer, il faut agir.

Et ils parcourent le rivage, cherchant, interrogeant, sans timidité comme sans bravade, traversant les groupes trop plongés dans la douleur pour les observer et s'occuper d'eux. Ils parvinrent ainsi vers une pointe du quai où deux femmes étaient assises solitaires sur un caisson renversé. Un jeune paysan, qui depuis un instant guidait Justine et Justin, leur dit : « Les voilà! » puis il rebroussa chemin. Alors nos deux royalistes simulés s'approchèrent de celles qu'on leur avait désignées. Ils s'arrêtèrent presque aussitôt, saisis d'une naïveté stupéfaction.

— Est-ce bien elles? — demanda Muguette à son mari.

— Oui, — répondit Coquelicot,—Mais dans quel état, les nobles dames! C'est à peine si je les reconnais.

En effet, il n'était pas facile de reconnaître la comtesse et Blanche de Flavigny dans les deux personnes déguenillées, bleuies par le froid, amaigries par les privations, que Coquelicot et Muguette avaient à sous leurs yeux. Madame de Flavigny, dont les vêtements étaient déchirés, usés, abritait son corps sous un grand morceau de drap bleu attaché par des ficelles à son cou. Elle était coiffée d'un capuchon de laine violette et portait des bas de laine jaune, ainsi que des pantoufles vertes retenues à ses pieds au moyen de gros cordons. Blanche, elle, était couverte d'un lambeau de tenture de damas rouge; elle cachait sa charmante tête sous un chapeau râpé de paysan breton. Cependant, en dépit de la misère et de la souffrance, il apparaissait en elles une dignité touchante qui inspirait autant de respect que de pitié.

Justin et Justine leur firent une profonde révérence en les abordant.

— Eh bien! mes amis,— leur dit la comtesse avec un calme doucement stoïque, — l'ange du trépas plane sur nous. Demain sans doute nous n'existerons plus. Du courage et de la résignation!

— Oui, du courage, madame, mais ne nous résignons pas encore à mourir, — répondit Justin en s'animant. — Nous sommes ici pour vous aider à sortir de votre périlleuse situation.

La comtesse et Blanche relevèrent la tête avec étonnement.

— Qui donc êtes-vous ?— demandèrent-elles.

— Des envoyés du capitaine Bénédict.

— Du capitaine Bénédict ? — répéta Blanche, dont le visage s'éclaira d'un rayon d'espoir.

— N'êtes-vous pas Justin, surnommé Coquelicot? — reprit madame de Flavigny.

— Et voici ma femme Justine, surnommée Muguette... pour vous servir. Mais chut! parlons bas. Il ne faut point qu'on vous suspecte, car nous serions fusillés sans doute et nous ne pourrions plus vous être bons à rien.

— Que comptez-vous faire pour nous ?

— Tout ce qui vous offrira quelque chance de vous soustraire aux coups des républicains. C'est le vœu du capitaine Bénédict, et nous tâcherons de le réaliser.

— Vous l'aimez donc bien, le capitaine Bénédict ? — demanda Blanche en souriant avec un peu d'effort.

— Sur un signe de lui, nous nous jetterions au feu,— répondit Muguette.— N'est-ce pas, Coquelicot?

— Parbleu! D'ailleurs, c'est si beau de se dévouer... surtout pour un homme tel que lui!

— N'oublions, pas,—reprit Muguette,— que les bleus seront à Ancenis dans quelques heures, peut-être dans un instant. Avisons sans retard.

— Où est le comte de Flavigny? où est monsieur Raoul?

— Au conseil de guerre qui vient de se réunir dans l'église pour juger un officier supérieur vendéen, accusé d'une honteuse action.

— Accusé d'avoir volé ce que contenait la caisse de l'armée royale et catholique ?

— Oui... Comment savez-vous cela?

— J'ai contribué moi-même à faire arrêter le voleur, qui n'est autre que le marquis Gaëtan d'Apremont.

— L'odieux gentilhomme! C'est ainsi qu'il devait finir, flétri, souillé, condamné par les siens.

— Et laissant une tache au drapeau sous lequel il a combattu,— ajouta Blanche avec un frémissement d'indignation.

Il y eut un silence que Coquelicot rompit.

— Puisque nous ne pouvons prendre en ce moment l'avis de monsieur de Flavigny et de monsieur Raoul,— dit-il,— permettez-moi de vous donner le mien.

— Parlez.

— Il est inutile de compter sur le passage de la Loire, qui ne s'effectuera pas.

— Hélas! cela n'est que trop certain.

— Il convient donc que vous vous cachiez dans quelque repli invisible de la cité jusqu'à ce que vous ayez pris une détermination.

— L'avis est sage. Mais où nous réfugier?

— Nous chercherons et nous trouverons.

— D'abord,— reprit Muguette,— il est urgent que madame la comtesse et mademoiselle Blanche changent au plus vite de vêtements. Ceux qu'elles portent sont de nature à les trahir.

— Ils annoncent, en effet, la défaite et la proscription.

— Venez avec nous, Justin se charge de vous procurer une retraite dans Ancenis; moi, je vous promets de vous transformer bientôt en paysannes bretonnes. De la sorte, vous aurez moins à redouter l'implacable colère des bleus.

— Nous nous confions entièrement à votre prudence

et à votre sollicitude,— répondit la comtesse en se levant. — Puisse Dieu acquitter un jour la nouvelle dette de reconnaissance que nous contractons envers le capitaine Bénédict et envers vous!

XI

Moins d'une heure après, la comtesse et Blanche avaient un abri sous le toit d'une petite fabrique abandonnée, sorte de masure située au fond d'une ruelle déserte, la ruelle du Figuier, derrière un fouillis presque inextricable de genêts et de houx. Un feu vif de sarment pétillait dans l'âtre d'une cheminée, réchauffant les membres engourdis des deux nobles Vendéennes, qui, grâce à la prévoyance de Justine, portaient d'ailleurs le costume de paysannes bretonnes de la campagne de Rennes. Deux manteaux d'un drap grossier, épais, achetés par Justin, étaient pendus à des clous sur le mur nu de l'atelier; ils étaient destinés au comte et à son fils, qui siégeaient encore au conseil de guerre réuni pour juger le marquis d'Apremont.

Coquelicot venait de se rendre au-devant d'eux. Il les rencontra dans la rue d'Enfer, à peu de distance de la ruelle, et les conduisit vers l'asile misérable où se cachaient, en compagnie de Muguette, madame de Flavigny et sa nièce. Monsieur de Flavigny était vêtu d'un sarreau d'Arménien, Raoul d'une robe de procureur, travestissements qui eussent été risibles si la détresse et le péril ne les eussent rendus lugubres et navrants.

Comme ils entraient dans le refuge mystérieux, une décharge de mousqueterie fit résonner l'air.

— Voilà les républicains,—dit la comtesse en pâlissant.

— Non,— répondit gravement le comte,— ce n'est pas la vengeance des bleus qui vient; c'est la justice des blancs qui a son cours.

— Ainsi le marquis d'Apremont...

— Convaincu d'être un voleur, a été condamné à la dégradation et à la mort. On l'a dégradé et fusillé, à deux cents pas de l'église, sur la place des Tilleuls.

— Il n'était vraiment pas digne d'être passé par les armes,— hasarda Justin.

— On voulait le pendre comme un larron qu'il était. Je m'y suis opposé.

— Pourquoi, mon père ?— demanda Blanche, dont le sourcil se fronça.

— Parce que c'eût été trop de honte pour la noblesse et pour la cause désespérée dont nous sommes les derniers défenseurs.

Monsieur de Flavigny achevait ces mots, quand plusieurs détonations se firent entendre. Des cris perçants, répercutés par tous les échos de la Loire, suivirent ces retentissements de la fusillade et du canon. Puis des pas rapides résonnèrent sur le pavé des rues. Des voix épouvantées répétaient : Aux armes! Voici les bleus! Le comte et Raoul s'élancèrent hors de leur retraite. Ils y revinrent un quart d'heure après.

— Les hussards de Westermann et quelques bataillons d'avant-garde pénètrent dans la ville, — dit le comte. — Nos soldats prennent la fuite. Les plus braves ne pensent pas même à se défendre. Trois cents d'entre eux viennent de déposer les armes sur la promesse d'une amnistie. J'ai vu plus d'un officier monter à cheval et s'enfoncer dans la campagne. C'en est fait! l'armée vendéenne, demain au plus tard, sera exterminée. Cette nouvelle était trop attendue pour produire un violent effet. Un morne silence l'accueillit. — Ma chère Valérie, — reprit le comte, dont la voix tremblait, malgré lui, — vous avez assez partagé les malheurs de l'insurrection. Je vous supplie de ne plus songer qu'à votre salut et à celui de ma Blanche bien-aimée. Les tristes restes de la Vendée vont se replier sur Savenay; Je désire que vous preniez une direction contraire, dès qu'il vous sera possible de quitter Ancenis, où votre costume breton vous permet de rester au moins jusque vers la nuit.

— Et mon fils? et vous-même? — demanda la comtesse avec un calme contraint.

— Raoul et moi, nous résisterons encore à l'ennemi pour protéger les fuyards. Notre devoir est de nous attacher à l'armée royaliste tant qu'elle existera.

— Oui, — dit Raoul, — l'honneur exige que nous mettions jusqu'à la fin le deuil de la Vendée.

— Cela est bien! — exclama Blanche.

— Allez, et que Dieu prenne pitié de nous! — murmura madame de Flavigny en roidissant son cœur et sa voix.

On s'étreignit en silence, puis on se sépara.

Le comte s'arrêta sur le seuil de la masure; s'adressant à Muguette et à Coquelicot, il leur dit:

— Je vous les confie. Ne les abandonnez pas.

— Comptez sur nous, — dit Justine d'un ton pénétré.

— Merci... Mon fils et moi, nous garderons une éternelle amitié au capitaine Bénédict.

— Et si nous devons mourir dans une dernière lutte, — ajouta Raoul, — nous mourrons en le bénissant.

— Vos paroles lui seront fidèlement répétées, — répondit Justin.

Et les deux gentilshommes s'éloignèrent rapidement. Ils projetaient de rallier quelques-uns de leurs soldats et de tenir tête aux hussards sur le chemin de Savenay.

Cependant la fusillade se rapprochait, des décharges d'artillerie résonnaient à peu de distance. Le pavé retentissait sous le galop de la cavalerie républicaine. On entendait le gémissement des blessés et le râle des agonisants. La comtesse s'agenouilla et se mit à prier. Blanche voulut suivre son exemple, mais la résignation lui manqua. Plus agissante et moins découragée que madame de Flavigny, elle regrettait ne n'être pas un homme, et de ne pouvoir faire preuve d'intrépidité et de dévouement à cette heure suprême, où la Vendée était sur le point de rendre le dernier soupir.

— Je veux savoir ce qui se passe, — dit-elle, — Je sors.

— Gardez-vous en bien, mademoiselle! — répliqua Muguette en se plaçant devant la porte.

— Pourquoi? Mon déguisement ne me protège-t-il pas? On tue les Vendéennes, mais non les Bretonnes.

— D'abord il n'est pas certain que les hussards de Westermann fassent cette distinction. Ensuite il est indubitable que des espions cruels et rusés s'abattent partout où notre avant-garde a mis le pied et que du premier coup d'œil ils te reconnaîtront que vous n'êtes pas une simple paysanne. Croyez-moi donc, ne sortez pas de cette cachette où vous êtes à l'abri des agressions brutales et des regards curieux jusqu'à ce qu'il nous soit possible de vous conduire dans un lieu plus tranquille, au fond de quelque village perdu au milieu des bois.

— Muguette a raison, — reprit Justin, — Une extrême prudence est indispensable. Je vais, moi, parcourir Ancenis; je ne tarderai pas à revenir. Alors nous saurons ce que nous devons craindre ou espérer. Peut-être amènerai-je avec moi le capitaine Bénédict.

— Puissiez-vous nous causer cette joie! — dit vivement la belle royaliste qui, en dépit d'elle-même, sentait s'apaiser son enthousiasme vendéen, chaque fois qu'on lui parlait de l'héroïque officier républicain.

Coquelicot se dépouilla de son costume poitevin et sortit en uniforme. Après avoir traversé quelques rues solitaires, il se dirigea vers une extrémité de la ville où l'on se battait et où il supposait que le comte et Raoul tentaient de suspendre la poursuite des républicains. En arrivant sur une place au milieu de laquelle jaillissait une fontaine entourée de quelques tilleuls, il aperçut monsieur Matthieu et courut à lui. Monsieur Matthieu

lui apprit que le deuxième bataillon de volontaires nationaux était entré dans Ancenis.

— Moi, je me suis attardé, — ajouta-t-il. — Je suis demeuré en arrière pour panser deux Vendéens qui imploraient mon assistance, car ils étaient grièvement blessés. Je leur ai procuré ensuite les moyens de fuir, et je me hâte de rejoindre le bataillon.

— Toujours humain! toujours généreux!... Hélas! ils sont rares parmi nous ceux qui agissent ainsi!... Mais, dites-moi, — reprit Justin, — le capitaine Bénédict sera-t-il aujourd'hui même ici?

— Dans une heure environ, il est avec le gros de l'avant-garde commandée par Kléber.

— Alors je cours au-devant de lui. Je veux lui donner la bonne nouvelle que Muguette et moi nous savons où est la famille de Flavigny. Le comte et son fils ont suivi les insurgés, mais la comtesse et mademoiselle Blanche sont cachées dans la ville, et désirent le voir. Je vous quitte. A bientôt.

Le jeune chasseur s'éloigna. Monsieur Matthieu reprit sa marche. A peine arrivait-il près de la fontaine, sous les tilleuls dont les branches secouées par la bise d'hiver n'avaient plus une seule feuille, il s'arrêta brusquement. Des gémissements sourds, entrecoupés par des imprécations stridentes, étaient venus frapper son oreille. Jamais il n'avait entendu un accent à la fois plus douloureux et plus infernal. Son regard chercha d'où s'exhalait cette lamentation humaine: il aperçut, à une vingtaine de pas derrière la fontaine, un homme qui hâletait étendu dans une mare de sang.

Cet homme était horrible à voir. Ses vêtements, son visage, ses mains étaient maculés de taches rouges, ses yeux jaillissaient effrayants de leurs orbites; il s'efforçait de se soulever, de ramper; mais il retombait épuisé et râlant.

— Ah! les infâmes! — articulait-il d'une voix rauque et sifflante, — pourquoi ne m'ont-ils pas tué?... Ils l'ont fait exprès!... Tant de balles dans le corps,... et je vis... et je ne peux pas rendre le dernier soupir!... Malédiction sur eux!... Les Vendéens sont des bandits! Ils ne valent pas mieux que les républicains!... Avec quelle joie je les écraserais les uns et les autres, si je pouvais!... Cette famille de Flavigny surtout et aussi cet exécrable Bénédict!... Oh! que je souffre! — répétait-il après une pause. — Non! nul n'a jamais souffert autant que moi!... Aie pitié, mon Dieu! Apaise ma torture!... Que dis-je! Est-ce que Dieu existe!... La ridicule folie!... Pourquoi Dieu? La nature, hommes et choses, est le jouet du hasard... L'univers n'a d'autre Providence qu'une aveugle fatalité!... Un rire sauvage à demi-étranglé accentua affreusement ces derniers mots; il essaya encore de se redresser, mais ce fut en vain... Quelle fin que la mienne! — ajouta-t-il avec un hoquet sinistre. — Eh! qu'importe comment on a fini... Si le néant succède à la vie, pourquoi se soucier du souvenir qu'on laisse après soi?... La gloire ou la honte, qu'est-ce que ça fait au cadavre qui n'entend pas?... La mort n'a pas d'écho!... La mort!... Pourquoi donc tardé-t-elle à m'anéantir, à supprimer en moi l'horrible douleur?... Je suis comme un damné, je brûle! mes veines sont en feu!... Ah! par pitié qu'on m'achève!... Je veux mourir!... O Dieu! si tu n'es pas un mensonge, donne-moi le coup de grâce! sinon, je te réprouve, je te blasphème, je te maudis!

Et il se roulait dans la flaque rouge et gluante en jurant avec une farouche énergie. Monsieur Matthieu s'était penché vers lui pour le secourir!...

— Calmez-vous, malheureux! — lui dit-il avec une douceur sévère. — Votre colère impie ne saurait atteindre celui qui est l'Éternel, l'infini. Elle ne fait qu'aggraver vos souffrances et refroidir la pitié qui s'émeut à votre aspect. — En même temps il examinait la poitrine du moribond et remarquait qu'elle était trouée par plusieurs balles. Un coup d'œil lui suffit pour reconnaître que les blessures étaient mortelles et que le misérable n'avait plus longtemps à souffrir. — Patience, pauvre homme ! — reprit monsieur Matthieu d'un ton compatissant et solennel. — Dans quelques minutes vous aurez le repos suprême.

— Oui, oui... — dit le supplicié avec un ricanement diabolique, — cela signifie que je serai crevé ! N'importe !... c'est trop attendre... Quand on fusille... on doit tuer roide... Les lâches !... Ah ! qu'on les massacre !... A mort les Vendéens !.. Tue !... tue !...

Et il continuait à se rouler dans la boue sanglante, fiévreux, convulsif, rugissant.

Monsieur Matthieu exhorta de nouveau le moribond à se calmer.

— Si vous êtes un républicain, — dit-il, — soyez ferme et courageux devant le trépas.

— Un républicain, moi !... Jamais, mille démons !... A mort les républicains !... Qu'on les massacre !... Tue !... tue !...

— Qu'êtes-vous donc alors ?

— Ce que je suis... Ah ! ah ! ah !... Par l'enfer ! je suis... un voleur !

— Vous ? — dit le vieillard avec un geste de mépris.

— Eh bien ! quoi, je te scandalise !... Qu'est-ce que ça me fait... puisque tout à l'heure je ne serai qu'une chose inerte... une masse insensible... un néant !

— En êtes-vous sûr, malheureux ?

— Triple imbécile !... Est-ce que nous avons une âme ?... Est-ce que Dieu n'est pas une absurde invention ?

— Vous niez l'âme et vous niez Dieu, parce que vous êtes sans doute un grand coupable et que vous avez peur.

— Peur... de quoi ?... Du châtiment éternel... de la damnation ?... Si cela était pourtant... Horreur !

— Tranquillisez-vous. Qui a cessé de vivre a expié. Tout se compense ici-bas. La mort régénère l'âme, et Dieu est la source pure, inépuisable, où chacun de nous va se retremper.

— Alors tu ne crois pas ce que le dogme enseigne ?

— Je ne puis croire que le Maître sublime soit un inquisiteur et un bourreau durant l'éternité.

— Ah ! c'est bien ce que tu dis là, vieillard ! et cela me remue le cœur !... N'est-ce pas qu'une fin affreuse... une atroce agonie suffit à racheter toute une existence perverse et criminelle ?... C'est que je souffre épouvantablement, vois-tu ! J'ai les veines en feu... Je brûle... j'ai soif... de l'eau... par pitié, de l'eau !

Monsieur Matthieu portait une gourde suspendue à son côté. Elle était vide. Il s'empressa de la remplir à la fontaine et revint la présenter au moribond. Il lui souleva la tête pour l'aider à boire, mais aussitôt il recula en frémissant et en poussant un cri aigu.

— Gaëtan d'Aprémont ! — proféra-t-il tandis que la tête retombait dans la boue et dans le sang ! — Ah !... enfin !

Il y eut un terrible silence, entrecoupé de quelques lugubres gémissements. Puis, le supplicié se souleva sur ses coudes et regarda autour de lui avec effarement.

— Qui m'a nommé ? — soupira-t-il d'un ton creux et sourd comme l'écho d'une tombe... — Pourquoi me repousse-t-on ?

Le visage de monsieur Matthieu se pencha sur celui de Gaëtan. Ses yeux fulgurants aveuglèrent ceux du marquis.

— Ne me reconnais-tu pas, infâme ? — s'écria le vieillard.

— Non... non, — balbutia le misérable gentilhomme, dont les chairs frissonnaient.

— Écoute alors. Je suis un envoyé de la Providence, et je trouve en toi une preuve éclatante de la souveraine équité.

— Comment ?... Que signifie ?

— Cela signifie qu'une main mystérieuse m'a conduit ici pour que je puisse te contempler souillé d'opprobre, rugissant de douleur !... Et je te contemple avec ravissement, car je suis vengé !

— Vengé ? Que vous ai-je fait ?

— Ce que tu m'as fait ?... J'avais une fille ; tu l'as déshonorée et tu l'as tuée !... J'étais un homme heureux ; tu m'as broyé le cœur !

— Qui donc êtes-vous ?

— Le père de Rose Matthieu !.. Me reconnais-tu, à présent, suborneur, assassin ?

Par un effort violent, le marquis se dressa sur ses mains et envisagea le vieillard avec une expression de terreur ; puis il s'affaissa en murmurant :

— Oui... oui... je te reconnais... O la justice de Dieu !

— Tu y crois donc maintenant !

— J'y crois... j'y crois. Va ! rassasie ta vue de mon humiliation, de mes tortures !... Apprends pourquoi je meurs si misérablement... J'ai volé la caisse de l'armée vendéenne... et on m'a pris... et on m'a fusillé... J'ai dix balles dans le corps... et je ne meurs pas !... et je brûle !... et j'ai soif !... De l'eau !... Mais non !... rien !... J'expie !... j'expie !... —Et il se tordait comme un damné.

Monsieur Matthieu, debout, immobile, les bras croisés sur la poitrine, assistait au spectacle de cette horrible agonie sans paraître ému, sans donner un signe de pitié. Soudain le moribond se calma, ses traits contractés se détendirent ; il souleva ses paupières au bord desquelles deux grosses larmes vinrent se suspendre, et il exhala une longue plainte d'où se détacha, distinctement ce mot : « Miséricorde ! » — Monsieur Matthieu sentit se fondre la glace de son cœur. Saisi de commisération, il prit sa gourde, s'inclina de nouveau vers le marquis, et lui dit :

— Bois.

Gaëtan but avec avidité. Un éclair de joie resplendit sur son front.

— Merci ! — murmura-t-il, — et que Dieu vous récompense... pour votre charité.

Ses mains se joignirent comme s'il eût voulu prier, et il expira.

Monsieur Matthieu demeura un instant immobile et pensif devant le cadavre de ce gentilhomme qui lui avait fait tant de mal et dont il venait d'avoir pitié.

— Rigoureux enchaînement des choses de ce monde, — réfléchit-il tout haut, — il a reçu dans toutes les souillures de l'âme ; il est mort au milieu de la fange et de l'ignominie, Le doigt de Dieu est là !

Et il se remit en marche pour rejoindre le bataillon dont il était le chirurgien.

Un quart d'heure s'était à peine écoulé, lorsqu'un homme de mauvaise mine, enveloppé dans un manteau, la tête couverte d'un chapeau à larges bords, parut sur la place déserte. Il regarda de tous côtés, s'étonna de ne voir personne, s'adossa contre un arbre et attendit. C'était Roch Duhoux, l'espion de Carrier. Roch Duhoux, devenu l'un des plus redoutables séides du terrible conventionnel, qui depuis un mois gouvernait Nantes comme commissaire général, et y faisait régner la terreur dans sa plus violente atrocité.

— L'heure du rendez-vous a sonné, — se dit l'estafier du proconsul nantais. — Ils ne tarderont pas à venir.

Bientôt il aperçut, à quelques pas devant lui, le corps inerte du marquis d'Aprémont. Il ne lui accorda d'abord qu'une attention distraite ; il avait trop l'habitude de rencontrer des cadavres sur son chemin pour s'émouvoir à la vue d'un homme mort. Cependant ses yeux ne tardèrent pas à se fixer sur le costume de Gaëtan. En dépit des taches immondes qui en dissimulaient l'étoffe et la couleur, il remarqua que les vêtements étaient de velours noir. Un chef royaliste pouvait seul être vêtu si élégamment. Cette remarque piqua la curiosité de Duhoux, qui voulut savoir ce qu'il en était. Il alla donc examiner les traits du supplicié, et proféra une exclamation pleine de surprise sarcastique. — Ah bah ! mon mon ancien maître ! — dit-il. — Après une pause, il reprit : — C'est bien lui, pardieu !... Je le retrouve dans un joli état... vautré, boueux, sanglant !... Quel goût de grand seigneur il est ainsi !... et comme la mort traite également les gentilshommes et les manants !... Ça fait plaisir à voir,... C'est égal, — ajouta-t-il en hochant la tête d'un air dépité, — je caressais l'espérance de le retrouver vivant. Il m'eût été si doux de l'arrêter en lui témoignant beaucoup d'égards, et, fidèle serviteur, de le guider moi-même jusqu'au bas de l'échafaud !

Disant cela, il lança un coup de pied au cadavre, et retourna tranquillement reprendre la position qu'il venait de quitter.

La place des Tilleuls est élevé au-dessus du niveau des rues qui l'entourent. Des degrés de pierre, disposés à intervalles dans le talus, donnent accès sur la plateforme. Un groupe d'hommes franchit bientôt l'un de ces escaliers, et se dirigea vers Roch Duhoux. A leur allure oblique, à leur physionomie sombre, à leurs yeux ardents, un observateur eût facilement deviné que ces hommes étaient des espions, des pourvoyeurs de guillotine, des assassins. Ils firent halte à trois pas de celui qui semblait les attendre, et lui adressèrent un mot de ralliement.

— Nous sommes sacristains de Marat, — dirent-ils.

— Je suis sacristain de Marat, — répondit Roch Duhoux.

— Mort aux brigands ! vive Carrier ! — reprirent les acolytes mystérieux.

— Mort aux brigands ! vive Carrier ! — répéta l'ancien valet du marquis d'Apremont. Puis il complimenta les nouveaux venus sur leur exactitude, et leur distribua de l'argent. — J'arrive de Nantes, — poursuivit-il. — Ce matin j'ai eu l'honneur de causer avec le citoyen commissaire général. Il est content de vous. Il trouve que vous avez bien travaillé au Mans, où, grâce à vous, les prisons ont regorgé, où le bourreau n'a pas manqué de besogne un seul instant. Vos services méritent les plus grands éloges, et j'ai l'ordre de vous en combler. Soyez fiers mais que votre orgueil bien légitime ne fasse que donner plus de ressort à votre dévouement républicain. L'illustre Carrier compte que vous ne serez pas moins laborieux à Ancenis qu'au Mans. Comme il daigne m'accorder une confiance dont je m'efforce d'être digne, il m'a chargé de vous réunir ici et de diriger vos expéditions dans cette ville pleine d'aristocrates et de suspects.

— Sus à l'ennemi ! — s'écrièrent les égorgeurs.

Roch Duhoux leur imposa silence d'un geste dominateur.

— Pas encore ! — dit-il. — Soyons prudents. Mes instructions sont d'ailleurs positives : « Observer, interroger, écouter, jusqu'à ce que l'armée républicaine ait traversé Ancenis, de peur d'avoir maille à partir avec Kléber et Marceau, deux exécrables modérés, capables de nous faire fusiller. Une fois l'arrière-garde lancée sur la piste des Vendéens, carte blanche ! La ville nous appartient. Main basse sur tout ce qui sent le royalisme, et mort à tout ce qui ose nous résister. » C'est formel, obéissons. Il ne manque pas ici de braves sans-culottes pour nous venir en aide et accélérer l'exécution de notre devoir.

— Dispersons-nous, — dit un des sacripants.

— Oui, dispersons-nous, — reprit un autre, — et fouillons du regard tous les carrefours, toutes les rues, toutes les maisons.

— Nous nous retrouverons sur cette place à cinq heures, ce soir, — ajouta Roch Duhoux. Les espions allaient se séparer lorsqu'il les retint. — Encore un mot, — dit-il. — J'ai reçu avis que la famille d'un chef royaliste, le ci-devant comte de Flavigny, était ce matin dans la ville. Elle y est peut-être en ce moment, déguisée, cachée. Vingt pistoles à qui me la livrera.

— C'est entendu. Les signalements ?

— Deux femmes : l'une jeune et jolie à croquer ; l'autre plus âgée, mais belle tout de même. L'une et l'autre ayant une mine distinguée qui doit les trahir sous n'importe quel costume. Des brigandes de première qualité, quoi !

Et Roch Duhoux fit claquer sa langue contre le palais de sa bouche, à la manière des fins dégustateurs.

— Eh ! eh ! serait-on amoureux ? — demanda d'un ton ironique l'un des bandits.

— Peuh ! — répliqua Duhoux en haussant les épaules, — je suis surtout vindicatif, mes agneaux. Or, je hais particulièrement un certain Bénédict, capitaine d'état-major, aide de camp de Kléber, qui s'intéresse à elles, et je ne serais pas fâché de les conduire à la guillotine pour lui causer un petit désagrément.

— Approuvé !... Et maintenant en chasse, et flairons la piste des belles dames de Flavigny !

— Mort aux brigands ! vive Carrier ! — exclama de nouveau la bande en s'éparpillant et en s'éloignant dans des directions opposées.

Presque au même instant, le gros de l'avant-garde républicaine faisait son entrée dans Ancenis. Kléber avait résolu de franchir l'étape et de pousser jusqu'à Nort sur le chemin de Savenay pour soutenir Westermann. Retenu près de son général, Bénédict ne put suivre Justin qui voulait le mener à l'endroit où étaient réfugiées la comtesse et Blanche. En s'écartant d'ailleurs de la colonne, en se rendant au fond de la ruelle du Figuier, il eût craint d'attirer les regards, de donner l'éveil aux espions, aux assassins, ces oiseaux de proie acharnés sur les traces sanglantes que laissaient en fuyant les malheureux Vendéens.

— Mon bon Justin, — dit-il à Coquelicot, — tu as vu, tu as surtout deviné ma joie quand tu m'as appris que toute la famille de Flavigny avait échappé aux massacres du Mans. Cette joie est plus vive, plus profonde encore que tu ne peux le supposer. Malheureusement elle est mêlée de nouvelles anxiétés et de nouveaux tourments. En effet, pour les vaincus, pour les fugitifs de la Vendée, un grand danger passé, un plus grand encore apparaît menaçant. Abandonné par nous, Ancenis deviendra un champ de mort. On dénoncera, on livrera, on fusillera, on égorgera. Il faut donc que la comtesse et mademoiselle Blanche quittent promptement la ville et se retirent dans la campagne. Guide-les, protège-les, et que Muguette, provisoirement remplacée comme cantinière au deuxième bataillon, leur prodigue ses soins. C'est le plus signalé service que puisse jamais me rendre votre vaillante amitié.

— Il suffit, mon capitaine. Justine et moi, nous serons toujours prêts à nous dévouer pour vous et pour ceux qui vous sont chers... Maintenant, un avis, — reprit-il : — dans quelle direction faut-il que nous partions avec vos protégées ?

— Prenez la route de Nort, puis tournez à droite, et suivez le chemin de Châteaubriant. Nos hussards ne sont pas encore de ce côté. On assure que les paysans bretons y sont bien disposés pour les Vendéens.

— Alors nous ferons sagement, Justine et moi, de remettre en chemin notre costume du Poitou par-dessus notre uniforme républicain.

— Très-sagement... Après quelques heures de marche, vous serez hors de danger. Vous trouverez sans peine, je l'espère, une closerie de métayer ou une cabane de bûcheron qui vous offrira l'hospitalité. Tu laisseras Muguette avec madame et mademoiselle de Flavigny, et tu t'empresseras de venir me rendre compte, soit à Savenay, soit à Nantes, du résultat de ta mission. Je me propose ensuite de tout préparer pour faire passer en Angleterre cette noble famille, dont la présence parmi les insurgés ébranle parfois mon courage, trouble ma conscience et désole mon cœur.

— Il sera fait selon votre volonté, — répondit simplement Justin.

Bénédict était à cheval. Il se pencha vers Coquelicot qu'il attira brusquement par la main et qu'à plusieurs reprises il embrassa.

— A toi et à ta femme ces témoignages de ma tendresse et de ma reconnaissance! — dit-il. — Partagez, car je vous aime également tous deux.

Il allait s'éloigner, Coquelicot le retint.

— Je vous ai fait part, — dit-il, — de la résolution du comte et de son fils, déterminés à combattre dans les rangs royalistes tant qu'il existera une armée vendéenne. J'ajouterai quelques mots encore, car j'ai promis de vous les répéter fidèlement : c'est que, s'ils meurent dans la lutte, ils vous béniront en expirant.

Une pâleur nerveuse, produite par une émotion à la fois douce et poignante, envahit le beau visage de Bénédict.

— Si Dieu m'exauce, — murmura-t-il en levant les yeux au ciel, — ils ne mourront pas.

Il éperonna son cheval et alla reprendre sa place à côté du général Kléber.

Vers le déclin du jour, Coquelicot traversa Ancenis, conduisant une carriole dans laquelle étaient montées la comtesse, Blanche et Muguette. Une haridelle, seule bête qu'il eût pu se procurer, traînait péniblement le lourd véhicule. Il sortit de la ville à la suite du corps d'armée, et comme s'il se rendait à Nort. Mais à peu de distance, il s'engagea dans un sentier tortueux, qui était le chemin de Châteaubriant.

Parmi les curieux réunis pour voir défiler les troupes républicaines, se trouvait un homme à l'allure oblique, à la physionomie inquisitoriale. Il était le seul peut-être qui eût regardé attentivement la carriole ainsi que les quatre personnes qu'elle contenait. Malgré la douteuse clarté du crépuscule, il avait surtout remarqué les deux paysannes bretonnes, leur étrange distinction, leur rare beauté. Dès lors ses yeux s'étaient fixés obstinément sur l'équipage suspect et l'avaient accompagné du regard jusqu'à ce qu'il eût disparu en changeant tout à coup de direction.

Cet homme était un compagnon de Roch Duhoux, un des satellites de Carrier.

XII

Poursuivie d'étape en étape, chassée de Nort et de Blain, l'armée vendéenne parvint enfin à Savenay. Affreusement démoralisée, dans un état de désorganisation complète, elle s'était ralliée pour la dernière fois à l'abri des remparts de cette ville, dont le nom devait rappeler le souvenir de son entière destruction. Là, toute cette foule harassée de fatigue, exténuée d'inanition, incapable de faire un pas de plus, espérait reprendre haleine et se reposer pendant vingt-quatre heures avant d'être assaillie par les bleus. Les malheureux se trompaient. A peine, en effet, s'étaient-ils répandus dans les maisons et dans les églises, quand les républicains débouchèrent en plaine, à peu de distance de la place. Des cris d'épouvante retentirent aussitôt comme un glas de mort dans toutes les rues de Savenay. En vain le nouveau chef des Vendéens, le vaillant Fleuriot, s'efforça-t-il de conjurer par d'énergiques dispositions un désastre irréparable ; ses ordres, ses prières, ses menaces, rien ne put calmer la terreur panique ni arrêter les fuyards.

Comme un torrent qu'une force aveugle entraîne et précipite, l'armée royale, ou plutôt une immense et informe cohue, où se mêlaient dans un désordre sans nom tous les sexes et tous les âges, s'entassait sous les pieds des bœufs et des chevaux, au milieu des charrettes et des caissons renversés, dans toute la longueur de la rue qui aboutit à la porte de Guérande. Mais, au bas du côteau, ses flots humains rapides et tumultueux, devaient se briser contre un obstacle insurmontable. Marigny, l'Ajax de cette guerre de géants, avait pris l'avance sur ceux qui fuyaient, et, soutenu par les gars

de Cerisais qui se seraient fait tuer jusqu'au dernier sur un ordre de leur terrible chef, il leur barra résolûment le passage. Là se trouvaient aussi le comte de Flavigny et Raoul, à la tête des grenadiers vendéens et du contingent de Montaigu.

Déterminé à tenter un grand effort pour que l'armée pût se maintenir au moins quelques jours derrière les solides murailles de Savenay et se réorganiser à loisir, le comte poussa son cheval au milieu des fuyards et, au nom de leur intérêt, du salut des femmes et des enfants, qu'une nouvelle déroute sous le feu de l'ennemi livrerait infailliblement à la mort, il les supplia de faire volteface et de marcher au combat. Soit pudeur, soit intimidation, car les soldats du comte de Flavigny avaient mis le fusil à l'épaule et menaçaient de faire feu sur la foule, ces pauvres gens, par un revirement subit dont les tumultes populaires ont fourni plus d'un exemple, s'arrêtèrent en effet, et s'écrièrent tout d'une voix en agitant fiévreusement leurs armes :

— Oui ! en avant ! en avant ! Mort aux bleus ! Vive le roi !

En ce moment même de furieuses détonations éclataient dans la direction de la route de Blain. Arrivée à portée de canon, l'artillerie de Westermann s'était mise en batterie et faisait rage contre la porte fortifiée qui défendait l'entrée de la ville. Les assiégés ne possédaient que quelques pièces de campagne à demi-démontées ou mal pourvues de munitions. Un combat à distance devait infailliblement donner la victoire aux bleus. Déjà quelques boulets avaient pénétré dans les rues, et, à travers la houle humaine qui s'y agitait, chaque coup faisait une large et sanglante trouée. Une seule voie de salut se présentait : courir sus aux canons et les enlever à la baïonnette. Tactique familière d'ailleurs aux Vendéens, et qui leur avait souvent réussi. Fleuriot n'hésita pas ; il fait baisser le pont-levis et lança sur la route de Blain les masses que le comte de Flavigny venait de ranimer. Le choc fut terrible. Les Vendéens ne se connaissaient plus ; leur désespoir était devenu de la fureur. Trois fois, sous une pluie de mitraille, ils s'emparèrent des pièces et les éteignirent ; trois fois les Mayençais de Kléber les ramenèrent jusque sous les remparts. Pendant ce temps, le reste de l'armée royale, reformée à la hâte par Fleuriot et par Marigny, était à son tour sortie de Savenay et avait pris position dans la plaine. Raoul s'était logé dans un petit bois qui s'étendait jusqu'au pied des hauteurs, et d'où ses gars, excellents tireurs pour la plupart, dirigeaient sur les bleus un feu des plus meurtriers.

La lutte pourtant était trop inégale. Brisée par la fatigue, affaiblis par la faim, minés par la dyssenterie et par la fièvre, mal armés d'ailleurs et inférieurs en nombre, les royalistes ne tardèrent pas à plier. Marceau n'attendait que ce moment. Avec son corps d'armée, qui jusque là n'avait pas pris part à la bataille, il tomba de tout son poids sur ces bandes découragées, et compléta la déroute. Ce fut une débâcle effroyable, un carnage à faire oublier le grand massacre du Mans. Bien peu purent rentrer dans Savenay et s'échapper par la route libre de Guérande. Fleuriot du moins avait atteint son but.

Pendant les quelques heures que le combat avait duré, les femmes, les enfants, les vieillards, les malades et les blessés avaient pu s'écouler vers les marches de la Bretagne, où beaucoup de ces infortunés furent recueillis et réussirent à se cacher jusqu'au jour de l'amnistie générale et de la complète pacification. Quant à la grande armée qui depuis huit mois s'était glorieusement illustrée sous les ordres des Cathelineau, des Bonchamps, des d'Elbée, des Lescure, des La Rochejaquelein, il n'en restait plus que le souvenir. Les derniers bataillons tombés, pour ne plus se relever, dans la plaine de Savenay. Huit jours durant, la cavalerie de Westermann traqua impitoyablement, à travers les bois et les marais, les quelques misérables qu'avait épargnés ce terrible désastre; puis le silence se fit sur ce tombeau sanglant de toute une héroïque population.

Pendant le combat, le comte de Flavigny avait fait des prodiges de valeur. À la dernière attaque qu'il conduisit contre la batterie qui avait engagé la lutte, les derniers soldats qui lui restaient mordirent la poussière, renversés par la mitraille ; lui-même, atteint d'un biscaïen, fut jeté, le crâne entr'ouvert, sur le cou de son cheval. L'animal, ne sentant plus la main de son cavalier, prit la fuite au hasard et se réfugia dans le bois où Raoul avait réussi à se maintenir à la tête de sa compagnie de tirailleurs. Grâce à cette circonstance heureuse et cruelle à la fois, ce fut entre les bras de son fils que le comte tomba tout sanglant.

À la vue de ce corps inerte, de ces traits défigurés et déjà envahis par les ombres de la mort, Raoul pousse un cri déchirant et appela deux de ses hommes qui l'aidèrent à transporter le blessé dans une cabane de bûcheron. En ce moment même, un bataillon mayençais abordait le petit bois sur plusieurs points, et en chassait les Vendéens, incapables de résister à une attaque vigoureuse. Raoul resta seul avec son père. Il avait placé sur ses genoux la tête du mourant, et d'une main mal assurée, il s'efforçait d'étancher le sang qui s'écoulait de l'effroyable blessure, lorsqu'il fut brusquement distrait de cette pieuse occupation par un cri sinistre ;

— Un brigand ! par ici ! à mort ! à mort !

Aussitôt un coup de feu retentit, et une balle effleura la tête du jeune royaliste. Avant que Raoul eût pu s'expliquer d'où partait cette agression, une compagnie de volontaires nationaux avait envahi la cabane. Bénédict venait aussi d'y entrer. Il avait vu le comte de Flavigny emporté tout sanglant par son cheval dans la direction du petit bois, et il était accouru. Du premier coup d'œil il reconnut le comte et Raoul.

— Rendez-vous ! — s'écria-t-il en faisant rapidement au jeune officier vendéen un signe d'intelligence.

— Non, pas de quartier pour les brigands ! à mort ! à mort ! — criaient les soldats.

— Ces hommes sont mes prisonniers ! — reprit Bénédict en jetant aux pieds des volontaires nationaux l'épée que Raoul venait de lui remettre. — Celui qui frappe un ennemi désarmé n'est pas un soldat, mais un assassin !

Cette maxime généreuse avait été trop souvent méconnue dans cette guerre impitoyable pour qu'elle eût encore de l'empire sur le vainqueur prêt à frapper. Aussi les soldats allaient-ils passer de la menace à l'exécution, lorsque leur attention fut subitement détournée par cet avertissement qui leur arrivait du dehors :

— Les brigands ! les brigands ! Alerte ! sauve qui peut !

À ce cri proféré par une voix vibrante de terreur, les volontaires nationaux s'élancèrent tumultueusement hors de la cabane. Bénédict ne savait s'il devait rester ou les suivre, lorsque Coquelicot entra précipitamment.

— Ne bougez pas ! — s'écria-t-il. — Ce n'est rien ! une ruse de guerre, une simple plaisanterie que j'ai imaginée pour vous tirer d'embarras. Dieu merci ! je suis arrivé à temps !... Pauvre monsieur de Flavigny ! — murmura-t-il d'un ton de douloureuse compassion : comme le voilà défiguré. Il n'est pas mort pourtant, n'est-ce pas, mon capitaine ?

Bénédict secoua la tête d'un air de doute ; mais Raoul s'écria avec émotion, presque avec joie :

— Non... il revient à lui... il nous voit... il nous reconnaît !... Mon père ! mon père ! — ajouta-t-il d'une voix tremblante en interrogeant d'un regard ardent les yeux à demi-éteints du blessé.

Le comte saisit la main de Raoul dans une étreinte convulsive.

— Mon fils ! — soupira-t-il. — Ah ! je meurs content, puisque tu vis, toi, et que j'ai pu te revoir ?

— Non, mon père, non, vous ne mourrez pas ! — reprit Raoul en sanglotant. — Dans une heure ou plus la nuit sera venue. Nous pourrons alors vous transporter en lieu sûr et vous procurer des soins intelligents qui vous guériront.

— Je ne m'abuse pas ! — murmura monsieur de Flavigny d'une voix si faible qu'à peine on l'entendait. — Je n'ai que peu d'instants à vivre. Je suis chrétien, mon enfant; que la volonté de Dieu soit faite ! Pourtant, je l'avoue, je mourrais plus tranquille si je savais que tout ce que j'aime fût hors de danger.

— Soyez sans inquiétude, monsieur le comte, — répondit Bénédict. — Je vous réponds, moi, de Raoul. Quant à madame la comtesse et à mademoiselle Blanche, le digne garçon que voici va vous apprendre qu'il les a laissées ce matin même en lieu sûr.

— Cela est vrai, je vous l'affirme, — s'empressa d'ajouter Coquelicot. — Les chères dames ont trouvé un excellent refuge dans une closerie bretonne, chez un métayer qui approuve l'insurrection vendéenne et qui a été heureux de les recueillir et de les cacher.

Le comte fixa alternativement ses regards sur le capitaine d'état-major et le volontaire national qu'il n'avait pas remarqués encore : un éclair de douce joie rayonna sur son pâle et noble visage.

— Bénédict !... Justin ! — dit-il. — Cœurs généreux !... amis de la dernière heure... soyez bénis !... Et pourtant, — reprit-il avec tristesse, — le hasard... une destinée fatale nous a armés les uns contre les autres !... Oh ! la guerre civile !... crime inexpiable quand elle n'est pas le plus impérieux et le plus sacré des devoirs. — Monsieur de Flavigny se tut. Une douloureuse angoisse se peignit sur ses traits contractés, et ses regards, anxieusement levés vers le ciel, exprimaient moins les calmes espérances du chrétien que les terreurs d'une âme tourmentée par quelques remords. Il reprit bientôt :

— Raoul, — dit-il, — je crois notre cause perdue sans retour. Mais lors même que cette terre sanglante enfanterait de nouvelles armées, jure-moi, mon fils, que tu refuserais à cette lutte impie la complicité de ton épée !

— Que dites-vous, mon père ? — s'écria vivement le jeune Vendéen. — Si je dois vous perdre, oh ! ne m'enviez pas du moins l'honneur de vous venger !

— Il n'y a pas d'honneur à combattre sous le même drapeau que des ennemis de son pays !... Ne m'interromps pas, — ajouta-t-il en remarquant une expression de surprise dans la physionomie de son fils, — moi aussi, conseillé par mon indignation de gentilhomme et de chrétien, j'ai cru que tous les instruments étaient bons pour relever les autels de mon Dieu et le trône de mon roi !... Le malheur... la réflexion... cette intuition sereine et infaillible, qui est, hélas ! le privilège des mourants, m'ont détrompé... Dieu emplit l'univers : l'ostracisme ne peut donc l'atteindre... Quant aux rois... Ah ! les rois !... Un jour viendra, mon enfant, où le monde s'étonnera que des hommes de cœur aient pu leur immoler la patrie !... Le pacte avec l'étranger ! voilà ce qui nous condamne !... Et la postérité, qui nous aurait peut-être pardonné notre rébellion, ne nous absoudra jamais du crime d'avoir ouvert les portes de la France aux armées d'York et de Brunswick !... L'étranger ! l'étranger !... — ajouta-t-il en s'animant, — voilà l'ennemi qu'il faut combattre !... Royalistes, républicains, votre place est aux frontières !... Marchez donc, sans vous inquiéter de celui qui commande ou de la couleur du drapeau.

— Mon père ! — s'écria le jeune homme effrayé de l'exaltation fiévreuse qui enflammait le visage du mourant : — mon père, je vous le jure, je vous obéirai !

— Bien, Raoul ! — dit le comte en attirant le front de son fils vers ses lèvres décolorées. — Bien, mon cher enfant !... Aime la France avant tout,... et, plus sage que ton père, n'oublie jamais la vieille devise de nos ancêtres bretons : « Dieu nous aide, et sus à l'Anglais ! »

En proférant ce cri de guerre, qui venait de remonter

à la surface de son âme troublée, moins peut-être comme l'expression d'un remords patriotique que comme une réminiscence involontaire des enthousiasmes de sa jeunesse et de ses antipathies de marin, le comte de Flavigny se souleva brusquement avec un geste de menace, puis il retomba entre les bras de Bénédict et de Raoul.

Il était mort.

Les deux jeunes gens déposèrent le corps sur un amas de branchages et de feuilles mortes, et s'agenouillèrent pieusement près de cette couche improvisée. Tandis qu'ils unissaient ainsi leurs cœurs dans une dernière prière, Coquelicot était sorti de la masure. Il revint bientôt, portant un uniforme complet de volontaire national.

— Pardon, monsieur le comte, — dit-il à Raoul, — pardon, si je me permets de vous troubler dans un pareil moment ; mais il y a urgence. Les nôtres battent la campagne ; une patrouille de Mayençais fouille le petit bois à l'instant où je vous parle. Avec votre costume de Vendéen, et malgré la protection du capitaine Bénédict, vous courez de grands risques, si l'on vous surprend. Je vous offre donc un uniforme plus convenable que le vôtre pour la circonstance. Le pauvre diable à qui je l'ai emprunté ne le réclamera jamais. Il a de bonnes raisons pour ça. Donc, changez vite de toilette, c'est ce qu'il y a de plus prudent, croyez-moi.

Raoul avait écouté, sans trop le comprendre, l'invitation de Coquelicot. Comme il regardait avec étonnement la défroque militaire que Justin, pour tenter sans doute le jeune gentilhomme, avait complaisamment étendue sur le sol, Bénédict prit la parole.

— Justin a raison, — dit-il. — Hâtez-vous de revêtir le costume qu'il vous offre, monsieur Raoul ; votre salut est à ce prix !

Raoul garda un moment le silence ; puis, comme entraîné par une résolution soudaine :

— Soit, — répondit-il, — mais je ne l'accepte pas comme un déguisement temporaire, cet uniforme sera désormais le mien.

— Quoi ! — s'écria Coquelicot tout radieux, — vous donnez votre démission de brigand ?

— Avez-vous bien réfléchi, Raoul ? — demanda Bénédict.

— J'ai juré à mon père mourant que je ne tirerais plus l'épée que contre les ennemis de la patrie. Je tiendrai mon serment. A compter d'aujourd'hui, je ne suis plus le serviteur d'un parti, mais le soldat de la France ! Capitaine Bénédict, voulez-vous de moi dans les rangs de vos intrépides Mayençais ?

— Béni soit Dieu, mon ami ! — s'écria l'aide de camp en serrant le gentilhomme dans ses bras. — Je vous ai vu au feu et je sais que nul n'a plus de bravoure que vous. C'est donc avec fierté, avec orgueil, que je vous accepte pour mon compagnon d'armes... Votre résolution, du reste, — reprit-il, — ne coûtera rien à votre sympathie pour la cause dont vous vous séparez. Kléber a demandé son rappel ; dans quelques jours, il doit quitter ce pays pour retourner aux frontières. Nous partirons avec lui. Il est homme à nous donner bientôt de l'occupation et de la gloire !

Raoul revêtit l'uniforme républicain. Après quoi, Bénédict, Justin et lui creusèrent une fosse dans un taillis, et y déposèrent le corps inanimé du comte de Flavigny, en plaçant à ses côtés ses éperons et son épée. La fosse recouverte, Raoul tailla dans l'écorce de l'arbre le plus voisin une croix qui devait plus tard lui servir d'indice, car il se proposait de réunir, dès que les circonstances le permettraient, les restes mortels de son père à ceux de ses ancêtres. Il se jeta ensuite tout en larmes dans les bras de Bénédict, et, tendant une main émue que le digne garçon osait à peine serrer dans les siennes :

— Merci, — dit-il, — merci, mes amis, vous qui m'avez assisté de si grand cœur dans l'accomplissement de

ce suprême devoir ! Il m'en reste un autre à remplir, et cette fois encore, je l'espère, votre affectueux dévouement ne me fera pas défaut. — Et comme ses deux compagnons l'interrogeaient du regard : — Vous connaissez la retraite de ma mère ? — dit-il en s'adressant à Coquelicot. — Pouvez-vous m'y conduire ?

— Parfaitement, — répondit Justin. — Madame et mademoiselle de Flavigny sont à deux lieues environ de Nort, en plein pays boisé, dans une ferme nommée la closerie des Touches. De bons chevaux, et cette nuit même nous pourrons y arriver.

— Je vous accompagnerai, — dit Bénédict. A ces mots, il écrivit au crayon quelques lignes dans lesquelles il expliquait son absence ; puis, apercevant des soldats qui se reposaient sur la lisière du taillis, il alla vers l'un d'eux et le chargea de remettre au plus vite la lettre au général Kléber. — Et maintenant, en route ! — s'écria-t-il.

Les trois jeunes gens sortirent du petit bois, et, malgré les fatigues de la journée, ils prirent sans désemparer les dispositions que nécessitait le voyage ; puis ils partirent à franc étrier. Mais ils devaient arriver trop tard à la closerie des Touches, où Roch Duhoux les avait précédés.

En effet, le misérable, qui avait remarqué les deux paysannes bretonnes au fond de la carriole conduite par Coquelicot, s'était hâté de faire son rapport le soir même. Duhoux avait reconnu la comtesse et Blanche dans les portraits tracés par son acolyte. Aussitôt, suivi de quelques sacristains de Marat, il se mit à poursuivre les fugitives, dont il comptait promptement s'emparer. Mais, bien lancé d'abord sur la piste, il ne tarda pas à faire fausse route, trompé par les empreintes divergentes que les roues de plusieurs voitures avaient laissées sur le sol boueux. Ce ne fut que le lendemain, et après avoir erré durant toute la nuit, qu'il parvint avec ses estafiers devant la closerie des Touches, cachée dans un repli de coteaux au milieu des buissons, des genêts et des massifs de châtaigniers.

Il était grand jour lorsqu'il frappa vigoureusement à la porte ; mais la porte ne s'ouvrit pas. Deux autres appels n'eurent pas plus de succès. Roch Duhoux dut reconnaître qu'il y avait perdu pris de lui refuser l'entrée. Comme il savait que les gars des environs d'Ancenis, presque tous royalistes, s'étaient levés en masse quelques jours auparavant pour se réunir aux débris de l'armée vendéenne, et comme il supposait que la ferme ne pouvait être en état de défense, il se décida à en escalader les murs. A la tête de sa bande, il sauta dans l'intérieur de la cour et se dirigea, le pistolet au poing, vers le bâtiment principal.

Un vieux paysan breton se décida à paraître. Il avait la contenance ferme, le regard assuré, c'est à peine si un imperceptible frémissement de lèvres pouvait accuser chez lui quelque secrète inquiétude.

Duhoux l'examina un moment avec une férocité défiante.

— Pourquoi n'as-tu pas ouvert, vieux brigand, lorsque les citoyens et moi nous t'avons fait l'honneur de frapper à ta porte ? — demanda-t-il.

— J'étais tout fiévreux dans mon lit... Une révolution que j'ai eue il y a trois jours.

— Une révolution ? Il n'y a que les aristocrates à qui les révolutions donnent la fièvre.

Et Duhoux sourit agréablement ; il était enchanté de la plaisanterie.

Le paysan, nommé Pierre Jagon, fit semblant de ne pas comprendre. Il continua avec une apparente bonhomie :

— Un officier vendéen a passé ici ; il a enlevé tous mes ouvriers, et, comme j'ai refusé de faire bande avec eux, les brigands ont voulu me fusiller.

L'invention était primitive. Roch Duhoux n'était pas homme à se laisser convaincre par tant de candeur.

— Console-toi, mon vieux, — reprit-il avec son sourire d'hyène, — si les blancs t'ont manqué, les bleus ne te rateront pas. Parlons sérieusement, si c'est possible, et ne m'oblige pas à te brûler la cervelle. — Le fermier ne témoigna aucune frayeur. — Une voiture est entrée ici ce matin? — demanda le chef des sacristains de Marat en plongeant un regard aigu dans les yeux du vieillard.

— Oui, citoyen, — répondit celui-ci sans se déconcerter. — La carriole de Claude Herbault, le fromager de Châteaubriant, qui tous les jours vient chercher le lait de la closerie pour aller le débiter à Ancenis.

Cette fois, le père Jagon avait été mieux inspiré, sa réponse, n'avait rien d'invraisemblable. Duhoux demeura presque interdit. Cependant cette sorte d'instinct inconscient, mais infaillible, qui chez certains hommes tient de la divination, même du génie, l'avertit bien vite que le vieux métayer le trompait et que son explication n'était pas bonne.

— Qu'on fouille toute la cassine! — s'écria-t-il soudainement en coupant court à un interrogatoire dont il n'espérait plus tirer aucune lumière.

Le visage du père Jagon ne trahit aucune émotion; il s'attendait évidemment à cet ordre; mais sa poitrine se contracta, sa respiration devint haletante; il lui eût été impossible d'articuler une parole en ce moment.

Les espions s'étaient répandus en tumulte dans les chambres, dans les granges, les écuries, les étables. Au bout de quelques minutes, ils revinrent traînant derrière eux des filles de basse-cour effarées, demi-mortes de frayeur. Duhoux les examina, les flaira en quelque sorte les unes après les autres; puis, n'apercevant aucun des visages qu'il cherchait, il leur tourna le dos avec humeur en maugréant du ton dégoûté d'un laquais de bonne maison:

— Fi! les maritornes, qui sentent la bouse à plein nez!

— Voici une commère un peu plus faraude, citoyen commandant, — dit un sacristain de Marat en poussant une jeune paysanne dans les bras du ci-devant galérien.

Roch Duhoux tressaillit de joie, croyant déjà tenir une de ses victimes. Mais tout à coup l'expression de sa physionomie se transforma, et il parut stupéfait.

— Justine Cazeaux! — murmura-t-il.

Muguette, car c'était elle, sentit un frisson glacé courir dans ses veines à la vue du misérable qui avait assassiné sa mère et mis le feu à la ferme de la Bénardière. Elle eut cependant le courage de refouler cette sensation violente et de répondre d'un ton délibéré:

— Oui, parbleu! Justine Cazeaux, surnommée Muguette, cantinière au deuxième bataillon des volontaires nationaux. Salut et fraternité!

— Que diable fais-tu ici, citoyenne? — demanda le chef des espions en la toisant d'un œil louche et menaçant.

— J'ai profité de l'arrivée de mon bataillon à Ancenis pour pousser une visite au papa Pierre Jagon, un ancien ami de ma famille, et pour embrasser sa fille, Mathurine Jagon, que j'ai aimée de tout mon cœur, et qui me l'a bien rendu. Dame! ça ne date pas d'hier. C'était autrefois, quand nous nous rencontrions sur le marché de Nantes et que nous vendions nos denrées côte à côte en jasant et en riant.

— Et où est-elle, cette fille Jagon? — reprit Duhoux en fronçant le sourcil.

— Elle a fait comme moi, qui ai épousé mon cousin Coquelicot: elle s'est mariée, et elle habite maintenant au bord de la mer, là-bas, du côté de Paimbœuf, de sorte que je m'en irai sans l'avoir vue, ce qui me chagrine un peu.

Quoiqu'il n'y eût pas un mot de vrai dans cette explication, attendu que le père Jagon n'avait point de fille, Muguette avait débité tout cela avec une assurance qui en imposa manifestement à Roch Duhoux. Prévenu par

un regard de Justine, le digne fermier s'était fait un devoir d'appuyer chaque parole par un mouvement de tête significatif.

— Est-ce que tu es venue seule, citoyenne Coquelicot? — reprit l'espion de Carrier, qu'une défiance invétérée mettait en garde contre les propos et l'enjouement forcé de son interlocutrice.

— Non pas. Mon mari m'a accompagnée; mais il est reparti ce matin sans moi, parce que je suis lasse, même un peu souffrante, et que je veux me reposer ici quelques jours. Etes-vous satisfait maintenant, citoyen questionneur?

— Pas trop, citoyenne Bon-Bec. Ecoute encore et réponds sans barguigner. Il y va de ta tête, crois-moi.

— Fichtre! je tiens à ce qu'elle reste sur mes épaules, et je me garderai bien de la risquer. Voyons, de quoi s'agit-il?

— Tu connais les dames de Flavigny?

— Assurément. De bonnes personnes; mais des aristocrates, des brigandes, des...

— Tu ne les as pas rencontrées par hasard sur ton chemin?

— Non! ma foi, non! Se cacheraient-elles dans ce pays? Oh! alors, leur compte est réglé: on les pincera.

— Oui, on les pincera, je t'en réponds! — répliqua Duhoux en appuyant sur chaque mot avec une sorte de férocité... — Et maintenant, citoyenne Coquelicot, — ajouta-t-il, — va-t'en au diable et fiche-moi la paix! — Puis, se tournant vers ses acolytes: — Est-ce là tout ce que vous avez déniché? — demanda-t-il.

— Tout, — répondirent les sacristains.

— Excepté ce brimberion pourtant, — ajouta quelqu'un de la bande en tirant de son gousset une ravissante montre en or enrichie de diamants. — Examine-moi ça, citoyen commandant. J'ai trouvé ce joli bijou dans l'escalier, où il est tombé par aventure. J'avais d'abord l'intention de n'en rien dire, mais un sans-culotte, un sacristain de Marat, doit mépriser le luxe infâme qui trouble la conscience et corrompt la vertu. Je sacrifie donc mon intérêt à mon devoir.

Et, aussi sublime que Thémistocle refusant les présents d'Artaxercès, le stoïque sacripant tendit la montre à Roch Duhoux. Celui-ci la regarda avec curiosité d'abord, puis avec ébahissement.

— Voilà un joyau, — dit-il, — qui n'a jamais orné la ceinture d'une vachère, et qui sent la grande dame, à vous pervertir l'odorat. — Et, glissant le précieux objet dans une de ses poches, il ajouta d'un air imposant: — Va, colifichet d'aristocrate! dérobe-toi à la vue d'un honnête patriote qui te dédaigne, et plonge-toi dans l'ombre d'où tu ne sortiras plus! — Aussitôt il saisit à la gorge le père Jagon, qui était devenu affreusement pâle. — Vieux brigand, — s'écria-t-il en serrant ses doigts crochus de manière à étrangler le pauvre homme, — nieras-tu que tu aies reçu dans la bicoque des Vendéens, la comtesse et la nièce assurément du ci-devant comte de Flavigny?

— Grâce, citoyen! Grâce! j'avoue tout! — murmura le fermier en se dégageant avec peine de l'étreinte du forcené.

— Que dites-vous, malheureux! — s'écria Muguette avec un accent d'indignation désespérée.

— Silence, ma mignonne! — dit Roch Duhoux, — nous aurons tout à l'heure un compte à régler ensemble; en attendant, laisse parler ce digne campagnard, et ne l'influence pas. Donc, — continua-t-il en s'adressant au père Jagon, — la comtesse Flavigny est ici?

— Ai-je dit cela? — demanda le vieillard.

— Tonnerre! n'as-tu pas avoué?

— Qu'une dame de Flavigny et sa nièce sont entrées ce matin dans ma pauvre maison! Oui, j'en suis convenu, et je ne m'en dédis point; mais elles ne sont restées qu'un moment, le temps de se réchauffer et de boire une écuelle de crème. Les pauvres dames! elles étaient

abîmées de froid et de fatigue! Il aurait fallu ne pas
avoir de cœur pour les laisser mourir de misère à la
porte! Un quart d'heure après, aussi vrai qu'il n'y a
ici que d'honnêtes chrétiens, elles sont remontées dans
leur voiture, et elles ont piqué au plus court pour se
rendre à Châteaubriant.

En entendant cette déclaration, Muguette adressa au
bon vieillard un regard caressant comme un baiser et
tout emperlé d'une grosse larme.

Quant à Duhoux, aucune expression ne saurait peindre
son désappointement colère et stupide. Sa vengeance, si
ardemment poursuivie, lui échappait encore une fois.
Une fureur sombre, dévorante comme toutes les passions inassouvies, le mordait aux entrailles. Le monstre
avait faim, et à défaut de la pâture délicate qu'il s'était
promise, il lui fallait d'autres victimes.

— Tu connais la loi, — dit-il, au vieux métayer :
pour tous ceux qui auront assisté les brigands, la mort !
Quant à toi, citoyenne Coquelicot, — continua-t-il en se
tournant vers Muguette, — ton affaire est tout aussi limpide, et le républicanisme de ton mari ne te servira pas
à grand'chose. C'est toi, j'en suis sûr, qui as amené les
dames de Flavigny chez ce vieux scélérat. Donc, je vous
arrête tous deux au nom de la loi. Vous vous explique-
rez à Nantes avec l'accusateur public, un patriote qui n'a
pas l'onglée aux yeux; seulement, mes amours, je vous
engage à parler un peu haut, car le cher homme est
sourd comme un pétrin.

Cette lugubre facétie dérida un peu le front soucieux
de Roch Duhoux, et ce fut presque en souriant qu'après
avoir fait garrotter les prisonniers il donna à ses compagnons l'ordre de se remettre en route.

Comme la triste caravane allait franchir le seuil de la
ferme, un des sacripants eut une idée.

— A propos, citoyen, — demanda-t-il à son chef, —
est-ce que, pour le bon exemple, il ne conviendrait pas
de roussir un peu ce nid d'aristocrates?

— Mille démons! je n'y pensais pas! — répondit Duhoux. — Allume! allume! Le feu partout, mes enfants!—
A cet ordre sauvage, le vieux paysan et Muguette tres-
saillirent; ils échangèrent un regard plein d'angoisse,
que Duhoux surprit au passage. — Ouais! — se dit-il,
est-ce que par hasard...

Il n'osa pas achever sa pensée, par crainte d'une dé-
ception cruelle, mais il activa avec fureur le zèle de ses
dignes agents. Ceux-ci n'avaient que faire de ses excitations. Ils se ruaient à la destruction avec la joie sauvage
et l'emportement irraisonné de la brute. Déjà les tisons
arrachés à l'âtre volaient sur les amas de fourrage et sur
les toitures de chaume ; déjà la flamme pétillait de tous
côtés, et des traînées de fumée bleuâtre annonçaient que
l'incendie avait commencé son lugubre ravage. A ce
spectacle, Muguette et le vieux métayer ne purent se
contenir plus longtemps :

— Arrêtez! arrêtez! — s'écrièrent-ils tout d'une voix.

— Qu'y a-t-il? — demanda Duhoux en fixant sur les
prisonniers un regard avide.

— Réjouis-toi, misérable! — répondit le vieillard avec
un affreux déchirement d'âme, — réjouis-toi! ta scéléra-
tesse a réussi à m'arracher mon secret!

— Sauvez-les, au nom du ciel! Sauvez les pauvres
dames! — s'écriait Muguette en tordant avec désespoir
ses mains liées.

— Où sont-elles? — demanda Roch Duhoux d'une voix
goguenarde et frémissante à la fois.

— Là! là! dans cette chambre! — disait Pierre Jagon.
Et il désignait de l'œil une petite lucarne à demi-mas-
quée par une touffe d'ajoncs piquée à dessein dans le
chaume d'un toiture. Sans plus d'explication, Duhoux
s'était précipité vers le bâtiment indiqué. — Attendez-
moi! — exclama le vieillard en courant aussi vite que la
gêne de ses liens le lui permettait; — vous ne trouveriez
pas l'entrée. Il y a une cachette.

Roch Duhoux le poussa en avant, et le suivit avec

deux ou trois de ses compagnons. Lorsqu'ils furent arrivés au haut de l'escalier, dans une petite chambre qui
ne paraissait pas avoir d'autre issue que la porte d'entrée, le métayer montra à Duhoux un anneau de fer
fixé sous la couronne du lit, et l'invita à l'attirer vers
lui au moyen d'un long crochet pendu à la muraille.
Duhoux exécuta la manœuvre indiquée. La couronne
descendit et démasqua une ouverture pratiquée dans
le plafond. Deux hommes s'élancèrent sur les mon-
tants de la couchette, et de là dans une espèce de gre-
nier.

Il était temps.

La comtesse et Blanche, suffoquées par la fumée que
l'embrasement du toit avait accumulée dans ce réduit,
gisaient évanouies sur le plancher. On se hâta de les
transporter au grand air, et de les confier aux soins
empressés de Muguette, qui parvint promptement à les
ranimer.

Le père Jagon et Duhoux sortirent du bâtiment, dont
l'étage supérieur commençait à être envahi par les flammes. Ils passèrent devant une étable que le feu avait
respectée. La porte, ouverte sur la cour, laissait voir des
vaches qui ruminaient tranquillement, couchées sur
une fraîche litière. Duhoux s'arrêta sur le seuil, et remarquant qu'il n'y avait là qu'une seule ouverture,
celle de l'entrée, il sourit affreusement. Se tournant
alors vers le métayer:

— A propos, — lui dit-il, — je ne suppose pas, vieux
brigand, que tu tiennes beaucoup à faire un plongeon
dans la Loire? — Pierre Jagon ne comprit pas, et ne répondit rien.—Tu préfères le feu à l'eau, c'est évident, —
reprit le sinistre interlocuteur en poussant tout à coup
le vieillard dans l'étable.

Il ferma brusquement la porte et enfonça dans un
trou du mur une longue targette de bois, puis il donna
l'ordre d'incendier le chaume dont il venait de faire une
prison.

Cependant madame de Flavigny et Blanche avaient
tout à fait repris possession de leurs sens. Roch Duhoux
jugea néanmoins que deux femmes aussi délicates ne
pourraient parcourir à pied la longue étape qui les séparait de Nantes; il les fit placer avec Justine dans une
charrette, qu'il consentit, malgré l'austérité de ses principes, à laisser garnir de quelques bottes de paille. Ces
préparatifs achevés, le lugubre convoi se mit en marche
sous la pluie qui recommençait à tomber.

A quelque distance de la closerie, Muguette, que les
soins réclamés par la situation des dames de Flavigny
avaient exclusivement occupée jusqu'alors, s'aperçut de
l'absence du père Jagon.

— Où est donc le métayer? —demanda-t-elle avec une
sorte d'effroi.

— Le vieux farceur est en train de se chauffer le ventre, — répondit Duhoux en indiquant du doigt les bâtiments de la ferme qu'on voyait flamber derrière les arbres du chemin.

— Monstre! — s'écria la jeune femme avec un mouvement d'horreur.

— Bah! — reprit Duhoux en ricanant,—je lui ai offert
le choix : l'eau ou le feu. Il a choisi le feu. Pas dégoûté,
le vieux coquin! Quand tu auras tâté de l'eau de la
Loire, et si tu en reviens, tu m'en diras des nouvelles, ma
mignonne.

Le facétieux bourreau se mit à siffler l'air de la *Grande
Tasse*, la romance en vogue depuis le commencement
des noyades, et prit allégrement la tête du cortège, en
se félicitant avec orgueil d'une entreprise qui avait si
bien réussi.

Une heure seulement après ce départ, Bénédict, Raoul
et Coquelicot, qui s'étaient perdus dans le labyrinthe de
sentiers déserts et avaient chevauché inutilement une
grande partie de la nuit, s'arrêtèrent devant la closerie
des Touches, où ils ne virent plus qu'un monceau de
débris fumants.

— Est-ce bien là? — demanda Bénédict tout frémissant.

— Oui! — répondit Justin effaré.

— C'est impossible! vous vous trompez! — reprit Raoul dont le cœur bondissait.

— Non! — articula Coquelicot d'une voix brisée.

Et les trois jeunes gens restèrent un instant immobiles, muets, comme pétrifiés. Tout à coup leur douleur éclata; ils poussèrent des cris de désespoir, et, sautant à bas de cheval, ils bondirent à travers les ruines, remuant, fouillant, interrogeant d'un regard terrifié le noir entassement des matériaux calcinés, et redoutant d'y entrevoir l'indice de quelque horrible malheur.

— Nous sommes fous! — s'écria Bénédict. — Il est impossible que nos craintes aient le moindre fondement. Après l'incendie, peut-être fortuit, de cette habitation, la comtesse, mademoiselle Blanche et Justine se sont sans doute réfugiées plus loin. Informons-nous; cherchons.

Ils remontèrent à cheval et visitèrent plusieurs closeries d'alentour, mais ils n'obtinrent aucun renseignement de nature à les rassurer. Ces closeries étant fort éloignées les unes des autres, les paysans qu'ils interrogèrent ignoraient même que le domaine des Touches eût été détruit par le feu. Vers le soir, l'esprit abattu, le cœur ulcéré, ils regagnaient le lieu du sinistre, lorsqu'ils aperçurent un vieillard assis, sombre et morne, au revers d'un fossé.

— Grâce à Dieu! s'écria tout à coup Coquelicot, — voilà le métayer. — A cette exclamation, le vieux paysan releva la tête. C'était en effet Pierre Jagon. Il avait échappé aux flammes en brisant ses liens, en enfonçant la porte de l'étable avec une fourche, et en se jetant dans une mare voisine, où le feu qui avait pris à ses vêtements s'était éteint. Après quoi, redoutant le retour des bandits, il s'était caché dans un champ de hauts genêts, d'où il venait de sortir pour se rendre compte des dégâts causés par l'incendie à sa chaumière et à ses bâtiments. A la vue du désastre, il était tombé comme anéanti au bord du chemin. — Qu'est-il donc arrivé, père Jagon? — lui demanda Coquelicot en l'abordant.

Le vieillard s'était levé; il regardait les cavaliers avec égarement. Bénédict et Raoul s'empressèrent de le tranquilliser.

— Par grâce! — lui dirent-ils, — calmez nos inquiétudes. Apprenez-nous ce que sont devenues les personnes auxquelles vous avez accordé une hospitalité si généreuse et si mal récompensée sans doute par le hasard.

Pierre Jagon reconnut Justin. Il comprit qu'il n'avait rien à craindre et répondit sans hésiter :

— Le pauvres dames ont été arrêtées ce matin et emmenées par des scélérats qui ont incendié ma closerie et voulu me faire périr en m'enfermant dans un cercle de feu. C'est par miracle que j'ai pu me soustraire à la mort.

Et il raconta ce qui s'était passé. Bénédict n'eut point de peine à deviner que Roch Duhoux avait été l'instigateur de toute cette machination. Comment avait-il découvert la retraite de la comtesse et de Blanche? C'est ce qu'il n'essaya pas même de s'expliquer. En ce temps d'activité dévorante, de haines implacables, de passions à outrance, on ne s'étonnait de rien, tout était possible, l'accident dominait, et l'invraisemblance était presque toujours ce qu'il y avait de plus réel.

— Savez-vous où les prisonnières de ces misérables ont été conduites? — demanda Raoul frémissant d'impatience et d'indignation.

— Je l'ignore, — répondit le métayer. — Je crois que c'est à Ancenis ou à Nantes.

— C'est plutôt à Nantes, — réfléchit tout haut Bénédict. — Le bandit qui a dirigé l'expédition doit être un émissaire de Carrier. Il aura voulu mettre son importante capture sous les yeux de l'horrible proconsul nantais.

— A Nantes! — s'écria Raoul. Il allait enfoncer l'éperon dans le ventre de son cheval; une réflexion l'arrêta soudain. Se tournant vers Jagon : — S'il plaît à Dieu, — lui dit-il, — et si la paix me ramène en ce pays, je ferai reconstruire votre closerie, bon et courageux vieillard. En attendant, je vous supplie d'accepter cette petite somme comme une modeste compensation de ce que vous avez perdu.

Et il lui offrit quelques pièces d'or, qu'il avait reçues la veille du trésorier général de l'armée vendéenne, dans un dernier partage fait à Savenay de l'argent qui restait en caisse. Le digne métayer refusa d'abord de les prendre, mais Raoul insista si vivement qu'il le contraignit de les accepter. Bénédict lui aussi, glissa un peu d'argent dans la main du vieux paysan, et Coquelicot lui-même ajouta son offrande à la libéralité de ses deux compagnons.

— Adieu, messieurs, — dit le brave homme attendri jusqu'aux larmes. — Vous êtes d'honnêtes républicains, je le vois. Si tous vous ressemblaient, je crierais de bon cœur : Vive la République!

— Criez surtout : Vive la France! — répondit Bénédict en poussant son cheval pour rejoindre Raoul et Justin qui avaient déjà pris le galop.

Le lendemain, vers dix heures du matin, ils arrivèrent à Nantes, à Nantes où régnait Carrier, où la force était aux mains des scélérats. Jamais tyrannie plus exécrable n'avait en effet pesé sur aucun peuple. Jamais, dans aucun pays, la mort n'avait en moins de temps entassé plus de cadavres. Nantes n'était plus une ville, mais un charnier. Le massacre n'y était pas seulement un moyen de gouvernement, selon le mot de Tacite, c'était surtout une récréation piquante, un spectacle original et gai dont quelques épicuriens se régalaient après boire. L'assassinat était une fonction, les meurtriers exerçaient une magistrature. Carrier avait créé une institution, la compagnie de Marat, qui eût donné le frisson à Marat lui-même. C'était un corps de soixante volontaires recrutés dans tous les égouts de la ville, et casernés dans la chapelle de Bon-Secours. Comme ces chenapans avaient installé sur l'autel, au milieu d'un trophée de piques et de drapeaux, le buste de leur sanglant patron, le peuple, qui trouve toujours le mot juste et pittoresque, les avait surnommés les sacristains de Marat. Ce sobriquet ne leur avait pas déplu. Ils l'avaient même accepté, et Roch Duhoux, qui s'était fait affilier à la compagnie, n'avait pas dédaigné, comme on l'a vu, de le choisir pour mot de ralliement.

Après avoir franchi le premier bras de la Loire, Bénédict, Raoul et Coquelicot parcouraient à bride abattue la chaussée de l'île Gloriette, lorsqu'ils pensèrent culbuter deux piétons qui marchaient devant eux en conversant avec animation.

— Bénédict! — s'écria l'un d'eux en se garant.

Bénédict arrêta sa monture. Il avait reconnu monsieur Matthieu et le père Cazeaux.

— Tu sais la nouvelle? — demanda celui-ci.

— S'agit-il de madame de Flavigny, de mademoiselle Blanche et de Muguette, qui sont arrêtées?

— Oui!

— Où les a-t-on enfermées? — reprit Raoul avec un violent battement de cœur.

Le père Cazeaux fit un mouvement de surprise en reconnaissant le jeune gentilhomme sous l'uniforme de volontaire national; mais ce n'était ni le lieu ni l'heure des explications.

— Vous pouvez voir d'ici la fenêtre du cachot, — répondit monsieur Matthieu en désignant de la main la tour du Bouffai qui se dressait noire et sinistre sur la rive droite du fleuve, au-delà du pont de la Belle-Croix.

— Vous êtes sûr, monsieur? — demanda Raoul pouvant à peine maîtriser son émotion.

— Parfaitement sûr. Je passais de grand matin sur le port Maillard, lorsque je vis déboucher de la rue du Château une charrette escortée par une dizaine d'hommes à la mine patibulaire. Un gredin de notre connaissance, Roch Duhoux, commandait la bande. Tout à coup je m'entendis appeler par mon nom. C'était Muguette, votre chère petite femme, mon pauvre Justin, qui avait attiré mon attention. A côté d'elles, garrottées et étendues sur quelques poignées de paille, gisaient madame de Flavigny et mademoiselle Blanche. A cet affreux spectacle, tout mon sang reflua vers mon cœur. Je fus forcé de m'appuyer au parapet. Dans un second mouvement, je m'élançai pour rejoindre la fatale charrette ; mais les argousins de cet infâme Duhoux m'entourèrent en me menaçant de leurs poignards. Un instant après, la charrette entra sous la voûte du Bouffai, la porte se referma, et je ne vis plus rien.

— Les bourreaux ! les tigres ! — vociférait Coquelicot en menaçant du poing les murs du sombre monument.

Des larmes de douleur et de rage coulaient sur les joues de Raoul.

— Et croyez-vous, — demanda Bénédict qui n'osait exprimer ses appréhensions plus clairement, — croyez-vous que ces pauvres femmes soient encore là ?

— A cet égard, rassurez-vous, — répondit monsieur Matthieu, il n'y a pas encore eu d'exécution aujourd'hui.

Ce mot lugubre produisit sur les nerfs de Raoul l'effet d'une commotion électrique. Il porta la main à sa poitrine comme si quelque chose s'y fut brisé ; puis il s'écria en lançant son cheval au galop :

— En avant ! en avant, mes amis !

On eût pu croire qu'il songeait à enlever de vive force le château. Bénédict courut après lui et l'arrêta.

—Pas d'imprudence, monsieur !—dit-il avec autorité. —Je comprends votre désespoir et, croyez-moi, je le partage ; mais le terrain sur lequel nous marchons est semé de piéges et d'embûches. Le moment viendra sans doute où il nous faudra agir avec vigueur, sans regarder en arrière. Jusque-là, il convient d'examiner la situation aussi froidement que possible et de ne prendre conseil que de la raison.

Raoul secoua la tête avec découragement.

— Délibérez, si bon vous semble, — dit-il, — moi, je me déclare incapable de combiner deux idées.

— Soit, monsieur Raoul ; mais nous ne nous quitterons pas.

Bénédict ordonna à Coquelicot d'avoir l'œil sur le jeune gentilhomme ; puis il se mit à chercher, de concert avec monsieur Matthieu et le père Cazeaux, le moyen le plus sûr et le plus prompt de délivrer les prisonnières. Pénétrer dans le château et recourir à la violence, c'eût été folie ; implorer la clémence de Carrier !... autant eût valu se mettre à genoux devant une bête fauve et affamée ! L'insuccès eût été le même, avec la honte de plus. L'intimidation seule pouvait avoir prise sur le scélérat. Mais par quel coup de désespoir était-il présumable qu'on contraindrait sa volonté ? Après mûre délibération, un plan hardi fut conçu, préparé, et l'on n'attendit plus que l'instant propice pour le mettre résolument à exécution.

XIII

Le jour même, Kléber et Marceau, à la tête des troupes qui avaient anéanti, à Savenay, les restes de l'armée vendéenne, entraient triomphalement dans la vieille capitale de la Bretagne. Le résultat de la bataille y était connu depuis la veille, et les Nantais, qui, à l'approche des brigands, avaient craint pour le salut de la ville, s'étaient portés en foule à la rencontre des vainqueurs.

La pluie ne tombait plus ; un rayon de soleil se jouait gaiement dans les nuages. On eût dit que le ciel, qui, à l'exemple du Jupiter d'Homère, avait gardé jus-

qu'alors une neutralité indifférente entre les combattants, s'était enfin décidé à prendre parti et s'associait à la joie des patriotes. Toutes les maisons s'étaient spontanément pavoisées, et les cloches des églises, depuis longtemps déjà transformées en canons, tonnaient en signe de réjouissance sur les terrasses du vieux château ducal. Le corps municipal, les administrations, les tribunaux, les députations des clubs et des sociétés populaires, la garde nationale, la compagnie de Marat, enfin tout ce qui, de près ou de loin, pouvait prétendre à un caractère officiel, avait attendu les troupes républicaines aux portes même de la ville. La réception fut enthousiaste. Pour un moment, Nantes oublia ses misères. Le bourreau eut quelques heures de répit : la guillotine chôma. Toutefois, comme on le verra bientôt, Carrier s'était arrangé pour avoir son compte de cadavres. Rien ne l'apitoyait.

Escortés de leurs états-majors, Marceau et Kléber furent conduits à la cathédrale par le représentant Turreau. Depuis peu, on avait évincé saint Pierre pour le remplacer par la déesse Raison. Les généraux prirent place au sommet d'une montagne symbolique élevée au centre de l'abside. Kléber avait à sa droite le buste de Marat. La première chose qu'il fit fut de se débarrasser de son chapeau et d'en coiffer la hideuse image. On entendit alors un léger bruit de rires aussitôt réprimé par de violents murmures. Les sacristains de Marat ne souffraient pas qu'on manquât de respect à leur idole. Marceau se pencha à l'oreille de Kléber, et lui dit en lui faisant remarquer son imprudence :

— Prends garde, ami ! Voilà une plaisanterie qui demain fera guillotiner ou noyer la moitié de la ville.

— J'ai eu tort, — répondit Kléber. — Que veux-tu ! C'est plus fort que moi. Quand je me trouve en face de ces plats gueux (et du regard il désignait Turreau qui pérorait avec animation dans un groupe de sans-culottes), je ne puis résister à la tentation de leur témoigner mon mépris.

— Contiens-toi du moins, devant celui-ci, — reprit Marceau.

Kléber regarda et aperçut Carrier debout dans la chaire. Un profond sentiment de dégoût se peignit sur le visage du loyal soldat.

— Ainsi ce lâche va nous complimenter,—murmura-t-il avec dédain. — Lui qui, à la bataille de Cholet, au plus fort de la mêlée, a tourné bride en criant : Sauve qui peut ! comme a fait plus tard son ami Léchelle sous les murs de [...] C'est pitoyable !

— Laisse-le [...], et ne l'écoute pas, —répliqua le sage Marceau. — Abstiens-toi surtout de l'interrompre, si tu peux.

Forcé par sa position d'adresser en style dithyrambique un éloge aux héros du jour, Carrier, qui les haïssait, était en proie à une sourde irritation, qui ajoutait encore à l'expression féroce de sa sombre figure.

· Il me fait l'effet d'un tigre à qui on ferait boire une bavaroise, — ajouta Kléber emporté par son esprit railleur.

Marceau poussa du coude son ironique ami, et l'invita à écouter.

Carrier commença son discours par un exorde emphatique, solennellement bourré de tous les lieux communs de la rhétorique contemporaine. Les grands mots d'humanité, de liberté, de vertu, d'indépendance, de patriotisme, arrivaient à poste fixe, et défilaient avec la même régularité que ces bonshommes de bois qui, à midi précis, viennent donner leur coup de marteau sur le timbre des vieilles horloges. Les auditeurs applaudissaient à tout rompre, les uns par enthousiasme, les autres par couardise. Kléber bâillait. Entrant alors dans le vif de son sujet, l'orateur peignit en termes moins convenus et suffisamment éloquents les résultats inespérés de la bataille de Savenay : l'armée vendéenne anéantie, les factions découragées, la sécurité rendue aux bons citoyens, l'abondance renaissant dans les campagnes, et le surcroît de puissance que la pacification de l'intérieur allait apporter à la république, en lui permettant de diriger contre l'ennemi des frontières d'admirables bataillons aguerris par cent combats.

— Telles sont, — s'écria-t-il en s'échauffant de plus en plus, — les infaillibles conséquences de la grande victoire qui vient d'être remportée... Mais que les habits brodés ne l'oublient pas, — ajouta-t-il en lançant du côté de Kléber et de Marceau un regard empreint d'une jalousie venimeuse, — la victoire est essentiellement démocratique ! si les chefs y contribuent par leurs douteuses combinaisons, souvent rectifiées par le hasard, c'est surtout à l'héroïsme des soldats, ces sans-culottes du drapeau, qu'il faut en reporter la gloire. A la rigueur, sans généraux, des soldats pourraient vaincre; il n'y a pas d'exemple que des généraux aient vaincu sans soldats.

— Parbleu ! — dit Kléber en riant avec une joyeuse bonhomie.

— Le vil coquin ! — murmura Marceau, qui saisissant mieux que son brave collègue l'intention cachée sous cette apparente absurdité.

— C'est donc à nos intrépides soldats, — continua Carrier, —que s'adresse aujourd'hui cette ovation patriotique, et je somme les généraux ici présents de transmettre fidèlement à ces modestes héros l'hommage de notre admiration et de notre reconnaissance. Qu'ils n'oublient pas non plus que César est mort pour avoir affecté de se couvrir des insignes de la tyrannie! Et s'ils ne veulent pas, comme lui, s'exposer à l'indignation des hommes libres, qu'ils se hâtent de fixer à la hampe de nos glorieux drapeaux ces couronnes civiques, que nous n'avons pas tressées pour leurs fronts !

Kléber, prenant au sérieux cette figure de rhétorique, s'imagina que, dans un moment de distraction, il s'était coiffé de sa couronne; il porta vivement la main à sa tête et n'y rencontra que sa crinière de lion. Il se souvint alors que, ennuyé de tenir à la main l'insigne de la tyrannie, il l'avait plié en quatre et glissé dans sa poche.

— Où veux donc en venir cet animal-là ? — demanda-t-il à Marceau.

— Souviens-toi, — répondit celui-ci, —des généraux accusés de trahison et guillotinés : de Custine, de Biron, de Quétineau et de tant d'autres.

— Si c'est de ma tête que cet enragé a envi, je la lui ferai payer cher, il peut y compter.

Après avoir savouré les applaudissements des sans-culottes, Carrier se disposait à entamer la péroraison de sa harangue, quand une détonation prolongée, semblable au roulement d'un feu de bataillon, ébranla les vitraux de la vieille cathédrale. Un frisson de terreur courut dans toute l'assemblée. En moins d'une minute, les bruits les plus sinistres circulèrent de banc en banc; les uns parlaient d'une révolte dans les prisons; d'autres, plus ingénieux et plus poltrons, supposaient que les débris de l'armée royale, subitement ralliés, avaient envahi la ville et la mettaient à feu et à sang.

Sylla, après son entrée victorieuse à Rome, haranguait aussi le sénat, lorsque des cris d'agonie firent pâlir les pères conscrits sur leurs sièges. « Rassurez-vous, » leur dit le dictateur sans s'émouvoir, « ce sont quelques mauvais sujets que mes soldats châtient par mes ordres. » Carrier se rappelait son Plutarque, mais il l'exagéra. Sa faconde crevait toujours de pléthore.

— Réjouissez-vous, citoyens!—s'écria-t-il ; — le coup de tonnerre que vous venez d'entendre vous annonce l'extermination d'une horde de brigands. Trois cents Vendéens, fait prisonniers à Ancenis, expient sur la place du département le crime d'avoir conspiré contre la république!

A ces cyniques paroles, les membres de la compagnie Marat répondirent par de sauvages acclamations. Mais les généraux républicains, ainsi que tous les officiers qui les entouraient, s'étaient levés frémissants d'indignation et de colère.

— Nantais, — s'écria Marceau, — l'action dont ce malheureux ose se vanter est une infâme trahison! Trois cents royalistes, en effet, ont déposé les armes à Ancenis, mais volontairement, mais avant le combat, et sur la foi d'une amnistie qui leur garantissait la vie sauve. Cette amnistie, savez-vous qui l'avait décrétée? C'est le représentant Carrier! Voici la lettre qu'il m'avait adressée la veille, écrite et signée de sa main!

Un long murmure, étouffé par la terreur qu'excitaient les sanguinaires agents du proconsul, accueillit cette courageuse protestation.

Carrier était blême de fureur.

— Citoyens,—proféra-t-il en frappant du poing sur le rebord de la chaire, — citoyens, vous entendez, et je prends acte! Les voilà donc ces apôtres du modérantisme, ces tartufes d'humanité, qui n'ont de pitié que pour les aristocrates! Que l'on s'étonne maintenant qu'une misérable jacquerie ait coûté au pays tant de trésors, tant de larmes et tant de sang, lorsque ceux-là mêmes qui avaient mission de l'étouffer pactisent avec la contre-révolution et encouragent la révolte!

Ce n'était pas sans raison que Marceau avait évoqué les fantômes de Custine, de Quétineau et de Biron. La furieuse invective de Carrier avait toute la portée d'un réquisitoire. Dans un temps où le soupçon était érigé en vertu patriotique, des griefs beaucoup moins sérieux, des accusations bien moins justifiées pouvaient jeter les têtes les plus glorieuses sous le couteau. Marceau pourtant dédaigna de répondre à cette odieuse philippique. Il empêcha même Kléber de répliquer. Et tous deux, le front haut, la lèvre méprisante, se levèrent en envisageant le proconsul d'un air de défi; puis ils sortirent de la cathédrale, suivis de leurs états-majors.

Inquiets de ce qu'ils venaient de voir et d'entendre, ne sachant ce qu'ils devaient espérer ou craindre de ces dissensions, les Nantais se hâtèrent de rentrer dans leurs maisons. Carrier lui-même, entouré des sacristains de Marat, se dirigea précipitamment vers Richebourg. C'est dans un hôtel seigneurial de ce quartier qu'il avait établi sa résidence, pour se soustraire, disait-il, au fracas de la ville, en réalité parce que de ses fenêtres il apercevait la partie de la Loire où s'exécutaient les noyades, et, au milieu du fleuve, la funèbre prairie de Mauves, où, pour varier ses plaisirs, il faisait mitrailler par pelotons quelques centaines d'aristocrates.

A l'hôtel l'attendait une nombreuse réunion de patriotes à tous crins : Gouchon, l'inepte président de la commission militaire ; le négrier Goullin, qui s'était formé sur la côte de Guinée à la pratique de la liberté; le banqueroutier Dechaux, qui, pour liquider sa position, envoyait ses créanciers à la guillotine; Grandmaison, un assassin avéré, sauvé jadis de la potence par l'intervention d'un grand seigneur ; Bachelet, un notaire véreux, flétri par la sentence de ses collègues; le quincaillier Mainguet, le maçon Jean Lévêque, l'horloger Bolognel, tous gens de sac et de corde, pour qui le désordre était une sauvegarde, et l'anarchie un refuge. De jeunes et jolies femmes caquetaient au milieu de cette canaille, malheureuses créatures qui, pour la plupart, n'avaient pas su mourir, et qui, sur les degrés de l'échafaud, avaient payé de leur honneur la rançon de leur vie. Une ancienne actrice du Grand-Théâtre, que ses liaisons avec le gentilhommerie du pays avaient fait emprisonner comme suspecte, et que Carrier avait ramassée au pied de la guillotine, était la reine de ce harem. Elle se nommait Angélique Caron. Belle, spirituelle, élégante d'instinct, mais cynique par calcul et impitoyable par lâcheté, elle s'était élevé d'emblée à la hauteur de son nouveau rôle ! elle excitait les cruautés du monstre loin de les modérer.

Dès que le proconsul, suivi de son escorte, eut tourné le coin de la rue, Goullin lui cria de la fenêtre :

— Arrive donc, citoyen représentant! le potage refroidit, et les citoyennes s'impatientent.

Carrier daigna sourire en apercevant la joyeuse société qui était accourue sur le balcon, et s'adressant au factionnaire, qui lui présentait les armes :

— Je ferme boutique pour toute la journée, — lui dit-il. — Si quelqu'un avait l'audace de forcer la consigne, tu lui flanquerais ta baïonnette dans le ventre. J'ai dit.

— Enfin — exclama le président Gouchon, lorsque Carrier eut franchi le seuil de la porte, — te voilà délivré de tes traîneurs de sabre!

— Dieu merci! — repartit Carrier.

— Il n'y a plus de Dieu, nom de Dieu! — hurla Jean Lévêque.

— Une distraction, citoyen... Ouf! la journée a été chaude. Quels rustres, mes enfants, que tous ces héros de caserne!

— Comment as-tu trouvé le monumental Kléber?

— Brutal et insolent, comme d'habitude. Patience! Il ne portera pas toujours la tête si haut. J'espère bien la faire tomber.

— Et le sensible Marceau?

— Un niais! Ne s'est-il pas formalisé du bon tour que nous avons joué à ses chers amis d'Ancenis? Il paraît que l'épaulettier avait pris l'amnistie au sérieux. Le bruit de la fusillade lui a tourné sur le cœur. Pour un peu j'envoyais chercher le flacon de sels d'Angélique. Croiriez-vous qu'il a eu la bêtise de qualifier cette plaisanterie de trahison, Dieu me pardonne! Ne te fâche pas, citoyen Lévêque! ces imbéciles-là s'imaginent qu'on peut venir à bout d'une guerre civile avec des devises de mirliton.

— Tu nous conteras tout cela au dessert, — hasarda Goullin.

— Bien dit! à table! à table! La main aux citoyennes, citoyens!

On passa à la salle à manger. Alors commença une orgie sans nom. Aux propos qui se tenaient, on eût dit que c'était de sang, et non de vin, que s'abreuvaient les sinistres convives. La fête touchait à sa fin, et le bruit des baisers commençait à succéder au bruit des verres, lorsqu'un violent tumulte se fit dans l'antichambre et éveilla l'attention de Carrier. Au même instant, un homme en carmagnole et coiffé d'un bonnet rouge entra précipitamment dans la salle.

— Il y a là trois militaires, — dit-il, — qui demandent à parler au citoyen représentant.

— Tonnerre! — s'écria Carrier en bondissant sur son siège, — j'avais défendu qu'on laissât entrer qui que ce fût.

— Le factionnaire, — répondit l'homme à la carmagnole, — est un Mayençais. Il prétend que la consigne que tu lui as donnée ne peut pas s'appliquer à un aide de camp du général Kléber.

— Que le diable emporte Kléber et ses aides de camp! — vociféra Carrier, pourpre du vin et de colère.

Il n'avait pas achevé, que la porte s'ouvrait et que Bénédict, suivi de Raoul et de Coquelicot, paraissait sur le seuil.

— Tu me recevras pourtant, citoyen Carrier, — dit Bénédict avec une fermeté froide, — ou je fais monter tout le poste, et je t'envoie entre deux files de grenadiers t'expliquer avec le général.

En entendant cette menace, tous les convives s'étaient levés en tumulte. Quelques-uns cherchaient des couteaux; d'autres s'étaient déjà armés de bouteilles. Les femmes poussaient des cris de paon et augmentaient le désordre. Quant à Carrier, les poings serrés et l'écume à la bouche, il fit en chancelant quelques pas vers le jeune officier.

— Insolent! — s'écria-t-il d'une voix rauque, — c'est moi qui vais te faire coffrer, et tu apprendras, si tu l'i-

gnores, qu'un soldat, fût-il général, n'a pas d'ordre à donner à un représentant du peuple.

Bénédict, les bras croisés, gardait une attitude impassible.

— Essaye! — dit-il avec aplomb.

L'homme à la carmagnole s'était approché de Carrier. Il lui murmura rapidement à l'oreille :

— N'appelle pas, citoyen représentant. Je te l'ai dit, tout le poste est composé de ces pousse-cailloux de Mayence. Kléber est leur Dieu. Ils ne t'obéiront pas.

Cette observation fit réfléchir Carrier. Il savait parfaitement que les Mayençais poussaient jusqu'au fanatisme leur dévouement à Kléber, et, comme il ne se souciait pas de compromettre son autorité, il jugea prudent de céder, quitte à prendre plus tard une terrible revanche.

— Jeune homme, — dit-il en s'efforçant de se contenir, — je veux bien pardonner à ton inexpérience; ton général, je l'espère, me saura gré de ma modération. De quelle mission t'a-t-il chargé? Parle, je t'écoute.

— Il y a trop d'oreilles ici pour entendre ce que j'ai à te dire, — répondit Bénédict en promenant un regard de dégoût sur l'assemblée; — je te parlerai dans ton cabinet.

Carrier eut un moment d'hésitation. Les regards de ses amis, leur attitude, leurs vociférations protestaient énergiquement contre une concession de ce genre. Il prit pourtant son parti.

— Suis-moi, — dit-il.

Il sortit, traversa plusieurs pièces, et, après avoir ouvert la porte de son cabinet, il invita Bénédict à y entrer.

— Restez là, vous autres, — dit-il impérieusement à Raoul et à Coquelicot. Mais les deux gens le saisirent aussitôt par un bras et le poussèrent dans la chambre, dont Bénédict ferma la porte à double tour. Carrier devint blême de terreur. Il ouvrit la bouche pour crier : le froid d'un canon de pistolet que Raoul lui appliqua sur le front étouffa le cri au fond de sa gorge. — Un guet-apens! — murmura-t-il d'une voix étranglée.

— Un guet-apens, soit! — répondit Bénédict; — on attaque les lions en face; les tigres se prennent au piège.

— Que me voulez-vous? — demanda le misérable, grelottant de peur, et les yeux toujours fixés sur la gueule du pistolet.

— Rien que la signature au bas de ce papier.

Carrier prit le papier que lui tendait Bénédict et lut ces mots :

« Ordre au geôlier Laguèze de mettre immédiatement » en liberté la ci-devant comtesse de Flavigny, la cito- » yenne Blanche de Flavigny, sa nièce, et la citoyenne » Justine Cazeaux, arrêtées hier, par erreur, à la ferme » des Touches, près d'Ancenis. »

— Est-ce tout? — demanda-t-il après avoir signé.

— Absolument tout. Cependant, comme il pourrait te prendre la fantaisie de nous faire poursuivre et de mettre empêchement à l'exécution de l'ordre que tu viens de signer, il importe que tu sois pendant quelques heures dans l'impuissance d'agir.

Raoul appuya de nouveau le canon de son pistolet sur le front de Carrier, tandis que Coquelicot lui saisissait la tête qu'il immobilisait. Alors Bénédict le contraignit de respirer un flacon rempli d'une essence préparée par monsieur Matthieu, essence soporifique et stupéfiante qui, en s'exhalant, eut bien vite profondément endormi le bourreau des Vendéens.

Et les trois jeunes gens se hâtèrent de sortir de l'hôtel.

— C'est égal, capitaine, — dit Coquelicot, — pendant que nous y étions, vous auriez bien dû me permettre d'étrangler ce scélérat là.

— Sans la crainte du bruit, — ajouta Raoul, — je n'aurais pu résister à la tentation de lui brûler la cervelle.

— L'assassinat est toujours un crime, — répondit gravement Bénédict. — Il ne sert parfois qu'à rendre intéressant un misérable. Si nous avions tué aujourd'hui l'infâme proconsul nantais, une foule d'imbéciles lui eût décerné demain une statue, comme à Marat.

— C'est juste ! — murmura le jeune gentilhomme.

— J'y songe ! — reprit Justin. — Quand le monstre se réveillera...

— Nous ne serons plus à Nantes, je l'espère. Et d'ailleurs Carrier, sans doute, n'osera pas raconter ce que nous lui avons fait, intimidé par le souvenir de notre audace et par la crainte du ridicule qui rejaillirait sur lui.

En parlant ainsi, Bénédict accélérait sa marche, impatient de délivrer la comtesse, Blanche et Muguette.

C'était une terrible chose que l'intérieur d'une prison à Nantes sous le règne de Carrier. Et tout y était prison : la tour du Bouffai, le château ducal, l'évêché, les magasins de la douane, les carrières même de Gigant dont on avait soigneusement fermé toutes les issues. Des populations entières y avaient été entassées, et les vides que faisaient chaque jour la guillotine, le canon et les noyades, étaient incessamment comblés par des charretées de prisonniers qu'amenaient les bandes chargées de dépeupler les campagnes qu'on incendiait.

Et, en effet, c'était d'une dépopulation qu'il s'agissait. Carrier avait un système. Il avait découvert que le territoire de la France ne pouvait produire assez pour la consommation de ses habitants, et, en économiste convaincu, il avait pris à tâche de rétablir l'équilibre. Borné et têtu, il allait droit à ce but avec la logique inconsciente de la brute, avec l'inflexibilité absolue d'un boulet de canon. Il ne comprenait qu'une nécessité, la destruction ; il n'admettait qu'un moyen de gouvernement, le massacre. Le procédé seul pouvait varier : le plus expéditif était le meilleur. C'est ainsi qu'après avoir commencé par la guillotine, il avait essayé de la fusillade ; le feu de peloton lui avait donné l'idée de la mitraille ; mais la noyade surtout l'avait ravi. Avec un bateau bien agencé, on pouvait d'un seul coup de soupape jeter douze cents corps au fond de la Loire. Chacun de ces procédés avait du bon : isolément, toutefois, ils ne pouvaient suffire. Aussi Carrier finit-il par les employer concurremment. Le même jour et à la même heure, il faisait guillotiner sur la place du Bouffai, fusiller à Gigant, mitrailler dans la prairie de Mauves et noyer en Loire. Tout cela sans jugement, sans choix, à la fortune du tombereau. Le hideux minotaure nantais était affamé de victimes ; on ne lui faisait jamais attendre son tribut de chair humaine.

Aussitôt après leur incarcération, la comtesse de Flavigny et Blanche avaient été enfermées ensemble dans un cachot isolé. On avait conduit la fille du père Cazeaux dans une grande salle encombrée de proscrits de toute condition. En vain les trois prisonnières demandèrent-elles qu'on leur constituât ; aucune supplication ne put faire révoquer l'ordre donné par Roch Duhoux, qui exerçait une grande autorité dans les prisons. Madame de Flavigny et Blanche, succombant sous le poids du chagrin, de la fatigue et de l'insomnie, se jetèrent sur un grabat. Là, enlacées dans les bras l'une de l'autre, elles tombèrent insensiblement dans une profonde torpeur. Elles ne sentaient pas, elles ne pensaient pas. A les voir ainsi gisantes, immobiles, décolorées, les yeux à demi-ouverts, mais ternes et sans regard, on pouvait croire que la mort les eût surprises au milieu d'un mauvais rêve. Tout à coup la porte s'ouvrit, et Roch Duhoux entra dans le cachot. A l'aspect de cet homme, Blanche poussa un cri étouffé ; elle cacha sa tête dans le sein de madame de Flavigny. Ce mouvement de répulsion n'était pas seulement instinctif chez la jeune Vendéenne : une circonstance avait augmenté l'horreur que lui causait l'espion de Carrier. Durant le trajet de la closerie des Touches à Nantes, Duhoux s'était souvent tenu près de la charrette qui portait les trois prisonnières, et Blanche avait plu-

sieurs fois surpris les yeux du coquin fixés sur elle avec une sorte d'impudence et de cynisme ; elle l'avait même entendu parler d'elle à ses compagnons, et la vanter dans un langage odieux, qui avait fait bondir son orgueil de patricienne et courir dans ses veines un frisson de honte et de dégoût. La charrette ayant pénétré sous les sombres voûtes de Bouffai, le misérable avait eu l'audace de soulever lui-même et de presser dans ses bras l'aristocratique jeune fille, qui, garrottée comme elle l'était, n'avait pu échapper à l'horrible étreinte. Puis il avait dit à l'oreille d'une voix frémissante et railleuse à la fois : « L'héritière des Flavigny doit mourir guillotinée ou noyée dans la Loire ; mais la femme d'un honnête patriote, d'un protégé du tout-puissant Carrier serait sûre de vivre. Citoyenne, réfléchis. » Et, avant que Blanche eût eu le temps de comprendre le sens de ces mots infâmes, il avait disparu, la laissant aux mains des porte-clefs, qui la conduisirent dans le cachot où se trouvait déjà madame de Flavigny, à qui elle ne voulut pas répéter les monstrueuses paroles du scélérat. Elle se respectait elle-même en se taisant.

La physionomie de Duhoux suffisait grandement à expliquer la frayeur répulsive manifestée par mademoiselle de Flavigny. La comtesse n'en chercha donc pas d'autre explication. Elle se redressa à demi sur son grabat, et regarda avec une hautaine dignité l'espion du proconsul nantais :

— Je croyais que votre mission était terminée, — dit-elle, — et j'espérais que vous nous épargneriez le supplice de vous revoir.

Duhoux pâlit ; une lueur fauve jaillit de sa prunelle. Il resta un moment immobile, comme interdit ; puis, faisant effort sur lui-même, il dit en appuyant sur Blanche un regard railleur et méchant :

— Est-ce donc la réponse de mademoiselle de Flavigny ?

La comtesse se tourna vers la jeune fille avec étonnement.

— Quelle réponse cet homme attend-il de toi, chère enfant ? — demanda-t-elle.

Blanche s'était levée brusquement. Elle se tenait debout, glacée, muette, la main tendue vers la porte du cachot. Ses yeux lançaient de foudroyants éclairs de mépris.

Stupéfaite, madame de Flavigny adressa à Duhoux un regard impérieusement interrogateur. Celui-ci fit appel à toute son impudence.

— J'ai offert à votre nièce, — dit-il, — sa liberté et la vôtre.

— Vous ? — s'écria la comtesse.

— Moi !

— Parlez ! Est-ce de l'or qu'il vous faut ? Nous en trouverons pour vous le donner.

L'ancien galérien hésita un instant.

— De l'or ? — répondit-il ; — oui, je veux de l'or !

— Soit. Vous fixerez vous-même la somme.

— Je veux de l'or, — reprit le misérable ; — mais il me faut encore autre chose.

— Ah ! — En proférant cette exclamation, la comtesse, par un soudain pressentiment, attira tout à coup Blanche sur son cœur, l'entoura de ses deux bras crispés, et, avec une terrible expression de colère. — Infâme ! — s'écria-t-elle.

— Eh bien ! oui ! — répliqua Duhoux, relevant la tête avec une menaçante arrogance, — je suis un honnête homme, moi, voyez-vous, et je n'ai qu'une parole. Je maintiens donc ce que j'ai dit. Que la citoyenne Blanche devienne ma femme, et à l'instant même je vous ouvre à toutes deux les portes de cette prison.

— Ai-je bien entendu ? — balbutia la comtesse frappée de stupeur... — Ma Blanche, la femme de ce bandit !... Mais c'est de la démence. Il est fou ! il délire !... Ah ! le monstre ! — reprit-elle d'une voix éclatante, — le monstre, qui se croit moins hideux que la guillotine ou la soupape d'un ponton !... Mon Dieu ! — ajouta-t-elle en jetant un regard navré vers le ciel, — vous nous aviez, moi et les miens, durement châtiés dans ces derniers temps ; du moins, nous aviez-vous épargné l'humiliation et l'opprobre !

— Calmez-vous, chère âme ! calmez-vous, ma bonne mère ! — lui dit Blanche en l'embrassant. — Il est des outrages qui ne peuvent nous atteindre et ne sauraient nous salir !

— Allons, assez ! — s'écria Duhoux après avoir frappé la terre du pied avec violence. — Que parle-t-on ici d'humiliation et d'opprobre ? Comme si l'on n'avait jamais dérogé dans votre famille ! Mille diables ! madame la comtesse, vilain pour vilain, comme vous nous appelez, un Roch Duhoux vaut bien un Gérard Keller !

La foudre, en tombant sur madame de Flavigny, ne l'eût pas plus complétement anéantie qu'il ne le firent ces simples syllabes : Gérard Keller. Par quel effroyable miracle ce nom qu'elle croyait oublié de tout l'univers se retrouvait-il, après tant d'années écoulées, dans une mémoire humaine, et lui était-il jeté au visage comme une insulte et un remords ? Les yeux égarés, les joues livides, tous les membres agités d'un tremblement convulsif, elle recula non qu'elle chancelant sous le regard sardonique de l'ancien jardinier de Morsanges, et murmura d'une voix étranglée par la terreur :

— Malheureux ! quel nom as-tu prononcé !

— Le nom de votre ancien amant, pardieu ! répondit Duhoux en ricanant.

La comtesse poussa un cri et tomba sur son lit à demi-évanouie, la tête dans ses mains. A son tour, Blanche la prit dans ses bras et couvrit de baisers les cheveux et le cou de la pauvre femme. Elle s'efforça de la ranimer par les caresses les plus tendres, par les plus douces appellations. Au bout de quelques instants, madame de Flavigny releva lentement la tête, quand cœur, gros de sanglots, s'était dégonflé ; un déluge de larmes inondait son pâle et noble visage.

— Blanche, mon enfant, tu refuses de le croire, n'est-ce pas ? — dit-elle avec anxiété. — Grand Dieu ! — poursuivit-elle, douloureusement impressionnée par le silence de la jeune fille dont le regard se détournait.

— Bah ! — observa Roch Duhoux d'un ton goguenard, — la jeune citoyenne paraît savoir à quoi s'en tenir au sujet de cette aventure. A force d'avoir regardé entre les deux yeux un certain Bénédict, elle n'est pas sans avoir remarqué la ressemblance frappante du beau capitaine mayençais avec la ci-devant comtesse de Flavigny.

— Bénédict ! — balbutia la comtesse à la fois stupéfaite et attendrie.

Ce nom, prononcé dans un pareil moment, avait excité au fond de son cœur tout un orage d'émotions, et réveillé dans sa mémoire tout un monde de souvenirs. Elle attribua d'abord cette étrange sensation à la reconnaissance que lui avait inspirée l'aide de camp de Kléber. Mais peu à peu elle se rappela l'impression bizarre qu'avaient toujours produite sur elle la vue de Bénédict, le son de sa voix, le doux éclat de son regard ; elle se rappela la surprise avec laquelle, prévenue par Blanche, elle avait jadis remarqué la similitude au moins extraordinaire qui existait entre ses propres traits et ceux du jeune homme. Tout cela lui tortura l'esprit et la plongea en une minute dans un abîme de réflexions où elle ne trouva qu'incertitude et mystère. Malgré l'embarras qui devait résulter pour elle d'une insistance qui, au fond, était un aveu, elle résolut d'éclaircir ses doutes et demanda d'une voix hésitante, mais avec une volonté ferme :

— Ainsi vous prétendez que ce Bénédict... ?

— Je ne prétends pas, — interrompit Duhoux ; — j'affirme positivement que ce Bénédict n'est autre que le fils de Gérard Keller et de Valérie de Morsanges !... Ah ! je le sais bien, — reprit-il en ricanant, — le marmot n'avait pas encore poussé son premier cri que le chevalier, mon ancien maître, qui n'entendait pas la plaisan-

terie, vous le campait dans les bras d'une négrillonne, et va comme je te pousse ! on emballait le jeune gars pour le pays des sauvages... Mais quoi ! tout marche de travers quand Belzébuth s'en mêle, et il ne faut qu'une petite pierre pour faire verser un gros chariot. A quelques lieues du château de Morsanges, il arriva un désagrément à la négrillonne. Il arrive souvent de ces désagréments-là aux gens qui traversent les bois pendant la nuit avec des louis d'or dans leur sacoche... La négrillonne disparut, mais la sacoche fut sauvée ; le petit gars pareillement. Il fut déniché par deux bonnes âmes, au pied d'une croix, dans l'herbe, comme un œuf de Pâques. La chance favorisa le père et la mère Cazeaux, deux braves gens, qui avaient un cœur d'or et des moutons à garder. Ils prirent le petiot, et, dès qu'il put marcher, l'envoyèrent promener le bétail dans la lande... C'est là que vous l'avez rencontré, madame la comtesse ; si une chose m'étonne, c'est que vous ne l'avez pas reconnu du premier coup... Et on parle de la voix du sang !

Madame de Flavigny avait écouté ce récit avec une anxiété muette. Les mouvements qui l'agitaient, non moins que la vraisemblance des explications données par Roch Duhoux, ne lui permettaient plus le moindre doute. Égarée par le tumulte de ses sentiments, oubliant la présence de Blanche et le trouble que de semblables révélations devaient jeter dans l'âme de cette jeune fille, elle s'écria avec un emportement de cœur où se trahissait toute la mère :

— Et Bénédict connaît-il le secret de sa naissance ?

— Pardieu ! — répondit cyniquement l'ancien jardinier ; — me croyez-vous homme à lui en avoir fait mystère !... Ah ! il y avait là une fameuse mine à exploiter. Malheureusement j'avais affaire à un niais. Ça fait pitié ! Un va-nu pieds qui se donne le luxe d'avoir des scrupules quand tant de richards s'en passent ! C'est ma faute ! J'aurais dû élever le gars moi-même et lui inculquer les bons principes.

— Le noble enfant ! l'admirable cœur ! — murmura la comtesse avec une profonde expression de gratitude et d'extase.

Tout à coup elle aperçut Blanche et, ses idées prenant un autre cours, elle tressaillit. Alors, saisissant dans ses mains tremblantes, les mains de la jeune fille :

— Blanche, ma chérie ! — s'écria-t-elle, que n'a-t-il tenu à moi de te laisser ignorer...

— Je savais tout, — répondit la jeune Vendéenne à voix basse en baissant la tête pour épargner à sa tante la vue de sa rougeur.

— Grand Dieu ! qui a pu te révéler !...

— Le marquis d'Apremont, à qui cet homme avait sans doute vendu votre secret... Le marquis, à son tour, n'a pas craint de s'en faire une arme contre moi, et c'est pour acheter sa discrétion que j'avais consenti à lui donner ma main.

— Ainsi c'était à moi que tu te sacrifiais ! c'était pour sauver mon honneur que tu te livrais à ce gentilhomme dépravé... et je l'ignorais, et je te condamnais, car, hélas ! toute mon âme se révoltait malgré moi à la pensée que tu avais pu accepter un tel époux... Ah ! pourquoi n'ai-je pas deviné le motif de cette immolation ! m'était si facile de me justifier ! Oui, ma Blanche, je t'aurais prise par la main, je t'aurais conduite près du comte de Flavigny, et je lui aurais dit : « Mon ami, apprenez donc à cette enfant que vous avez pu me plaindre, mais que vous n'avez rien eu à me pardonner, car vous saviez que je n'étais pas coupable ! »

Blanche regardait sa tante avec étonnement, ne comprenant pas, ne cherchant pas à comprendre.

— Plus tard, ma chère belle, plus tard, — reprit la comtesse — tu connaîtras ce mystère d'horreur ; tu sauras dans quel piège infâme un misérable m'a fait tomber ; tu sauras que ce Gérard Keller... Gérard Keller ! Ah ! tu avais raison, — continua madame de Flavigny en adressant à Roch Duhoux un regard foudroyant; — oui, tu l'as dit : Gérard Keller! Roch Duhoux! ces deux hommes se valent! L'un est mort; Dieu l'a jugé! Mais l'autre vit encore! Il m'appartient! J'ai le droit de le maudire!... Arrière donc, bandit! Et si tu ne dois sortir d'ici que pour faire place au bourreau, que l'arrêt du destin s'accomplisse! Nous sommes prêtes, et nous l'attendons!

— Vous ne l'attendrez pas longtemps! — s'écria Duhoux avec un geste de fureur. — La guillotine s'est reposée aujourd'hui; mais la Loire ne chôme jamais, elle! Voici l'heure! Entendez-vous ce bruit? C'est le convoi qui passe! On saura bien encore vous y trouver deux places.

— Nous ne craignons pas la mort! — répliqua fièrement Blanche. — Fais ton métier, assassin!

Le séide de Carrier sortit précipitamment. A peine la porte du cachot s'était-elle fermée derrière lui, qu'elle se rouvrit de nouveau.

Le directeur des noyades, le fameux Robin, parut sur le seuil.

— La citoyenne Flavigny! — appela-t-il.

— Que voulez-vous? — demanda la comtesse.

Robin ne répondit pas, mais sur un signe qu'il fit quatre hommes entrèrent dans le cachot, garrottèrent les deux pauvres femmes et les poussèrent jusqu'à la porte extérieure de la prison. Là, il les jetèrent dans un tombereau où se trouvaient déjà quelques malheureux, et le funèbre convoi se remit en marche dans la direction de l'entrepôt, où il devait compléter son chargement de victimes.

Deux hommes, qui se tenaient en observation à la tête du pont de la Belle-Croix, avaient assisté, désolés et impuissants, à ce navrant spectacle, c'étaient monsieur Matthieu et le père Cazeaux. Menait-on les dames de Flavigny à la mort, ou ne s'agissait-il pour elles que d'un changement de prison? Il importait d'être fixé sur ce point. Monsieur Matthieu résolut donc de suivre la fatale charrette, tandis que le père Cazeaux attendrait le retour de Bénédict et de ses deux compagnons. Son absence ne fut pas longue, heureusement. Quelques minutes après, les trois jeunes gens arrivèrent au galop. Deux mots suffirent pour les mettre au courant de ce qui venait de se passer.

— A l'entrepôt! à l'entrepôt! — s'écria Raoul avec une fiévreuse impatience.

— Un moment, monsieur le comte! — observa Coquelicot. — Ma pauvre femme est encore sans doute dans la tour du Bouffai. Voudriez-vous la laisser au fond de cette caverne? Non, assurément.

— Délivrons-là! — se hâta de dire Bénédict.

Et, sautant à bas de cheval, il se dirigea rapidement, suivi de Justin, vers la loge du geôlier, à qui il remit l'ordre signé par Carrier.

Le père Laguèze retourna le papier dans tous les sens, mais sans marquer aucun étonnement. Ce n'était pas la première fois, en effet, que Carrier accordait à de jeunes et jolies femmes une liberté provisoire.

— Ma foi! — dit-il, — mon officier, vous arrivez un peu tard; les citoyennes Flavigny...

— Je sais! je sais! — interrompit Bénédict, — mais l'autre... la troisième?...

— Je cours la chercher.

— Je vais avec vous! — s'écria Coquelicot en s'élançant dans l'intérieur de la prison. Quelques instants après, il reparaissait, portant dans ses bras Muguette à demi-évanouie de saisissement et de bonheur. — Embrassez votre fille, père Cazeaux! — exclama-t-il, — et menez-la vite au quartier général; les mangeurs de chair humaine ne viendront pas la chercher là.

— Nous, pas une minute de retard! — reprit Bénédict. — Tandis que Raoul, Justin et moi, nous volons au secours des dames de Flavigny, vous, monsieur Matthieu, assurez-vous si les chevaux que j'ai commandés stationnent à l'endroit convenu.

— J'y vais, — répondit le vieillard.

— En route! — s'écria Raoul tout frissonnant.

Les trois jeunes gens se remirent en selle et reprirent leur course effrénée le long du quai.

Au moment où ils arrivaient en vue des sombres magasins de l'entrepôt, ils aperçurent un grand ponton qui descendait le courant du fleuve. Les sabords étaient cloués, des planches fermaient l'entrée des ponts. On eût dit que ce sinistre bâtiment était vide, cependant la cale regorgeait de prisonniers. Quelques chaloupes suivaient. Plusieurs batelets, portant des charpentiers, la hache au poing, longeaient les flancs de la prison flottante.

La Loire était calme, le ciel bleu, une brise presque tiède soufflait de la mer. La nature se montrait indifférente au crime, et Dieu se taisait.

— Ma mère!... Blanche!... — s'écria violemment Raoul... — Elles sont là sans doute... là, sur le fleuve... Elles vont périr!

Son bras tendu désignait le ponton. Tout son corps frissonnait.

— Courage!... et ne désespérons pas! — répliqua Bénédict... — Au triple galop!

Il plongea ses éperons dans le ventre de son cheval, qui bondit comme un lion blessé et dévora l'espace.

Raoul et Justin en fit autant.

Soudain ils virent les charpentiers se dresser dans les batelets, s'approcher encore du ponton; puis ils entendirent un bruit sourd et précipité de coups de hache contre la cale du lugubre navire démâté.

Cette fois, pas un cri n'échappa des trois poitrines qui haletaient, tandis que les chevaux, ruisselant d'écume, s'efforçaient d'être plus rapides que l'éclair.

Parvenus enfin à la hauteur du ponton, Bénédict, Raoul et Justin mirent pied à terre en un clin d'œil. Ils aperçurent une barque, en brisèrent l'amarre, et firent voler les avirons.

Les coups de hache retentissaient toujours, accompagnés d'étranges rumeurs qui ressemblaient à des lamentations humaines. Chaque vibration frappait le cœur des trois amis et le faisait cruellement saigner. Ils redoublaient d'énergie et ramaient à perdre haleine. Tout à coup une chaloupe leur barra le passage. Un homme leur cria impérieusement de s'arrêter.

Cet homme était le capitaine Robin, le chef des exécuteurs.

— Ordre de Carrier! — se hâta de dire Bénédict en lui tendant un papier.

Robin le prit et le lut.

Pas plus que le geôlier Laguèze, il n'avait d'objection à faire. Cependant il regarda le ponton que les charpentiers éventraient sans relâche, et il sourit froidement.

— Le grand plongeon va commencer, — répondit-il. — N'importe, s'il en est temps encore, on te livrera les citoyennes Flavigny.

Il ordonna de virer de bord, et, suivi de deux acolytes, il monta lui-même sur le bâtiment qui allait sombrer.

Les charpentiers ne frappaient plus. La cale était trouée en dix endroits, l'eau s'y engouffrait en bouillonnant. Des cris à demi-étouffés, de sourdes suffocations se firent entendre, puis des formes humaines glissèrent sous les vagues à reflets glauques, et lentement le ponton s'enfonça tandis que dans ses entrailles invisibles se déroulait un de ces drames monstrueux qui épouvantent la pensée et torturent le cœur.

Bénédict, Raoul et Justin étaient plus pâles que des spectres, ils avaient les yeux hagards. La terreur, la pitié, la colère, les agitaient jusqu'au fond de l'âme. Ils semblaient prêts à se précipiter au secours des victimes ou à se ruer sur les bourreaux.

Comme ils s'entre-regardaient indignés et frémissants, le capitaine Robin et ses deux hommes parurent sur le pont du bâtiment. Ils soutenaient une femme chancelante, demi-morte : c'était la comtesse de Flavigny. Ils la portèrent dans la barque, où elle s'évanouit entre les bras de Raoul.

— Ma foi ! — dit tranquillement l'affreux Robin,—j'ai eu beau appeler l'autre à l'entrée de la cale, elle n'a pas répondu. Elle aura tout de suite bu à la grande tasse. Elle a eu tort de se presser.

— Infamie et lâcheté ! — s'écria Bénédict au comble de l'exaspération et du désespoir.

Il s'interrompit brusquement. Un cri de joie étrange sortit de sa gorge, et il se jeta dans la Loire. Un instant après, il ramenait vers la barque Blanche de Flavigny, dont il avait entrevu le visage sous l'eau.

Comme la comtesse, elle était vivante, mais elle perdit connaissance, accablée sous le poids de si rudes émotions.

Bénédict et Justin ressaisirent les rames, et l'on s'éloigna en toute hâte de l'horrible scène, où le flot roulait les cadavres, où les atroces compagnons de Robin assommaient les malheureux qui tentaient de se sauver en nageant.

La terreur paralysait la curiosité dans l'âme des Nantais. Aussi le quai était-il désert quand la barque y aborda. On transporta madame de Flavigny et Blanche dans la maisonnette d'un gréeur de navires nommé Hubert Savin. Là, de généreux secours leur furent donnés ; on alluma un grand feu pour les ranimer et pour les sécher. Elles ne tardèrent pas à reprendre leurs sens et à retrouver toute leur présence d'esprit.

A la vue de Bénédict, la comtesse tressaillit, Blanche eut un rayonnement dans le regard.

— Cette fois encore vous lui devez votre salut,—s'empressa de dire Raoul en désignant l'aide de camp de Kléber. — C'est lui, en effet, qui a conçu le plan audacieux que nous avons mis à exécution, et grâce auquel nous venons de vous arracher à la mort.

Tremblante au fond du cœur, mais calme en apparence, madame de Flavigny s'approcha de Bénédict.

— Monsieur,—dit-elle avec une secrète oppression,— voulez-vous m'embrasser ?

Bénédict parut chanceler. Il eut cependant la force de se dominer et, pliant le genou :

— Ah ! madame, — murmura-t-il, — vous me recompensez plus que je ne l'espérais !

Et ses lèvres émues s'appuyèrent sur le front de la comtesse qui venait de se pencher vers lui. A ce contact, une mystérieuse sensation agita leur poitrine, et mit une larme dans leurs yeux.

Se dressant alors et tombant dans les bras de Raoul :

— Aime-le bien ! — soupira madame de Flavigny ; — c'est un ami digne de toi.

Tout à coup, et tandis que dans un élan d'enthousiasme Blanche pressait la main de l'aide de camp de Kléber, la comtesse frissonna. Un reflet d'anxiété douloureuse se répandit sur ses traits.

— Où est ton père, mon Raoul ! — demanda-t-elle précipitamment. — Le gentilhomme baissa la tête et demeura silencieux. — Tu te tais !... C'est que ton père est mort ! — s'écria-t-elle en sanglotant.

— Il a succombé héroïquement à Savenay.

— Ah ! tu le vengeras, n'est-ce pas, mon fils ?

— Je ferai mieux, ma mère : j'accomplirai sa dernière volonté.—Et Raoul répéta les paroles suprêmes qu'avait prononcées le comte avant d'expirer.—Son dernier souffle, — reprit-il, — s'est exhalé dans un regret, presque dans un remords d'avoir combattu, sous le même drapeau que l'étranger. Je lui ai fait le serment d'aller défendre nos frontières envahies.

La comtesse hésita un instant.

— Soit, —dit-elle enfin, — j'approuve ta résolution.

— Je l'approuve aussi ! — ajouta Blanche. — Je hais la république, mais vive la France !

Alors seulement madame de Flavigny et sa nièce remarquèrent que Raoul était revêtu de l'uniforme répu-

blicain. Elles ne purent s'empêcher d'admirer l'allure à la fois martiale et charmante du jeune gentilhomme sous son habit de volontaire national.

Mais le temps pressait, le péril était imminent. Il fallait quitter Nantes au plus vite. Bénédict enveloppa Blanche dans un manteau. On remercia de son hospitalité le gréeur de navires, et l'on se mit en marche. Au détour d'une rue, on aperçut monsieur Matthieu.

— Eh bien ! — demanda vivement Bénédict ?

— L'homme et les chevaux sont là.

— Que dites-vous de l'homme ?

— Il a la mine d'un garçon plein de cœur. Son visage ne ment pas, j'en suis sûr. On peut se fier à lui.

— C'est ce que j'ai pensé en le voyant.

On parvint dans un petit carrefour où trois poneys bretons, rustiquement harnachés, attendaient. Un jeune artisan les tenait par la bride. C'était un patriote à l'air franc et résolu que Bénédict avait rencontré, quelques heures auparavant, en compagnie d'un soldat mayençais, et qu'il n'avait pas craint d'associer à l'exécution du projet convenu entre ses compagnons et lui.

— Ma mère, — dit Raoul, — l'heure est venue de nous séparer. Voici des chevaux qui conviennent à votre apparence de paysanne bretonne. Le brave ouvrier que voilà vous servira de guide jusqu'à Saint-Nazaire, à l'embouchure de la Loire, où habite sa famille, et où, affirme-t-il, vous trouverez aisément l'occasion de passer en Angleterre.

— La prudence ne nous permet pas même de vous accompagner, — reprit Bénédict.

— Séparons-nous donc, — dit la comtesse. — Le ciel permettra peut-être que nous nous réunissions dans un temps plus calme et meilleur.

— J'y compte bien, ma mère, — répondit Raoul. — La tempête sociale, qui bouleverse la France, ne peut durer.

Blanche s'était mise en selle. Madame de Flavigny en fit autant ; puis, s'adressant à Bénédict :

— Je vous confie mon Raoul, — lui dit-elle d'une voix suppliante. — Guidez-le, protégez-le.

— Lui et moi nous ne nous quitterons plus, madame, — répondit le capitaine avec fermeté.

— Il m'a promis, ma mère, que nous serions frères d'armes, — ajouta Raoul.

— Frères d'armes !—balbutia la comtesse en appuyant la main sur son cœur qui battait à se rompre. — Frères d'armes !... Oui... c'est cela... mes enfants !... Adieu !

— Adieu !... et pensez à nous ! — s'écria Blanche en suivant madame de Flavigny qui s'éloignait.

Bénédict et Raoul cessèrent bientôt de les apercevoir. Un moment, ils semblèrent comme anéantis. Le jeune gentilhomme secoua le premier cette torpeur et rompit le silence.

— Où allons-nous, — demanda-t-il.

— A l'état-major, — répondit le capitaine. — Je veux aujourd'hui même faire régulariser votre engagement.

Suivi de monsieur Matthieu et de Justin, les deux jeunes gens descendirent le quai, ils se dirigèrent vers le vieux château où résidait le commandant de la place. Le soir, ils partaient en poste avec Kléber et Marceau qui, ne voulant point paraître autoriser par leur présence les horreurs que Carrier commettait à Nantes, avaient résolu de n'y pas demeurer jusqu'au lendemain.

Quelques jours plus tard, Bénédict et Raoul apprenaient que la comtesse et Blanche, après être arrivées sans accident à Saint-Nazaire, s'étaient embarquées pour l'Angleterre sur un navire américain.

XIV

Dix-huit mois s'étaient écoulés depuis les événements que nous venons de raconter, et pendant ce laps de temps bien des changements s'étaient opérés dans la situation politique de la France. La révolution du thermidor, en mettant fin au régime de la Terreur, avait inauguré pour les provinces de l'est une ère de clémence, bientôt suivie d'une pacification générale. Une sorte de transaction avait rapproché les deux partis. La Convention avait livré Carrier au bourreau; de leur côté, les derniers généraux vendéens s'étaient résignés à reconnaître la république. De tous les chefs royalistes que nous avons vus réunis en conseil de guerre aux Herbiers, deux seuls survivaient; les autres avaient péri dans l'espace d'un an.

Bonchamps et Lescure étaient morts l'un à Saint-Florent, l'autre sur la route de Fougères. Monsieur de Flavigny avait expiré à Savenay. Le prince de Talmont, fait prisonnier, avait été fusillé dans la cour de son château de Laval, D'Elbée, surpris à Noirmoutiers, où il languissait criblé de blessures, avait été également fusillé le 4 mars 1794; La Rochejaquelein avait été tué d'un coup de feu tiré à bout portant par un grenadier républicain. Quant au baron de Marigny, il était mort misérablement, condamné et fusillé par ses compagnons d'armes. Charette et Stofflet, seuls vivants, venaient de faire leur soumission, soumission sans sincérité, qui cachait un vif désir de relever l'étendard de l'insurrection. Cependant, une amnistie générale avait ouvert les portes des prisons, et ceux des insurgés qui s'étaient vus contraints, après la débâcle de Savenay de chercher un refuge dans les landes de la Bretagne, avaient regagné leurs villages, et s'efforçaient, en reconstruisant leurs chaumières, en arrachant les ronces qui stérilisaient leurs héritages, de réparer les désastres de la guerre civile.

Bien des rancunes subsistaient néanmoins, et la réaction qui s'était opérée dans la marche générale des affaires faisait çà et là quelques victimes. Les agents de Carrier surtout, chargés de tous les mépris et poursuivis de toutes les haines, étaient exposés à toutes les vengeances. En les protégeant, les autorités républicaines eussent craint de paraître assumer la responsabilité de leurs crimes, et les paysans, les voyant reniés par leur propre parti, ne se faisaient pas faute de leur infliger de terribles représailles. Peu de jours se passaient sans que quelqu'un de ces bandits expiât dans d'horribles tourments les cruautés dont ils s'étaient faits l'instrument et le complice. A part ces excès partiels, qui étaient comme les derniers tressaillements des convulsions terribles qui avaient ébranlé tout le pays, la Bretagne et le Poitou se reprenaient de toutes parts à la vie, et l'année 1795 s'était ouverte sous les plus heureux auspices.

Par une belle matinée du mois de mai, deux cavaliers suivaient au petit trot de leurs chevaux la route qui mène de Nantes au lac de Grand-Lieu. Ils portaient des vêtements bourgeois, mais un observateur quelque peu exercé eût reconnu sans peine que ce costume ne leur était pas familier. Un soldat et un prêtre peuvent faire un mouvement sans trahir aussitôt leur caractère. On dirait que l'uniforme et la soutane, empreints aux corps qu'ils ont une fois revêtus certaines plis, certaines attitudes qui persistent jusqu'à la dernière heure. Nos deux personnages ne faisaient pas exception à cette règle, et la manière seule dont ils tenaient leur cravache attestait qu'ils sauraient tout aussi bien manier le sabre en cas de besoin.

C'étaient deux militaires, en effet, deux anciennes connaissances de nos lecteurs, Bénédict et le père Cazeaux. Bénédict était devenu colonel d'un régiment d'infanterie, dans lequel Mathurin Cazeaux était devenu sergent. Grièvement blessés tous deux dans une des nombreuses affaires qui ont illustré l'armée de Sambre-et-Meuse, ils avaient obtenu un congé de convalescence, et, après avoir passé quelques semaines à Paris, puis quelques jours à Nantes, ils se dirigeaient vers le domaine de Morsanges, où ils étaient attendus. Ils cheminaient lentement à travers la campagne du pays nantais. Les désastres de la guerre s'y révélaient à chaque pas en traits sinistres et lamentables. Aussi loin que la vue pouvait s'étendre, on n'apercevait que des bourgs détruits, des bois incendiés, des terres en friche; mais les sentiments douloureux que faisaient naître ces tristes tableaux étaient atténués par le spectacle de l'activité avec laquelle la foule des villageois, de retour dans leurs foyers, s'efforçaient de réparer ces ruines. Eternel privilége de ce noble pays de France! Que de fois foulée, ravagée, réduite à toute extrémité, par la guerre, par la peste, par la famine, par les débordements de ses fleuves, par tous les fléaux dont s'arme la colère divine quand elle a décrété l'extermination d'un peuple, cette terre généreuse et féconde a, dans sa vitalité indomptable, retrouvé, au premier rayon de soleil, assez de ressort pour épanouir sa gloire, assez de sève pour se couvrir de fleurs!

Nos deux compagnons avaient parcouru à peu près la moitié de leur route; ils arrivaient sur la lisière d'un petit bois, lorsque le père Cazeaux arrêta brusquement son cheval.

— Qu'y a-t-il? — lui demanda Bénédict.

Le vieux sergent resta silencieux. Il promenait autour de lui un regard interrogateur.

— Est-ce que la vue de ce taillis réveille en vous quelque souvenir? — reprit le colonel.

— Oui, — répondit le père Cazeaux.

— Je devine. Ce doit être dans ces environs que vous avez jadis trouvé mon berceau?

— C'est cela même, cher enfant. Dame! il y a longtemps, en effet, et je cherche à m'orienter. Je suppose que nous ne sommes pas loin de l'endroit. Avançons. — Ils se remirent en marche à travers le bouquet de bois que le feu révolutionnaire avait à demi-consumé, et dans lequel ne se dressait plus aucune croix. Le père Cazeaux hocha la tête. — Tout s'efface, — dit-il, — et, ma foi, pas un indice ne me rappelle le point précis où j'ai eu la bonne chance de te recueillir. — Malgré l'extrême différence des grades, le vieux sergent tutoyait toujours le colonel. Bénédict avait absolument exigé qu'il en fût ainsi et que son père adoptif ne se départît jamais de cette affectueuse familiarité. — Je ne me doutais guère alors, — reprit le père Cazeaux en souriant, — que je me chargeais d'élever un futur colonel, qui sera prochainement un illustre général.

— Oh! oh! — fit Bénédict, — voilà une prédiction bien aventurée.

— Si monsieur Matthieu était ici, en sa qualité d'ancien sorcier, il la confirmerait, n'en doute pas.

— Grâce à Dieu! nous allons le revoir, le cher homme! Il m'a écrit qu'il était heureux d'être redevenu solitaire. Il est vrai qu'il habite maintenant un délicieux ermitage sur les bords du lac de Grand-Lieu.

— Il a bien fait de prendre sa retraite, — dit le père Cazeaux; — son activité aux ambulances et sur les champs de bataille le tuait.

— Muguette et Coquelicot ont grand soin de lui, m'affirme-t-il. Chers enfants! j'ai hâte de les embrasser.

— Et moi donc! — exclama le digne sergent. — Quel bon petit fermier et quelle gentille fermière ils doivent faire, depuis tantôt dix mois qu'ils ont quitté à tout jamais l'uniforme pour revêtir le costume poitevin! Ah! mon cher Bénédict c'est une fière idée que tu as eue là de les renvoyer aux champs et de leur confier, avec le consentement de monsieur Raoul, la direction de la ferme de Morsanges, ainsi que l'administration provisoire de tous les biens de la famille de Flavigny.

— Je ne pouvais mieux faire assurément, puisque vous refusiez de prendre en main la gestion des propriétés de cette famille que nous aimons si sincèrement.

— Oh ! moi, c'est fini ! J'ai pris l'habitude des camps et je veux rester soldat. D'ailleurs, — ajouta le père Cazeaux en pâlissant, — j'ai encore besoin de m'étourdir pour ne pas trop penser à celle qui est morte si lugubrement, et et que je n'ai pas même tout à fait vengée ; car le plus criminel de ses assassins est peut-être encore vivant.

— Roch Duhoux !

— Oui ! Roch Duhoux ! ce scélérat, qu'une détestable fatalité a toujours soustrait à mes coups.

— Y a-t-il donc d'horribles coquins qui demeurent impunis en ce monde ? — réfléchit tout haut Bénédict.— C'est impossible ! Je ne le croirai jamais !

Il y eut un moment de silence, pendant lequel le jeune colonel et le vieux sergent demeurèrent pensifs : l'un absorbé dans le souvenir de la mère Cazeaux, l'autre livré à une méditation philosophique sur les destinées de l'homme et la justice de Dieu.

Le père Cazeaux s'arracha le premier à ses préoccupations.

— En vérité, — dit-il, — la famille de Flavigny est joliment heureuse de t'avoir rencontré sur son chemin !

— Vous trouvez, père ! — répondit un peu au hasard Bénédict, l'esprit encore méditatif.

— Parbleu ! Ne lui as-tu pas sauvé dix fois la vie à cette noble famille, au risque de te faire fusiller ou de porter ta tête sur l'échafaud ?

— Eh ! c'est de l'histoire ancienne. Je ne m'en souvenais plus.

— Mais ce qui est de l'histoire moderne, c'est d'abord le rapide avancement de monsieur Raoul, qui est déjà lieutenant dans mon bataillon, grâce à toi...

— Et surtout à sa bravoure ! — répliqua vivement Bénédict.

— Il est très-brave, c'est clair comme le jour ; mais il est noble, c'est-à-dire encore un peu suspect. On lui eût fait attendre les épaulettes d'officier, si tu ne les avais pas énergiquement réclamées pour lui.

— C'eût été une injustice ; en empêchant qu'on la commît, j'ai rempli mon devoir.

— Et je t'en félicite, vive Dieu ! Mais il y a plus : En novembre dernier on allait vendre, comme bien d'émigrés, toutes les propriétés de la comtesse, de son fils et de mademoiselle Blanche. Tu as écrit au ministre, tu as obtenu qu'on rayât les noms de madame de Flavigny et de sa nièce de la liste de l'émigration, tu as fait lever le séquestre qui pesait sur leurs domaines seigneuriaux. Si bien que, par ton intervention et ton influence, cette famille, à laquelle tu t'es si souvent dévoué, est rentrée dans l'entière possession d'une richesse qui semblait perdue pour elle il y a six mois.

— Oui, mes démarches ont réussi complètement, et j'en rends grâces au ciel ! — dit le colonel avec animation. — Mon mérite est d'ailleurs moins grand qu'on ne le suppose. Il m'a suffi, en effet, de prouver que le jeune comte de Flavigny servait dans mon régiment pour que le ministre, qui est un honnête homme, reconnût l'équité de mes demandes, et accordât à la mère, ainsi qu'à la cousine du lieutenant Raoul, tout le bénéfice de l'amnistie générale décrétée en faveur des Vendéens.

— A t'entendre, mon cher Bénédict, — s'écria le père Cazeaux avec une pointe d'impatience, — tout a marché comme sur des roulettes, soit. Ce n'est pourtant pas sans peine que tu t'es fait délivrer à Paris les pièces qui régularisent la situation de madame et de mademoiselle de Flavigny.

— J'avoue qu'on se montrait assez mal disposé dans les bureaux du ministre. Aussi m'a-t-il fallu beaucoup de temps et de hautes protections pour obtenir les certificats que je demandais. Enfin, je les tiens là, dans mon portefeuille, paraphés, signés, visés. La comtesse et ma-

demoiselle Blanche peuvent revenir à Morsanges ; elles y seront en toute sécurité.

— A l'heure où nous parlons, elles ont sans doute touché la terre de France, et elles ont été reçues par monsieur Raoul, à qui tu as fait accorder un congé d'un mois, et qui est allé au-devant d'elles à Lorient. — Après une pause, le père Cazeaux reprit avec un effort de gaîté : — A présent que la pacification de la Vendée est accomplie, et que la famille de Flavigny est rentrée dans la jouissance de tous ses biens, il est probable que monsieur Raoul va épouser mademoiselle Blanche. Nous serons de la noce, n'est-ce pas ?

En entendant ces mots, Bénédict sentit son cœur frissonner. Il pâlit. Une minute après, il était calme et souriant.

— Je pense, — dit-il, — que ce mariage aura bientôt lieu. Aucun obstacle ne s'y oppose plus. Mais, hélas ! nous n'y assisterons pas. Vous oubliez, mon père, que notre séjour à Paris s'est prolongé malgré moi, et qu'il nous faut sans retard retourner à l'armée. Demain nous nous remettrons en route sans avoir même revu madame et mademoiselle de Flavigny.

Sa voix ne put s'empêcher de faiblir, ses lèvres eurent un léger frémissement.

— Le devoir avant tout ! — dit sentencieusement le père Cazeaux... — Et puis, — ajouta-t-il, — mon colonel n'est sans doute pas fâché de se soustraire à la manifestation d'une reconnaissance bien naturelle. Je comprends ça. Plus on rend service, moins on doit tenir à être remercié.

Ces paroles étaient à peine terminées lorsque plusieurs coups de feu, tirés à une petite distance, vinrent interrompre l'entretien. Presque aussitôt un homme effaré, fou de terreur, s'élança hors d'un massif et se dirigea en courant du côté de Bénédict et de son compagnon.

Une vingtaine de paysans armés de fourches et de fusils, sortirent de la charmille derrière lui, et se mirent à sa poursuite en proférant des cris de mort. Le premier mouvement du colonel fut de courir au secours du malheureux ainsi menacé. Le père Cazeaux saisit son cheval à la bride et s'écria tout frissonnant :

— Prends garde, Bénédict ! Tu vas te faire casser la tête ! Et pour qui, grand Dieu ! Mais vois donc ! C'est lui !... C'est Roch Duhoux !

Bénédict examina le fugitif avec attention. Il le reconnut, et poussa un cri d'horreur et de dégoût, comme s'il eût marché sur un reptile venimeux.

C'était Roch Duhoux, en effet, Roch Duhoux l'espion, Roch Duhoux, le sacristain de Marat, le pourvoyeur de guillotine, le chef de cette bande d'assassins subalternes qui, pendant tout le règne de Carrier, avait rempli le pays nantais d'épouvante et d'abominations. Sa hideuse puissance, par bonheur, n'avait pas survécu au crédit du sanglant proconsul. En butte à l'exécration universelle, bien certain du sort qui l'attendait dans une ville dont chaque pavé gardait une goutte de sang qu'il avait versé, il avait pris la résolution de gagner Paris, avec l'espoir de s'y confondre plus aisément dans la foule ; mais dès la première étape il avait été reconnu et n'avait que par miracle échappé à la mort. Depuis ce temps, forcé d'éviter les routes battues et de ne voyager que de nuit, il avait indéfiniment tourné dans un même cercle de fer sans réussir à s'éloigner du théâtre de ses crimes. Au moment où Bénédict et le père Cazeaux le retrouvaient sur leur chemin, il venait d'être découvert dans la retraite où il se cachait par une bande de paysans qui, depuis quelques jours, étaient à sa poursuite.

— Hardi, les gârs ! à mort le jacobin ! — criaient ceux-ci en s'excitant les uns les autres.

Mais Duhoux, stimulé par la peur, et puissamment aidé par la longueur démesurée de ses jambes, gagnait ses ennemis de vitesse. Il leur eût probablement échappé, si l'un des paysans, plus adroit que ses camarades, ne lui eut envoyé une balle qui le jeta par terre, une cuisse fracassée. Tous les gars alors, comme une meute exaspérée par les clameurs de l'hallali, se précipitèrent sur le misérable, et, dans le premier moment de fureur, ils l'eussent infailliblement mis en pièces, si Bénédict, malgré les protestations du père Cazeaux, n'eût poussé son cheval au mi.lieu d'eux.

— Paix, mes amis! — s'écria-t-il ; —voulez-vous donc assassiner ce malheureux?

Les paysans regardèrent en dessous celui qui leur parlait ainsi; un grondement de mauvais augure courut dans la foule.

— Connaissez-vous cet homme ? — demanda l'un d'eux.

— Je le connais, — répondit le colonel ; — il se nomme Roch Duhoux.

L'ex-galérien releva la tête et ne put réprimer un mouvement de joie.

— Bénédict ! — s'écria-t-il en tendant vers le jeune officier supérieur ses deux mains vibrantes de peur et de lâcheté, — sauvez-moi ! oh ! sauvez-moi, Bénédict ! Souvenez-vous que je vous ai fait grâce de la vie autrefois !

Le colonel ne put s'empêcher de détourner la tête avec un geste répulsif. Ce n'était point par pitié qu'il intervenait en faveur de ce rebut des hommes, mais par scrupule de conscience. Un meurtre, si justifié qu'il fût par les crimes du patient, n'en était pas moins à ses yeux un acte dangereux pour la moralité publique et attentatoire aux droits sacrés de la société. Il voulut insister pour arracher cette proie peu intéressante aux colères trop légitimes de ses persécuteurs, mais le père Cazeaux l'en empêcha. La lèvre contractée, l'œil en feu, le vieux sergent détruisit par un violent appel à la vengeance les exhortations pacifiques de son colonel.

— Ce Roch Duhoux, — s'écria-t-il en descendant de cheval, — est un incendiaire, un assassin, un terroriste de la bande à Carrier, un noyeur! Il a tué jadis ma femme! il a brûlé ma ferme!... Si vous épargnez cet abominable bandit, je jure Dieu que c'est moi qui le tuerai !

— A mort ! à mort, le scélérat ! — hurlèrent les paysans.

— Il est indigne de pitié! indigne de pardon! — reprit le père Cazeaux d'un air implacable. — Je le considère comme étant hors la loi !... Je comprends néanmoins que d'honnêtes gens ne fassent pas mourir un être, si exécrable qu'il soit, avant de l'avoir jugé. Jugeons-le donc! En le condamnant, nous ferons bonne justice, croyez-moi !

— Oui ! oui ! jugeons-le ! — répéta la foule.

Une nouvelle intervention de Bénédict eût été inutile. Il laissa faire et attendit.

Les paysans se formèrent en cercle pour juger l'exgalérien. Le père Cazeaux consentit à présider ce tribunal populaire. La délibération fut courte, la mort prononcée à l'unanimité. Naturellement, l'espèce de légalité qu'on avait introduite dans cet acte de vengeance s'étendit aussi à l'exécution de la sentence. Un homme régulièrement condamné ne pouvait être massacré à coups de fourches comme un malfaiteur pris et puni sur le fait. Il fut décidé que l'ancien satellite de Carrier, qui ne méritait pas l'honneur d'être fusillé, serait pendu.

Il y avait justement à quelques pas de là une profonde excavation surmontée d'un treuil qu'abritait une mauvaise toiture de chaume. C'était l'orifice d'une marnière abandonnée depuis de longues années. Le lieu parut merveilleusement choisi aux juges de Roch Duhoux.

— La potence et la fosse! — dit l'un d'eux; — il ne manque p us que la corde.

La corde fut bientôt trouvée. Quelques-uns des acteurs de cette scène étaient entrés dans le taillis pour y faire du bois mort, et ils avaient emporté avec eux de quoi lier leurs fagots.

Duhoux assistait aux préparatifs de son supplice avec une résignation stupide. La terreur et aussi la souffrance que lui causait sa blessure l'avaient en quelque sorte abruti. Peut-être ne comprenait-il pas bien ce qu'on voulait faire de lui. Ce n'est qu'au dernier moment, lorsque le père Cazeaux, aidé d'un gars vigoureux, le souleva et l'entraîna vers le gouffre qui allait devenir son tombeau, que l'horrible réalité lui apparut dans toute sa hideur.

— Grâce! grâce, bonnes gens! — gémit-il d'une voix qui ressemblait déjà à un râle.

Un r'cancment féroce lui répondit.

Bénédict s'élança vers le père Cazeaux, qui glissait le nœud coulant autour du cou du condamné.

— Allez-vous donc étrangler vous-même ce scélérat? — lui demanda-t-il avec agitation.

— Pourquoi pas? — répliqua d'un ton ferme le vieux sergent. — N'ai-je pas donné la mort à ses complices? Pourquoi renoncerais-je à me venger ici ?

— Parce qu'il y a eu jugement, et que celui qui a rendu la sentence ne doit pas l'exécuter !

Cette solennelle parole, prononcée avec l'énergie d'une profonde conviction, impressionna fortement le père Cazeaux. Durant une minute, il hésita.

— Soit ! — dit-il enfin, — je renonce à l'exécuter, mais je veux assister à l'exécution !

Duhoux vit bien qu'il fallait mourir. Il promena autour de lui un regard désespéré, comme si, oublieux de ses propres crimes, il voulait prendre toute la nature à témoin de la violence qui lui était faite; ses yeux alors se fixèrent sur le lieu et l'instrument de son supplice. Une horrible épouvante contracta ses traits bouleversés.

— Oh ! non ! pas là ! pas là ! — proféra-t-il en rejetant convulsivement en arrière sa tête et tout le haut de son corps.

Le gars ne tint aucun compte de ce mouvement d'horreur.

— Pas là, vous dis-je ! pas là ! — répéta le patient, les yeux jaillissants et les cheveux dressés.

Bénédict seul fut ému par ce cri terrible. Un étrange soupçon s'empara de son esprit. Il mit pied à terre et courut vers le condamné.

— Par pitié ! — s'écria Duhoux en l'apercevant, — empêchez qu'on me pende ici ! Je ne veux pas... je ne veux pas tomber dans ce trou du démon !

— Est-ce donc au fond de cette marnière que tu as jeté le cadavre de la mulâtresse Sylvia ? — lui demanda Bénédict en frissonnant.

— Oui ! oui !

— Justice divine !

— J'ai peur ! — reprit fiévreusement le condamné... — Il me semble entrevoir la grimace hideuse d'un spectre dans l'ombre du gouffre béant... Arrachez-moi de cet enfer !

Ses membres étaient agités d'un tremblement convulsif; ses dents claquaient.

Bénédict restait immobile, comme saisi d'une religieuse stupeur.

— Sinistre fatalité ! Providence vengeresse ! — murmura-t-il en frémissant malgré lui. — Puis, s'adressant à Roch Duhoux : — Dieu le veut ! — dit-il. — Je n'ai pas le droit de m'opposer à l'accomplissement de sa volonté manifeste!

— Horrible ! horrible ! — râla le condamné. — Je la vois! Je la vois!

— Qui donc? — demanda le colonel.

— La mulâtresse Syl...!

Il ne put achever. Sa voix se perdit dans un gémissement rauque. On venait de le hisser. Une affreuse grimace crispa sa face, son corps se tordit effroyablement dans les brusques soubresauts de l'agonie ; après quoi, tout se détendit et ne bougea plus. Mais presque aussitôt la corde, qui était usée et trop faible pour le poids de ce grand corps osseux, se rompit, et le supplicié fut précipité au fond de la marnière.

—·· Bon voyage! — dit un gars; — le gueux était trop
vilain à voir; le tour est fait! allons manger la soupe!
—·· Qui sait? — observa un autre, — le chenapan n'est
peut-être pas mort; ces gredins-là, ça a la vie dure.
J'ai bien envie d'aller voir s'il a craché sa mauvaise
âme.

— Tu oserais, Bruno?

— Tout de même, à condition que vous changerez la
corde.

A l'instant, une corde plus solide fut substituée à
celle qui s'était rompue, et l'intrépide Bruno, amarré
par le milieu du corps, fut descendu avec précaution
dans le gouffre.

A peine en avait-il touché le fond qu'un cri terrible
sortit de l'abîme et glaça d'effroi les gars restés sur le
bord.

— Hissez! hissez! — s'écria-t-on.

Tous les bras pesèrent à la fois sur les leviers du
treuil; la corde s'y enroula rapidement et Bruno reparut à l'orifice du puits.

Il était blême, frissonnant, atterré.

Sa frayeur s'était communiquée à ses compagnons.
Tous l'interrogeaient du regard, mais sans pouvoir articuler une parole.

— Pourquoi cette frayeur? — lui demanda le colonel.

— Allons-nous-en! — répondit Bruno encore tout tremblant. — Cet endroit-ci est un endroit maudit!

— Est-ce que le mécréant a déjà été emporté par le
diable? — reprit le père Cazeaux.

— Non! il est là, et bien mort, j'en réponds... Mais
devinez pourquoi il faisait tant le dégoûté quand il a vu
le trou d'où je sors?

— Pourquoi? pourquoi?

— Parce que le gueusard savait que la place était déjà
occupée, et qu'en y tombant il y trouverait un autre
cadavre.

— Un cadavre!

— Ou plutôt une carcasse humaine... Arrivé au fond,
je mis le pied sur un tas d'ossements qui ont craqué
comme un fagot de vieilles bourrées. Ne sachant ce que
c'était, j'ai tâté autour de moi, et mes doigts sont entrés
dans des yeux vides. C'est alors que j'ai crié... Vous
m'avez entendu... heureusement... Une minute de plus,
je serais mort d'épouvante.

— Voyez le scélérat! — dit une voix; — c'est une de
ses anciennes victimes qu'il aura assassiné jadis.

— C'est égal! — dit Bruno; — mon avis que tout ça
n'est point naturel... Brrr! Allons-nous-en!

Il jeta son fusil sur son épaule et donna à ses camarades l'exemple de la retraite, exemple qui fut immédiatement suivi.

Bénédict et le père Cazeaux restèrent seuls. Après un
instant de recueillement et de méditation:

— Vous voyez que Dieu n'oublie pas, — dit solennellement le colonel, — et qu'aucun forfait ne demeure
impuni!

— Oui. Je m'incline et remercie le juge souverain.
Les meurtriers de ma pauvre femme sont tous morts.
Son ombre doit être satisfaite.

— L'ombre de Sylvia aussi! — murmura Bénédict.

Ils remontèrent à cheval et se mirent à galoper.

Bénédict et le père Cazeaux débouchèrent devant le
lac de Grand-Lieu, entre Morsanges et Saint-Aignan.
Ce paysage romantique et sévère avait eu à souffrir des
dernières dévastations causées par la hache et la torche
des républicains. La vaste nappe d'eau s'égayait un peu
sous l'éclat d'un soleil printanier. Mille oiseaux volti-
geaient çà et là, sur les arbres touffus et les buissons en
fleur épargnés par hasard. Ils chantaient à gorge dé-
ployée cette fanfare sonore et mélodieuse qui est la
symphonie pacifique de la nature. Toute rajeunie et toute
parée, la campagne semblait se réjouir de n'avoir plus à
craindre la fureur des hommes, le sifflement des balles

et le tonnerre du canon. L'âme idyllique et pastorale de
l'ancien comté nantais renaissait souriante et suave,
dégagée des enthousiasmes funestes qui avaient héroïquement troublé son repos et déterminé ses malheurs.

Le jeune colonel et le vieux sergent ralentirent l'allure
de leurs chevaux; ils s'arrêtèrent même pour contempler le lac dont les petits flots onduleux étincelaient
puis ils se dirigèrent vers une ferme, dont les bâtiments
se laissaient entrevoir à demi-derrière un rideau de
jeunes peupliers. Le chemin de cette ferme passait devant l'avenue du château. Soudain deux cris retentirent,
deux personnes accoururent vers Bénédict et le père
Cazeaux: c'étaient Coquelicot et Muguette. De vives
tendresses furent échangées entre ces braves cœurs qui
s'aimaient si franchement.

— Ne sortiez-vous pas du château quand vous nous
avez aperçus? — demanda Bénédict à Justine et à son
mari?

— Oui, — répondit Muguette. — Nous venions de l'inspecter pour la dernière fois. Tout y est prêt, selon les
ordres de monsieur Raoul. Les appartements et le parc
sont en bon état et dignes de recevoir nos châtelains.

— Vous convient-il d'y entrer avant d'aller à la
ferme? — reprit Coquelicot en s'adressant à Bénédict.

— Non, mon ami, — dit le colonel, qui voulait prendre
le temps de se recueillir et qui se proposait d'ailleurs de
parcourir seul le domaine seigneurial et les bords du
lac. — Si tu le permets, — reprit-il, — nous nous rendrons
directement chez toi.

— Je le permets d'autant plus volontiers, — repartit
Justin en riant, — que le dîner y est prêt et que vous
devez avoir faim.

— Et puis monsieur Matthieu attend sans doute à la
ferme, — ajouta Justine. — Il est prévenu que vous arrivez aujourd'hui. Hâtons-nous.

Un quart d'heure plus tard, le colonel et le sergent,
Coquelicot, Muguette et le père Matthieu étaient joyeusement réunis dans une vaste salle, meublée avec une
élégance toute rustique, devant une table simplement
dressée, mais abondamment servie. De vigoureux appétits, aiguisés encore par la vive satisfaction du revoir,
faisaient honneur au repas campagnard. Quand la faim
fut apaisée, on causa. On s'entretint des affaires du
temps, on se félicita de la pacification de l'ouest, de la
chute du règne de la Terreur, de la mort de Carrier. A
ce propos, le père de Muguette raconta la fin terrible de
Roch Duhoux, sans se douter de tout ce qu'il y avait de
providentiel, de saisissant, dans le supplice de l'assassin
de Sylvia.

Le repas terminé, on visita la ferme de Morsanges, qui
était grande et belle et tenue avec un ordre parfait. Puis
on se rendit à l'*Ermitage*, une ravissante chaumière,
située dans un bouquet de bois, au milieu d'un petit
jardin bien planté, ayant une perspective habilement
ménagée sur le lac de Grand-Lieu. C'était là une libéralité offerte cordialement par le jeune comte de Flavigny
et acceptée de même par monsieur Matthieu.

— Ici, j'ai la solitude de la Gorge-aux-Loups, moins la
tristesse, — dit le vieux savant. — J'espère y terminer ma
vie tranquille et souriant à Dieu.

Vers le soir, Bénédict parvint à se soustraire aux prévenances affectueuses dont on l'entourait et à s'isoler
durant quelques heures avec ses pensées et ses souvenirs.
Il entra dans le château, comme il avait fait à l'époque
où les Mayençais, venus de Nantes, s'étaient enfoncés
dans le Bocage. Il parcourut les appartements, qui, sur
les indications de Raoul, avaient été restaurés avec soin
et remeublés nouvellement. Aucun domestique ne s'y
trouvait encore, ce qui permit au colonel d'aller et de
venir sans craindre les regards curieux et indiscrets. Il
revit avec émotion les grands portraits de famille devant lesquels il s'était recueilli quelques années auparavant. Aucun outrage ne les avait altérés; le séquestre
avait été une protection pour eux. A plusieurs reprises

il contempla le portrait de la comtesse et celui de mademoiselle de Flavigny. La sensation que leur vue produisit sur son âme fut profonde chaque fois, quoique les médaillons qu'il possédait et qu'il avait souvent admirés eussent habitué ses yeux au charme de ces physionomies si suaves et si sympathiques. Quelques soupirs à demi-refoulés, soulevèrent sa mâle poitrine, et ses lèvres murmurèrent ineffablement ces mots :

— A vous, chères et nobles femmes, mes tendresses les plus exaltées, mes plus sincères admirations. Un jour sans doute je tomberai sur quelque champ de bataille pour ne plus me relever. Alors mon dernier souffle redira vos noms bien-aimés, et ma dernière pensée s'envolera vers vous. — Il reprit d'une voix qui faiblissait : — Enfin, mon bon Raoul va épouser Blanche de Flavigny. Ils ont depuis longtemps l'amour ; ils auront bientôt le bonheur. Le ciel m'est témoin que je m'en réjouis. Et cependant, inconséquence trop naturelle, hélas! je suis heureux que le devoir m'empêche d'assister à leur union. Leur félicité, en se montrant à mes yeux, me rendrait peut-être jaloux malgré moi. J'aime! et mon cœur n'a pas l'héroïsme du renoncement et de la résignation. — Il détourna résolûment le cours de ses pensées, et poursuivit en ces termes avec une sorte d'enthousiasme fier : — La destinée m'a été propice. Dieu en soit loué! J'ai pu à la fois me distinguer comme soldat et me dévouer comme fils. Paria de la vie, déshérité de l'honneur, je me suis fait une place dans l'estime et le respect de tous. J'avais juré d'être une preuve irréfutable que l'infamie ne se transmet pas, et ce serment, je l'ai tenu. C'est bien. Si jamais le secret de ma naissance se divulgue, et je crains que ce Roch Duhoux n'ait parlé, on n'aura pas du moins à rougir de moi !

Quand il sortit du château, il était calme ; son âme s'était fortement retrempée dans la méditation. Durant quelques heures, il se promena seul au bord du lac. Arrivé devant un massif où il avait pénétré naguère et où il avait trouvé une croix dans l'herbe, il fut tenté de s'y introduire de nouveau, mais une répulsion plus instinctive que raisonnée l'en détourna. Grave et pensif, il acheva sa promenade, et rentra à la ferme où le souper l'attendait.

Au point du jour, le colonel Bénédict se leva, écrivit une lettre, mit sous enveloppe plusieurs papiers importants, et confia le tout à Justin.

— Pour madame de Flavigny, — lui dit-il.

Après déjeuner, il fit ses adieux.

— Ainsi, — dit Muguette, — vous n'attendez pas le retour de vos amis, les maîtres de Morsanges? Ils seront sans doute ici ce soir.

— Je regrette de m'éloigner sans les avoir vus. Mais il est indispensable que je retourne au plus vite vers mon régiment.

— Pourquoi reparlez-vous, père Cazeaux? — demanda Justin. — Nous avons besoin à la ferme de votre expérience et de votre concours. Demeurez avec nous.

— Je ne me sépare plus de mon colonel, — répondit le vieux sergent. — Le métier de soldat me plaît. Adieu.

Monsieur Matthieu essaya, lui aussi, de retenir Bénédict jusqu'au lendemain. Il n'insista pas, voyant bien que c'était inutile. Puis les deux voyageurs montèrent à cheval et prirent le galop pour dissimuler la vive émotion qu'ils ressentaient.

Le soir même, une berline s'arrêtait dans la cour du château de Morsanges. Trois personnes en descendaient : la comtesse, Blanche et Raoul.

Prévenus à temps de leur arrivée, monsieur Matthieu, Coquelicot et Muguette les reçurent au bas du perron. Les châtelains ayant voulu reprendre sans bruit possession de leurs domaines, aucun paysan n'avait été averti, aucune fête préparée. Il n'y avait pas même un domestique au château, madame de Flavigny ayant annoncé qu'elle organiserait, à son retour, le service de la maison.

A peine les maîtres de Morsanges eurent-ils mis pied à terre, que leurs regards se portèrent vivement autour d'eux.

— Le colonel Bénédict n'est donc pas ici ? — demanda la comtesse avec une visible anxiété.

— Il a séjourné que vingt-quatre heures parmi nous, — répondit monsieur Matthieu. — Ce matin, il s'est remis en route pour retourner à l'armée de Sambre-et-Meuse. Son congé de convalescence était à la veille d'expirer.

Un reflet de tristesse se répandit sur le visage de madame de Flavigny, de Blanche et de Raoul. La comtesse étouffa un soupir, la jeune Vendéenne pâlit imperceptiblement, un sourire mélancolique effleura les lèvres du jeune comte, qui fixa sur sa belle cousine ses yeux doux et pénétrants.

Coquelicot s'acquitta de la commission dont l'avait chargé Bénédict.

— Voici, madame la comtesse, — dit-il, — une lettre et des papiers qui vous sont destinés.

Madame de Flavigny rompit le cachet et lut la lettre, quai était ainsi conçue :

« Madame,

» Une nécessité impérieuse m'oblige à rejoindre mon » régiment sans avoir eu l'honneur de vous exprimer de » vive voix ma sincère affection et mon profond respect. » Je m'en sens le cœur tout attristé. Cependant, je me » console un peu en vous faisant remettre les pièces es- » sentielles qui établissent votre radiation de la liste des » émigrés, ainsi que la levée du séquestre mis sur vos » biens et sur ceux de mademoiselle Blanche de Flavi- » gny. Le succès de mes démarches est dû presque tout » entier, je dois le dire, à la présence sous nos drapeaux » de votre bien-aimé Raoul. C'est donc à lui, madame, » que vous devez attribuer le mérite de votre rappel en » France et la restitution de vos domaines. Le ministre » apprécie à sa juste valeur la conduite et le courage de » notre brillant officier.

» J'ignore quels sont vos projets d'avenir. Je suppose » toutefois que, en présence de la pacification des es- » prits et du régime plein de modération auquel est sou- » mise la Vendée, vous ne tarderez pas à unir votre cher » fils à mademoiselle Blanche. Le mariage, en principe, » me semble exclusif de l'état militaire. En outre, l'obli- » gation pour Raoul de s'occuper de l'administration de » vastes propriétés de votre famille ne saurait lui per- » mettre de mener la vie des camps. Qu'il donne donc » sa démission en la motivant. Je me charge de l'appuyer » de mon influence et de la faire accepter. J'espère, » d'ailleurs, que la France va bientôt signer la paix avec » la Hollande et la Prusse, qui ont à se repentir cruelle- » ment de nous avoir attaqués. Le ministre sera d'au- » tant moins rigoureux en ce qui concerne les démis- » sions.

» Et maintenant, madame, laissez-moi vous dire en- » core combien je me fais une douce gloire d'avoir pu » vous être de quelque utilité au milieu des périls qui » vous entouraient. Nous autres, soldats, nous sommes » en même temps des hommes d'actions et des rêveurs. » Les loisirs de nos longues marches, de nos tristes bi- » vacs, nous portent aisément aux choses romanesques, » et notre âme se complaît parfois dans les spéculations » idéales de l'impossible. Aussi m'est-il arrivé follement » de me croire un des vôtres, le plus humble, le plus » inaperçu. Avec quel enthousiasme contenu je prenais » ma place à vos côtés ! Avec quelle indicible gratitude » je recevais les marques de votre familière tendresse ! » Il y a vraiment des sympathies irrésistibles ! Tout mon » cœur palpitait en songeant que des liens sacrés me » rattachaient à vous. Rêve charmant! Illusion chimé- » rique, que dissipait bien vite le souffle impitoyable de » la réalité ! Si la destinée me réserve une fin rapide, a

» mort des combattants, tout ce que je demande à Dieu,
» c'est qu'il me permette d'exhaler ma vie les yeux fixés
» sur le petit portefeuille, le bouquet de violettes et les
» deux médaillons que je tiens de vous, madame, et de
» mademoiselle Blanche de Flavigny.

» Recevez mes adieux, mes derniers adieux peut-être!
» et croyez à l'éternelle durée des sentiments dont votre
» souvenir me pénètre le cœur,

» Colonel BÉNÉDICT. »

La comtesse avait essayé de lire la lettre tout haut;
mais, dès les premières lignes, sa voix s'était altérée;
ses yeux seuls achevèrent la lecture. En la terminant,
elle détourna la tête : de grosses larmes ruisselaient sur
ses joues. A cette vue, monsieur Matthieu, Coquelicot et
Muguette, émus et discrets, s'éloignèrent sans bruit et
sortirent du château. Alors madame de Flavigny tendit
silencieusement la lettre à son fils, qui la parcourut du
regard, et, visiblement impressionné, la remit à sa cousine. Après avoir lu et relu, celle-ci s'approcha vivement
de la comtesse et l'embrassa avec une caressante effusion. Ce fut tout : les lèvres se taisaient, mais les âmes
avaient parlé, et les plus tendres pensées, les vœux les
plus ardents venaient de prendre leur essor vers l'héroïque colonel, ce mystérieux proscrit de la famille, qui
s'exilait lui-même avec une si sévère abnégation.

Quelques jours s'écoulèrent. La comtesse, Blanche et
Raoul semblaient jouir en paix du retour de leur prospérité. Madame de Flavigny parlait tout haut d'unir son
fils et sa nièce; elle exprimait souvent le désir d'accélérer cette union. Une chose cependant la surprenait et
commençait à l'inquiéter : c'est que ni l'un ni l'autre des
deux fiancés ne partageait son impatience. L'un et l'autre, au contraire, paraissaient vouloir ajourner toute décision à cet égard. Parfois même une sorte de contrainte
et de gêne se décelait dans leur physionomie quand la
comtesse les engageait à fixer le jour de la célébration.
Leur réponse alors était évasive et comme embarrassée.
Sur ces entrefaites, Raoul s'empara du bras de sa cousine et disparut avec elle dans une allée du parc. Quand
il fut certain de ne pouvoir être entendu, il s'arrêta brusquement, et la regardant avec fixité :

— Avoue que tu ne tiens pas à m'épouser,—lui dit-il
d'un ton ferme et doux.

Blanche tressaillit imperceptiblement.

— Tu te trompes, j'y tiens, — répondit-elle presque
aussitôt.

— Tu m'aimes donc toujours?

— Toujours. Est-ce que tu ne m'aimes plus, toi?

— Moi, je t'adore.

— Eh bien?

— Eh bien! chère âme, il y a un sacrifice au fond de
ton cœur.

— Un sacrifice?

— Oui. Tu aimes un autre encore plus que moi, — La
jeune fille pâlit, son sein se souleva. — Je sais bien, —
reprit Raoul, — que l'affection que je t'inspire cherche
à vaincre la passion secrète qui te domine en dépit de
ta volonté. Mais dois-je encourager cette lutte? dois-je
accepter un cœur, qui ne se donne qu'avec une sorte
d'effort? Non, ma Blanche. Pour m'unir à toi, j'attendrai que ta main puisse se poser dans la mienne sans
trouble et sans hésitation. Je retournerai donc me battre. Aussi bien je veux, moi aussi, devenir colonel.

Il tenta de mettre une expression de gaieté dans l'accent qui accompagnait ces derniers mots, mais il n'y
réussit pas.

— Mon cher Raoul, — lui dit Blanche, — j'ignore la
dissimulation, et je ne saurais nier que le souvenir de
notre sauveur à tous se soit tyranniquement imposé à
mon esprit. Plus j'ai voulu m'interdire de penser à lui,
plus je me suis sentie maîtrisée par la reconnaissance et
l'admiration. De quelle nature est la préoccupation qui

m'agite le cœur? Est-ce de l'amour? qu'importe, si je ne
veux pas y céder, si j'ai résolu de le vaincre? Ce dont je
suis convaincue, c'est que je t'aime tendrement, sincèrement, et que je suis prête à devenir ta femme. Tu me
connais assez, mon ami, pour être sûr que mon plus
ardent désir, quand nous serons unis, sera de te rendre
heureux.

— Oui, tu es bonne et loyale, ma Blanche. Raison de
plus pour que je ne profite pas de la générosité. Ajour-
nons de nouveau nos projets. Je ne t'en voudrai pas. La
guerre d'ailleurs rendra mon amour patient. J'ai pris
goût au métier des armes en voyant les Prussiens mis
par nous en pleine déroute. J'espère voir bientôt les
Autrichiens culbutés et poursuivis nos baïonnettes dans
les reins. Nous nous marierons, si tu veux, quand la
France aura vaincu la coalition, signé la paix avec l'Europe... et lorsque le calme sera rentré dans ton cœur.

Blanche sourit.

— Mais c'est un ajournement indéfini que tu me pro-
poses là, Raoul! — dit-elle avec une pointe de malice et
de gaieté.

— Non, certes, — repartit le jeune officier en s'animant, — car la France est en train de mener l'Europe
tambour battant, et plus d'une puissance demande déjà
à traiter.

— Alors il faut que je me hâte de rendre la tranquillité à mes sentiments.

— Espères-tu y parvenir?

— J'en suis sûre, — répondit Blanche d'un ton délibéré.

Raoul hocha la tête avec mélancolie.

— Le colonel Bénédict n'est pas de ceux qu'on cesse
d'aimer aisément, et qu'on oublie en quelques jours, —
répliqua-t-il. — Moi-même, quoiqu'il soit devenu mon
rival, à son insu, il est vrai, je sens que je le chéris encore, et que je le reverrai bientôt sans éprouver ni jalousie ni rancune.

Blanche était devenue triste. Une soudaine exaltation
colora son visage et fit vibrer sa voix.

— Ah! que tous les deux vous vous valez bien par le
cœur! — s'écria-t-elle. — Il n'y a pas en ce monde deux
âmes mieux appareillées et plus ressemblantes, deux
existences aussi bien faites pour les étreintes de la véritable amitié! —Il y eut un silence, pendant lequel Blanche et Raoul se montrèrent attendris et pensifs. Le noble
jeune fille reprit avec une charmante expression de
reproche et de regret : — Ainsi, Raoul, tu es décidé à
repartir?

— Très-décidé, crois-moi.

— Malgré mon consentement formel, tu renonces à
m'épouser?

— J'y renonce, quant à présent du moins.

— Soit, mon ami. J'attendrai ton retour, car, toi
vivant, je n'aurai jamais pour époux que mon cher
Raoul.

Elle tomba dans les bras du jeune officier. Ils mêlèrent leurs larmes dans un doux et chaste embrassement.

Blanche semblait toute navrée, et cependant Raoul
crut remarquer comme un reflet de satisfaction intérieure
dans la tristesse de son regard.

Quand madame de Flavigny apprit la résolution de
son fils, elle s'efforça de la combattre, mais il demeura
inébranlable. Huit jours plus tard, il quittait le château
de Morsanges, pour se rendre aux frontières, où nos armées victorieuses se préparaient à franchir le Rhin et à
porter la guerre sur le territoire ennemi.

ÉPILOGUE.

LE PONT DE LODI.

I

On était en 1796. A la Convention nationale avait succédé le Directoire. Le général Bonaparte venait de commencer sa première campagne d'Italie, cet admirable prélude du grand poëme épique où devait se dérouler son génie des batailles. Les victoires de Montenotte, de Millesimo, de Mondovi, de Pizzighittone avaient rejeté les Autrichiens dans l'Adda, petite ville située sur la rive droite de l'Adda. Après une marche rapide, les Français attaquèrent Lodi à l'improviste et en chassèrent les Autrichiens; mais ceux-ci, se ralliant au delà de la rivière, firent volte-face et se mirent en devoir de disputer le passage du pont.

Les Autrichiens étaient au nombre de seize mille hommes : douze mille d'infanterie et quatre mille cavaliers. Une nuée de tirailleurs s'éparpillaient sur la rive gauche, vingt pièces de canon s'apprêtaient à balayer le pont. Il n'était pas d'usage à la guerre, dit un grand historien, de braver de pareilles difficultés. Aussi, replié en lui-même, profondément méditatif, le général Bonaparte prenait-il conseil de son audace. Le pâle jeune homme à la taille grêle, aux traits romains, au regard d'aigle, pesait secrètement dans sa pensée les chances de la plus intrépide des résolutions.

Pendant ce temps, les soldats, incertains de ce qu'allait ordonner leur général, mais déjà pleins de confiance dans son habileté et dans sa fortune, attendaient, abrités sous les toits italiens ou bivaquant le long des rues, qu'on leur donnât le signal d'une de ces contre-marches soudaines dont l'armée des Alpes avait contracté l'habitude depuis que Bonaparte la commandait.

Parmi les demi-brigades qui occupaient Lodi, se trouvait le troisième régiment d'infanterie, dont le colonel était Bénédict. Après le traité de paix signé à Bâle avec la Prusse, le 16 germinal (5 avril 1795), ce régiment avait été détaché de l'armée de Sambre-et-Meuse pour renforcer une des divisions campées sur le Rhin; mais, tandis qu'il était en route, un nouvel ordre du Directoire lui avait enjoint de pousser jusqu'à Nice pour se réunir à l'armée d'Italie. Le destin propice avait ainsi placé Bénédict dans les rangs de cette phalange héroïque qui devait se couvrir d'une gloire immortelle à la suite du plus hardi et du plus prodigieux capitaine de cette époque, si féconde en grands généraux.

A la tête de son régiment, le jeune colonel s'était élancé l'un des premiers dans Lodi. En attendant la décision du général Bonaparte, il acceptait l'invitation hospitalière d'un patriote italien, et logeait place San-Paolo. A demi-couché sur un divan, il se reposait, tout en regardant parfois Raoul de Flavigny, qui venait de s'endormir dans un grand fauteuil. Le jeune comte avait été nommé capitaine de grenadiers sur le champ de bataille même de Millesimo. Depuis qu'il avait pris du service dans l'armée républicaine, il était devenu véritablement le frère d'armes de Bénédict, et la différence des grades n'avait pas un seul instant compromis la touchante égalité, la familière tendresse qui régnaient entre eux. Ils ne se quittaient pas, ils mangeaient à la même table, ils partageaient le même abri. On les appelait les inséparables, et comme on soupçonnait qu'une si vive amitié était resserrée encore par quelques liens de parenté mystérieuse, on se montrait plein de sympathie et d'estime pour les deux amis.

— Qu'il est charmant, ce Raoul ! — murmura Bénédict, — et surtout qu'il est brave et bon !... Je tremble, à chaque bataille, que la fatalité ne l'enlève... Pauvre comtesse de Flavigny ! quel désespoir serait le sien s'il fallait qu'elle apprît la mort de son fils adoré !... Mon Dieu ! — reprit-il avec une émotion pleine de ferveur, — si vous décidez que l'un de nous succombera dans cette lutte à outrance qui vient de s'engager, faites que ce soit moi, qui disparaîtrai de ce monde sans briser le cœur d'une mère !

Il prit sur le divan, parmi quelques objets précieux qu'il y avait posés, un médaillon, celui qui représentait la comtesse et Blanche, et il se mit à contempler avec attendrissement les deux têtes aristocratiques et suaves qui s'y trouvaient encadrées. Comme il s'oubliait dans cette contemplation, une voix le fit tressaillir.

— Ah ! mon colonel, je vous y prends ! — s'écria gaiement cette voix.

Bénédict se tourna vers celui qui lui parlait, et vit Raoul appuyé sur un coude, une joue dans sa main, le regard souriant.

— Je parie, — reprit le jeune capitaine, — que vous avez là sous les yeux le portrait de ma cousine Blanche et celui de sa mère ? Bon ! vous ne passez pas un seul jour sans leur donner un coup d'œil plus ou moins discret. Je m'en plaindrai à mon colonel; tenez-vous pour bien averti.

— J'aime votre chère famille, mon ami, comme si j'avais l'honneur de lui appartenir ; la vue de ces nobles et doux visages me cause un plaisir que je ne puis exprimer. Excusez-moi, Raoul.

— Vous êtes tout excusé, mon colonel. L'amitié véritable forme une parenté, celle du cœur. A ce titre, depuis longtemps vous êtes de ma famille, aussi bien que si nous étions unis par les liens du sang.

Un triste sourire effleura les lèvres de Bénédict.

— Merci de vos bonnes paroles, Raoul, — dit-il, — je me sens bien heureux d'avoir un compagnon d'armes tel que vous.

— Et moi donc !... Je regrette parfois de n'être pas véritablement votre frère ; car j'aimerais à tout partager avec vous, même la tendresse de l'admirable femme qui m'a donné le jour. — Chose bizarre ! en s'exprimant ainsi, le jeune capitaine appuyait lentement sur chaque mot, et envisageait Bénédict avec une singulière fixité dans le regard. — Qui sait ? — ajouta-t-il vivement, — Un jour ou l'autre, peut-être deviendrez-vous mon parent. Il est des alliances qui peuvent cimenter encore les relations existant entre nous. Blanche de Flavigny...

— Vous aime, Raoul, — interrompit le colonel avec gravité. — Je vous en prie, ne plaisantez pas sur ce point. Vous aimez votre cousine, et, je le répète, vous en êtes aimé. Je me réjouirai de votre hymen, mon ami, comme de mon propre bonheur.

— La joie que vous vous promettez sera, je vous en préviens, ajournée indéfiniment, — répondit Raoul en refoulant un soupir.

— Pourquoi ?

— Parce que je n'ai plus l'intention d'épouser ma cousine.

— Je ne vous comprends pas, mon ami.

— Qu'il vous suffise de savoir, mon cher colonel, qu'en m'unissant à Blanche, dont je saurais d'ailleurs nier l'affection pour moi, je l'obligerais à un certain effort de cœur. Or, je suis trop fier pour accepter un sacrifice, si facile qu'en soit l'accomplissement. — Disant cela, le jeune capitaine relevait son front avec orgueil, ses yeux brillaient de ce vif éclat qui semble révéler la trace d'une larme dévorée furtivement. Bénédict garda le silence. Il était visiblement ému. — Allons, allons, ne vous gênez pas ! — reprit Raoul, — passez en revue le petit bataillon sacré de vos souvenirs. Oh ! n'y cherchez pas à le cacher ! Je l'ai aperçu d'ici sur le divan. Voilà le portefeuille vert en cuir de Russie, le bouquet de violettes fanées, le médaillon qui contient les portraits de mon père et de moi. Ah ! mon vieux Bénédict, comme vous êtes dévot à toutes ces reliques, comme vous aimez tous ces dons de la reconnaissance et de l'admiration !

— Si je les aime, mon cher Raoul, c'est que je les tiens de votre famille, qui m'inspire un si profond attachement.

— Je le sais bien, vive Dieu ! et je n'en suis pas jaloux, quoique vous ayez une bonne part dans les affections de ma mère et de ma cousine. Il est possible même que vous me primiez dans le cœur de Blanche. Mais, bah ! je suis philosophe, et je ne m'en plains pas. A votre aise, vous dis-je. Donnez un coup d'œil au portrait de mon père, qui nous regarde peut-être tous deux en planant invisible au-dessus de nous. Posez ensuite vos lèvres sur le portefeuille et le bouquet. Tenez, je détourne la tête pour ne rien voir et ne pas vous gêner.

— Il changea, en effet, de position dans le grand fauteuil où il était à demi-couché. Après une minute d'attente : Est-ce dit ? — demanda-t-il avec une mutinerie d'enfant.

— Oui, — répondit le colonel d'un ton rieur, en faisant disparaître dans un pli de son uniforme, les quatre talismans.

Raoul se leva et alla serrer la main de Bénédict.

— Maintenant, — dit-il, — parlons de notre général. Qu'en pensez-vous ?

— Ou je me trompe fort, ou c'est un homme extraordinaire auquel un immense avenir est réservé. Quelle promptitude de résolution! quelle fermeté dans le commandement! A une imagination forte et grande, il joint un esprit droit et positif. Ses batailles sont des chefs-d'œuvre de tactique nouvelle, ses proclamations des modèles d'éloquence martiale et d'énergique précision. Il n'a pas seulement les qualités militaires des grands capitaines, il révèle déjà les aptitudes réfléchies des diplomates profonds. Plus je regarde ce jeune homme de vingt-six ans, et plus il me semble que Dieu l'a marqué à l'effigie des plus illustres prédestinés.

— Ce que vous dites là est étrange, mon colonel, et cependant j'avoue que j'ai plus d'une fois ressenti la même impression à la vue de Bonaparte. Il y a en lui je ne sais quoi de fatal ou de providentiel qui étonne et fait penser.

— A peine entré en campagne, — reprit Bénédict, — sa gloire égale déjà celle des Jourdan, des Moreau, des Pichegru, des Marceau et des Hoche. Et c'est justice; car avec quelques milliers d'hommes mal équipés, manquant de tout, il a soumis le Piémont au pas de course, et battu sans relâche jusqu'ici une armée autrichienne d'une intrépidité reconnue, et commandée par un vieux général plein de bravoure et d'ardeur.

— Que va-t-il faire aujourd'hui ? — demanda Raoul.

— Je ne sais, — répondit le colonel. — Il est évident que Bonaparte a voulu prévenir Beaulieu au pont de Lodi, pour empêcher la jonction du général en chef autrichien avec les divisions Colli et Wukassowich. Mais nous sommes arrivés trop tard.

— Je ne puis croire qu'il tente de franchir le pont et passer sur le corps de Beaulieu. Ce serait d'une imprudence inouïe, et nous serions repoussés.

— Je suppose qu'il tournera l'obstacle par quelque feinte ingénieuse et quelque marche hardie. En tout cas, soyez certain, mon cher Raoul, qu'il achèvera bientôt de détruire l'ennemi. Il a trop bien commencé pour s'arrêter en si beau chemin.

— C'est aussi ma conviction.

Tandis que Raoul prononçait ces paroles, un soldat de planton entra et remit au jeune capitaine deux lettres marquées au timbre de France. Bénédict, qui était encore incliné sur le divan, se redressa par un soubresaut.

— Ah ! ah ! — lui dit son compagnon avec malice, — cela vous émeut, mon cher colonel. Patience! vous saurez ce que contiennent ces lettres. Je soupçonne qu'il s'y trouve quelque compliment à votre adresse. A moi d'abord d'en prendre connaissance... sans me presser... Ensuite votre tour viendra. Patience! — Il brisa rapidement le cachet de la première, sur l'enveloppe de laquelle il avait reconnu l'écriture de la comtesse; puis il en dévora le contenu d'un regard que ses larmes voilèrent plus d'une fois. — Pauvre mère ! — dit Raoul, — comme elle m'aime et comme elle tremble pour moi ! Elle prie Dieu que la guerre se termine au plus vite et que la paix me ramène vers elle. La renommée de nos succès est parvenue jusqu'à Morsanges, et, malgré ses inquiétudes, elle se montre toute fière que je sois de la glorieuse armée d'Italie. Elle ajoute que les autorités républicaines lui témoignent les plus grands égards depuis qu'on sait que je suis l'un des vainqueurs héroïques de Montenotte et de Millesimo. — Raoul se tut; il continua de lire en silence. Lorsqu'il eut achevé sa lecture :

— Le reste vous concerne, — reprit-il. — Voyez, mon colonel, voyez vous-même comme on pense à vous, comme on vous affectionne, comme on vous estime! Ma mère chante vos louanges, et elle a bien raison, pardieu !

Il tendit au colonel la lettre de la comtesse, puis il ouvrit celle qu'il lui restait, et qu'il savait être de sa cousine, Blanche de Flavigny.

Bénédict lut à plusieurs reprises ce qui suit:

« Rappelle-moi, mon bon Raoul, au souvenir de ton
» ami. C'est un grand cœur. Aussi lui ai-je voué une
» profonde tendresse, une éternelle reconnaissance. Tu
» ne sauras peut-être jamais, mon fils, jusqu'à quel
» point je suis heureuse de l'amitié qui vous unit l'un
» à l'autre. Tout ce que je puis te dire, c'est que Dieu
» est bon d'avoir ainsi rapproché en ce monde deux
» belles âmes, la tienne et celle de mon cher Bénédict.
» Je vous réunis souvent dans ma pensée, et je vous
» étreins tous deux dans mon cœur, car mes rêveries
» s'envolent chaque jour vers vous et me transportent
» en imagination, tantôt sur le champ de bataille où
» votre bravoure fait merveilles, tantôt près du bivac
» où vous endormez en vous serrant la main. Ah ! mon
» doux enfant chéri, redis bien à ton colonel que je
» souhaite de le revoir et de lui exprimer moi-même
» l'admiration que je ressens pour son noble caractère
» et sa brillante intrépidité. Puissiez-vous l'un et l'autre
» rester toujours unis, et puisse le ciel vous protéger à
» travers les périls que vous affrontez pour la gloire et
» le salut de la France !

» Adieu, mon Raoul, ta mère t'embrasse en te bénis-
» sant, et elle offre à ton colonel, pour qu'il les presse
» avec effusion, les deux mains qui viennent de te bénir.

» Comtesse DE FLAVIGNY. »

Lorsqu'il eut en quelque sorte exprimé goutte à goutte tout le sentiment contenu dans les lignes qui précèdent, Bénédict plia la lettre et la rendit à Raoul. L'impression qu'il avait ressentie était encore visible sur sa joue pâle et dans ses yeux humides. Il se détourna pour la cacher. Un moment après, se sentant plus calme, il reporta son regard sur le jeune capitaine, espérant peut-être que celui-ci lui communiquerait la seconde lettre, comme il lui avait communiqué la première. Mais Raoul venait de glisser les deux missives dans une poche de son uniforme.

— Vous vous doutez bien, mon colonel, — dit-il, — que ma cousine m'a écrit en même temps que ma mère. A

mon grand regret, je ne puis vous mettre sous les yeux
son gracieux style épistolaire, elle ne m'y autorise pas,
même elle me l'interdit. Mais il ne faut point lui en
vouloir, car elle me parle comme toujours de vous en
des termes capables de satisfaire l'amour-propre le plus
exigeant : à plus forte raison le vôtre, qui se contente de
si peu. Il y a d'ailleurs dans ce que Blanche me confie
à moi personnellement de certaines choses que je ne
saurais révéler, fût-ce à mon meilleur ami. Plus d'une
famille a son secret qu'il convient de garder sans partage. Sachez donc seulement que mademoiselle de Flavigny conserve pour vous une amitié enthousiaste, et
que dans son cœur nul ne l'emporte sérieusement sur
vous.

Ce ne fut pas sans un peu d'effort que Raoul articula
ces derniers mots.

— En vérité, mon ami, vous me rendez bien heureux
et bien fier, — se hâta de répondre Bénédict. — Mademoiselle de Flavigny est la plus poétique apparition qu'ait
vue ma jeunesse ; plus d'une fois j'ai souhaité d'occuper
une modeste place dans ses souvenirs. Jugez donc si je
me félicite d'apprendre que je suis après sa famille,
après votre mère et vous, la personne qu'elle honore de
ses plus tendres, de ses plus généreux sentiments.

Raoul hocha la tête ; une ombre de mélancolie se répandit sur son front. Sans ajouter un seul mot, il alla
s'accouder dans l'embrasure d'une fenêtre ouverte sur
la place San-Paolo, où bivaquait son régiment. Là, le
contenu de la lettre de sa cousine lui revint à l'esprit.

Cette lettre était ainsi conçue :

« Mon cher Raoul,

» J'ai un regret, presque un remords. Je me reproche
» d'avoir commis une grave imprudence, d'avoir cédé
» trop facilement à l'insistance de tes questions. Pour-
» quoi, dans une lettre précédente, ai-je confirmé les
» soupçons que tu avais conçus ? Pourquoi ai-je livré le
» secret que, malgré la pénétration de ton esprit, tu
» n'avais fait qu'entrevoir ? Ah ! son nom ne puis-je ressaisir
» la révélation qui m'est échappée ! Oui, je crains que
» mon indiscrétion n'ait troublé ton âme et peut-être
» indisposé ton cœur. Mais non, je suis juste et bon, et je
» m'alarme à tort. Ce que tu sais à présent, ce que je
» t'ai dit en toute vérité n'altérera en rien, n'est-ce pas,
» l'amour profondément respectueux que tu ressens
» pour la meilleure et la plus vertueuse des mères, l'af-
» fection sans réserve que tu témoignas au plus sincère,
» au plus dévoué des... amis ? Hélas ! déplorons tout bas
» la catastrophe qui a frappé cette femme angélique ;
» mais aussi remercions Dieu d'avoir permis que le
» crime ait engendré la vertu, que l'infamie ait produit
» l'honneur.

» Ai-je besoin de te recommander un silence absolu
» en ce qui concerne le lugubre mystère, mon cher
» Raoul ? Point d'allusions, point de demi-mots devant
» Bénédict. Ne semblons pas connaître ce qu'il s'efforce
» lui-même de paraître ignorer, ce stoïque jeune homme !
» Il y a des laideurs humaines qu'il faut oublier. Il y a
» des forfaits dont le souvenir doit être proscrit. C'est
» assurément là l'opinion de ton colonel. Ame rigide, et
» que nous ne saurions trop admirer ! Oui, je te le ré-
» pète, j'aime ce chevaleresque soldat, ce sublime en-
» fant trouvé, ce modeste héros. Mais, crois-moi, tu
» tiens et tu tiendras toujours la première place dans
» ma pensée et dans ma vie. Tu as eu tort, grand tort
» de croire que je t'aimais moins depuis deux ans, et
» que je méditais de me soustraire à la réalisation de
» nos projets d'avenir. Si j'ai consenti à une séparation,
» c'est que j'ai compris que la présence dans les rangs
» de l'armée républicaine était une gloire pour toi, et
» pour ta mère une sécurité. Du reste, je suis toujours
» prête à te donner ma main, et je te jure que l'espoir
» de notre union est mon plus doux rêve de bonheur.

» Adieu, mon Raoul bien-aimé. Je t'embrasse de
» toutes les forces de mon cœur. Adresse de ma part
» mille compliments bien affectueux à l'homme que
» j'estime et que j'honore le plus au monde après toi.

» BLANCHE DE FLAVIGNY. »

Chaque phrase, chaque mot de cette lettre venait de
se reproduire avec exactitude dans la mémoire du jeune
capitaine, et bien qu'il se sentît vivement impressionné
par les protestations dont le comblait sa cousine, il n'en
resta pas moins convaincu que Blanche mettait plus
d'abnégation que de franchise dans l'expression de ses
sentiments pour lui. Sa modestie le dissuadait d'ajouter
foi à l'entière sincérité de celle qui persistait à le choisir
pour époux. Le voyant réfléchi, presque soucieux, Bénédict s'approcha de lui, et lui demanda le motif de sa
préoccupation. Raoul ne répondit pas, mais il fit remarquer à son colonel qu'une certaine agitation commençait à se répandre sur la place San-Paolo.

Un sergent entra brusquement dans la chambre : c'é-
tait le père Cazeaux.

— Ordre du général en chef, — dit-il. — Réunion des
compagnies de grenadiers de chaque demi-brigade, et
formation d'une seule colonne pour franchir le pont de
Lodi. On t'attend, Bénédict, et vous aussi, mon capitaine. Il paraît que ça va être rude et chaud. En avant !

Cette nouvelle était imprévue ; cependant elle ne surprit que modérément Raoul et son colonel, habitués
qu'ils étaient déjà aux combinaisons inouïes de Bonaparte. Toutefois, Bénédict éprouva une sensation bizarre, qui ressemblait à un pressentiment. Une secrète
appréhension lui agita le cœur ; il pâlit en fixant son
regard sur Raoul. Peu s'en fallut qu'il ne lui intimât
l'ordre de ne pas le suivre. Mais le jeune comte était
capitaine de grenadiers : lui défendre de remplir un devoir dangereux, c'eût été courir le risque de le blesser,
et le colonel ne l'osa pas.

On descendit sur la place ; plusieurs compagnies y
étaient sous les armes, toutes prêtes à se diriger vers
l'endroit où la terrible colonne avait ordre de se former.
C'était à l'abri même des murs de Lodi, en face de la
porte qui s'ouvrait sur le pont.

Quand le colonel arriva, conduisant ses grenadiers,
Bonaparte était là, à pied, l'air calme, l'œil brillant. Plusieurs généraux l'entouraient : Masséna, Augereau, Sérurier, Berthier. La colonne commençait à grossir ; ceux
qui la composaient étaient pour la plupart des soldats
accourus aux armées à l'époque de la levée en masse,
jeunes, instruits, habitués aux fatigues, aguerris par des
combats de géants au milieu des Pyrénées et des Alpes.
Ils étaient superbes d'allure martiale et d'inflexible résolution.

Tout à coup le général en chef ordonne à la cavalerie
échelonnée dans les rues de remonter l'Adda et d'aller le
franchir à gué au-dessus du pont ; puis il aborde ses
grenadiers, parcourt leurs rangs, s'arrête devant plusieurs d'entre eux, les excite, leur souffle l'ardeur qui
bouillonne dans son sein. Déjà il les connaît tous, ces
héroïques ; il sait leurs noms, il leur parle, il leur rappelle quelque action d'éclat. « Bernard Jordy, » dit-il à
l'un d'eux, « tu étais dans la redoute de Montelégino
avec le colonel Rampon, dont les soldats avaient juré de
mourir. Trois fois vous avez repoussé toute l'infanterie
autrichienne. C'est bien ! je compte sur toi et sur les
braves camarades. » « Gauthier Danglard, » reprend-il,
s'adressant à un autre, « je t'ai vu à Dego sauvant la vie
à ton colonel en tuant de ta main trois Piémontais. Fais
ton devoir comme toujours, mon enfant. » — « Quant à toi,
Philippe Rostaing, » ajoute-t-il en dardant sur un troisième l'éclair de son regard, « je me souviens que tu es
resté seul sous une grêle de balles devant le vieux château de Cossaria, quand la colonne d'attaque se repliait,
après avoir vu tomber le général Joubert, qui t'entraî-

nait à l'assaut. Ferme et d'aplomb, mon ami, nous allons frapper un grand coup. »

Vingt fois il interpelle de la sorte ses grenadiers, individuellement ou par groupes ; chaque fois un frisson de bravoure extraordinaire remue les poitrines ardentes et les visages brunis par le soleil italien. Soudain il aperçoit le colonel Bénédict presque en tête de la colonne et va droit à lui.

— Je m'étonne que vous ne soyez pas encore général, — lui dit-il d'un ton bref. — Votre nomination vous attend de l'autre côté de l'Adda.

— Je compte y trouver surtout un triomphe éclatant pour nos armes, — répondit tranquillement le colonel.

— Vous n'êtes donc pas ambitieux ?

— Non, mon général. Il me suffit de savoir que le vainqueur de Montenotte et de Millesimo est content de moi.

Bonaparte contempla quelques secondes en silence le beau visage de Bénédict et s'éloigna sans ajouter un mot. Il parcourut rapidement toutes les lignes, puis retourna vers les généraux qui attendaient ses ordres. Bénédict épiait du regard, avec une attention singulière, chacun de ses mouvements. Il semblait maîtrisé par une secrète préoccupation. Il tressaillit en remarquant un geste expressif du général en chef qui désignait la porte de la ville donnant sur le pont, et en voyant Masséna, Augereau, Sérurier et Berthier poser la main sur la garde de leur épée. Aussitôt il se tourna vers Raoul, qui se tenait à quelques pas de lui, et d'une voix calme et ferme :

— Capitaine, — dit-il, — je veux que nous marchions sous les plis de notre drapeau. Je vous charge d'aller le prendre dans l'appartement que nous venons de quitter.

— Mais, mon colonel, — objecta Raoul étonné, — on va partir.

— Allez, vous dis-je, je l'ordonne, et hâtez-vous.

Il n'y avait pas à répliquer. Le capitaine courut vers la place San-Paolo. Après quelques minutes de recherche impatientée, il fit sauter la serrure d'une armoire, dans laquelle il trouva enfin le drapeau que Bénédict, avec préméditation, y avait enfermé avant de quitter l'appartement.

— Ah ! mon colonel, — murmura-t-il, — vous avez voulu me soustraire à l'effroyable danger du pont de Lodi ; mais j'espère bien que vous n'y réussirez pas.

Il appuya sur son épaule la hampe du drapeau et se remit à courir.

En ce moment même, Bonaparte faisait ouvrir la porte de la ville et lançait sa formidable colonne sur le pont. Il avait calculé qu'un mouvement rapide empêcherait cette colonne de beaucoup souffrir.

— En avant, et au pas de course ! — s'était-il écrié.

— En avant, et au pas de course ! — avaient répété généraux, officiers et soldats.

Puis, les rangs serrés, l'arme au bras, la magnifique phalange avait fait résonner, au bruit de son élan, les échos sonores de l'Adda.

Un feu épouvantable l'accueillit, foudroyant la tête entière de la colonne. En un clin d'œil, les premières lignes jonchèrent le sol comme des épis fauchés. Mais la cohorte terrible n'en continua pas moins d'avancer sous un déluge de balles, de mitraille et de boulets. Au milieu de ce cataclysme de fer et de feu, à travers ce fracas étourdissant, parfois une voix dominait. Elle répétait sans s'émouvoir :

— Serrez les rangs ! serrez les rangs, grenadiers !

C'était la voix de Bénédict qui électrisait les siens par son courage tranquille, et, qui, souriait, tant il était heureux d'avoir pu éloigner Raoul. Rien ne ralentissait sa course ; il allait, il allait, franchissant les morts et piétinant dans le sang.

Au milieu du pont, une décharge infernale jonche le sol de cent cadavres ; les grenadiers s'arrêtent frémis-

sants, indécis. Ils vont reculer, tandis que Bénédict reste seul en avant.

— Abandonnerez-vous donc votre colonel ? — s'écrie-t-il.

— Non, non ! — répond un jeune officier en brandissant un drapeau. Et Bénédict reconnaît Raoul, qui a traversé la colonne et vient de reprendre son rang de combat.

— J'arrive à temps, — poursuit l'intrépide capitaine avec fierté. Puis il ajoute en bondissant : — Grenadiers, au drapeau !

Les soldats de son régiment se pressent autour de lui, les autres hésitent encore. Le péril est effrayant. Bénédict se jette devant Raoul et le couvre de son corps ; le jeune officier veut échapper à cette protection ; mais à peine a-t-il fait un mouvement que, frappé de trois balles, il chancelle et tombe entre les bras du père Cazeaux. Le colonel poussa un cri de désespoir étouffé par le tonnerre de l'artillerie qui gronde sans relâche.

— Sauvez Raoul ! emportez-le ! — s'écrie-t-il.

Puis il s'empare du drapeau criblé, déchiré, et la mort dans l'âme, esclave du devoir, il se précipite encore aux premiers rangs.

A l'instant même, Augereau, Masséna, Berthier, Sérurier s'élancent sur le front de la cohorte ébranlée, ils la raniment, la raffermissent et l'entraînent de nouveau. Le pont est franchi, les canonniers sont tués sur leurs pièces, et l'infanterie autrichienne, qui s'avance pour soutenir l'artillerie, est attaquée avec fureur. Après ce qu'ils viennent de faire, les grenadiers ne redoutent plus les baïonnettes. Ils enfoncent l'ennemi et le dispersent, tandis que la cavalerie française, qui a traversé la rivière à gué, arrive au galop et sabre les fuyards.

Par ce coup d'audace inouïe, la ligne de l'Adda est conquise ; malheureusement Colli et Wukassowich ont eu le temps de gagner la chaussée de Brescia, et ne peuvent plus être coupés.

Les Autrichiens culbutés et le triomphe certain, Bénédict, le cœur ulcéré, l'esprit anxieux, abandonna le champ de bataille ; il rentra précipitamment dans Lodi, où l'on avait transporté Raoul. Il trouva son compagnon d'armes dans la chambre hospitalière de la place San-Paolo. Le père Cazeaux et un chirurgien se tenaient au chevet du lit sur lequel était étendu le blessé. Le colonel tomba à genoux ; un flot de larmes muettes inondait son visage. Il saisit une des mains de Raoul, et y colla ses lèvres tremblantes. Au bout d'un instant il se releva, et examina avec une indicible angoisse le front blême du moribond, dont les paupières étaient closes ; puis s'adressant au docteur :

— Y a-t-il de l'espoir ? — lui demanda-t-il.

— Non, — répondit tristement le chirurgien.

Le colonel frissonna. Se tournant alors vers le père Cazeaux, il reprit :

— A-t-il parlé ?

— Oui... il a même eu la force d'écrire.

— A qui ?

— A sa mère.

— Et la lettre ?

— La voici. Il m'a dit de te la confier pour que tu la remettre toi-même à la comtesse de Fisvigny dès que la paix te laissera libre de retourner à Morsanges.

Bénédict prit vivement la lettre des mains du père Cazeaux et la regarda d'un air navré ; puis un sanglot lui échappa.

— Mon Dieu ! — soupira-t-il, — pourquoi m'avez-vous choisi, lui, l'heureux et cher enfant ? J'étais là, moi, tout prêt à mourir !

Comme il achevait ces mots, le corps de Raoul s'agite, ses lèvres déjà serrées se dilatent, ses yeux s'entr'ouvrirent, réfléchissant une pâle lumière, dont le regard se condensa peu à peu sur les traits du colonel. Alors le mourant sourit avec une douceur ineffable ; il essaya de se soulever, mais il put à peine faire un mouvement.

— Adieu... Bénédict! — dit-il en le regardant avec une étrange fixité. — Adieu... mon frère... mon bon frère!...

Tout frémissant, le colonel se pencha sur le blessé pour être seul à l'entendre, mais Raoul venait d'expirer.

Une heure plus tard, un homme entrait dans la chambre mortuaire; c'était le héros d'Italie, c'était Bonaparte. Il s'inclina en silence devant le mort; puis, serrant la main de Bénédict, qui refoulait énergiquement sa douleur:

— J'ai voulu, — lui dit-il, — vous annoncer moi-même que vous êtes nommé général de brigade.

— Je vous rends grâces, — répondit Bénédict; — mais je voudrais être simple soldat, et que mon ami fût encore vivant!

II

Un matin, le soleil se leva rayonnant sur le lac de Grand-Lieu. La campagne, tout humide de rosée, étincelait comme un écrin de diamants. Un concert sonore et joyeux retentissait dans l'air: voix éternellement mélodieuses de l'eau qui bruit, du feuillage qui murmure, des insectes qui bourdonnent et des oiseaux qui chantent. Il y avait fête pour les yeux et pour l'âme dans cette double harmonie de fraîche musique et de lumière pleine d'éclat. Cependant, deux femmes cheminaient à pas lents, le regard voilé de tristesse, dans le sentier qui conduit du château à la ferme de Morsanges. Elles étaient vêtues de noir; rien n'adoucissait la rigidité de leur deuil: c'étaient Blanche et la comtesse de Flavigny.

Comme elles arrivaient à la ferme, Coquelicot et Muguette en sortaient pour se rendre au château. Monsieur Matthieu les accompagnait.

— Bonne nouvelle, madame la comtesse! — s'écria Muguette en agitant un papier dans sa main.

— Qu'est-ce donc? — lui demanda madame de Flavigny.

— Une lettre du général.

— De Bénédict? — reprit Blanche avec une légère émotion.

— Oui, mademoiselle. Il vient. Il sera ici demain, peut-être aujourd'hui.

La comtesse pâlit. Le saisissement qui faisait refluer son sang vers le cœur n'avait cependant rien de pénible, car un éclair de joie traversa son regard.

— Tenez, madame, — reprit Muguette, — lisez vous-même, et vous verrez comme l'espérance de nous revoir, de revoir les dames de Flavigny, le rend heureux!

Madame de Flavigny prit la lettre d'une main qui tremblait imperceptiblement.

— J'aime à croire, — dit-elle, — que le père Cazeaux est avec le général?

— Oui, madame la comtesse. — répondit Coquelicot.

— Lui aussi nous arrive, et même il ne nous quittera plus.

— Il renonce donc à l'état militaire? — demanda mademoiselle de Flavigny.

— Contre son gré, sans doute, car il a eu la jambe droite emportée par un boulet au passage du pont d'Arcole, et il vient d'être retraité avec le grade de sous-lieutenant.

— Pauvre père! — murmura Muguette. — Quand on se bat, — reprit-elle, — le passage des ponts est chose terrible, en vérité.

A peine avait-elle achevé ces mots qu'elle se reprocha de les avoir prononcés, car elle vit la comtesse tressaillir et deux grosses larmes lui perler dans les yeux.

— Tais-toi donc! — dit vivement Justin à sa femme. — Oublies-tu le malheur du pont de Lodi!

— Je n'y pensais pas.

Muguette restait toute chagrine, toute décontenancée;

madame de Flavigny s'en aperçut, et, devinant le motif de son embarras, elle l'embrassa au front.

— Console-toi, chère petite, — lui dit-elle, je ne t'en veux pas. Tout ce qui me rappelle mon cher Raoul m'émeut sans doute, mais aussi plaît à mon cœur. Quand tout à l'heure je te parlais de ton père, je me souvenais que c'est lui qui l'a reçu mourant dans ses bras, et qui, il y a un an, presque jour pour jour, m'a rapporté sa dépouille mortelle, par ordre de notre ami Bénédict. Console-toi, te dis-je: il m'arrive parfois d'évoquer moi-même avec fierté le glorieux souvenir du pont de Lodi.

— Ah! madame, je vous remercie de vouloir bien excuser ma maladresse! — répondit la jeune fermière avec une touchante vivacité.

La comtesse s'assit sur un banc de verdure à l'ombre d'un grand orme, au bord du lac, et lut la lettre de Bénédict. Cette lettre était adressée à monsieur Matthieu, qui était venu la communiquer à Muguette et à Coquelicot, en les priant d'aller bien vite annoncer aux dames de Flavigny la prochaine arrivée du jeune général.

Bénédict écrivait que Bonaparte avait signé, le 29 germinal an V (18 avril 1797), un traité de paix provisoire avec un plénipotentiaire autrichien, que Masséna, l'un des plus illustres généraux divisionnaires de l'armée d'Italie, avait été chargé de porter au Directoire la convention en règle, désignée sous le nom de préliminaire de Léoben.

« J'ai obtenu, » ajoutait-il, « l'autorisation de faire
» partie de l'escorte de Masséna, et je suis à Paris de-
» puis quelques jours. Mais je m'empresse de me sous-
» traire aux fêtes qui nous sont données ici en l'hon-
» neur de la cessation des hostilités entre la France et
» l'Autriche, et je pars ce soir même, avec le père Ca-
» zeaux, pour aller vous serrer la main, embrasser nos
» chers petits fermiers, et saluer respectueusement
» madame la comtesse et mademoiselle Blanche de
» Flavigny. C'est avec une joie presque enfantine que
» je me dispose à m'élancer vers le pays nantais. Ah!
» je compte bien vous trouver tous brillants de santé,
» vous, Muguette et Coquelicot! mais je crains, hélas!
» que mademoiselle Blanche et madame de Flavigny ne
» soient souffrantes. Il y a des chagrins qui ébranlent à
» jamais l'âme et le corps. N'importe! j'ai hâte de revoir
» le château de Morsanges, et d'être un moment en pré-
» sence de ces deux nobles femmes, que je n'ai pas
» revues depuis si longtemps. »

La lettre se terminait par la nouvelle du malheur qui avait frappé le père Cazeaux sur le pont d'Arcole, et par l'annonce de la récompense qu'avait obtenue le vieux sergent, admis à la retraite comme officier et pensionné par l'État. Dans un post-scriptum, Bénédict ajoutait que la réception de sa lettre ne précéderait son arrivée que de quelques heures, d'un jour tout au plus.

Après avoir relu cette lettre, la comtesse la tendit à Blanche, qui déjà l'avait parcourue du regard; puis elle dit avec une visible émotion:

— En venant à la ferme, ma nièce et moi, nous espérions avoir des nouvelles d'Italie et de ceux auxquels nous nous intéressons; mais nous ne comptions pas sur le bonheur d'apprendre que le général Bénédict est en chemin pour Morsanges. Rien, je vous l'assure, ne pouvait me causer une satisfaction égale à celle que j'éprouve en ce moment. — Un reflet lumineux venait d'éclairer la physionomie de la comtesse, qu'une mélancolie sombre n'avait jamais abandonné depuis un an, depuis la mort de Raoul. Après une pause, elle reprit avec une douceur presque souriante: — Mes amis, j'ai une grâce à vous demander.

— A nous, madame la comtesse? A Justin et à moi!

— Oui, et aussi à monsieur Matthieu.

— Cette grâce vous est accordée d'avance, madame, — répondit le vieux savant. — Nous n'avons rien à vous refuser. De quoi s'agit-il!

— Je désire que le général soit reçu au château, et je vous prie de me laisser seule lui offrir l'hospitalité.

— Ce n'est que ça! — s'écria Muguette. — Oh! mais c'est bien légitime! Est-ce qu'il serait convenable qu'un général habitât dans une ferme ou dans un petit ermitage? Dans un palais, à la bonne heure! N'est-ce pas, monsieur Matthieu?

— Chère enfant, — répondit le vieillard, — le général dont nous parlons est resté simple et sans prétentions, soyez-en sûre. Il se trouverait bien placé à la ferme comme à l'ermitage. Mais il suffit que madame de Flavigny nous exprime un vœu, pour que nous nous fassions un devoir d'en favoriser l'accomplissement.

— C'est cela même! — repartit Coquelicot. — Sacrifions-nous! c'est si beau...

— ... De se dévouer! — acheva Muguette en riant au nez de son mari. — Nous connaissons ça. Crois-moi, changé de tic.

— Jamais!... seulement je perdrais celui-ci, foi de Coquelicot!... Es-tu contente?

— Tu es un amour d'homme! — répliqua gaiement Muguette en embrassant le jeune fermier.

La comtesse prit le bras de Blanche et s'en retourna vers Morsanges. Elle ordonna de préparer un appartement pour l'hôte qu'elle attendait; puis elle expédia sur la route un cavalier chargé de la prévenir de l'approche du général.

Dans l'après-midi, le cavalier revint lui annoncer qu'il avait fait la rencontre d'une berline de voyage occupée par deux hommes, dont l'un avait une jambe de bois. Il ajouta que la berline devait être encore à deux ou trois lieues, car il l'avait distancée en revenant sur ses pas à franc étrier.

À cette nouvelle, madame de Flavigny donna ses derniers ordres, monta avec Blanche dans une calèche et fit signe de partir. Le cocher était instruit de la direction qu'il fallait suivre. Un quart d'heure après, il s'arrêta au milieu d'un carrefour où se croisaient plusieurs chemins. Une berline ne tarda pas à déboucher par un de ces chemins. Le postillon, conducteur novice, peu familiarisé avec le labyrinthe du Bocage, mit ses chevaux au pas et interrogea le cocher.

— Je vous salue, général, — dit alors une voix grave et douce qui agita électriquement Bénédict, enfoncé tout pensif dans les coussins de la voiture.

Il se redressa aussitôt, regarda par la portière, et reconnut Blanche ainsi que la comtesse de Flavigny. D'un bond il s'élança à terre, s'inclina tout frémissant, et posa ses lèvres sur deux belles mains qui s'offraient à lui.

— Blanche et moi, — reprit la comtesse, — nous sommes venues au-devant de vous pour vous emmener au château. J'ose espérer que vous ne refuserez pas de recevoir chez moi l'hospitalité.

— Il y a des honneurs qu'on accepte avec une profonde reconnaissance, — répondit le général. — Permettez-moi cependant de me rendre d'abord à la ferme et à l'ermitage, où je suis attendu; puis je m'empresserai de me faire l'hôte du château de Morsanges.

— Non pas, s'il vous plaît! — répliqua Blanche avec sa vivacité d'autrefois; — nous vous enlevons même malgré vous, et nous ne souffrons aucun retard. C'est d'ailleurs convenu avec monsieur Matthieu, Muguette et Coquelicot. Prenez donc place dans notre calèche et considérez-vous comme notre prisonnier.

— Du reste, — ajouta madame de Flavigny, — j'ai fait prévenir de votre arrivée ceux que vous avez naturellement hâte de revoir; nous les trouverons réunis au château.

— Ne résiste pas à ces dames, mon cher Bénédict, et profite de leur invitation, — dit le père Cazeaux, qui, penché à la portière de la berline, regardait et écoutait.

Alors seulement la comtesse et Blanche virent l'an-

cien fermier devenu sous-lieutenant. Elles le saluèrent avec cordialité et le complimentèrent, ce qui toucha visiblement le brave soldat.

Bénédict s'assit dans la calèche, qui rebroussa chemin, suivie de la berline. On roula rapidement, et l'on entra bientôt dans la cour d'honneur de Morsanges, où l'on aperçut Muguette, Coquelicot et monsieur Matthieu debout sur les degrés du perron.

Ce jour-là, il y eut fête au château, mais fête intime, fête recueillie, si l'on peut dire, car l'âme de la comtesse n'était pas disposée à se réjouir autrement. On ignorait dans le pays l'arrivée du général et du sous-lieutenant de l'armée d'Italie qui avaient voyagé en habit bourgeois et incognito; aussi aucune manifestation publique ne vint-elle troubler la félicité tranquille, même un peu mélancolique, qui régnait dans la demeure de madame de Flavigny.

Invités avec insistance, la famille Cazeaux et monsieur Matthieu restèrent jusqu'au soir à Morsanges. On se sépara en se promettant de se revoir le lendemain.

Sur le point de se retirer dans l'appartement qui lui était destiné, Bénédict présenta une lettre à la comtesse en lui disant d'une voix altérée :

— Il m'était prescrit, madame, de vous la donner moi-même, et j'ai dû attendre jusqu'à ce jour. Cette lettre est un dernier souvenir. Pardonnez-moi de ne vous l'avoir pas remise quelques heures plutôt. J'ai voulu que vous puissiez vous retrouver libre et sans contrainte avec le cœur de celui qui n'est plus.

— Et vous avez bien fait, général! — répondit la comtesse en refoulant une larme.

Bénédict s'inclina et sortit du salon, laissant seules madame de Flavigny et Blanche, qui s'enfermèrent pour lire, sans être interrompues, la lettre de Raoul. Quelques minutes après, on entendit comme une suffocation de sanglots : la comtesse et mademoiselle de Flavigny pleuraient, enlacées dans les bras l'une de l'autre et s'étreignaient...

Le lendemain, vers huit heures, Bénédict se disposait à quitter le château pour se rendre à la ferme et à l'ermitage, lorsqu'il rencontra sous le vestibule la comtesse qui le pria de l'accompagner dans une promenade matinale autour du parc de Morsanges et au bord du lac de Grand-Lieu.

— Il ne s'agit pour moi, — reprit madame de Flavigny, — d'un petit pèlerinage que je tiens à accomplir avec vous.

— Je suis à vos ordres, madame, — répondit le général un peu surpris.

Comme la veille, la comtesse était vêtue en grand deuil. Les fatigues de l'insomnie se décelaient dans la pâle transparence de ses joues et la langueur ternie de ses yeux. Cependant, son attitude et sa voix semblaient annoncer une certaine fermeté d'âme. Elle s'empara familièrement du bras de Bénédict, et prit l'une des allées sinueuses qui s'ouvraient devant le perron du château. On chemina lentement. Madame de Flavigny interrogeait le général sur la guerre d'Italie, sur l'homme extraordinaire qui venait de faire retentir l'Europe du bruit de ses éclatantes victoires. À chacune de ses questions, Bénédict répondait avec le profond enthousiasme d'un esprit convaincu.

— Que vous dirai-je, madame? — ajouta-t-il en se résumant; — c'est un géant à l'apparence grêle; c'est une flamme inextinguible dans un mince foyer d'airain. Grâce à sa vaste pensée, à son imagination puissante, à son génie fécond, en dix mois il a détruit une armée piémontaise et trois armées autrichiennes. Avec cinquante mille hommes à peine, il en a battu deux cent mille dans douze batailles, rangées et dans soixante combats. Rapide et terrible, il a menacé de briser l'empire d'Autriche, et l'orgueilleux empereur s'est hâté de demander la paix. Il y a de l'aigle en Bonaparte; car il semble porter la foudre. Dieu, je le pense, le destine à planer dans les plus hautes régions de ce monde.

— Homme étrange ! — murmura la comtesse toute réfléchie. — Le croyez-vous ambitieux ?

— Oui, madame. Il influera inévitablement sur l'avenir de notre patrie.

— Comme Monck ?

— Jamais !

— Comme Washington ?

— J'en doute.

— Comme César ?

— Peut-être !

Il y eut un moment de silence que la comtesse rompit brusquement.

— Il est certain, — dit-elle, — que, si les révolutions sont pleines de calamités publiques, elles sont fécondes en grands hommes. Elles bouleversent les sociétés, mais elles font surgir le génie des entrailles d'une nation. Il y a quelques mois, — reprit-elle, — j'ai vu passer ici un des plus grands généraux produits par la tempête révolutionnaire : le vainqueur de Wissembourg, le pacificateur de la Vendée.

— Hoche ?

— Celui-là aussi est assurément un homme exceptionnel, quoique à peine âgé de vingt-neuf ans. A un brillant courage il unit une rare intelligence et une exquise bonté. Mais, je ne sais pourquoi, il m'a semblé qu'il avait sur le visage l'empreinte d'une mélancolie profonde et comme le sceau fatal d'une destinée incomplète. Monsieur Matthieu, qui lui a parlé, a ressenti, en le regardant, la même impression. « Cet illustre général, » m'a-t-il dit avec tristesse, « médite de grandes et belles choses, mais je doute que Dieu lui laisse le temps de les accomplir. »

— Grave prédiction de la part d'un observateur si clairvoyant, — réfléchit Bénédict moitié souriant, moitié sérieux. — Cela me rappelle ce qu'il a osé prédire en plein conseil de guerre des généraux royalistes siégeant aux Herbiers.

— Oui, je sais cela ; et, chose surprenante, presque tous, en effet, ont succombé dans le laps de temps qu'il avait prescrit. Seuls, Stofflet et Charette survivaient : ils ont péri l'un et l'autre l'année dernière : le premier, fusillé à Angers, le 7 ventôse (26 février), et le second à Nantes, le 9 germinal (29 mars.)

Tout en échangeant ses paroles, les deux promeneurs étaient parvenus devant une rotonde de verdure, formée par des saules, des mélèzes, des sapins et des ifs. C'était là un des replis les plus sombres du parc. Une épaisse futaie de chênes haut lancés, qui régnait alentour, ajoutait encore à l'aspect mélancolique de ce mystérieux abri.

La comtesse pénétra dans l'enceinte funèbre : Bénédict l'y suivit : ils s'arrêtèrent devant une tombe en marbre blanc, sur laquelle se détachait un beau médaillon ; deux bas-reliefs, remarquablement sculptés, se dessinaient sur les parois latérales du monument.

— Votre ami est là, — dit la comtesse en se prosternant.

Le général, le cœur oppressé, se pencha sur la tombe ; il y lut ces mots :

CI-GIT
LE COMTE RAOUL DE FLAVIGNY,
MORTELLEMENT FRAPPÉ
AU PASSAGE
DU
PONT DE LODI
LE 20 FLORÉAL (9 MAI 1796).

Bénédict demeura immobile, comme paralysé par la poignante sensation du souvenir. Quand il fut maître de lui, il regarda le médaillon où se profilait le doux visage de Raoul, d'une extrême ressemblance et d'une parfaite exécution ; puis il examina les bas-reliefs.

L'un représentait une colonne de grenadiers français franchissant un pont sous le feu des Autrichiens, tandis qu'un jeune capitaine agite un drapeau au milieu des des blessés et des morts. L'autre montrait un colonel voulant faire de son corps un bouclier au jeune capitaine, qui tombe blessé entre les bras d'un vieux sergent. L'artiste avait admirablement rendu l'effet de cette double et terrible situation.

— Est-ce bien ainsi ! — demanda la comtesse en se relevant.

— C'est saisissant, — répondit le général.

— Le sculpteur, — reprit madame de Flavigny, — s'est inspiré pour le médaillon d'une peinture qui est dans la galerie des portraits de famille, et, pour les bas-reliefs, des descriptions que lui a faites le père Cazeaux.

— Tout cela est vraiment digne de celui qui repose ici, — murmura Bénédict dont la voix faiblissait.

— Les Flavigny, — ajouta la comtesse, — possèdent un caveau seigneurial dans la chapelle du cimetière de Montaigu, et nous y avons enseveli, il y a deux ans, les restes mortels du comte Hector, mon époux, exhumé du champ de bataille de Savenay. Mais je n'ai pas eu la force de me séparer de mon Raoul, et j'ai voulu que son tombeau fût à Morsanges, où je compte achever mes jours.

— Son âme heureuse doit souvent errer sous ces ombrages ; il vous aimait tant, madame ; et il aimait tant mademoiselle Blanche de Flavigny !

— Chaque matin je viens avec elle faire ma prière ici ; mais aujourd'hui j'ai désiré y venir seule avec vous... Et maintenant, — reprit la comtesse, — offrez-moi encore votre bras, et allons vers le lac. Notre pèlerinage n'est pas fini.

Ils s'éloignèrent alors de la tombe de Raoul, et se dirigèrent vers une porte pratiquée dans une large haie de troènes. La comtesse l'ouvrit, puis les deux promeneurs suivirent un sentier verdoyant au bord de l'eau, que le soleil pailletait de rayons d'or.

Après un quart d'heure de marche silencieuse, durant laquelle Bénédict se perdait en conjectures sur le but de cette nouvelle pérégrination, ils s'écartèrent du lac en longeant la lisière d'un petit bois. Tout à coup madame de Flavigny s'engagea dans une sente qui traversait l'épaisseur du taillis. Le général, violemment impressionné, fit un geste pour la retenir ; mais, se tournant vers lui, elle lui dit avec une douce gravité :

— Ne craignez rien, général, et suivez-moi.

Bénédict obéit. Il entra dans une clairière dont il reconnut l'aspect. Seulement il remarqua qu'une pierre de granit était posée au milieu de l'herbe rase et drue, et qu'une croix neuve en fer se dressait au sommet du rigide monument.

— Pourquoi m'avez-vous conduit en ce lieu ? — demanda-t-il avec un accent de désolation.

La comtesse lui prit la main et le contraignit de s'approcher du sévère tumulus.

— Lisez, — lui dit-elle.

Bénédict lut ce seul mot, profondément imprimé dans le granit :

RÉDEMPTION !

— Que signifie cela ? — murmura-t-il tout suffoqué.

— Incl'nez-vous, et écoutez ! — Le général fléchit le genou, presque malgré lui, et devint attentif. Alors debout, les mains jointes, les yeux fixés sur la pierre, la comtesse reprit d'une voix lentement solennelle :

— Oui, il y a des rédemptions !... et les vertus d'un fils peuvent racheter le crime d'un père !... Gérard Keller, je te pardonne ! et j'appelle sur ta tombe la miséricorde de Dieu ! — Bénédict resta prosterné, sa poitrine haletait. Lorsqu'il fut plus calme, la comtesse ajouta : — Maintenant, relevez-vous... MON FILS ! car vous méritez que désormais je me regarde comme votre mère...

— Ah! madame... Ah! MA MÈRE, — soupira Bénédict en s'élançant vers madame de Flavigny qui lui tendait les bras.

Il y eut une muette et longue étreinte, après laquelle la comtesse voulut que le général prit connaissance de la lettre écrite par Raoul.

Cette lettre contenait les lignes que voici :

» Je trace ces mots quelques minutes sans doute avant
» de mourir. Quand tu les liras, ma mère, depuis long-
» temps déjà je ne serai plus.
» Sois forte et sois fière, mère chérie, car ma mort
» aura été glorieuse. Demande à Bénédict!... Bénédict!
» Ah! ce n'est pas sa faute si je succombe! Les balles
» qui m'ont frappé ont dû trouer son uniforme. Quel
» cœur de lion !... Et cependant il est si doux!
» Je sais tout, ma noble mère! Je sais qu'il est aussi
» ton fils... Le père n'était qu'un misérable!... Mais
» lui... lui, Bénédict!... Mystère divin! C'est frappant
» comme il te ressemble de visage et d'âme! C'est toi!
» Ah! ma mère adorée, moi mort, qu'il te reste du
» moins un enfant!... Je t'en supplie, reçois bien tendre-
» ment ce sublime paria de la famille... Il saura te con-
» soler un peu en te parlant de moi... Fais plus encore!
» Oui, j'ai deviné que Blanche et lui s'aiment plus qu'ils
» n'osent se l'avouer... Unis-les !... et moi-même, invi-
» sible, je les bénirai!
» Ange de ma vie, ma mère, comme je t'aimais en ce
» monde !... et comme je vais t'aimer encore dans l'éter-
» nité!
» Mille baisers pour eux et pour toi. Adieu !... Non, au
» revoir!

» RAOUL. »

Il est des émotions indicibles qui se taisent pour ne pas s'affaiblir. D'ailleurs, l'âme trop pleine et trop tendue reste muette de peur de se briser.

Après avoir lu, le général rendit en silence la lettre à la comtesse, qui, levant les yeux au ciel, appuya ses lèvres sur l'écriture de son fils. Il y eut dans la clairière comme au frémissement ineffable. Était-ce le soupir de la brise qui agitait le feuillage? N'était-ce pas plutôt la caresse d'un ange qui planait là? Ce monde est plein de mystères, qu'on soupçonne parfois sans pouvoir les pénétrer jamais.

Toujours silencieux, la comtesse et Bénédict reprirent le chemin du château. Mademoiselle de Flavigny leur apparut dans un détour de l'allée sinueuse qui côtoyait les méandres du lac.

Elle avait quitté le deuil. Elle portait une robe blanche serrée à la ceinture par un large ruban bleu. Sur ses cheveux d'ébène aux nattes opulentes était posé un grand chapeau de paille de riz orné d'une couronne de myosotis et de convolvulus. Sous ce costume d'une élé-

ganto simplicité, d'une exquise fraîcheur, elle éblouissait. En la voyant ainsi, Bénédict laissa échapper un mouvement de surprise et d'admiration. Elle lui sourit, et, lui adressant la parole avec un gracieux empressement :

— Général, — lui dit-elle, — il n'y a plus aucun secret entre nous. Votre pèlerinage, dont je connaissais le but, a fait tomber les derniers voiles. Une détermination cependant nous reste à prendre, et, d'accord avec celle qui est ma seconde mère, je viens vous demander s'il vous plaît que nous accomplissions le vœu suprême de notre bien-aimé Raoul? Quant à moi, je n'hésite pas à vous dire : j'y consens de tout cœur! — En même temps, par un geste à la fois chaste et résolu, elle tendit sa main, sa main si fine, si aristocratique, au général, qui recula d'un pas comme s'il chancelait. — Eh ! quoi, — reprit-elle malicieusement, — vous si brave, vous avez peur? Vous battez en retraite devant moi?

Bénédict dut faire appel à toute son énergie. Alors, s'emparant avec exaltation de la main qui s'offrait toujours, il l'inonda d'un flot de larmes et de baisers.

— Ah! si je rêve, ne me réveillez pas! — s'écria-t-il. — J'ai le paradis dans le cœur!

Quinze jours plus tard. Bénédict et Blanche étaient unis.

Mis en disponibilité sur sa demande, après la signature du traité de Campo-Formio, Bénédict s'enferma dans une tranquille et charmante existence de famille à Morsanges, où tout le monde le chérissait. Il y rendit pieusement les derniers devoirs à monsieur Matthieu et au père Cazeaux, qui moururent entourés de ses soins. Son unique désir était de vivre ainsi longtemps, utile, heureux, oublié, quand, la fortune ayant trahi nos armes en Italie et sur le Rhin, il céda à l'élan de son patriotisme et alla combattre sous les ordres de Masséna. Il était à la bataille de Zurich, dans laquelle fut détruite une nombreuse armée austro-russe, et la France sauvée d'une nouvelle invasion, le 3 vendémiaire an VIII (25 septembre 1799).

Bunaparte, de retour d'Égypte, voulut se l'attacher, et Bénédict ne résista pas à l'ascendant du génie. En pleine victoire de Marengo, le général de brigade fut nommé, par le premier consul, général de division. Après Austerlitz, le général de division fut élevé à la dignité de sénateur, et l'empereur lui conféra en même temps le titre de duc de Flavigny.

Quand le nouveau duc revit la comtesse, il courba le front devant elle et lui demanda si elle approuvait ce dernier décret de l'empereur.

— Mon cher fils, — répondit-elle toute radieuse, — vous êtes pour la France une gloire et pour votre mère un orgueil. En portant le nom de Flavigny, vous ajoutez encore à son éclat. C'est bien, je vous félicite du profond de mon cœur, car je suis certaine que le comte et Raoul s'en réjouissent au ciel.

FIN DE L'ENFANT TROUVÉ.

Paris. — Imprimerie J. Volsrenel, rue Chauchat, 1

www.ingramcontent.com/pod-product-compliance
Lightning Source LLC
Chambersburg PA
CBHW070814250626
47170CB00006B/2099